MICHAEL CONNELLY

The Black Ice

블랙 아이스

The Black Ice

BOSCH

MICHAEL CONNELLY

마이클 코넬리 지음 | 한정아 옮김

RHK
알에이치코리아

몰티즈 팰컨 상 수상(일본, 1995년)

"코넬리는 범죄와 경찰, 그리고 범죄자에 대해 알고 있다.
자신이 가장 잘 아는 것을 쓰는 만큼 최고의 리얼리티와 재미를 추구한다."
_북리스트

"강렬하고 흔들림 없다. 스토리텔링에 천재적인 재능을 지닌 작가, 마이클
코넬리."_퍼블리셔스 위클리

"코넬리의 해리 보슈는 존 샌포드의 캐릭터 '루카스 대븐포트'에 필적할 만
하다. 소설 속 캐릭터로서 이들은 1990년대 터프가이의 절정을 보여준다."
_캔사스 시티 스타

"강렬한 짜릿함의 플롯, 복합적이고 설득력 있는 캐릭터들."
_샌디에이고 유니온 트리뷴

"코넬리는 독자들의 예상을 완전히 전복시키며 놀라운 엔딩을 선보인다."
_클리블랜드 플레인 딜러

"중독적이다. 이 시대 가장 뛰어난 경찰 소설 중의 하나로도 손색이 없다."
_버지니아 파일럿 앤 더 레저 스타

"견고한 구성의 소설. 경찰 생리의 묘사는 매우 설득력 넘치고, 끈질기게 신념을 좇는 형사 해리 보슈의 모습도 멋지다."_필라델피아 인콰이어러

"신선하면서도 장중한 엔터테인먼트 소설. 코넬리는 소설의 디테일을 묘사함에 있어 카메라맨의 눈을 지녔다."_롤리 뉴스 & 옵서버

"긴장감을 구축하는 데는 매우 신중하고 액션을 묘사하는 데는 신속한 작가 마이클 코넬리의 스타일은 독자에게 강렬한 인상을 남긴다."
_세인트루이스 포스트 디스패치

"총알과 폭탄, 그리고 악한들이 난무하는 이번 소설은 무척이나 격렬하고 격정적이다. 산탄총 소리는 끝이 없고 침묵은 결코 오지 않는다. 가히 하드 보일드의 진수라 할 만하다."_버팔로 뉴스

Contents

―

린다 매케일렙 코넬리에게 이 책을 바친다.

ɪ 자살사건

　　연기는 카후엥가 고갯길을 따라 올라가다가 차가운 공기를 만나 수평으로 납작하게 흩어졌다. 해리 보슈의 눈에는 그 모습이 회색 모루(대장간에서 불린 쇠를 올려놓고 두드릴 때 받침으로 쓰는 쇳덩이 - 옮긴이)가 하늘로 올라가고 있는 것처럼 보였다. 늦은 오후의 햇살이 회색 연기의 윗부분을 불그스레하게 물들였고, 그 붉은 색조는 아래로 내려올수록 점차 옅어지고 검은색이 짙어졌다. 카후엥가 산 동쪽 기슭에 있는 관목 숲에서 발생한 화재가 산 위로 번지고 있었다. 무전기 스캐너를 로스앤젤레스 카운티 공조 주파수로 돌리자 출동한 소방서 지휘관들이 한 도로에 있는 가옥 아홉 채가 이미 전소되었고 그 옆길에 있는 주택으로 불이 번져가고 있다고 지휘본부에 보고하는 소리가 들렸다. 불길은 그리피스 공원 언덕으로 향하고 있었다. 거기까지 불길이 번진다면 진압하기까지 몇 시간이 걸릴지 모를 일이었다. 무전기 스캐너를 통해 들려오는 소방관들의 목소리가 다급하게 느껴졌다.

보슈는 소방 헬기들이 이리저리 연기를 피해 날아다니며 불타고 있는 주택과 숲 위로 물과 분홍색 방염제를 분사하는 것을 지켜보았다. 보슈가 있는 곳에서는 그 헬기들이 잠자리처럼 작게 보였다. 그 모습을 보고 있자니 베트남의 부상병 후송 헬기가 떠올랐다. 그 엄청난 소음. 불확실한 폭격과, 과적 헬기가 뒤뚱거리던 모습. 소방 헬기들이 화염에 휩싸인 지붕 위로 물을 분사하자 곧바로 증기가 솟아올랐다.

보슈는 화재현장에서 눈을 돌려 그 언덕 아래쪽을 덮고 있는 마른 관목과 자기 집에서부터 고갯길 서쪽 언덕까지 일정 간격으로 서 있는 고압선용 철탑을 둘러싼 마른 관목을 내려다보았다. 덤불 사이로 데이지 꽃과 야생화들이 보였다. 그러나 지난 몇 주 동안 그의 집 아래쪽에 있는 말라버린 개천가에 나타나 먹이를 찾아 돌아다니던 코요테는 보이지 않았다. 가끔씩 그가 생닭 조각을 던져주었지만, 코요테는 그가 지켜보고 있는 동안에는 먹이를 물지 않았다. 그가 집 안으로 들어가고 난 후에야 살며시 다가와 닭 조각을 물었다. 그는 그 코요테에게 '겁돌이(Timido)'라는 이름을 붙였다. 때때로 야심한 시각에 겁돌이의 울부짖는 소리가 들리곤 했다.

보슈가 다시 화재 현장을 돌아보는 순간 엄청난 폭발음과 함께 회색 모루 속에서 검은 연기가 공 모양으로 회오리를 일으키며 솟아올랐다. 무전기 스캐너에서 흥분한 목소리들이 오고가더니 소방대장 한 명이 바비큐 그릴의 프로판 가스통이 폭발했다고 보고했다.

보슈는 그 검은 연기공이 스러져 검은 구름 속으로 흩어지는 모습을 지켜보다가 스캐너를 LA 경찰국 전술팀 주파수에 맞췄다. 그는 비상대기조였다. 크리스마스 비상대기조. 20초쯤 귀를 기울여보았지만 일상적인 무전 교신 외에 특이사항은 없었다. 할리우드 시민들이 크리스마스를 조용히 보내고 있는 모양이었다.

그는 손목시계를 본 후 스캐너를 들고 집 안으로 들어갔다. 오븐에서 납작한 냄비를 꺼내 그 속에 든 구운 닭 가슴살을 접시에 담았다. 크리스마스 특별 요리였다. 밥통 뚜껑을 열고 완두콩을 섞은 쌀밥을 크게 한 주걱 퍼서 접시에 담았다. 그러고는 접시를 식탁으로 가져와 올려놓았다. 식탁에는 적포도주 한 잔이 놓여 있었고, 그 옆에는 주초에 받은 크리스마스카드 세 장이 뜯지 않은 채로 놓여 있었다. 시디플레이어에서는 존 콜트레인의 '송 오브 더 언더그라운드 레일로드'가 흘러나오고 있었다.

보슈는 식사를 하면서 봉투를 뜯고 카드를 읽으며 보낸 사람들을 생각했다. 독신남의 외로운 크리스마스였지만, 개의치 않았다. 이렇게 홀로 보낸 크리스마스가 어디 한두 번이었던가.

첫 번째 카드는 출판사와 영화사에서 성명권 사용료를 받은 후에 퇴직을 하고 멕시코 엔세나다로 이사 간 예전 동료 앤더슨이 보낸 것이었다. 늘 그렇듯 앤더슨은 "해리, 언제 내려올 거야?"라고만 써 놓았다. 다음 카드도 멕시코에서 온 것이었는데, 지난여름에 보슈가 6주간 머물면서 낚시와 스페인어 공부를 했던 바이아 산 펠리페의 관광가이드가 보낸 것이었다. 보슈는 어깨에 총상을 입은 후 병가를 내고 요양을 위해 그곳에 갔었다. 그곳의 태양과 바닷바람이 회복에 도움이 되었다. 스페인어로 쓴 크리스마스카드에서 호르헤 바레라도 보슈에게 멕시코로 또 놀러오라고 했다.

보슈는 마지막 카드를 천천히 조심스럽게 뜯었다. 서명을 보지 않고도 누가 보낸 건지 알 수 있었다. 카드 봉투에는 테차하피 소인이 찍혀 있었다. 교도소의 누런 재생지에 펜으로 직접 그린 카드였고, 그리스도 탄생화엔 검은 얼룩이 약간 묻어 있었다. 예전에 그가 하룻밤을 함께 보냈던 여자에게서 온 것이었다. 그는 그 하룻밤 이후 수도 없이 많은 밤을 그녀를 떠올리며 지냈었다. 그녀도 그에게 면회를 와달라고 했다. 그러나 그가 찾아가지 않을 거라는 건 두 사람 다 잘 알고 있었다.

보슈는 포도주를 한 모금 마시고 나서 담배에 불을 붙였다. 이제 콜트레인은 '스피리추얼'을 연주하고 있었다. 보슈가 어렸을 때 뉴욕 빌리지 뱅가드에서 열렸던 공연의 실황 녹음이었다. 음악을 듣고 있는데 소리를 낮추어 텔레비전 옆 탁자 위에 놓아두었던 무전기 스캐너가 그의 관심을 끌었다. 아주 오래전부터 경찰용 무전기 스캐너 소리가 일상의 배경음악으로 자리를 잡았기 때문에 무전 교신을 무시하고 색소폰 연주에 열중하다가도 이례적인 말과 암호는 귀에 쏙쏙 들어왔다. 조금 전 스캐너에서 "1-K-12, 스텝 투가 위치를 묻는다."라는 말이 들렸다.

보슈는 의자에서 일어나, 스캐너를 보면 무전 내용을 좀 더 명확하게 이해할 수 있기라도 한 듯 스캐너가 있는 곳으로 걸어갔다. 10초, 아니 20초쯤 기다리자 무전 요청에 대한 대답이 들렸다.

"스텝 투, 여기는 프랭클린 남쪽, 웨스턴에 있는 하이드어웨이 모텔 7호실이다. 스텝 투는 마스크를 지참하기 바란다."

보슈는 이야기가 좀 더 나오기를 기다렸지만 그뿐이었다. 웨스턴과 프랭클린이라면 할리우드 경찰서 관내였다. 1-K-12는 경찰국 본부 강력계 형사를 지칭하는 무전 암호였고, 스텝 투는 경찰국 부국장을 지칭하는 암호였다. LA 경찰국 내에 부국장은 단 세 명뿐인데, 그 중에 누구를 가리키는 건지 알 수 없었다. 하지만 그런 건 중요하지 않았다. 중요한 건, 크리스마스날 밤에 경찰국 수뇌부를 불러낼 만한 사건이 무엇인가 하는 것이었다.

그러나 그보다 더 궁금한 게 있었다. 벌써 본부 강력계가 현장에 나와 있다면, 할리우드 경찰서 비상대기조 형사인 자기에게 왜 먼저 연락이 오지 않았느냐 하는 점이었다. 보슈는 부엌으로 가서 접시를 싱크대

속으로 던져 넣고, 월콕스 거리에 있는 할리우드 경찰서로 전화를 걸어 상황실장을 찾았다. 클라인맨 경위가 전화를 받았다. 보슈는 잘 모르는 사람이었다. 풋힐 경찰서에서 전근 온 지 얼마 안 됐다는 것만 알고 있었다.

"무슨 일입니까? 하이드어웨이 모텔에서 사체가 발견됐다는 얘기를 스캐너로 들었는데, 제겐 아무런 연락이 없었습니다. 제가 오늘 비상대기조인데 이상하잖습니까?"

"신경 쓰지 마. 모자들이 맡았으니까."

클라인맨은 노땅인 것 같았다. 보슈는 지난 몇 년 동안 '모자'라는 표현을 들어본 적이 없었다. 1940년대에는 강력계 형사들이 밀짚 중산모자를 썼고 50년대에는 회색 중절모를 쓰고 다녔다. 그 후로는 모자를 쓰지 않게 되었고, 이제 정복 경찰관들은 강력계 형사를 '모자'가 아니라 '사복'이라고 불렀다. 세월 따라 유행도 표현도 바뀌었지만 강력계 형사들은 예나 지금이나 자기들이 최고라고 자부하고 있었다. 보슈는 자신이 강력계 소속이었을 때에도 그 오만함을 혐오했었다. 이 도시의 시궁창이라고 할 수 있는 할리우드 경찰서에서 일하게 되어 좋은 점이 있다면, 여기서는 어느 누구도 그렇게 오만하지 않다는 점이었다. 경찰은 그저 경찰일 뿐이었다.

보슈가 물었다.

"무슨 일인데요?"

클라인맨이 몇 초쯤 망설이더니 입을 열었다.

"프랭클린의 모텔 방에서 시체가 발견됐어. 자살로 추정되고. 강력계가 맡을 거야. 아니 벌써 맡았어. 우린 그냥 빠지는 거야. 상부 명령이야, 보슈."

보슈는 아무 말도 하지 않고 잠깐 상황을 정리해보았다. 크리스마스에 발생한 자살사건을 경찰국 강력계가 맡았다니 잘 이해가 되지 않았다. 그때 퍼뜩 떠오르는 사람이 있었다.

칼 렉시코 무어.

"사망한 지 얼마나 됐죠? 스탭 투에게 마스크를 지참하라던데요."

"꽤 된 것 같아. 머리가 아주 으스러졌어. 사실 머리라고 할 만한 게 별로 남아 있지 않았어. 산탄총의 총신 두 개에 든 탄알을 다 퍼부어댄 것 같아. 강력계 채널에서 주워들은 바로는 그래."

보슈의 무전기 스캐너는 강력계 주파수를 잡아내지 못했다. 그래서 초기에 오고간 무전을 듣지 못했던 것이었다. 사복들은 스탭 투의 운전기사에게 현장 위치를 알리기 위해 주파수를 바꿨던 게 분명했다. 그러지 않았다면 보슈는 다음 날 아침 서로 출근하고 나서야 이 소식을 전해 들었을 것이다. 그런 생각이 들자 화가 났지만 내색을 하지 않으려고 애를 썼다. 클라인맨에게서 얻을 수 있는 건 다 얻어내고 싶었다.

"무어죠, 맞죠?"

"그런 것 같아. 객실 화장대 위에 경찰배지와 지갑이 있었대. 하지만 아까도 말했지만, 사체를 보는 것만으론 누구도 신원을 확실히 파악하지 못할 거야. 그러니까 지금으로선 아무것도 확실하지 않아."

"상황을 처음부터 자세히 설명해주시겠습니까?"

"이것 봐, 보슈, 내가 좀 바쁘거든, 알겠나? 이 일은 자네하고는 아무 상관없어. 강력계가 맡았다니까 그러네."

"아뇨, 그렇지 않습니다. 이 일은 저와 상관이 있는 일입니다. 경위님은 제게 제일 먼저 연락을 해줬어야 했어요. 상황이 어떻게 된 건지 알아야겠습니다. 제가 왜 연락을 받지 못했는지 납득하기 위해서라도 말이죠."

"그래 좋아, 보슈, 일이 이렇게 된 거야. 모텔 주인이 전화를 걸어 7호실 화장실에 시체가 있다고 신고했어. 그래서 순찰조를 파견했고 현장에 가본 순찰조가 정말로 시체가 있다고 보고를 했어. 그런데 순찰조는 무전이 아니라 지상통신선을 이용해 전화를 했더군. 화장대 위에서 경찰배지와 지갑을 발견하고 무어라는 걸 알았던 거지. 아니 정확히 말하자면 무어라고 생각을 했던 거지. 확실한 건 기다려봐야 알겠고. 어쨌든 그래서 난 그루파 경감의 자택으로 전화를 걸어 보고를 했고 경감은 부국장에게 보고를 했겠지. 부국장은 자네가 아니라 모자들을 불러냈고. 일이 그렇게 된 거야. 그러니까 불만이 있으면 그루파 경감이나 부국장한테 가서 말해. 난 빼고. 난 아무 잘못도 없으니까."

보슈는 아무 말도 하지 않았다. 침묵하고 있으면 결국엔 상대방이 말을 하게 될 때도 있다는 걸 알고 있었다.

클라인맨이 말했다.

"이젠 우리 손을 떠났어. 빌어먹을, 벌써부터 TV와 〈타임스〉 기자들이 떴다는구만. 〈데일리 뉴스〉도. 다들 그렇듯이 그 친구들도 그게 무어의 시체라고 생각하는 거겠지. 지금 난리도 아니야. 산불 때문에 다들 바쁘겠거니 했는데, 그게 아니더라고. 웨스턴에 언론사 차들이 쭉 늘어서 있어. 기자들 통제를 위해 순찰차를 한 대 더 보내야 할 것 같아. 그러니까 보슈, 이 일에서 빠지게 된 걸 다행인 줄이나 알라고. 크리스마스잖아."

하지만 이것으로는 충분치가 않았다. 보슈에게 먼저 연락이 왔어야 했고, 강력계를 불러들일 시기는 그가 결정했어야 했다. 그는 누군가가 의도적으로 자기를 빼버렸다는 사실에 화가 치밀었다.

보슈는 클라인맨 경위에게 작별 인사를 하고 전화를 끊고 나서 담배를 붙여 물었다. 싱크대 위에 있는 수납장에서 권총을 꺼내 청바지 허리춤에 꽂았다. 그러고는 입고 있는 국방색 스웨터 위에 옅은 황갈색

캐주얼 재킷을 입었다.

밖엔 이미 어둠이 내렸고 미닫이 유리문으로 내다보니 고갯길을 따라 이어지는 불길이 보였다. 검은 윤곽으로 보이는 언덕 위에서 활활 타오르고 있었다. 음흉한 악마가 히죽거리며 산마루로 올라가고 있는 것 같았다.

집 아래쪽 어둠 속에서 코요테의 울음소리가 들렸다. 떠오르는 달을 보며, 혹은 불길을 보며, 혹은 어둠 속에 홀로 떠도는 처량한 자기 신세를 한탄하며 울고 있는 것 같았다.

2 유서

보슈는 차를 몰고 언덕을 내려와 할리우드로 향했다. 할리우드 대로
에 들어서기 전까지는 도로가 대체로 한산했다. 늘 그렇듯 거리마다 부
랑아들과 뜨내기들이 몰려다녔다. 거리를 배회하는 매춘부들의 모습도
눈에 띄었다. 한 명은 빨간색 산타 모자를 쓰고 있었다. 크리스마스 밤
에도 영업은 계속되고 있었다. 버스정류장 벤치 곳곳에 요란하게 화장
을 한 여자들이 앉아 있었다. 사실 여자가 아니었고 버스를 기다리고
있는 것도 아니었다. 대로를 따라 교차로마다 걸려 있는 크리스마스 장
식과 전구가 현란한 네온사인과 어우러져 초현실적인 느낌을 주었다.
마치 지나치게 짙은 화장을 한 매춘부 같았다.

그러나 보슈가 우울한 것은 그런 풍경 때문이 아니었다. 칼 무어 때
문이었다. 보슈는 거의 일주일 전부터, 무어가 점호에 나타나지 않았다
는 소식을 전해들은 순간부터, 줄곧 이런 소식을 듣게 되리라고 예상하
고 있었다. 할리우드 경찰서 경찰 대부분이 무어가 죽었을 거라고 생각

했다. 문제는 시신이 언제 발견될 것인가 하는 것이었다.

　칼렉시코 무어 경사는 할리우드 경찰서 마약수사반의 팀장이었다. 마약수사반은 밤에 움직였고 그의 팀은 할리우드 대로 전담이었다. 무어가 아내와 별거를 시작한 후로 위스키를 마누라 삼아 살고 있다는 소문이 돌았다. 보슈는 딱 한 번 그와 따로 만났을 때 그 소문이 사실임을 직접 확인할 수 있었다. 뿐만 아니라 그에게는 결혼생활의 문제와 일찍 찾아온 스트레스성 심신쇠약의 문제 말고 또 다른 고민이 있을지 모른다는 사실도 알게 되었다. 무어는 지나가는 말처럼 감찰계 조사 이야기를 내비쳤다.

　이런 모든 사실이 더해져 해마다 겪는 보슈의 크리스마스 우울증이 한층 더 깊어졌다. 보슈는 경찰이 칼 무어 실종사건을 수사하기 시작했다는 소식을 들었을 때, 그가 죽었다는 걸 직감했다.

　경찰 모두가 그가 죽었다고 생각했지만 입 밖에 내어 말하는 사람은 한 명도 없었다. 언론도 마찬가지였다. 처음에는 경찰국이 이 문제를 조용히 처리하려 했다. 로스 펠리즈에 있는 무어의 아파트 이웃들에게 조심스레 그에 관해 물어보았다. 헬기 두세 대가 그의 집 근처에 있는 그리피스 공원의 언덕 위를 맴돌았다. 그러다가 TV 기자 한 명이 수사 사실을 알게 되었고 곧 모든 텔레비전 방송과 신문이 관련 기사를 쏟아내기 시작했다. 언론은 경찰관 실종사건 수사 진행 상황을 성실하게 보도했고, 경찰국 본부가 있는 파커 센터의 기자실 게시판에는 무어의 사진이 붙었다. 경찰국이 수사에 직접 나섰다는 사실 때문에 이 사건에 대한 국민들의 관심이 더 커졌다. 흥미진진한 드라마였다. 아니 적어도 괜찮은 비디오였다. 말 탄 경찰관들이 수색을 하는 장면, 헬기의 공중 수색 장면, 경찰국장이 어둡고 진지한 표정의 잘생긴 경사의 사진을 들고 있는 모습 등 볼거리가 많았다. 그러나 자기들이 시신을 찾고 있는 거라고 말하는 사람은 아무도 없었다.

　바인에서 신호등에 걸려 차를 세운 보슈는 한 남자가 커다란 광고판을 목에 걸고 횡단보도를 건너는 것을 지켜보았다. 남자가 성큼성큼 걸어가자 광고판이 무릎에 부딪쳐서 들썩거렸다. 광고판에는 화성을 찍은 커다란 위성사진이 붙어 있었고, 사진 속 화성의 한 부분에 큰 동그라미가 그려져 있었다. 그 밑에는 큼지막한 글씨로 '회개하라! 주님이 우리를 보고 계신다!'라고 적혀 있었다. 보슈는 언젠가 편의점에서 타블로이드 신문 1면에 실린 똑같은 사진을 본 적이 있었는데, 그 신문은 그것이 엘비스 프레슬리의 얼굴이라고 주장했었다.

　신호등이 바뀌자 보슈는 웨스턴을 향해 차를 몰았다. 가는 동안 줄곧 무어를 생각했다. 하룻밤 할리우드 대로 근처 재즈 바에서 함께 술을 마신 것을 빼면 무어와 직접 이야기를 나눈 적이 거의 없었다. 전년도에 보슈가 경찰국 강력계에서 할리우드 경찰서로 전출되었을 때, 경찰서 직원들 모두와 어색하게 악수를 나누고 짧은 인사를 주고받은 적은 있었다. 그러나 대부분의 사람들이 그와 거리를 두려고 했다. 감찰계 조사에 따른 징계 조치로 강력계에서 밀려나 이곳으로 왔기 때문에 사람들이 그러는 걸 충분히 이해할 수 있었고, 신경 쓰지 않았다. 무어는 복도를 지날 때나 회의석상에서 마주쳤을 때 목례를 하는 정도로 알고 지내던 사람들 중의 하나였다. 게다가 보슈가 속한 강력반 자리는 1층 형사과 사무실에 있었고, 무어가 속한 할리우드 대마팀, 다시 말해 할리우드 대로 마약범죄 단속팀은 2층에 사무실이 있어서 마주칠 기회가 별로 없었다. 그래도 한 번 따로 만나게 된 것은 보슈는 수사 중인 사건의 방증 자료를 얻기 위해서였고 무어에게는 맥주와 위스키를 퍼마실 좋은 기회였기 때문이었다.

　무어의 대마팀은 이름은 그럴듯했지만, 실상은 초라하기 그지없었

다. 경찰 다섯 명이 창고를 개조해 만든 사무실에서 업무를 보고 밤에
는 할리우드 대로를 어슬렁거리다가 마리화나 담배 같은 마약류를 소
지한 자를 발견하면 무조건 검거해 끌고 오는 일을 하고 있었다. 대마
팀은 다음 해 예산에서 인력과 장비의 확충, 그리고 무엇보다도 잔업수
당의 인상을 요구할 근거를 제시하기 위해 검거 횟수를 최대한 늘리려
고 노력하는 이른바 '쪽수 팀'이었다. 검찰이 대부분의 피의자를 보호관
찰로 처리하고 나머지는 기소도 하지 않고 방면하고 있는 것은 문제가
되지 않았다. 중요한 건 검거 통계였다. 채널 2나 4의 기자가, 혹은 서부
지역 지면을 담당하고 있는 〈타임스〉 기자가 대마팀 기사를 내기 위해
하룻밤 동행취재를 원한다면 더 좋았다. 경찰서마다 이런 '쪽수 팀'이
있기 마련이었다.

웨스턴에서 방향을 북쪽으로 돌리자 전방에 순찰차의 푸른색과 노란
색 경광등과 번개처럼 밝은 TV 카메라의 플래시 라이트 불빛이 보였
다. 이런 광경은 할리우드에서는 보통 한 사람의 삶이 폭력적으로 마감
된 사건 현장이나 영화 시사회장 앞에서나 볼 수 있었다. 그러나 이곳
은 열세 살의 매춘부들을 빼면 어떤 것도 첫선을 보이지 않는 곳이라는
것을 보슈는 잘 알고 있었다.

보슈는 하이드어웨이 모텔에서 반 블록 떨어진 길모퉁이에 차를 세
우고 담뱃불을 붙였다. 할리우드에서는 세월이 가도 전혀 변하지 않은
곳이 몇 군데 있었다. 이름을 바꿔 달기는 했다. 이곳은 엘 리오라고 불
리던 30년 전에도 허름하고 누추한 동네였다. 허름하고 누추하기는 지
금도 마찬가지였다. 보슈는 이곳에 와본 적이 한 번도 없었지만 할리우
드에서 자랐기 때문에 기억하고 있었다. 그는 이와 비슷한 동네를 전전
하며 살았다. 어머니와 함께. 어머니가 살아 있었을 때.

하이드어웨이는 1940년대에 지어진, 앞마당이 있는 모텔로 마당 한

가운데에 커다란 벵갈보리수 한 그루가 서 있어 낮에는 시원하게 그늘을 드리울 것 같았다. 밤에는 붉은 네온간판 불빛만 반짝일 뿐 모텔 객실 열네 개는 모두 어둠에 잠겨 있었다. 보슈는 요금표에 적힌 'Monthly Rates'에서 e가 빠져 있는 것을 보았다('한 달 투숙료'라는 뜻의 monthly rates에서 철자 e가 빠져 monthly rats, 즉 '한 달씩 사는 쥐들'이란 뜻이 됨-옮긴이).

보슈가 어렸을 때, 그리고 하이드어웨이가 있는 이 동네가 엘 리오라고 불리던 그때에도, 이 동네는 벌써 퇴락의 길을 걷고 있었다. 그건 지금도 마찬가지여서 새로 단 것 같은 네온간판이나 신축 건물이 별로 없었고, 우중충한 것도 여전했다. 예전에는 스트림라인 모던 양식(1930년대의 완만한 곡선형태의 건축양식-옮긴이)의 사무실 건물이 정박한 원양 정기선처럼 모텔 옆에 서 있었는데, 오래전에 돛을 내리고 지금은 작은 쇼핑몰로 변해 있었다.

차 안에서 내다보니 하이드어웨이는 하룻밤 묵기에도 유감스러운 곳으로 보였다. 죽기에는 더 유감스러운 곳이었다. 보슈는 차에서 내려 모텔을 향해 걸어갔다.

앞마당 입구에 노란색 범죄현장 테이프로 폴리스 라인이 쳐져 있었고 정복 경찰관들이 배치되어 있었다. 테이프 밖에서 TV 카메라의 플래시 라이트 여러 개가 그 순경들을 비추고 있었다. 빛나는 빡빡 대머리 순경이 인터뷰에 응하고 있었다. 순경들은 플래시 라이트 불빛 때문에 기자들 너머로 보슈가 다가오고 있는 것을 보지 못한 것 같았다. 보슈는 순경 한 명에게 경찰배지를 보이고, 그 순경이 들고 있는 클립보드의 범죄현장 출입자 명단에 자신의 이름을 쓴 후, 폴리스 라인 아래로 기어 들어갔다.

7호실 문이 열려 있었고 그 안에서 불빛이 쏟아져 나왔다. 전기 하프

음이 들리는 것을 보니 아트 도노반이 이 사건을 맡은 것이 분명했다. 그 현장감식전문가는 항상 휴대용 라디오를 가지고 다녔다. 그리고 라디오는 늘 '더 웨이브'라는 뉴에이지 음악 채널에 맞춰져 있었다. 도노반은 뉴에이지 음악이 살인사건 현장의 분위기를 차분하게 가라앉혀 준다고 했다.

보슈는 손수건으로 입과 코를 막고 방으로 들어갔지만, 손수건은 전혀 도움이 되지 않았다. 문지방을 넘어서자마자 어떤 것과도 견줄 수 없는 끔찍한 악취가 코를 찔렀다. 도노반은 객실에 하나밖에 없는 창문 아래 벽에 걸린 에어컨 앞에 무릎을 꿇고 앉아 에어컨 다이얼 위에 지문감식용 분말을 도포하고 있었다.

"어서 와요. 화장실이에요."

도노반이 말했다. 악취와 흑색 분말의 흡입을 막기 위해 도장공이 쓰는 마스크를 쓰고 있었다.

보슈는 사복들에게 발견되면 바로 쫓겨날 것 같아서 재빨리 방 안을 둘러보았다. 퀸 사이즈 침대 위에는 빛바랜 분홍색 침대보가 말끔하게 덮여 있었다. 한 개뿐인 의자 위에는 신문이 놓여 있었다. 다가가서 보니 엿새 전 〈타임스〉였다. 침대 옆에는 거울과 서랍이 달린 화장대가 보였다. 그 위에 놓인 재떨이에 반쯤 피우다가 눌러 끈 담배꽁초가 한 개 들어 있었고 그 옆에는 나일론 권총집 안에 든 38구경 스페셜 권총과 지갑, 경찰배지가 있었다. 이미 지문채취 작업이 끝났는지 이 증거품 세 개 모두에 흑색 분말이 묻은 채였다. 보슈는 화장대 위에 유서가 있을 거라고 예상했는데, 없었다.

"유서가 없네."

보슈가 혼잣말을 했다.

"없어요. 화장실에도 없고요. 가서 한번 봐요. 밥맛이 떨어져도 상관

없다면 말이죠."

보슈는 침대 왼편에서 뒤로 난 짧은 복도를 바라보았다. 화장실 문은 오른쪽에 있었다. 그곳으로 걸어가면서도 자꾸만 망설여졌다. 경찰이라면 누구나 적어도 한 번쯤은 자신이 차갑게 식어버린 시체가 되는 걸 상상해봤을 터였다.

그는 문턱에서 걸음을 멈췄다. 시신은 욕조에 등을 기댄 상태로 더러운 흰색 타일 바닥에 앉아 있었다. 제일 먼저 눈에 들어온 것은 부츠였다. 회색 뱀가죽으로 만든 불도그 부츠. 보슈를 만나 술을 마신 날 밤에도 무어는 그 부츠를 신었었다. 오른발에는 아직도 부츠가 신겨져 있었고 닳은 고무 밑창 뒤축에 제조업체의 상징인 S자가 뱀 모양으로 그려져 있었다. 왼발 부츠는 벗겨져 벽 옆에 똑바로 세워져 있었다. 드러난 왼발은 양말을 신고 있었고 비닐 증거품 봉투에 싸여 있었다. 원래는 흰 양말이었던 것 같은데 이젠 희끄무레했고 발이 조금 부은 상태였다.

문설주 옆 바닥에는 총신이 나란히 두 개 달린 20게이지 산탄총이 놓여 있었다. 개머리판의 아랫부분 가장자리가 쪼개져 있었다. 10센티미터 정도의 기다란 나무 조각이 타일 위에 놓여 있었고 도노반이 그랬는지 다른 형사가 그랬는지 모르겠지만 파란색 크레용으로 그 둘레에 동그라미가 그려져 있었다.

보슈는 이런 사실들에 대해 깊이 생각해볼 시간이 없었다. 그냥 모든 것을 머릿속에 담아두려고 노력했다. 그는 시신의 머리에서 발끝까지 훑어보았다. 무어는 청바지에 반팔 티셔츠 차림이었다. 두 손은 양옆으로 내려뜨려져 있었다. 피부는 회색 밀랍으로 변해 있었다. 부패가 시작되어 손가락은 통통 부은 상태였고 팔뚝은 뽀빠이처럼 불룩 튀어나와 있었다. 오른팔에 기괴한 문신이 보였다. 후광 아래에서 히죽 웃고 있는 악마의 얼굴.

시체는 욕조에 등을 기대고 주저앉아 있었고, 머리는 뒤로 젖혀져 욕조 안에 들어가 있는 것 같은 모습이었다. 마치 무어가 머리를 감으려고 고개를 뒤로 젖힌 듯했다. 그러나 보슈는 그렇게 보이는 것은 머리의 대부분이 날아가고 없기 때문이라는 사실을 깨달았다. 총신 두 개에서 쏟아져 나온 탄알에 완전히 으스러져 버린 것이었다. 욕조를 에워싼 하늘색 타일은 말라붙은 피로 덮여 있었다. 갈색 핏줄기들이 욕조 속으로 내려가고 있었다. 산탄총 탄알에 맞았던 타일 일부는 금이 가고 깨진 모습이었다.

뒤에 누가 있는 것 같은 느낌이 들었다. 돌아보니 어빈 어빙 부국장이 노려보고 있었다. 어빙은 마스크를 착용하지 않았고 손수건으로 입과 코를 막고 있지도 않았다.

"안녕하십니까, 부국장님."

어빙이 고개를 끄덕이더니 물었다.

"자네가 여긴 어쩐 일인가, 형사?"

보슈는 상황을 종합해볼 수 있을 만큼 충분히 현장을 둘러본 상태였다. 그는 문지방에서 물러서서 어빙 옆을 지나 객실 문을 향해 걸어갔다. 어빙이 따라왔다. 둘은 상하가 붙은 푸른색 작업복을 입고 있는 법의국 소속 요원 두 명 옆을 지나갔다. 객실 밖으로 나온 보슈는 경찰이 현장에 가져다 놓은 쓰레기통으로 손수건을 던지고, 담배에 불을 붙였다. 이제 보니 어빙이 서류철 한 개를 들고 있었다.

"스캐너로 소식을 들었습니다. 제가 오늘 밤 비상대기조이기 때문에 나와 봐야겠다고 생각했고요. 여긴 제 관할이니까, 당연히 제가 나와야 하는 것 아니겠습니까."

"그렇군. 한데, 변사체의 신원이 확인되자마자 이 사건을 강력계에 맡기기로 결정했어. 그루파 경감한테 보고를 받고 내가 그렇게 결정을 내렸지."

"그럼 벌써 무어라고 확인이 됐단 말씀입니까?"

"백 퍼센트는 아니고."

어빙이 파일을 들어 보이며 말을 이었다.

"여기 무어의 인사기록을 가져왔어. 이 안에 그의 지문기록이 들어 있고. 이것과 대조해봐야 최종적인 신원확인이 되겠지. 치아 기록하고 도. 대조할 만큼 치아가 남아 있는지는 모르겠지만. 하지만 그 외의 다른 정황을 종합해보면 그런 결론에 도달하게 돼. 사망자는 로드리고 모야라는 이름으로 여기 투숙했는데, 그건 무어가 대마팀에서 사용하던 가명이지. 그리고 모텔 뒤에 주차되어 있는 무스탕 자동차도 같은 이름으로 빌린 거더군. 현재로선 합동수사반원들 사이에 큰 이견이 없을 것 같아."

보슈는 고개를 끄덕였다. 예전에 어빙이 감찰계장이었을 때에도 그와 맞선 적이 있었다. 이제 어빙은 부국장으로 승진해 경찰국 내 최고 3인 방 중의 한 명이 되었고, 감찰계와 마약수사과, 그리고 형사과를 총괄하고 있었다. 보슈는 위험을 무릅쓰고라도 자기가 제일 먼저 연락을 받지 못한 사실을 따져야 할지 잠깐 고민하다가 따져보기로 했다.

"제가 연락을 받았어야 했습니다. 제 사건이니까요. 그런데 제가 사건을 접수하기도 전에 부국장님이 뺏어가 버리셨습니다."

"사건을 배당하는 건 내 권한이야. 그렇지 않나, 형사? 화를 낼 필요가 없어. 절차의 간소화라고 생각하면 돼. 경찰관 사망사건은 전부 강력계가 맡는다는 건 자네도 잘 알고 있잖아. 결국에는 자네도 강력계에 넘겨야 했을 거야. 내가 내린 결정은 시간을 절약하기 위한 거였어. 사건의 신속한 처리를 위해서였지 다른 뜻은 없어. 저 안에 경찰관의 변사체가 있네. 사망에 이르게 된 정황이 어떻든 간에 신속하게 전문가답

게 움직이는 것이 그 친구와 유가족을 위한 우리의 의무지."

보슈는 다시 고개를 끄덕이고는 주변을 둘러보았다. 모텔 프론트 데스크 근처 'Monthly Rat s'라고 적힌 요금표 아래에 쉬헌이라는 강력계 형사가 있었다. 그는 예순 살 정도로 보이는 남자를 신문하고 있었다. 남자는 저녁이라 제법 쌀쌀한데도 민소매 티셔츠 차림이었고 시가 끄트머리를 질근질근 씹고 있었다. 모텔 주인인 것 같았다.

"그 친구하고는 아는 사이였나?"

어빙이 물었다.

"무어 말입니까? 아뇨, 뭐 별로요. 아, 아뇨, 아는 사이였습니다. 같은 경찰서에서 근무해서 알고 있었습니다. 무어는 야간 근무에 외근을 주로 했죠. 그래서 접촉할 기회는 별로 없었습니다."

보슈는 자신이 왜 거짓말을 했는지 알 수 없었다. 어빙이 그의 목소리를 듣고 거짓말임을 눈치챘는지 궁금했다. 보슈는 화제를 바꿨다.

"그러니까, 자살이군요. 기자들한테 그렇게 말씀하셨습니까?"

"기자들한텐 아무 말 안 했어. 아니, 말을 하기는 했지. 하지만 변사체의 신원에 대해서는 아무 말도 안 했어. 우리끼리는 칼렉시코 무어가 거의 확실하다고 말을 할 수 있겠지만, 신원확인 작업이 모두 끝나고 사망확인서가 나올 때까지는 기자들한텐 알리지 않을 거야."

어빙은 서류철로 자신의 허벅지를 툭 쳤다.

"그 친구의 인사기록을 빼내 온 것도 그 때문이지. 신속한 처리를 위해서. 지문은 사체와 함께 법의국으로 넘겨질 거야."

어빙이 객실 문을 돌아보며 말을 이었다.

"현장을 둘러봤으니까, 자네 생각을 말해보지 그래, 보슈 형사."

보슈는 잠깐 생각했다. 정말로 내 의견을 듣고 싶은 걸까, 아니면 내 목에 사슬을 감아 잡아당기려고 하는 걸까? 뭐가 됐든 말해보자는 생각이 들었다.

"욕조 옆 바닥에 앉아서, 부츠 한 짝을 벗고 발가락으로 두 개의 방아쇠를 당긴 것 같습니다. 사체 손상으로 볼 때 총신 두개의 방아쇠를 동시에 다 잡아당긴 것으로 추정됩니다. 발가락으로 방아쇠 두 개를 잡아당기니까, 그 반동으로 산탄총이 날아가 문설주 옆에 떨어졌고요, 개머리판이 쪼개져 조각이 떨어지게 된 거죠. 머리는 반대 방향으로, 벽과 욕조 속으로 날아가고요. 자살 같습니다."

"그렇군. 이제 쉬헌 형사한테 자네도 같은 생각이라고 말하면 되겠군. 자네가 제일 먼저 출동명령을 받고 와서 내린 결론처럼 말이야. 그러니까 소외되었다고 생각할 필요가 없어."

"제 말은 그런 뜻이 아닙니다, 부국장님."

"그럼 무슨 뜻인가, 형사? 잘났다고 혼자 나대겠다는 뜻인가? 경찰국 상부의 지시에 복종하지 않겠다는 뜻인가? 자네에 대한 인내심이 점점 줄어들고 있어, 형사. 이런 일이 다시는 일어나지 않기를 바랐는데 말이야."

어빙이 너무 가까이 서 있어서, 숨결을 타고 치약 냄새가 건너왔다. 그 때문에 보슈는 어빙에게 위협을 받고 있다는 느낌이 들었고, 어빙이 의도적으로 그러는 건지도 모른다는 생각도 들었다. 보슈가 한 걸음 뒤로 물러서서 말했다.

"그런데 유서가 없습니다."

"아직까지는 없지. 살펴봐야 할 것들이 남아 있어."

보슈는 그게 무엇인지 궁금했다. 무어의 실종 사실이 알려졌을 때 그의 아파트와 사무실은 이미 샅샅이 뒤져보았을 것이다. 무어의 아내가 살고 있는 집도 마찬가지였을 것이다. 그렇다면 무엇이 남아 있는 것일까? 무어가 누군가에게 유서를 보냈을까? 그랬더라도 지금쯤이면 도착했어야 했다.

"사건이 언제 발생한 겁니까?"

"내일 아침에 부검이 끝나면 알게 되겠지. 지금으로선 투숙한 직후에 그랬을 거라고 추측하고 있어. 엿새 전에 말이지. 모텔 주인은 1차 신문에서 무어가 엿새 전에 투숙했고 그 후로는 밖으로 나온 걸 본 적이 없다고 진술했어. 그 말은 객실과 사체의 상태, 객실에 있던 신문의 날짜하고도 일치하지."

부검이 내일 아침이었다. 어빙이 힘을 쓴 것이 분명했다. 통상적으로는 사흘 정도 기다려야 부검을 할 수 있었다. 게다가 크리스마스 휴일이라서 더 미뤄질 수도 있었다.

어빙이 보슈의 생각을 읽은 것 같았다.

"법의국장 서리가 내일 아침에 하기로 동의했어. 부검을 빨리 하지 않으면 언론에서 온갖 추측성 기사를 쏟아낼 거고 그건 무어의 부인이나 경찰조직에 부당한 일이라고 설득을 했지. 그랬더니 협조하겠다고 하더군. 무엇보다도 그 여자는 직함에서 서리 자를 빼고 싶어 하지. 협력의 가치를 알고 있는 여자야."

보슈는 잠자코 있었다.

"그러니까 내일 알게 될 거야. 하지만 무어 경사가 엿새 전에 투숙한 후로 그 친구 모습을 본 사람이 한 명도 없어. 모텔 주인은 물론이고. 투숙할 때 절대로 자기 방에 와서 성가시게 하지 말라고 단단히 일러놓고 들어갔다는군. 내 생각에는 투숙하고 나서 곧바로 그런 일을 저지른 것 같아."

"그런데 왜 좀 더 일찍 발견하지 못한 거죠?"

"한 달 숙박료를 선불했어. 성가시게 하지 말라고 요구를 했고. 게다가 이런 모텔은 날마다 청소부를 보내 방을 청소하거나 하진 않지. 주인은 그 친구가 술주정뱅이고, 방에 틀어박혀 진탕 퍼마실 작정이거나 술을 끊고 몸에서 알코올 기를 다 빼내려고 하는 거라고 생각했대. 어찌 됐든 이런 모텔의 주인은 손님한테 까다롭게 굴 수가 없지. 한 달 숙박료가 6백 달러야. 주인은 돈을 챙기고 말았지.”

어빙이 잠깐 숨을 돌린 뒤 말을 이었다.

“주인 부부는 오늘까지는 7호실에 가지 않겠다는 약속을 잘 지켰어. 어젯밤 누군가가 모야 씨의 무스탕 자동차에 침입한 흔적이 있다는 걸 주인의 부인이 오늘 발견한 거야. 그 사실 말고도, 물론, 궁금했겠지. 그들은 그 이야기를 하러 가서 문을 두드렸는데 대답이 없었어. 그래서 여벌 열쇠로 문을 열었지. 문을 열자마자 코를 찌르는 악취를 맡고 무슨 일인지 알게 된 거고.”

어빙은 무어 혹은 모야가 부패 속도를 늦추고 악취가 방 밖으로 새어나가는 걸 막기 위해서 에어컨의 설정온도를 최저로 해서 틀어놓았다고 말했다. 냄새를 봉쇄하기 위해 객실 문 앞 바닥에 젖은 수건을 여러 장 깔아놓기까지 했다고도 했다.

보슈가 물었다.

“총성을 들은 사람은요?”

“아직까진 없었어. 주인의 부인은 귀머거리에 가깝고 주인은 아무 소리도 못 들었다고 하더군. 둘은 반대편 맨 끝 방에 살고 있어. 이 모텔 한편에는 상점들이 줄지어 있고 다른 편에는 사무실 건물이 있어. 다들 밤에는 문을 닫지. 뒤쪽은 골목길이고. 숙박부를 토대로 무어가 투숙한 처음 며칠 동안 이곳에 묵었던 손님들의 행적을 수사할 거야. 하지만 주인 말로는 무어의 방 양옆 객실에는 손님을 들이지 않았다더군. 무어가 술을 끊고 있다면 소리를 지르고 난동을 부릴지 모른다고 생각했다는 거야. 그리고 이 모텔 앞은 차량통행이 빈번한 도로야. 바로 앞에 버스정류장이 있지. 아무도 어떤 소리도 듣지 못했을 가능성이 높아. 들었더라도 그게 무슨 소린지 몰랐거나."

보슈는 잠깐 생각을 정리한 후 말했다.

"한 달이나 방을 빌린 것이 이해가 안 갑니다. 대체 왜 그랬을까요? 그렇게 일찍 목숨을 끊을 생각이었다면, 왜 그렇게 오랫동안 숨기려고 했을까요? 빨리 죽어버리고 금방 시신이 발견되게 해서 마침표를 찍지 않고요?"

"어려운 질문이야. 내 추측으로는 부인에게 여유를 주고 싶었던 것 같아."

보슈가 눈을 치켜떴다. 무슨 말인지 이해가 가지 않았다.

어빙이 말했다.

"둘은 별거 중이었어. 어쩌면 연휴 동안에 아내에게 이런 일을 겪게 하고 싶지 않았던 건지도 모르지. 그래서 자살 소식이 알려지는 걸 2, 3주, 아니 한 달까지 미루려고 했던 걸지도 몰라."

그 말은 설득력이 별로 없는 것 같았지만 보슈에게 더 나은 설명이 떠오르지도 않았다. 현재로서는 달리 더 물어볼 것도 없었다. 어빙이 화제를 바꿔, 보슈의 현장 나들이가 끝났음을 암시했다.

"그래, 형사, 어깨는 어떤가?"

"괜찮습니다."

"병가 기간 동안 스페인어를 갈고 닦겠다고 멕시코로 내려갔다는 소리를 들었는데."

보슈는 대답하지 않았다. 딴 얘기는 하고 싶지 않았다. 어빙에게 그동안 살펴본 모든 증거와 설명에도 불구하고 현장 상황이 석연치가 않다고 말하고 싶었다. 그러나 이유를 댈 수가 없어서, 이유를 댈 수 있을 때까지는 조용히 있는 게 낫겠다고 생각했다.

어빙이 말했다.

"우리 경찰관들 중에, 물론 라틴계가 아닌 경찰관들 중에 이 도시의 제2공용어를 배우려고 그렇게 열심히 노력하는 사람이 있으리라고는 생각도 못했어. 경찰관들 모두가…."

"유서가 나왔습니다!"

방에서 도노반이 외쳤다.

어빙은 말을 멈추고 보슈 곁을 떠나 방으로 들어갔다. 쉬헌이 존 채스틴이라는 감찰계 형사와 함께 따라 들어갔다. 보슈는 잠깐 망설이다가 그들 뒤를 따랐다.

화장실 문 앞 복도에 서 있는 법의국 요원 주위에 사람들이 모여 있었다. 보슈는 손수건을 버린 것을 후회하면서 담배를 입에 물고 숨을 깊이 들이마셨다.

법의국 요원이 말했다.

"바지 오른쪽 뒷주머니에 있었습니다. 약간 부패되긴 했지만 읽을 수는 있습니다. 두 번 접어놓아서 안쪽은 상당히 깨끗하고요."

어빙이 비닐 증거품 봉투를 치켜들고 그 안에 든 작은 종이쪽지를 보며 복도에서 침실 쪽으로 걸어갔다. 다른 사람들도 그를 따라갔다. 보슈만 빼고.

종이는 무어의 피부처럼 회색이었다. 종이에 파란색 펜으로 딱 한 줄이 쓰여 있는 것 같았다. 어빙은 지금 처음 본다는 표정으로 보슈를 바라보았다.

"보슈 형사, 이제 그만 가보지."

유서에 뭐라고 써 있냐고 묻고 싶었지만 그래봤자 묵살당할 게 뻔했다. 채스틴이 만족스러운 듯 히죽거렸다.

폴리스 라인에 다다른 보슈는 담뱃불을 붙이기 위해 걸음을 멈췄다.

또각거리는 하이힐 소리가 들려서 돌아보니 채널 2의 금발 여기자가 무선 마이크를 들고 모델처럼 가식적인 미소를 지으며 다가오고 있었다. 그녀는 능숙하고 재빠르게 그에게 다가왔다. 그러나 그녀가 말을 꺼내기 전에 보슈가 먼저 말했다.

"노코멘트입니다. 이 사건은 내 담당이 아니에요."

"그래도…."

"노코멘트입니다."

기자의 얼굴에서 미소가 단두대의 칼날처럼 순식간에 사라졌다. 그녀는 화난 표정으로 돌아섰다. 그러나 곧 또다시 하이힐을 또각거리며 카메라맨 앞으로 가서 보도를 시작할 준비를 했다.

사체가 나오고 있었다. 사방에서 플래시 불빛이 터졌고 카메라 기자 여섯 명이 두 줄로 늘어서서 통로를 만들었다. 법의국 요원 두 명이 불투명 비닐에 덮인 시신을 실은 들것을 밀며 그 통로를 통과해 대기하고 있는 푸른색 밴을 향해 갔다. 엄숙한 표정의 어빙이 허리를 꼿꼿하게 세우고 뒤처져서 따라가고 있었다. 처져 있긴 했지만 화면 안에 잡히지 않을 정도는 아니었다. 어쨌든 저녁 뉴스에 얼굴을 비추는 것이 비추지 않는 것보다는 나을 것이었다. 국장 자리를 노리고 있는 사람이라면 특히 더.

그 후, 철수가 시작되었다. 기자와 경찰 모두가 철수하고 있었다. 보슈가 다시 폴리스 라인 밑으로 기어들어가 도노반이나 쉬헌이 있는지 두리번거리고 있는데 어빙이 다가왔다.

"형사, 다시 생각해보니까, 신속한 처리를 위해 자네가 해줄 일이 있어. 쉬헌 형사는 현장 보존 작업을 마무리해야 돼. 그런데 난 이 소식을 무어의 부인에게 언론보다 먼저 알리고 싶어. 유족 통지 임무를 맡아줄 수 있겠나? 물론, 확실한 건 아무것도 없지만, 그 부인이 현재 상황을 알아야 할 것 같아."

좀 전에 수사에서 제외된 것에 대해 길길이 뛰었던 터라, 거절할 수가 없었다. 그리고 조금이라도 수사에 발을 들여놓고 싶어서 어빙의 요청을 받아들였다.

"주소를 알려주십시오."

몇 분 후 어빙이 떠나고 순경들이 폴리스 라인을 철거하고 있었다. 보슈는 도노반이 비닐에 싼 산탄총과 작은 증거품 봉투 여러 개를 들고 자신의 밴을 향해 걸어가는 것을 보았다.

도노반이 나무로 된 나파 밸리 포도주 상자에 증거품 봉투를 집어넣는 동안 보슈는 밴의 범퍼에 한 발을 올려놓고 구두끈을 맸다.

"선배, 뭘 원해요? 선배가 여기 있을 필요가 없는 사람이라는 걸 조금 전에야 알았어요."

"그건 그때고, 지금은 아니야. 방금 사건에 발을 들여놨거든. 유족 통지 임무를 맡았지."

"중요한 임무를 맡았군요."

"그러게. 뭐, 주는 대로 받아야지. 그 친구가 뭐랬어?"

"누구요?"

"무어."

"이봐요, 선배, 이건…."

"이것 봐, 도니, 어빙이 내게 유족 통지를 맡겼어. 그 정도면 내가 알아야 할 이유가 충분할 것 같은데. 난 그냥 그 친구가 무슨 말을 했는지 알고 싶을 뿐이야. 난 그 친구와 아는 사이였어, 알겠어? 들은 건 절대로 다른 데로 새나가지 않게 할게."

도노반이 한숨을 푹 쉬더니, 상자 속으로 팔을 뻗어 증거품 봉투를 뒤적이기 시작했다.

"사실 별말도 없었어요. 중요한 말도 없었고."

도노반이 손전등을 켜서 유서가 든 봉투를 비췄다. 딱 한 줄.

난 내가 누군지 알게 되었다.

3 블랙 아이스

어빙한테 받은 주소는 할리우드 북쪽 캐니언 카운티에 있었다. 자동차로 한 시간 거리였다. 보슈는 할리우드 고속도로를 타고 북쪽으로 달리다가 골든 스테이트 고속도로로 바꿔 타고 산타 수산나 산맥의 어두운 골짜기를 달렸다. 차가 별로 없었다. 대다수의 사람들이 집에서 구운 칠면조 요리를 먹고 있을 것이었다. 보슈는 칼 무어와 그가 한 일, 그가 남긴 것에 대해서 생각했다.

'난 내가 누군지 알게 되었다.'

보슈는 죽은 경찰관이 작은 종이에 갈겨써서 뒷주머니에 넣어 둔 그 한 줄이 무슨 뜻인지 도통 알 수가 없었다. 그가 가진 단서라면 무어와의 단 한 번의 만남이 전부였다. 그렇다면 그 만남은 어떠했나? 무뚝뚝하고 냉소적인 경찰관과 함께 한두 시간 맥주와 위스키를 마셨을 뿐이었다. 그 후로 무슨 일이 있었는지 알아낼 방법이 전혀 없었다. 무어를 보호해주던 방어막이 어떻게 허물어지게 되었는지를 알아낼 방법이 전혀 없었다.

보슈는 무어와의 만남을 떠올렸다. 불과 2, 3주 전이었고, 일 때문에 만난 자리였지만, 무어가 가진 문제들이 드러났다. 둘은 어느 화요일 밤에 캐털리나 바 앤 그릴에서 만났다. 무어는 근무 중이었지만 캐털리나는 할리우드 대로 남쪽으로 불과 반 블록 떨어진 곳에 있었다. 보슈는 바의 뒤편 구석 자리에 앉아 무어를 기다리고 있었다. 그 식당에서는 절대로 경찰을 앞자리에 앉히지 않았다.

무어가 슬그머니 다가와 옆 걸상에 걸터앉더니 보슈 앞에 놓인 것과 같은 위스키 한 잔과 헨리 맥주를 주문했다. 그는 청바지에 헐렁한 티셔츠를 밖으로 내어 입고 있었다. 잠복근무 형사의 전형적인 옷차림이었고, 잘 어울렸다. 청바지의 넓적다리 부분은 낡아서 희끄무레했다. 티셔츠의 긴 소매를 반으로 잘라서, 오른팔의 올이 풀린 소맷단 밑으로 푸른색 잉크로 새긴 악마 얼굴 문신이 삐죽 드러나 보였다. 무어는 남자답게 잘생긴 얼굴이었고, 면도할 때가 적어도 사흘은 지나 보였으며, 오랜 고문 끝에 풀려난 인질처럼 불안해 보였다. 캐털리나의 손님들 속에서 그는 결혼식장에 나타난 넝마주이처럼 보였다. 보슈는 그 마약수사관이 회색 뱀가죽 부츠를 신은 발을 걸상의 가로대 위에 걸치는 것을 보았다. 부츠는 로데오 경기 중 송아지를 밧줄로 옭아매는 경기를 하는 사람들이 즐겨 신는 이른바 '불도그 부츠'였다. 뒤축이 앞으로 비스듬히 기울어져 있어 밧줄로 옭아맨 송아지를 제압할 때 견인력이 더 컸다. 보슈는 그 부츠가 마약수사관들 사이에서 '더스트버스터'라고 불린다는 사실을 알고 있었다. 에인절 더스트(합성 헤로인의 하나로 분말 PCP – 옮긴이)로 환각 상태에 빠진 용의자를 제압할 때 로데오 경기에서 송아지를 제압할 때와 똑같은 효과를 볼 수 있기 때문이었다.

둘은 처음에는 담배를 피우고 술을 마시며 잡담을 나눴다. 서로를 알아가기 위한 과정이었다. 보슈는 칼렉시코라는 이름 때문에 무어가 혼혈일 거라고 추측했던 것이 맞다는 것을 알게 되었다. 짙은 구릿빛 피부에 잉크처럼 검은 머리, 납작한 엉덩이와 넓은 어깨는 무어가 멕시코인의 피를 받았다는 것을 보여주었지만, 눈 색깔은 달랐다. 눈은 부동액처럼 초록색이었고, 캘리포니아에서 파도타기를 즐기는 백인의 눈이었다. 그리고 말투에서는 멕시코 인의 흔적을 전혀 찾아볼 수 없었다.

"멕시코와의 국경에 칼렉시코라는 마을이 있어. 바로 건너편 멕시코 쪽에는 멕시칼리가 있고. 가봤어?"

"거기서 태어났지. 이름도 거기서 따왔고."

"난 한 번도 못 가봤는데."

"아쉬워할 필요 없어. 별로 볼 것도 없어. 그냥 국경 도시지. 다른 곳과 별반 다른 게 없어. 그래도 난 가끔씩 내려가지."

"가족이 거기 살아?"

"아니, 이젠 없어."

무어는 손짓으로 바텐더에게 술을 더 시키더니, 새 담배를 꺼내 필터까지 다 피운 꽁초에 대고 불을 붙였다.

"물어볼 게 있어서 만나자는 줄 알았는데."

무어가 말했다.

"있지. 사건을 하나 맡았거든."

술이 오자 무어는 자연스러운 동작으로 단숨에 들이켰다. 그러고는 바텐더가 계산서에 기입을 끝내기도 전에 한 잔을 더 시켰다.

보슈는 사건을 간략히 설명하기 시작했다. 2, 3주 전에 맡은 사건인데 이제까지 수사에 아무런 진전이 없었다. 서른 살 남자의 변사체가 고워 거리를 가로지르는 할리우드 고속도로 고가도로 아래에서 발견되었다. 지문 감식을 통해 하와이 주 오아후에 사는 제임스 카팔라니라는 남자인 것으로 신원이 확인되었다. 그는 45센티미터 정도 길이의 베일링 와이어(건초나 면화, 기타 짐을 높이 쌓아 눌러 묶는 데 사용되는 철사끈 – 옮긴이)로 교살되었다. 와이어 양 끝에는 나무 은못이 달려 있어서, 범인은 목에 와이어를 감은 후에 와이어를 잡고 있기가 편했을 것이다. 아주 깔끔한 솜씨였다. 카팔라니의 얼굴은 굴처럼 푸른빛이 감도는 회색으로 변해 있었다. 푸른 하와이안. 법의국장 서리는 부검을 하면서 그를 이렇게 불렀다. 보슈는 FBI 범죄정보센터와 법무부 컴퓨터망에 접속해 카팔라니가 생전에는 지미 캅스라고 불렸고 마약전과가 엄청나게 많다는 사실을 알게 되었다. 전과 기록을 프린트한 종이가 그의 목숨을 앗아가는 데 쓰인 베일링 와이어만큼이나 길었다.

"그래서 법의관이 그 친구 몸을 가르고 창자에서 콘돔을 마흔 두 개나 꺼냈을 때도 별로 놀랍지 않았어."

보슈가 말했다.

"그 속에 뭐가 들어 있었어?"

"글래스라는 하와이산 마약. 아이스의 파생상품이라더군. 몇 년 전에는 아이스가 선풍적인 인기를 끌었는데. 어쨌든 이 지미 캅스라는 남자는 운송책이었어. 글래스를 뱃속에 숨기고 호놀룰루에서 날아온 비행기에서 내리자마자 베일링 와이어에 목이 졸려 죽은 거지. 이 글래스라는 게 굉장히 비싼 마약이고 시장을 놓고 경쟁이 엄청 치열하다고 들었어. 글래스에 대해서 뭐라도 정보를 좀 얻고 싶어. 아는 게 하나도 없거든. 살인범을 잡자면 알아야 할 것 같은데."

"글래스에 대해서는 누구한테 들었지?"

"본부 마약수사관들한테. 별 도움은 못 됐어."

"다들 쥐뿔도 모르고 있으니까. 블랙 아이스 이야기도 하던가?"

"약간. 그게 경쟁 상품이라던데. 멕시코에서 들어오는 거고. 그 사람들한테 들은 건 이게 전부야."

무어가 두리번거리며 바텐더를 찾았는데, 바텐더는 바의 다른 쪽 끝에 서서 고개를 숙이고 이쪽은 의도적으로 외면하고 있는 것 같았다.

무어가 말했다.

"둘 다 비교적 최신 상품이야. 근본적으로 블랙 아이스와 글래스는 같은 거야. 효과가 같거든. 글래스는 하와이에서 만들고, 블랙 아이스는 멕시코에서 들어오고. 가히 '21세기의 마약'이라 할 만하지. 내가 판매상이라면 인종, 남녀노소를 가리지 않고 누구에게나 좋은 상품이라고 선전하겠어. 처음에는 누군가가 코카인과 헤로인, PCP(마취 성질이 있는 환각제. 제조가 쉽고 가격이 저렴하여 미국에선 1960년대 중반부터 선풍적인 인기를 끌었음. 파슬리·박하·담배·마리화나 같은 잎으로 된 물질과 분말 형태로 혼합하거나 액체에 녹여 잎에 분무해서 연기를 흡입함-옮긴이)를 한데 섞어서 흔들었더니 엄청나게 강력한 마약이 나왔다는 거야. 효과 만땅이었지. 흡입하면 처음에는 코카인 성분이 퍼져서 흥분하기 시작하다가 헤로인이 날개를 달아주는 거야. 환각 상태가 몇 분이 아니라 몇 시간씩 지속되고. 그 안에 든 소량의 PCP가 환각상태를 오래 지속시켜주는 거지. 일단 이게 거리에 퍼지고 나면 다른 건 모두 몰아낼 거야. 제기랄, 생각하고 싶지도 않지만, 거리에는 좀비들만 어슬렁거리게 될 거라고."

보슈는 아무 말도 하지 않았다. 이미 알고 있는 내용이 많았지만 무어가 술술 이야기를 풀어내고 있어서 질문으로 맥을 끊고 싶지 않았다. 그는 담배를 붙여 물고 기다렸다.

무어가 말을 이었다.

"하와이에서 시작됐지. 오아후에서. 거기서 아이스를 제조했어. 플레인 아이스라고 불렸지. PCP와 코카인을 혼합한 거였어. 그걸로 엄청난 돈을 벌여들였고. 그러다가 발전하기 시작했어. 헤로인을 첨가한 거야. 아시아에서 들여온 백색 가루를. 그건 효과가 더 좋았어. 헤로인을 첨가한 건 글래스라고 불렀어. 유리처럼 매끄럽게 환각상태가 지속되어라, 뭐 그런 뜻이 담겨 있겠지. 처음에는 거칠 게 없어 보였을 거야. 값을 부르는 대로 받을 수 있을 거라고, 그래서 엄청난 수익을 거둘 수 있을 거라고 믿었을 테지."

그는 이 두 가지 요소의 중요성을 강조하듯 두 손을 들어 올려 맞잡았다.

"그런데 문제가 있었지. 좋은 물건을 만들긴 했는데 본토로 운반하는 게 어려웠어. 배와 비행기가 있긴 하지만 규제를 받잖아. 적어도 어느 정도까지는 말이지. 검색대를 통과해야 하고 수색을 당하기도 하고. 그래서 생각해낸 게 그 캄스라는 친구처럼 뱃속에 넣어서 실어나르는 운반책이었어. 하지만 이것도 생각보다 문제가 많았지. 우선 운반량에 한계가 있었어. 그 친구 뱃속에 콘돔이 마흔 두 개가 있었다고? 그럼 어느 정도냐, 1백 그램 정도 되나? 수고에 비해서 많은 양이 아니잖아. 게다가 공항마다 마약단속국(Drug Enforcement Administration, DEA) 요원들이 포진해 있잖아. 그들은 캄스 같은 사람들을, 이른바 콘돔 밀수꾼들을 찾고 있지. 수색할 용의자의 특징을 잘 알고 있고. 땀은 흘리는데 입은 바싹 말라 있고 입술에 침을 바르는 사람들 말이야. 카오펙테이트라는 지사제를 먹으면 그런 증상이 나타나거든. 콘돔 밀수꾼들은 그걸 콜라 마시듯 들이켜. 그래서 그런 증상이 나타나 노출이 되고. 어쨌든 내 말은 그런 점에선 멕시코 인들이 훨씬 더 유리한 입장이라는 거야. 지리학적 위치가 그들의 편이잖아. 그들에겐 배와 비행기 외에도 3천2백 킬로미터나 되는 국경선이 있지. 그 기다란 국경선에서 마약 밀반입을 단속하는 건 거의 불가능하거든. 코카인은 미국으로 들어오는 게 5킬로그램이라면 5백 그램 정도는 적발해낸다더군. 하지만 블랙 아이스는 전혀 적발해내지 못했대. 국경에서 블랙 아이스를 적발했다는 말은 아직까지 한 번도 못 들어봤어."

무어는 잠시 말을 멈추고 담배에 불을 붙였다. 성냥을 쥐고 있는 손이 떨리고 있었다.

"멕시코 인들은 글래스 제조법을 훔쳐냈어. 그리고는 글래스를 복제하기 시작했지. 그들은 단지 자국에서 생산한 갈색 헤로인과 타르를 사용하고 있어. 타르는 식용유통 밑에 남은 끈적끈적한 찌꺼기야. 그 안에 불순물이 다량 함유되어 있어 검은색을 띠거든. 그래서 멕시코에서 제조된 글래스를 블랙 아이스라고 부르게 된 거야. 그들은 그걸 더 싼 값에 제조하고, 더 싼 값에 운반하고, 더 싼 값에 판매하지. 이젠 하와이산 글래스를 시장에서 거의 다 몰아냈어. 시장에 돌고 있는 건 멕시코 인들이 제조한 블랙 아이스뿐이야."

무어는 여기에서 말을 끝맺으려는 것 같았다.

보슈가 물었다.

"멕시코 인들이 그렇게 하와이산 글래스를 몰아내려고 하와이 운반책들을 제거한다는 얘기는 못 들었어?"

"아직까진. 하지만 잊지 말아야 할 건, 블랙 아이스를 만드는 건 멕시코 인들이지만, 거리에서 파는 건 멕시코 인이 아닌 경우가 많다는 사실이야. 중간에 몇 단계를 거치고 나서야 거리로 나오니까."

"그래도 멕시코 인들이 배후에서 조종을 하고 있겠지."

"맞아. 그건 사실이야."

"그렇다면 누가 지미 캅스를 죽였을까?"

"모르겠어. 그 얘긴 지금 처음 들어서."

"당신 팀이 블랙 아이스 판매책들을 체포한 적이 있나? 수색이라도 해본 적은 있어?"

"몇 명 있는데, 전부 피라미 새끼들이야. 백인 남자애들. 할리우드 대로에 나타나는 마약 판매책은 보통 백인 소년들이야. 그 애들이 파는 게 더 쉽기 때문이지. 그렇다고 블랙 아이스를 그 애들에게 넘긴 게 멕시코인들이 아니라는 말은 아니야. 그리고 중남미 갱단이 개입되어 있지 않다는 뜻도 아니고. 우리가 검거한 그 몇 명이 당신한텐 별 도움이 안 될 거라는 것도 다 그 때문이야."

무어가 빈 맥주 컵을 바 위에 쾅 소리 나게 내려놓자 바텐더가 고개를 들어 이쪽을 바라보았다. 무어는 한 잔을 더 가져오라고 손짓을 했다. 그는 점점 더 침울해지는 것 같았고, 그가 준 정보는 보슈에게 별 도움이 되지 못했다.

"조직 상부로 더 올라가봐야겠군. 도움이 될 만한 게 있으면 언제라도 알려주겠어? 사건이 발생한 지 3주나 됐는데 아직 아무것도 못 건졌어. 뭐라도 건져내지 않으면 포기하고 다른 사건으로 옮겨가야 해."

무어는 바의 뒷벽에 줄지어 서 있는 술병을 노려보고 있었다.

"그러지. 하지만 알아둬. 우린 블랙 아이스는 별로 신경 안 써. 주로 취급하는 게 코카인, 에인절 더스트, 마리화나 같은 것들이지. 외국산 희귀 상품이 아니라. 우린 쪽수 팀이거든. 하지만 마약단속국에 아는 사람이 있으니까, 그 친구한테 물어볼게."

보슈가 손목시계를 보니 자정이 가까워지고 있었다. 이제 그만 자리를 뜨고 싶었다. 무어는 꽁초가 수두룩한 재떨이에 끄지 않은 담배를 걸쳐놓고서도 새 담배에 불을 붙였다. 보슈 앞에는 맥주 한 잔과 위스키 한 잔이 그대로 남아 있었지만 일어서서 돈을 꺼내려고 주머니를 뒤지기 시작했다.

보슈가 말했다.

"고마워, 무어. 그 친구한테 알아보고 연락 줘."

"그러지."

무어가 말했다. 잠시 후 그가 보슈를 불렀다.

"저기, 보슈?"

"왜?"

"당신 얘기 들었어. 그러니까… 서 안에 돌았던 얘기 말이야. 감찰계 조사를 받았다던데. 혹시 채스틴이라는 감찰계 사복하고 맞붙었어?"

보슈는 잠깐 생각했다. 존 채스틴은 제일 능력 있는 형사 중의 하나였다. 감찰계는 제보에 따른 조사를 마무리할 때 '증거 확보', '증거 불충분', '사실 무근'이라고 분류했다. 그는 '증거 확보의 귀재 채스틴'이라고 불렸다.

보슈가 말했다.

"들어보기는 했어. 3급이고, 팀장이지."

"채스틴이 형사 3급이란건 나도 알아. 젠장, 그건 다 아는 사실이잖아. 내 말은, 그가 당신을 물고 늘어진 사람들 중의 하나였냐고."

"아니, 항상 다른 사람이었는데."

무어가 고개를 끄덕였다. 그러고는 팔을 뻗어 보슈 앞에 놓인 위스키 잔을 집어 들더니 단숨에 비우고 나서 말했다.

"당신이 들은 바로는 어때? 그 채스틴이라는 친구, 일을 잘 하는 것 같아? 아니면 거들먹거리기나 하는 정복들 중 하나야?"

"잘한다는 게 무슨 의미냐에 달렸겠지. 하지만, 내 생각엔 잘하는 친구는 한 명도 없는 것 같아. 아니, 그런 일은 잘 한다 못 한다고 표현할 수가 없겠지. 하지만 그 인간들은 당신한테서 조그만 흠이라도 발견하면 완전히 파멸시키려고 들 거야."

보슈는 무슨 일인지 물어보고 싶기도 하고 주제넘게 간섭하고 싶지 않기도 해서 갈등하고 있었다. 무어는 아무 말도 하지 않았다. 보슈에게 선택권을 주고 있었다. 보슈는 나서지 않기로 결정했다.

보슈가 말했다.

"그 인간들이 당신을 노리고 있으면, 당신이 할 수 있는 일은 별로 없어. 노조에 연락하고 변호사를 구해. 변호사가 시키는 대로 하고, 사복들한테 불필요한 얘기는 절대로 하지 말고."

무어는 조용히 고개를 끄덕였다. 보슈는 20달러짜리 지폐 두 장을 바위에 놓았다. 이것으로 술값을 계산하고 바텐더에게 팁도 남기를 바랐다. 그는 술집을 나왔다.

그 후로 보슈는 다시는 무어를 보지 못했다.

보슈는 앤텔로프 밸리 고속도로로 바꿔 타고 북동쪽으로 달렸다. 샌드 캐니언 고가도로에서 반대편 차선을 보니 흰색 방송사 중계차가 남쪽으로 달려가고 있었다. 옆문에 커다란 9자가 보였다. 무어의 아내는 이미 알고 있을 것이었다. 약간 미안한 마음이 들었지만 자기가 소식을 최초로 전하는 사람이 아니라는 사실에 안도감도 느꼈다.

그러고 보니 미망인의 이름을 모르고 있었다. 어빙은 보슈가 이미 그녀의 이름을 알고 있을 거라고 생각했는지 주소만 알려주었다. 보슈는 앤텔로프 밸리 고속도로에서 시에라 고속도로로 바꿔 타면서, 지난 한 주 동안 읽었던 신문 기사들을 떠올려보았다. 기사마다 그녀의 이름이 나와 있었다.

그러나 생각이 나지 않았다. 그녀가 밸리의 어느 고등학교 교사라는 건, 영어 교사라는 건 기억이 났다. 자녀가 없다는 것도 기억이 났다. 그리고 몇 달 전부터 남편과 별거 중이었다는 사실도 기억이 났다. 그러나 이름은 아무리 생각해내려 해도 가물가물했다.

보슈는 델 프라도로 들어가 거리 모퉁이마다 적혀 있는 번지수를 확인하며 가다가, 한때 칼 무어가 살았던 집 앞에 차를 세웠다.

그 집은 평범한 단층집으로, 신도시에 수백 채씩 일괄적으로 지어져 아침마다 고속도로가 넘쳐나는 차량으로 몸살을 앓게 만드는 그런 집들 중 하나였다. 침실이 네 개 정도나 될 것 같이 큰 집이었다. 자녀도 없는 부부가 이런 큰 집에서 살았다니 이상했다. 한때는 아이를 가질 계획이 있었던 건지도 몰랐다.

현관등은 꺼져 있었다. 올 사람도 없고 반길 사람도 없다는 뜻이었다. 그러나 어스름한 달빛 속에서도 앞마당 잔디밭이 보였는데, 잔디 깎을 때가 적어도 한 달은 지난 것 같았다. 길게 자란 풀이 인도 옆에 세워진 리텐보 부동산 광고판 기둥을 둘러싸고 있었다.

진입로에는 차가 한 대도 없었고 차고 문은 닫혀 있었으며 차고 창문 두 개도 컴컴했다. 현관 옆 커튼이 쳐진 커다란 전망창 뒤에서만 희미한 불빛이 새어나오고 있었다. 보슈는 무어의 부인이 어떻게 생겼는지, 그녀가 죄책감을 느낄지 분노를 느낄지 아니면 둘 다 느낄지 궁금했다.

보슈는 담배를 창밖으로 던지고 차에서 내려 발로 밟아 껐다. 그러고는 집을 판다는 서글픈 광고판을 지나 현관을 향해 걸어갔다.

4 긴 이별

현관문 앞 바닥에 놓인 깔개에는 '웰컴'이라고 적혀 있었지만, 그동안 그 낡은 깔개에서 신발 먼지를 털어낸 사람은 별로 없는 것 같았다. 보슈가 이런 것을 알아차린 것은 문을 두드리고 나서 줄곧 고개를 숙이고 있었기 때문이었다. 뭘 보더라도 이 여자를 보는 것보다는 나을 것 같았다.

한 번 더 문을 두드리자 여자의 목소리가 들렸다.

"가세요. 노코멘트예요."

보슈 자신도 좀 전에 똑같은 말을 했다는 사실이 생각나 저절로 미소가 지어졌다.

"무어 부인? 전 기자가 아닙니다. LA 경찰입니다."

문이 조금 열리더니 여자의 얼굴이 나타났지만, 역광에 그늘이 져 있어 잘 보이지 않았다. 사슬 자물쇠가 걸려 있었다. 경찰배지 지갑을 꺼내 들고 있던 보슈는 지갑을 열어 배지를 보여주었다.

"그런데요?"

"무어 부인이십니까?"

"그래요."

"전 할리우드 경찰서의 해리 보슈 형삽니다. 지시를 받고 왔는데, 들어가도 될까요? 몇 가지 여쭤보고 알려드릴 일도 있…."

"한발 늦으셨네요. 벌써 채널 4번, 5번, 9번 방송국 기자들이 다녀갔어요. 문 두드리는 소리가 또 들려서 다른 기자가 왔나보다고 생각했죠. 2번이나 7번이요. 다른 사람은 생각할 수가 없어서."

"무어 부인, 들어가도 되겠습니까?"

보슈는 배지를 내렸다. 여자가 문을 닫았고 곧이어 사슬을 고리에서 벗겨내는 소리가 들렸다. 문이 열리더니 그녀가 들어오라고 손짓을 했다. 보슈는 멕시코 풍의 녹슨 쇠 빛깔의 타일이 깔린 복도로 걸어 들어갔다. 그러고는 벽에 걸린 둥근 거울로 여자가 문을 닫아거는 것을 지켜보았다. 여자의 한 손에는 티슈가 들려 있었다.

"오래 걸리나요?"

여자가 물었다.

보슈는 아니라고 말했고 여자는 그를 거실로 안내했다. 그녀는 속을 지나치게 많이 넣은 듯한 갈색 가죽 의자에 앉았다. 벽난로 옆에 자리한 그 의자는 아주 편안해보였다. 그녀는 벽난로 맞은편에 있는 소파를 가리켰다. 손님 자리인 것 같았다. 벽난로에서는 거의 다 타들어간 장작들이 마지막 붉은 기운을 뿜어내고 있었다. 그녀 옆에 있는 탁자 위에는 티슈통과 서류 뭉치가 있었다. 보고서 같기도 하고 대본 같기도 했다. 비닐 커버 속에 들어 있는 것도 있었다.

보슈의 눈길을 의식한 그녀가 말했다.

"서평이에요. 학생들에게 책을 몇 권 지정해주고 크리스마스 방학 전까지 서평을 내게 했죠. 혼자 보내는 첫 번째 크리스마스라서 바쁘게 지낼 일거리가 필요할 것 같아서요."

보슈는 고개를 끄덕이고 나서 방 안을 둘러보았다. 그는 사람들의 집과 그들이 사는 모습을 살펴보면서 그들에 대해 많은 것을 알아냈다. 그들이 자기 이야기를 털어놓을 수 없을 때가 종종 있었다. 그래서 그는 집 안을 관찰하면서 그들에 대해 알아냈고 자신의 관찰 실력이 꽤 괜찮다고 자부했다.

둘이 앉아 있는 거실은 휑뎅그렁했다. 가구가 별로 없었다. 친구나 가족, 친척들이 모여 즐거운 시간을 보내는 일은 별로 없었던 것 같았다. 거실 한쪽 벽에 커다란 책장이 있었고, 양장판 소설책과 대형 화집이 가득 꽂혀 있었다. 텔레비전은 없었다. 아이들의 흔적도 없었다. 조용히 책을 읽거나 난롯가에서 대화를 나누기 위한 장소인 것 같았다.

하지만 그것도 이젠 끝이었다.

벽난로 맞은편 벽 한구석에 1미터 50센티미터 정도 되는 크리스마스트리가 서 있었고, 흰 전구와 빨간 구슬, 대대로 전해 내려온 것 같은 수제 장식물이 달려 있었다. 그녀가 혼자서 트리를 꾸몄다니 다행이었다. 결혼생활이 파국을 맞은 상황에서도 일상생활을 계속해왔다. 그리고 자신을 위해 트리를 꾸몄다. 그런 점에서 보슈는 그녀가 강인하다는 걸 느낄 수 있었다. 단단한 껍질 속에 상처와 외로움을 숨기고 있겠지만, 힘도 가지고 있었다. 크리스마스트리는 그녀가 이 모든 시련을 견뎌낼 사람이라는 것을 보여주고 있었다. 그녀 혼자의 힘으로. 보슈는 그녀의 이름이 생각나지 않는 것이 안타까웠다.

"말씀하시기 전에 먼저 뭐 좀 물어봐도 될까요?"

그녀가 말했다.

그녀의 의자 옆에 있는 독서등 불빛이 어스름했지만 그녀의 갈색 눈에서 긴장을 읽어내기엔 충분했다.

"그럼요."

"일부러 그러셨어요? 궂은일을 피하기 위해 기자들이 먼저 여기에 도착하게 한 건가요? 남편은 유족에게 알리는 일을 그렇게 불렀어요. 궂은일이라고요. 그리고 형사들은 항상 궂은일을 피하려고 애를 쓴다고 했죠."

보슈는 얼굴이 달아오르는 것을 느꼈다. 벽난로 위 선반에 탁상시계가 있었는데 시계소리가 침묵 속에서 아주 크게 들려왔다. 그는 변명을 하기 시작했다.

"여기 가라는 지시를 조금 전에야 받았습니다. 여길 찾는 것도 좀 힘들었고요. 전…."

보슈가 말을 멈췄다. 그녀는 알고 있었다.

"죄송합니다. 부인 말씀이 맞는 것 같군요. 굳이 서두르지는 않았습니다."

"괜찮아요. 제가 괜한 말을 했네요. 아주 괴로운 일일 텐데요."

보슈는 옛날 영화 속의 형사들처럼 중절모를 가지고 있었으면 좋았겠다고 생각했다. 그러면 모자를 두 손으로 잡고 만지작거리기라도 했을 테니까. 이제 여자를 자세히 보니 상처받은 아름다움이 드러나 보였다. 30대 중반쯤으로 보이고 갈색 머리에 금발로 부분 염색을 한 그녀는 육상선수처럼 기민해보였다. 탱탱한 목 위로 군살 하나 없는 턱 선이 도드라져 보였다. 눈 밑의 잔주름을 숨기기 위해 화장을 하지도 않았다. 청바지에 한때 남편이 입었던 것 같은 헐렁한 흰 티셔츠를 입고 있었다. 보슈는 그녀의 마음속에 칼렉시코 무어가 얼마나 남아 있을까 궁금했다.

보슈는 그녀가 궂은일을 피하려고 일부러 늦게 나타났냐고 비난조로 물어보는 것을 보고 감탄했다. 그런 말을 들어 싸다는 생각이 들었다. 그녀를 만난 지 3분밖에 안 됐지만 그녀가 누구를 닮았다는 느낌이 들었는데 누군지는 생각이 나지 않았다. 아마도 과거에 알았던 누구일 것이다. 그녀에게서는 강인함 외에도 고요한 부드러움이 느껴졌다. 자꾸만 눈길이 갔다. 그녀의 눈은 자석 같았다.

"전 해리 보슈 형삽니다."

그는 그녀도 이름을 말해주기를 기대하면서 다시 자기소개를 했다.

"네, 당신 얘기를 들은 적이 있어요. 신문 기사도 읽은 기억이 나네요. 남편한테서 당신 얘기를 들었죠. 당신이 할리우드 경찰서로 전출되었을 때였던 것 같군요. 몇 년 전이에요. 그 전에도 남편이 당신 얘기를 했었는데, 영화사에서 한 사건을 다루는 TV 영화를 만들면서 당신 이름을 사용하는 대가로 엄청난 돈을 줬다더군요. 그래서 언덕에 있는 고급 주택을 샀다죠, 아마?"

보슈는 마지못해 고개를 끄덕이고는 화제를 바꿨다.

"기자들이 뭐라고 했는지는 모르겠지만, 무어 부인, 전 변사체가 한 구 발견되었는데 부인의 남편인 것으로 보인다는 사실을 전하라는 지시를 받고 왔습니다. 이런 소식을 전하게 되어 유감입니다. 전⋯."

"일이 이렇게 되리라는 건 당신이나 나나 이 도시의 경찰 모두가 알고 있었잖아요. 난 기자들하고 얘기 안 했어요. 노코멘트라고만 했죠. 크리스마스날 밤에 기자들이 그렇게 많이 몰려오면 뻔하잖아요, 나쁜 소식 때문이라는 게."

보슈는 고개를 끄덕이고는 고개를 숙이고 두 손에 들고 있는 상상의 중절모를 바라보았다.

"그래, 뭐예요? 자살이에요? 총으로요?"

보슈는 다시 고개를 끄덕이고 나서 말했다.

"그런 거 같아 보이지만 지금으로서는 아무것도 확실…."

"부검이 끝날 때까지는 아무것도 확실하지 않겠죠. 알아요. 난 경찰의 아내거든요. 아니 아내였죠. 당신이 어디까지는 말할 수 있고 어디부터는 말할 수 없는지 알아요. 당신네 사람들은 나한테까지도 솔직해질 수가 없나보군요. 부검이 끝날 때까지는 나한테까지도 비밀로 하겠단 말이군요."

보슈는 그녀의 눈빛이 분노로 날카로워지는 것을 보았다.

"그렇지 않습니다, 무어 부인. 전 그냥 너무 충격 받으실까 봐…."

"보슈 형사님, 말씀하시고 싶은 게 있으시면, 그냥 말씀하세요."

"그러죠, 무어 부인. 총이었습니다. 자세한 이야기가 듣고 싶으신 모양인데, 말씀드리죠. 부인 남편은, 그 변사체가 남편이 맞다면 말이죠, 산탄총으로 자신의 머리를 날려버렸습니다. 완전히 으스러졌죠. 그래서 정말 그가 맞는지, 그가 스스로 그런 일을 저지른 것인지 확인을 해야 합니다. 그 전에는 아무것도 단언할 수가 없습니다. 비밀로 하려는 게 아닙니다. 다만 그 모든 의문에 대한 해답을 아직 얻지 못했을 뿐이죠."

그녀가 의자에 등을 기대자 빛 속에서 얼굴이 사라졌다. 보슈는 어스름한 그림자 속에서 그녀의 표정을 보았다. 눈에 서린 긴장과 분노가 서서히 사라지고 있었다. 어깨도 긴장을 푸는 것 같았다. 그는 한순간 자제력을 잃은 자신이 부끄러웠다.

"죄송합니다. 왜 이런 말을 했는지 모르겠군요. 하면 안 되는 건데…."

"괜찮아요. 제가 잘못한 것 같네요. 저도 죄송해요."

그녀가 분노가 사라진 눈으로 보슈를 바라보았다. 그가 그녀의 껍질을 깨고 들어간 것이었다. 그는 그녀 곁에 누군가 있어야 한다는 걸 느낄 수 있었다. 지금 그녀 혼자 있기에는 집이 너무 크고 어두웠다. 세상의 모든 크리스마스트리와 서평을 다 갖다놓더라도 그 사실은 변하지 않았다. 하지만 보슈가 이곳에 더 머무르고 싶은 데에는 또 다른 이유가 있었다. 본능적으로 그녀에게 끌리고 있었다. 보슈는 자신과 정반대인 여자에게 끌린 적이 한 번도 없었고 오히려 그 반대였다. 항상 자신과 닮은 구석이 있는 여자에게 끌렸다. 왜 그런지는 알 수 없었다. 그냥 그랬다. 그리고 지금 이름도 알지 못하는 이 여자에게 끌리고 있었다. 자신을 닮은 것 같아서, 자신과 비슷한 욕구를 가진 것 같아서 그런 건지도 모르겠지만, 분명히 그녀에게 끌리고 있었다. 그는 무엇이 저렇게 날카로운 눈가를 주름지게 만들었을까 알고 싶었다. 자신처럼 그녀도 마음속에 상처를 가지고 있고 깊이 숨기고 있다는 걸 알 수 있었다. 그녀는 자신과 닮은꼴이었다. 그건 분명했다.

"죄송하지만 전 부인 이름을 모릅니다. 부국장님이 주소만 주면서 가라고 하셔서요."

그녀는 보슈의 난처해하는 표정을 보며 미소를 지었다.

"실비아예요."

보슈가 고개를 끄덕였다.

"실비아, 음, 지금 제가 맡고 있는 게 커피 향인가요?"

"네. 한 잔 하실래요?"

"크게 수고스럽지 않으시다면, 한 잔 부탁합니다."

"전혀요."

그녀가 일어서서 그의 앞을 지나가는 동안 괜한 짓을 하는 게 아닌가 하는 생각이 들었다.

"저기, 죄송합니다. 그냥 가야할 것 같군요. 생각할 게 많으실 텐데 불쑥 찾아와서는….."

"아뇨, 그냥 계세요. 누가 있는 게 나을 것 같아요."

실비아는 대답을 기다리지 않았다. 벽난로에선 불꽃이 사그라지면서 장작이 타닥거리는 소리가 났다. 보슈는 실비아가 부엌으로 향하는 모습을 지켜보았다. 잠깐 기다리다가, 다시 한 번 거실 안을 둘러보고는 일어서서 불이 켜져 있는 부엌을 향해 걸어갔다.

"블랙으로 부탁합니다."

"그렇겠죠. 경찰이니까."

"경찰을 별로 안 좋아하시나보군요."

"그냥, 사이가 좋은 건 아니었다고 해두죠."

실비아는 보슈에게 등을 보이고 서서 조리대 위에 머그잔 두 개를 올려놓고 유리 포트에서 커피를 따랐다. 보슈는 냉장고 옆 벽에 기대 서 있었다. 무슨 말을 해야 할지, 사건 이야기를 계속해야 할지 말아야 할지 난감했다.

"집이 좋군요."

"그래요, 가정으로선 별로였지만 집은 괜찮죠. 팔려고 내놨어요."

실비아는 계속 등을 보이고 서서 말했다.

"남편이 한 일에 대해서 자책할 필요는 없다는 거 아시죠?"

보슈는 말을 하면서도 설득력 없는 위로라는 걸 알고 있었다.

"말은 쉽죠."

"그러게요."

한참 동안 침묵이 흐른 후 보슈는 본론을 밀고 나가기로 결심했다.

"유서가 나왔습니다."

실비아는 하던 일을 멈췄지만 돌아보지는 않았다.

"'난 내가 누군지 알게 되었다.' 그게 전붑니다."

그녀는 아무 말도 하지 않았다. 머그잔 한 개는 아직도 비어 있었다.

"당신에게 어떤 의미가 있는 말인가요?"

마침내 실비아가 보슈를 향해 돌아섰다. 부엌의 밝은 조명 아래 그녀의 두 뺨에 난 눈물 자국이 선명하게 보였다. 그걸 보며 보슈는 자기가 아무것도 아니라는, 그녀의 치유를 돕기 위해 아무것도 해줄 수 없다는 무력감을 느꼈다.

"모르겠어요. 남편은… 칼은 과거에 매여 살았어요."

"무슨 뜻이죠?"

"그는 그냥… 그는 항상 과거로 돌아가곤 했어요. 현재나 미래보다 과거를 더 좋아했죠. 어린 시절로 돌아가는 걸 좋아했어요. 그는… 그는 과거를 과거로 덮어두지 못했어요."

실비아의 눈가에 다시 눈물이 맺혔다. 그녀는 조리대를 향해 돌아서서 커피를 마저 따랐다.

"과거에 그에게 무슨 일이 있었나요?"

보슈가 물었다.

"무슨 일이 없었던 사람이 있겠어요?"

실비아는 그 말을 하고 나서 한동안 말이 없다가 다시 입을 열었다.

"모르겠어요. 과거로 돌아가고 싶어 했어요. 과거 속의 무언가를 갈망했어요."

누구에게나 과거에 대한 갈망이 있다. 때로는 그것이 미래보다 더 강하게 우리를 잡아끈다. 실비아는 티슈로 눈물을 닦고 돌아서서 보슈에게 머그잔을 건넸다. 그는 아무 말 없이 커피를 한 모금 마셨다.

"언젠가 자기가 성에서 살았다고 말했어요. 진짜로 성이었는지는 모르겠지만 자기 집을 그렇게 불렀죠."

"칼렉시코에서요?"

"네. 하지만 잠깐 동안이었대요. 무슨 일이 있었는지는 나도 몰라요. 그때 일에 대해서는 별로 말이 없었어요. 아버지가 문제였어요. 아버지한테 버림을 받았다고 했어요. 칼과 어머니는 아버지한테 버림받고 성을, 칼렉시코를 떠나야 했대요. 어머니는 국경을 넘어 자기 고향으로 아들을 데려 갔고요. 칼은 자기가 칼렉시코 출신이라고 말하곤 했지만 실은 멕시칼리에서 자랐죠. 거기 가보셨는지 모르겠네요."

"차를 타고 지나가보기는 했어요. 멈추지는 않았고요."

"거긴 그런 곳이죠. 지나가보기는 하지만 멈추지는 않는. 어쨌든 칼은 거기서 자랐어요."

실비아는 말을 멈췄고, 보슈는 그녀의 말이 이어지기를 기다리고 있었다. 그녀는 커피를 내려다보고 있었다. 지친 표정이었지만 매력적이었다. 그녀는 지금이 끝일 뿐만 아니라 새로운 시작이라는 걸 알지 못하고 있을 터였다.

"칼이 극복하지 못한 게 그거였어요. 아버지한테 버림받았다는 사실이요. 칼은 종종 칼렉시코에 갔어요. 난 따라가지 않았지만 칼이 거기 간다는 걸 알고 있었죠. 혼자서요. 아버지를 보러 간다고 생각했어요. 어쩌면 예전에 아버지가 자길 버리지 않았다면 어떤 삶을 살았을지 보러 간 건지도 모르겠다고 생각했죠. 모르겠어요. 칼은 어릴 적 사진을 고이 간직하고 있었어요. 가끔씩 밤에 내가 잠이 들었다고 생각하고는 몰래 사진을 꺼내 보곤 했었죠."

"아직 살아계십니까, 아버지가요?"

"몰라요. 칼은 아버지 얘긴 거의 하지 않았고, 아버지가 돌아가셨다고 했어요. 하지만 자기에게 아버지는 죽은 사람과 마찬가지라는 은유적인 표현인지 정말로 돌아가셨다는 건지는 모르겠어요. 어쨌든 칼은 아버지가 돌아가셨다고 했어요. 아버지 일은 칼에게는 부인인 나한테도 털어놓을 수 없는 아주 사적인 일이었어요. 칼은 그 오랜 세월이 흐른 후에도 아버지에게 버림받았다는 충격과 상처에서 헤어나지 못했죠. 아무리 졸라도 아버지에 대해서는 말을 하지 않았어요. 가끔씩 내

성화에 못 이겨 말을 할 땐, 노친네는 자기에게 아무 의미도 아니고, 죽었든 살았든 신경 쓰지 않는다고 했어요. 하지만 그건 거짓말이었어요. 분명히 알 수 있었죠. 결혼하고 나서 몇 년이 흐른 후엔 나도 아버지 얘기 해달라고 졸라대지 않았어요. 자기가 먼저 이야기를 꺼낸 적도 없고요. 그냥 그곳으로 내려가곤 했어요. 주말에 가기도 하고 주중에 하루 날을 잡아 가기도 하고요. 돌아와서도 그 이야기는 한마디도 하지 않았어요."

"그 사진들 갖고 계십니까?"

"아뇨, 칼이 이 집을 떠날 때 다 가져갔어요. 그런 걸 남겨둘 사람이 아니에요."

보슈는 생각할 시간을 벌기 위해 커피를 몇 모금 홀짝였다.

"얘기를 들으니… 잘은 모르겠지만… 혹시 남편의 자살이 그 일하고 상관이 있는 건 아닌…."

"모르겠어요. 확실히 말씀드릴 수 있는 건 그 일이 우리 부부 사이에 상당한 영향을 미쳤다는 것뿐이에요. 칼은 그 일에 집착했어요. 그 일이 나보다 더 중요했죠. 우리 결혼생활이 끝난 것도 그 때문이었어요."

"칼이 뭘 찾으려고 한 거죠?"

"모르겠어요. 지난 몇 년 동안 칼은 마음의 문을 닫아걸고 살았어요. 그리고 얼마 후에는 나도 마음을 닫았죠. 그렇게 우린 끝났어요."

보슈는 고개를 끄덕이고 고개를 돌려 실비아의 눈을 피했다. 달리 무엇을 할 수 있겠는가? 형사라는 직업 때문에 다른 사람들의 사생활에 깊숙이 발을 들여놓을 수밖에 없을 때가 종종 있었다. 그럴 때면 그는 그곳에 서서 고개를 끄덕이는 것밖에 달리 할 일이 없었다. 대답을 들을 권리가 없다는 걸 알고 있어 죄책감을 느끼면서도 질문을 할 수밖에 없을 때가 많았다. 그러나 지금 그는 이곳에 전령으로 와 있는 것이었다. 칼이 자기 얼굴에 총신 두 개짜리 산탄총을 들이대고 방아쇠를 당긴 이유를 알아내는 건 그의 임무가 아니었다.

그런데도 칼 무어의 이해할 수 없는 행동과 그녀의 고통스러운 표정이 보슈를 놔주지 않았다. 그녀의 아름다운 외모뿐만 아니라 다른 무언가가 계속 그를 끌어당기고 있었다. 물론 겉으로 봐서도 그녀는 매혹적이었다. 그러나 그녀의 표정에 드러난 상처, 눈물, 그리고 그녀의 눈 속에 보이는 강인함이 그를 잡아끌고 있었다. 그녀가 이런 일을 겪는 것이 부당하다는 생각이 들었다. 도대체 칼 무어는 왜 일을 이 지경으로 만들었을까?

보슈가 다시 그녀를 바라보았다.

"언젠가 칼이 제게 다른 문제 이야기를 꺼낸 적이 있습니다. 제가 감찰계의 조사를 받은 경험이 있는데요, 감찰계가 뭐 하는 데냐 하면…."

"알고 있어요."

"아, 예. 칼이 제게 조언을 구하더군요. 그에 대한 조사를 담당한 채스틴이라는 형사를 아는지 물었습니다. 칼이 이런 이야기를 했습니까? 무슨 일 때문이었죠?"

"아뇨, 못 들었어요."

실비아의 태도가 바뀌고 있었다. 마음속에서 또다시 분노가 솟아오르고 있는 게 보였다. 아주 날카로운 눈초리였다. 보슈가 건드리면 안 될 곳을 건드린 것이었다.

"하지만 그 일에 대해 알고는 계셨군요, 그렇죠?"

"채스틴 형사가 여길 찾아왔었어요. 내가 자기 일에 협조할 거라고 생각하고 있더군요. 내가 남편을 고발했다고 말했는데, 그건 사실이 아니었어요. 집 안을 수색하고 싶다기에 안 된다고 가라고 했죠. 그 이야긴 별로 하고 싶지 않군요."

"언제 왔었죠?"

"정확히 기억은 안 나지만 한두 달 전이었어요."

"칼에게 그 사실을 알렸습니까?"

실비아는 망설이다가 고개를 끄덕였다.

이제 보니 그러고 나서 무어가 캐털리나에서 보슈를 만나 조언을 구한 거였다.

"무슨 일인지 정말 모르십니까?"

"그때 이미 우린 별거 중이었어요. 연락을 끊고 살았죠. 우리 둘의 관계는 이미 끝났으니까요. 난 그냥 칼에게 그 남자가 와서 내가 고발을 했다고 거짓말을 하더란 이야기를 해줬을 뿐이에요. 칼은 그 사람들이 하는 일이 그거라고, 거짓말을 하는 거라고 하더군요. 그리고 걱정하지 말라고 했어요."

보슈는 커피를 다 마셨지만 머그잔은 그대로 들고 있었다. 실비아는 자세한 내막은 몰라도 남편에게 심각한 문제가 생겼다는 사실과 남편이 자신의 과거에 사로잡혀 둘의 미래를 던져버렸다는 사실을 알고 있었다. 그런데도 남편에게 의리를 지켰다. 보슈는 그 일로 그녀를 비난할 수 없었다. 오히려 그녀가 더 좋아졌다.

"지금 뭐하시는 거예요?"

실비아가 물었다.

"네?"

"당신이 내 남편의 죽음을 수사하고 있다면, 감찰계 일에 대해서는 이미 알고 있을 텐데요. 당신도 내게 거짓말을 하고 있거나 정말로 모르고 있는 거잖아요. 그렇다면 지금 뭐하시는 거냐고요."

그는 머그잔을 조리대 위에 내려놓으면서 몇 초 동안 머리를 굴렸다.

"전 부국장님에게 사건 소식을 전하라는 지시를 받고 온 겁니다."

"궂은일을 하라고 말이죠."

"네, 궂은일을 맡았죠. 하지만 말씀드렸다시피, 부인의 남편을 좀 알고 있었고…."

"그다지 해결하기 어려운 사건이 아닌 것 같은데요, 보슈 형사님."

보슈가 고개를 끄덕였다. 달리 할 말이 떠오르지 않았다.

"난 밸리의 그랜트고등학교에서 영어와 문학을 가르쳐요. 학생들에게 LA를 소재로 한 책을 읽고 서평을 쓰라는 숙제를 자주 내주죠. 자기들이 사는 지역사회의 역사와 특성에 대해서 알아보라고 말이죠. 여기 태생이 거의 없거든요. 어쨌든 그렇게 숙제로 지정하는 책들 중에 《긴 이별》(1953년 레이먼드 챈들러가 발표한 탐정 소설 - 옮긴이)이라는 소설이 있어요. 형사 이야기죠."

"읽어봤습니다."

"거기에 이런 말이 있어요. '자신이 파놓은 함정보다 더 깊은 함정은 없다.' 그 말을 읽을 때마다 남편을 떠올리죠. 그리고 나 자신을요."

실비아가 다시 울기 시작했다: 보슈를 바라보면서 조용히 눈물을 흘렸다. 보슈는 이번에는 고개를 끄덕이지 않았다. 그녀의 눈이 부탁하는 대로 그녀에게로 다가가 어깨에 손을 얹었다. 어색했다. 이윽고 그녀가 그에게로 몸을 기울이더니 그의 가슴에 머리를 기댔다. 그는 그녀가 스스로 떨어질 때까지 그렇게 울게 내버려두었다.

한 시간 후 보슈는 집에 돌아와 있었다. 저녁때부터 식탁 위에 있던 반쯤 든 포도주 잔과 포도주 병을 집어 들었다. 그러고는 뒷 현관으로 나가 계단에 앉아 이른 새벽까지 포도주를 마시며 생각에 잠겼다. 산불은 완전히 진화되었다. 그러나 이제 그의 마음속에서 불길이 타오르고 있었다.

칼렉시코 무어는 모두가 마음속 깊은 곳에 간직하고 있는 의문에 대한 해답을 찾은 것 같았다. 해리 보슈도 그 해답을 찾고 싶었다. '난 내가 누구인지 알게 되었다.'

그리고 그 의문이 칼렉시코 무어를 죽였다. 보슈가 다칠까 봐 꽁꽁 숨겨둔 마음에 주먹질을 해대는 의문도 바로 그것이었다.

5 종결률 50퍼센트

크리스마스 다음 날인 목요일 아침은 우편엽서 사진작가들이 좋아할 만한 날씨였다. 하늘에는 스모그의 흔적이 전혀 없었다. 산불은 이미 진화되었고 연기는 태평양에서 불어오는 산들바람을 타고 언덕 너머로 다 날아가 버렸다. 푸른 하늘에 뭉게구름이 두둥실 떠다니고 있었다.

보슈는 언덕에서 내려오는 긴 길을 택했다. 우드로 윌슨 거리를 따라 달리다가 멀홀랜드를 지나서는 니콜스 캐니언을 통과하는 둘러가는 길을 택했다. 푸른 등나무와 보라색 채송화에 덮인 언덕 풍경이 좋았고, 이 도시의 영광도 시들해지고 있다는 것을 보여주듯 세월 속에 인간과 함께 늙어가는 1백만 달러를 호가하는 대저택들을 구경하는 것도 좋았다. 그는 운전을 하면서 전날 밤 일과, 실비아 무어를 위로하면서 받았던 느낌을 떠올렸다. 그 일로 인해 자신이 록웰(노먼 록웰. 20세기 미국의 화가이자 일러스트레이터. 미국 중산층의 생활모습을 친근하고 인상적으로 묘사한 작품들로 유명함 — 옮긴이)의 그림에 나오는 경찰이 된 것 같은 느낌이 들었다. 마치 세상을 바꾼 경찰이 된 것 같았다.

그는 언덕에서 내려온 후 제네시 도로를 타고 선셋을 거쳐 윌콕스로 향했다. 경찰서 건물 뒤 주차장에 차를 세우고 나서 취객 유치장을 지나쳐 형사과 사무실로 들어갔다. 형사실 안의 음울한 분위기는 포르노 상영관 안의 담배연기보다 더 짙었다. 형사들이 자기 자리에 앉아 고개를 숙이고 조용히 통화를 하고 있거나, 끝도 없이 쏟아져 나와 인생을 피곤하게 만드는 서류 속에 얼굴을 묻고 있었다.

보슈는 강력반 살인전담팀 자리에 앉아 가끔씩 파트너로 일하는 제리 에드거를 건너다보았다. 이제 형사과 내에서는 영속적인 파트너 제도가 사라졌다. 형사과는 인원이 부족했고 경찰국은 예산 삭감으로 인해 고용과 승진을 일시 중지했다. 살인전담팀 형사는 다섯 명으로 감축되었다. 형사과장인 하비 '98' 파운즈 경위는 중요한 사건이나 위험한 임무, 또는 체포시를 제외하고는 형사들에게 단독으로 일을 맡김으로써 인력난을 가까스로 견뎌내고 있었다. 대부분의 형사들이 불평을 했지만 보슈는 혼자 일을 하는 것이 좋았다.

"무슨 일이야? 무어?"

보슈가 에드거에게 물었다.

에드거가 고개를 끄덕였다. 살인전담팀 자리에는 둘밖에 없었다. 쉘비 던과 카렌 모시토는 보통 9시가 넘어서야 나타났고, 루시어스 포터가 술이 깬 멀쩡한 모습으로 10시 전에만 나타난다면 그날은 해가 서쪽에서 뜰 것이었다.

"좀 전에 98이 과장실에서 나오더니 지문감식결과가 일치했다고 말했어. 무어가 맞대. 그 친구가 자기 대갈통을 날려버린 거래."

둘은 그 후 몇 분 동안 아무 말도 하지 않았다. 보슈는 책상 위에 놓인 서류를 훑어보면서도 무어 생각을 지울 수가 없었다. 그는 어빙이나 쉬헌, 혹은 채스틴이 실비아 무어에게 전화를 걸어 변사체의 신원이 남편인 것으로 확인되었다고 전하는 모습을 상상했다. 그는 이 사건 수사에 크게 관여하지도 않았지만 이젠 완전히 손을 떼게 되었다는 사실을 깨달았다. 뒤에 누가 서 있는 것이 느껴졌다. 돌아보니 파운즈 형사과장이 그를 내려다보고 있었다.

"해리, 잠깐 내 방으로 와."

유리 상자로의 초대. 에드거를 바라보니 아는 바가 없다는 듯 눈을 치켜떴다. 보슈는 자리에서 일어나 파운즈 과장을 따라 형사과 사무실 앞쪽에 있는 과장실로 들어갔다. 작은 사무실은 삼면이 창문이어서 파운즈는 부하직원들을 감시하면서도 직접적인 접촉은 제한할 수 있었다. 그들의 이야기를 듣거나 냄새를 맡거나 그들을 알 필요가 없었다. 밖을 보지 않으려고 종종 블라인드를 치고 있었는데, 오늘 아침에는 블라인드가 걷혀 있었다.

"앉아. 금연이라는 건 말할 필요가 없겠지? 크리스마스는 즐겁게 보냈어?"

보슈는 대답 없이 파운즈를 바라보았다. 이 남자가 보슈 대신 해리라고 부르며 크리스마스에 대해 묻는 게 어째 수상쩍었다. 보슈는 마지못해 자리에 앉았다.

"무슨 일입니까?"

"그렇게 날 세우지 마, 해리. 날을 세워야 할 사람은 바로 나라고. 자네가 크리스마스날 밤에 하이드어웨이 모텔에서 얼쩡거렸다는 얘기를 방금 들었거든. 이 세상 사람 어느 누구도 가고 싶어 하지 않을 거고, 본부 강력계가 사건을 맡아 수사를 하고 있는 그곳에서 말이야."

"비상대기조였습니다. 제게 제일 먼저 출동 연락이 왔어야 했는데 오지 않았어요. 그래서 어떤 상황인지 파악하기 위해 갔죠. 어쨌든 어빙 부국장님이 절 필요로 하게 되었고요."

"알았어, 해리. 그 일은 그 정도로 해두자고. 자네한테 무어 사건에서 완전히 손을 떼라고 단단히 일러두라는 지시를 받았어."

"그게 무슨 뜻입니까?"

"말 그대로지."

"저기요, 과장님⋯."

"신경 꺼, 신경 끄라고."

파운즈가 두 손을 들어 진정하라는 시늉을 하더니, 콧날을 꾹꾹 누르는 것이 두통이 시작된 것 같았다. 그는 책상 가운데 서랍을 열고 아스피린이 든 작은 주석통을 꺼냈다. 그러고는 물 없이 입속으로 두 알을 털어 넣었다.

"그만하면 충분하지 않아? 안 그래? 난⋯ 난 또다시 자네랑⋯."

파운즈는 아스피린이 목에 걸렸는지 캑캑거리더니 의자에서 벌떡 일어났다. 보슈 곁을 지나쳐 사무실을 나가 형사과 사무실 문 옆에 있는 식수대로 갔다. 보슈는 그를 보지 않고 그냥 의자에 앉아서 기다렸다. 얼마 후 사무실로 돌아온 파운즈가 말을 이었다.

"미안. 어쨌든 자넬 여기로 불러들일 때마다 자네하고 말다툼을 하고 싶지는 않다는 말을 하려던 거였어. 자넨 경찰 고위간부들과의 관계를 개선하는 일부터 해야 할 것 같아. 항상 극으로 치닫는단 말이야."

파운즈의 입가에 백묵 같은 흰색의 아스피린 알갱이가 묻어 있었다. 파운즈는 다시 목소리를 가다듬었다.

"난 그냥 들은 이야기를 전할 뿐이야⋯."

"왜 어빙 부국장님이 직접 전하지 않는답니까?"

"난 그분이라고 말 안 했는데. 이것 봐, 보슈, 잊어버려. 그냥 잊어버리라고. 그러라는 지시를 받았잖아. 어젯밤 일에 대해, 무어에 대해, 어떤 생각이라도 갖고 있다면, 다 지워버려. 강력계가 알아서 처리하고 있으니까."

"그렇겠죠."

경고를 다 전달받았다고 판단한 보슈는 자리에서 일어섰다. 파운즈를 유리벽으로 던져버리고 싶었지만, 밖에 가서 담배나 한 대 피는 것으로 만족할 생각이었다.

"앉아. 그 일 때문에 부른 게 아니니까."

파운즈가 말했다.

보슈는 다시 의자에 앉아서 잠자코 기다리며 파운즈가 생각을 정리하는 모습을 지켜보았다. 파운즈는 다시 서랍을 열고 나무 자를 꺼내더니, 두 손으로 하릴없이 만지작거리며 이야기를 하기 시작했다.

"해리, 올해에 우리 관내에 살인사건이 몇 건이나 발생했는지 알아?"

뜬금없는 질문이었다. 도대체 무슨 이야기를 하려는 건지 알 수 없었다. 보슈가 열한 건을 맡았었지만, 총상 회복을 위해 멕시코에 가 있느라고 6주간 자리를 비웠었다. 살인전담팀 전체로는 70건 정도가 되지 않을까 싶었다.

"모르겠는데요."

"그렇다면 내가 말해주지. 올해 들어 현재까지 발생한 살인사건은 총 66건이야. 물론 올해가 끝나려면 닷새가 더 남았고. 그동안 또 다른 사건이 터지겠지. 적어도 한 건은 더. 항상 연말이 문제니까. 아마도…."

"그게 뭐 어쨌다는 겁니까? 제 기억으론 작년엔 59건이 발생했어요. 살인사건이 증가하고 있죠. 그게 뭐 새롭나요?"

"우리가 종결한 사건 수가 줄어들고 있다는 게 새롭지. 전체 사건의 반도 되지 않아. 66건 중 32건이 종결됐어. 그 중 상당수는 자네가 종결한 거고. 자네가 열한 건을 맡았는데, 그 중 일곱 건은 체포나 다른 방법으로 종결이 됐고, 다른 두 건은 수배영장이 내려진 상태지. 아직 미결로 남아 있는 두 건 중 한 건은 미궁에 빠진 상태고, 제임스 카팔라니 건은 지금 열심히 뛰고 있는 걸로 아는데, 맞나?"

보슈는 고개를 끄덕였다. 이야기가 어디로 흘러가는 건지 몰라서 뭔가 찜찜했다.

"문제는 전체 실적이야. 전체로 따진다면… 한심한 실적이지."

파운즈가 자로 자기 손바닥을 세게 때리더니 고개를 저었다. 그가 무슨 이야기를 하려는 건지 떠오르는 바가 있었지만, 아직도 한 부분이 빠져 있었다. 본론이 뭔지 정확하게 알 수가 없었다.

"생각해 봐. 정의로부터 외면을 당한 그 모든 피해자와 유가족을 생각해보라고. 그리고 〈LA 타임스〉가 메트로 란에서 할리우드 경찰서 관내에서 일어난 살인사건 범인들 중 절반 이상이 잡히지 않고 시내를 활보하고 다닌다고 떠들어대면, 우리 서에 대한 그리고 경찰조직 전체에 대한 국민들의 신뢰가 얼마나 땅에 떨어질지를 생각해보라고."

"국민들의 신뢰가 떨어질 것을 걱정할 필요는 없을 것 같은데요. 더 떨어질 것도 없잖아요."

파운즈가 다시 콧날을 비비더니 조용히 말했다.

"자네의 냉소적인 견해나 듣자고 하는 말이 아냐, 보슈. 건방 떨지 마. 내가 원하면 언제라도 자넬 강력반에서 끌어내서 순찰대나 청소년부로 던져버릴 수 있다고. 알겠나? 노조에 고발할 테면 해. 기꺼이 화살을 받을게."

"그러면 여기 사건 종결률은 어떻게 될까요? 메트로에선 뭐라고 떠들어댈 것 같습니까? 할리우드에선 살인범의 3분의 2가 잡히지 않고 있다고 떠들어대지 않을까요?"

파운즈는 자를 서랍에 집어넣고 서랍을 닫았다. 보슈는 그의 얼굴에서 엷은 미소를 본 것 같았다. 그 순간 그가 쳐놓은 덫으로 걸어 들어갔다는 생각이 들었다. 파운즈는 다른 서랍을 열고 푸른색 바인더를 꺼내 책상에 올려놓았다. 살인사건 수사 기록 같은데, 보슈는 처음 보는 것이었다.

파운즈가 말했다.

"좋은 지적이야. 이야기의 본론에 도달하게 해주는 말이군. 우린 지금 통계 이야기를 하고 있는 거야, 해리. 하나만 더 종결하면 종결률이 50퍼센트가 되는 거야. 살인범의 반 이상이 잡히지 않고 있다는 말 대신, 절반이 잡혔다고 말할 수 있게 되는 거지. 두 건을 해결하면, 반 수 이상이 종결됐다고 할 수 있고. 안 그래?"

파운즈가 고개를 끄덕였지만 보슈는 아무 말도 하지 않았다. 파운즈는 파일을 책상 위에 똑바로 놓더니 고개를 들어 보슈를 바라보며 말했다.

"루시어스 포터는 여기로 돌아오지 않을 거야. 오늘 아침에 통화를 했어. 스트레스 조기퇴직을 신청할 거라더군. 정신과 의사를 알아보고 있대."

파운즈는 서랍 속에서 다른 살인사건 파일을 하나씩 꺼내기 시작했다. 보슈는 이제야 상황을 이해할 수 있었다.

파운즈는 다섯 번째와 여섯 번째 파일을 책상에 올려놓으며 말했다.

"능력 있는 의사를 구해야 할 거야. 지난번에 알아봤을 땐 간경변을 스트레스로 인한 질환이라고 판단하지 않았거든. 포터는 알코올 중독자야. 딴 말이 필요 없지. 지가 술 처마시는 걸 조절하지 못해놓고 스트레스 질환 운운하면서 조기퇴직을 따내려고 하다니, 말도 안 되지. 심사위원회가 열리면 아주 밟아버릴 거야. 마더 테레사를 변호사로 데려온다고 해도 상관없어. 아주 묵사발을 만들어버려야지."

파운즈는 푸른색 파일 더미를 톡톡 치며 말을 이었다.

"이 기록들을 훑어봤는데 말이야, 여덟 건이 미결이더군. 한심한 놈. 발생순서대로 기록을 복사해놨으니까 점검해봐야지. 허위 보고서가 넘쳐나겠지. 어느 술집 구석에 처박혀 앉아 술이나 퍼마시면서 참고인 조사 중이거나 발품을 팔고 있다고 뻥을 쳐댔을 게 분명해."

파운즈가 슬픈 표정으로 고개를 저었다.

"파트너 제도를 없앴을 때 견제와 균형의 수단을 잃어버린 거야. 이 친구를 감시할 사람이 아무도 없었지. 그 덕분에 난 지금 여덟 건이나 되는 미결 사건 기록을, 그것도 허섭스레기 같은 기록을 앞에 놓고 앉아 있는 거야. 종결됐을 수도 있었던 사건들인데."

보슈는 형사들을 단독으로 일하게 한 게 누구의 아이디어였냐고 따져 묻고 싶었지만 참았다. 대신 이렇게 말했다.

"10년 전인가, 포터가 순경이었을 때 있었던 일을 들어보셨어요? 한번은 포터와 파트너가 노상에서 술을 마시고 있는 놈한테 범칙금 납부 통지서를 날리려고 차를 세웠죠. 포터가 운전을 하고 있었고 그냥 경범죄 딱지를 떼어주는 거라서 그는 운전석에 남아 있었습니다. 운전석에 앉아서 보니까 그 술 마시던 개새끼가 일어서더니 파트너의 얼굴에 총을 쐈고요. 파트너는 고개를 숙이고 통지서를 쓰고 있다가 정면으로 총을 맞고 쓰러진 거죠. 포터가 보는 앞에서요."

파운즈는 화가 난 표정으로 맞받았다.

"그 이야긴 나도 알아, 보슈. 경찰대학 교수들이 학생들한테 입버릇처럼 떠들어대는 이야기지. 하지 말아야 할 일, 일을 개판치지 않는 방법에 대해 교훈을 주는 실화니까. 하지만 옛날 얘기야. 포터가 스트레스 관련 조기퇴직을 원했으면 그때 했어야지."

"바로 그겁니다. 포터는 그때 퇴직을 하지 않았죠, 할 수 있었을 때 말이에요. 그리고는 견뎌내려고 노력했어요. 어쩌면 10년이나 노력해보다가 더러운 세상사에 지쳐 결국 쓰러지고 만 건지도 모르죠. 그가 어떻게 했으면 좋으시겠습니까? 칼 무어와 똑같은 결단을 내리길 바라세요? 시 정부의 연금 지출액을 줄여준다고 과장님한테 훈장이라도 한 개 떨어집니까?"

파운즈는 몇 초 동안 말이 없다가 입을 열었다.

"아주 감동적이군, 보슈. 하지만 포터가 어떻게 되든 자네하고는 아무 상관도 없는 일이야. 이 얘길 꺼내지 말았어야 했는데. 이 이야기를 한 건 지금부터 내가 하는 말을 자네가 이해해주길 바라서였어."

파운즈는 푸른색 파일 더미의 모서리를 똑바로 맞추더니 보슈에게로 밀었다.

"포터의 사건들을 맡아. 카팔라니 건은 며칠 접어두라고. 지금으로선 별다른 진전도 없잖아. 1월 1일까지는 그 사건은 접어두고 이 일에 뛰어들어. 포터의 미결사건 여덟 건 기록을 가져가서 연구해 봐. 최대한 빨리. 그 중에 해결할 수 있겠다 싶은 걸 빨리 하나 찾아서 해가 바뀌기까지 앞으로 남은 닷새 동안 전력투구해보라고. 주말 근무를 해야겠다면, 오케이, 초과근무를 승인하지. 일손이 더 필요하다면 강력반에서 아무나 골라잡아. 그 대신, 누군가 잡아다가 처넣으라고. 한 놈이라도 잡아오란 말이야. 50퍼센트를 달성하려면 사건 하나만 더 해결하면 돼. 기한은 12월 31일 자정까지야."

보슈는 쌓여 있는 파일 너머로 그를 바라보았다. 이제야 파운즈라는 인간을 완전히 파악했다. 그는 더 이상 경찰이 아니었다. 관료였다. 하찮은 인간이었다. 범죄와 사건현장에 뿌려진 피와 인간의 고통은 그에게는 보고서에 기록된 통계 수치에 지나지 않았다. 그리고 연말이 되면 그 보고서가 그의 실적을 보여주었다. 인간이 아니라, 인간의 목소리가 아니라. 이런 비인간적인 오만함이 경찰국 내의 상당수를 오염시켰고,

이 도시와 시민들로부터 경찰을 고립시켰다. 포터가 발을 빼고 싶어 하는 것도 놀랍지 않았다. 칼 무어가 그런 끔찍한 선택을 한 것도 놀랍지 않았다. 보슈는 자리에서 일어서서 파일 더미를 집어 들고 '너란 놈은 뼛속까지 속속들이 알고 있다'는 표정으로 파운즈를 노려보았다. 파운즈는 그의 눈을 피했다.

문 앞에 서서 보슈가 말했다.

"포터의 퇴직신청을 받아들이지 않으면, 결국 강력반으로 돌아올 겁니다. 그러면 과장님은 어떻게 될까요? 내년에는 미결 사건이 몇 건이나 될까요?"

파운즈는 눈을 치켜뜨고 이 문제를 생각하는 눈치였다.

"포터를 고이 보내주시면, 충원이 되겠죠. 다른 반에도 능력 있는 친구들이 많잖습니까? 소년반의 미헌도 괜찮고요. 그를 강력반에 데려다 앉히면 분명히 종결률이 올라갈 겁니다. 하지만 말씀하신대로 포터를 묵사발을 만들고 다시 데려오면, 내년에도 또 이 짓을 하게 될 걸요."

파운즈는 보슈의 말이 끝났는지 확인하기 위해 잠시 기다렸다가 말했다.

"보슈, 뭐야? 일만 놓고 보자면 포터는 자네한테 쥐뿔도 도움이 안 돼. 그런데도 자넨 지금 놈을 두둔하고 있군. 왜지?"

"과장님 말씀에 설득력이 없어서 그럽니다. 그게 이유 같네요. 아시겠습니까?"

보슈는 파일을 가지고 강력반의 자기 자리로 돌아와 의자 옆 바닥에 던져 놓았다. 에드거가 그를 바라보았다. 그 사이 출근해 있던 던과 모시토도 마찬가지였다.

"묻지 마."

보슈가 말했다.

그는 자리에 앉아 발치에 놓인 서류 더미를 바라보았다. 지금으로서는 건드리고 싶지도 않았다. 담배 생각이 간절했는데, 형사과 사무실 안에서는 적어도 파운즈가 있는 동안에는 금연이었다. 그는 롤로덱스 명함정리기에서 전화번호 한 개를 찾아 전화를 걸었다. 벨이 일곱 번이 울리고 나서야 상대방이 전화를 받았다.

"또 뭐야?"

"루?"

"누구야?"

"보슈."

"아, 아, 해리. 미안해. 누군지 몰랐어. 무슨 일이야? 스트레스 퇴직 신청한 얘기 들었어?"

"응. 그 때문에 전화했어. 당신 사건들을 맡았어. 파운즈가 떠넘기더라고. 연말까지 빨리 한 건 해결하라는데 말이야. 어떤 걸 고르면 좋을지 혹시 얘기해줄 수 있나 싶어서. 맨땅에 헤딩하는 것보다 나을 것 같아서 전화했어."

포터는 오랫동안 아무 말이 없었다.

"빌어먹을."

마침내 그가 말문을 열었고, 보슈는 그가 벌써 술에 취해 있을지도 모른다는 생각이 들었다.

"아, 젠장할. 그 개새끼가 당신한테 덤터기를 씌울 거라곤 생각도 못했어. 난, 어, 해리… 해리, 내가 좀 빌빌거려서…."

"이것 봐, 루. 신경 쓰지 마. 내가 맡은 건 얼추 정리가 돼서 걸린 거니까. 난 그냥 뭐부터 쑤셔보면 좋을지 알고 싶었을 뿐이야. 당신이 알려줄 수 없다고 해도 괜찮아. 내가 찾아보지, 뭐."

보슈가 포터의 대답을 기다리면서 주위를 둘러보니 다들 드러내놓고 그의 말을 듣고 있었다.

"빌어먹을. 아아, 빌어먹을, 모르겠어, 해리. 난… 난 좀 쉬고 있었어, 내 말 무슨 뜻인지 알 거야. 아, 해리, 미쳐버릴 것만 같아. 무어 소식은 들었지? 어젯밤 뉴스에서 봤어. 난….'

"응, 정말 유감스러운 일이야. 저기, 루, 내 애긴 신경 쓰지 마, 알겠어? 내가 찾아볼게. 사건기록이 다 나한테 있으니까 내가 훑어볼게.'

침묵.

"루?"

"그래, 해리. 나중에 또 전화 줘. 나중에는 뭔가 생각이 날지도 모르지. 지금은 내가 좀 상태가 안 좋아.'

보슈는 말을 할까 말까 잠시 망설였다. 칠흑 같은 어둠 속에 홀로 서서 수화기를 잡고 있는 포터의 모습이 그려졌다.

보슈가 낮은 목소리로 말했다.

"저기 말이야, 루. 퇴직 신청건 말이야. 파운즈를 조심하는 게 좋을 거야. 사복들한테 당신 뒷조사를 시킬 수도 있어. 내 말 무슨 뜻인지 알지? 형사 몇 명을 따라 붙일 수도 있다고. 그러니까 술집 근처에는 얼씬도 하지 마. 당신이 낸 퇴직 신청을 거부하려고 할지도 모른다고. 내 말 알겠어?"

잠시 후 포터는 알았다고 대답했다. 보슈는 전화를 끊고 동료 형사들을 바라보았다. 형사과 사무실은 항상 시끄럽다가도 남이 엿듣기를 원하지 않는 통화를 할 때면 이상하게 조용해지곤 했다. 보슈는 담배를 꺼냈다.

"98이 포터 사건을 전부 자네한테 던졌다고?"

에드거가 물었다.

"그래. 형사과 쓰레기 청소부인 나한테.'

"그래? 그럼 우린 뭐야? 쓰레기 청소부도 못 된단 말이야?"

보슈는 미소를 지었다. 에드거는 이 일을 떠맡지 않은 걸 기뻐해야할지, 선택받지 못한 것에 화를 내야할지 갈피를 못 잡고 있는 것 같았다.

"제리, 원한다면, 다시 저 상자 속으로 들어가서 98한테 말할게. 자네가 이 일을 나와 나눠하고 싶어 한다고 말이야. 그럼 연필 굴리기나 하고 있는 저 꼴통이 분명히…."

에드거가 탁자 밑으로 다리를 걷어차는 바람에 보슈는 말을 멈췄다. 의자를 돌려보니 파운즈가 다가오고 있었다. 얼굴이 벌개져 있었다. 마지막 말을 들은 게 분명했다.

"보슈, 그 구역질나는 걸 여기서 피울 생각은 아니겠지, 설마?"

"그럼요, 과장님. 나가려던 중이었습니다."

보슈는 의자를 밀어놓고 담배를 피우기 위해 건물 뒤편에 있는 주차장으로 걸어 나갔다. 유치장 뒷문이 열려 있었다. 크리스마스날 밤에 끌려온 취객들이 피의자 수송 버스에 태워져 즉결심판을 받으러 법원으로 떠난 모양이었다. 상하가 붙은 회색 작업복을 입은 청소부가 호스로 유치장 바닥에 물을 뿌리고 있었다. 매일 실시하는 물청소를 돕기 위해 유치장의 콘크리트 바닥은 약간 경사가 져 있었다. 보슈는 구정물이 문 밖으로 흘러나와 주차장에 있는 하수구로 흘러 들어가는 것을 바라보았다. 물속에 토사물과 피가 섞여 있었고 유치장에서 나오는 악취가 코를 찔렀다. 하지만 보슈는 그 자리에 그대로 서 있었다. 여기가 그의 자리였다.

담배를 다 핀 그는 꽁초를 물속으로 던지고 꽁초가 구정물과 함께 하수구로 흘러 들어가는 것을 지켜보았다.

6 의혹

보슈는 형사과 사무실이라는 어항 속에서 헤엄치고 있는 유일한 물고기가 된 것 같은 기분이 들었다. 호기심 어린 눈들을 피하고 싶었다. 그래서 그는 푸른색 파일 더미를 들고 뒷문을 통해 주차장으로 나갔다. 그러고는 재빨리 상황실 문을 통해 다시 건물 안으로 들어가, 짧은 복도를 걸어 유치장을 지나고 계단을 올라가 2층 창고 방으로 갔다. 그 방은 뒤쪽 구석에 간이침대 몇 개가 있어서 '신혼방'이라고 불렸다. 경찰들의 숙직실인 셈이었다. 그곳에는 낡은 카페 탁자 한 개와 전화기 한 대가 있었다. 그리고 조용했다. 지금 그에겐 안성맞춤의 장소였다.

오늘은 방에 아무도 없었다. 보슈는 파일을 탁자 위에 내려놓고 증거품 꼬리표가 붙은 움푹 팬 자동차 범퍼 한 개를 탁자에서 집어 들었다. 그것을 역시 증거품 꼬리표가 붙은 파손된 서프보드 옆 파일 박스 더미에 기대 세워 놓았다. 그러고는 곧바로 작업에 착수했다.

보슈는 높이가 30센티미터나 되는 파일 더미를 노려보았다. 파운즈는 연초부터 지금까지 할리우드 경찰서 관내에서 총 66건의 살인사건이 발생했다고 했다. 순환근무 시스템과 보슈의 병가 기간 두 달을 감안하면, 포터는 그 중 열네 건을 맡았을 것이었다. 그 중 여덟 건이 미결이라면 다른 여섯 건은 종결했다는 뜻이었다. 할리우드에서 일어나는 살인사건의 예측불가능성을 감안하면 그리 나쁜 실적이 아니었다. 전국적으로 보자면, 피살자의 대다수가 평소 알고 지내던 사람에게 살해당한다. 함께 밥을 먹고, 함께 술을 마시고, 같이 자고, 같이 사는 사람에게 죽임을 당하는 것이다. 그러나 할리우드에서는 달랐다. 전형이라는 게 없었다. 일탈과 엽기가 난무했다. 피살자들은 생면부지의 살인범들에게 당했다. 살인에 꼭 이유가 있는 것도 아니었다. 좁은 골목길과 고속도로 갓길에서, 그리피스 공원의 덤불이 우거진 산비탈에서, 식당의 쓰레기통 속에서 변사체가 발견되곤 했다. 보슈의 미결 사건들 중 하나는 토막 난 시체가 발견된 사건이었다. 변사체 토막이 담긴 봉투가 고워에 있는 6층짜리 호텔의 비상계단 층계참마다 놓여 있었다. 형사들은 이런 엽기적인 살인행각에도 별로 놀라지 않았다. 놀라기는커녕 피살자가 15층짜리 홀리데이 인에 묵지 않았던 게 다행이라는 우스갯소리를 하고 다녔다.

할리우드에서는 인간들 속에서 괴물이 유유자적하며 돌아다닐 수 있었다. 붐비는 고속도로 위에 자동차 한 대가 더 끼어드는 것과 마찬가지였다. 그리고 항상 붙잡히는 놈들이 있는가 하면 항상 미꾸라지처럼 법망을 빠져나가는 놈들도 있었다.

포터는 여섯 명의 살인범을 잡아넣고 발을 뺐다. 칭송을 받을 만한 실적은 아니었지만, 그래도 인간 세상에서 여섯 마리의 괴물을 집어낸 것이었다. 보슈가 나머지 여덟 건 중 한 건만 더 해결하면 반타작은 할수 있었다. 스트레스에 무너진 경찰이 적어도 반타작은 하고 물러날 수 있을 것이었다.

보슈는 파운즈 과장의 입장과 연말 자정까지 한 건을 더 종결하고 싶어 하는 그의 바람 따위는 안중에도 없었다. 파운즈에게 충성심 같은 건 없었고, 희생자들을 도식화하고 분석한 연례보고서 따위는 아무 짝에도 쓸모없는 것이라고 믿고 있었다. 보슈가 이 일을 한다면 포터를 위해 하는 거라고 생각했다. '파운즈? 엿이나 먹어라.' 하는 심정이었다.

그는 작업 공간을 마련하기 위해 파일 더미를 탁자 뒤편으로 밀었다. 사건 기록을 하나하나 재빨리 훑어보며 신속한 종결 가능성이 있는 것과 단기간에 어찌해볼 도리가 없는 것들로 나눌 작정이었다.

그는 산타모니카의 한 사우나 화장실에서 발생한 성직자 교살 사건을 시작으로, 사건들을 발생 순서대로 훑어보았다. 일을 끝마쳤을 땐 두 시간이나 지나 있었지만 종결 가능성이 있는 사건으로 분류된 것은 단 두 건뿐이었다. 하나는 한 달 전에 발생한 사건이었다. 라스팔마스의 버스정류장 벤치에서 한 여자가 납치되어 문이 닫힌 할리우드 기념품 가게의 어두운 출입구로 끌려가 성폭행당하고 칼에 찔려 살해당한 사건이었다. 다른 건은 불과 8일 전에 발생한 것으로 선셋의 미국 감독 협회 건물 옆 24시간 영업하는 식당 뒤에서 구타당해 사망한 남자의 변사체가 발견된 사건이었다.

보슈가 이 두 사건에 주목한 것은 가장 최근에 일어난 사건이기 때문이었다. 그는 그간의 경험을 통해 사건은 시간이 흐를수록 종결 가능성이 급격히 떨어진다는 확고한 믿음을 갖게 되었다. 성직자를 목 졸라 죽인 범인은 누군지는 몰라도 굉장한 실력자였다. 경험으로 볼 때 놈은 벌써 오래전에 안개 속으로 사라졌을 것이 분명했다.

보슈는 가장 최근에 일어난 이 두 사건은 단서를 하나라도 잡는다면 신속히 해결할 수 있을 거라고 생각했다. 식당 뒤에서 발견된 남자의 신원을 확인할 수 있다면 유족과 친지, 동료들에게 접근할 수 있을 것이고, 살해 동기를 가늠해볼 수 있을 것이며, 더 나아가 범인을 잡을 가능성도 있었다. 아니면, 칼에 찔려 살해당한 여자의 행적을 거슬러 올라가 그녀가 버스정류장으로 오기 전에 어디 있었는지 알아낼 수 있다면, 살인범이 그녀를 어디서 어떻게 먹잇감으로 찍었는지 알아낼 수도 있을 것이었다.

둘 다 비슷한 확률이어서, 보슈는 두 사건 기록을 면밀히 살펴보고 나서 결정하기로 했다. 그러나 경험과 통계를 바탕으로 가장 최근에 발생한 사건 기록부터 먼저 읽기로 했다. 식당 뒤에서 변사체가 발견된 사건이 가장 따끈따끈한 사건이었다.

사건기록 파일을 대강 훑어보니 없는 것이 눈에 띄었다. 포터는 최종 부검 보고서를 확보하지 않았다. 그래서 보슈는 검시관의 요약 보고서 몇 편과 부검 당시 포터가 메모한 내용에 의존해야 했다. 포터의 메모에는 피해자가 '둔기'로 구타당해 사망했다고만 적혀 있었다. 솔직히 아무거나 다 둔기였다.

대략 50세 정도로 추정되는 피해자는 '후안 도우(신원미상의 인물을 지칭하는 '존 도우'라는 표현의 스페인어식 발음 – 옮긴이) 67번'이라고 지칭되었다. 한 해 동안 로스앤젤레스 카운티에서 변사체로 발견된 신원미상자 중 67번째의 라틴계 남자라는 뜻이었다. 입고 있는 옷 외에는 돈이나 지갑, 다른 소지품이 전혀 없었다. 옷은 모두 멕시코에서 제조된 것이었다. 신원을 밝힐 수 있는 유일한 열쇠는 왼쪽 가슴 윗부분에 있는 문신이었다. 단색의 유령 그림이었다. 파일 안에 문신을 찍은 폴라로이드 사진이 한 장 있었다. 보슈는 사진을 한참 들여다본 후 캐스퍼 같은 유령 모습의 이 푸른색 문신은 아주 오래전에 새긴 거라고 판단했다. 잉크 색이 바래고 윤곽이 흐릿해져 있었다. 후안 도우 67번은 젊었을 때 문신을 새겨 넣은 것이었다.

포터가 작성한 범죄현장 조사 보고서에는 12월 18일 새벽 1시 44분, 비번인 경찰관이 이른 아침 혹은 늦은 저녁을 먹기 위해 에그 앤 아이 식당으로 들어가다가 주방문 옆 쓰레기통 근처에 누워 있는 변사체를 발견했다고 적혀 있었다. 그 경찰관의 이름은 없고 경찰배지 번호만 기재되어 있었다.

신고경찰관 1101번은 퇴근을 하고 식사를 하기 위해 에그 앤 아이 식당 뒤에 주차했다. 피살자는 대형 철제 쓰레기통의 동쪽 편에서 발견되었다. 사체는 머리를 북쪽으로 향하고 다리는 남쪽으로 향한 상태로 반듯하게 누워 있었다. 발견 직후 광범위한 손상을 확인한 신고경찰관은 상황실장에게 살인사건의 발생을 알리고 강력반의 출동을 요청했다. 신고경찰관은 사체의 발견 전후로 현장 근처에서 다른 사람은 목격하지 못했다.

보슈는 신고경찰관이 작성한 요약보고서를 찾아보았지만 보이지 않았다. 다음으로 그는 파일 안에 있는 다른 사진들을 살펴보았다. 시신을 신원불명자 시체 보관소로 옮기기 전, 현장에서 찍은 사체 사진이었다.

피살자의 두피가 한 차례의 강한 가격으로 찢어져 열려 있는 것이 보였다. 얼굴에도 구타의 상처가 곳곳에 있었고, 목과 피해자가 입고 있는 흰 티셔츠의 곳곳에 말라붙은 검은 혈흔이 보였다. 두 손은 양옆에 펼쳐진 채 놓여 있었다. 손을 확대해서 찍은 사진들을 살피니, 오른손 손가락 두 개가 복합 골절로 뒤로 꺾여 있는 것이 보였다. 방어할 때 생기는 전형적인 손상이었다. 손상 외에도 보슈는 피살자의 손이 거칠고 흉터가 있다는 것과, 팔 근육이 밧줄처럼 단단하다는 것을 알아볼 수 있었다. 피살자는 노동자였다. 새벽 1시에 식당 뒷골목에서 뭘 하고 있었던 것일까?

다음으로 파일 안에 들어 있는 것은 에그 앤 아이 종업원들의 참고인 진술서였다. 보슈는 참고인이 모두 남자라는 점이 석연치 않았다. 그 자신이 몇 번인가 새벽에 그곳에서 식사를 한 적이 있었는데, 그때마다 서빙을 하는 여종업원들을 보았기 때문이었다. 포터는 그 여종업원들은 중요하지 않다고 판단하고 주방 보조들에게만 주목한 것이 틀림없었다. 탐문수사에 응한 남자들은 모두 생전이나 사후에 피해자의 모습을 본 기억이 없다고 진술했다.

포터는 한 진술서의 상단에 별표를 해놓았다. 새벽 1시에 출근하면서 쓰레기통의 동편을 지나쳐 부엌문으로 들어갔다는 튀김 담당 요리사의 진술서였다. 그는 부엌으로 들어가기 전에 시체를 보지 못했고 만일 그때 시체가 거기 있었다면 보지 못했을 리가 없다고 진술했다.

포터는 그 진술을 토대로 사망시점을 튀김 담당 요리사의 출근 시각에서 경찰관이 사체를 발견한 시각까지 45분 사이로 추정했다.

파일에서 다음으로 나온 것은 LA 경찰국과 FBI의 범죄정보센터, 법무부 캘리포니아 지부, 이민귀화국 컴퓨터에 들어 있는 지문 데이터베이스 검색 결과지였다. 네 군데 전부 부정적인 결과가 나왔다. 피해자의 지문과 일치하는 것이 하나도 없었다. 결국 후안 도우 67번은 신원불명자로 남게 되었다.

파일 맨 뒤에는 포터가 부검 중에 메모한 쪽지가 들어 있었다. 부검은 늘 그렇듯 검시관실의 업무가 밀려 있어 크리스마스 이브인 화요일에야 실시되었다. 보슈는 그 부검 참관이 포터의 마지막 임무였을 거라고 생각했다. 포터는 크리스마스 휴일 이후로 출근하지 않았다.

단 한 페이지의 쪽지에 몇 가지 사항만 갈겨 써 놓은 것을 보니 포터는 경찰을 그만두기로 그 전에 이미 마음을 굳힌 것이 틀림없었다. 몇 가지 사항 중 일부는 보슈가 읽을 수 없을 정도로 마구 갈겨 써 놓았고,

그나마 읽을 수 있는 것도 별 의미가 없었다. 그러나 그 쪽지 하단에 포터가 메모를 하고 동그라미를 쳐 놓은 것은 달랐다. '사망시점 – 정오~저녁 6시.'

보슈는 그 말이 간(肝) 온도의 감소율과 사체의 다른 변화들을 감안해볼 때, 사망시점이 정오에서 저녁 6시 사이일 것으로 추정되며, 저녁 6시 이후는 아니라는 것을 알았다.

보슈는 처음에는 말도 안 되는 소리라고 생각했다. 그 말이 맞다면 사체가 발견된 시각보다 적어도 일곱 시간 반 전에 사망했다는 뜻이었다. 또한 새벽 1시에 쓰레기통 옆에서 사체를 보지 못했다는 튀김 담당 요리사의 진술과도 맞지 않았다.

이런 모순 때문에 포터가 메모에 동그라미를 해 놓은 것이 틀림없었다. 그 메모는 후안 도우 67번이 식당 뒤에서 살해당하지 않았다는 사실을 보여주고 있었다. 그가 다른 곳에서 거의 한나절 전에 살해되어 식당 뒤에 버려졌다는 뜻이었다.

보슈는 주머니에서 수첩을 꺼내 만나볼 사람들의 명단을 작성하기 시작했다. 먼저 부검을 실시한 검시관의 이름이 올랐다. 최종 부검보고서를 입수할 필요가 있었다. 그다음으로는 좀 더 자세한 사실 파악을 위해 포터의 이름을 적었다. 그다음으로는 튀김 담당 요리사의 이름을 적었다. 포터는 그 요리사가 출근하면서 바닥에 쓰러져 있는 변사체를 보지 못했다고만 적어 놓았다. 그가 그 골목길에서 수상한 사람이나 수상한 점을 보았는지의 여부는 적혀 있지 않았다. 다음으로 보슈는 그 새벽에 근무를 했던 여종업원들을 만나봐야 한다고 적었다.

마지막 이름을 적기 위해, 보슈는 전화기를 들고 상황실을 눌렀다.

"배지번호 1101번을 만나야 할 일이 있는데요. 거기 게시판에서 찾아서 누군지 알려줄래요?"

"아주 재밌고 똑똑한 친구였지."

이번에도 클라인맨 경위였다.

"네?"

보슈가 되물었다. 그 순간 퍼뜩 스치는 것이 있었다.

"칼 무어입니까?"

"맞아, 칼 무어였어. 과거로 말해야지."

전화를 끊는 보슈의 머릿속으로 한꺼번에 여러 가지 생각이 밀어닥쳤다. 후안 도우 67번의 변사체는 무어가 하이드어웨이 모텔에 투숙하기 전날 무어에 의해 발견되었다. 보슈는 이게 무슨 뜻인지 헤아려 보려고 애를 썼다. 무어는 이른 새벽 골목길에서 우연히 변사체를 발견한다. 그다음 날 그는 모텔에 투숙해 에어컨을 켜놓고 산탄총 총신 두 개에 들어 있던 탄알을 자신의 얼굴에 쏟아 붓는다. 그리고 그는 짧고 단순하면서도 불가사의한 유언을 남긴다.

난 내가 누군지 알게 되었다.

보슈는 담배에 불을 붙여 물고 명단에서 1101번을 지웠지만, 생각은 자꾸만 칼 무어에게로 향했다. 뭔가 있는데 싶어 초조해졌다. 의자에서 몸을 들썩거리다가, 결국에는 자리에서 일어서서 탁자 주위를 맴돌기 시작했다. 포터라는 퍼즐 조각을 집어넣고 몇 번이나 그림을 짜 맞추어 보았다. 결과는 매번 같았다. 포터는 후안 도우 67번 사건을 맡아 출동한다. 분명히 그는 현장에서 무어를 탐문했을 것이다. 그다음 날 무어가 사라진다. 그다음 주에 무어가 변사체로 발견되고, 그다음 날 포터는 스트레스성 질환을 들먹이며 직장을 관두겠다고 선언한다. 우연의 일치가 너무 많았다.

보슈는 수화기를 들고 강력반으로 전화를 걸었다. 에드거가 받자 자기 책상으로 가서 롤로덱스 명함정리기에서 포터의 집 전화번호를 찾아달라고 부탁했다. 에드거가 번호를 불러주고 나서 물었다.

"해리, 어디야?"

"왜? 98이 찾아?"

"아니. 몇 분 전에 무어의 대마팀 팀원한테서 전화가 왔어. 자넬 찾고 있었어."

"그래? 왜?"

"해리, 난 그냥 말만 전해주는 것뿐이야. 자네 일은 자네가 알아서 해야지."

"알았어. 누구래?"

"리카드. 자네한테 줄 게 있다고 전해 달랬어. 자네가 금방 돌아올지 어떨지 몰라서 호출기 번호를 알려줬어. 어디야?"

"몰라."

보슈는 전화를 끊고 포터의 집에 전화를 걸었다. 벨이 열 번이나 울렸지만 받지 않았다. 그는 수화기를 내려놓고 담배 한 개비를 더 붙여물었다. 도대체 일이 어떻게 된 건지 알 수가 없었다. 무어는 포터의 보고서에 적힌 것처럼 우연히 시체를 발견했을까? 아니면 그가 그곳에 사체를 유기한 것일까? 아무런 단서가 없었다.

"모르겠군."

보슈는 상자들만 가득한 방에 대고 소리를 내어 말했다.

다시 수화기를 들고 법의국에 전화를 걸었다. 자신의 이름을 말한 후 법의국장 서리 테레사 코라존 박사를 바꿔달라고 했다. 교환원에게 무슨 용무인지는 밝히지 않았다. 1분 가까이 전화가 먹통이더니 코라존이 전화를 받았다.

"나 지금 바쁜데."

테레사가 말했다.

"당신도 메리 크리스마스."

"미안."

"무어 건이야?"

"응, 하지만 그 이야긴 해줄 수가 없어. 왜 전화했어, 해리?"

"사건을 하나 넘겨받았는데 파일에 부검보고서가 없어. 검시관이 누구였는지 알고 싶어서 전화했어."

"해리, 그딴 걸 꼭 법의국장한테 물어봐야 돼? 여기 직원 아무한테나 물어봐도 될 텐데."

"그건 그렇지만, 그 친구들은 당신만큼 나긋나긋하진 않잖아."

"됐고. 피살자 이름이 뭐야? 빨리 말해."

"후안 도우 67번. 사망일은 18일. 부검은 24일."

테레사가 아무 말이 없자 보슈는 그녀가 일정표를 훑어보고 있을 거라고 추측했다.

30초쯤 흐른 후 그녀가 말했다.

"찾았어. 24일. 살라자였는데, 지금은 여기 없어. 휴가야. 그게 휴가 전 마지막 부검이었어. 다음 달이나 되어야 돌아올 거야. 호주에 갔거든. 거긴 여름이잖아."

"빌어먹을."

"해리, 실망하지 마. 보고서는 여기 있으니까. 살라자는 루시어스 포터가 오늘쯤 보고서를 가지러 올 거라고 생각하고 맡겨놓고 갔어. 그런데 안 왔더라고. 어떻게 그걸 넘겨받은 거야?"

"포터가 관뒀거든."

"세상에, 뭐가 그렇게 급했대? 도대체 왜… 잠깐만…."

그녀는 그가 기다리겠다고 대답할 시간도 주지 않았다. 이번에는 1분 이상 걸렸다. 다시 돌아온 그녀의 목소리가 높아져 있었다.

"해리, 이젠 정말 끊어야 돼. 근데, 퇴근하고 만날까? 그때까진 보고서를 찾아 읽고 부검결과를 알려줄 수 있을 거야. 방금 생각난 건데 재밌는 사실이 있었어. 살라자가 자문의뢰 결재를 받으려고 왔더라고."

"누구한테 자문의뢰를 한다는 거야?"

"UCLA의 곤충학자. 사체에서 벌레를 발견했대."

보슈는 사망한 지 고작해야 열두 시간 정도밖에 안 된 사체에는 구더기가 생기지 않는다는 사실을 알고 있었다. 그리고 살라자가 구더기나 확인하려고 곤충학자의 자문을 의뢰하려 하지도 않았을 것이었다.

"벌레?"

그가 되물었다.

"응. 위(胃) 내용물 분석검사와 비강도말검사(혈액이나 다른 분비물의 표본을 채취해 슬라이드에 발라 현미경으로 관찰하는 검사. 여기서는 콧구멍에서 목젖 윗부분에 이르는 코 안의 빈 곳에서 비즙을 채취해 현미경으로 관찰하는 검사를 말함 – 옮긴이)에서. 그런데 지금은 이런 이야기를 하고 있을 시간이 없어. 검시실에서 안달이 난 남자 네 명이 기다리고 있거든. 그 중 한 명만 죽은 사람이고."

"산 사람은 어빙, 쉬헌, 채스틴이겠군. 총잡이 3인방."

테레사가 웃음을 터뜨리며 말했다.

"딩동댕."

"알았어. 언제 어디서 만날까?"

보슈는 손목시계를 보았다. 3시가 다 되어가고 있었다.

"6시쯤 어때? 그러면 부검을 끝내고 당신의 후안 도우 건을 훑어볼 시간이 좀 있을 것 같은데."

"내가 그리로 갈까?"

보슈의 호출기가 울리기 시작했다. 그는 오른손으로 허리띠에서 능숙하게 호출기를 빼내 들었다.

테레사가 말했다.

"아니, 잠깐만. 레드 윈드 어때? 거기라면 교통 혼잡 시간대가 끝날 때까지 기다릴 수 있을 것 같은데."

"좋아."

전화를 끊은 그는 호출기에 뜬 번호를 보고, 공중전화 번호임을 확인한 후, 그 번호로 전화를 걸었다.

"보슈 형사?"

남자가 말했다.

"그렇습니다."

"리카듭니다. 칼 무어와 함께 일했죠. 대마팀 아시죠?"

"네."

"줄 게 있는데요."

보슈는 아무 말도 하지 않았다. 두 손과 팔뚝의 솜털이 따끔거리기 시작했다. 리카드라는 이름과 얼굴을 연결해보려고 했지만, 잘 되지 않았다. 마약수사관들은 시도 때도 없이 움직였고, 자기들끼리만 똘똘 뭉쳐 다녔다. 그래서인지 리카드가 누군지 전혀 떠오르지 않았다.

보슈가 아무 말이 없자 리카드가 말했다.

"아니, 칼이 당신한테 남긴 게 있다고 해야 맞겠네요. 만날래요? 서안에서는 얘기하고 싶지 않은데."

"왜요?"

"이유야 많죠. 만나서 얘기하죠."

"어디서 만날까요?"

85

"선셋에 있는 에그 앤 아이라는 곳을 알아요? 식당인데. 음식이 괜찮죠. 약 하는 놈들도 없고요."

"압니다."

"잘됐군요. 우린 뒤편 맨 끝 칸막이 좌석에 있어요. 주방문 바로 앞에요. 흑인 남자가 딱 한 명 있는 테이블이에요. 그게 나예요. 뒤편에 주차할 공간이 있어요. 골목길에요."

"알아요. 그런데 우리라니 누가 또 있어요?"

"칼의 팀원 전체요."

"거기가 당신네들 단골집인가요?"

"그래요, 거리로 단속 나가기 전에 들르죠. 좀 있다가 봅시다."

7 후안 도우 67번

식당 간판이 지난번에 왔을 때와 달랐다. 지금은 '올 아메리칸 에그
앤 아이'라는 간판이 달려 있었는데, 아마도 외국인이 인수한 것 같았
다. 보슈는 카프리스 자동차에서 내려 뒷골목으로 걸어 들어가면서 후
안 도우 67번의 사체가 발견된 지점을 찾았다. 관할 경찰서 마약수사관
들이 자주 들락거리는 식당의 뒷문 바로 앞이었다. 이 사실이 어떤 의
미를 함축하고 있는지 생각하고 있는데 거지들이 컵을 흔들며 다가와
생각이 끊겼다. 보슈는 그들을 못 본 척했지만, 그들을 보고서 포터의
허점 많은 보고서에 허점이 하나 더 있음을 깨달았다. 포터의 보고서에
는 뒷골목의 부랑자들을 참고인으로 조사했다는 말이 없었다. 이제 와
서 그들을 찾아보기란 불가능할 것이었다.

식당으로 들어서니 뒤쪽 칸막이 좌석에 젊은 남자 네 명이 앉아 있는
것이 보였다. 그 중 한 명은 흑인이었다. 다들 조용히 고개를 숙이고 앞
에 놓인 빈 커피 잔을 내려다보고 있었다. 테이블 위에 누런 판지로 만

든 파일 한 개가 놓여 있었다. 보슈는 빈 테이블에서 의자를 끌어와 칸막이 좌석 맨 끝에 앉았다.

"제가 보슈입니다."

"탐 리카듭니다."

흑인이 말했다. 그는 손을 뻗어 다른 세 명을 가리키며 핑스, 몬티레즈, 페다레도라고 소개했다.

"사무실에 죽치고 있는 게 진력이 나서요. 칼이 여길 좋아했죠."

리카드가 말했다.

보슈는 고개를 끄덕이고는 파일을 내려다보았다. 겉에 붙은 색인표에 움베르또 소릴료라는 이름이 적혀 있었다. 낯선 이름이었다. 리카드가 파일을 그에게로 밀었다.

"뭐죠?"

보슈는 파일을 건드리지도 않고 물었다.

"칼의 마지막 작업이었던 것 같아요. 강력계에 넘길까 했는데, 알고 보니까 당신을 위해 작업을 한 거더군요. 그리고 파커 센터에 있는 놈들이 칼을 시궁창에 처박으려고 하는 걸 보니까 돌아버릴 것 같아서."

리카드가 말했다.

"무슨 소리죠?"

"칼이 자살을 했다고 결론짓고 조용히 처리하려 들질 않잖아요. 칼의 주변을 들쑤시고 다니고 그가 왜 이런 짓을 했고 왜 저런 짓을 했는지 시시콜콜 들춰내려고 하고 있어요. 빌어먹을. 칼은 스스로 목숨을 끊었습니다. 그런 마당에 밝힐 일이 뭐가 더 있겠습니까?"

"이유를 알고 싶지 않아요?"

"이미 알고 있는데요, 뭘. 일 때문이죠. 이 빌어먹을 직업이 종국에는 우리 모두를 그렇게 만들 겁니다. 뻔한 걸 놓고 괜히들."

보슈는 다시 고개를 끄덕였다. 다른 세 명은 한마디도 하지 않았다.

"미안해요. 열불이 나서 그만. 제기랄, 오늘이 내 인생에서 제일 긴 하루였습니다."

리카드가 말했다.

"이건 대체 어디 있었죠? 강력계가 칼의 책상은 이미 다 뒤지지 않았나요?"

보슈가 파일을 가리키며 물었다.

"그랬죠. 근데 이 파일은 책상 서랍 속에 들어 있지 않았어요. 칼이 이걸 대마팀 차 안에 넣어뒀더군요. 잠복근무를 할 때 사용하는 차 앞좌석 뒤에 달린 주머니 속에요. 칼의 행방이 묘연하던 그 주 동안에는 이걸 보지 못했어요. 우린 오늘에야 처음으로 그 차 뒷좌석에 탔어요. 업무를 수행할 때 보통 차를 두 대 가지고 나가죠. 하지만 오늘은 소식을 듣고 나서 현장근무를 나설 때 모두 한 차에 올라탔어요. 내가 그 주머니 속에 꽂혀 있던 파일을 발견했어요. 안에 당신한테 주라는 짧은 메모가 있었어요. 칼이 캐털리나에서 당신을 만나기로 했다면서 일찍 나간 일이 있어서 우린 그가 당신을 위해 무슨 일인가 하고 있다는 걸 알고 있었죠."

보슈는 아직도 파일을 열어보지 않고 있었다. 그냥 바라보고만 있는데도 불안했다. 그가 말했다.

"그날 밤 캐털리나에서 만났을 때 감찰계가 자기를 조사하고 있다고 하더군요. 이유가 뭔지 알아요?"

"아뇨, 우린 무슨 일인지 모릅니다. 그냥 그치들이 똥파리떼처럼 여기저기 들쑤시고 다녔다는 것만 알고 있죠. 그치들이 강력계 친구들보다 먼저 와서 칼의 책상을 뒤집었어요. 칼의 파일이랑, 전화번호부, 심지어 타자기까지 가져갔어요. 빌어먹을. 우리 팀에 하나밖에 없던 건데.

근데도 무슨 일 때문에 그런 건지는 모릅니다. 칼이 그토록 오랫동안 경찰에 몸담았는데 그치들이 그를 겨누고 있다는 게 정말 화가 나서 미치겠어요. 아까 일 때문에 칼이 그렇게 됐다고 한 것도 그런 뜻입니다. 이 개같은 직업이 결국엔 우리 모두를 쓰러뜨릴 겁니다."

"사생활은 어땠어요? 칼의 과거요. 부인 말로는…."

"그 여자 얘기는 하지도 말아요. 칼을 고발한 게 그 여잡니다. 칼이 집을 나가니까 이야기를 만들어내 가지고 감찰계에 밀고를 했어요. 칼을 파멸시키려는 수작인 거죠."

"부인이 그랬는지 어떻게 알죠?"

"칼이 그랬어요. 똥파리들이 몰려와서 자기에 대해 물을지 모른다고 했죠. 마누라 때문에 생긴 일이라고 했습니다."

보슈는 누가 거짓말을 한 것인지, 무어가 동료들에게 거짓말을 한 것인지 아니면 실비아가 자기에게 거짓말을 한 것인지 궁금했다. 잠깐 실비아를 떠올려보았지만, 그녀가 거짓 밀고를 하는 모습은 그려지지가 않았다. 그러나 네 명의 마약수사관들에게는 그런 생각을 말하지 않았다. 마침내 그는 팔을 뻗어 파일을 집어 들었다. 그리고 자리를 떴다.

보슈는 호기심을 누를 수가 없었다. 자기가 그 파일을 갖고 있어서는 안 된다는 사실은 알고 있었다. 강력계의 프랭키 쉬헌에게 전화를 걸어 알려야 한다는 사실도 알고 있었다. 그러나 그는 무의식적으로 차 주변을 재빠르게 둘러보고 보는 사람이 아무도 없다는 것을 확인한 후, 파일을 펼쳐 읽기 시작했다. 첫 페이지에 노란색 포스트잇이 붙어 있었다.

해리 보슈에게 전해줘.

메모지에는 서명도 날짜도 없었다. 종이 한 장 위에 붙어 있었는데 그 종이 위에는 불심검문 카드 다섯 장이 클립으로 고정되어 있었다. 보슈는 불심검문 카드를 떼어내 들춰보았다. 다섯 개의 다른 이름이 있었고, 모두 남자였다. 모두가 지난 10월 혹은 11월에 대마팀 수사관들에게 검문당한 사람들이었다. 검문검색 후 모두 현장에서 풀려났다. 카드마다 검문 사유와 집 주소, 운전면허번호, 검문 날짜 및 시각 외에는 별다른 정보가 없었다. 보슈가 아는 이름이 하나도 없었다.

그는 카드가 붙어 있던 종이를 보았다. '내부 문건'이라는 제목 하에 '대마팀 기밀 보고서 144'라는 부제가 붙어 있었다. 작성 날짜는 11월 1일로 되어 있었고, 그보다 이틀 후의 날짜가 있는 '제출' 도장이 찍혀 있었다.

무어, 리카드, 핑스, 페다레도, 몬티레즈 수사관은 12구역의 마약거래 활동에 관한 정보를 입수하기 위해 할리우드 대로에서 마약 판매에 관여한 것으로 추정되는 용의자들에 대한 현장 단속을 꾸준히 실시해왔다. 최근 몇 주 전부터는 헤로인과 코카인, PCP를 합성한 신종 마약인 '블랙 아이스'의 거래가 이뤄지고 있다는 사실에 주목하게 되었다. 블랙 아이스에 대한 수요는 현재로서는 낮은 편이지만 점차로 증가할 것으로 예상된다.

상기 수사관들은 뜨내기 판매책 몇 명이 거리에서 블랙 아이스를 소매하고 있는 것으로 판단하고 있다. 단속 중 다섯 명의 용의자를 검문했지만 검거는 한 건도 이루어지지 않았다. 소매 거래망은 현재로서는 신원이 파악되지 않은 개인에 의해 주도되고 있는 것으로 짐작된다.

정보원들과 블랙 아이스 사용자들은 할리우드 대로에서 거래되는 블랙 아이스의 대부분이 아이스가 최초로 제조된 하와이가 아니라 멕시코에서 들어오고 있는 것이고 ― 마약단속국 자문보고서 502 참조 ― 국내로 대량 밀반입되고 있다고 제보했다.

상기 수사관들은 블랙 아이스의 유통에 관한 정보를 얻기 위해 마약단속국에 지속적 보슈는 보고서를 다시 한 번 읽었다. 자기 앞가림용 보고서였다. 아무 내용도 아무런 의미도 없었다. 상급자에게 자신이 문제를 인지하고 있고 문제를 해결하기 위해 이미 조치를 취하고 있음을 알리기 위해 작성한 것 같았다. 무어는 블랙 아이스가 점점 더 인기를 얻고 있다는 것을 깨닫고 앞으로 자기에게 화가 미칠 경우를 대비해 자신을 보호하기 위해 보고서를 작성해 제출한 것 같았다.

파일에서 다음으로 나온 것은 마빈 댄스라는 남자를 규제약물 소지 혐의로 검거했다는 11월 9일자 검거 보고서였다. 보고서에 따르면 대마팀 수사관들이 댄스가 이바에서 거리의 소매상에게 블랙 아이스를 전달하는 것을 목격하고 그를 체포했다. 리카드와 핑스가 할리우드 대로 북쪽에 있는 이바에서 댄스를 주목하고 지켜보고 있었다. 용의자 댄스는 주차한 차 안에 앉아 있었고 남자 한 명이 걸어오더니 차에 탔다.

보고서에 따르면 댄스는 입에서 뭔가를 꺼내 남자에게 건넸고, 남자는 차에서 내려 걸어갔다. 수사관 두 명은 각자 한 명씩 맡기로 하고, 핑스는 걸어가는 남자가 댄스의 시야에서 사라질 때까지 쫓아가다가, 그를 불러 세우고 에잇볼—블랙 아이스를 1그램씩 따로 포장한 것 여덟 개를 한 개의 콘돔 안에 넣은 것—을 압수했다. 리카드는 댄스를 계속 주시하고 있었는데, 댄스는 차 안에서 다음 소매상이 블랙 아이스를 가지러 오기를 기다리고 있었다. 리카드는 핑스에게서 남자를 검거했다는 무전을 받은 후 차 문을 열고 댄스를 제압했다.

그러나 댄스는 입속에 있던 것을 삼켜버렸다. 그가 수갑을 찬 채 인도에 앉아 있는 동안 리카드가 차 안을 수색했지만 마약은 전혀 발견하지 못했다. 그러나 차문 옆 배수구에 있던 구겨진 맥도널드 컵 안에서 콘돔 여섯 개를 발견했는데, 콘돔마다 에잇볼이 하나씩 들어 있었다.

댄스는 마약 판매 및 소지 혐의로 체포되었다. 보고서에는 댄스가 맥도널드 컵이 자기 것이 아니라는 말만 반복할 뿐 블랙 아이스에 대한 어떤 진술도 거부했다고 적혀 있었다. 그는 변호사를 요구하지 않았지만, 경찰서에 도착한 후 한 시간도 채 지나지 않아 변호사가 나타나더니 수사관들에게 자기 의뢰인을 병원으로 데려가 위세척을 시키거나 대변을 검사하는 것은 위헌이라고 주장했다. 서에서 댄스 검거건을 처리하고 있던 무어는 당직 검사에게 문의를 했고 그 변호사의 주장이 맞다는 대답을 들었다.

댄스는 체포된 지 두 시간 만에 12만 5천 달러의 보석금을 내기로 하고 석방되었다. 보슈는 이 사실이 흥미로웠다. 보고서에 따르면 체포 시각이 밤 11시 42분이었다. 그 말은 댄스가 그 야심한 시각에 단 두 시간 만에 변호사와 보석 보증인과 보석 석방을 위해 필요한 보석금의 10퍼센트인 1만 2천5백 달러를 구했다는 뜻이었다.

그리고 댄스는 어떤 혐의로도 기소가 되지 않았다. 파일의 다음 장은 검사가 보낸 기소 거부 통지서였다. 사건을 검토한 담당 검사는 댄스의 차에서 1미터 떨어진 배수구에 있었던 맥도널드 컵의 주인이 댄스였다고 보기에는 증거가 불충분하다는 결론을 내렸다.

따라서 마약소지죄는 적용되지 않았다. 뿐만 아니라 마약수사관들이 댄스가 차에 탄 남자에게 에잇볼을 건넬 때 돈이 오가는 것을 보지 못했기 때문에 마약판매죄도 적용되지 않았다. 차에 탔던 남자는 글렌 드루존이라는 17세 소년이었고, 댄스에게서 콘돔을 받았다고 진술하지 않았다. 보고서에 따르면 그는 댄스의 차에 올라타기 전부터 콘돔을 가지고 있었다고 주장했다. 법정에 서게 되면 그는 댄스에게 에잇볼을 팔려고 했지만 댄스가 관심을 보이지 않았다고 진술할 것이었다.

결국 댄스는 증거 불충분으로 기소조차 되지 않았다. 드루존은 마약 소지죄로 기소되었고 청소년 보호관찰 처분을 받았다.

보슈는 보고서에서 눈을 들어 골목길을 바라보았다. 길 끝에 구리와 유리로 지어진 미국 감독 협회의 원형 건물이 보였다. 보슈가 기억하는 한 줄곧 선셋에 있었던 말보로 광고판의 윗부분도 보였다. 그는 담배를 붙여 물었다.

그는 다시 검사의 기소 거절 통지서를 바라보았다. 통지서 앞에 카메라를 향해 히죽이고 있는 금발의 댄스를 찍은 머그샷(경찰이 범죄자 혹은 용의자의 얼굴 정면과 측면을 찍은 사진 – 옮긴이)이 클립에 꽂혀 있었다. 댄스가 기소도 되지 않은 채 풀려난 건 이례적인 경우가 아니었다. 거리에서 체포된 용의자의 상당수가 그렇게 풀려났다. 잔챙이들은 그물에 걸린다. 그러나 좀 더 덩치가 큰 놈들은 그물을 끊고 달아난다. 경찰은 자기들이 할 수 있는 일은 거리에서 문제를 일으키는 놈들을 전부 낚아 내는 것이 아니라 그물을 흔들어 교란을 시키는 게 전부라는 걸 알고 있었다. 판매상 하나를 잡아들이면 다른 놈이 그 자리를 채운다. 의뢰를 받은 변호사가 잡힌 놈을 들어 올리면 별의별 사건에 파묻혀 정신이 없는 검사가 놈을 놓아준다. 그런 실정이 보슈가 강력반 살인전담팀에 남아 있는 이유 중에 하나였다. 진정으로 중대하게 여겨지는 범죄는 살인뿐이라는 생각이 가끔 들었다.

그러나 요즘에는 살인도 예전처럼 중대 사건으로 여겨지지 않고 있는 것 같았다.

보슈는 머그샷을 떼어내 주머니에 넣고, 잠깐 파일을 덮었다. 댄스 사건이 자꾸 마음에 걸렸다. 칼렉시코 무어는 댄스가 지미 캅스와 어떤 관련이 있다고 생각했기에 보슈를 위해 정리한 파일에 그 사건기록을 넣어두었을까 궁금했다.

보슈는 재킷 안주머니에서 수첩을 꺼내 사건을 발생 순서대로 적어 보았다.

11월 9일   댄스 검거
11월 13일   지미 캅스 피살
12월 4일   무어, 보슈 만남

보슈는 수첩을 덮었다. 식당 안으로 다시 들어가 리카드에게 한 가지 더 물어봐야 했다. 그러나 그러기에 앞서 파일을 다시 펼쳤다. 읽을 게 한 페이지 더 있었는데, 대마팀의 또 다른 기밀 보고서였다. 무어가 마약단속국 로스앤젤레스 지국의 한 요원에게서 들은 브리핑의 요약 보고서였다. 작성 날짜가 12월 11일로 되어 있었는데 그렇다면 무어와 보슈가 캐털리나에서 만나고 1주일 후에 작성한 것이었다.

보슈는 이것이 다른 상황과 어떻게 맞아떨어지는지, 그리고 어떤 의미인지를 파악하려고 애를 썼다. 무어는 둘이 만났을 땐 별다른 정보를 주지 않아놓고 나중에는 마약단속국에 연락해 자세한 정보를 얻었다. 마치 그가 양다리를 걸치고 있는 것 같은 느낌이 들었다. 무어가 보슈의 사건을 가로채 자신이 직접 해결하려고 했던 건지도 몰랐다.

보슈는 천천히 보고서를 읽어 내려가면서, 무의식 중에 보고서의 위쪽 모서리를 구부렸다.

오늘, 12월 11일, 마약단속국 로스앤젤레스 지부장인 르네 코보 특수요원이 제공한 정보에 따르면, 블랙 아이스의 원산지는 바하 칼리포르니아이다. 마약단속국 수사대상 44Q3으로 등록되어 있는 움베르또 소릴료(1954년 11월 11일생)가 멕시칼리 지역에 비밀 공장을 만들어놓고 미국에 유통시킬 멕시코산 블랙 아이스를 제조하고 있는 것으로 추정되고 있다. 소릴료는 멕시칼리 남서부에 있는 2천4백만 평방미터에 달하는 황소 목장에 거주하고 있다. 멕시코 주립 경찰은 정치적인 이유로 인해 소릴료를 건드리지 못하고 있다. 블랙 아이스의 국내 밀반입에 사용되는 수송 수단은 아직까지 파악되지 않고 있다. 공중감시 사진을 보아도 목장 내에선 활주로를 한 개도 찾아볼 수 없다. 마약단속국은 그간의 경험을 토대로 블랙 아이스의 밀반입은 칼렉시코나 산 이시드로를 통과하는 육상 수송로를 통해 이루어지고 있다고 추정하고 있지만, 현재까지 이 두 곳의 국경검문소에서 블랙 아이스를 적발한 사례는 단한 건도 보고되지 않고 있다. 움베르또 소릴료는 멕시코 주립 경찰 간부들의 지원과 협조를 받고 있는 것으로 추정된다. 그는 멕시칼리 남서부 지역민들 사이에 영웅으로 널리 알려져 있고 존경을 받고 있다. 이렇게 폭넓은 지지를 받고 있는 것은 그가 자신의 고향인 그곳의 가난한 지역주민들에게 일자리와 의약품, 주택과 무료급식을 제공하는 등 대대적인 자선활동을 벌여온 데도 그 이유가 있다. 멕시칼리 남서부 지역민들 중 일부는 그를 '멕시칼리의 교황'이라고 부르고 있다. 게다가 소릴료가 사는 목장 저택은 24시간 경비가 삼엄하다. 교황은 저택 밖에서 모습이 목격된 적이 거의 없다. 다만 그는 자신의 목장에서 기른 수소들이 경기하는 모습을 관전하기 위해 매주 한 번 투우장을 찾는 것으로 알려져 있다. 멕시코 주립 경찰 당국은 현재 소릴료를 겨냥한 마약단속국의 활동에는 협조해줄 수가 없다는 입장을 취하고 있다.

경사 C.V. 무어 1101

보슈는 파일을 덮은 후 한동안 파일을 노려보았다. 머릿속이 뒤죽박죽이었다. 그는 근본적으로 우연의 일치라는 것을 믿지 않는 사람이었지만 자신이 맡은 모든 사건에 칼 무어라는 존재가 어떻게 끼어들게 된 것인지 알 수가 없었다. 시계를 보니 곧 테레사 코라존을 만나러 나서야 했다. 갖가지 생각이 머릿속을 뒤흔들어놓고 있는 와중에도 한 가지만은 분명하게 느낄 수 있었다. 강력계의 프랭키 쉬헌에게 이 파일을 넘겨야 했다. 보슈는 강력계에 있을 때 쉬헌과 함께 일했기 때문에 그가 괜찮은 사람이자 훌륭한 수사관이라는 사실을 알고 있었다. 그가 정당한 방식으로 수사를 벌이고 있다면, 파일을 그에게 넘겨야 했다. 그렇지 않다면, 굳이 넘길 필요는 없을 것 같았다.

보슈는 차에서 내려 다시 식당으로 향했다. 이번에는 골목길에 있는 주방문을 통해 안으로 들어갔다. 대마팀은 아직도 그 자리에 있었고, 네 남자 모두가 마치 장례식장에라도 온 것처럼 말이 없었다. 보슈의 의자도 아직 그대로 있었다. 그는 다시 의자에 앉았다.

"왜요?"

리카드가 물었다.

"이거 읽었죠? 댄스 사건에 대해서 말해줘요."

"뭘 얘기하란 말입니까? 우리가 놈을 던져 줬더니 검사가 다시 밖으로 차냈어요. 그게 뭐 처음 있는 일인가요? 지금까지 그런 일은 부지기수였는데요, 뭘."

"댄스를 덮치게 된 계기가 뭐죠? 댄스가 거기서 블랙 아이스를 판매책한테 넘길 거라는 건 어떻게 알았어요?"

"풍문으로 들었죠."

"리카드, 이건 중요한 문제입니다. 무어가 관련된 일이라고요."

"어떻게요?"

"지금으로선 말해줄 수가 없어요. 날 믿고 얘기를 해줘야 사실을 종합해볼 것 아뇨. 누가 정보를 줬는지 말해 봐요. 제보였죠, 맞죠?"

리카드는 자기 앞에 놓인 대안들을 저울질하고 있는 것 같았다.

"그래요, 제보였어요. 내 정보원한테서요."

"그게 누구죠?"

"이봐요, 친구, 그건 말할 수…."

"지미 캅스. 지미 캅스였죠, 맞죠?"

리카드가 망설이는 모습을 보고 보슈는 자신의 추측이 맞다는 것을 확신했다. 이런 사실을 거의 우연히 그것도 경찰관 하나가 죽고 난 다음에야 알게 되었다고 생각하니 화가 치밀었다. 그러나 그림의 윤곽이 서서히 드러나고 있었다. 캅스는 시장에서 경쟁자를 몰아내기 위한 방법으로 댄스를 경찰에 밀고한다. 그리고 나서 하와이로 돌아가 뱃속 가득히 콘돔을 집어넣고 다시 날아온다. 그러나 그때 이미 댄스는 풀려나 있었고, 지미 캅스는 가지고 온 콘돔을 한 개도 팔아보지 못한 채 보복 살인을 당한다.

"빌어먹을. 캅스 살인사건이 났을 때 왜 와서 말해주지 않았어요? 이런 정황을 알아내려고 얼마나 애를 썼는데…."

"무슨 소립니까? 그날 밤 무어가 캅스 건 때문에 당신을 만났잖아요. 무어가…."

테이블에 둘러앉은 모두는 그제야 무어가 그날 밤 캐털리나에서 자신이 알고 있는 사실을 전부 보슈에게 말해준 건 아니라는 것을 알게 되었다. 무거운 침묵이 찾아왔다. 무어가 무슨 일엔가 개입이 되었다는 사실을 지금까진 몰랐더라도 이젠 분명히 알게 되었다. 마침내 보슈가 입을 열었다.

"당신 정보원이 캅스였다는 걸 무어도 알고 있었어요?"

리카드는 이번에도 망설이다가 고개를 끄덕였다.

보슈는 자리에서 일어서서 탁자 위에 놓인 파일을 리카드 앞으로 밀었다.

"이건 필요 없어요. 강력계의 프랭크 쉬헌에게 전화해서 방금 전에 이걸 발견했다고 해요. 당신들이 알아서 할 일이지만 나 같으면 이걸 내게 먼저 보여줬다는 말은 안 할 것 같군요. 나도 입 다물고 있을게요."

보슈가 자리를 뜨려다가 말고 말했다.

"한 가지 더. 이 댄스라는 친구, 그 후에 본 사람 있어요?"

"검거 이후로는 못 봤습니다."

페다레도가 말했다.

다른 세 명도 고개를 저었다.

"놈의 행방을 알아내면 연락 줘요. 내 번호 갖고 있죠?"

식당 주방문 밖으로 나온 보슈는 다시 한 번 무어가 후안 도우 67번을 발견한 지점을, 아니 발견했다는 지점을 바라보았다. 이젠 무어에 대해 어디까지 믿어야 할지 알 수가 없었다. 후안 도우 67번과 댄스와 캅스 사이에 어떤 관련이 있는지 궁금해서 견딜 수가 없었다. 그는 노동자의 손과 근육을 가진 후안 도우 67번이 누구인지 밝혀내는 게 열쇠라는 걸 알았다. 그의 신원을 파악하고 나면 살인범을 찾아낼 수 있을 것 같았다.

8 파커 센터

경찰국 본부인 파커 센터에 도착한 보슈는 건물 앞에 있는 기념비를 지나 로비로 들어갔다. 접수대에 앉은 경찰관에게 경찰배지를 보여주고 나서야 안으로 들어갈 수 있었다. 이곳은 너무 거대하고 인간미가 없었다. 접수대에 앉은 경찰들은 경정급 이하는 누군지 알지도 못할 것 같았다.

로비는 오고가는 사람들로 북적였다. 제복을 입은 경찰관들도 있었고, 사복 형사들도 있었고, 셔츠에 방문객 스티커를 붙인 사람들도 있었고, 난생 처음으로 이 거대한 미로에 발을 들여놨는지 눈이 휘둥그레진 시민들도 있었다. 보슈는 파커 센터가 현장 경찰관의 업무를 도와주는 곳이 아니라 방해를 하는 곳이며 관료주의의 거대한 미로라고 생각했다. 8층짜리 건물의 각 층마다 독립된 영지가 펼쳐지고 있었다. 각 영지는 경정들과 총경들의 비호를 받고 있었다. 그리고 각 영지의 사람들은 다른 영지의 사람들을 의심하고 질투하고 있었다. 거대한 사회 안에 또 다른 사회가 존재하는 것이었다.

보슈는 이곳 강력계에서 일했던 8년 동안 이 거대한 미로를 훤하게 파악하고 있었다. 그러다가 비무장 상태의 연쇄살인 용의자를 쏴 죽인 일로 감찰계의 조사를 받고 쫓겨나고 말았다. 보슈는 그 용의자가 베개 밑으로 손을 넣는 것을 보고 총을 쐈다. 총을 집으려는 것이라고 생각했었다. 그러나 총은 없었다. 베개 밑에서 부분 가발이 나왔다. 누구나 웃다가 뒤로 자빠질 일이었다. 총에 맞은 용의자만 빼고는. 강력계 동료들이 그 용의자가 열한 건의 연쇄살인범임을 밝혀냈다. 용의자의 시신은 판지 상자에 담겨 화장장으로 향했다. 그리고 보슈는 할리우드 경찰서로 좌천되었다.

엘리베이터 안에는 사람들이 꽉 차 있었고 고약한 입냄새가 났다. 보슈는 4층에서 내려 과학수사계로 걸어갔다. 비서는 이미 퇴근하고 없었다. 보슈가 접수대 위로 몸을 기울여 버튼을 누르자 중간 문이 삐 소리를 내며 열렸다. 그는 총탄 실험실을 통과해 형사실로 들어갔다. 도노반은 자리에 있었다.

"여긴 어떻게 들어왔어요?"

"내가 문 열고 들어왔지."

"선배, 그럼 안 돼요. 그렇게 보안시스템을 무시하고 돌아다니면 어떡해요."

보슈는 잘못했다는 뜻으로 고개를 끄덕여 보였다.

"뭣 때문에 왔어요? 선배 사건은 맡은 게 없는데요."

"있잖아."

"어떤 거요?"

"칼 무어."

"말도 안 되는 소리 하시네."

"내가 좀 알아낸 게 있어. 몇 가지만 물어볼게. 내키면 대답해줘. 내키지 않으면 관두고."

"뭘 알아냈단 말이에요?"

"내가 맡은 사건 두 건을 수사하다 몇 가지 사실을 알아냈는데 거기에 칼 무어가 관련이 되어 있었어. 그래서 난 그냥… 난 그냥 무어에 대해 확인하고 싶어. 무슨 뜻인지 알지?"

"아뇨, 모르겠는데요."

보슈는 다른 책상 앞에 놓인 의자를 끌어와 앉았다. 형사실에는 둘뿐이었지만 보슈는 과학수사계 감식전문가의 관심을 끌 수 있기를 바라며 낮은 목소리로 천천히 말했다.

"꼭 알아야하기 때문에 확인하려는 거야. 궁금한 게 뭐냐면, 모든 걸 확인했냐는 거야."

"뭘 말이에요?"

"알면서 왜 그래. 정말 칼 무어였어? 현장에 다른 사람의 흔적은 없었어?"

오랜 침묵이 흐른 후 마침내 도노반이 목소리를 가다듬더니 말문을 열었다.

"선배가 수사하고 있는 사건에 무어가 관련이 되어 있었다니, 무슨 말이에요?"

보슈는 마땅히 나올 만한 질문이라고 생각했다. 희망이 조금 보이는 듯했다.

"내가 마약 운반책 살인사건을 맡았어. 무어에게 그 사건과 관련해서 정보를 구해달라고 부탁했지. 그러고 나서 선셋의 골목길에서 변사체가 발견됐어. 후안 도우 67번이라고 불리고 있고. 그 변사체를 발견한 사람이 무어였어. 그다음 날 무어는 그 누추한 모텔에 투숙해 산탄총으로 자살을 하지. 아니 그렇게 보이는 거야. 난 겉으로 보이는 것처럼 정말로 그가 자살한 게 맞는지 확인을 하고 싶어. 법의국에서 신원확인이 됐다는 말을 들었어.”

“왜 그 두 사건이 무어 건과 관련이 있다고 생각하게 된 거죠?”

“지금으로선 확신을 하는 건 아니고 추측만 할 뿐이야. 난 그냥 확실히 아닌 것부터 확인하고 지워나가려고 하는 거고. 어쩌면 그 모두가 우연의 일치일 수도 있겠지. 모르겠어.”

“글쎄, 법의국에선 어떻게 나왔는지 모르겠지만, 현장에서 무어의 지문이 여러 개 나왔어요. 무어가 그 객실에 있었던 게 확실해요. 지문감식 작업이 방금 전에야 끝났어요. 하루 종일 걸렸죠.”

“왜?”

“법무부 컴퓨터가 오전 내내 다운이 되어 있었어요. 그래서 지문 데이터베이스에 접근할 수가 없었죠. 인사기록에 있는 무어의 지문을 가져오려고 인사계에 올라갔더니 어빙 부국장이 벌써 가져갔다고 하더군요. 지문 기록을 가져가서 검시관에게 넘겼다는 거예요. 선배도 알다시피, 그건 규정 위반이지만, 누가 부국장한테 따지고 들겠어요? 그러다가 미운 털이라도 박히면 어쩌려고요? 그래서 법무부 컴퓨터가 복구될 때까지 기다려야 했죠. 오후에야 데이터베이스에서 그의 지문 기록을 찾아서 방금 전에야 대조 작업을 끝냈어요. 그 방에 있던 변사체는 무어가 맞아요.”

“지문들이 어디에 있었지?”

“잠깐만요.”

도노반이 파일 캐비닛 앞으로 의자를 굴려가더니 주머니에서 열쇠를 꺼내 서랍을 열었다. 그가 파일을 뒤지고 있는 동안 보슈는 담배를 붙여 물었다. 마침내 도노반이 파일 한 개를 꺼내 다시 의자를 굴려 자기 책상 앞으로 돌아왔다.

"선배, 그것 좀 꺼요. 그거 정말 싫어해요."

보슈는 담배를 리놀륨 바닥으로 던지고 발로 밟은 후 꽁초를 도노반의 책상 밑으로 찼다. 도노반은 파일에서 꺼낸 종이 몇 장을 훑어보기 시작했다. 보슈는 각 장에 무어의 사체가 발견된 모텔 객실을 위에서 본 그림이 그려져 있는 것을 보았다.

도노반이 말했다.

"자, 여기. 현장에서 채취한 지문은 무어의 것으로 확인됐어요. 전부 가요. 컴퓨…."

"그 말은 아까 했는데."

"알았어요. 잘 들어봐요. 그러니까, 산탄총 개머리판에서 엄지손가락 지문을 채취했는데, 열네 군데가 일치했어요. 열네 군데요. 그럼 상황 끝난 거죠."

보슈는 신원확인 결과가 재판에서 인정을 받기 위해서는 지문대조 시 다섯 군데만 일치하면 된다는 사실을 알고 있었다. 총에 찍힌 지문과 열네 군데가 일치했다는 건 그가 총을 들고 있는 사진을 입수한 것이나 마찬가지였다.

"그리고, 어디 보자… 산탄총 총신 두 개에서 채취한 지문 네 개는 세 군데가 일치했어요. 총이 손에서 떨어질 때 지문이 좀 뭉개진 것 같아요. 그래서 거기에선 선명한 게 하나도 나오지 않았어요."

"방아쇠에서는?"

"전혀요. 하나도 없었어요. 발가락으로 방아쇠 두 개를 당겼는데, 양말을 신고 있었죠, 기억해요?"

"다른 데서는? 에어컨에 도포하는 걸 봤는데."

"그랬죠, 하지만 다이얼에서는 하나도 얻어내지 못했어요. 부패를 막으려고 에어컨을 최대로 틀어놨다고 생각했는데, 다이얼은 깨끗했어요. 표면이 거친 플라스틱이라 지문이 하나도 남지 않은 것 같아요."

"또 다른 데서는?"

도노반은 다시 현장 그림을 내려다보았다.

"배지에서 집게손가락과 엄지손가락 지문이 나왔는데, 각각 다섯 군데와 일곱 군데가 일치했어요. 배지는 지갑과 함께 화장대 위에 있었죠. 하지만 지갑에선 한 개도 나오지 않았어요. 얼룩만 있었죠. 화장대 위에 있던 권총에는 얼룩만 여러 개 있었지만, 탄약통에서는 엄지손가락 지문 한 개가 선명하게 나왔죠. 그리고 어디 보자, 화장실 세면대 밑에 있는 캐비닛 왼쪽 문에 손 전체가 찍혀 있었어요. 손바닥, 엄지손가락, 다른 손가락 세 개가요. 바닥에 앉을 때 문을 잡고 균형을 유지했던 것 같아요. 참 어렵게도 가셨죠."

"그러게. 그게 다야?"

"그래요. 어, 아뇨. 신문에요. 의자에 신문이 있었거든요. 거기서도 선명한 게 하나 나왔어요. 이번에도 마찬가지로 엄지손가락하고 다른 손가락 세 개요."

"그럼 탄알에서는?"

"얼룩만이요. 탄알에서는 한 개도 나오지 않았어요."

"유서는?"

"전혀요."

"필적은 대조해봤어?"

"사실, 유서는 인쇄체로 쓰여 있었어요. 하지만 쉬헌이 문서 감식반에 감식을 의뢰했죠. 무어의 필체와 일치한다는 결과가 나왔어요. 몇 달 전에 무어가 아내와 별거하면서 로스 펠리즈에 있는 더 파운튼즈라는 아파트를 빌렸죠. 그때 주소변경 신고서를 제출했어요. 어빙이 가져간

인사기록 안에 있었죠. 그 주소변경 카드도 인쇄체로 썼더군요. 그 카드와 유서 사이에 공통점이 많이 있었어요. 예를 들면 '파운드'(무어의 유서 내용 '난 내가 누군지 알게 되었다[I found out who I was]'에 나오는 found – 옮긴이)와 '파운튼즈' 같은 거요."

"산탄총은? 일련번호를 추적해봤어?"

"일련번호는 줄에 쓸리고 산(酸)에 타서 지워졌더군요. 흔적도 없어요. 저기, 선배, 사실 이렇게 많이 알려주면 안 되는데. 우리 그냥 이 정도로…."

그는 문장을 끝맺지 않았다. 의자를 다시 파일 캐비닛 앞으로 굴려가더니 파일을 서랍 안에 넣었다.

"거의 다 끝나가. 발사체 유형은 어때? 조사해봤어?"

도노반은 서랍을 닫고 자물쇠를 채운 후 자기 자리로 돌아왔다.

"시작했어요. 끝은 안 났고. 하지만 총신 두 개가 나란히 있는 이연총이잖아요. 즉각적으로 퍼지는 유형이죠. 15센티미터쯤 떨어진 곳에서 쏴서 그런 손상이 생겼을 거예요. 이상한 건 하나도 없어요."

보슈는 고개를 끄덕이고 나서 손목시계를 본 후 자리에서 일어섰다.

"마지막으로 하나 더."

"그래요, 하나만 더 하고 빨리 끝내자고요. 이제까지 선배한테 분 것만 가지고도 난 목이 날아갈지도 몰라요. 나한테 들은 걸 떠들어대고 다니진 않을 거죠?"

"물론이지. 마지막 질문은, 다른 사람 지문 말이야. 무어의 것과 일치하지 않는 지문은 몇 개나 있었어?"

"하나도 없었어요. 누가 이런 걸 신경이나 쓸까 했는데 바로 선배였군요."

보슈는 다시 자리에 앉았다. 이해가 되지 않았다. 모텔 방은 매춘부와 같았다. 거쳐 가는 손님마다 뭔가 자신의 흔적을 남기고 떠난다. 아무리 청소를 하고 정리를 해도 소용없었다. 항상 뭔가가, 숨길 수 없는 흔적이 남아 있었다. 보슈는 객실 안에 무어의 지문밖에 없었다는 말이 믿어지지가 않았다.

"그럼 아무도 신경 안 썼다는 말이야?"

"그래요. 쉬헌과 무어를 쫓아다녔던 그 감찰계 형사한테 이 사실을 알렸어요. 별것 아니라는 반응을 보이더군요. '저런, 정말이요? 다른 사람 지문은 없었구나.' 그러고 말았어요. 모텔 변사사건은 처음 맡은 게 아닌지 몰라요. 어젯밤 난 야밤까지 현장에서 지문을 찾고 있어야겠구나 생각했는데 아니었어요. 얻어낸 건 선배한테 말한 게 전부예요. 와, 정말, 이제까지 지문채취를 해본 모텔 방 중에 제일 깨끗한 방이었어요. 레이저까지 이용해봤어요. 방을 청소할 때 생긴 걸레 자국 외엔 아무것도 없었어요. 근데, 선배, 거기는 관리자들이 청결에 목숨을 거는 그런 곳이 아니잖아요, 안 그래요?"

"쉬헌한테 이 사실을 알렸다고?"

"네, 일이 끝나고 나서 말했어요. 아무래도 그 친구들은 크리스마스 밤이라 내가 집에 빨리 가고 싶어 안달이 나서 대충대충 했다고 생각했던 것 같아요. 어쨌든 무어 말고 다른 사람의 지문은 없었다고 말했더니, 알았다고, 됐다고, 메리 크리스마스라고 말하더군요. 그래서 난 그냥 현장을 떴죠. 메리 크리스마스는 쥐뿔."

보슈는 쉬헌과 채스틴과 어빙에 대해 생각해보았다. 쉬헌은 유능한 형사였다. 그러나 다른 두 사람이 노려보고 있으면, 실수를 했을 수도 있었다. 그들은 현장에 도착하기 전부터 자살이라고 백 퍼센트 확신을 하고 있었다. 보슈라도 마찬가지였을 것이다. 게다가 유서까지 나왔다. 그러니 무어의 등에 칼이라도 꽂혀 있는걸 보면 모를까 쉽게 생각을 바꾸지 못할 것이었다. 현장에 다른 사람의 지문이 없는 점과 산탄총의 일련번호가 지워진 점은 자살과 타살의 가능성을 50대 50으로 보게 하는 충분한 단서가 됐어야 했다. 그러나 그들의 확고한 믿음은 조금도 흔들리지 않았다. 보슈는 부검 결과가 어떻게 나왔는지, 자살이라는 결론을 뒷받침하는 쪽으로 나왔는지 궁금해지기 시작했다.

보슈는 다시 자리에서 일어서서, 도노반에게 감사 인사를 한 후 과학수사계를 떠났다.

그는 계단을 이용해 3층으로 내려와 강력계 사무실로 들어갔다. 오후 5시가 지나서 세 줄로 늘어선 책상 대부분이 비어 있었다. 쉬헌의 책상은 따로 떨어져 있는 살인전담팀 자리에 있었다. 아직 퇴근하지 않고 있던 형사 몇 명이 그를 올려다보더니 곧바로 고개를 돌렸다. 그들에게 보슈는 기피인물이었다. 그는 잘나가던 형사에게도 어떤 일이 생길 수 있는지, 얼마나 쉽게 나락으로 떨어질 수 있는지를 보여주는 선례일 뿐이었다.

"쉬헌은 아직 퇴근 안 했습니까?"

보슈는 전화 업무와 보고서 정리 같은 잔일을 도맡아 하는 앞 책상에 앉아 있던 당직 형사에게 물었다.

"퇴근했어요. 몇 분 전에 법의국에서 온 전화를 받고 나가면서 곧바로 퇴근하고 내일 아침에 출근할 거라고 했어요."

그 여형사가 작성하고 있던 팀원 휴가 일정표에서 고개를 들지도 않은 채 대답했다.

"책상 한 개 써도 되죠? 몇 분만이요. 전화를 몇 통 걸어야 돼서."

이 방에서 8년이나 일했는데 이런 걸 허락받고 해야 되나 하는 생각에 기분이 더러웠다.

"아무거나 골라잡으세요."

그녀가 말했다. 여전히 고개를 들지 않고 있었다.

보슈는 비교적 잡동사니가 덜 널려 있는 책상을 골라잡았다. 누군가 남아 있기를 바라면서 할리우드 경찰서 강력반에 전화를 걸었다. 카렌 모시토가 전화를 받자 보슈는 자기에게 온 메시지가 있는지 물었다.

"딱 하나요. 실비아라는 여잔데. 성은 말하지 않았어요."

보슈는 가슴이 두근거리는 것을 느끼며 전화번호를 받아 적었다.

"무어 소식 들었어요?"

모시토가 물었다.

"신원확인 소식? 들었어."

"아뇨, 그거 말고요. 부검에서 무슨 일이 있었나 봐요. 라디오 뉴스에서 들었는데 부검 결과가 비확정적이라고 나왔대요. 산탄총으로 얼굴을 날렸는데 비확정적이라니, 이런 소린 살다 살다 처음 들어봐요."

"몇 시 뉴스에 나왔어?"

"조금 전에요. KFWB 5시 뉴스."

보슈는 전화를 끊고 다시 한 번 포터의 집으로 전화를 걸었다. 이번에도 전화를 받지 않았고 자동 응답기로 넘어가지도 않았다. 예민해질 대로 예민해진 포터가 집에 있으면서도 전화를 받지 않는 게 아닌가 하는 생각이 들었다. 어두운 방구석에 처박혀 술을 마시며 누가 문을 두드려도 전화가 와도 겁이 나서 꼼짝 않고 있는 그의 모습이 상상이 되었다.

보슈는 조금 전 받아 적은 실비아 무어의 전화번호를 바라보았다. 부검 소식을 들었는지 궁금했다. 아마도 그 일 때문에 전화를 했을 것 같았다. 벨이 세 번 울린 후 그녀가 전화를 받았다.

"무어 부인?"

"실비아예요."

"해리 보슈입니다."

"알아요."

그녀는 더 이상 말하지 않았다.

"어떻게 지내세요?"

"괜찮은 것 같아요. 저기, 감사하다는 말을 하고 싶어서 전화했어요. 어젯밤 일이요. 함께 있어줘서."

"아, 예, 그런데… 저기…."

"어젯밤 내가 말했던 책 기억하세요?"

"《긴 이별》이요?"

"네. 그 책에서 생각나는 구절이 또 하나 있어요. '나를 위한 백마 탄 기사는 뚱뚱한 집배원만큼이나 드물다.' 근데 요즘에는 뚱뚱한 집배원들이 많잖아요."

실비아가 아주 부드러운 소리로 웃었지만, 보슈에 귀에는 울음소리로 들렸다. 그녀가 말을 이었다.

"하지만 백마 탄 기사는 별로 없죠. 그런데 어젯밤 당신은 내게 백마탄 기사였어요."

보슈는 무슨 말을 해야 할지 몰랐고, 침묵 저편에 있는 그녀의 모습을 그려보려고 애를 썼다.

"아주 고마운 말씀이군요. 근데 내가 그런 말을 들을 자격이 있는지는 모르겠네요. 내가 해야 하는 일들이 백마 탄 기사와는 거리가 먼 때가 많이 있거든요."

그 후 그들은 잠깐 동안 사소한 이야기를 주고받다가 인사를 하고 끊었다. 보슈는 전화를 끊고 나서 한동안 가만히 앉아서 전화기를 노려보며 서로가 주고받은 말과 하지 못한 말에 대해 생각해보았다. 뭔가 있었다. 그녀 남편의 죽음 말고 다른 뭔가가 있었다. 사건 말고 다른 뭔가가. 인연. 분명히 둘 사이엔 다른 인연이 있었다.

보슈는 수첩을 꺼내 몇 시간 전에 적어놓은 발생 순서별 사건 목록이 적힌 페이지를 펼쳤다.

11월 9일	댄스 검거
11월 13일	지미 캅스 피살
12월 4일	무어, 보슈 만남

이제 그는 다른 날짜와 사실들을 추가하기 시작했다. 그 중에는 전체 그림에 맞지 않는 것 같은 사실들도 있었지만 일단은 다 적어놓고 보자 싶었다. 이 사건들이 서로 관련이 있고 칼렉시코 무어가 그 연결고리라는 생각이 자꾸만 들었다. 그는 쓰다가 멈추는 일 없이 일사천리로 목록 작성을 끝냈다. 그리고 나서 다시 훑어보니 지난 이틀간 뒤죽박죽이었던 생각들이 어느 정도 정리가 되는 것 같았다.

11월 1일	블랙 아이스에 관한 대마팀 기밀 보고서
11월 9일	리카드 제보 입수 — 제보자 : 지미 캅스
11월 9일	댄스 검거, 기소 무산
11월 13일	지미 캅스 피살
12월 4일	무어, 보슈 만남 — 무어 뭔가 숨김
12월 11일	무어, 마약단속국 요원의 브리핑 받음
12월 18일	무어, 후안 도우 67번 변사체 발견
12월 18일	포터, 후안 도우 사건 배당
12월 19일	무어, 하이드어웨이 투숙 — 자살?
12월 24일	후안 도우 67번 부검 — 벌레?
12월 25일	무어의 변사체 발견

12월 26일   포터 퇴직 선언

12월 26일   무어 부검 — 비확정적?

　그러나 그는 자꾸만 실비아 무어가 떠올라 오래 검토하고 있을 수가
없었다.

9 광대파리

보슈는 로스앤젤레스 대로를 달려가다 세컨드 대로로 바꿔 타고 레드 윈드를 향해 달려갔다. 성 비비아나 성당 앞에서 추레한 노숙자 한 무리가 성당을 나오는 것이 보였다. 낮에는 성당 안에서 자다가 저녁을 먹기 위해 무료급식소가 있는 유니언 거리로 가고 있는 것이었다. 보슈는 〈타임스〉 건물을 지나가면서 건물 벽에 걸린 시계를 올려다보았다. 정각 6시였다. 그는 KFWB 뉴스를 듣기 위해 라디오를 켰다. 무어 부검 소식이 두 번째로 나왔다. 첫 번째 기사는 시장이 목숨 걸고 덤벼드는 에이즈 시위자들에게 봉변을 당했다는 소식이었다. 시청의 흰 돌계단 위에서 돼지 피가 가득 든 풍선을 맞았다고 했다. 쿨 에이즈라는 단체가 자신들의 소행이라고 주장했다.

"다음 뉴스입니다. 칼렉시코 무어 경사의 사체를 부검한 로스앤젤레스 법의국은 부검 결과가 비확정적이어서 무어 경사가 스스로 목숨을 끊었다고 결론짓기 어렵다고 발표했습니다. 이보다 앞서 무어 경사의 사망을 자살이라고 공식 발표한 LA 경찰국과는 사뭇 다른 입장이어서 논란이 일고 있습니다. 할리우드 경찰서 마약수사관인 무어 경사는 크리스마스날 저녁 할리우드의 한 모텔 객실에서 변사체로 발견되었습니다. 경찰 당국은 무어 경사가 1주일 전쯤 산탄총으로 자살했다고 발표했습니다. 현장에서 유서가 발견됐지만 그 내용은 공개되지 않고 있습니다. 서른여덟 살 젊은 나이에 안타깝게 생을 마감한 무어 경사의 장례식은 다음 주 월요일에 거행될 예정입니다."

보슈는 라디오를 껐다. 뉴스 기사는 보도자료를 그대로 베낀 것 같았다. 그는 부검결과가 비확정적이라는 말이 무슨 뜻인지 궁금했다. 보도 전체에서 알맹이는 그거 하나였다.

보슈는 레드 윈드 앞 길 모퉁이에 차를 세우고 안으로 들어갔지만 테레사 코라존은 보이지 않았다. 그는 화장실에 가서 세수를 했다. 면도를 할 때가 된 것 같았다. 종이 수건으로 얼굴을 닦고 콧수염과 곱슬머리를 매만졌다. 넥타이를 느슨하게 풀고 서서 거울 속에 비친 자신의 모습을 한참동안 노려보았다. 꼭 필요한 경우가 아니면 사람들이 다가오지 않는 남자가 거울 속에 서 있었다.

그는 화장실 문 옆에 있는 자판기에서 담배 한 갑을 산 후 다시 술집 안을 둘러보았지만 아직도 테레사 코라존의 모습은 보이지 않았다. 그는 바로 가서 앵커 맥주 한 병을 주문해 받아들고 앞문 옆에 있는 빈 테이블로 갔다. 술집 안은 퇴근 후 한잔하러 들어오는 손님들로 북적이기 시작했다. 정장 차림의 남녀가 늘어나고 있었다. 연상남 연하녀 커플도 많이 보였다. 〈타임스〉 기자 몇 명도 눈에 띄었다. 테레사가 장소를 잘못 골랐다는 생각이 들었다. 조금 전 부검 보도가 나간 터라 기자들이 그녀를 알아볼 수 있었다. 그는 맥주를 다 마시고 나서 술집을 나왔다.

쌀쌀한 저녁 술집 앞 인도에 서서 세컨드 대로 지하로 쪽을 바라보고 있는데 경적이 울리더니 자동차 한 대가 앞에 멈춰 섰다. 조수석 쪽 창문이 내려갔다. 테레사였다.

"해리, 안에서 기다려. 주차 좀 하고. 늦어서 미안해."

보슈는 허리를 굽히고 창문 안을 들여다보았다.

"여긴 안 될 것 같은데? 저 안에 기자들이 많이 있어. 라디오에서 무어 부검 소식 들었어. 들어가면 기자들한테 시달릴 텐데 괜찮겠어?"

들어가서 좋을 이유도 있고 안 될 이유도 있었다. 신문에 그녀의 이름이 나오면 법의국장 서리에서 정식 법의국장이 될 가능성이 높아질 것이었다. 그러나 말을 잘못하거나 엉뚱한 쪽으로 인용이 되면 서리가 임시 또는 최악의 경우에 전직으로 바뀔 수도 있었다.

"그럼 어디로 갈까?"

그녀가 물었다.

보슈는 문을 열고 차에 탔다.

"배고파? 고르키즈나 팬트리로 갈까?"

"배고파. 고르키즈는 아직 문 열었나? 수프 먹고 싶어."

차들이 거북이걸음을 하고 있어서 여덟 블록을 기어가 주차를 하기까지 15분이나 걸렸다. 고르키즈에 들어간 그들은 집에서 양조한 러시아 맥주 두 잔과 테레사가 먹을 치킨라이스 수프를 주문했다.

"긴 하루였지?"

보슈가 물었다.

"어유, 그럼. 아직 점심도 못 먹었어. 검시실에 다섯 시간이나 잡혀 있었거든."

보슈는 무어의 부검 결과를 당장 듣고 싶었지만 그 이야기부터 불쑥 꺼내서는 안 된다는 걸 알고 있었다. 그녀가 먼저 이야기하고 싶어지도록 만들어야 했다.

"크리스마스는 어땠어? 남편과 함께 보냈어?"

"그랬으면 좋았게? 그럴 수가 없었어. 내가 하는 일을 못 견뎌했는데, 이제 내가 정식 법의국장이 될 가능성이 보이니까, 더 싫어하는 거 있지? 크리스마스이브에도 연락도 없었어. 크리스마스엔 혼자 있었어. 오늘 변호사한테 전화해서 소송 준비를 다시 시작하라고 할 참이었는데 너무 바빠서 깜빡했어."

"전화하지 그랬어. 난 크리스마스를 코요테랑 보냈는데."

"아하. 겁돌이 잘 있지?"

"응. 아직도 가끔씩 놀러오지. 카후엥가 고갯길에서 불이 났었어. 그것 때문에 겁돌이가 많이 놀란 것 같아."

"그래, 신문에서 봤어. 당신 집은 무사하니 다행이야."

보슈는 고개를 끄덕였다. 그와 테레사 코라존은 넉 달 전부터 가끔씩 만나 관계를 가져왔고, 만날 때마다 겉으로는 더없이 친한 척하며 연애를 즐겼다. 그러나 둘의 관계는 육체적 욕구에 바탕을 둔 필요에 의한 관계였고, 한 번도 서로에게 깊은 열정을 느낀 적이 없었다. 그녀는 연초에 UCLA 의과대학 교수인 남편과 별거를 시작했고, 남편을 대신할 연애 상대로 보슈를 찍었다. 보슈는 자신이 그녀에게 심심풀이 땅콩이라는 걸 알고 있었다. 둘의 만남은 몇 주에 한 번 꼴로 간헐적으로 이루어졌고, 보슈는 테레사가 먼저 만나자고 연락해올 때까지 느긋하게 기다리곤 했다.

테레사는 고개를 숙이고 수프를 한 숟가락 떠서 후후 불더니 조금씩 먹었다. 사발 속에는 당근 조각이 둥둥 떠다니고 있었다. 그녀의 갈색 곱슬머리가 어깨를 덮고 있었다. 그녀는 머리카락이 숟가락에 닿지 않게 한 손으로 머리를 잡고 또 한 숟가락을 떠서 후후 불더니 먹었다. 그녀의 피부는 짙은 갈색이었고, 광대뼈가 도드라진 타원형의 얼굴은 이

국적인 느낌을 주었다. 빨간 립스틱을 발랐고 뺨에는 복숭아처럼 흰색 솜털이 돋아 있었다. 보슈는 그녀가 30대 중반이라는 건 알았지만 몇 살이냐고 물어보지는 않았다. 매니큐어를 바르지 않은 짧게 깎은 손톱이 눈에 들어왔다. 그녀는 손톱이 자신의 생계 수단인 라텍스 장갑을 뚫는 일이 없도록 항상 관리를 잘했다.

보슈는 무거운 맥주잔을 들고 독한 맥주를 마시면서 이게 또 한 번의 사적인 만남의 시작일까 아니면 그녀가 후안 도우 67번의 부검결과에서 드러난 중요한 정보를 알려주기 위해 만나자고 한 것일까 궁금증을 느꼈다.

테레사가 수프에서 고개를 들며 말했다.

"올해 마지막 날 데이트할 상대가 필요해. 왜 그렇게 봐?"

"그냥. 데이트할 상대 여기 있잖아. 신문에서 봤는데 그날 밤 프랭크 모간이 캐털리나에서 연주를 한대."

"누가 뭘 연주해?"

"가보면 알아. 당신도 좋아할 거야."

"괜한 걸 물어봤네. 당신이 좋아하는 사람이면 뻔하지. 색소폰을 연주하겠지."

보슈는 미소를 지었다. 그녀가 아니라 자신에게 웃어 보이는 것이었다. 데이트 상대가 생겨서 기뻤다. 그는 한 해의 마지막 날을 혼자 보내는 것이 크리스마스나 추수감사절, 다른 어떤 날을 혼자 보내는 것보다 더 괴로웠다. 한 해의 마지막 밤은 재즈의 밤이었고, 그런 날 혼자서 연주를 들으면 색소폰 선율이 가슴을 갈기갈기 찢어 놓았다.

테레사가 미소를 지으며 말했다.

"해리, 당신은 외로운 여자들한텐 참 쉬운 상대야."

그 말을 들으며 그는 실비아 무어를, 그녀의 슬픈 미소를 떠올렸다.

그의 생각이 딴 데로 흘러가고 있다는 것을 눈치챘는지 테레사가 본론으로 들어갔다.

"자, 내 생각엔 당신이 후안 도우 67번의 몸속에서 발견된 벌레 이야기를 듣고 싶어 할 것 같은데."

"수프나 마저 먹어."

"아냐, 괜찮아. 말하면서 먹어도 돼. 솔직히 말해서 하루 종일 시체를 난도질하고 나면 항상 배가 고파지기 때문에 밥맛이 떨어지거나 하지도 않거든."

테레사가 미소를 지었다. 그녀는 종종 이런 식으로 터프하게 말을 했다. 자기가 하고 있는 일을 좋아하든 싫어하든 내 알 바 아니라는 식이었다. 보슈는 그녀가 아직도 남편에 대한 미련을 버리지 못하고 있다는 걸 알았다. 말로는 뭐라고 하든 속마음은 그랬다. 이해할 수 있는 일이었다.

"정식 법의국장이 되면 메스가 많이 그리울 텐데? 그땐 예산이나 자르고 있을 테니 말이야."

"아니, 정식 국장이 되더라도 실무도 맡을 거야. 특수 사건들을 맡겠지. 오늘처럼 말이야. 하지만 이젠 위에서 날 정식 국장으로 임명할진, 글쎄, 잘 모르겠어."

보슈는 자신의 말 때문에 그녀가 감추고 있던 우울한 감정이 밖으로 터져 나왔다는 걸 느낄 수 있었다. 그래도 이야기를 계속하도록 부추겨야 할 것 같았다.

"무슨 일이 있었어?"

"이야기하고 싶긴 한데, 할 수가 없어. 난 당신을 믿어, 해리, 하지만 당분간은 입 다물고 있어야할 것 같아."

그는 고개를 끄덕이고 더 이상 아무 말도 하지 않았지만, 나중에 다시 꺼내 무어를 부검하면서 무슨 일이 있었는지 알아봐야겠다고 생각했다. 그는 재킷 주머니에서 수첩을 꺼내 탁자 위에 놓았다.

"좋아, 그러면 후안 도우 67번에 대해 얘기해줘."

테레사는 수프 사발을 옆으로 밀더니 가죽 서류가방을 무릎 위에 올려놓았다. 그러고는 누런 판지로 된 얇은 서류철을 꺼내 펼쳤다.

"그래. 이건 복사본이니까 내 설명이 끝나면 가져도 돼. 살라자가 작성한 기록들을 다 훑어봤어. 메모까지 전부. 당신도 알고 있겠지만, 사인은 둔기에 의한 두부 복합 손상이었어. 전두골과 두정골, 설상골, 안와상에 치명적인 가격이 있었지."

그녀는 자신의 이마 윗부분과 뒤통수, 왼쪽 관자놀이, 왼쪽 눈의 가장자리를 만져가며 손상들을 설명했다. 그러면서도 서류에서 눈을 떼지 않았다.

"모두 치명적인 손상이었어. 나중에 보게 되겠지만 방어할 때 생긴 부상들도 있었어. 음, 살라자는 두부 손상 두 군데에서 나무 가시 몇 개를 뽑아냈어. 그걸 보면 둔기는 야구방망이 같은 거였던 것 같아. 하지만 야구방망이만큼 폭이 넓지는 않고. 대단히 치명적인 타격이 가해진 걸로 보아 단단하고 길쭉한 막대기 같은 거였던 것 같고. 나뭇가지는 아냐. 더 커야 돼. 곡괭이 손잡이나 삽 같은 거, 당구봉이었을 수도 있고. 하지만 끝손질이 안 된 거였을 거야. 살라자가 손상부분에서 나무 가시를 끄집어냈다고 했잖아. 사포질을 하고 래커를 칠한 당구봉 같은 건 뜯겨져 나가 가시가 남을 것 같진 않거든."

그녀는 잠깐 동안 메모를 들여다보았다.

"또 한 가지. 포터한테서 들었는지 모르겠는데, 이 사체는 발견 장소에 유기가 되었을 가능성이 높아. 사망시각이 발견 시각보다 적어도 여섯 시간 전이거든. 그 골목길과 식당 뒷문 쪽을 오가는 사람들이 적지 않다는 것을 고려해볼 때, 여섯 시간 동안이나 사체가 발견되지 않았을 가능성은 없는 것 같아. 그곳에 버려졌다는 얘기지."

"그래, 그건 포터의 메모에 나와 있었어."

"그랬군."

그녀는 서류를 뒤적이기 시작했다. 부검 사진들을 잠깐 보더니 옆으로 밀어놓았다.

"그래, 여기 있네. 독극물 검사는 아직 결과가 안 나왔지만, 혈액과 간의 색깔로 볼 때 독극물은 없었던 것 같아. 아직까진 그냥 내 추측, 아니 살라자의 추측일 뿐이니까, 백 퍼센트 확실한 건 아냐."

보슈는 고개를 끄덕였다. 아직까진 메모를 하지 않고 있었다. 그가 담배를 붙여 물었지만 테레사는 개의치 않는 것 같았다. 전에도 담배를 핀다고 뭐라고 한 적은 한 번도 없었다. 딱 한 번 보슈가 부검을 참관하고 있을 때, 그녀가 옆의 검시실에서 들어오더니 하루에 세 갑씩 피워 댄 40세 남자의 폐를 보여주긴 했었다. 그 폐는 트럭에 깔린 낡은 검정색 구두 같았다.

테레사가 말을 이었다.

"절차에 따라 우린 도말검사와 위 내용물 검사를 했어. 우선 귀지에서 갈색 분말을 발견했어. 머리카락에서도 나왔고, 손톱에서도 나왔어."

보슈의 머릿속에 블랙 아이스의 성분인 타르 헤로인이 떠올랐다.

"헤로인이었어?"

"그럴듯한 추측이지만, 아냐."

"그냥 갈색 분말이란 얘기군."

보슈는 수첩에 메모를 했다.

"그래. 그걸 슬라이드에 발라서 현미경으로 관찰해봤는데 밀인 것 같았어. 분쇄해 가루로 만든 밀. 밀가루."

"시리얼 같은 거? 귀와 머리카락에 시리얼이 붙어 있었단 말이야?"

그때 흰 셔츠에 검정색 넥타이를 맨 웨이터가 다가와서 더 원하는 건 없냐고 물었다. 빗으로 빗은 것 같은 콧수염에 러시아 인처럼 뚱한 표정이었다. 그는 테레사 옆에 있는 사진 뭉치를 내려다보았다. 맨 위에는 스테인리스 검시대 위에 알몸으로 누워 있는 후안 도우 67번의 사진이 있었다. 테레사는 재빨리 서류철로 사진을 덮었고 보슈는 맥주를 두 잔 더 주문했다. 웨이터는 천천히 자리를 떴다.

보슈가 다시 물었다.

"밀로 만든 시리얼 같은 거란 말이야? 시리얼 상자 바닥에 있는 가루 같은 거?"

"엄밀히 말하자면 아냐. 하지만 그 생각은 계속 가지고 있고, 더 들어봐. 비슷한 거니까."

그는 계속하라고 손짓을 했다.

"비강도말과 위 내용물 검사에서 아주 흥미로운 결과 두 가지가 나왔어. 이래서 난 내 직업이 마음에 든단 말이야. 다른 사람들은 안 좋아하는 것 같지만."

그녀가 파일에서 고개를 들어 그를 향해 미소를 지었다. 그러고는 말을 이었다.

"어쨌든, 살라자는 위 내용물이 커피와 씹은 쌀밥, 닭고기, 피망, 각종 양념, 그리고 돼지 창자라는 걸 밝혀냈어. 간단히 말하자면, 초리조라는 멕시코 인들의 소시지였어. 소시지를 싸는 데 사용된 창자를 보니까 공장에서 제조된 상품이 아니라 집에서 만든 소시지였고. 사망 직전에 먹었더군. 위에선 아직 분해 작업이 시작되지 않았더라고. 어쩌면 공격을 당한 순간에도 그걸 먹고 있었을지도 몰라. 목과 입은 깨끗했지만 치아 사이에 찌꺼기가 남아 있었거든. 그리고 참, 치아는 모두 원래 치아였어. 치과 치료를 받은 흔적이 전혀 없었어. 전혀. 이제 슬슬 이 남자가 이 나라 사람이 아니라는 게 감이 오지 않아?"

보슈는 고개를 끄덕였다. 포터의 메모에 후안 도우 67번이 입고 있던 옷은 전부 멕시코산이라고 적혀 있던 것이 생각났다. 그는 수첩에 메모를 했다.

그녀가 말했다.

"그리고 위 속에 이것도 있었어."

그녀가 폴라로이드 사진 한 장을 보슈 쪽으로 밀었다. 한쪽 날개는 없고 다른 쪽 날개는 부러진 분홍빛이 나는 벌레였다. 젖어 있는 것 같았다. 위에서 발견되었다니까 당연한 일이었다. 벌레는 유리 배양접시 위에 10센트짜리 동전 한 개와 나란히 놓여 있었다. 동전이 벌레보다 열 배는 컸다.

보슈는 아까 그 웨이터가 맥주 두 잔을 들고 3미터쯤 떨어진 곳에 서 있는 걸 보았다. 웨이터가 잔을 들어 보이며 눈을 치켜떴다. 보슈는 와도 된다고 손짓을 했다. 웨이터는 잔을 내려놓고, 벌레 사진을 훔쳐본 후, 재빨리 자리를 떴다. 보슈는 사진을 다시 테레사 앞으로 밀었다.

"뭐야?"

"광대파리."

그녀가 말하고 나서 미소를 지었다.

"젠장, 맞힐 수 있었는데."

그가 말했다.

그녀는 썰렁한 농담에 웃음을 터뜨렸다.

"광대파리야, 해리. 지중해 광대파리. 캘리포니아 감귤 농업에 엄청난 피해를 주고 있는 벌레지. 살라자가 이게 뭔지 모르겠으니까 자문을 의뢰해야겠다면서 내게 왔더라고. 난 수사관을 시켜서 게리가 추천한

블랙 아이스

122

UCLA 곤충학자에게 그걸 갖다줬어. 그 곤충학자가 알려준 거야."

게리는 별거 중인 그녀의 남편이었고 곧 전남편이 될 사람이었다. 보슈는 그녀의 말을 듣고 고개를 끄덕이긴 했지만 그 사실이 어떤 의미를 갖는지는 알 수 없었다.

그녀가 말했다.

"이제 비강도말로 가자고. 콧속에서도 밀가루가 나왔고, 또 이것도 나왔어."

테레사가 다른 사진 한 장을 보슈에게로 밀었다. 이것도 10센트짜리 동전이 든 배양접시 사진이었다. 동전 옆에 분홍빛이 도는 갈색의 가느다란 선이 보였다. 처음 사진에 있는 광대파리보다 훨씬 작았지만, 이것도 벌레라는 것을 알 수 있었다.

"이건?"

그가 물었다.

"같은 거래. 다만 이건 유충, 애벌레라는 거야."

그녀는 두 팔을 테이블 위에 올려놓고 손가락을 깍지 껴 두 손을 맞잡았다. 그러고는 미소를 지으며 그의 말을 기다리고 있었다.

"지금 재밌어 죽겠지?"

그가 말했다. 그러고는 맥주를 4분의 1정도 단숨에 들이켜고 나서 말을 이었다.

"좋아, 항복. 그게 다 무슨 의미야?"

"광대파리에 대해서는 어느 정도 알고 있을 거야, 그렇지? 감귤류를 썰어 먹는 벌레지. 감귤 농업 전체를 파괴할 수 있고, 수백만 달러의 손실을 끼치고, 아침에 먹을 오렌지 주스가 사라지고, 어쩌구 저쩌구 해서, 종국에는 이 문명을 완전히 무너뜨릴 수도 있지. 알지?"

그가 고개를 끄덕이자 그녀가 아주 빠르게 말을 이어갔다.

"좋아. 이 지역에서는 해마다 지중해 광대파리의 습격으로 골머리를 앓고 있어. 고속도로에서 검역 안내판을 봤을 거야. 밤에 헬기가 말라티온(농약의 일종인 유기인[有機燐] 살충제의 상품명 – 옮긴이)을 살포하는 소리도 들었을 거고."

"그 소리 때문에 자꾸만 베트남 꿈을 꾸게 되더라고."

보슈가 맞장구를 쳐주었다.

"그리고 말라티온 살포에 반대하는 시위를 직접 봤거나 신문에서 읽어봤을 거야. 일각에서는 말라티온이 이 벌레들뿐 아니라 인간에게도 유독성이 있다고 주장하고 있어. 그래서 말라티온 살포를 중단하라고 요구하고 있지. 그렇다면 농무부는 어떻게 해야 할까? 그래, 이 벌레들을 잡기 위해 현재 사용하는 또 다른 방법을 확대 실시하는 거겠지. 농무부와 캘리포니아 주 정부가 공동 주관하는 '지중해 광대파리 박멸 프로젝트'는 캘리포니아 남부 지역 전역에 수십억 마리의 불임 지중해 광대파리를 풀어놓고 있어. 매주 수백만 마리씩. 이미 그곳에 서식하는 놈들이 짝짓기를 할 때, 번식이 불가능한 이성을 만나 짝짓기를 하면, 새끼들의 수가 줄어들 것이기 때문에, 궁극적으로는 놈들이 서서히 사라지게 될 거라는 수학적인 논리지. 그 지역에 불임 광대파리를 그만큼 충분히 많이 풀어놓을 수 있다면 문제는 사라지게 되는 거야."

테레사가 이쯤에서 말을 멈췄지만, 보슈는 아직도 그녀가 왜 이런 이야기를 장황하게 하고 있는지 알 수 없었다.

"와, 정말 환상적인 계획이야, 테레사. 근데 본론은 대체 언제 나오는 거야?"

"이제 나와, 이제 나온다구. 잠자코 들어 봐. 당신 형사잖아. 형사는 남의 말을 잘 들어야 되는 거 아닌가? 언젠가 당신도 그랬잖아, 살인사건을 해결하려면 사람들이 말하게 만들어놓고 잠자코 듣고 있어야 된다고. 자, 이제 나오니까 잠자코 들어 봐."

그가 두 손을 들어 보였다. 그녀가 이야기를 계속했다.

"농무부가 풀어놓는 광대파리들은 유충 단계에서 염색이 돼. 분홍색으로 염색이 되지. 풀어놓은 후에도 추적조사를 할 수 있게, 그리고 오렌지 나무에 만들어 놓은 작은 덫들을 점검하면서 불임인 것들과 생식 가능한 것들을 신속하게 분리해낼 수 있게 하기 위해서. 유충들이 분홍색으로 염색이 된 다음에는 생식을 하지 못하도록 방사선을 쬐게 해. 그러고 나서 풀어놓는 거야."

보슈는 고개를 끄덕였다. 이야기가 점점 더 재미있어지고 있었다.

"곤충학자는 후안 도우 67번의 사체에서 채취한 표본 두 개를 검사했고, 결과는 말이야…."

그녀가 메모를 보며 말을 이었다.

"고인의 위에서 발견된 광대파리 성충은 염색과 불임처리가 된 암컷이었어. 좋아, 여기까진 별로 이상한 게 없지. 아까도 말했지만, 정부에서는 1주일에 3백만 마리에 달하는 광대파리를 풀어놓거든. 1년이면 수십억 마리가 되지. 그러니 우리의 후안 도우가 캘리포니아 남부 어딘가에 있었다면 우연히 그 중 한 마리를 삼켰을 가능성도 충분히 있는 거야."

"가능성이 구체적으로 좁혀지고 있군. 다른 표본은 어떻게 됐어?"

그녀가 다시 미소를 지으며 말했다.

"유충에서는 좀 다른 결과가 나왔어. 브랙스턴 박사는, 그 곤충학자 말이야, 유충 표본은 후안 도우의 콧속으로 들어갔을 때 미 농무부의 규정에 따라 분홍색으로 염색은 되었지만, 방사선 처리가, 다시 말해 불임 처리가 되어 있지 않은 상태였다고 했어."

그녀는 맞잡았던 두 손을 풀고 테이블 위에서 두 팔을 내렸다. 결과

보고가 끝난 것이었다. 지금부터는 추측을 할 시간이었다. 그녀는 그에게 먼저 말해보라는 표정을 지었다.

"그러니까 후안 도우의 몸속에 염색이 된 광대파리가 두 마리 있었는데, 하나는 불임처리가 되었고 하나는 그렇지 않았단 말이군. 그렇다면 이 친구는 사망 직전에 이 광대파리들을 불임처리하고 있는 장소에 있었다는 얘기 아냐? 수백만 마리가 날아다니는 곳에 말이야. 그 중 한두 마리는 그의 음식에 들어갔을 수도 있겠지. 한 마리는 숨을 쉴 때 코로 들어갔을 수도 있겠고."

그녀가 고개를 끄덕였다.

"밀가루는 뭐지? 귀와 머리카락에 있던 거."

"사료야, 해리. 브랙스턴 박사는 광대파리 사육과정에서 쓰이는 사료라고 했어."

"그렇다면 이 광대파리들을 사육해 불임처리를 하는 곳이 어딘지 알아내야 한다는 말이군. 후안 도우가 그곳과 관련이 있는 것 같으니까 말이야. 파리를 사육하는 사람이었을 수도 있겠네."

그녀가 미소를 지으며 말했다.

"그런 장소가 어딘지 알려줄까?"

"어디야, 테레사?"

"불임 광대파리를 생산해내는 곳은 광대파리들이 자연적으로 서식하는 곳이어서 파리 몇 마리가 방사선 처리가 되기 전에 밖으로 달아나는 일이 있더라도 큰 문제가 되지 않는 곳이어야 할 거야. 그래서, 농무부가 딱 두 지역에 있는 사육업체들과 계약을 맺었어. 하와이와 멕시코. 하와이에선 오아후에 있는 사육업체 세 군데와 맺었고, 멕시코에선 두 군데하고 맺었는데 하나는 지후아테네호 근처에 있는 사육업체고 또 다른 하나는, 이게 제일 큰 업체인데, 어디에 있는 거냐 하면…."

"멕시칼리겠지."

"해리! 어떻게 알았어? 이미 다 알고 있으면서 모른 척…."

"그냥 찍어본 거야. 내가 알고 있는 어떤 사실하고 관련이 있는 것 같아서."

테레사가 의심스러운 눈초리로 바라보자 보슈는 그녀의 즐거움을 뺏어서 미안한 마음이 들었다. 그는 맥주잔을 다 비우고 나서 주위를 둘러보며 비위가 약한 웨이터를 찾았다.

10 죄책감

테레사 코라존은 보슈가 차를 세워둔 레드 윈드 근처까지 그를 태워다 주었고 시내를 벗어나 할리우드 언덕에 있는 그의 집까지 그의 차를 따라왔다. 핸콕 파크에 있는 그녀의 아파트가 더 가까웠지만, 그녀는 요즘 집에서 너무 많은 시간을 보냈다면서 코요테를 보고 싶다고 했다. 그러나 진짜 이유는 자기 집에서 그에게 이제 그만 가달라고 말하는 것보다는 그의 집에서 빠져나오는 게 더 쉬워서라는 걸 보슈는 잘 알고 있었다.

보슈는 개의치 않았다. 솔직히 말해서 그녀의 집에 있으면 불편했다. 그곳에 있으면 자꾸만 LA의 변화를 실감하게 되었다. 그녀의 아파트는 와필드라는 유서 깊은 아파트 건물의 5층이었고 시내가 한눈에 내려다보였다. 건물의 외관은 1911년 조지 앨런 핸콕이 건물을 완공할 당시와 마찬가지로 여전히 아름다웠다. 청회색 테라코타 점토를 바른 아름다운 건축물이었다. 거리에 서서 백합 문장과 카르투슈(흔히 안에 국왕의 이름을 나타내는 이집트 상형 문자가 들어 있는 직사각형이나 타원형의 물체, 부조 장식물 – 옮긴이)로 장식한 건물을 바라보고 있으면 조지 핸콕이 석유 사업으로 벌어들인 돈을 건물을 꾸미는 데 아낌없이 쏟아 부었다는 사실을 실감할 수 있었다. 문제는 내부 인테리어였다. 몇 년 전에 일본 기업이 건물을 사들여 내부를 싹 다 뜯어내어 개조하고 인테리어 공사를 다시 했다. 아파트마다 벽을 다 허물고 모조 목재로 바닥을 깔고 스테인리스 싱크대와 조리대를 들여놓고 트랙 조명을 달아서 이젠 몰개성적인 공간으로 변해 있었다. 깔끔하긴 하지만 삭막하기 그지없었다. 보슈는 조지 핸콕도 이 모습을 보면 자기와 같은 느낌이었을 거라고 생각했다.

보슈의 집에서 그가 현관 앞 화로에 숯불을 피우고 살을 저민 오렌지 러피를 석쇠에 올려 굽는 동안 둘은 이런저런 이야기를 나눴다. 크리스마스이브에 산 생선이었지만 아직도 신선했고 양도 둘이 먹기에 충분했다. 테레사는 해가 바뀌기 전에 LA 카운티 인사위원회가 비공식적으로나마 정식 법의국장을 결정할 거라고 말했다. 보슈는 행운을 빈다고 말했지만 진심인지는 자신도 알 수 없었다. 정치직인 법의국장에 정식으로 임명되면 뭐든지 위에서 시키는 대로 해야 했다. 그런 자리가 왜 그렇게 탐이 나는 건지 알 수가 없었다. 그는 화제를 바꿨다.

"그건 그렇고, 우리의 후안 도우가 멕시칼리에, 불임 광대파리를 만들어내는 곳에 있었다면, 시신이 어떻게 여기까지 올라왔을까?"

"그런 법의국 소관이 아닌데."

테레사가 말했다.

그녀는 철 난간에 몸을 기대고 시가지 전경을 내려다보고 있었다. 반짝이는 불빛이 어둠을 수놓고 있었다. 저녁 공기가 제법 쌀쌀했다. 그녀는 어깨에 보슈의 재킷을 걸치고 있었다. 보슈는 생선에 파인애플 바비큐 소스를 발라 뒤집었다.

"이리로 와. 불 옆은 따뜻해."

보슈가 말했다. 그러고는 생선을 바라보며 말을 이었다.

"내 생각엔 말이야, 살인범은 누가 농무부의 불임파리 공급 사업에 대해 들쑤시고 다니는 걸 좋아하지 않았던 것 같아, 안 그래? 후안 도우가 그곳과 관련이 있다는 게 밝혀지는 걸 원하지 않았던 거지. 그래서 사체를 이렇게 먼 곳까지 끌어다 놓았을 거야."

"그렇더라도 멕시칼리에서 LA까지?"

"어쩌면…. 글쎄, 모르겠어. 멀긴 멀다 그렇지?"

둘은 한동안 각자 생각에 잠겨 말이 없었다. 파인애플 소스가 석탄 위로 떨어지며 지글거리는 소리가 들렸고 냄새가 났다. 보슈가 말했다.

"어떻게 시체를 몰래 숨겨서 국경을 넘어올 수 있었을까?"

"시체보다 더 큰 것들을 몰래 들여왔겠지, 안 그래?"

그가 고개를 끄덕였다. 그녀가 물었다.

"거기 가본 적 있어, 해리? 멕시칼리에?"

"지난여름에 바이아 산 펠리페로 요양 가던 길에 지나가 본 적은 있어. 멈추진 않았지만. 당신은?"

"전혀."

"그곳에서 국경 건너편에 있는 마을 이름이 뭔 줄 알아? 우리 쪽?"

"음."

"칼렉시코."

"정말이야? 그러면 거기가…."

"그래."

생선이 다 구워졌다. 보슈는 필레를 포크로 집어 접시 위에 놓고, 화로 뚜껑을 덮은 후, 테레사와 함께 안으로 들어갔다. 그는 필레 옆에 직접 지은 스페인식 쌀밥과 피코피코 핫소스를 곁들였다. 적포도주 한 병을 따서 두 잔을 따랐다. 신(神)들의 피. 집에 백포도주가 없었다. 식탁 위에 음식을 다 차려놓고 그녀를 바라보자 그녀가 미소를 짓고 있었다.

"인스턴트식품이나 먹고 사는 줄 알았지?"

"독심술이라도 해? 정말 근사해."

둘은 잔을 부딪친 후 조용히 식사를 했다. 테레사가 필레를 칭찬했지만 보슈는 생선이 지나치게 바싹 구워져 텁텁하다는 걸 알고 있었다. 둘은 다시 이런저런 이야기를 나눴다. 그러면서 그는 무어의 부검 건에 대해 물어볼 기회를 노리고 있었다. 그러나 식사가 끝날 때까지 기회는 오지 않았다.

"이제 어떻게 할 거야?"

테레사가 냅킨을 식탁에 내려놓고 나서 물었다.

"글쎄, 우선 식탁부터 치우고…."

"아니, 그런 말이 아니라, 후안 도우 건 어떻게 할 거냐고."

"잘 모르겠어. 우선 포터부터 만나봐야지. 그리고 농무부에 문의를 해야겠고. 그 파리들이 멕시코에서 들어오는 유통경로와 방법에 대해 더 자세히 알아야할 것 같아."

그녀가 고개를 끄덕이고 나서 말했다.

"곤충학자를 만나보고 싶으면 말해. 다리를 놔줄게."

오늘 밤 종종 그랬듯 그녀는 또다시 먼 곳을 응시하는 듯한 눈이 되어 있었다.

"당신은? 당신은 이제 어떻게 할 거야?"

보슈가 물었다.

"뭘?"

"무어 부검에서 생긴 문제."

"진짜 독심술을 하나 봐. 그런 거야?"

그는 자리에서 일어서서 접시들을 치웠다. 그녀는 식탁 앞에 앉아 꼼짝도 하지 않았다. 다시 자리에 앉은 그는 포도주를 마저 따랐다. 자기부터 뭔가 알려주어 그녀가 답례로 이야기를 꺼낼 수 있도록 유도해야겠다고 생각했다.

"내 얘기 잘 들어, 테레사. 난 우리가 허심탄회하게 이야기를 해야 한다고 생각해. 지금 우리 앞에 두 개의, 아니 세 개의 사건이 놓여 있어. 근데 모두가 하나의 큰 사건의 일부일 가능성이 있지. 커다란 바퀴의 바퀴살들처럼 말이야."

그녀가 어리둥절한 표정으로 그를 바라보며 물었다.

"무슨 사건? 지금 무슨 얘기 하는 거야?"

"지금부터 내가 하는 이야기는 당신과 직접적으로는 관련이 없는 일들일 거야. 하지만 당신이 현명한 결정을 내리기 위해서는 알아둘 필요가 있을 거야. 오늘 밤 내내 당신을 지켜보니까 당신한테 문제가 생겼는데 어떻게 해야 할지 몰라 고민하고 있는 게 눈에 보여."

보슈는 테레사가 무슨 말이라도 할까 싶어 잠시 말을 멈췄지만, 그녀는 아무 말도 하지 않았다. 그래서 그는 마빈 댄스가 검거되었던 사실과, 그 사건이 지미 캅스 피살사건과 어떤 관련이 있는지를 설명했다.

"난 캅스가 하와이에서 아이스를 들여왔다는 사실을 알아내고 칼 무어를 만나서 블랙 아이스에 대해 물어봤어. 아이스의 경쟁 상품 말이야. 지미 캅스를 죽인 놈을 알아내기 위해서는 블랙 아이스가 어디에서 제조되는지, 어떻게 유통되는지, 판매자가 누군지 등등을 알 필요가 있었어. 무어는 자기는 아무것도 모른다면서 발뺌을 했어. 그런데 오늘 무어가 그동안 블랙 아이스에 대한 자료를 모으고 있었다는 사실을 알게 됐어. 내 사건에 대한 방증자료를 모으고 있었던 거야. 나한테는 모른다고 발뺌을 해놓고, 혼자서 자료를 모으고 있다가 사라진 거야. 근데 오늘 그 파일을 입수했어. 거기에 '해리 보슈에게 전해줘.'라는 메모까지 붙어 있었어."

"뭐가 들어 있었어? 그 파일 안에?"

"여러 가지가 있었지. 그 중에 한 기밀 보고서에는 블랙 아이스의 주요 공급처가 멕시칼리에 있는 한 황소 목장일 가능성이 매우 높다고 적혀 있었어."

테레사는 보슈를 바라보기만 할 뿐 아무 말도 하지 않았다.

"우리의 후안 도우와 연결되는 대목이지. 오늘 포터가 수사에서 빠지고 내가 대신 사건을 맡았어. 자료를 읽다가 알아낸 사실이 있는데 한번 맞춰볼래? 후안 도우의 변사체를 발견하고 그다음 날 실종된 사람이 누구게?"

"빌어먹을."

"그래. 칼 무어야. 이게 어떤 의미인지는 아직 잘 모르겠어. 하지만 후안 도우의 사체를 발견하고 신고한 경찰관이 바로 칼 무어였어. 그다음 날 무어는 종적을 감추지. 그다음 주에는 모텔 객실에서 자살로 추정되는 그의 시신이 발견되고. 그리고 나서 그다음 날, 무어의 시신 발견 소식이 신문과 TV에 보도되고 나서 말이야, 포터가 서로 전화를 걸어 '친구들, 깜짝 뉴스가 있어. 나 관둔다.' 하고 말하지. 이 모든 게 우연의 일치일까?"

테레사가 갑자기 일어서더니 현관 앞 미닫이문 쪽으로 걸어갔다. 그러고는 유리문을 통해 저 멀리 카후엥가 고갯길을 바라보았다.

그녀가 말했다.

"개새끼들. 이 모든 걸 덮어버리려는 거로군. 누군가의 심기를 불편하게 할지 모르니까 말이야."

보슈가 그녀의 뒤로 걸어가서 섰다.

"누군가에게는 털어놔야 돼, 테레사. 내게 말해 봐."

"아니, 그럴 수 없어. 당신이 다 말해 봐."

"이미 다 말했어. 사소한 사실들 몇 가지 빼고는 별것 없어. 파일에도 마약단속국이 무어에게 블랙 아이스는 멕시코에서 들어오고 있다고 알려줬다는 사실 외에는 별다른 게 없었어. 그래서 아까 불임 광대파리의 최대 공급처가 멕시칼리일 거라고 추측했던 거야. 그리고 무어의 출신지를 생각해 봐. 그는 칼렉시코에서 태어나서 멕시칼리에서 자랐어. 우연의 일치가 많아도 너무 많아서 우연의 일치라고는 도저히 생각할 수가 없어."

테레사는 여전히 문을 향하고 있었고 보슈는 그녀의 등에 대고 말을 하고 있었지만, 유리에 비친 그녀의 걱정스러운 표정을 읽을 수 있었다. 그녀에게서 짙은 향수 냄새가 났다. 그가 말했다.

"파일과 관련해서 한 가지 중요한 사실은, 무어가 그걸 사무실이나 자신의 아파트에 놔두지 않았다는 거야. 감찰계나 강력계가 찾을 수 없는 곳에 있었어. 그리고 그의 대마팀 팀원들이 그 파일을 발견했을 때 거기에는 나한테 전해주라는 메모가 붙어 있었어. 이게 무슨 뜻인지 알겠어?"

유리에 비친 혼란스러운 표정이 그녀 대신 대답을 했다. 그녀는 돌아서서 거실로 걸어가 쿠션을 댄 의자에 앉더니 두 손으로 자신의 머리카락을 쓸어내렸다. 보슈는 그녀 앞으로 걸어가 서성이기 시작했다. 그가 말했다.

"무어는 왜 파일을 내게 주라는 메모를 써서 붙여놓았을까? 자신을 위한 메모가 아니었어. 나를 위해 자료를 모으고 있다는 걸 그 자신이 이미 알고 있었으니까. 그러니까 그 메모는 다른 사람을 위한 거였지. 그렇다면 그건 무슨 의미일까? 그 메모를 할 때 이미 자신이 자살을 할 거라는 걸 알고 있었다는 뜻이겠지. 아니면……."

"자기가 살해당할 거라는 걸 알고 있었거나."

보슈가 고개를 끄덕이고 나서 말했다.

"아니면, 적어도 자기가 어떤 일에 너무 깊이 발을 들여놨다는 사실을 알았던 거지. 자신이 위험에 빠진 것을 알았던 거야."

"오, 하느님."

그녀가 말했다.

보슈는 그녀에게 다가가 그녀의 포도주잔을 건넸다. 그러고는 허리를 굽히고 그녀의 코앞에 얼굴을 들이밀었다.

"부검에 대해서 말해줘야 해. 뭔가 잘못됐지, 그렇지? 그 말 같잖은 보도자료 뉴스 들었어. 비확정적이라니. 그건 또 무슨 개소리야? 언제부터 얼굴에 대고 산탄총을 쏘아댄 게 사망원인이라고 확실히 말할 수 없게 된 거야? 그러니까, 테레사, 말해 봐. 앞으로 어떻게 해야 될지 함께 고민하자고."

그녀가 어깨를 으쓱해보이고는 고개를 저었지만, 보슈는 그녀가 곧 털어놓을 것임을 알았다.

"날 협박했어. 내가 백 퍼센트 확신을 못하니까……. 해리, 나한테서 이 얘길 들었다고 떠들고 다니면 안 돼. 절대로."

"당신한테 피해가 가지 않게 할게. 어쩔 수 없이 정보원을 밝혀야 할 상황이 되면, 우리에게 도움이 되는 방향으로 처리할게. 절대로 당신한테 피해가 가지 않게 할게. 약속해."

"내가 백 퍼센트 확신을 못하겠다니까 이 일을 다른 누구한테도 말하지 말라고 협박을 했어, 어빙 부국장이 말이야. 그 교만하기 짝이 없는 꼴통 새끼는 어딜 찔러야 효과적인지 잘 알고 있었어. 조만간 인사위원회가 법의국장을 정식으로 지명할 거라고 했어. 신중함의 가치를 아는 법의국장을 찾고 있다고도 했고, 위원회엔 자기가 아는 사람이 많다고도 했어. 난 정말….”

“그런 말은 신경 쓰지 마. 대체 왜 백 퍼센트 확신을 할 수가 없었던 거야?”

테레사는 포도주 잔을 비웠다. 그러고 나서 이야기를 시작했다. 부검 참관이 의무인 사건 담당 수사관 두 명 외에, 다시 말해 강력계의 쉬헌과 감찰계의 채스틴 외에, 어빙 부국장이 따라 들어왔다는 사실을 제외하고는 부검은 평소대로 진행되었다고 했다. 그리고 지문대조가 필요할 경우를 위해 법의국 소속 지문감식요원도 한 명 있었다고 했다.

“부패가 많이 진행되어 있었어. 손가락 끝을 잘라내 경화제를 뿌려야 했지. 그러고 나서야 지문감식요원 콜린스가 지문을 채취할 수 있었어. 어빙이 무어의 지문 샘플을 가지고 있었기 때문에 그 자리에서 지문대조를 할 수 있었어. 결과는 일치했어. 무어가 맞았어.”

“치아는?”

“음, 치아 대조는 상당히 힘들었어. 부서지지 않고 온전히 남아 있는 치아가 거의 없었거든. 욕실에서 발견된 앞니의 일부하고 어빙이 가져온 치아기록하고 비교를 해봤어. 무어는 치근관에 신경치료를 받았었는데, 사체에서 발견된 치아에서도 신경치료 흔적이 있었어. 그것도 일치한 거지.”

그녀는 신원확인 후 부검을 시작했고 시작한 지 얼마 안 되어 무어는 총신이 두 개인 산탄총의 발포로 인한 광범위하고 치명적인 손상을 입고 즉사했다는 분명한 결론에 도달하게 되었다고 말했다. 그러나 사체에서 떨어져 나온 물질을 검사하는 동안 무어의 사망을 자살로 결론지을 수 없을지도 모른다는 의구심이 들기 시작했다.

“산탄총의 폭발력 때문에 두개골은 완전히 부서져 날아갔어. 난 부검 계획서에 따라 뇌를 포함한 중요 장기들을 검사해야 했지. 문제는 넓은 발사체 유형 때문에 뇌의 대부분이 부서져 날아가고 없었다는 거야. 옆으로 나란히 달린 두 개의 총신에서 탄알이 쏟아져 나왔다고 들었는데, 맞는 말이더라고. 발사체 유형이 대단히 넓었어. 그런데도, 전두엽과 그 속의 두개골 파편 큰 거 한 조각이 대체로 본래 모습 그대로 남아 있었어. 머리에서 떨어져 나가기는 했지만 말이야. 무슨 뜻인지 알겠어? 현장 도면을 보니까 이게 욕조 속에서 발견되었다고 표시되어 있었어. 듣고 있기가… 좀 거북한가? 당신이 아는 사람이었다고 들었는데."

"그렇게 잘 아는 사람은 아니었어. 이야기 계속해."

"그래서 그 전두엽 조각을 검사해봤어. 하면서도 먼저 본 것 하고 다른 뭔가가 나오리라곤 기대도 안했지. 그런데 내 생각이 틀렸어. 경뇌막에 출혈흔적이 있었어."

그녀는 그의 포도주잔을 들어 조금 마시더니, 마치 악마를 몰아내기라도 하듯 깊이 숨을 내쉬었다.

"그런데 그게 말이야, 해리, 굉장히 큰 문제야."

"이유를 말해 봐."

"꼭 어빙처럼 말을 하네. '이유를 말해 봐. 이유를 말해 봐.' 이유는 두 가지야. 첫째, 무어처럼 즉사한 경우에는 출혈이 별로 없어. 일순간에 뇌가 신체에서 분리될 경우에는 뇌막에 출혈이 생기지 않거든. 그렇지만 이런 사실에 대해서는 논란의 여지가 좀 있어. 나중에 어빙에게도 말해주겠지만 말이야. 하지만 두 번째 이유에 대해서는 논란의 여지가 전혀 없어. 이 출혈은 분명히 머리에 반충손상이 일어났다는 증거야. 의심의 여지가 없어."

보슈는 재빨리 머릿속으로 지난 10년간 부검을 참관하면서 모아들인 지식을 되살려보았다. 반충손상은 뇌에서 충격을 받은 쪽의 반대편에 일어나는 손상을 말한다. 사실 뇌는 두개골 안에 있는 젤리 틀과 같다. 왼쪽에 타격이 가해지면 그 충격이 뇌 안의 젤리를 두개골의 오른쪽으로 밀기 때문에 오른쪽에 제일 큰 손상이 일어난다. 테레사가 설명한 것처럼 머리 앞쪽에 출혈이 생기려면 머리 뒤쪽을 얻어맞았어야 했다. 산탄총으로 얼굴 정면을 쏘아서는 그런 현상이 일어날 수 없었다.

"혹시 다른 식으로 설…."

그는 무엇을 물어보고 싶은 건지 자신도 알 수가 없어서 말끝을 흐렸다. 갑자기 담배 생각이 간절해져 쥐고 있던 새 담뱃갑을 톡톡 쳤다.

"그래서 어떻게 됐어?"

그가 담뱃갑 포장지를 뜯으며 물었다.

"그래서, 그런 사실을 설명하기 시작하니까, 갑자기 어빙이 긴장해서는 계속 물어댔어. '확실합니까? 백 퍼센트 확실한 거요? 선불리 결론을 내리는 건 아닌가요?' 하면서 말이야. 어빙은 자살이 아닌 다른 결론을 원하지 않았어. 내가 의문을 제기한 순간부터 갑자기 섣부른 결론은 위험하다면서 신중하게 움직여야 한다고 떠들어대기 시작했어. 우리가 천천히 신중하게 올바르게 일을 처리하지 않으면 경찰 조직 전체가 큰 타격을 입을 수 있다고 말했어. 정말로 그렇게 말했어, 그 꼴통새끼가."

"잠자는 사자의 코털을 건드렸구만, 당신이."

"그래. 어쨌든 난 자살이라고 결론지을 수가 없다고 분명히 말했어. 그랬더니… 그랬더니 타살이라는 결론도 내릴 수 없지 않느냐는 거야. 그래서 비확정적이라는 말이 나온 거야. 일종의 타협이지. 당분간은. 그러고 나니까 괜히 내가 죄를 진 것 같은 기분인 것 있지? 개새끼들."

"이쯤에서 사건을 덮으려는 거겠지."

보슈가 말했다. 이해할 수가 없었다. 그들이 그렇게까지 진실을 밝히기를 꺼려하는 건 감찰계 조사 때문인 것 같았다. 무어가 무슨 일에 관여를 했는지 모르겠지만 어빙은 그 일로 인해 그가 자살을 했거나 살해 당했다고 믿고 있는 것이 틀림없었다. 그리고 어느 쪽이든 안에 뭐가 들었는지 알지도 못하면서 상자를 열어보고 싶지는 않았던 것이다. 어쩌면 안에 뭐가 들었는지 알고 싶지 않은 것일 수도 있었다. 그렇다면 한 가지는 분명해졌다. 보슈는 이제 혼자였다. 그가 어떤 사실을 캐내어 어빙과 강력계에 넘기더라도 그들은 그냥 덮어버릴 것이다. 그러므로 그가 수사를 계속하려면 혼자서 해야 했다.

"무어가 당신을 위해 자료를 모으고 있었다는 사실을 그들도 알아?" 테레사가 물었다.

"지금쯤이면 알고 있을 거야. 당신과 함께 검시실에 있을 땐 몰랐겠지만. 알든 모르든 별 차이 없어."

"후안 도우 사건에 대해서는? 무어가 후안 도우의 사체를 발견했다는 사실은 알고 있나?"

"뭘 얼마만큼 알고 있는지는 모르겠어."

"이제 어떻게 할 거야?"

"몰라. 아무것도 모르겠어. 당신은?"

그녀는 오랫동안 아무 말이 없더니, 천천히 일어서서 그에게로 다가왔다. 그러고는 그에게 몸을 기대오며 그의 입술에 키스를 했다. 그녀가 속삭였다.

"우리 잠깐 이런 일은 다 잊어버리는 게 어때?"

보슈는 테레사 코라존이 이끄는 대로 침실로 들어가 사랑을 나눴다. 그녀가 주도하고 자기 마음대로 그의 몸을 가지고 놀게 해주었다. 둘은 그동안 충분히 자주 관계를 가졌던 터라 편안한 기분으로 즐길 수 있었고 서로의 방식을 잘 알았다. 둘은 호기심이나 부끄러움의 단계를 이미 지나 있었다. 끝에 가서는 그가 침대머리에 베개를 괴고 앉아 있고 그녀가 그 위에 올라타고 있었다. 그녀는 머리를 뒤로 젖히고 있었고 짧게 깎은 손톱으로 그의 가슴을 아프지 않게 찌르고 있었다. 그녀는 아무 소리도 내지 않았다.

어둠 속에서 그녀의 은 귀걸이가 빛나고 있었다. 그는 손을 뻗어 귀걸이를 만지다가 손을 아래로 내려 그녀의 목과 어깨와 가슴을 애무했다. 그녀의 피부는 따뜻하고 촉촉했다. 그녀의 느리고 기계적인 움직임은 그를 이 세상 다른 어떤 것도 들어갈 수 없는 공허 속으로 밀어 넣고 있었다.

섹스가 끝나고 쉬고 있을 때, 아직도 그녀가 그의 몸 위에서 웅크리고 엎드려 있을 때, 죄책감이 그를 덮쳤다. 실비아 무어가 떠올랐다. 하루 전에 처음 본 여잔데, 어떻게 이럴 때 그 여자 생각이 날 수 있단 말인가? 그런데 그랬다. 그는 왜 죄책감이 드는지 알 수 없었다. 어쩌면 앞으로 그들에게 일어날 일 때문인지도 몰랐다.

집 뒤편 멀리에서 코요테의 짧고 높은 울음소리가 난 것 같았다. 테레사가 그의 가슴에서 고개를 들었고 곧이어 코요테의 외로운 울부짖음이 또 들렸다.

"겁돌이네."

그녀가 조용히 말했다.

보슈는 또다시 죄책감이 들었다. 테레사를 생각했다. 그녀에게 속임수를 써서 이야기를 하게 만든 건 아니었을까? 그는 그렇게 생각하지 않았다. 어쩌면 그가 아직 하지 못한 일 때문에, 그녀에게서 들은 정보를 가지고 해야 할 일들을 하지 못하고 있기 때문에 죄책감이 드는 것일 수도 있었다.

그녀는 그가 딴 생각을 하고 있다는 걸 안 것 같았다. 어쩌면 심장 박동 리듬이 바뀌었거나 근육이 약간 경직되었을지도 몰랐다.

"아무것도 안 할 거야."

그녀가 말했다.

"뭐?"

"나한테 어떻게 할 거냐고 물었잖아. 아무것도 안 할 거라고. 이 거지 같은 사건에서 손을 뗄 거야. 덮고 싶으면 덮으라지, 뭐."

보슈는 그녀가 훌륭한 로스앤젤레스 카운티 법의국장이 될 거라는 생각이 들었다.

그는 어둠 속에서 자신이 그녀에게서 점점 더 멀어지는 것을 느꼈다.

테레사는 그에게서 떨어져 나와 침대 가에 앉아 창문 너머로 반달을 바라보았다. 커튼이 걷혀 있었다. 또 한 번 코요테의 울음소리가 들렸다. 저 멀리 어딘가에서 개가 응답하듯 짖는 소리도 들린 것 같았다.

"당신도 쟤 같아?"

그녀가 물었다.

"누구?"

"겁돌이. 어두운 세상에 저렇게 홀로 있잖아."

"가끔은. 누구나 가끔은 그런 느낌이 들겠지."

"그래, 하지만 당신은 그걸 좋아해, 안 그래?"

"늘 그런 건 아냐."

"늘 그런 건 아니라….."

그는 무슨 말을 할까 생각했다. 말 한 마디 잘못하면 그녀가 획 돌아서서 가버릴 것 같았다.

"내가 멀게 느껴졌다면 미안해. 생각할 일이 많아서…."

그는 궁색한 변명 같아서 말을 끝맺지 못했다.

"당신은 코요테를 유일한 친구 삼아 이 작고 외로운 집에 혼자 사는 걸 좋아해, 그렇지?"

그는 대답하지 않았다. 불현듯 실비아의 얼굴이 다시 떠올랐다. 그러나 이번에는 죄책감이 들지 않았다. 그녀의 모습을 보니 기뻤다.

테레사가 말했다.

"가야겠어. 내일은 피곤한 하루가 될 테니까."

보슈는 그녀가 침대 옆 탁자에서 지갑을 집어 들고 알몸으로 화장실을 향해 걸어가는 것을 바라보았다. 곧이어 샤워하는 소리가 들렸다. 그녀가 그 안에서 그의 흔적을 모두 씻어내고 직업상 몸에 남을 수 있는 냄새를 숨기기 위해 항상 지갑에 넣고 다니는 전천후 향수를 뿌리는 모습을 상상했다.

그는 침대가로 굴러가 바닥에 놓인 옷 위로 손을 뻗어 전화번호수첩을 꺼냈다. 화장실에서 물소리가 들리는 동안 전화를 걸었다. 전화를 받은 목소리는 잠에 취해 있었다. 자정이 가까운 시각이었다.

"자넨 지금 전화를 건 사람이 누군지 모르고 난 자네와 통화를 한 적이 없는 거야."

상대방이 보슈의 목소리를 알아들을 때까지 잠깐 침묵이 흘렀다.

"아, 아, 알았어. 무슨 말인지 알겠어."

"칼 무어 부검에서 문제가 생겼어."

"빌어먹을, 그건 나도 알아. 비확정적이라지? 그 얘길 하려고 이 야밤에…."

"아니, 모르고 있구만. 부검하고 부검에 관한 보도자료하고 헷갈리나 본데, 엄연히 다른 일이야. 이제 알겠어?"

"그래, 알 것 같아. 그래, 문제가 뭐야?"

"경찰국 부국장과 법의국장 서리의 의견이 엇갈리고 있어. 한 명은 자살이라고 하고, 다른 한 명은 타살이라고 하지. 둘 다 맞는 말일 순 없

142

블랙 아이스

잖아. 그럴 때 보도자료에서 비확정적이란 말을 쓰는 걸 테고."

전화기에서 낮은 휘파람 소리가 들렸다.

"좋은 정보군. 그런데 경찰이 왜 타살을 덮으려고 하겠어? 게다가 자기네 조직의 일원인데. 자살이라고 하면 경찰이 얼마나 개 같은 조직으로 보이겠어? 사실 개 같지만. 왜 타살을 덮어두려 하겠냐고, 뭔가 있지 않은 이상에는."

"바로 그거야."

보슈는 이렇게 말하고 나서 전화를 끊었다.

1분 후 샤워기가 꺼지더니 곧 테레사가 수건으로 몸을 닦으며 걸어 나왔다. 그녀는 그의 앞에서 알몸으로 있는 것을 전혀 부끄러워하지 않았고, 보슈는 부끄러워하던 옛날의 그녀 모습이 그리웠다. 그가 만났던 여자들은 그를 떠나기 전에 점차 부끄러움을 잃어갔다.

그녀가 옷을 입는 동안 그도 청바지에 티셔츠를 입었다. 둘 다 아무 말도 하지 않았다. 그녀가 엷은 미소를 띤 채 그를 바라보았다. 잠시 후 그는 그녀를 따라 밖으로 나가 그녀의 차가 있는 곳까지 함께 갔다.

"그러니까, 12월 31일 밤에 데이트 하는 거 아직도 유효한 거지?"

그가 차문을 열어주자 그녀가 물었다.

"물론이지."

그가 말했다. 하지만 그는 그녀가 전화를 해서 핑계를 대며 데이트를 취소할 거라는 사실을 알고 있었다.

그녀는 발꿈치를 들어 그의 입에 키스를 하더니 차에 탔다.

"잘 가, 테레사." 그가 인사를 했지만, 그녀는 벌써 차문을 닫아버린 뒤였다.

보슈가 다시 집 안으로 들어왔을 땐 정각 12시였다. 집 안에서 테레사의 향수 냄새가 났다. 그리고 그의 죄책감의 냄새도 났다. 그는 프랭크 모간의 〈무드 인디고〉를 시디플레이어에 넣고 거실에 그대로 서서 '자장가'라는 노래의 첫 독주 부분을 들었다. 그는 세상 그 어떤 것도 색소폰보다 진실하진 않다고 생각했다.

11 7000번

　잠이 올 것 같지 않았다. 보슈는 밤공기가 쌀쌀한 현관 밖에 서서 카펫처럼 깔린 도시의 불빛을 바라보며 결의를 다졌다. 몇 달 만에 처음으로 기운이 나는 것 같았다. 다시 사냥에 나선 것이었다. 사건들에 대한 별별 생각이 머릿속을 들고 나는 가운데 그는 자신이 만나봐야 할 사람들과 해야 할 일들을 마음속으로 정리했다.

　무엇보다 먼저 루시어스 포터를 만나봐야 했다. 그가 스트레스성 질환을 이유로 퇴직을 신청한 것은 다른 사건들과 너무도 시기적절하게 맞아떨어져서 결코 우연이라고 볼 수가 없었다. 포터를 생각하는 것만으로도 화가 치밀기 시작했다. 그리고 후회가 되었다. 포터를 위해 파운즈 과장과 맞선 것이 후회스러웠다.

　보슈는 전화번호수첩을 보며 다시 한 번 포터의 집으로 전화를 걸었다. 어차피 받으리라고 예상하지 않았던 터라 실망하지도 않았다. 포터는 적어도 이 점에서는 믿을 만한 구석이 있었다. 보슈는 아까 적어놓왔던 주소를 확인하고 집을 나섰다.

언덕을 내려와 카후엥가에 다다를 때까지 지나가는 차가 한 대도 없었다. 그는 북쪽으로 달려가다가 바함에서 할리우드 고속도로를 탔다. 고속도로에는 차가 제법 있었지만 막힐 정도는 아니었다. 일정한 속도를 내며 북쪽으로 달리는 차량 행렬이 마치 불빛이 반짝이는 맵시 있는 리본 같았다. 경찰 헬기 한 대가 스튜디오 시티 상공을 맴돌며 아래 어딘가에 있는 범죄현장에 흰색 조명을 쏘고 있었다. 그 빛줄기는 마치 선회하는 헬기가 고도를 높여 다른 데로 날아가지 않도록 붙잡고 있는 개줄 같았다.

보슈는 이 도시의 밤을 사랑했다. 밤은 도시의 유감스러운 점을 많이 가려주었다. 밤은 도시를 침묵에 잠기게 했지만 저 깊은 곳에 흐르는 불온한 암류를 표면으로 끌어올리기도 했다. 그는 이 깊은 암류 속에서 움직일 때가 가장 편했다. 어둠 속에서 움직일 때가 가장 편안했다. 리무진 안에 앉아 있는 사람처럼 밖은 잘 볼 수 있었지만 밖에서는 안을 들여다 볼 수 없었다.

푸른 네온사인이 반짝이는 어둠 속에서 삶과 죽음은 무작위로 사람들을 골라잡았다. 삶의 방식이 너무나도 다양했다. 죽음의 방식 역시 그랬다. 누구라도 영화사의 검은색 리무진 뒷좌석에 탈 수 있었고, 누구라도 법의국의 푸른색 밴 뒷자리에 실릴 수 있었다. 귀가 떨어져 나갈 것 같은 박수갈채를 받을 수 있었고, 어둠 속에 귀 옆을 스쳐가는 탄환 소리를 들을 수도 있었다. 어떤 운명이 누구에게 닥칠지 알 수 없었다. 그것이 LA였다.

가스폭발 화재도 일어났고 집중호우와 지진, 산사태도 있었다. 주행 중인 차량에서 무차별적으로 총기를 난사하는 인간도 있었고 마약에 취해 절도행각을 벌이는 인간도 있었다. 음주운전자도 있었고 구부러

진 길도 있었다. 살인 경찰도 있었고 경찰 살인범도 있었다. 나와 잠을
잔 여자의 남편도 있었고, 여자도 있었다. 밤의 매 순간마다 어딘가에선
강간을 당하고 폭행을 당해 불구가 되고 살해당하고 사랑을 받는 사람
들이 있었다. 그리고 엄마 품에 안긴 아기도 있었다. 그리고, 때로는, 쓰
레기통 옆에 버려진 아기도 있었다.

어딘가에서는.

보슈는 노스 할리우드 바노웬에서 고속도로를 내려와 버뱅크를 향해
동쪽으로 달렸다. 버뱅크에서는 다시 북쪽으로 방향을 틀어 다 쓰러져
가는 아파트가 줄지어 서 있는 동네로 들어갔다. 벽에 그려진 낙서와
그림을 보니 주로 라틴계가 사는 동네인 것 같았다. 포터는 몇 년 전부
터 여기 살았다. 이혼한 아내에게 이혼수당을 지급하고 술을 퍼마시느
라 여기밖에 갈 곳이 없었다.

보슈는 해피 밸리 트레일러 파크로 들어가 그린바이어 도로 끝에 있
는 포터의 트레일러 두 대를 연결한 이동식 주택을 찾았다. 트레일러
안은 캄캄했고, 현관등도 켜져 있지 않았으며, 알루미늄 판으로 지붕을
얹은 간이차고도 비어 있었다. 보슈는 운전석에 앉아 담배를 피며 한동
안 꾸물거리고 있었다. 랭커심에 있는 어느 멕시코 클럽에서 연주하는
마리아치 음악(멕시코 전통음악을 연주하는 유랑 악사 마리아치가 연주하는 음
악-옮긴이)이 이곳까지 들려오고 있었다. 그러나 음악은 곧 버뱅크 공
항을 향해 천천히 날아가는 제트기 소리에 묻혀버렸다. 그는 앞좌석 사
물함에서 손전등과 열쇠 따는 도구들이 든 가죽 주머니를 꺼낸 후 차에
서 내렸다.

세 번째로 문을 두드려도 대답이 없자 보슈는 가죽 주머니를 열었다.
무단침입이지만 망설임은 없었다. 포터는 무고한 시민이 아니라 음모
꾼이었다. 보슈에게 후안 도우 67번의 시신을 발견한 사람이 무어였다

는 사실을 솔직하게 말해주지 않았을 때 이미 사생활을 보호받을 권리를 스스로 포기한 것이었다. 이제 보슈는 포터를 찾아내 자초지종을 캐물을 작정이었다.

보슈는 소형 손전등을 켜서 입에 물고 몸을 굽히고 자물쇠 안에 열쇠 따는 작은 스패너를 밀어 넣었다. 자물쇠 속에 있는 핀들을 밀고 문을 열기까지 불과 2, 3분밖에 걸리지 않았다.

안으로 들어가자 시큼한 냄새가 그를 맞았다. 술 취한 사람의 땀 냄새였다. 포터의 이름을 불렀지만 대답이 없었다.

그는 방마다 돌아다니며 불을 켰다. 거의 모든 평면마다 빈 유리컵이 널려 있었다. 침대는 어질러져 있었고 시트는 우중충한 흰색이었다. 침대 옆 탁자 위에는 유리컵 몇 개와 꽁초가 수두룩한 재떨이가 있었다. 성인(聖人)의 조각상도 있었는데 누군지 알 수 없었다. 침실에 딸린 욕실로 들어가 보니, 욕조는 더러웠고, 칫솔이 욕실 바닥에 떨어져 있었으며, 쓰레기통 속에는 빈 위스키 병 하나가 들어 있었다. 너무 비싼 거라 그런지 너무 싸구려라 그런지 보슈는 그 위스키 상표를 한 번도 들어본 적이 없었다. 아마도 후자일 거라는 생각이 들었다.

부엌으로 가보니 쓰레기통 속에 빈 술병이 또 한 개 들어 있었다. 조리대 위와 싱크대 속에는 더러운 접시가 쌓여 있었다. 냉장고를 열어보니 겨자 소스 한 병과 계란 한 상자만 덩그러니 놓여 있었다. 포터의 집은 주인을 꼭 빼닮았다. 이걸 집이라고 부를 수 있을지 모르겠지만, 주변인의 삶을 보여주고 있었다.

거실로 돌아온 보슈는 노란색 소파 옆에 있는 탁자에 놓인 액자를 집어 들었다. 여자였다. 포터에게는 어떤지 모르겠지만, 그다지 매력적이지 않았다. 아직도 잊지 못하고 있는 전부인의 사진일지 모른다는 생각이 들었다. 액자를 내려놓는데 전화벨이 울렸다.

보슈는 벨소리를 쫓아 침실로 들어갔다. 전화기는 침대 옆 바닥에 있었다. 그는 벨이 일곱 번 울린 후 전화를 받고 잠시 기다렸다가 잠결에 전화를 받은 목소리로 말했다.

"네?"

"포터?"

"네."

상대방이 전화를 끊었다. 포터가 아닌 걸 알아차린 것 같았다. 아는 목소리였나? 파운즈? 아니, 파운즈는 아니었다. 딱 한 단어 말했을 뿐이었다. 그렇지만 억양으로 보아 스페인계인 것 같다는 생각이 들었다. 그는 더 이상 생각하지 않기로 하고 침대에서 일어섰다. 비행기가 또 상공을 날아가자 트레일러가 흔들렸다. 그는 거실로 돌아와 썩 내키진 않지만 서랍이 한 개 달린 책상을 뒤지기 시작했다. 그러면서도 그 안에서 무엇을 찾아내든 포터가 지금 어디 있는가 하는 당면 문제를 해결해주지는 못할 거라는 사실을 알고 있었다.

보슈는 전등을 모두 끄고 현관문을 다시 잠근 후 떠났다. 노스 할리우드부터 시작해 시내까지 남쪽으로 내려가며 훑을 작정이었다. 모든 경찰서 관할 구역마다 경찰들이 단골로 다니는 술집이 너덧 개는 있었다. 그리고 대개의 술집들이 문을 닫는 새벽 2시 이후에 밤샘 영업을 하는 술집들도 있었다. 대체로 그런 술집들은 사람들이 혼자 와서 조용히 목숨 걸고 술을 퍼마시는 어두운 소굴 같았다. 거리의 피난처였고 자신을 잊고 자신을 용서하기 위해 찾는 곳이었다. 보슈는 이런 술집 한 군데에서 포터를 찾아낼 수 있을 거라고 생각했다.

보슈는 키트리지에 있는 패롯이라는 술집부터 들어가 보았다. 그러나 한때 자신도 경찰이었다고 소개한 바텐더는 크리스마스이브 이후로는 포터를 보지 못했다고 말했다. 다음으로 보슈는 랭커심에 있는 502와 카후엥가에 있는 세인츠에 가보았다. 그곳 사람들은 포터를 알고 있었지만 오늘 밤에는 오지 않았다고 했다.

포터를 찾기 위한 술집 기행은 새벽 2시까지 계속되었다. 보슈는 할리우드에 와 있었다. 불릿이라는 술집 앞에 차를 세워놓고 앉아 근처에 어떤 술집이 있나 생각하고 있는데 호출기가 울렸다. 모르는 번호였다. 그는 공중전화를 쓰려고 불릿 안으로 들어갔다. 번호를 돌리고 있는데 술집 안에 불이 환하게 들어왔다. 영업이 끝난 것이었다.

"보슈?"

"그런데요."

"리카듭니다. 통화 괜찮아요?"

"괜찮아요. 지금 불릿에 있어요."

"이런, 가까운 데 있군요."

"무슨 일이죠? 댄스의 행방을 알아냈어요?"

"아뇨, 그런 건 아니고. 난 지금 할리우드 대로 남쪽 카후엥가 뒤에 있는 레이브 클럽에 있습니다. 잠이 안 와서 사냥이나 하려고 나왔죠. 댄스는 아니고, 댄스의 오랜 판매책 한 놈을 물었어요. 불심검문 카드에 나와 있던 놈들 중 한 명이죠. 커윈 타이지라고."

보슈는 잠시 기억을 되살려보았다. 이름이 기억났다. 대마팀이 검문을 하고 쫓아버렸던 10대 중 한 명이었다. 무어가 남긴 블랙 아이스 파일 속에 있던 불심검문 카드 한 개에서 그 이름을 봤었다.

"레이브가 뭐죠?"

"지하 클럽입니다. 이 도로에 있는 창고를 빌렸더군요. 테크노 음악에 맞춰 밤새도록 춤추고 놀아요. 새벽 6시까지 광란의 파티를 하는 거죠. 다음 주엔 다른 곳으로 옮겨가서 또 그러고 놀 거고요."

"그런 곳을 어떻게 찾아냈어요?"

"찾기 쉬워요. 멜로즈에 있는 레코드 가게마다 레이브 파티 주최자의 전화번호를 가지고 있거든요. 그 번호로 전화를 걸어 예약을 하면 되죠. 입장료 20달러를 내고요. 들어가면 술과 마약에 취해서 새벽까지 춤추고 놀 수 있어요."

"놈이 블랙 아이스를 팔고 있어요?"

"아뇨, 문 앞에서 셈을 팔고 있어요."

셈은 액체 PCP를 적신 담배였다. 20달러를 주고 한 개비를 사서 피면 밤새도록 환각 상태가 지속되었다. 타이지는 이젠 댄스 밑에서 일하지 않는 모양이었다.

리카드가 말했다.

"놈을 덮쳐 보려고요. 그러고 나선 댄스가 있는 곳을 족쳐봐야죠. 댄스는 이미 어디로 토낀 게 틀림없지만, 놈이 그의 행방을 알고 있을지도 모릅니다. 당신한테 달렸어요. 댄스가 당신한테 얼마나 중요한 놈인지 몰라서요."

"어디로 가면 되죠?"

"할리우드 대로를 타고 서쪽으로 달려오다가 카후엥가를 지나치자마자 나오는 사거리에서 동쪽으로 달려와요. 성인용품 상점들 뒤에 있는 창고입니다. 어둡지만 푸른색 화살표 간판이 보일 거예요. 거기예요. 난 거기서 북쪽으로 반 블록 떨어진 곳에 빨간색 카마로에 앉아 있어요. 네바다 번호판이에요. 기다리고 있겠습니다. 놈을 잡아 족치려면 계획을 세워야 하니까."

"약은 어디 있는지 알아요?"

"배수로 속 맥주병 안에요. 놈이 계속 들락날락하고 있어요. 손님을 한 명씩 데리고 나오고 있죠. 당신이 도착할 때까지 계획을 짜고 있을게요."

보슈는 전화를 끊고 술집을 나가 자동차로 갔다. 대로의 자동차 폭주족들 때문에 리카드가 있는 곳에 도착하기까지 15분이나 걸렸다. 골목길에서 그는 빨간색 카마로 자동차 뒤에 불법 주차를 했다. 운전석에 몸을 낮추고 앉아 있는 리카드의 모습이 보였다.

"멋진 밤입니다."

보슈가 카마로의 조수석에 올라타자 마약수사관이 말했다.

"그러네요. 놈은 아직도 여기 있어요?"

"아, 그럼요. 장사가 꽤 잘 되나 봐요. 잠시 쉴 틈도 없이 들락날락하면서 계속 섬을 팔고 있어요. 재미 좋은데 산통을 깨야한다니 좀 미안해지는데요."

보슈는 어두운 골목길을 바라보았다. 푸른색 화살표 모양의 네온 간판 불빛이 깜빡거리는 동안 짙은 색 옷차림의 사람들 한 무리가 창고 벽돌 벽 가운데에 난 문 앞에 서 있는 것이 보였다. 가끔씩 문이 열리고 누군가 들어가거나 나왔다. 문이 열리면 음악이 들렸다. 귀가 찢어질 듯 시끄러운 테크노 록이었고, 강렬한 베이스 음이 거리를 뒤흔드는 것 같았다. 눈이 어둠에 적응이 되자, 밖에 있는 사람들이 술을 마시고 담배를 피우며 잠시 머리를 식히고 있는 게 보였다. 몇 명은 크게 분 풍선을 들고 있었다. 그들은 문 옆에 있는 자동차 몇 대의 앞머리에 몸을 기대서서 풍선을 빤 뒤 마치 마리화나 담배라도 나눠피듯 옆 사람에게 풍선을 건네주었다.

"풍선 안엔 아산화질소가 가득 들어 있어요."

리카드가 말했다.

"웃음가스요?"

"맞아요. 이런 레이브 클럽에선 풍선 한 개당 5달러씩 받고 팔고 있죠. 병원이나 치과에서 탱크 한 대만 훔치면 2, 3천 달러는 쉽게 벌 수 있어요."

아가씨 한 명이 자동차 덮개에서 미끄러져 넘어지면서 들고 있던 풍선이 어둠 속으로 날아가 버렸다. 다른 사람들이 그녀를 부축해 일으켜 세웠다. 그러고는 미친 듯이 웃음을 터뜨렸다.

"저거 합법이에요?"

"그게 좀…. 합법적인 용도로 사용하는 건 합법입니다. 하지만 여흥을 위해 사용하는 건 경범죄에 해당되죠. 하지만 우린 저런 건 신경도 안 써요. 저걸 빨다가 넘어져서 머리가 깨지고 싶으면, 뭐, 맘대로 하라고 내버려두는 거죠. 저런 것까지 신경…. 저기 나오네요."

호리호리한 몸매의 10대 소년 한 명이 창고 문을 열고 나오더니 골목길을 따라 주차되어 있는 차들 쪽으로 걸어갔다.

"잘 봐요."

리카드가 말했다.

소년이 어떤 자동차 뒤로 가더니 몸을 굽혀 앉았는지 사라졌다.

"지금 담배를 PCP에 적시고 있는 거예요. 그런 다음엔 마를 때까지 몇 분 기다릴 거예요. 그러고 나서 손님이 나오죠. 그러면 거래를 할 거고요."

"지금 덮칠까요?"

"아뇨, 셤 한 개만 달랑 갖고 있을 땐 덮쳐봤자 소용없어요. 자기가 피려고 갖고 있었다고 하면 끝이니까요. 유치장에 하룻밤도 가둬놓을 수 없어요. 제대로 옭아매려면 PCP를 갖고 있을 때 덮쳐야죠."

"그럼 어떡하죠?"

"당신 차로 돌아가요. 카후엥가로 돌아서 길 반대편으로 와요. 더 가까이 접근할 수 있을 겁니다. 차를 세우고 나와서 날 도와줘요. 난 여기에서 내려갈게요. 트렁크 안에 낡은 옷이 몇 벌 있어요. 잠복할 때 입는 것들이요. 계획이 있어요."

보슈는 카프리스 자동차로 돌아가, 차를 돌려 골목길을 빠져나갔다. 그리고 한 블록 내려가서 골목길 남쪽에서부터 올라왔다. 대형 쓰레기통 앞에 주차 공간을 발견하고 차를 세웠다. 리카드가 구부정한 모습으로 걸어 내려오는 것을 보고 그는 차에서 내려 걸어 올라가기 시작했다. 둘은 양쪽에서 창고 문을 향해 거리를 좁혀가고 있었다. 보슈는 어둠 속에 있어서 모습이 드러나지 않았지만, 기름얼룩이 진 티셔츠로 갈아입고 빨랫감 가방을 들고 노래를 흥얼거리며 길 한복판을 비틀거리며 걸어오는 리카드의 모습은 모두의 눈에 잘 띌 것이었다. 창고에서 나오는 시끄러운 음악 소리 때문에 잘 들리지는 않았지만, 퍼시 슬레지의 '남자가 여자를 사랑할 때'를 술 취한 목소리로 흥얼거리고 있는 것 같았다.

창고 문 밖에 서 있던 사람들이 모두 리카드를 보고 있었다. 약에 취한 소녀 두세 명이 그의 노래에 환호성을 질렀다. 다들 리카드에게 정신이 팔려 있는 동안 보슈는 문에서 차 네 대가 떨어진 곳, 그리고 타이지가 셉을 만들 PCP를 놓아둔 곳에서 차 세 대가 떨어진 곳까지 무사히 올 수 있었다.

리카드는 그곳을 지나가면서 갑자기 노래를 멈추더니 보물을 발견한 것처럼 행동했다. 주차된 차 두 대 사이로 허리를 굽히더니 맥주병을 집어 들었다. 그가 맥주병을 빨래 가방에 넣으려는 순간, 타이지가 재빨리 다가오더니 병을 잡았다. 리카드가 병을 놓지 않고 돌아서자 타이지도 따라 움직여서 이제 소년은 보슈에게 등을 보이고 있었다. 보슈가 움직이기 시작했다.

"이건 내 꺼야, 친구."

리카드가 소리쳤다.

"내가 거기다 둔 거예요, 아저씨. 쏟아지기 전에 빨리 놔요."

"딴 데 가서 알아보라고. 이건 내 꺼니까."

"내놔요!"

"네 것이 확실해?"

"내 꺼라니까!"

보슈가 뒤에서 소년을 힘껏 내리쳤다. 소년은 병을 놓고 자동차 트렁크 위로 넘어졌다. 보슈는 그의 등을 누르고 팔뚝으로 그의 목을 눌렀다. 맥주병은 리카드의 손에 있었다. 조금도 흘리지 않았다.

"저런, 그렇다면 네 것이 맞겠지. 그리고 널 체포할 충분한 사유가 되는 거야."

리카드가 말했다.

보슈는 허리띠에서 수갑을 풀러 소년에게 채우고 트렁크에서 일으켜 세웠다. 구경꾼들이 모여들고 있었다.

"꺼져, 친구들. 안으로 들어가서 웃음가스나 맡으라고. 가서 귀머거리나 되란 말이야. 이 친구랑 함께 유치장에 가고 싶지 않으면 여기 일은 신경 *끄라고*."

리카드가 소리쳤다. 그러곤 허리를 굽혀 타이지의 귀에 대고 말했다.

"안 그래, 친구?"

아무도 움직이려들질 않자, 리카드는 그들 앞으로 위협적으로 한 걸음 내디뎠고, 그러자 사람들이 흩어졌다. 소녀들 몇 명은 창고 안으로 달아났다. 음악 소리가 리카드의 웃음소리를 집어 삼켰다. 리카드가 돌아서서 타이지의 팔을 잡았다.

"가자. 해리, 당신 차로 갑시다."

윌콕스에 있는 할리우드 경찰서까지 달려가는 동안 그들은 아무 말도 하지 않았다. 사전에 논의한 바는 없지만 보슈는 리카드가 하는 대로 내버려둘 작정이었다. 리카드는 소년과 함께 뒷좌석에 타고 있었다. 운전석 앞에 달린 백미러로 소년을 보니 기름기가 흐르는 지저분한 갈색 머리가 어깨를 덮고 있었다. 5년쯤 전에 이를 교정했어야 했던 것 같은데, 행색을 보니 교정 같은 건 꿈도 못 꾸는 집안에서 자란 것 같았다. 한쪽 귀에 금 귀걸이를 하고 있었고, 자신에게 벌어진 일에 별 관심이 없는 듯한 표정이었다. 소년의 치아가 보슈의 가슴을 아프게 했다. 다른 무엇보다도 비뚤어지고 튀어나온 치아가 삶의 고단함을 잘 보여주고 있었다.

"너 몇 살이야, 커원? 행여 거짓말할 생각하지 마. 서에 네 기록이 있으니까. 찾아보면 다 나와."

리카드가 말했다.

"열여덟이요. 그 기록으로 똥이나 닦아요. 쥐뿔도 신경 안 쓰니까."

"우와! 열여덟. 성인을 잡은 것 같은데요, 해리? 소년원까지 손잡고 데려다 줄 필요가 없겠네. 얘를 7000번에 집어넣고, 거기 어깨들하고 얼마나 빨리 친해지는지 한번 볼까요?"

리카드가 큰 소리로 말했다.

7000번은 경찰들과 범죄자들이 즐겨 쓰는 LA 카운티 성인 구치소의 별칭이었고, 수감자 정보 안내 전화번호가 555-7000인데서 유래되었다. 구치소는 시내 카운티 보안관서 위의 네 개 층을 쓰고 있었고, 소음과 증오와 폭력이 난무하는 곳이었다. 그곳에서는 날마다 누군가가 칼에 찔렸다. 매 시간마다 누군가가 성폭행을 당했다. 그러나 어떤 조치도 취해지지 않았다. 성폭행을 당하거나 칼을 맞은 당사자 외에는 누구도 그런 일에 신경을 쓰지 않았다. 구치소를 관리하는 보안관보들은 그곳을 동물 우리라고 불렀다. 수감자들을 인간으로 보지 않는다는 뜻이었다. 보슈는 리카드가 타이지의 입을 열기 위해서 효과적인 방법을 택했다고 생각했다.

"넌 딱 걸렸어, 커원. 이 안에 적어도 50그램이 넘게 들어 있는 것 같군. 판매 의도가 있는 소지죄야, 친구. 넌 끝장이야."

리카드가 말했다.

"엿이나 드세요."

소년이 빈정거렸다. 금방이라도 한 방 날릴 기색이었다. 리카드는 PCP 냄새가 차 안을 가득 채워 머리가 아플까 봐 초록색 맥주병을 창밖으로 내어 들고 있었다.

"그런 말을 해서 쓰나, 커원. 특히, 여기 운전하고 계신 분이 거래를 하고 싶어 하는데 말이야. 나라면 널 7000번에 처넣어서 거기 친구들하고 거래를 하게 만들겠어. 그 안에 2, 3일만 있으면 넌 다리털을 죄다 밀고 하와이안 펀치에 담근 분홍색 속옷을 입고 돌아다닐걸."

"엿 먹어라, 개새끼. 전화나 쓰게 해줘."

그들은 선셋에 다다라 윌콕스를 향해 올라가고 있었다. 그때까지 리카드는 그들이 원하는 걸 꺼내지도 못했다. 그들이 뭘 원하든 소년은 거래를 할 것 같지 않았다.

"우리가 전화를 갖다 주고 싶어지면 갖다 줄 거야. 지금은 꽤 뻣뻣하게 구는데, 친구, 그것도 그리 오래가진 못할걸. 안에 들어가면 다들 무너진다구. 한번 들어가 봐. 우릴 도와주고 싶지 않으면 말이지. 우린 그냥 네 친구 댄스를 만나고 싶을 뿐이야."

차는 윌콕스로 접어들었다. 두 블록만 더 가면 경찰서였다. 소년은 아무 말도 하지 않았고 리카드는 한 블록을 더 갈 때까지 기다리다가 다시 말문을 열었다.

"어떡할래? 주소를 가르쳐줘. 그러면 이걸 당장 던져 버릴게. 7000번이 자기를 진정한 남자로 만들어준다고 생각하는 멍청이들 중에 한 명이 되지 마. 통과의례쯤으로 여기질 말라고. 거긴 그런 곳이 아냐, 친구. 거기 들어가면 인생 종치는 거야. 그게 네가 원하는 거야?"

"내가 원하는 건 니가 뒤지는 거다."

보슈는 경찰서 뒤편 주차장으로 이어지는 진입로로 들어섰다. 여기서 구속 절차를 밟고, 증거품을 제출하고, 소년을 시내 구치소로 데려가야 했다. 보슈는 그렇게 해야 할 거라고 생각했다. 입을 열지 않고 있는 소년에게 자기들의 말이 그저 단순한 엄포가 아니라는 것을 보여주어야 했다.

12 루시어스 포터

보슈는 새벽 4시가 되어서야 다시 포터 찾기에 나설 수 있었다. 경찰서에서 벌써 커피를 두 잔이나 마셨고, 지금 세 번째 잔을 들고 있었다. 카프리스 자동차에 홀로 앉아 시내를 배회하고 있었다.

리카드는 자기가 커윈 타이지를 시내 구치소로 이송하겠다고 했다. 소년은 끝까지 입을 열지 않았다. 타인에 대한 적개심과 경찰에 대한 증오와 잘못된 자부심으로 똘똘 뭉친 그는 어떤 회유와 협박에도 조금도 흔들리지 않았다. 경찰서에 들어가서도 리카드는 소년의 입을 열게 하려고 무진 애를 썼다. 보슈가 보기에 지나치다 싶을 정도로 열성적으로 협박도 하고 질문도 했다. 결국엔 보슈가 리카드에게 그만하라고 말했다. 소년을 구속 수감하고 나중에 다시 시도해보자고 했다. 둘은 조사실에서 나온 후, 오후 2시에 7000번에서 만나기로 약속했다. 그때까지 소년은 열 시간 정도 큰 집 맛을 볼 수 있을 것이고, 그 정도면 결정을 내리기에 충분한 시간일 것 같았다.

이제 보슈는 새벽까지 밤샘 영업을 하는 술집을 돌아다니고 있었다. 그런 술집들은 회원제로 운영하면서 회원이 자기 술병을 가져 오는 걸 허용하고 입장료를 받았다. 터무니없이 비싼 입장료뿐만 아니라 회원 가입비까지 챙기는 술집도 여럿 있었다. 하지만 집에서 혼자 술을 마시지 못하는 사람들이 있고, 마땅히 집이라고 할 만한 게 없는 사람들도 있어서, 성업 중인 술집이 많았다.

웨스턴의 선셋 대로에서 신호등에 걸려 서 있는데, 흐릿한 형체가 오른쪽에서 다가오더니 차 앞 유리 위로 달려들었다. 보슈는 본능적으로 왼손을 허리띠로 내리면서 들고 있던 커피 컵을 놓칠 뻔했다. 가만 보니 한 남자가 신문지로 차 앞 유리를 닦기 시작했다. 새벽 4시 30분에 노숙자가 그의 차 유리를 닦고 있었다. 아주 열심히. 그러나 그 덕분에 유리에 얼룩만 생겼다. 남자가 차 앞을 돌아 운전석 쪽으로 다가오자 보슈는 주머니에서 1달러를 꺼내 창밖으로 내밀었다. 그러고는 이제 가 보라고 손짓을 했다.

"이제 그만 됐어요."

보슈가 말을 하자, 남자는 조용히 자리를 떴다.

보슈는 다시 차를 몰아 경찰대학 근처 에코 파크에 있는 술집들을 둘러본 후 차이나타운에 있는 술집들도 찾아보았다. 포터의 흔적은 어디에도 없었다. 할리우드 고속도로를 가로질러 시내로 들어가 카운티 구치소를 지나가면서 타이지를 생각했다. 그는 마약사범을 모아놓는 감방에 있을 것이고, 거기 수감자들은 일반적으로 덜 폭력적이었다. 별일 없을 것이었다.

스프링 거리의 〈타임스〉 건물 주차장에서 푸른색 대형트럭들이 나와 조간신문을 싣고 달려가고 있었다. 보슈는 파커 센터 근처에 있는 술집 두세 군데와 빈민가 근처에 있는 술집에도 들어가 보았다. 술집 순례도 거의 끝나가고 있었다. 이제 더 찾아볼 데도 별로 없었다.

마지막으로 들른 곳은 3번가에 있는 포우즈였다. 포우즈는 알코올 중독자들이 대량으로 양산되고 있는 빈민가와 〈로스앤젤레스 타임스〉 건물, 성 비비아나 성당, 금융가의 고층 건물들이 밀집한 곳에 자리하고 있었다. 시내가 북적이기 시작하기 전인 이른 아침 시간에 장사가 잘 되는 곳이었다.

포우즈는 LA 재개발국의 철거 딱지가 붙은 5층짜리 벽돌건물의 1층 에 자리하고 있었다. 포우 빌딩이라 불리는 이 건물은 제2차 세계대전 이전에 지어져서 내진설계가 되어 있지 않았다. 이제 와서 내진 시공을 한다면 그 비용이 건물 시가보다 훨씬 더 높을 것이었다. 그래서 LA 재 개발국은 건물을 사들였고, 건물을 철거하고 아파트를 지어 시내 한복 판에 주거단지를 조성할 계획을 세웠다. 그러나 그 계획은 지금 보류 중이었다. LA 보존국이 포우 빌딩을 문화유산으로 지정하기 위해 철거 계획을 철회토록 소송을 걸어놓은 상태였다. 그래서 지금까지 4년 동안 재개발 계획이 보류되고 있었다. 포우즈는 영업을 계속하고 있었지만, 위의 네 개 층은 모두 비어 있었다.

포우즈 안은 어두운 동굴 같았다. 테이블은 없고, 길게 휘어진 바만 하나 있었다. 포우즈는 친구들과 둘러앉아 술을 마시는 곳이 아니라 혼 자 술을 마시는 곳이었다. 자살할 용기를 얻기 위해 술 마시러 온 사람 들, 자초한 외로움을 견디지 못하는 무너진 경찰들, 더 이상 글을 쓸 수 없는 작가들, 자기 자신의 죄악조차 용서할 수 없게 된 성직자들을 위 한 곳이었다. 또한 얼마 안 되는 돈으로 술을 마실 수 있는 싸구려 술집 이기도 했다. 바 앞의 걸상 한 개에 5달러, 자신이 갖고 온 위스키에 넣 어 마실 얼음 한 컵에 1달러를 내면 되었다. 소다수 한 컵에 3달러였지 만, 손님들 대부분은 자기가 갖고 왔다. 그게 더 싸게 먹혔다. 포우즈라는 이름은 위대한 소설가의 이름을 딴 것이 아니라 술집 손님들 사이에 오가는 개똥철학 '모든 것에 오줌을 갈겨라(Piss On Everything)'라는 말의 약자라는 소리가 있었다.

바깥도 어두웠지만, 포우즈 안으로 들어가는 건 꼭 동굴 속으로 걸어 들어가는 것 같았다. 보슈가 술집 안으로 들어서는 순간 베트남의 베트콩 땅굴에 처음 들어갔던 순간이 떠올랐다. 그는 문 옆에 서서 눈이 어두운 조명에 익숙해질 때까지 기다렸다. 바에 빨간 가죽 걸상들이 보였다. 포터의 이동식 주택에서보다 더 지독한 냄새가 났다. 구겨진 흰 셔츠에 단추를 잠그지 않은 검은색 조끼를 입은 바텐더가 오른쪽에 서 있었고 그 뒤로는 술병 주인의 이름이 테이프로 붙여져 있는 술병들이 줄지어 서 있었다. 기다란 네온 조명이 술병이 놓인 선반에 붉은 빛을 쏘고 있어서 기괴한 분위기였다.

"해리, 여긴 어쩐 일이야? 날 찾고 있었어?"

보슈의 왼쪽, 어둠 속에서 누가 말했다.

돌아보니 바의 한쪽 끝에 포터가 앉아 있었다. 술집 입구가 잘 보이는 자리였다. 보슈가 그쪽으로 걸어갔다. 포터 앞에는 위스키 잔 한 개와 물이 반쯤 든 컵 한 개, 3분의 1쯤 남은 버번 위스키 한 병이 놓여 있었다. 바위에는 20달러짜리 한 장과 1달러짜리 세 장이 펼쳐져 있었고 카멜 담배 한 갑도 보였다. 포터의 등 뒤로 다가가는 동안 보슈는 분노가 목구멍까지 차오르는 것을 느꼈다.

"그래, 당신을 찾고 있었어."

"왜?"

보슈는 동정심이 생기기 전에 할 일부터 해야겠다고 생각했다. 포터가 입고 있는 재킷의 어깨부분을 홱 잡아당기자 두 팔이 바에서 옆구리로 떨어졌다. 포터가 쥐고 있던 담배는 바닥으로 떨어졌다. 보슈는 포터의 어깨 총집에서 권총을 꺼내 바 위에 놓았다.

"이건 왜 갖고 다녀, 루? 관뒀잖아, 기억 안 나? 뭐야, 뭐 두려운 거라도 있어?"

"해리, 무슨 일이야? 왜 이러는 건데?"

바텐더가 자기 손님을 돕기 위해 바 뒤에서 걸어오기 시작했지만 보슈는 그를 차갑게 노려보며 교통경찰처럼 손을 들어 제지하고 말했다.

"신경 꺼요. 사적인 문제니까."

"젠장, 맞는 말씀인데요. 여긴 회원 전용 클럽인데 손님은 회원이 아닌 것 같은데요?"

"괜찮아, 토미. 아는 사람이야. 내가 알아서 할게."

포터가 말했다.

포터 자리에서 두세 칸 떨어진 곳에 앉아 있던 남자 두 명이 일어서더니 술병과 잔을 가지고 바의 다른 쪽 끝으로 옮겨갔다. 그쪽에 앉아 있던 취객 두 명이 이쪽을 바라보고 있었다. 그러나 술집을 나가는 사람은 하나도 없었다. 술이 남아 있어서, 그리고 아직 6시도 되지 않아서 아무도 떠나지 않는 것 같았다. 갈 곳도 없을 것이었다. 다른 술집들은 7시가 되어야 문을 열 것이고 그때까지 한 시간은 그들에겐 평생처럼 길게 느껴질 것이었다. 그래서 포우즈 안에 있는 손님들은 자리를 뜰 생각도 않고 있었다. 눈앞에서 살인사건이 일어나도 그냥 거기 앉아 구경하고 있을 것이었다.

"해리, 제발. 진정 좀 하라고. 말로 하면 되잖아."

포터가 말했다.

"말로 하자고? 정말? 근데 며칠 전에 내가 전화했을 땐 왜 말 안 했어? 무어 건 말이야. 칼 무어를 만나봤지?"

"이것 봐, 해리⋯."

보슈는 포터의 멱살을 잡아 걸상에서 끌어내려 나무합판을 댄 벽으로 밀었다. 포터는 생각보다 쉽게 끌려가 벽에 얼굴을 세게 부딪쳤다. 그의 코에서 아이스크림콘이 콘크리트 바닥에 떨어질 때 나는 것 같은 소리가 났다. 보슈는 등으로 포터의 등을 눌러 그의 얼굴이 벽에 붙어 있게 했다.

"'이것 봐, 해리'? 난 널 지켜주려고 했어, 포터. 네가… 난 네가 그럴 가치가 있는 사람이라고 생각했거든. 근데 이젠 알겠어, 포터. 내 생각이 틀렸다는 걸 말이야. 넌 후안 도우 건을 포기했어. 이유를 알아야겠어. 어쩌된 영문인지 알아야겠다고."

"해리, 빌어먹을, 코가 부러진 것 같아. 피가 나."

포터의 얼굴이 벽에 눌려 목소리가 작게 들렸다.

"됐고. 무어는 대체 어떻게 된 거야? 변사체를 발견한 사람이 무어였다며?"

포터가 코웃음 소리 같은 걸 내자 보슈는 그를 더 세게 눌렀다. 포터에게선 시큼한 땀 냄새와 술 냄새, 담배 냄새가 코를 찔렀다. 보슈는 그가 언제부터 포우즈에 앉아 문을 지켜보고 있었는지 궁금했다.

"경찰을 부를 거예요."

바텐더가 소리쳤다. 그는 보슈가 잘 볼 수 있도록 전화기를 치켜들고 있었지만, 보슈는 그냥 협박이라는 걸 알았다. 바텐더는 경찰을 부르면 손님들이 다 나가버릴 거라는 걸 알고 있었다. 거스름돈을 챙기거나 팁을 놔두려고 어물거리는 사람도 없을 것이다.

보슈는 몸으로 계속 포터를 누르면서 경찰배지 지갑을 꺼내 들어 보였다.

"내가 경찰이야. 당신 일이나 신경 써."

바텐더는 황당하다는 듯 고개를 젓더니 금전등록기 옆에 전화기를 내려놓았다. 보슈가 경찰이라는 말을 듣고 손님들 중 절반 정도가 황급히 술을 들이켜더니 술집을 나갔다. 보슈는 어쩌면 이 안에 있는 사람들 모두가 수배자일지 모른다고 생각했다.

포터가 웅얼거리기 시작하자 보슈는 목요일 아침에 전화에 대고 그랬던 것처럼 그가 또 징징거리려고 한다고 생각했다.

"해리, 내가… 내가 좀 빌빌거… 난…"

보슈가 더 세게 등을 누르자, 포터의 이마가 벽에 부딪치는 소리가 났다.

"개소리 집어치워, 포터. 넌 너 자신만 신경 쓰고 있었어. 네 앞가림만 하고 있었지. 그런데…"

"아파. 아프다고."

"그런데 지금으로선, 믿거나 말거나 지금으로선 널 걱정하는 사람은 나 하나뿐이야. 개새끼, 네가 무슨 짓을 했는지 말해. 무슨 짓을 했는지 말만 하면 돼. 그러면 셈은 끝난 거야. 아무한테도 말 안 할게. 넌 스트레스 퇴직이나 하고, 난 네놈 상판대기를 다시는 보지 않아도 되구."

포터가 힘겹게 숨을 몰아쉬는 소리가 들렸다. 그가 머리를 굴리는 소리도 들릴 것만 같았다.

"해리, 정말이야?"

"선택의 여지가 없어. 네가 입을 안 열면, 넌 일자리도 잃고 연금도 날아가는 거야."

"무어는, 어… 난 그냥… 셔츠에 피가 묻었어. 이런 빌어먹을."

보슈가 더 세게 눌렀다.

"알았어, 알았어, 알았다고. 얘기할게, 다 얘기한다고. 난 그냥 무어의 부탁을 들어줬어, 그뿐이야. 그런데 무어가 죽었다잖아. 그 소식을 듣고는, 어, 출근할 수가 없었어. 무어에게 무슨 일이 있었는지 알 수가 없었어. 그들이… 누군가가 날 찾고 있을지 모른다는 생각이 들었어. 무서웠어, 해리. 무서웠다고. 어제 당신하고 통화한 이후로 술집을 전전하고 있었어. 겁먹은 쥐새끼처럼 말이야. 이런 세상에, 이 피 좀 봐. 냅킨 어딨어? 놈들이 나를 쫓고 있는 것 같아."

보슈는 포터에게서 떨어졌지만 도망가지 못하도록 한 손으로 그의 등을 꽉 눌렀다. 바 위로 팔을 뻗어 성냥 그릇 옆에 있는 냅킨 그릇에서 냅킨을 한 뭉치 집어 들었다. 냅킨을 포터의 어깨 너머로 건네자 포터는 재킷에서 한 손을 빼내 냅킨을 받아들었다. 그러고는 고개를 돌리고 부풀어 오른 코를 냅킨으로 꽉 눌렀다. 보슈는 그의 얼굴에서 눈물을 보고 고개를 돌렸다.

그때 술집 문이 열리고 회색의 새벽빛이 안으로 쏟아져 들어왔다. 한 남자가 문 앞에 서 있었다. 보슈가 그랬듯 눈이 술집 안의 어둠에 적응하기를 기다리고 있는 것 같았다. 칠흑 같은 검정색 머리에 피부는 짙은 갈색이었다. 왼쪽 눈 가장자리부터 뺨으로 눈물방울 문신이 세 개 그려져 있었다. 보슈는 그가 더블 스카치 위스키를 아침밥 삼아 하루를 시작하려는 은행원이나 변호사가 아니라는 걸 알았다. 이탈리아 인이나 멕시코 인 가게를 돌아다니며 수금을 끝내고 목이나 축이려고 들른 폭력배 같아 보였다. 마침내 남자의 눈이 보슈와 포터에게 머물더니 이윽고 바 위에 놓여 있는 포터의 권총으로 옮겨갔다. 상황을 눈치챘는지 남자는 조용히 돌아서서 술집을 나갔다.

"이런 빌어먹을. 당신들 당장 여기서 나가. 손님 다 떨어지잖아. 당신들 둘 다, 어서 꺼져버려."

바텐더가 소리쳤다.

보슈의 왼쪽 벽에 있는 화장실 표지판과 함께 그려진 화살표가 어두운 복도를 가리키고 있었다. 보슈는 포터를 그쪽으로 밀고 갔다. 모퉁이를 돌아서 남자 화장실로 들어갔다. 화장실에서는 포터의 몸에서보다 더 심한 악취가 났다. 구석에 구정물이 담긴 양동이 속에 대걸레가 한 개 들어 있었고, 깨진 타일이 즐비한 바닥은 물보다 더 더러워보였다. 보슈는 포터를 세면기 쪽으로 밀었다.

"씻어. 부탁이란 게 뭐였어? 무어의 부탁을 들어줬다며? 그게 뭐였는지 말해 봐."

포터는 세면기 위의 철판에 비친 희미한 자신의 모습을 들여다보았다. 깨진 거울을 갈아 끼우는 일을 반복하다 지쳐서 철판을 붙여 놓은 것 같았다.

"피가 멈추질 않아, 해리. 부러진 것 같아."

"신경 끄라니까 그러네. 니가 무슨 짓을 했는지나 말해."

"난, 어… 무어가 나한테 뭐랬냐 하면 식당 뒤에서 발견된 변사체의 신원이 한동안 밝혀지지 않으면 고마워할 사람들을 알고 있다고 했어. 그러니까 1, 2주 정도 질질 끌어달라고 하더라고. 젠장, 어차피 신원을 확인할 수도 없었어. 무어는 지문 데이터베이스에 일치하는 지문이 없을 테니까 컴퓨터로 돌려보라고 했어. 그러면서 느긋하게 시간을 끌어주면 자기가 아는 사람들이 날 보살펴줄 거라고 했어. 멋진 크리스마스 선물을 받게 될 거라면서 말이야. 그래서 난, 당신이 기록에서 봤다시피, 지난주에 그런 일들을 했어. 열심히 매달렸더라도 건진 건 별로 없었을 거야. 어쨌든 당신도 봤을 거야, 신원파악이 안 됐고, 단서도, 목격자도, 아무것도 없었어. 피살자는 그곳에 유기된 시각보다 적어도 여섯 시간 전에 사망했어."

"그런데 뭣 때문에 겁을 먹은 거야? 그리고 크리스마스엔 무슨 일이 있었어?"

포터가 종이 수건으로 코를 풀자 눈가에 눈물이 더 맺혔다.

"정말 부러졌나 봐. 공기가 통하질 않아. 병원에 가봐야겠어. 어쨌든… 크리스마스엔 아무 일도 없었어. 그게 문제였지. 무어는 그보다 1주일 전부터 종적이 묘연했고, 난 점점 더 불안해졌어. 크리스마스에도 무어가 오지 않았고, 아무도 오지 않았어. 그래서 럭키에서 술을 마시고 집으로 걸어가고 있는데 옆의 트레일러에 사는 아줌마가 날 보더니 실종 경찰관이 시체로 발견됐다니 정말 유감이라고 그러더라고. 난 고맙다고 말하고 집 안으로 들어가서 라디오를 켰지. 무어라는 얘기를 들으니까 덜컥 겁이 나더라고. 해리, 정말 그랬어."

포터는 종이 수건 한 뭉치를 물에 적셔서 셔츠에 묻은 핏자국을 닦기 시작했다. 참 초라하고 한심해 보였다. 포터의 어깨에 맨 권총집이 비어 있는 것을 보자 총을 바 위에 그대로 두고 왔다는 사실이 떠올랐다. 포터가 입을 열기 시작했는데 돌아가서 총을 가져오는 게 망설여졌다.

"난 무어가 자살한 게 아니라는 걸 알고 있었어. 본부에서 뭐라고 발표하든 관심 없어. 그렇게 스스로 목숨을 끊지 않았다는 걸 아니까. 무어는 무슨 일엔가 말려들었던 거야. 그래서 난 경찰을 그만두기로 결심했어. 노조에 연락을 했고 변호사를 구했지. 여길 떠날 거야, 해리. 손 털고 라스베이거스로 가서 카지노 경비라도 하려고. 전처와 아들이 거기 살거든. 가까이서 살고 싶어."

그래, 그리고 항상 어깨 너머로 뒤를 돌아보면서 말이지. 보슈는 생각했다. 그가 말했다.

"또 피가 나는군. 씻어. 난 가서 커피 좀 가져올게. 여길 나가자고."

보슈가 화장실을 나가는데 포터가 불러 세웠다.

"해리, 날 지켜줄 거지?"

보슈는 피로 얼룩진 포터의 얼굴을 한참이나 노려보다가 대답했다.

"그래, 최선을 다해볼게."

보슈는 바로 돌아가 바텐더에게 손짓을 했다. 바텐더는 바의 반대편 끝에 서서 담배를 피우고 있었다. 쉰 살 정도로 보이고, 양 팔뚝에 옅은 푸른색 문신이 정맥처럼 그려져 있었다. 그가 뜸을 들이며 걸어왔다. 보슈는 바 위에 10달러짜리 지폐 한 장을 올려놓았다.

"커피 두 잔 줘요. 가지고 갈 거고. 블랙으로. 한 잔에는 설탕 좀 많이 넣어주고."

바텐더가 10달러 지폐를 보며 고개를 끄덕였다.

"이제야 가시는군. 냅킨 값도 받을 거요. 돌아다니면서 함부로 주먹을 휘두르는 경찰들 쓰라고 놔둔 게 아니니깐. 그 돈만 받고 끝내죠. 거기 그냥 놔둬요."

바텐더는 2, 3일 전에 만들어 놓은 것 같은 커피를 플라스틱 컵에 따랐다. 보슈는 포터의 자리로 가서 38구경 스미스 권총과 23달러를 집어 들었다. 그러고는 10달러 지폐를 놓아둔 곳으로 돌아와 담배에 불을 붙였다.

보슈가 보고 있는 걸 모르는 바텐더는 두 잔 모두에 설탕을 왕창 쏟아 부었다. 보슈는 잠자코 있었다. 바텐더는 컵에 플라스틱 뚜껑을 덮은 뒤 보슈에게로 가져와 한 컵의 뚜껑을 톡톡 치며 히죽거렸다.

"이게 설탕이 안 들어간…. 이봐요, 이게 뭐요?"

보슈가 바 위에 놓았던 10달러가 1달러로 바뀌어 있었다. 보슈는 바텐더의 얼굴에 대고 담배 연기를 내뿜고는 커피를 집어 들고 말했다.

"커피 값이오. 냅킨 값? 꿈 깨시지."

"당장 꺼져버려."

바텐더가 소리쳤다. 그러고는 돌아서서 바의 반대쪽 끝으로 걸어가기 시작했다. 그쪽에서 손님 몇 명이 빈 유리컵을 들고 초조하게 기다리고 있었다. 끓는 피를 식힐 얼음이 더 필요한 것이었다.

보슈가 발로 화장실 문을 밀어 열고 들어가 보니 포터가 보이지 않았다. 하나밖에 없는 칸막이 화장실 문도 열어보았지만 그 안에도 없었다. 보슈는 재빨리 화장실을 나와 여자 화장실 문을 열어보았다. 거기에도 없었다. 복도를 따라 걸어가 다른 쪽 모퉁이를 돌아보니 비상구 팻말이 붙은 문이 하나 있었다. 바닥에 핏자국이 있었다. 그는 바텐더와 옥신각신한 것을 후회하고 병원을 돌아다녀보면 포터를 찾을 수 있을까 생각하며 엉덩이로 철로 만든 가로대 손잡이를 밀었다. 문이 3센티미터쯤 열렸다. 반대편에 뭔가가 있어 문이 안 열리는 것 같았다.

보슈는 바닥에 커피를 내려놓고 체중을 실어 문을 밀었다. 반대편에 있는 장애물이 조금씩 밀려나면서 문이 서서히 열렸다. 억지로 몸을 밀어 넣어 나와 보니 대형 철제 쓰레기통이 문 앞에 놓여 있었다. 포우즈 뒷골목이었다. 동쪽에서 골목길로 비스듬히 쏟아지고 있는 아침햇살이 눈부셨다.

골목에 바퀴 네 개 전부와 엔진 덮개, 문 한 짝이 사라지고 없는 도요타 한 대가 버려져 있었다. 대형 쓰레기통이 몇 개 더 있었고 쓰레기가 바람에 날리고 있었다. 그러나 포터는 보이지 않았다.

13 공조요청

보슈는 오리지널 팬트리의 카운터에 앉아 커피를 마시고 달걀과 베이컨 요리를 먹으며 기력을 재충전하고 있었다. 그는 굳이 포터를 찾아보려고 애를 쓰지 않았다. 찾을 가능성이 없다는 걸 알고 있었다. 보슈가 자기를 찾는다는 걸 안 이상, 아무리 망가진 경찰이라도 보슈가 찾아볼 만한 장소에는 가지 않을 것이다. 한동안은 종적을 감출 것이 뻔했다.

보슈는 수첩을 꺼내 전날 작성했던 발생순서별 상황 기록이 있는 페이지를 폈다. 그러나 집중을 할 수가 없었다. 너무 우울했다. 포터가 자기한테서 도망을 쳤다는 게 우울했고, 자기를 믿어주지 않았다는 게 우울했다. 무어의 죽음이 모든 경찰관의 시야 가장자리에 늘 존재하는 어둠과 관련이 있는 것 같다는 사실이 우울했다. 무어는 선을 넘은 것이었다. 그리고 그 일로 그는 살해당했다.

'난 내가 누군지 알게 되었다.'

유서 내용도 마음에 걸렸다. 무어가 자살한 게 아니라면, 유서는 어디서 나온 것일까? 유서 내용은 실비아 무어가 남편의 과거에 대해 했던 말들, 남편이 자기 자신이 쳐놓은 덫에 걸렸다는 말을 떠올리게 만들었다. 그녀에게 전화를 걸어 그동안 알게 된 사실을 말해줄까 하다가 당분간은 그러지 않기로 했다. 남편이 왜 살해당한 거냐고, 누가 남편을 죽인 거냐고 물어보면 해줄 말이 없었다.

아침 8시가 조금 넘은 시각이었다. 보슈는 카운터에 돈을 놔두고 밖으로 나왔다. 노숙자 두 명이 컵을 흔들며 다가왔지만 못 본 척했다. 파커 센터 주차장으로 들어가니 일찍 와서 그런지 주차 공간이 많았다. 우선 3층 강력계부터 들렀지만 쉬헌은 아직 출근 전이었다. 4층으로 올라가 도주자 담당자 자리를 찾았다. 포터가 무어와 거래를 하지 않았다면 찾아왔을 곳이었다. 도주자 담당자가 실종 사건도 처리하고 있었고, 보슈는 그것이 적합하다고 생각했다. 실종자의 대부분이 사실 무엇으로부터, 자기 삶의 일부로부터 뛰쳐나온 도주자들이었으니까.

카페틸로라는 실종사건 담당 형사가 무슨 용무냐고 묻자 보슈는 지난 열흘간 접수된 라틴계 남자의 실종 신고서를 보고 싶다고 말했다. 카페틸로는 그를 자기 책상으로 안내하더니 앉으라고 한 후 기록을 찾으러 갔다. 주위를 둘러보던 보슈의 시선이 책상 위에 놓인 액자에서 멈췄다. 약간 뚱뚱한 카페틸로 형사가 여자와 어린 여자아이 둘과 함께 포즈를 취하고 있었다. 가정적인 남자였다. 책상 위 벽에는 2년 전 태평양 연안 티후아나 투우장에서 열린 투우 경기를 선전하는 포스터가 붙어 있었다. 포스터 오른쪽에 마타도르(투우 경기 막바지에 검과 물레따라는 붉은 천을 가지고 등장하여 흥분한 소와 싸움을 벌인 후 소의 목에서 심장을 향해 검을 찔러 죽이는 주역 투우사 — 옮긴이) 여섯 명의 이름이 적혀 있었다. 포스터의 왼쪽에는 마타도르가 돌진하는 황소를 향해 붉은 천을 휘두르며 뿔을 피하는 모습을 그린 그림이 있었다. 그 복제화 밑에는 〈엘 아르 떼 델 라 물레따〉(물레따의 예술)라고 제목이 적혀 있었다.

"전형적인 베로니카죠."

보슈가 뒤를 돌아보았다. 카페틸로가 얇은 파일을 들고 서 있었다.

"응?"

"베로니카요. 꼬리다 데 또로스 몰라요? 투우?"

"투우장에 가본 적이 한 번도 없어서."

"정말 환상적인 스포츠죠. 난 1년에 적어도 네 번은 가요. 투우만 한 스포츠가 없어요. 미식축구, 야구, 그 어떤 것도요. 저 동작이 베로니카 예요. 교묘하게 황소의 뿔을 피하는 동작이죠. 멕시코에선 투우를 용자 (勇者)들의 축제라고 부르죠."

보슈는 카페틸로 형사가 들고 있는 파일을 바라보았다. 카페틸로가 파일을 펼치더니 얇은 서류 뭉치를 보슈에게 건넸다.

"지난 열흘 동안 접수된 건 이게 전붑니다. 멕시코 인들은, 아니 멕시 코계 미국인들은 실종신고를 하지 않는 경우가 많아요. 문화적 차이겠 죠. 대다수가 경찰을 믿지 않아요. 누군가가 한동안 보이지 않으면, 남 쪽으로 내려갔겠거니 생각하고 말죠. 불법 거주자들이 많잖아요. 그러 니 경찰에 신고를 할 리가 없죠."

보슈는 5분 만에 서류를 다 훑어보았다. 후안 도우 67번의 인상착의 와 들어맞는 신고서는 하나도 없었다.

"텔렉스는? 멕시코에서 공조요청 들어온 건 없어?"

"그건 또 다른 문제인데요. 공식적인 통신 기록은 따로 모아두거든 요. 가서 찾아볼게요. 그나저나 무슨 일로 이런 걸 찾고 있는 거죠? 무 슨 단서라도 있습니까?"

"그냥 감으로 밀어붙이고 있는 거야. 신원확인이 안 된 변사체가 있는데. 그가 멕시코에서, 아마도 멕시칼리에서 올라온 것 같아서. 아직까진 그냥 추측일 뿐이지만."

"잠깐만요."

카페틸로가 말하더니 다시 자리를 떴다.

보슈는 다시 포스터를 바라보았다. 마타도르의 얼굴에는 주저하거나 두려워하는 기색이 전혀 없었고, 오직 죽음의 뿔에만 집중하고 있는 모습이었다. 투우사의 눈은 상어의 눈처럼 날카롭고 단호했다. 카페틸로가 금방 돌아왔다.

"육감이 꽤 정확하네요. 지난 2주 동안 멕시코 쪽에서 실종사건 관련 공조요청 공문을 세 건 받았어요. 모두 형사님이 말한 사람과 비슷한 남자들이고, 그 중 한 명은 유력해 보이네요. 운이 좋은 것 같습니다."

그가 종이 한 장을 보슈에게 건네며 말을 이었다.

"이건 어제 올베라 거리에 있는 멕시코 영사관에서 보낸 겁니다."

건네받은 종이는 멕시코 주립 경찰국 소속 카를로스 아길라라는 형사가 영사관에 보낸 텔렉스의 사본이었다. 보슈는 영어로 쓰인 전문을 읽었다.

멕시칼리의 일용직 노동자 페르날 구티에레스 로사(55세)의 실종사건에 관한 공조 요청.
행방불명. 마지막 목격 날짜 및 장소 : 12월 17일 멕시칼리.
인상착의: 키 – 172센티미터. 몸무게 – 65킬로그램. 갈색 눈. 갈색 머리카락. 흰 머리 약간. 오른쪽 가슴 윗부분에 문신(푸른색 잉크로 그린 유령 그림 – 길 잃은 영혼들의 도시)
연락처 : 카를로스 아길라
TEL: 57 – 20 – 13, 바하 칼리포르니아 주립 경찰국, 멕시칼리.

보슈는 전문을 다시 읽어보았다. 정보가 그다지 많지는 않았지만, 그것으로 충분했다. 페르날 구티에레스 묘사는 12월 17일 멕시칼리에서 실종되었고 그다음 날 새벽 후안 도우 67번의 시신이 로스앤젤레스에서 발견되었다. 보슈는 다른 전문 두 장도 카페틸로에게서 건네받아 재빨리 읽어보았지만 실종자들이 후안 도우 67번이라고 보기에는 너무 젊었다. 그는 첫 번째 전문으로 돌아갔다. 문신이 결정적인 단서였다.

"이거 같아. 이거 한 장 가져가도 될까?"

보슈가 말했다.

"물론이죠. 복사해서 갖고 올라오라고 할까요?"

"아니, 좀 있다가. 몇 가지 더 확인할 게 있어."

사실 보슈는 카페틸로의 도움은 그만 받고 싶었다. 그가 말했다.

"한 가지 궁금한 게 있는데. 이 길 잃은 영혼들의 도시라는 게 무슨 뜻인지 알아? 여기 문신 설명에 나온 말이야."

"그럼요. 기본적으로 문신은 멕시코 동네의 상징이에요. 페르날 구티에레스 묘사가 시우다드 데 로스 빼르소나스 빼르디도스, 다시 말해 길 잃은 영혼들의 도시라는 동네에 살았다는 뜻이죠. 그 동네 주민들 상당수가 이 문신을 몸에 새기고 있죠. 자기가 어디 소속인지 표시를 하는 겁니다. 우리나라의 거리 낙서와 벽화랑 비슷한 기능을 하는 거죠. 멕시코 인들은 자기 몸에 표식을 남기지 담벼락에다가는 잘 안 해요. 그곳 경찰은 어떤 문신이 어떤 동네를 상징하는지 알고 있죠. 멕시칼리에선 꽤 흔한 일이니까요. 아길라한테 연락해보면 더 자세히 설명해줄 겁니다. 필요하다고 하면 사진을 보내줄 수도 있을 거고요."

보슈는 영사관 전문을 다시 읽는 척하면서 한동안 침묵을 지켰다. 길 잃은 영혼들의 도시. 유령. 그는 야구방망이를 주운 사내아이가 어디 실밥이 터진 곳은 없나 이리저리 돌려보듯 마음속으로 이 정보를 이리저리 살펴보았다. 무어의 팔에 있는 문신이 떠올랐다. 후광을 받고 있는 악마. 그것도 멕시코의 어느 동네를 상징하는 것일까?

"멕시코 경찰이 이런 문신들을 잘 파악하고 있다고?"

"네. 그 친구들이 그나마 잘 하고 있는 몇 안 되는 일들 중에 하나죠."

"무슨 뜻이야?"

"멕시코에 가본 적 있어요? 멕시코에 대해서 좀 아세요? 거긴 제3세계예요. 그곳 경찰조직은 우리의 기준으로 보면 아주 원시적이에요. 이 남자의 지문을 갖고 있지 않다고 해도 놀랄 일이 아니죠. 오히려 그들이 여기 영사관에 먼저 전문을 보냈다는 사실이 놀라운데요. 이 아길라라는 형사도 보슈 형사님처럼 육감이 발동했던 게 틀림없어요."

보슈는 마지막으로 벽에 붙은 포스터를 한 번 더 쳐다본 뒤, 카페틸로에게 도와줘서 고맙다고 말하고, 영사관 전문 사본을 들고 사무실을 나왔다.

보슈는 내려가는 엘리베이터 안에서 강력계 쉬헌 형사를 만났다. 엘리베이터 안에 사람이 많았고 쉬헌은 뒤쪽에 붙어 서 있었다. 둘은 3층에서 내릴 때까지 아무 말도 하지 않았다. 내리고 나서 보슈가 먼저 말을 걸었다.

"안녕, 프랭키. 크리스마스 밤에는 당신과 이야기를 나눌 기회가 없었어."

"여긴 어쩐 일이야, 해리?"

"당신을 만나러 왔지. 늦게 출근하나 봐? 아니면 요즘엔 출근해서 5층부터 들르나보지?"

그냥 한번 찔러본 거였다. 감찰계 사무실이 5층에 있었다. 쉬헌에게 무어 사건이 어떻게 돌아가고 있는지 자기도 알고 있다는 것을 넌지시 비추기 위한 말이기도 했다. 쉬헌이 내려오는 엘리베이터를 탔으니까,

5층이나 6층에 갔다가 내려오는 거였다. 그렇다면 감찰계나 어빙 부국
장의 사무실에 갔다 왔다는 말이었다. 어쩌면 두 군데 다 들렀다 온 것
일 수도 있었다.

"말 같잖은 소리 하지 마, 해리. 내가 늦게 출근한 건 오늘 아침에 좀
바빴기 때문이야. 당신이 하고 싶어 하는 게임 때문에 말이야."

"무슨 뜻이지?"

"됐고. 당신과 함께 있는 걸 남들 눈에 띄고 싶지 않아. 어빙 부국장
님이 당신과 관련해서 구체적인 지시를 내리셨어. 당신은 이번 수사엔
못 끼어. 요전 날 밤에는 당신이 우리 일을 좀 도와줬지만, 그것으로 끝
난 거야."

둘은 강력계 사무실 밖 복도에 서 있었다. 보슈는 쉬헌의 말투가 마
음에 안 들었다. 쉬헌이 상관에게 굽실거리는 사람이라고는 생각해본
적이 없었다.

"왜 그래, 프랭키. 가서 커피나 한잔 하자고. 고민이 뭔지 나한테 털어
놔 봐."

"고민 같은 거 없어, 해리. 당신은 우리가 함께 일했었다는 걸 잊었나
본데. 난 당신이 뭔가를 한 번 물면 절대로 놓지 않는다는 걸 잘 알아.
자, 상황을 정리해주지. 당신은 우리가 무어를 발견한 밤에 현장에 있었
어. 그리고 우릴 좀 도와줬지. 그걸로 끝난 거야. 할리우드로 돌아가."

보슈가 쉬헌에게로 한 걸음 다가가 목소리를 낮추어 말했다.

"하지만 거기서 끝난 게 아니라는 건 당신이나 나나 잘 알고 있잖아.
그리고 이대로 손을 떼지 않을 거야. 그러니까 내가 그렇게 말했다고
어빙한테 가서 일러바치든지 말든지 맘대로 해."

쉬헌이 2, 3초 동안 보슈를 노려보았고, 보슈는 쉬헌의 눈에서 결의
가 약해지는 것을 보았다.

"알았어, 해리, 들어가지. 나중에 이 일로 내 발등을 찍을 것 같긴 하지만."

둘은 쉬헌의 책상 앞으로 걸어갔고 보슈는 옆 책상 앞에 있던 의자를 끌어와 앉았다. 쉬헌은 외투를 벗어 책상 옆에 있는 옷걸이에 걸었다. 그러고는 자리에 앉아 어깨 총띠를 바로 매고 팔짱을 끼더니 말문을 열었다.

"오늘 아침에 어디 갔다 왔는지 알아? 법의국에 갔다 왔어. 이 일을 덮어두자고 협상을 벌였지, 몇 시간씩이나. 어젯밤에 정보가 새나갔는지 오늘 아침부터 어빙에게 문의 전화가 빗발쳤대. 경찰관이 살해당한 사실을 숨기려 한다는데 정말이냐고 말이야. 이 일에 대해서 아는 바가 있어?"

"내가 아는 건 그동안 내가 현장에 대해 생각해 본 것과 법의국에서 부검 결과가 비확정적이라고 나온 걸 종합해볼 때 자살이라는 생각이 더 이상 안 든다는 점뿐이야."

"아무것도 생각하지 마. 당신은 이 일에서 빠졌다고. 잊었어? 그리고 이건 어떻게 된 거야?"

쉬헌이 책상 서랍을 열어 파일 한 개를 꺼내 들었다. 전날 리카드가 보슈에게 보여줬던 소릴료 관련 파일이었다.

"이걸 처음 본다고 말할 생각은 하지도 마. 그러면 과학수사계에 넘겨서 지문감식을 해볼 거니까. 당신 지문이 나온다는 쪽에 내 마누라의 루프를 걸겠어."

"질 텐데, 프랭키."

"그러면 애를 더 낳지, 뭐. 하지만 안 질 거야, 해리."

보슈는 쉬헌이 진정하도록 잠깐 기다렸다가 말했다.

"이렇게 씩씩거리는 걸 보니까, 당신도 자살이라고 보지 않는 거잖

아. 그러니까 허튼 소리는 집어 치워."

"당신 말이 맞아. 그렇게 보지 않아. 하지만 부국장이 내 어깨 위에 올라타고 앉아서 감찰계 형사와 함께 날 눌러대는데 어떡해. 수사를 시작하기도 전에 똥물에 두 발을 담근 것 같은 기분이야."

"그들이 이 사실이 새나가는 걸 원치 않는다고 말하는 거야, 지금?"

"아니, 그런 말이 아니야."

"〈타임스〉에는 뭐라고 할 거래?"

"오늘 오후에 기자회견이 있어. 어빙이 그 사실을 밝힐 거야. 경찰은 타살 가능성을 염두에 두고 있다고 말할 거야. 가능성 말이야, 가능성. 그나저나 들쑤시고 다니는 게 〈타임스〉라는 건 어떻게 알았어?"

"그냥 찍어본 거야."

"조심해, 해리. 어빙 앞에서 그렇게 알짱거리면 어빙이 당신 엉덩이를 불로 지질 거야. 당신은 전적이 있으니까 망설이지도 않을걸. 난 이 파일 문제부터 해결해야 돼. 어빙한테 무어를 모른다고 말했다며? 근데 지금 무어가 당신을 위해 모은 정보를 담은 파일이 내 앞에 있잖아. 이건 어떻게 설명할까?"

보슈는 무어가 파일 첫 장에 붙여 놓았던 포스트잇을 떼는 걸 깜빡했다는 사실을 깨달았다.

"어빙한텐 말하고 싶은 대로 말해. 내가 신경이나 쓸 것 같아?"

보슈는 파일을 내려다보며 말을 이었다.

"당신은 어떻게 생각해?"

"이 파일에 대해서? 말해주고 싶지 않은데?"

"왜 그래, 프랭키. 무어에게 마약판매책 살인사건 관련 정보를 좀 찾아달라고 부탁했었어. 그랬더니 무어가 모텔 화장실에서 머리가 날아간 시체로 발견된 거야. 누군지 아주 깔끔한 솜씨였어. 그 방 안에 다른 사람 지문은 한 개도 남아 있지 않았을 정도로."

"다른 지문이 하나도 없을 정도로 깔끔한 솜씨였다…. 그래서 뭐? 내 생각엔 그런 일을 당해도 싼 친구들이 있어. 그렇게 생각 안 해?"

쉬헌의 방어막에 금이 가고 있었다. 의도적이든 아니든 그는 보슈에게 무어가 선을 넘었다는 사실을 알려준 것이었다.

보슈가 아주 낮은 목소리로 말했다.

"그 말만으로는 충분치가 않아. 당신은 위에서 목을 조르고 있지만 난 아냐. 난 자유롭지. 나 혼자 수사를 해볼 거야. 무어가 선을 넘었을 수도 있겠지, 그럴 수 있어. 그렇다고 해도 그렇게 죽임을 당해서는 안 되잖아. 안 그래? 게다가 다른 살인사건들하고도 관련이 있고."

보슈는 자신의 마지막 말이 쉬헌의 관심을 끌었다는 것을 알 수 있었다. 보슈가 조용히 말했다.

"거래를 하지."

쉬헌이 자리에서 일어서서 말했다.

"그래. 커피나 마시러 가자고."

5분 후 둘은 2층 카페에 앉아 있었다. 보슈는 지미 캅스와 후안 도우 67번 사건을 설명했다. 무어와 후안 도우, 후안 도우와 멕시칼리, 멕시칼리와 움베르또 소릴료, 소릴료와 블랙 아이스, 블랙 아이스와 지미 캅스의 연관성을 설명했다. 모든 것이 하나로 연결되어 있었다. 쉬헌은 보슈의 말이 끝날 때까지 아무런 질문을 하지 않았고 메모도 하지 않았다.

"그래서 당신은 어떻게 생각해?"

쉬헌이 물었다.

"당신 생각과 같아. 무어가 선을 넘은 거지. 여기 최전방에서 블랙 아이스 제조업자인 소릴료의 뒤를 봐주고 있었는데, 너무 깊이 발을 들여놔서 빠져나올 수가 없었던 건지도 몰라. 이 모든 일이 어떻게 연결이 되어 있는지는 모르겠지만, 몇 가지 추측은 해볼 수 있어. 무어가 발을 빼려고 하니까 친 것일 수도 있고, 무어가 나한테 주려고 정보를 모으고 다니니까 친 것일 수도 있고."

"그럴 수도 있겠군."

"또 하나, 감찰계의 채스틴이 내사를 하고 있다는 소문이 퍼져서, 그들이 무어를 위험인물로 보고 친 것일 수도 있겠지."

쉬헌은 망설이는 모습이 역력했다. 진실을 밝혀야 하는 순간이 된 것이었다. 그가 감찰계 조사 이야기를 하면 경찰 내규를 어긴 것이 되어 강력계에서 퇴출당할 수도 있었다. 보슈처럼.

쉬헌이 말했다.

"그 이야기를 하면 내가 다쳐. 당신처럼 쫓겨나서 똥구덩이에 발을 담그게 될 거란 말이야."

"여긴 똥구덩이가 아닌가? 당신이 똥구덩이 바닥에 있건 위에 있건 그게 뭐 중요하냐고. 똥구덩이에서 허우적거리고 있는 건 마찬가진데."

쉬헌이 커피를 한 모금 마시고 나서 말했다.

"두 달쯤 전인가, 무어가 할리우드 대로에서 이뤄지는 마약밀매에 관련이 있다는 서면제보가 감찰계로 들어왔어. 단순히 뒷배를 봐주는 정도일 수도 있고, 어쩌면 더 깊이 관여하고 있을 수도 있다는 거였지. 제보자는 그 점에 대해서는 확실히 밝히지 않았어."

"두 달 전에? 근데 아무 조치도 안 취했어? 두 달 전이면 무어가 현장근무를 하고 있었을 때잖아. 그때 바로 내근직으로 묶어놓기라도 해야 했던 것 아냐?"

"어빙은 내게 채스틴과 함께 이 문제를 내사해보라고 지시했어. 하지만 난 채스틴과 잘 맞질 않아. 그 친구는 내게 별로 말을 안 해주거든. 무어가 실종되었을 때도 감찰계 내사가 아직 초기 단계라는 말만 했어.

제보자의 주장이 사실이거나 허위임을 입증할 증거가 하나도 없다고
했어."

"채스틴이 그 일에 얼마나 열심히 매달렸지?"

"아주 열심히 매달렸을 거라고 생각해. 감찰계잖아. 항상 경찰배지를
뺏을 기회를 찾아 다니는 친구들이니까. 그리고 이건 단순히 내부 징계
정도로 끝날 일이 아니었어. 검찰로 넘어가야할 문제였다고. 그러니까
아주 열심히 조사하고 다녔을 거야. 근데 아무것도 건지진 못했지. 무어
는 아주 용의주도한 사람이었던 게 틀림없어."

하지만 완벽하게 용의주도하지는 못했지. 보슈는 생각했다. 그가 물
었다.

"제보자가 누구야?"

"그건 알 필요 없잖아."

"알아야해. 나 혼자서 수사하고 다니려면 뭐가 뭔지 알아야 한다고."

쉬헌이 잠시 망설이다가 말했다.

"익명이었어. 편지가 날아왔지. 하지만 채스틴은 무어의 아내라고 말
했어. 아내가 남편을 고발했다고 생각한 거지."

"무슨 근거로 그렇게 확신했을까?"

"채스틴은 편지에 적힌 세부적인 사실들이, 그게 뭔진 모르겠지만 말
이야, 무어와 아주 가까운 사람만 알 수 있는 거였다고 했어. 그리고 이
런 일이 드물지 않다고도 했지. 배우자에게서 고발 편지가 날아오는 경
우가 종종 있다는 거야. 하지만 거짓 주장일 경우가 많다고도 했어. 이
혼 소송 중에 있는 아내나 남편이 배우자가 직장에서 쫓겨나게 하려고
거짓 제보를 한다는 거야. 그래서 채스틴은 이번에도 그런 경우인지 확
인하려고 공을 많이 들였어. 무어가 아내와 별거 중이었거든. 채스틴은
무어의 아내가 제보 사실을 인정하지 않았다고 했지만, 그녀가 편지를

보냈다고 확신하고 있었어. 하지만 편지 내용이 사실인지는 제대로 입증하지 못했지.”

보슈는 실비아를 떠올려보았다. 그리고 그들의 추측이 틀렸다는 걸 확신했다.

“그 부인한테 신원이 확인됐다고 알렸어?”

보슈가 물었다.

“난 아니고. 어젯밤에 어빙이 알렸어.”

“자살이 아닐 수도 있다는 부검 결과도 말해줬대?”

“그건 모르겠어. 난 지금 당신하고 마주 앉아 이야기하듯 어빙하고 마주 앉아서 내 머릿속에 떠오르는 걸 전부 물어볼 수는 없다고.”

보슈는 그 말에 기분이 좋아졌다.

“몇 개만 더 물어볼게, 프랭키. 채스틴이 블랙 아이스에 주목했어?”

“아냐. 어제 이 파일을 받았을 때, 채스틴은 바지에 오줌을 지릴 뻔했어. 블랙 아이스 이야기는 처음 들어보는 것 같았어. 보고 있으니까 재미있더라고, 해리. 이런 걸 재미있다고 해도 될지 모르겠지만 말이야.”

“그래? 그럼 지금 나한테서 들은 이야기도 가서 해줘 봐. 재미 좀 보라고.”

“말도 안 되는 소리. 우린 이런 대화를 나눈 적이 없는 거야. 채스틴에게 뭐라도 던져주려면 모든 걸 내가 알아낸 사실처럼 꾸며서 던져줘야 해.”

보슈는 더 물어볼 게 없는지 재빨리 머리를 굴리다가 물었다.

“유서는 어떻게 된 걸까? 지금 상황에 들어맞지 않는 게 그거잖아. 자살이 아니라면, 그 유서는 어디서 나왔을까?”

“그래, 그게 문제야. 우리가 검시관을 그렇게 괴롭혔던 것도 그 때문이고. 우리 추측으로는, 무어가 그 유서를 써서 항상 뒷주머니에 지니고 다녔거나, 무어를 죽인 놈이 강제로 쓰게 만들었거나 둘 중 하나겠지. 잘 모르겠어."

보슈는 잠깐 생각에 잠겼다가 말했다.

"당신이라면 누군가가 당신을 죽이려고 하는 마당에 그런 유서를 쓰겠어?"

"글쎄, 잘 모르겠어. 하지만 사람들은 총부리가 자기를 겨누고 있을 땐 평소에는 꿈도 꿀 수 없는 일도 하거든. 일이 잘 풀려서 위기를 모면할 수 있다는 희망을 붙잡고 있는 거지. 그런 마음가짐이었을 거라고 생각해."

보슈는 고개를 끄덕였다. 그러나 쉬헌의 말에 동의하는 것인지 아닌지 자신도 알 수가 없었다.

"가야겠어. 일이 어떻게 돼 가는지 알려줘."

쉬헌이 말했다.

보슈가 고개를 끄덕이자 쉬헌이 카페를 나갔다. 그러나 잠시 후에 되돌아왔다.

"저기 말이야, 이런 말 한 번도 안 했는데, 당신한테 생긴 일은 정말 유감이야. 당신이 여기 있으면 좋을 텐데, 해리. 난 항상 그렇게 생각했어."

보슈가 그를 올려다보았다.

"그래, 프랭키. 고마워."

14 인바이로브리드

지중해 광대파리 박멸 프로젝트 센터는 LA 동부지역 끝, 샌퍼낸도 거리에 있었다. 법의국이 있는 LA 카운티 – USC(University of Southern California의 약자 – 옮긴이) 메디컬 센터에서 그리 멀지 않은 곳이었다. 보슈는 법의국에 잠깐 들러서 테레사를 보고 갈까 싶었지만, 그녀에게 몸을 식힐 시간을 주어야 한다는 생각이 들어 들르지 않기로 했다. 소심한 생각이라는 걸 알았지만 결정을 바꾸지 않았다. 그는 메디컬 센터를 지나쳐 계속 달렸다.

프로젝트 센터는 예전에는 카운티 정신병원이었는데, 몇 년 전 대법원의 판결로 인해 정부가, 구체적으로 말해서 경찰이, 정신질환자들을 잡아다가 관찰 및 공공의 안전을 위해 격리수용하는 것이 사실상 불가능해짐에 따라 더 이상 그 용도로 쓰이지 않게 되었다. 결국 샌퍼낸도 정신병원은 연방정부가 전국의 정신병원을 통폐합하는 과정에서 문을 닫았다.

그 후로 그 건물은 다용한 용도로 이용되었다. 엽기 살인 영화에서 귀신이 출몰하는 정신병원 세트장으로 쓰이기도 했고, 몇 년 전 지진으로 LA 카운티-USC 메디컬 센터 시설이 파손되었을 땐 임시 법의국 건물로 쓰이기도 했다. 시신들이 주차장에 세워진 두 대의 냉동 트럭 안에 보관이 되었다. 비상 상황이라 카운티 간부들은 눈에 보이는 대로 트럭을 끌어다 놓았다. 그 중 한 대의 옆면에는 '메인의 싱싱한 랍스터를 맛보세요!'라는 선전 문구가 대문짝만 하게 붙어 있었다. 보슈는 〈타임스〉의 '희한한 LA' 칼럼에서 그 이야기를 읽었던 게 기억났다.

입구에 있는 경비실에 주립 경찰관 한 명이 앉아 있었다. 보슈는 창문을 내리고 경찰배지를 보여준 후 이곳 최고 책임자가 누구냐고 물었다. 경찰관은 주차장과 행정실 입구를 알려주었다.

행정실 문에는 아직도 '비동행 환자 출입금지'라는 팻말이 붙어 있었다. 보슈는 문을 열고 들어가 복도를 걸어가다가 또 다른 주립 경찰관과 마주치자 목례를 하고 지나갔다. 비서 책상 앞으로 간 그는 거기 앉아 있는 여비서에게 자기 신분을 밝히고 이곳 책임자를 만나러 왔다고 말했다. 비서는 재빨리 어딘가로 전화를 걸어본 후, 보슈를 옆 사무실로 안내했고, 로랜드 에드슨이라는 남자에게 보슈를 소개했다. 그런 후에도 비서가 놀란 표정으로 문 옆을 서성이고 있자, 에드슨이 이제 그만 나가보라고 말했다.

사무실에 둘만 남게 되자, 에드슨이 말했다.

"난 파리를 죽이는 게 직업인데요, 사람이 아니라요, 형사님. 중대한 일입니까?"

에드슨이 너털웃음을 터뜨리자 보슈는 예의상 미소를 지어 보였다. 에드슨은 키가 작은 남자였고 흰색 반팔 셔츠에 연두색 넥타이를 매고 있었다. 대머리는 햇빛을 받아서 군데군데 검은 반점이 있었고 면도하다 실수를 했는지 턱에 상처가 있었다. 두꺼운 무테안경을 끼고 있어 눈이 과장되게 커 보여서 어떻게 보면 그의 생계수단을 닮은 것 같았다. 부하직원들끼리는 그를 '파리'라는 별명으로 부를 것 같았다.

보슈는 살인사건을 수사하고 있는데 대단히 비밀 유지를 요하는 수사여서 자세한 배경 설명은 할 수가 없다고 말했다. 다른 수사관들이 와서 추가로 질문을 할 수도 있다고도 말했다. 그러고 나서는 자문 요청을 받은 전문가가 마음을 열어주기를 바라면서 광대파리의 불임처리 과정과 국내로 공급되는 과정에 대해 설명해달라고 부탁했다.

에드슨이 제공한 정보의 상당부분이 테레사 코라존에게서 이미 들은 내용이었지만, 보슈는 전부 처음 듣는 것처럼 행동하며 메모를 했다.

"이게 그 표본입니다."

에드슨이 문진을 들어 보이며 말했다. 작은 사각형의 유리 덩어리 속에 광대파리 한 마리가 박혀 있었다. 마치 호박(琥珀) 속에 갇힌 선사시대의 개미처럼 보였다.

보슈는 고개를 끄덕였고 이야기를 멕시칼리 쪽으로 몰고 갔다. 곤충학자는 멕시칼리에 있는 불임광대파리 공급업체는 '인바이로브리드'라는 업체라고 말했다. 인바이로브리드가 매주 3천만 마리 정도를 박멸센터로 보낸다고 했다.

"어떻게 여기로 오죠?"

보슈가 물었다.

"번데기 단계로 오죠, 물론."

"그렇습니까? 그런데 제 질문은 어떻게 수송이 되냐고요."

"번데기 단계에서는 광대파리가 먹이를 먹지 않고 움직이지도 않아요. 변태 과정 중 유충과 성충 사이의 단계를 말하죠. 이때가 수송에 제일 적합한 시기죠. 인큐베이터에 담겨 들어와요. 우리는 그걸 환경 상자라고 부르죠. 어쨌든 여기 도착하고 나서 성충으로 변태가 완성되면 살포할 수 있게 되는 겁니다."

"그러니까 여기 도착했을 땐, 이미 염색과 방사선 처리가 끝난 상탭니까?"

"그렇죠. 아까 그렇게 말씀드렸는데."

"그리고 유충이 아니라 번데기 단계고요?"

"그래요, 형사. 그것도 아까 말했었죠."

에드슨이 거들먹거리는 꼴통이라는 생각이 들기 시작했다. 여기 직원들 사이에서 파리라는 별명으로 불릴 게 틀림없었다.

"알겠습니다. 그런데 염색은 되어 있지만 방사선 처리가 되지 않은 유충을 여기 LA에서 발견했다면 어떻게 된 걸까요? 그런 일이 가능할까요?"

보슈가 말했다.

에드슨은 한동안 말이 없었다. 틀린 말을 내뱉고 싶지 않은 것이었다. 매일 밤 텔레비전으로 '제퍼디'(미국의 인기 퀴즈 프로그램 - 옮긴이)를 보면서 혼자 있을 때라도 출연자들보다 먼저 답을 외치는 그런 사람일 것 같았다.

"글쎄요, 어떤 시나리오라도 가능하겠죠. 하지만 형사가 방금 제시한 예는 가능성이 상당히 낮을 것 같군요. 아까도 말했듯이, 우리 공급업체들은 번데기 단계의 광대파리를 포장한 상자들을 방사선 처리 기계를 통과시키고 나서야 이곳으로 실어 보내고 있습니다. 하지만 유충과 번데기를 완전히 분리하는 건 불가능에 가깝기 때문에 이런 상자 속에 유충이 섞여 있는 경우가 종종 있어요. 그렇더라도 이런 유충은 번데기와 똑같이 방사선 처리 과정을 거치고 오는 거죠. 그러니까, 내 대답은 '아니다'입니다. 그럴 가능성이 없을 것 같군요."

"그럼 만약 어떤 사람의 몸속에 염색은 되었지만 방사선 처리는 되지 않은 번데기가 한 마리 있었다면, 그 사람은 이곳 사람이 아니겠군요, 그렇죠?"

"'그렇다'가 내 대답이 될 것 같군요."

"될 것 같다고요?"

"'그렇다'가 내 대답입니다."

"그렇다면 그 남자는 어디서 왔을까요?"

에드슨은 잠시 생각에 잠겼다. 그는 만지작거리고 있던 연필의 지우개 달린 부분으로 콧날에 걸쳐 있는 안경을 치켜 올렸다.

"그 남자는 죽은 사람인 것 같군요. 당신이 살인전담팀 형사라고 소개를 했고 이런 질문을 그 사람에게 직접 할 수가 없었기 때문에 내게 묻는 것일 테니까요."

"'제퍼디'에 나가셔야겠는데요, 에드슨 씨."

"에드슨 박사라고 불러줬으면 좋겠군요. 그건 그렇고, 그 사람이 당신이 말한 상태의 번데기를 어떻게 몸속에 넣게 되었는지 추측할 수가 없네요."

"아까 말씀하신 사육업체들 중 한 군데에 있었을 수도 있지 않을까요? 멕시코나 하와이에요?"

"그래요, 그럴 가능성도 있겠군요."

"그럼 다른 가능성도 있습니까?"

"보슈 씨, 이곳 경비가 얼마나 삼엄한지 보셨죠? 솔직히 말해서, 우리가 하는 일을 좋아하지 않는 사람들이 있어요. 일부 극단적인 환경론자들은 모든 걸 자연의 섭리에 맡겨야 한다고 주장하고 있죠. 광대파리가 남부 캘리포니아로 찾아온다면, 우리가 뭐라고 그걸 막느냐는 거죠. 이런 일을 해서는 안 된다는 거예요. 몇몇 단체로부터 협박을 받았어요.

익명이지만, 어쨌든, 불임처리가 안 된 다시 말해 번식이 가능한 지중해 광대파리를 사육 살포해서 대량으로 번식하게 만들겠다는 협박도 몇 번 받았죠. 그런 일을 하려고 한다면, 우리를 혼란스럽게 하기 위해 염색만 할 수 있을 것 같군요."

에드슨은 자신이 제시한 가능성이 본인 생각에도 흡족한 것 같았다. 하지만 보슈는 흡족하지 않았다. 이미 밝혀진 사실들과 들어맞지 않았다. 그러나 그럴 가능성에 대해 좀 더 생각해보겠다는 뜻으로 고개를 끄덕여 보였다. 그러고 나서 말했다.

"그런데 사육업체들이 보내는 상자들은 어떻게 이곳까지 옵니까? 예를 들어, 멕시칼리의 그 공급업체는 어떻게 이곳까지 상자들을 수송하는 겁니까?"

에드슨의 설명에 따르면, 인바이로브리드에서는 번데기를 수천 마리씩 2미터 길이의 소시지처럼 생긴 플라스틱 관에 담는다. 그다음엔 플라스틱 관을 인큐베이터와 가습기가 내장된 상자에 넣어 끈으로 고정시킨다. 이 환경 상자들은 미 식품의약국 관리의 철저한 감독 하에 인바이로브리드 실험실에서 봉인이 된 후 트럭에 실려 국경을 넘어 LA로 달려온다. 인바이로브리드는 이런 식으로 공급 여건에 따라 1주일에 두세 번 정도 납품을 했다.

"국경에서는 그 상자들을 검사하지 않습니까?"

보슈가 물었다.

"검사는 하지만 열어보지는 않아요. 상자를 열면 상품이 파손될 수 있으니까요. 상자 안은 정확하게 조절된 환경을 유지해야 하거든요. 그렇지만 아까도 말했듯이, 상자들은 미국 정부 관리의 엄격한 감독 하에 봉인이 되고, 여기 박멸 센터에 도착해서 봉인을 뜯을 때 중간에 누가 손을 댄 흔적이 있나 일일이 검사를 합니다. 하지만 국경에서는 국경

순찰대가 봉인 번호와 상자를 운전기사가 제시하는 선하 증권과 우리가 별도로 보내는 국경 통과 통지서와 일일이 대조를 해요. 아주 철저하죠. 최고위급에서 계속적인 논의를 통해 시스템을 만들어냈거든요."

보슈는 한동안 아무 말도 하지 않았다. 시스템의 보안절차에 대해 토론을 할 생각은 없었지만, 그 시스템을 만들어냈다는 최고위급이 누군지, 이곳 과학자들인지 국경 순찰대인지 궁금했다.

"제가 거기로, 멕시칼리로 내려간다면, 인바이로브리드 안으로 들어갈 수 있게 손 써 주실 수 있습니까?"

에드슨이 재빨리 대답했다.

"그건 불가능합니다. 이 업체들은 민간인이 운영하는 업체예요. 우리가 공급받는 불임 광대파리는 전부 민간 업체에서 공급받고 있는 겁니다. 업체마다 우리 식품의약국 감독관이 나가 있고, 우리 나라의 동물학자들이 정기적으로 방문을 하고 있긴 하지만, 말씀하신 것과 같은 문제로 경찰이나 다른 누가 조사를 할 수 있게 문을 열어달라고 요구할 수는 없어요. 그러려면 계약 위반 통지서를 보여줘야 하죠. 그러니까 보슈 형사, 그들이 무슨 일을 했는지 알려주면 당신이 그곳에 들어가게 해줄 수 있을지 어떨지 말씀드리죠."

보슈는 대답하지 않았다. 에드슨에게는 최대한 말을 아끼고 싶었다. 보슈는 화제를 바꿨다.

"광대파리를 넣은 플라스틱 관을 담는다는 그 환경 상자는 크기가 어느 정돕니까?"

"별로 크지 않아요. 선적물을 실어내릴 때 보통 지게차 한 대 가지고 되거든요."

"그 상자를 보여주실 수 있습니까?"

에드슨이 손목시계를 보더니 말했다.

"가능할 것 같군요. 지금 들어온 게 있는진 모르겠지만요."

보슈는 지금 당장 가보자는 뜻으로 자리에서 일어섰다. 에드슨도 따라 일어섰다. 그는 보슈를 데리고 사무실을 나와 한때 정신병자들과 중독자들과 버림받은 사람들을 수용했던 병실이 늘어선 복도를 걸어갔다. 보슈는 언젠가 한 순경이 플레밍 산에서 붙잡은 여자를 데리고 바로 이 복도를 걸어갔었다는 사실이 기억났다. 여자는 산 위에 있는 할리우드 간판(플레밍 산에 세워진 'HOLLYWOOD'라는 간판. 할리우드의 명물 – 옮긴이)의 첫 번째 O자 뒤 철 난간을 기어오르고 있었다. 여자가 가지고 있던 나일론 줄 끝에는 이미 올가미가 만들어져 있었다. 몇 년 뒤그 순경은 그 여자가 패튼 주립 병원에서 퇴원한 뒤 다시 그 간판 위로올라가 그의 방해를 받아 하지 못했던 일을 끝내 해내고 말았다는 신문기사를 읽게 되었다.

"살인사건 수사는 정말 힘든 일일 것 같군요."

에드슨이 말했다.

보슈는 그런 말을 들을 때 늘 하던 대로 대답했다.

"그렇게 나쁘지 않을 때도 있습니다. 적어도 피해자들이 고통에서 벗어난 거니까요."

에드슨은 대꾸하지 않았다. 복도 끝에 이르러 육중한 철문이 나오자에드슨은 문을 밀고 들어갔다. 그들이 들어간 곳은 격납고 같은 건물안에 있는 하역장이었다. 10미터쯤 떨어진 곳에서 라틴계로 보이는 일꾼 대여섯 명이 짐수레에 플라스틱 상자들을 싣고 반대편에 있는 이중문 안으로 밀고 들어가고 있었다. 상자는 전부 시체를 담는 관 정도의크기였다.

소형 지게차 한 대가 흰색 밴에서 상자를 실어내리고 있었다. 밴의측면에는 푸른색 페인트로 '인바이로브리드'라고 적혀 있었다. 운전석

문이 열려 있었고 백인 남자 한 명이 그 옆에 서서 작업을 지켜보고 있었다. 클립보드를 든 다른 백인 남자 한 명이 밴의 뒤쪽에 서서 허리를 굽히고 상자마다 적힌 봉인번호를 확인한 후 클립보드에 적고 있었다.

에드슨이 말했다.

"운이 좋군요. 마침 하역작업이 진행 중이네요. 환경 상자는 실험실로 옮겨져 변태 과정을 거치죠."

에드슨이 가리키는 곳을 보니 열려 있는 차고 문 밖 공터에 주황색 픽업트럭 여섯 대가 일렬로 서 있었다.

"성충이 된 불임 광대파리들은 뚜껑이 있는 양동이에 담아 저기 있는 트럭에 싣고 공격지역으로 가져가죠. 거기서 뚜껑을 열어 날려 보내는 거예요. 현재 공격지역은 260평방킬로미터에 이르는 지역이에요. 매주 5천만 마리를 날려 보내고 있죠. 물량만 충분하다면 더 풀어놓을 거고요. 시간이 흐르면 이 불임 광대파리들이 야생 파리들을 압도해서 종국에는 멸종이 될 거예요."

동물학자의 목소리가 개선장군처럼 의기양양했다. 에드슨이 말을 이었다.

"인바이로브리드측의 운전기사를 만나볼래요? 내 생각엔 기꺼이 도와줄…."

"아뇨. 하역작업이 어떻게 진행되는지 보고 싶었을 뿐입니다. 제가 여기 온 걸 비밀로 해주시면 감사하겠습니다, 박사님."

이제 보니 인바이로브리드의 운전기사가 보슈를 보고 있었다. 남자의 검게 그을린 얼굴에는 굵은 주름살이 겹겹이 있었고 머리는 백발이었다. 밀짚모자를 쓰고 갈색 담배를 피우고 있었다. 보슈도 남자를 노려보았다. 보슈는 남자의 얼굴에서 희미한 미소를 본 것 같았다. 이윽고 남자는 보슈에게서 눈길을 거두고 다시 하역작업을 지켜보기 시작했다.

"그러면 내가 더 도울 일이라도 있습니까, 형사?"

"아뇨, 박사님. 협조해주셔서 감사합니다."

"나가는 길은 알고 있겠죠?"

에드슨은 돌아서서 들어왔던 철문을 통해 돌아갔다. 보슈는 담배를 입에 물었지만 불을 붙이지는 않았다. 그는 자꾸만 얼굴로 날아드는 분홍색 지중해 광대파리들을 손을 저어 쫓으며 하역장 계단을 내려와 차고 문을 통과해 밖으로 나갔다.

차를 몰고 시내로 돌아가던 보슈는 용기를 내어 테레사를 보고 가기로 했다. LA 카운티 - USC 메디컬 센터 주차장으로 들어갔지만 카프리스가 들어갈 만한 자리가 없어 10분을 헤맸다. 결국에는 뒤편에서 한 자리를 발견해 차를 세웠는데, 그곳은 고지대여서 저 밑으로 오래된 철도기지가 내려다보였다. 그는 한동안 차 안에 앉아 담배를 피우며 테레사를 만나면 무슨 말을 할까 생각해보고 녹이 슨 유개 화차들과 선로들을 내려다보고 있었다. 헐렁한 흰색 티셔츠와 바지를 입은 촐로(스페인계와 아메리칸 원주민의 피가 섞인 라틴계 사람 - 옮긴이) 몇 명이 기지 안을 걸어가는 것이 보였다. 스프레이를 든 남자 하나가 일행으로부터 뒤처지더니 낡은 유개 화차의 측면에 스프레이를 뿌려 무슨 문구인가 적었다. 스페인어였지만 보슈는 읽을 수 있었다. 그 사람들의 인생철학이 담긴 문구였다.

지금 웃고 나중에 울자.

보슈는 그들이 유개 화차들 뒤로 사라질 때까지 그들을 지켜보았다. 그러고는 차에서 내려 시신을 운반하는 통로로 쓰는 후문을 통해 시체

안치소로 들어갔다. 경비가 그의 경찰배지를 보고 목례를 했다.

오늘은 안에 들어와도 그런대로 괜찮았다. 소독약 냄새가 부패한 시신에서 나오는 악취를 압도하고 있었다. 보슈는 냉동실 1, 2호실 문을 지나쳐 비상구 문을 열고 사무실들이 있는 2층으로 이어지는 계단으로 나갔다.

보슈는 법의국장 부속실에 있는 비서에게 코라존 국장을 만날 수 있는지 물었다. 창백한 피부와 분홍빛이 도는 머리색 때문에 이곳으로 실려 오는 시신을 닮은 것 같은 느낌을 주는 여비서는 조용한 목소리로 전화를 걸더니 들어가 보라고 말했다. 테레사는 책상 뒤에 서서 창밖을 내다보고 있었다. 창밖으로 조금 전 보슈가 본 철도기지가 내려다보였다. 어쩌면 보슈가 오는 것을 보았는지도 몰랐다. 2층이라 창밖으로 시내의 고층건물들로부터 워싱턴산에 이르는 넓은 지역의 풍경이 펼쳐지고 있었다. 꽤 먼 거리인데도 시내의 고층건물들이 아주 선명하게 보였다. 날씨가 화창한 덕분이었다.

"이제 당신하곤 말 안 할 거야."

테레사가 뒤를 돌아보지도 않은 채 선언했다.

"왜 그래?"

"말 안 한다니까."

"그런데 왜 들여보냈어?"

"이제 당신과는 말 안 할 거라고 말해주고, 당신이 법의국장으로서의 내 명예를 훼손했다는 사실을 알려주고, 그래서 내가 아주 화가 났다는 말을 하기 위해서."

"그러지 마, 테레사. 좀 있다가 기자회견 한다는 소식 들었어. 다 잘될 거야."

그는 달리 할 말이 떠오르지 않았다. 그녀가 돌아서서 창턱에 기대섰다. 그의 이름을 묘비에 새겨 넣을 수 있을 것 같은 날카로운 눈빛으로 그를 노려보았다. 저 만치 떨어져 있는데도 향수 냄새가 났다.

"그리고, 물론, 일을 그렇게 만들어줘서 당신한테 고맙다는 말도 해 야겠고."

"난 아냐. 난 어빙이 기자회견을 요청했…."

"개소리 집어 치워, 해리. 내가 말해준 걸 가지고 당신이 무슨 짓을 했는진 우리 둘 다 잘 알고 있어. 그리고 어빙은 당연히 내가 정보를 누 설했다고 생각하고 있다는 것도 둘 다 잘 알고 있지. 이젠 정식 법의국 장 자리는 완전히 물 건너갔어. 사무실 구경이나 잘 하고 가. 여기서 날 보는 것도 이게 마지막일 테니까."

보슈는 자기가 만난 전문직 여성들—주로 경찰과 변호사였다—중 상당수가 언쟁을 벌일 때면 대단히 상스러워진다는 걸 잘 알고 있었다. 그래야 상대방 남자들과 대등해진다고 생각하는 것 같았다.

"잘될 거야."

"그걸 말이라고 해? 어빙은 인사위원들한테 내가 아직 진행 중인 수 사의 기밀을 언론에 흘렸다고 말할 거야. 그러면 나는 고려대상에서 완 전히 제외되는 거라고."

"내 말 들어 봐. 어빙은 취재원이 당신이었다고 확신할 수 없을 거야. 그보다는 내가 그랬을 가능성이 높다고 생각할걸. 이 일을 쑤시고 다닌 브레머라는 그 〈타임스〉 기자하고 난 오래전부터 아는 사이거든. 어빙 은 분명히 내가 그랬을 거라고 생각할 거야. 그러니까 그런 걱정은 하 지 마. 난 점심이나 함께하자고 온 건데."

이건 실수였다. 보슈는 테레사의 얼굴이 분노로 벌겋게 달아오르는 것을 보았다.

"점심이나 함께하자고? 지금 농담하는 거야? 방금 우리 둘이 정보 누설 혐의의 주요 용의자라고 말해놓고 나보고 당신과 함께 식당에 가서 앉아 있자고 하는 거야? 혹시 미친 거….”

“저기, 테레사, 기자회견 잘 해.”

보슈가 그녀의 말을 끊고 끼어들었다. 말을 마친 그는 돌아서서 문을 향해 걸어갔다.

시내로 돌아오는 길에 호출기가 울려서 확인해 보니 파운즈 과장의 직통 전화번호였다. 통계수치가 걱정이 되는 것 같았다. 보슈는 호출을 무시하기로 작정했다. 차에 장착된 모토롤라 무전기도 꺼버렸다.

그는 알바라도에 서 있는 해물요리 트럭 앞에 차를 세우고 쉬림프 타코 두 개를 주문했다. 바하 칼리포르니아 식으로 옥수수 또띠아에 나왔다. 보슈는 실란트로가 듬뿍 든 살사 소스를 끼얹어 맛있게 먹었다.

트럭에서 몇 미터 떨어진 곳에 한 남자가 서서 성서 구절을 큰 소리로 암송하고 있었다. 70년대식 아프로 헤어스타일(흑인들이 주로 하는 머리 스타일로 특수 파마를 통해 모발이 전체적으로 둥글게 퍼지게 하는 스타일 – 옮긴이)의 머리 꼭대기에는 물 컵 한 개가 놓여 있었는데, 전혀 물을 흘리지 않고 있었다. 그는 가끔씩 물 컵을 들어 물을 마실 때를 빼고 신약 성서에 나오는 구절을 쉴 새 없이 외쳐대고 있었다. 암송하기 전에 청중에게 신약 성서 어느 편 몇 장 몇 절에 나오는 구절인지를 소개했다. 그의 발 앞에 동전이 반쯤 채워진 유리 어항이 한 개 놓여 있었다. 타코를 다 먹은 보슈는 콜라를 한 개 산 후 거스름돈을 어항에 던져 넣었다.

“하느님의 축복이 함께 하시기를.”

남자가 감사 인사를 했다.

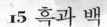

15 흑과 백

　법무 회관은 형사법원 건물 맞은편 한 블록 전체를 차지하고 있었다.
1층부터 6층까지는 보안관서가 쓰고 있었고 그 위의 네 개 층은 LA 카
운티 구치소였다. 밖에서 봐도 금방 알 수 있었다. 위의 네 개 층 창문마
다 쇠창살이 붙어 있기 때문이기도 하지만, 불에 그을린 것처럼 거무스
름하고 더러운 외관 때문이기도 했다. 마치 에어컨 시설이 없는 감방에
갇힌 지독한 증오와 분노가 불과 연기로 변해 창문과 콘크리트 난간을
새까맣게 그을려놓은 것 같았다.

　20세기 초에 지어진 이 석조 건물은 오랜 세월 풍파에 시달린 요새
처럼 쓸쓸한 분위기를 풍겼다. 시내에서 아직도 엘리베이터를 수동으
로 작동하는 몇 안 되는 건물 중 하나였다. 늙은 흑인 여자가 합판으로
벽을 댄 엘리베이터 구석에 놓인 걸상에 걸터앉아 있다가 일어서서 문
을 양옆으로 잡아당겨 열었고, 엘리베이터가 올라가다가 어느 층에 멈
춰서면 운전대를 굴려 엘리베이터가 복도와 평형이 되게 조절했다.

"7000번이요."

엘리베이터 안으로 걸어 들어간 보슈가 엘리베이터 운전원에게 말했다. 아주 오랜만에 와서 그녀의 이름이 기억나지 않았다. 그러나 그가 경찰이 되기 전부터 그녀가 엘리베이터 운전을 하고 있었다는 사실은 알고 있었다. 여기 근무하는 엘리베이터 운전원 모두가 그랬다. 그녀가 6층에서 문을 열어주었고 복도로 나선 보슈는 저 앞에 리카드가 서 있는 것을 보았다. 마약수사관은 유리로 막힌 접수대 앞에 서서 슬라이드 접시에 경찰배지 케이스를 올려놓고 있었다.

"내 거도요."

보슈가 재빨리 자기 배지도 올려놓으며 말했다.

"함께 온 사람이에요."

리카드가 마이크에 대고 말했다.

유리 칸막이 뒤에 앉은 부관이 경찰배지를 받아놓고 방문자 출입증 배지 두 개를 접시에 넣어 밀었다. 보슈와 리카드는 셔츠에 출입증 배지를 달았다. 그러면서 보니까 10층 강력범 구역 출입증이었다. 강력범 구역은 가장 난폭한 형사사건 피의자들이 재판을 기다리고 있을 때나 유죄평결을 받고 주립 교도소로 이송되기 전에 수감되는 곳이었다.

그들은 구치소 엘리베이터를 향해 복도를 걸어갔다.

"걔를 강력범 구역에 넣었어요?"

보슈가 물었다.

"그래요, 거기 부관 한 명하고 친분이 좀 있거든요. 말했더니 흔쾌히 넣어주더라고요. 그 새끼 지금쯤 오줌을 질질 싸고 있을 거예요. 댄스에 대해서 알고 있는 건 모조리 불겠죠."

그들은 보안관서 부관이 운전하는 구치소 엘리베이터를 타고 올라갔다. 엘리베이터 운전이나 하고 있다니, 경찰 조직 내에서 최악의 근무처

인 것 같았다. 10층에서 문이 열리자 다른 부관이 기다리고 있다가 둘의 출입증을 확인하고 방문자 신고서에 서명을 받았다. 그들은 미닫이 철문을 두 개 통과한 후 법정대리인 접견실로 들어갔다. 접견실 안에는 긴 탁자가 놓여 있었고 양편으로 벤치 몇 개가 탁자만큼 길게 놓여 있었다. 탁자 위로 30센티미터 높이의 유리 칸막이가 설치되어 있었다. 탁자 한쪽 끝 벤치에는 여자 변호사 한 명이 앉아 칸막이 쪽으로 얼굴을 대고 의뢰인에게 무슨 말인가 속삭이고 있었고 의뢰인은 그녀의 말을 더 잘 듣기 위해 두 손을 컵 모양으로 구부려 귀에 대고 있었다. 팔근육이 씰룩이자 셔츠 소매가 꽉 죄여 터질 것 같았다. 괴물이었다.

문 맞은편 벽에는 '만지거나 키스하거나 칸막이 너머로 손을 뻗지 마세요'라고 적힌 안내문이 붙어 있었다. 여변호사와 의뢰인이 앉아 있는 쪽 벽에는 다른 부관 한 명이 기대서서 육중한 두 팔로 가슴에 팔짱을 끼고 변호인과 의뢰인을 감시하고 있었다.

부관들이 타이지를 데리고 오기를 기다리는 동안 시끄러운 소음이 끊이질 않고 들려왔다. 탁자 뒤편 쇠창살 문 뒤에서 철창 속에 갇혀 있는 수감자들이 경쟁하듯 외쳐대는 소리가 구치소 안을 쩌렁쩌렁 울리고 있었다. 어딘가에선 철문을 쾅쾅 두들겨 대는 소리가 들렸고 무슨 말인지 잘 알아들을 수 없는 고함 소리와 비명 소리도 들려왔다.

부관 한 명이 창살문 앞으로 걸어와서 말했다.

"몇 분 걸릴 겁니다, 형사님들. 의무실에 가서 데려와야 해서요."

부관은 자기 할 말만 딱 하고 사라졌다. 보슈는 타이지와 아무런 친분이 없는데도 가슴이 철렁 내려앉은 것 같았다. 옆을 보니 리카드가 웃고 있었다.

"놈이 어떻게 변했나 봅시다."

마약수사관이 말했다.

보슈는 리카드가 뭐가 그리 즐거운지 이해할 수 없었다. 보슈는 지금처럼 치사한 방법으로 사람들을 궁지에 모는 일은 결코 하고 싶지 않았다. 자기가 맡은 사건과 관련된 일이라 어쩔 수 없이 오긴 했지만 리카드처럼 희희낙락할 수는 없었다.

"세상에, 어떻게 그럴 수가 있어요? 도대체 원하는 게 뭐요?"

리카드가 고개를 옆으로 돌려 보슈를 바라보았다.

"뭘 원하냐고요? 일이 어떻게 돌아가고 있는 건지 알고 싶어요. 그걸 알아낼 수 있는 사람은 당신뿐인 것 같아서, 도울 수 있는 데까지 도우려는 겁니다. 그러기 위해서 이 새끼를 제물로 바쳐야 한다면, 바쳐야죠. 어쨌든 당신한테서 원하는 건 일이 어떻게 된 건지 알아내서 알려달라는 것뿐이에요. 칼이 무슨 짓을 한 건지, 그리고 칼을 죽인 놈을 잡기 위해서 앞으로 어떻게 할 건지 알려달라 이 말입니다."

보슈는 벽에 등을 기대고 무슨 말을 해야 할지 생각했다. 탁자 끝에서 괴물이 제안을 받아들일 수 없다고 고함을 질렀다. 부관이 팔짱을 풀고 그를 향해 한 걸음 내디뎠다. 그러자 괴물이 조용해졌다. 부관은 셔츠 소매를 겨드랑이까지 말아 올리고 있어서 굵은 이두박근이 다 드러났다. 왼쪽 팔뚝에 'CL'이라는 문신이 새겨져 있었다. 보슈는 그 문신을 새긴 보안관서 부관들은 그것이 갱들이 득실거리는 LA 교외지역에 있는 보안관서의 애칭 '클럽 린우드'의 머리글자라고 주장한다는 사실을 알고 있었다. 그러나 그는 그 글자가 '창고 루차도르(새끼 투사)'라는 스페인어 표현의 약칭이라는 사실도 알고 있었다. 부관 자신도 갱 집단의 일원인 셈이었다. 다만 이 갱 집단은 무기 소지가 합법적으로 허용되고 정부로부터 월급을 받고 있었다.

보슈는 고개를 돌렸다. 담배 생각이 간절했지만, LA 카운티가 공공장소 금연법을 통과시켰기 때문에 담배를 피울 수가 없었다. 구치소 내 모든 공간이 금연이었다. 이 때문에 수감자들이 폭동 직전까지 갔었다.

보슈가 리카드에게 말했다.

"이것 봐요. 무어에 대해서는 무슨 말을 어디까지 해야 할지 모르겠군요. 내가 무어 사건을 수사하고 있는 건 사실이지만, 공식적으로는 아니에요. 무슨 말인지 알겠어요? 사실 무어 사건은 내가 맡은 두 사건과 겹치는 점이 많아요. 그래서 어쩔 수 없이 무어 사건을 살펴보고 다니는 거고. 타이지가 댄스에 대해 정보를 준다면, 도움이 되겠죠. 댄스와 다른 두 사건의 연관성을 파헤쳐 볼 수 있을 테니까. 어쩌면 무어 사건과의 연관성까지 알아낼 수 있을지도 모르고. 하지만 지금으로선 아는게 없어요. 지금 알고 있는 건, 오늘 상부에서 무어의 사망이 타살로 보인다고 언론에 밝힐 거라는 것뿐이에요. 물론 무어가 선을 넘었다는 사실은 밝히지 않을 거고. 감찰계가 냄새를 맡고 돌아다니는 것도 다 그 때문이에요. 무어가 선을 넘었기 때문이죠."

"그럴 리가 없어요. 그랬다면 내가 몰랐을 리가 없죠."

리카드가 자신 없는 목소리로 항변했다.

"다른 사람을 속속들이 알 수는 없어요, 친구. 누구나 비밀은 있는 거니까."

"그래서 파커 센터에선 어떻게 할 거래요?"

"모르죠. 아직 판단이 안 선 것 같아요. 사실 위에선 자살로 몰고 가고 싶어 했죠. 그런데 법의국에서 제동을 걸어서 그럴 수가 없게 됐어요. 하지만 더러운 빨래바구니를 대로변에 놓아두어서 기자들이 달려들어 뒤지게 하지는 않을 거예요."

"그래요, 그런 일은 없게 하는 게 좋을 겁니다. 가만히 앉아서 구경만하고 있지는 않을 거니까. 무어가 선을 넘었든 아니든 상관없어요. 난 오랜 세월을 그와 함께 일해 왔어요. 무어는 훌륭한 경찰이었어요. 그가 지원팀 없이 혼자 마약소굴로 들어가서는 판매책 네 명을 끌고 나오는 걸 봤습니다. 포주와 아가씨 사이의 싸움에 끼어들어 포주가 아가씨를 향해 날린 주먹을 대신 맞고 이가 부러져 우수수 땅으로 떨어지는 것도 봤고요. 멍청한 새끼가 헤로인을 너무 많이 처먹어 죽어가니까 차에 태워서 신호등이고 뭐고 무시하고 병원으로 달려갈 땐 내가 그 옆에 타고 있었죠. 그런 일은 뇌물이나 받아 챙기는 경찰이 할 수 있는 일이 아니에요. 그러니까 내 말은 무어가 선을 넘었는진 모르겠지만 만약에 넘었다면 다시 돌아오려고 했을 테고 그 때문에 당했을 거라는 얘깁니다."

리카드가 여기서 말을 멈췄지만 보슈는 아무 대꾸도 하지 않았다. 일단 선을 넘으면 절대로 다시 건너올 수 없다는 건 둘 다 잘 알고 있었다. 창살문을 향해 걸어오는 발자국 소리가 들렸다.

리카드가 말했다.

"파커 센터에서 이 문제를 어물쩍 넘기지 말고 진상을 확실히 규명하는 게 좋을 겁니다. 안 그러면 내가 가만있지 않을 테니까."

보슈가 대꾸를 하려는데 부관이 타이지를 데리고 창살문 앞으로 다가왔다. 타이지는 불과 열 시간 만에 10년은 더 나이가 들어보였다. 이제 소년은 보슈가 베트남에서 보았던 사람들처럼 먼 곳을 바라보듯 멍한 눈을 하고 있었다. 왼쪽 광대뼈는 시퍼렇게 멍이 들어 있었다.

문이 자동으로 스르르 열리자 타이지는 부관이 가리키는 벤치 쪽으로 걸어왔다. 머뭇거리다가 벤치에 앉은 타이지는 리카드에게는 눈길을 주지 않고 있었다.

"거긴 어때, 커윈?"

리카드가 물었다.

리카드를 노려보는 소년의 눈을 보고 보슈는 가슴이 철렁했다. 보슈 자신이 어렸을 때 맥클라렌 청소년 보호소에서 보냈던 첫날 밤이 생각

203

났다. 극도의 공포와 외로움에 비명이 터져 나올 것 같았었다. 그러나 그때 그곳에는 같은 또래의 소년들이 있었고, 대다수가 온순했다. 그러나 이 친구는 지난 열 시간 동안 괴물들한테 둘러싸여 있었다. 보슈는 이 일에 관여하게 된 것이 부끄러웠지만 아무 말도 하지 않았다. 리카드가 벌인 일이었다.

"이것 봐, 커윈, 네가 그 안에서 그다지 즐겁지 않은 시간을 보낸 거 다 알아. 그래서 다시 온 거야. 그동안 어젯밤 얘기했던 문제에 대해서 생각을 바꿨나 하고."

리카드는 탁자 반대편 끝에 있는 괴물에게 들리지 않도록 아주 낮은 목소리로 말하고 있었다.

소년이 아무 대꾸도 하지 않고, 그의 말을 들은 척도 하지 않자, 리카드가 말을 이었다.

"커윈, 여기서 나가고 싶지? 여기 계신 해리 보슈 형사님이 널 도와주실 거야. 네가 댄스에 대해서 입만 열어준다면, 보슈 형사님이 날 설득해서 널 풀어주게 만들 거라고. 타당한 혐의로 적법하게 체포한 거였지만, 다 잊어줄 거라 이 말씀이야. 여기, 이걸 좀 봐."

리카드가 셔츠 앞주머니에서 접은 종이 한 장을 꺼내 펼쳤다. 검찰에 넘길 사건기록이었다.

"48시간 이내에 너에 관한 사건기록을 검찰로 넘겨야 돼. 주말이 끼었으니까 다음 주 월요일까지지. 이게 너에 관한 사건기록이야. 네가 스스로를 도울 생각이 있는지 한 번 더 확인하고 넘기려고 갖고 있는 중이야. 그럴 생각이 없는 것 같으면, 그대로 검찰로 넘길 거야. 그러면 넌 족히 1년은 여기서 썩어야 할걸."

리카드가 말을 마치고 기다렸지만, 타이지는 아무런 대꾸도 하지 않았다.

"1년이야. 여기서 1년을 썩으면 어떻게 변할 것 같니, 커윈?"

소년이 고개를 숙였고 눈물이 두 뺨을 타고 흘러내리기 시작했다.

"지옥에나 떨어져라."

소년이 울먹이는 목소리로 간신히 내뱉었다.

보슈에게도 이런 경험이 있었던 터라, 앞으로 오랫동안 이 일을 잊지 못할 것 같았다. 자기도 모르는 사이에 이를 악물고 있는 것을 깨달은 그는 입을 벌리고 턱 근육을 풀어보려고 했지만 잘 되지 않았다.

리카드가 윗몸을 앞으로 숙이며 소년에게 무슨 말인가 하려고 하자 보슈가 그의 어깨에 손을 얹어 제지했다.

"그만하고, 놔줍시다."

보슈가 말했다.

"뭐요?"

"그만하자고."

"지금 무슨 소리예요?"

소년은 반신반의하는 표정으로 보슈를 바라보았다. 보슈는 진심이었다. 자기들이 저지른 일이 혐오스러워 견딜 수가 없었다.

리카드가 말했다.

"이봐요, 보슈, 이 새끼한테서 PCP가 55그램이나 나왔어요. 이 새낀 내 거예요. 정말 입을 열기 싫다면, 안됐지만 동물원으로 다시 들여보내야죠."

"아뇨, 안 돼요. 안 돼요, 리카드. 데리고 나갑시다. 안 그러면, 내가 당신을 물 먹일 거요."

보슈가 타이지 뒤에 서 있는 부관이 듣지 못하게 리카드에게 얼굴을 바싹 들이대고 말했다.

"뭐라고요?"

"여기 5층으로 내려가서 까발릴 거라고. 이 친구 혐의는 여기 10층에 올 일이 아니었잖아. 당신이 손을 써서 올려 보낸 거잖아, 리카드. 내가 가서 다 불 거라고. 그러면 여기 있는 당신 친구도 좀 다칠 텐데. 그래도 괜찮아? 이 아이의 입을 열게 할 수가 없다고 해서, 그런 일이 생겨도 괜찮냐고."

"감찰계가 이런 피라미 새끼 일에 눈 하나 깜짝할 줄 아쇼?"

"아니겠지. 하지만 당신에 대해선 관심을 가지겠지. 이게 웬 떡이냐 싶을 거야. 당신은 이 친구보다 더 천천히 걸어서, 아니 기어서 나오게 될걸."

말을 마친 보슈는 그에게서 떨어져 똑바로 섰다. 한동안 둘 다 아무 말도 하지 않았고, 그동안 리카드는 보슈의 말이 단순한 협박인지 진심인지 머리를 굴려보는 것 같았다.

"감찰계에 아픈 과거가 있는 당신 같은 사람이 감찰계에 가서 이른다…. 말도 안 되는 소리."

"말이 되는지 안 되는지 한번 기다려보든가."

리카드는 손에 들고 있던 사건기록을 내려다보더니 천천히 구겼다.

"알았어요, 친구. 하지만 명단에 날 올려놓는 게 좋을 거요."

"무슨 명단?"

"밤길 다닐 때 조심해야할 사람 명단."

보슈가 일어서자 리카드도 따라 일어섰다.

"타이지를 데리고 나갈 겁니다."

리카드가 소년의 뒤에 서 있던 부관에게 말했다.

보슈도 소년을 가리키며 부관에게 말했다.

"이 아이가 거기서 나올 때까지 보호를 요청합니다. 무슨 뜻인지 아시죠?"

부관이 고개를 끄덕였다. 소년은 아무 말도 하지 않았다.

타이지를 구치소에서 빼내는 데 한 시간이 걸렸다. 리카드가 관련서류에 서명을 하고 둘이 경찰배지를 돌려받고 나서는 둘은 7층 창문 옆에서 아무 말도 하지 않고 기다렸다.

보슈는 설득의 기술을 잊고 있었던 자신이 혐오스러웠다. 사건을 해결하기 위해서는 용의자나 참고인에게 진술을 강요하는 것이 아니라 자발적으로 이야기를 하도록 설득하는 것이 최선이었다. 그런데 이번에는 그런 사실을 잊고 있었던 것이다.

"가고 싶으면 먼저 가도 돼."

보슈가 리카드에게 말했다.

"놈이 저 문을 걸어 나와서 당신한테 인계되면 갈 거요. 놈을 더 볼일이 없으니까. 하지만 놈이 당신과 함께 떠나는 건 봐야겠어요, 보슈. 등으로 뭐가 날아올지도 모르니까 말이오."

"알았어. 용의주도하군."

"살려면 그래야지."

"하지만 당신은 아직도 배울 게 많은 것 같아, 리카드. 세상 모든 일이 흑 아니면 백은 아니거든. 세상 모든 사람을 그렇게 깔고 뭉개서도 안 되고. 저런 어린 애를 데려다가…."

"누구한테 가르치려고 들어요, 보슈? 내가 아직도 배울 게 많은진 모르지만 당신한테 배울 건 없을 것 같은데. 당신은 한 마디로 신세 조진 형사잖아. 당신이 내게 가르쳐줄 수 있는 건 어떻게 하면 확실히 신세를 조질 수 있나 하는 것밖에 없을 것 같은데. 어쨌든 성의는 고맙지만 사양하지."

"그러든가."

보슈가 말했다. 그는 방 반대편에 있는 벤치로 걸어가 앉았다. 15분 후에 타이지가 나왔다. 소년은 리카드와 보슈 사이에 서서 엘리베이터로 걸어갔다. 법무 회관을 나오자 리카드는 자기 차를 향해 걸어가기 전에 보슈에게 작별 인사를 건넸다.

"엿 먹어라, 씨팔놈아."

"너도."

보슈가 말했다.

보슈는 인도에 서서 담배를 꺼내 붙여 물고 소년에게도 한 대 피우겠냐고 물었다. 소년은 사양했다.

"난 아무 말 안 할 거예요."

소년이 말했다.

"알아. 괜찮아. 태워 줄까? 병원에 갈래? 아니면 할리우드로?"

"할리우드요."

둘은 거기서 두 블록 떨어진 파커 센터에 세워놓은 보슈의 차를 가지러 걸어갔고, 차를 탄 후 보슈는 할리우드를 향해 3번가를 달려갔다. 절반 정도 갈 때까지 둘 다 침묵을 지키다가 비로소 보슈가 먼저 말문을 열었다.

"갈 데 있어? 어디에 내려줄까?"

"아무데나요."

"갈 데 없어?"

"없어요."

"가족은?"

"없어요."

"이제 뭐 할 거야?"

"뭐든지요."

보슈는 웨스턴에서 북쪽으로 방향을 틀었다. 그 후 15분 정도 달려가

다가 하이드어웨이 모텔 앞에서 차를 세웠다.

"뭐예요?"

"가만히 앉아 있어. 잠깐 들어갔다 올 거야."

모텔 주인은 보슈에게 7호실을 내주려고 했지만 보슈는 경찰배지를 들어 보이며 다른 방을 찾아보라고 했다. 여전히 우중충한 민소매 티셔츠를 입고 있는 주인은 13호실 열쇠를 그에게 건넸다. 보슈는 차로 돌아가 소년에게 열쇠를 건넸다. 그리고 지갑을 꺼냈다.

"1주일간 지낼 방을 빌려놨어. 넌 어떤 생각인지 모르겠지만 그냥 내 생각을 말해보자면, 난 네가 1주일 동안 많이 생각해보고 여기서 최대한 먼 곳으로 뜨는 게 좋을 것 같아. 여기보다 살기 좋은 곳이 분명히 있을 거야."

소년은 받아든 열쇠를 내려다보았다. 보슈는 수중에 가진 돈을 탁탁 털어서 43달러를 건넸다.

"뭐예요, 방을 빌려주고 돈을 주면 내가 입을 열거라고 생각했어요? 나도 텔레비전에서 봐서 다 알아요, 형사 아저씨. 지금 나한테 미끼 던지는 거죠? 아저씨랑 아까 그치랑 말예요."

"오해하지 마, 꼬맹이. 내가 해야 할 일이라서 이러는 거니까. 그렇다고 네가 먹고살려고 하는 일이 괜찮은 일이라고 생각한다는 뜻은 아냐. 그렇게 생각 안 해. 거리에서 네가 또 그 짓을 하는 게 내 눈에 띄면, 내가 널 잡아넣을 거다. 아주 가느다란 실낱같은 기회지만, 그래도 기회는 기회야. 기회를 잡고 네가 원하는 대로 해. 자, 어서 가. 미끼 던지는 거 아니니까."

소년이 차문을 열고 내리더니 보슈를 돌아보았다.

"그러면 왜 이러는 건데요?"

"나도 몰라. 네가 리카드한테 지옥으로 가라고 말해서 그런 것 같아.

나도 그 말을 하고 싶었는데 못했거든. 차문 닫아. 가야 하니까."

소년은 잠시 그를 쳐다보다가 입을 열었다.

"저기요, 형사 아저씨. 댄스는 여길 떴어요. 당신들이 왜 그렇게 댄스를 찾아다니는지 모르겠네요."

"이봐, 꼬맹이, 난 미끼 던지는 게 아니라니…."

"알아요."

보슈가 소년을 물끄러미 바라보았다.

"댄스는 떠났어요, 형사 아저씨. LA를 떴다구요. 공급처에 문제가 생겼다면서 내려가서 다시 시작할 수 있는지 알아볼 거라고 했어요. 이젠 자기가 나서서 공급처가 되려는 거겠죠."

"내려간다고?"

"멕시코라고 했어요. 나도 거기까지밖에 몰라요. 어쨌든 여길 떴어요. 내가 섬 장사를 하게 된 것도 그 때문이에요."

소년은 차문을 닫고 모텔 안마당으로 사라졌다. 보슈는 가만히 앉아서 잠시 생각에 잠겼다. 리카드의 질문이 떠올랐다. 1년 후에 소년은 어디에 있을까? 곧이어 아주 오래전 자신도 여기처럼 초라한 모텔을 전전하며 살았다는 사실이 떠올랐다. 보슈는 어려움을 극복하고 살아남았다. 어디에나 항상 기회는 있었다. 그는 다시 시동을 켜고 거리로 나섰다.

16 방향 전환

보슈는 타이지의 이야기를 듣고 나서 멕시코에 가기로 결심했다. 수레바퀴의 바퀴살 모두가 중심을 향하고 있었다. 그 중심이 멕시칼리였다. 사실 보슈는 처음부터 그 사실을 알고 있었다.

그는 윌콕스에 있는 할리우드 경찰서를 향해 달려가면서 전략을 구상했다. 후안 도우 67번의 신원을 밝혀준 전문을 LA 주재 멕시코 영사관에 보낸 멕시코 주립 경찰관 아길라에게 연락을 해야 했다. 그리고 무어에게 기밀 정보를 제공한 마약단속국 요원과도 연락을 해야 했다. 파운즈 과장에게 멕시코 출장 허가를 받아야 했지만, 사실대로 이야기하면 허가를 받을 가능성이 거의 없었다. 뭔가 핑계거리를 찾아야 했다.

살인전담팀 자리는 비어 있었다. 연휴가 시작되는 금요일 오후 4시가 넘은 시각이었다. 새로운 사건이 터지지 않는 이상, 형사들은 가능한 한 빨리 이곳에서 튀어 나가 가족들의 품으로 달려가려고 할 것이었다. 파운즈는 유리벽 사무실 안에 앉아 있었다. 고개를 숙이고 줄이 비뚤어지지 않게 하려고 자를 대고 종이 위에 뭔가를 쓰고 있었다.

보슈는 자기 책상 앞에 앉아 분홍색 전화 메시지 쪽지들을 훑어보았다. 즉시 전화를 해줄 필요가 있는 건 아무것도 없었다. 〈타임스〉의 브레머 기자한테서 전화가 두 번 왔었는데, 존 마커스라는 이름을 남겨놓았다. 기자가 보슈를 찾는다는 사실을 다른 사람이 눈치채지 못하도록 둘이서 입을 맞춘 가명이었다. 보슈가 수사했던 두 건의 사건 담당 검사들한테서 전화가 한 통씩 왔었는데, 정보를 요구하거나 증거물의 소재지를 묻고 있었다. 테레사한테서도 전화가 한 통 왔었는데, 쪽지에 적힌 시각을 보니 보슈와 그녀가 만나기 전이었다. 이제 그와는 아무 말도 하지 않겠다고 선언하기 위해 전화한 것이 틀림없었다.

포터와 실비아 무어한테서는 전화가 없었다. 보슈는 실종사건 담당 카페틸로 형사에게서 받은 멕시칼리의 공조요청 전문 사본을 꺼내들고 카를로스 아길라가 적어놓은 번호로 전화를 걸었다. 번호는 멕시코 주립 경찰국 대표 전화번호였다. 최근에 다시 갈고 닦긴 했지만 스페인어는 아직도 걸음마 단계라서 5분이나 더듬더듬 설명을 하고 나서야 수사과로 연결이 되었고, 거기서 또 한참을 더듬거리며 아길라를 찾았다. 아길라는 자리에 없었다. 대신 영어를 할 줄 아는 경감이 전화를 받아서 아길라는 지금 사무실에 없고 나중에 돌아올 예정이며 토요일에도 근무를 한다고 알려주었다. 보슈는 멕시코 경찰들은 1주일에 6일을 근무한다는 걸 알고 있었다.

"내가 도울 일이라도 있습니까?"

경감이 물었다.

보슈는 아길라가 LA 주재 멕시코 영사관으로 보낸 전문을 보고, 자기가 맡은 사건의 변사체와 인상착의가 비슷해서 전화하는 거라고 설명했다. 경감은 그 실종사건을 아길라에게 배당한 사람이 자기라면서 그 사건을 잘 알고 있다고 말했다. 보슈는 신원확인을 할 지문 샘플이 있는지 물었지만, 경감은 없다고 대답했다. 카페틸로의 예상이 맞았다.

"그 변사체 사진을 보내주면 구티에레스 묘사 씨의 가족에게 보여주고 확인을 해보죠."

경감이 말했다.

"좋습니다. 사진은 많으니까요. 전문에는 구티에레스 묘사가 노동자라고 되어 있던데요?"

"그래요. 날마다 인력시장이 열리는 원형 교차로에서 일용직 일거리를 찾았죠. 베니토 후아레즈 동상이 있는 원형 교차로에서요."

"혹시 그가 인바이로브리드라는 업체에서 일을 했는지 아십니까? 캘리포니아 주정부 사업에 관여를 하는 업체인데요."

한동안 침묵이 흐른 후 멕시코 인 경감이 대답했다.

"미안합니다. 어디서 일을 했는지는 모르겠군요. 적어놨다가 아길라 형사가 돌아오면 물어보죠. 사진을 보내주면 신원확인 작업부터 하고. 내가 책임지고 신속하게 처리하고 나서 연락할게요."

보슈는 잠깐 침묵하다가 말했다.

"경감님, 경감님 성함을 알고 싶습니다만."

"구스따보 그레나요. 수사과장이죠."

"그레나 경감님, 아길라 형사한테 내일 사진을 받게 될 거라고 전해주십시오."

"그렇게 빨리요?"

"네. 제가 직접 사진을 갖고 갈 거라고 전해주세요."

"보슈 형사, 그럴 필요까진 없어요. 내 생각엔…."

보슈가 그의 말을 잘랐다.

"괜찮습니다, 그레나 경감님. 제가 늦어도 오후 1, 2시까지는 도착할 거라고 전해주십시오."

"그러죠."

보슈는 감사 인사를 한 후 전화를 끊었다. 고개를 드니 파운즈 과장이 사무실 유리 너머로 그를 노려보고 있었다. 무슨 일이냐는 듯 엄지손가락을 들고 눈썹을 치켜 올리고 있었다. 보슈는 고개를 돌렸다.

노동자. 페르날 구티에레스 료사는 원형 교차로라는 곳에서 일자리를 찾는 일용직 노동자였다. 일용직 노동자가 어떻게? 그는 블랙 아이스를 가지고 국경을 넘는 운반책이었는지도 몰랐다. 아니, 마약 밀반입에는 전혀 관여를 하지 않았을지도 몰랐다. 있어서는 안 될 곳에 있으면서 봐서는 안 될 것을 봤다는 것을 빼고는 죽임을 당할 만한 어떤 짓도 하지 않았는지도 몰랐다.

보슈가 갖고 있는 것은 전체 그림의 조각들이었다. 그에게 필요한 건 그 조각들을 하나로 이어 붙일 풀이었다. 그가 처음 경찰배지를 받고 밴나이스 경찰서 강력반에 배속되었을 때 만난 파트너는 수사에서 가장 중요한 건 사실이 아니라 풀이라고 말했다. 풀이란 본능, 상상력, 때로는 추측, 그리고 대개의 경우에는 순전히 운으로 만들어진다고도 했다.

이틀 전날 밤 보슈는 초라한 모텔 방에 펼쳐진 사실들을 보고 무어가 자살한 거라고 추정했었다. 그러나 이젠 자신의 추측이 틀렸다는 것을 알았다. 그동안 모아들인 모든 사실을 종합해보면, 무어는 살해당한 것이었고 몇 건의 다른 살인사건과 관련이 있었다. 멕시칼리가 그토록 많은 바퀴살을 가진 수레바퀴의 중심이라면, 무어는 바퀴를 고정시키는 볼트였다.

보슈는 수첩을 꺼내 무어가 소릴료 파일에 넣어둔 기밀보고서에서 언급된 마약단속국 요원의 이름을 찾았다. 그리고 나서 명함정리기에서 마약단속국 LA지부의 전화번호를 찾아 전화를 걸었다. 전화를 받은 남자는 보슈가 코보를 찾자 누구냐고 물었다.

"칼렉시코 무어의 유령이라고 전해줘요."

1분 후 다른 목소리가 전화를 받았다.

"누구십니까?"

"코보 씨?"

"먼저 누군지 말씀하시죠. 안 그러면 그냥 끊겠습니다."

보슈는 자기 신원을 밝혔다.

"근데 칼렉시코 무어의 유령이라는 말은 뭐죠?"

"괜히 해본 소리예요. 좀 만나야겠습니다."

"이유는요?"

"이유요? 내가 내일 아침에 멕시칼리로 갑니다. 소릴료를 찾으러 가는 거죠. 그래서 그에 대해 잘 아는 사람의 도움이 필요해서요. 당신이 먼저 날 만나고 싶어 할 거라고 생각했는데요. 당신이 칼 무어의 정보원이었으니까 말이죠."

"내가 그 사람과 아는 사이라고 누가 그러든가요?"

"내 전화를 받았잖아요. 그리고 마약단속국의 기밀을 무어에게 넘겼고요. 그에게서 다 들었어요."

"보슈 형사, 난 이 일이 벌써 7년째요. 그런 나한테 엄포를 놓으시려고? 할리우드 대로에서 에잇볼을 파는 놈들한테나 가서 해봐요. 그놈들한테라면 먹혀들지도 모르니까."

"7시에 코드 세븐 안쪽에 있는 바에서 기다리고 있을게요. 그 후에 멕시칼리로 내려갈 겁니다. 오든 말든 당신이 알아서 해요. 보게 되면 봅시다."

"혹시 가게 되면 당신을 어떻게 알아볼 수 있죠?"

"걱정 말아요. 내가 당신을 알아볼 테니까. 내가 비밀요원은 잘 알아보거든요."

보슈가 전화를 끊고 고개를 드니 파운즈 과장이 강력반 자리 근처에
서서 할리우드 경찰서 통계 담당 직원들의 또 다른 골칫거리인 대민범
죄 보고서를 읽고 있었다. 모든 종류의 폭력범죄를 포괄하는 의미로 쓰
이는 대민범죄는 전반적인 범죄의 증가속도보다 훨씬 더 빠른 속도로
증가하고 있었다. 그 말은 범죄 자체가 늘어나고 있다는 뜻일 뿐만 아
니라, 범죄자들이 점점 더 잔인하고 난폭해지고 있다는 뜻이기도 했다.
보슈는 파운즈 과장의 바지 허벅지 부분에 흰색 가루가 묻어 있는 것을
보았다. 종종 그렇게 흰 가루를 묻히고 다녀서 형사들 사이에서 장난
같은 논란거리와 우스갯거리가 되고 있었다. 어떤 친구들은 파운즈가
코카인을 흡입하다가 칠칠맞지 못하게 묻히고 다니는 거라고 했다. 파
운즈는 경찰서 내에서 다시 태어난 기독교인 중 하나였기 때문에 이 말
은 굉장히 웃기는 농담이었다. 다른 사람들은 그가 과장실의 블라인드
를 다 내리고 설탕 도넛을 몰래 먹다가 가루를 묻히는 거라고 했다. 하
지만 보슈는 언젠가 파운즈에게서 나는 냄새를 맡고 그 가루의 정체를
알게 되었다. 보슈는 파운즈 과장이 아침에 바지만 입고 셔츠는 입지
않은 상태에서 베이비파우더를 바르는 습관이 있을 거라고 추측했다.

"그래, 어떻게 돼 가? 진전이 좀 있어?"

파운즈가 보고서에서 고개를 들고 짐짓 사무적인 어조로 물었다.

보슈는 당연하다는 듯 미소를 지으며 고개를 끄덕였을 뿐 아무 말도
하지 않았다. 파운즈가 몸이 달아 더 캐묻게 만들 작정이었다.

"그래, 어떻게 돼 가는데?"

"아, 몇 가지 일이 있었죠. 오늘 포터한테서 연락이 왔습니까?"

"포터? 아니, 왜? 그 개새끼는 잊어버려, 보슈. 그 새끼 도움은 받을
수가 없을 거야. 그래, 뭘 알아냈어? 수사상황 보고서를 내지 않았더군.

방금 서류함을 확인해봤어. 자네가 쓴 건 하나도 없던데?"

"바빴어요. 지미 캅스에 대해서 수사하고 있는 게 있고, 포터가 맡은 마지막 사건 피살자의 신원과 범행현장을 곧 밝혀낼 수 있을 것 같습니다. 지난주에 선셋의 식당 뒷골목에서 발견된 후안 도우 67번 말입니다. 누가 무슨 이유로 그랬는지 곧 알아낼 수 있을 것 같아요. 어쩌면 내일 당장이라도요. 허락해주신다면 주말 근무를 하고 싶은데요."

"훌륭해. 아무렴, 좋고말고. 하고 싶은 대로 해. 지금 당장 초과근무 허가서 내줄게."

"감사합니다."

"근데 뭐하러 여러 개를 수사하려고 해? 종결하기 쉬운 걸로 하나 고르는 게 어때? 하나만 더 해결하면 되는데."

"사건들이 서로 관련이 되어 있는 것 같아서요."

"자네…."

파운즈는 말을 멈추고 한 손을 들어 보슈에게 말하지 말라고 신호를 보내더니 말을 이었다.

"내 사무실로 가서 얘기하지."

파운즈는 유리를 깐 책상 뒤에 앉자마자 자를 들어 만지작거리기 시작했다.

"그래, 해리, 관련이 있다니 무슨 말이야?"

보슈는 입에서 나오는 대로 즉흥적으로 말을 할 작정이었다. 자기가 말하는 모든 것을 뒷받침할 확실한 증거가 있는 것처럼 자신감 있는 목소리로 말을 하려고 애를 썼다. 대부분이 추측일 뿐이고 확실한 건 거의 없었지만 그는 과장의 책상 앞 의자에 앉아 있었다. 파운즈에게서 베이비파우더 냄새가 났다.

"지미 캅스는 보복 살해를 당했습니다. 캅스가 댄스라는 경쟁자를 경찰에 밀고해서 검거시켰다는 사실을 어제 알아냈어요. 블랙 아이스를 시장에서 몰아내려고 그런 짓을 한 겁니다. 하와이산 아이스가 시장을 넓혀가게 하려고요. 그래서 댄스를 대마팀에 밀고했던 거죠. 그런데 댄스가 검거되긴 했지만, 검사가 기소도 하지 않고 풀어줬어요. 검거 과정에 문제가 있었다면서요. 댄스는 그대로 풀려났죠. 그러고 나서 나흘 후에 캅스가 살해됐고요."

"좋아, 좋아. 흥미로운 얘기군. 그러면 댄스가 용의잔가?"

"아니라는 증거가 나올 때까지는요. 지금은 잠수 중입니다."

"그렇군. 근데 그게 후안 도우 사건과 무슨 관련이 있다는 거지?"

"마약단속국 말로는 댄스가 시중에 풀었던 블랙 아이스가 멕시칼리에서 들어오는 거랍니다. 거기 멕시코 경찰로부터 잠정적이긴 하지만 신원을 확인했어요. 우리의 후안 도우는 구티에레스 료사라는 이름의 멕시코 남자인 것 같습니다. 멕시칼리 출신이고요."

"운반책인가?"

"그럴 수도 있습니다. 근데 들어맞지 않는 사항이 몇 가지 있어요. 멕시코 경찰은 그를 일용직 노동자라고 했거든요."

"큰돈을 벌려고 딴 짓을 했는지도 모르지. 그런 놈들이 많잖아."

"그럴지도 모르죠."

"그래서 그가 캅스가 살해당한 것에 대한 보복으로 살해당했다고 생각하는 거야?"

"그럴 수도 있겠죠."

파운즈가 고개를 끄덕였다. 보슈는 자기 말이 아직까지는 잘 먹히고 있다고 생각했다. 한동안 둘은 침묵을 지켰다. 마침내 파운즈가 목소리를 가다듬었다.

"이틀 동안 꽤 많은 걸 찾아냈군, 해리. 아주 좋아. 그래 이젠 어떡할 거야?"

"댄스의 행방을 추적하고, 후안 도우의 신원을 확인하고…."

보슈는 말끝을 흐렸다. 파운즈에게 얼마만큼 털어놓아야 할지 판단이 서질 않았다. 어쨌든 멕시칼리로 가는 일은 말하면 안 될 것 같았다.

"댄스가 잠수 탔다며."

"정보원한테서 들은 얘기예요. 확실한진 모르겠습니다. 이번 주말에 찾아보려고요."

"좋아."

보슈는 좀 더 털어놓기로 작정했다.

"그리고 듣고 싶으실진 모르겠지만, 또 있습니다. 칼 무어에 관한 건데요."

파운즈는 자를 책상에 내려놓고, 가슴 위로 팔짱을 끼고는 의자 등받이에 등을 기댔다. 신중해진 모습이었다. 지금 둘은 직장생활에 엄청난 타격을 받을 수도 있는 문제로 발을 내디디고 있었다.

"우리 지금 살얼음판에 올라서고 있는 거 아닌가? 무어 사건은 우리가 맡은 게 아닌데."

"저도 그 사건 싫습니다. 이 두 사건만 가지고도 머리가 빠개질 것 같아요. 그런데 자꾸 불쑥불쑥 끼어드는 걸 어떡합니까. 듣고 싶지 않으시다면, 그냥 제가 알아서 처리하겠습니다."

"아냐, 아냐, 들어보자고. 난 그냥 이 뭐냐… 이렇게 얼키설키한 게 마음에 안 들어. 그뿐이야."

"네, 얼키설키하다, 맞는 말씀입니다. 어쨌든, 말씀드렸다시피, 댄스를 검거한 게 대마팀이었어요. 무어는 그 자리에 없었지만, 그의 팀원들이 검거했죠. 그리고 나서 무어가 후안 도우의 변사체를 발견했고요."

"칼 무어가 발견했다고? 포터의 수사기록에는 그런 말이 없었는데?"

파운즈가 되물었다.

"배지 번호로 나와 있어요. 어쨌든, 현장에 유기된 시신을 발견한 사람이 바로 무어였어요. 그러니까 댄스 사건과 후안 도우 사건 둘 다에 무어가 등장하고 있는 거죠. 후안 도우의 변사체를 발견하고 난 바로 다음 날 무어는 모텔에 투숙해 머리가 날아간 시체로 발견되었고요. 강력계가 자살이 아니라고 결론을 내렸다는 소식은 들으셨죠?"

파운즈가 고개를 끄덕였다. 충격으로 멍해진 표정이었다. 두 개 사건의 수사 진행상황 보고나 들을 줄 알았지, 이런 얘기를 듣게 되리라곤 꿈도 꾸지 못했던 것 같았다.

보슈가 말을 이었다.

"무어도 누군가에게 살해당했습니다. 그러니까 이젠 사건이 세 개가 된 거죠. 캅스, 후안 도우, 그리고 이번엔 무어까지요. 그리고 댄스는 행방이 묘연하고요."

보슈는 이만하면 충분하다고 생각했다. 이젠 등을 기대고 앉아 파운즈가 어떻게 나오는지 지켜보면 되었다. 파운즈는 어빙 부국장에게 전화를 걸어 도움이나 지시를 요청해야 한다는 사실을 알고 있을 것이었다. 그러나 파운즈는 부국장에게 전화를 하면 캅스와 후안 도우 사건까지 강력계로 넘어갈 거라는 사실도 알고 있었다. 그리고 강력계 형사들은 시간을 두고 느긋하게 수사를 진행할 것이었다. 그러면 하나라도 종결하기까지 몇 주는 기다려야 할 것이었다.

"포터는? 포터는 뭐래?"

보슈는 포터를 끼어 들이지 않으려고 애를 썼다. 이유는 알 수 없었다. 포터는 무너졌고 거짓말을 했지만, 아직도 보슈는 그를 다치게 하고 싶지 않았다. "해리, 날 지켜줄 거지?"라고 했던 그의 마지막 말 때문인지도 몰랐다.

"포터는 못 찾았습니다. 전화를 해도 받질 않고요. 어쨌든 이런 사실들을 모두 알아낼 만큼 시간이 많질 않았을 겁니다."

보슈가 거짓말을 했다.

파운즈는 포터가 한심하다는 듯 고개를 저었다.

"물론 그랬겠지. 술이나 퍼마시고 있었을 테니까."

보슈는 아무 말도 하지 않았다. 지금은 파운즈가 공을 칠 차례였다.

"이것 봐, 해리, 자넨… 자네 지금 나한테 다 솔직하게 말하고 있는 거지? 다른 꿍꿍이가 있어서 나 몰래 돌출행동이나 하고 돌아다니는 건 아니겠지? 전부 다 보고한 거 맞아?"

이런 말을 하는 파운즈의 속내는 이번 일이 잘못됐을 경우 자기가 얼마나 타격을 입을 것인지 알고 싶은 것이었다.

보슈가 말했다.

"제가 알고 있는 건 다 말씀드렸습니다. 지금 우리에겐 종결해야할 살인사건이 두 건, 아니 무어 건까지 포함해서 세 건이 있죠. 과장님은 그 사건들이 발생한 지 6주에서 8주 이내에 종결되기를 바라시는 거고요. 제가 최종 보고서를 작성해 올리면 파커 센터로 보내고 싶으신 거겠죠. 말씀하신 것처럼 해가 바뀌기 전에 종결하기를 바라신다면 앞으로 남은 나흘 동안 제게 전권을 주십시오."

파운즈는 보슈의 머리 너머 어딘가를 응시하며 자로 귀 뒤를 긁고 있었다. 결정을 내리고 있는 거였다. 마침내 그가 말했다.

"알았어. 주말에 최선을 다해 봐. 월요일에 다시 상황을 점검하자고. 그때 가서 강력계를 불러들이든지 하지, 뭐. 그렇지만 매일 나한테 보고해야 해. 어떤 일을 하고 있는지, 무슨 일이 벌어지고 있는지, 얼마만큼 진전이 있는지 알아야겠어."

"알겠습니다."

보슈가 말했다. 자리에서 일어서서 방을 나가려고 돌아서는데 문 위에 작은 십자가상이 걸려 있는 게 눈에 들어왔다. 파운즈가 그걸 보고 있었던 것인지 궁금했다. 경찰서 사람들 대다수는 그가 정치적인 목적 때문에 다시 태어난 기독교인이라고 말했다. 경찰 조직 내에 그런 사람들이 많이 있었다. 그들은 모두 어느 총경이 평신도 설교사로 있다는 밸리의 어느 교회를 다녔다. 보슈는 그들이 일요일 아침마다 그 교회로 가서 총경의 주변에 몰려들어 존경한다고 외쳐댈 것 같다고 생각했다.

"그럼, 내일 다시 얘기하자고."

파운즈가 뒤에서 말했다.

"네. 내일이요."

보슈가 나오고 나서 잠시 후 파운즈는 자기 사무실 문을 잠그고 퇴근했다. 보슈는 사무실에 혼자 남아 커피를 마시고 담배를 피우며 6시 뉴스를 기다리고 있었다. 교통사고조사반 뒤쪽 파일 캐비닛 위에 소형 흑백텔레비전이 한 대 있었다. 그는 텔레비전을 켜고 비교적 선명한 화면이 나올 때까지 안테나를 조정했다. 상황실 정복 경찰관 두 명이 텔레비전을 보기 위해 들어왔다.

마침내 칼 무어가 뉴스 첫머리를 장식했다. 채널 2는 파커 센터의 기자회견 소식을 헤드라인 뉴스로 보도하면서 어빈 어빙 부국장이 수사 진전상황을 설명했다고 전했다. 화면에 수많은 마이크 앞에 서 있는 어빙의 모습이 보였다. 그 뒤에 테레사가 서 있었다. 어빙은 그녀가 부검을 하면서 타살임을 보여주는 새로운 증거를 발견했다고 소개했다. 그러고 나서 살인사건 수사가 전면적으로 진행되고 있다고 말했다. 보도의 말미에는 화면에 무어의 사진이 나오면서 기자의 목소리가 뉴스를 마무리했다.

"이제 수사관들에겐 칼렉시코 무어 경사의 삶 속으로 깊이 파고 들어가 초라한 모텔 방에서 잔혹하게 살해당하게 된 경위를 밝혀낼 임무가 주어졌습니다. 그들은 그것이 비명횡사한 동료에게 하는 마지막 인사라고 말하고 있습니다. 소식통에 따르면, 경찰은 단서가 많지 않아 수사에 난항을 빚고 있지만, 살인사건으로 전환해 수사를 시작할 수 있었던 것은 법의국장 서리 덕분이었다고 합니다. 그녀가 한 경찰관의 쓸쓸한 자살로 묻힐 수 있었던 사건이 타살임을 밝혀낸 것입니다."

여기서 카메라가 사진 속 무어의 얼굴을 클로즈업했고, 기자가 보도를 마무리했다.

"그리하여, 미스터리는 계속됩니다."

보도가 끝나자 보슈는 TV를 껐다. 정복들은 상황실로 돌아갔고 보슈는 강력반 자기 자리로 돌아와 앉았다. 화면에 나온 무어의 사진은 몇 년 전에 찍은 것 같았다. 지금보다 젊은 얼굴에 눈은 더 총명했다. 이중생활의 흔적은 찾아볼 수 없었다.

화면에 비친 무어의 사진을 생각하던 중, 실비아 무어가 말했던 다른 사진들이, 남편이 평생을 간직하면서 가끔씩 꺼내보곤 했다던 사진들이 떠올랐다. 무어는 또 어떤 과거를 간직하고 있었을까? 보슈에겐 어머니의 사진이 한 장도 없었다. 아버지도 임종 직전에야 만날 수 있었다. 칼 무어는 어떤 짐을 지고 살았을까?

이제 코드 세븐으로 출발해야할 시각이었다. 그러나 보슈는 주차장으로 나가기 전에 상황실부터 들렀다. 벽에 수배자 전단 옆에 붙어 있는 클립보드를 보니 당직 근무자 명단이 꽂혀 있었다. 지난주의 변동사항을 신속하게 반영했을 리가 없다는 그의 추측이 맞았다. 경사 명단에 무어의 이름과 로스 펠리즈에 있는 자택 주소가 그대로 있었다. 그는 주소를 수첩에 베껴 적고 나서 밖으로 나왔다.

17 멕시칼리의 교황

보슈는 담배를 길게 한 모금 빨고 나서 꽁초를 하수구로 던졌다. 그리고 코드 세븐 출입문의 곤봉모양 손잡이를 잡고 잠깐 머뭇거렸다. 길 건너 시청 건물 옆에 있는 자유공원이라 불리는 정사각형의 잔디광장을 바라보았다. 나트륨 가로등 불빛 아래 전쟁기념관 주변 잔디밭에 누워 있는 남녀 노숙자들이 보였다. 그들은 전쟁터의 전사자들, 땅에 묻히지도 못한 채 나뒹굴고 있는 시체들 같았다.

안으로 들어간 보슈는 앞쪽에 있는 식당을 가로질러 걸어가 바의 출입구를 가리고 있는 판사복 같은 검은색 커튼을 젖혔다. 바 안에는 변호사들과 경찰들이 빼곡히 들어앉아서 담배 연기를 뿜어대고 있었다. 교통체증이 풀리기를 기다리려고 들어왔다가 너무 편안해서 혹은 너무 취해버려서 그냥 눌러앉아 있는 것 같았다. 보슈는 빈 걸상이 있는 바의 한쪽 끝으로 걸어가 자리를 잡고 앉아 맥주 한 잔과 위스키 한 잔을 주문했다. 바 뒷벽에 걸린 밀러 시계가 정각 7시를 가리키고 있었다. 보슈는 뒷벽에 걸린 거울로 실내를 둘러보았지만, 마약단속국 코보 요원으로 보이는 사람은 없었다. 그는 담배를 붙여 물면서 8시까지만 기다려보자고 생각했다.

그런 생각을 하면서 다시 거울을 보았을 때 턱수염이 덥수룩하고 가무잡잡한 피부의 땅딸막한 남자 하나가 커튼을 젖히고 들어서더니 멈춰 서서 어두운 조명에 익숙해지기를 기다리고 있었다. 청바지에 스웨터 차림이었다. 허리띠에는 호출기를 차고 있었고 속에 권총이 들어 있어 스웨터 허리 부분이 불룩했다. 남자는 주위를 둘러보다가 거울 속에서 보슈와 눈이 마주쳤다. 보슈는 고개를 한 번 까딱해 보였다. 코보가 다가와 옆자리에 앉았다.

"정말 알아보는군요."

코보가 말했다.

"당신도 날 알아봤잖아요. 우리 둘 다 교육을 다시 받아야겠는데? 맥주 할래요?"

"이봐요, 보슈, 먼저 해둘 말이 있어요. 난 이 일에 대해서는 아무것도 몰라요. 무슨 일인지 모른다고요. 당신하고 이야기를 할까 말까도 아직 결정 못했고."

보슈는 재떨이에 걸쳐놓은 담배를 집어 들고 거울로 코보를 바라보았다.

"난 호올스가 목감기약인지 목캔딘지 아직 결정 못했는데."

코보가 걸상에서 일어서며 말했다.

"혼자 잘 마시고 가쇼."

"왜 그래요, 코보, 맥주 한 잔 하고 가요. 긴장 좀 풀고, 친구."

"여기 오기 전에 당신에 대해 좀 알아봤지. 전력이 아주 화려하시던데. 조직 내에서 수직낙하를 하고 계시더군. 강력계에서 할리우드로 밀려났더구만. 다음에는 어디로 가실 건가? 웰즈 파고 현금수송차량 조수석으로?"

"아니, 다음 목적지는 멕시칼리지. 아무것도 모르고 무작정 내려가서 당신이 해놓은 다 된 밥에 코 빠뜨릴 수도 있고. 그곳 상황에 대해 얘기해주면 나한테도 당신한테도 도움이 될 텐데."

"그렇게는 안 될걸. 여길 나가서 전화만 한 통 걸면 짐을 다시 풀어야 할 테니까."

"여길 나가면 바로 뜰 거야. 붙잡기엔 너무 늦을 거고. 앉아요. 내가 무례하게 굴었다면 미안해요. 가끔씩 그럴 때가 있지. 하지만 난 당신들이 필요하고 당신들에겐 내가 필요하다는 사실을 잊지 마쇼."

코보는 아직도 앉지 않았다.

"보슈, 가서 뭘 어쩔 거요? 목장으로 가서 교황을 들쳐 업고 이리로 데려오기라도 할 건가? 그래요?"

"그러지, 뭐."

"빌어먹을."

"사실 어떻게 할지 나도 잘 몰라. 일이 풀리는 대로 따라가 보려고. 교황을 만나지 못할 수도 있고, 만날 수도 있겠지. 어떻게 될지는 두고 봐야할 거고."

코보는 다시 걸상에 걸터앉더니 손짓으로 바텐더를 불러 보슈와 같은 술을 주문했다. 거울로 보니 코보의 턱수염 오른쪽에 세로로 길게 난 굵은 흉터자국이 보였다. 그 연한 자줏빛 흉터를 가리기 위해 턱수염을 기른 거라면, 대실패였다. 아니 흉터를 가리려고 한 게 아닐 수도 있었다. 보슈가 아는, 혹은 같이 일을 했던 마약단속국 요원들은 대개가 흘러넘치는 남성미를 자랑으로 여겼다. 엄포와 협박을 밥 먹듯이 하는 그들에게 흉터는 흠이 아니라 무공훈장이었다. 그러나 보슈는 저렇게 눈에 띄는 흉터가 있는 사람이 비밀요원 일을 잘 할 수 있을까 의문이 들었다.

바텐더가 맥주 한 잔과 위스키 한 잔을 내려놓자, 코보는 아주 익숙한 동작으로 위스키를 단숨에 마셨다. 그러고 나서 보슈에게 물었다.

"그래, 거기로 내려가는 진짜 이유가 뭐요? 그리고 내가 당신을 조금이라도 믿어야 하는 이유는 뭐지?"

보슈는 잠깐 동안 생각해보다가 대답했다.

"내가 당신에게 소릴료를 넘겨줄 수 있으니까."

"와우."

보슈는 아무 말도 하지 않았다. 이젠 코보에게 선택의 기회를 주어야 했다. 그가 저울질을 끝내고 나면 본론으로 들어갈 수 있을 것이다. 영화와 TV드라마가 과장하거나 잘못 묘사하지 않은 한 가지는 지방경찰과 연방 경찰 사이에 존재하는 질투와 불신이라는 생각이 들었다. 한쪽은 늘 자기들이 상대방보다 더 능력 있고 더 현명하고 더 나은 자격조건을 갖추었다고 생각했다. 그리고 그렇게 생각하는 쪽이 틀린 경우가 많았다.

"좋아요. 어디 그럼 얘기해 봅시다. 당신이 알아낸 게 뭐요?"

코보가 말했다.

"그 얘길 하기 전에 먼저 하나 물어보고 싶은 게 있어. 당신은 누구요? 당신은 여기 LA에 있는데 무어의 파일에 언급된 이유가 뭐지? 어떻게 소릴료 전문가가 될 수 있었지?"

"하나만 물어본다더니. 간단하게 말하자면, 난 멕시코시티 경찰과 우리 마약단속국 LA지부가 멕시칼리에서 공동으로 벌이고 있는 수사의 책임자요. 우린 대등한 입장에서 사건을 나눠 수사하고 있지. 하지만 당신에게 말할 가치가 있다고 판단하기 전에는 아무 말도 하지 않을 거요. 자, 어서 말해 봐요."

보슈는 지미 캅스와 후안 도우 살인사건과, 두 사건의 연관성에 대해, 댄스와 무어에 대해, 그리고 소릴료의 블랙 아이스 사업에 대해 설명했다. 마지막으로 그는 무어가 피살된 후 댄스가 멕시코로, 십중팔구는 멕시칼리로 내려갔을 거라는 정보를 입수했다고 말했다.

코보가 맥주잔을 비운 후 말했다.

"당신의 시나리오엔 큰 허점이 하나 있군. 그 후안 도우가 거기서 살해당했다고 생각하는 이유가 뭐요? 그렇다고 치면, 그 시신이 어떻게 이곳까지 올라올 수 있었을까? 이해가 안 되는데."

"부검 결과 후안 도우의 사망 시각은 무어가 시신을 발견한 시각보다, 혹은 그가 거기서 시신을 발견한 시각이라고 진술한 시각보다 여섯 시간에서 여덟 시간 전인 것으로 밝혀졌어. 그리고 부검에서 후안 도우가 멕시칼리의 특정 장소에서 사망했을 가능성이 높다는 사실을 보여주는 증거도 몇 가지 발견됐고. 놈들은 그 변사체가 그 장소와 관련이 없는 것처럼 보이기 위해 멕시칼리에서 다른 곳으로 옮기려고 했을 거야. LA로 보낸 건 마침 LA로 가는 트럭이 있었기 때문이었을 거고. 편의상 말이야."

"지금 퍼즐 맞추기 하자는 거요, 뭐요, 보슈? 특정 장소라니 우리가 지금 어디 얘길 하고 있는 건데?"

"우리라니. 나만 얘기하고 있구만. 당신은 한 마디도 안 하고 나만 계속 얘기하고 있잖아. 난 거래를 하려고 온 거야. 당신네들 업무 실적을 알고 있어. 당신들은 소릴료의 선적품을 한 개도 잡아내지 못했지. 난 당신에게 소릴료의 블랙 아이스 수송로를 알려줄 수 있어. 당신은 내게 뭘 줄 수 있지?"

코보가 웃음을 터뜨리더니 바텐더를 향해 손가락으로 V자를 그려보였다. 바텐더가 맥주 두 잔을 가져왔다. 코보가 말했다.

"이거 아쇼? 난 당신이 맘에 들어. 믿거나 말거나. 당신 뒷조사를 좀 해봤는데, 당신에 대해 알아낸 사실들이 마음에 들더군. 하지만 지금 당신한텐 거래할 만한 가치가 있는 정보가 하나도 없는 것 같은데."

"혹시 멕시칼리에 있는 인바이로브리드라는 업체를 아시나?"

코보는 앞에 놓인 맥주잔을 내려다보면서 생각을 정리하고 있는 것 같았다. 좀 더 찔러봐야 할 것 같았다.

"알아, 몰라?"

"인바이로브리드는 멕시칼리에 있는 공장이야. 우리나라로 들여와 살포할 불임 광대파리를 사육하고 있지. 정부 계약업체고. 광대파리를 그곳에서 사육하는 이유는···."

"그건 나도 다 아는 거고. 당신은 어떻게 알지?"

"멕시칼리 작전 계획을 세우는 데 참여했으니까. 우린 소릴료의 황소 목장을 감시할 지상 관측소를 세우기로 했지. 장소 물색을 위해 목장 옆에 있는 공업단지를 살펴봤어. 인바이로브리드가 제일 유력하더군. 경영주가 우리나라 사람이고, 우리 정부의 계약업체니까. 그곳의 옥상이나 사무실 같은 곳에 관측소를 세울 수 있을까 해서 가서 살펴봤지. 소릴료의 목장은 바로 길 건너편에 있더군."

"그런데 인바이로브리드 측이 거절했군."

"아니, 그들은 수락했는데 우리가 포기했지."

"왜?"

"방사선 때문에. 또 파리들 때문에. 그 망할 놈의 파리들이 그곳을 완전히 뒤덮고 있었어. 그 때문에 시야가 많이 가려졌지. 옥상으로 올라갔더니 목장은 그런대로 보이는데, 외양간 같은 황소 사육 시설이 인바이로브리드와 목장의 주요 건물들 사이에 떡 버티고 있더군. 그래서 그곳을 이용할 수가 없었어. 거기 관계자한테 고맙지만 안 되겠다고 했지."

"뭐라고 거짓말을 했어? 혹시 마약단속국이라고 사실대로 불어버린 건 아니겠지?"

"아니, 거짓말을 좀 했지. 사막 및 산악지대 바람 연구를 위해 기상청에서 나왔다고. 그렇게 둘러댔더니 그 친구가 믿더군."

"그랬군."

코보가 손등으로 입을 닦았다.

"그래, 인바이로브리드는 어떻게 알게 된 거요?"

"후안 도우 덕분에. 그 친구 몸속에서 당신이 말한 벌레들이 나왔거든. 그곳에서 피살된 것 같아."

코보는 고개를 옆으로 돌려 보슈를 바라보았다. 보슈는 계속 바 뒤에 붙은 거울을 통해 그를 보고 있었다.

"좋아, 보슈, 당신 말에 흥미가 생기는군. 이야기 계속해보쇼."

보슈는 코보의 이야기를 듣기 전까지는 인바이로브리드가 소릴료의 목장에서 바로 길 건너편에 있다는 사실조차 모르고 있었지만 어쨌든 인바이로브리드가 블랙 아이스 수송로의 일부라고 믿고 있다고 말했다. 그는 자신의 시나리오를 마저 펼쳐 보여주었다. 일용직 노동자였던 페르날 구티에레스 료사는 블랙 아이스 운반책으로 고용이 되었지만 일을 제대로 하지 못했거나, 광대파리 사육공장 안에서 일하다가 봐서는 안 될 것을 봤거나 해서는 안 될 일을 했던 것이다. 어느 쪽이든, 그는 맞아죽었고, 시신은 흰 환경 상자에 담겨 광대파리가 든 다른 상자들과 함께 LA로 옮겨졌다. 그러고 나서 그의 시신은 할리우드에 버려졌고 무어가 그 시신을 발견해 신고했다. 그리고 무어는 여기 LA에서 블랙 아이스의 판매책들의 뒷배를 봐주고 있었다.

"시체를 딴 곳으로 옮겨야 했던 건 공장 안으로 경찰을 들이고 싶지 않았기 때문이겠지. 그곳에 뭔가 있는 거야. 적어도 사람을 죽일 만큼 가치가 있는 뭔가가."

코보는 바 위에 한 팔을 올리고 손바닥에 얼굴을 괴고 있었다. 그가 물었다.

"그 친구가 뭘 봤을까?"

"모르지. 내가 아는 건 인바이로브리드는 선적품이 국경에서 검색을 당하지 않도록 연방정부와 합의를 했다는 사실이야. 상자를 열어보면 상품이 파손될 수 있다는 이유를 내세워서."

"이 이야길 또 누구한테 했지?"

"안 했어."

"안 했다고? 인바이로브리드에 대해서 정말 아무한테도 말하지 않았다고?"

"문의는 좀 했지. 하지만 방금 당신한테 들려준 이야기는 누구에게도 하지 않았어."

"어디에다 문의를 했는데? 멕시코 주립 경찰국?"

"응. 그쪽에서 여기 영사관으로 그 노동자 실종사건에 관한 공조요청 전문을 보내왔더군. 그 덕분에 난 상황을 종합해볼 수 있었어. 하지만 거기 내려가면 최종적으로 신원확인을 해봐야 하지."

"그렇군. 그런데 그들에게 인바이로브리드 이야기도 했어?"

"그 노동자가 인바이로브리드에서 일했다는 얘기를 들어본 적이 있는지 물어보긴 했어."

코보는 과장되게 큰 한숨을 내쉬며 의자를 돌려 바의 정면을 향해 앉았다.

"누구랑 통화했는데?"

"그레나라는 경감."

"모르는 사람이군. 근데 당신 큰 실수를 했구만. 그런 일은 그곳 사람들에게 알려주면 안 돼. 그들은 소릴료에게 전화해서 당신한테 들은 이야기를 전해주고 월말에 보너스를 받아 챙길걸."

"실수일 수도 있고 아닐 수도 있겠지. 그레나가 내 말을 싹 무시하고 말았을 수도 있으니까. 적어도 난 벌레 공장으로 걸어 들어가서 기상관측소를 세우겠다고 뻥은 안 쳤어."

둘 다 한동안 말이 없었다. 각자 상대방이 지금까지 한 말을 곱씹어보고 있었다. 코보가 한참 후에 말했다.

"당장 이 문제에 대해 알아봐야겠어. 거기 내려가서 일을 망치고 돌아다니지 않겠다고 약속해줘."

"아무것도 약속 못해. 그리고 지금까지 나만 계속 얘기했어. 당신은 한 마디도 안 했고."

"뭘 알고 싶은데?"

"소릴료에 대해서."

"당신이 정말로 알아야 할 일은 우리가 오래전부터 놈을 잡고 싶어했다는 사실밖에 없어."

이번에는 보슈가 손짓으로 맥주 두 잔을 더 주문했다. 그는 담배를 붙여 물고 거울 속에 비친 코보의 모습이 담배 연기에 흐려지는 것을 바라보았다.

"소릴료에 대해서 꼭 알아야 되는 사실은 대단히 똑똑한 놈이라는 거요. 아까도 말했지만, 당신이 내려온다는 걸 놈도 이미 알고 있을걸. 멕시코 주립 경찰은 믿지 마쇼. 우린 연방 경찰만 상대하지. 그 친구들도 헤어진 마누라만큼도 믿을 만하지 못하지만."

보슈는 코보가 이야기를 계속하기를 바라면서 진지하게 고개를 끄덕여보였다.

"소릴료가 지금은 모르고 있다고 해도 당신이 그곳에 도착하기 전에 알게 될 거야. 그러니까 몸조심하쇼. 최선의 방법은 가지 않는 건데. 하지만 그럴 생각이 전혀 없는 것 같군. 차선책은 멕시코 주립 경찰을 아예 무시하고 건너뛰는 거요. 절대로 그들을 믿어서는 안 돼. 교황이 그 안에 자기 사람들을 심어뒀을 테니까. 알겠소?"

보슈는 거울 속의 코보를 향해 고개를 끄덕였다. 그리고는 너무 머리를 조아리는 것 같아 고갯짓을 그만하기로 결심했다.

코보가 말했다.

"지금 내 말을 전부 한 귀로 듣고 한 귀로 흘리고 있는 거 같군. 그래서 거기 있는 친구를 소개시켜주고 싶은데. 라모스라는 요원이오. 내려가서 멕시코 주립 경찰들을 만나 인사만 가볍게 나누고 모든 게 만족스럽다는 듯이 행동하고는 나와서 라모스에게 연락해요."

"인바이로브리드 건이 무르익어서 소릴료를 덮치게 되면, 나도 거기 끼어줘."

"그러지. 가서 라모스와 어울려 다녀요. 알겠소?"

보슈는 잠깐 생각해보다가 대답했다.

"그러지. 자, 이제 소릴료에 대해서 얘기 좀 해보쇼. 계속 딴 얘기만 하지 말고."

"소릴료가 마약 시장에 등장한 지는 꽤 오래됐지. 우리가 입수한 정보에 따르면 적어도 70년대까진 거슬러 올라갈 수 있으니까. 그땐 마약 운반책으로 활동했고. 트램펄린에서 뛰는 놈들 중에 하나였다고 할 수 있겠군."

보슈는 트램펄린이라는 말을 전에 한 번 들어본 적은 있었지만, 코보의 이야기 끝에 그 말에 대한 설명이 나올 거라고 생각했다.

"블랙 아이스는 소릴료가 가장 최근에 취급한 상품이야. 어렸을 땐 마리화나 운반책이었지. 지금의 자기와 같은 누군가에게 뽑혔던 거겠지. 열두 살 땐 마리화나를 가득 담은 배낭을 매고 국경 담장을 넘어 다녔고, 좀 더 나이가 들어선 트럭을 몰고 다녔어. 그러면서 한 계단 한 계단 밟아 올라간 거지. 80년대에 들어선 우리가 플로리다에 집중하고 있는 동안, 콜롬비아 인들이 멕시코 인들과 손을 잡았어. 콜롬비아 인들이 비행기를 이용해 멕시코로 코카인을 실어 날랐고, 멕시코 인들은 예전부터 있었던 마리화나 수송로를 이용해서 코카인을 가지고 우리 국경을 넘었지. 멕시칼리에서 칼렉시코로 넘어가는 길이 그 수송로들 중 하나였고. 그들은 그 루트를 트램펄린이라고 불렀어. 코카인은 콜롬비아에서 멕시코로, 멕시코에서 미국으로 트램펄린을 뛰듯 통통 튀면서 들어왔던 거야. 그러면서 소릴료는 부자가 됐지. 빈민가 출신이 엄청나게 큰 황소 목장을 소유하고 개인 경호원까지 있고 바하 칼리포르니아 경찰의 절반을 마음대로 주무르는 막강한 권력자가 된 거지. 그리고 그는 자기 재산을 사회에 어느 정도 환원하기 시작했어. 자기 동네 출신들을 빈민가에서 구해냈지. 소릴료는 자기가 자란 동네를 잊지 않았고, 그 동네 사람들도 그를 잊지 않았어. 그곳 사람들은 그에 대한 충성심이 대단해. 그때부터 소릴료는 '교황'이라는 별명을 얻게 됐지. 그러다가 우리가 멕시코의 코카인 밀수 문제를 해결하기 위해 움직이기 시작하니까, 교황은 헤로인으로 옮겨갔어. 그는 근처 동네 몇 군데에 타르 공장을 갖고 있었어. 헤로인을 국경 너머로 운반하겠다고 자원하고 나서는 사람들도 끊이질 않았고. 한 번 국경을 넘어주면 5년 동안 뼈 빠지게 고생해서 벌 수 있는 돈보다 훨씬 더 많은 목돈을 교황에게서 받을 수 있었거든."

보슈는 위험부담이 별로 없는 일을 하고 그렇게 큰돈을 벌 수 있다니 유혹이 얼마나 컸을까 생각해 보았다. 게다가 도중에 잡힌 사람들조차도 감옥에서 오래 썩지 않고 풀려났으니 말이었다.

코보가 말을 이었다.

"타르 헤로인에서 블랙 아이스로 옮겨가는 건 아주 자연스러운 현상이었어. 소릴료는 상황 판단력이 뛰어난 기업가거든. 아직까지는 블랙아이스가 그다지 널리 알려져 있지 않은 신상품이지만, 현재로서도 소릴료는 우리나라로 들어오는 블랙 아이스의 주요 공급원이야. 지금 블랙 아이스가 전국 곳곳에서 모습을 드러내고 있어. 뉴욕, 시애틀, 시카고 등등 대도시에서. LA에서 어쩌다 경찰에 걸린 블랙 아이스 거래는 빙산의 일각이지. 아주 커다란 빙산의 작디작은 끄트머리일 뿐이라고. 우린 소릴료가 아직도 자신이 거느린 운반책들을 이용해서 순수 헤로인을 밀반입하는 데 주력하고 있지만 블랙 아이스에 주목하고 있다는 걸 알고 있어. 앞으로 대박을 터뜨릴 상품이라고 판단하고 있는 게 분명해. 소릴료는 블랙 아이스 제조와 유통에 투자를 지속적으로 늘려가고 있고, 하와이 경쟁자들을 시장에서 몰아내려고 하고 있어. 블랙 아이스의 생산 유통 단가가 아주 낮고, 캡슐 한 개당 20달러에 팔리고 있어. 시중에 나온 하와이산 아이스나 글래스보다 싼 가격이지. 게다가 소릴료의 상품이 효과가 더 좋거든. 이제 곧 하와이산 경쟁 상품들을 본토에서 완전히 몰아낼 거야. 그러고 나면 블랙 아이스는 80년대 중반에 크랙(강력한 코카인의 일종 – 옮긴이)이 그랬던 것처럼 수요가 순식간에 증가할 거야. 그렇게 블랙 아이스의 수요가 급증하면 소릴료는 가격을 인상할 것이고 사실상 시장을 독점하게 되겠지. 소릴료는 바다를 누비며 피라미 새끼까지 다 잡아들이는 저인망어선 식으로 사업을 하고 있는 거야."

"대단한 기업가군."

보슈는 무슨 말이라도 해야 될 것 같아 이렇게 말했다.

"그렇다고 했잖아. 2년 전인가 애리조나 주 노갈레스에서 국경 순찰대가 땅굴을 발견했던 거 기억해? 국경을 사이에 두고 멕시코 쪽에 있는 창고에서 우리 쪽에 있는 창고까지 땅굴이 있었던 거? 우린 소릴료가 그 땅굴을 파는 데 투자했을 거라고 생각하고 있어. 적어도 여러 명의 투자자 중 한 명이었을 거야. 그 땅굴을 파는 것도 놈의 아이디어였을 거고."

"그런데도 그를 건드리지 못했군."

"맞아. 우리가 접근할 때마다, 꼭 누군가가 죽어 나갔지. 아주 난폭한 기업가야."

보슈는 허름한 모텔 화장실 바닥에 처참한 모습으로 앉아 있던 무어의 시신을 떠올렸다. 그도 소릴료를 잡으려고 나섰던 것이었을까?

코보가 말했다.

"소릴료는 '더 에메'와 관련이 있어. 소문으론 놈의 눈 밖에 난 사람은 누구라도 어디서라도 처단할 수 있다고 하더군. 70년대로 거슬러 올라가면 그때 그곳에선 마리화나 수송로를 놓고 지역 조직들 간에 무차별 학살이 벌어졌었어. 마치 갱 집단 간의 전쟁 같았지. 그 전쟁에서 소릴료가 승리했고 그 후로 놈은 모든 조직을 통합했지만, 그러기 전에도 놈의 조직이 가장 강력했어. '성자들과 죄인들'이라는 이름으로 불렸지. 더 에메에 거기 출신들이 많아."

더 에메는 멕시코 마피아 조직으로, 멕시코와 캘리포니아에 있는 거의 모든 교도소의 수감자들 사이에서 강력한 영향력을 행사하고 있는 라틴계 갱 집단이었다. 보슈는 그 조직에 대해서 아는 바가 별로 없었고 그 조직원이 연루된 사건을 맡은 적도 없었지만, 조직원들 사이에 규율이 아주 엄격하고 조금이라도 규율을 어기면 죽임을 당한다는 사실은 알고 있었다.

"그런 건 어떻게 다 알게 됐지?"

보슈가 물었다.

"수년 동안에 걸쳐서 정보원들을 통해 수집한 거야. 살아남아 말을 해줄 수 있었던 사람들한테서. 우린 교황에 대해서 전부 다 알고 있어. 심지어 목장에 있는 놈의 사무실에 벨벳 천에 그린 엘비스 프레슬리 초상화가 있다는 사실까지도."

"소릴료의 지역조직은 표식이 있나?"

"표식이라니?"

"상징 말이야."

"악마. 뒤에 후광이 있는."

보슈는 맥주잔을 비우고 바 안을 둘러보았다. 예전에 경찰관 총격사건을 대충대충 처리했던 검사가 보였다. 테이블에 혼자 앉아 마티니를 마시고 있었다. 다른 테이블 몇 군데에서 보슈가 아는 경찰들 몇 명도 보였다. 모두들 담배를 피워대고 있었다. 공룡들. 보슈는 이제 그만 자리를 뜨고 싶었다. 어디 가서 조용히 생각을 정리하고 싶었다. 뒤에 후광이 있는 악마. 무어의 팔에 그 문신이 있었다. 소릴료와 같은 지역 출신이라는 얘기였다. 보슈는 흥분이 되기 시작했다.

"라모스와는 어떻게 연락하지?"

"라모스가 당신을 찾아갈 거야. 어디 묵을 거야?"

"모르겠는데."

"칼렉시코에 있는 데 안사 호텔에 묵어. 우리 쪽이 더 안전하지. 물도 더 좋을 거고."

"알았어. 그러지."

"또 한 가지, 무기를 가지고 국경을 넘을 수 없어. 사실 쉽게 가지고 들어갈 수 있긴 하지. 검문소에서 경찰배지를 보이면 아무도 트렁크를 열어보지 않을 테니까. 근데 멕시코에서 무슨 일이 생기면, 칼렉시코 경찰서에 무기를 맡겨놓고 갔는지부터 확인할 거야."

코보가 보슈를 향해 의미심장하게 고개를 끄덕여보였다.

"칼렉시코 경찰서에 국경을 넘는 경찰들의 총기를 맡아두는 총기류 보관함이 있어. 신고서에 이름을 써넣으면 총기 보관 영수증을 줄 거야. 동료 경찰의 편의를 위한 거지. 그러니까 총기를 그곳에 맡기고 가. 집에 놔두고 왔다고 얼버무리면서 가지고 넘어갈 생각은 말고. 거기에 맡겨놔. 신고서에 이름을 써넣으라고. 그러면 아무 문제도 없을 거야. 알겠지? 혹시 무슨 일이 생길 경우를 대비해서 당신 권총의 알리바이를 확보해두란 말이야."

보슈는 고개를 끄덕였다. 무슨 말인지 알았다.

코보는 지갑을 꺼내 보슈에게 명함을 한 장 건넸다.

"필요하면 언제라도 전화하쇼. 혹시 내가 사무실에 없더라도 연결해줄 거니까. 교환원에게 당신 이름을 말해줘. 당신 이름을 알려놓고 전화가 오면 반드시 연결해달라고 일러둘 테니까."

코보의 말이 점점 더 빨라지고 있었다. 보슈에게서 들은 인바이로브리드에 관한 정보 때문에 흥분한 것 같았다. 어서 빨리 거길 쑤셔보고 싶은 것이었다. 보슈는 거울에 비친 코보의 모습을 관찰했다. 뺨에 난 흉터가 기분에 따라 색이 바뀌기라도 하는 것처럼 더 짙어 보였다. 코보도 거울로 보슈를 바라보더니 흉터를 만지며 말했다.

"칼에 찔렸어. 지후아테네호에서. 잠복근무 중이었지. 난 신발 속에 총을 숨기고 있었고, 내가 부츠에 손을 대기도 전에 놈이 여길 찌르더군. 그곳 병원은 병원이라고 할 수도 없어. 엉성하게 꿰매놔서 결국 이렇게 됐지. 그래서 이젠 잠복근무도 못 해. 눈에 확 띄어서 말이지."

코보는 그 이야기를 하는 게 즐거운 것 같았다. 무용담을 털어놓으며 점점 더 의기양양해졌다. 생사의 기로까지 갔던 게 딱 한 번 그때였던 것 같았다. 코보는 보슈가 물어봐주기를 기다리고 있는 것 같았다. 보슈는 기대에 부응하자고 생각했다.

"그럼 찌른 놈은 어떻게 됐어?"

"땅에 묻혔지. 총을 꺼내자마자 골로 보내버렸거든."

코보는 총싸움에 칼을 들고 나타난 놈을 쏴서 죽여 버린 것이 영웅적인 일이라도 되는 것처럼 말했다. 적어도 자신한테는 영웅 신화인 모양이었다. 처음 만난 사람이 흉터를 유심히 볼 때마다 이 이야기를 해주는 듯했다. 보슈는 기분을 맞춰주기 위해 고개를 끄덕여보이고는 걸상에서 내려서서 바 위에 돈을 올려놓았다.

"우리 거래 잊지 마. 소릴료를 잡으러 갈 때 나도 꼭 불러줘야 돼. 라모스에게 알려놓는 것도 잊지 말고."

"아, 맞다, 거래를 했었지. 근데 당신이 거기 있는 동안 그런 일이 있으리라고는 장담 못 해. 절대로 성급하게 달려들지 않을 거니까. 게다가 소릴료를 놓쳤거든. 일시적이겠지만."

"놓쳤다니, 무슨 말이야?"

"한 열흘 정도 소릴료의 모습이 눈에 띄지 않고 있어. 하지만 거기 목장에 있을 거라고 생각하고 있지. 일정을 바꾸고 납작 엎드려 있는 걸 거야."

"일정?"

"교황은 남의 눈에 띄는 걸 좋아하는 사람이야. 우리를 조롱하는 걸 즐기지. 평소에는 지프를 타고 목장을 돌아다니고, 우지 기관단총으로 코요테 사냥을 하고, 자기 황소들을 살펴보고 다니지. 놈이 특별히 애지중지하는 황소가 한 마리 있어. 엘 뗌블라르라고, 예전에 마타도르를 죽인 적이 있는 챔피언이지. 소릴료는 종종 밖으로 나와서 그 황소를 살펴보곤 하지. 자기와 닮았다고 생각하는 거겠지. 그러니 얼마나 자랑스럽겠어. 어쨌든 최근 들어 소릴료는 목장에서도, 일요일이면 반드시 가곤 했던 투우장에서도 모습이 목격되지 않고 있어. 자신의 소속감을 다지기 위해 자기가 나고 자란 동네들을 둘러보고 다니곤 했는데 요즘에는 그런 모습도 보이지 않아. 소릴료는 그 지역에선 대단한 유명인사야. 자신도 멕시칼리의 교황이라고 불리는 걸 즐기고 있고."

보슈는 소릴료의 삶을 그려보았다. 내로라할 게 하나도 없는 도시의 유명인사. 그는 담배를 붙여 물었다. 어서 빨리 여길 뜨고 싶었다.

"그럼 마지막으로 목격된 게 언젠데?"

"아직 거기 있다면, 12월 15일 이후로 집 밖으로 나오지 않고 있는 거야. 그날은 일요일이었고. 투우장에서 경기를 관람했어. 그게 마지막으로 목격된 모습이었지. 그 후로, 12월 18일에도 봤다는 사람들도 있긴 해. 그날 목장을 돌아다니는 모습을 봤다더군. 그리곤 끝이야. 다른 곳으로 떴거나, 목장 안에 납작 엎드려 있거나 둘 중 하나겠지."

"경찰관 살해를 지시한 일 때문에 그렇겠지."

코보가 고개를 끄덕였다.

보슈는 혼자 술집을 나왔다. 코보는 공중전화를 쓰고 가겠다고 했다. 바를 나온 보슈는 신선한 밤공기를 느끼며 담배를 마지막으로 한 모금 더 깊이 빨았다. 길 건너 공원의 어둠 속에서 누군가 움직이는 모습이 보였다. 곧이어 흑인 남자 하나가 가로등 아래 원뿔 모양의 빛 속으로 걸어 들어왔다. 그는 양팔을 앞뒤로 크게 휘저으며 발을 높이 쳐들고 걸어가다가 가로등 아래에서 갑자기 획 돌아서더니 다시 어둠을 향해 걷기 시작했다. 다른 어느 세상 군악대의 트롬본 연주자 같았다.

18 외로운 영혼들

칼 무어가 살았던 아파트 건물은 프랭클린에서 공항 도로에 늘어서 있는 택시처럼 삐죽 나와 있는 3층짜리 건물이었다. 길 양편으로는 그 건물과 마찬가지로 2차 세계대전 이후에 지어진 치장벽토를 바른 건물들이 늘어서 있었다. 무어의 아파트 건물은 더 파운튼즈라는 이름이었지만, 몇 개의 분수는 모두 흙으로 메워져 화단으로 변해 있었다. 거기서 한 블록 떨어진 곳에는 사이언톨로지 교회 본부 건물이 있었고, 그 대형 빌딩에 붙은 흰 네온 간판이 보슈가 서 있는 길모퉁이에까지 기괴한 빛을 드리우고 있었다. 밤 10시가 다 되어가는 시각이라, 보슈는 누군가 다가와서 인내심 테스트를 하지 않을까 하는 걱정은 하지 않았다. 그는 거기 서서 담배를 피우며 거의 30분 동안이나 아파트 건물을 바라보고 있다가 마침내 무단침입을 감행하기로 결심했다.

아파트 외벽에 보안시스템이 작동하는 건물이라는 팻말이 붙어 있었지만 실제로는 그런 것 같지도 않았다. 보슈는 자동차 사물함에 열쇠 따는 도구들과 함께 넣고 다니던 버터 바르는 칼로 아파트 출입문의 자물쇠를 살짝 밀어 열었다. 그다음에 나타난 문은 걱정할 필요가 없었다. 문이 완전히 닫혀 있지 않은 것을 보니 기름칠을 해야 할 것 같았다. 보슈는 그 문을 비집고 들어가 로비 벽에 붙은 입주자 명단을 살펴보았다. 3층 7호실 옆에 무어의 이름이 있었다.

무어의 집은 3층 중앙 로비에서 양쪽으로 난 복도의 한쪽 끝에 있었다. 현관문 문설주에 경찰 증거물 스티커가 붙어 있었다. 보슈는 열쇠고리에 달린 작은 주머니칼로 스티커를 자른 후 무릎을 구부리고 앉아 자물쇠를 살펴보았다. 이쪽 복도에 무어의 집 외에 두 집이 더 있었다. 그러나 어느 집에서도 TV 소리나 말소리가 들리지 않았다. 복도 등이 충분히 밝아서 손전등은 필요 없었다. 무어의 아파트 현관문에는 평범한 핀텀블러 데드볼트 자물쇠가 달려 있었다. 작은 갈고리와 톱니 모양의 빗을 이용해서 자물쇠를 여는 데 채 2분도 걸리지 않았다.

보슈는 손수건으로 싸맨 손을 손잡이에 올려놓은 채 안으로 들어가는 게 잘하는 짓인지 다시 생각해보았다. 어빙이나 파운즈가 이 사실을 알게 되면, 보슈는 새해가 되기 전에 푸른색 정복을 입고 길거리를 돌아다니게 될 것이었다. 그는 고개를 돌려 다시 복도를 살핀 후 문을 열었다. 들어가 봐야 했다. 다른 사람들은 무어에게 무슨 일이 있었는지 관심이 없는 것 같았다. 아무래도 좋았다. 그러나 보슈는 무슨 이유에선지 자꾸만 관심이 갔다. 안에 들어가면 그 이유를 알게 될지 모른다는 생각이 들었다.

그는 집 안으로 들어서자마자 문을 닫고 다시 잠갔다. 그는 현관 앞에 서서 눈이 어둠에 익숙해질 때까지 기다렸다. 집 안에서 퀴퀴한 냄새가 났고 어두컴컴했다. 빛이라고는 거실 창문에 처진 얇은 커튼을 뚫고 들어오는 사이언톨로지 교회의 푸른빛이 감도는 흰색 네온 불빛이 전부였다. 보슈는 거실로 걸어 들어가 이상하게 생긴 낡은 소파 옆 작은 탁자 위에 놓인 램프를 켰다. 램프 불빛 속에 드러난 거실 안에는 거의 20년 전의 스타일로 가구가 비치되어 있었고 집 안 전체에 짙은 감색 카펫이 깔려 있었다. 소파에서 부엌으로, 그리고 오른쪽으로 보이는 복도로 이어지는, 사람이 주로 다니는 길은 카펫이 밟힌 인조잔디처럼 닳아서 납작해져 있었다.

그는 좀 더 안으로 걸어 들어가 부엌과 침실과 화장실을 재빨리 훑어보았다. 놀라울 정도로 휑뎅그렁했다. 사람이 살았던 흔적이 거의 없었다. 벽에 붙은 사진도 없었고, 냉장고에 붙은 메모쪽지도 없었으며, 의자 등받이에 걸쳐놓은 재킷도 없었다. 심지어 싱크대 속에는 접시도 한 개 없었다. 무어는 이곳에서 유령처럼 살았던 것 같았다.

보슈는 자신이 무엇을 찾고 있는 것인지 몰라서, 그냥 부엌부터 살펴보기로 했다. 수납장과 서랍을 열어보았다. 수납장 한 칸에는 시리얼 한 상자와 캔커피 한 개, 그리고 3분의 1쯤 남아 있는 어얼리 타임즈 위스키 한 병이 들어 있었다. 다른 수납장 속에는 따지 않은 스위트 럼주 한 병이 있었는데 멕시코 상표가 붙어 있었다. 병 속에 사탕수수 줄기 한 개가 들어 있었다. 서랍 속에는 은식기와 조리도구, 포츠와 불릿 같은 할리우드 지역의 술집 성냥갑이 몇 개 들어 있었다.

냉장고의 냉동실에는 얼음 쟁반 두 개만 덩그러니 놓여 있었다. 냉장실 맨 위 칸에는 겨자 소스 한 병, 이젠 상해버린 볼로냐소시지가 반쯤 들어 있는 플라스틱 팩 한 개, 여섯 개 묶음 플라스틱 목걸이 속에 홀로 남은 버드와이저 한 캔이 있었다. 냉장실 문 아래 칸에는 1킬로그램짜리 도미노 설탕 한 봉지가 들어 있었다.

보슈는 설탕을 살펴보았다. 뜯지 않은 상태였다. 갑자기 여기까지 와서 뭐하는 짓인가 하는 생각이 들었다. 그는 설탕을 꺼내 봉지를 뜯어 싱크대 속으로 천천히 쏟아 부었다. 설탕처럼 보였다. 맛도 설탕 맛이었다. 봉지 속에 다른 것은 들어 있지 않았다. 그는 뜨거운 물을 틀고 백색 가루가 녹아내려가는 것을 바라보았다.

그는 설탕 봉지를 조리대 위에 두고 화장실로 들어갔다. 칫솔걸이에 칫솔 한 개, 거울 뒤 수납장에 면도 도구가 있었다. 그뿐이었다.

침실로 들어간 보슈는 우선 붙박이장 문을 열어보았다. 옷 몇 벌이 옷걸이에 걸려 있었고 바닥에 놓인 플라스틱 빨래바구니엔 빨랫감이 가득 들어 있었다. 벽장 선반에는 초록색 체크무늬 서류가방 한 개와 '스네익스(Snakes)'라는 상표가 붙은 흰 구두상자 한 개가 놓여 있었다. 보슈는 먼저 빨래바구니를 뒤집어 더러운 셔츠와 바지의 주머니를 살살이 뒤져보았다. 아무것도 없었다. 다음으로 옷걸이에 걸린 옷을 하나하나 넘기며 주머니를 뒤져보았다. 맨 끝의 옷걸이에 무어의 정장용 경찰제복이 비닐에 싸여 걸려 있었다. 순찰대를 떠난 다음에 제복을 보관하는 이유는 딱 한 가지였다. 나중에 수의로 사용하기 위해서. 보슈는 제복을 보관하는 건 불길한 징조이자 자신감이 부족하다는 뜻이라고 생각했다. 보슈도 경찰 규칙에 따라 대형 지진이나 폭동과 같은 유사시에 입기 위해 경찰복을 한 벌 보관하고는 있었지만, 정장용 푸른색 경찰 제복은 10년 전에 내다 버렸다.

그는 서류가방을 내렸다. 안은 비어 있었고 퀴퀴한 냄새가 났다. 오랫동안 사용하지 않은 것이었다. 구두상자는 내리기도 전에 속이 비어 있다는 것을 알 수 있었다. 상자 속에는 티슈 몇 장이 들어 있었다.

상자를 다시 선반에 올려놓으며, 하이드어웨이 화장실 바닥에 똑바로 서 있던 무어의 부츠 한 짝을 떠올렸다. 무어를 죽인 놈은 자살로 위장하기 위해 부츠를 힘들게 벗겨낸 것일까? 아니면 무어를 죽이기 전에 벗으라고 했을까? 그건 아니었다. 테레사 말대로 뒤통수를 가격 당했다면 무어는 자기 뒤에 누가 있는지 모르고 있었을 것이다. 보슈는 어둠 속에서 놈이 다가와 무어의 뒤통수를 향해 산탄총의 개머리판을 휘두르는 모습을 상상했다. 무어가 쓰러진다. 놈은 부츠를 벗기고, 무어를 화장실로 끌고 가 욕조에 기대 앉혀놓고 산탄총의 방아쇠 두 개를 당긴다. 방아쇠에 묻은 지문을 지우고, 개머리판에 무어의 엄지손가락을 누르고, 그의 두 손을 총신에 문질러 무어의 지문과 얼룩을 남긴다. 그러고 나서 부츠를 타일 바닥 위에 똑바로 세워놓는다. 개머리판에서 나온 나무가시를 욕실 저편으로 던져 놓는다. 이것으로 자살 현장이 완성된다.

퀸 사이즈 침대는 흐트러져 있었다. 침대 옆 탁자 위에는 1달러짜리 지폐 두 장과 무어가 아내와 함께 찍은 사진이 든 작은 액자가 놓여 있었다. 보슈는 허리를 굽히고 액자를 만지지는 않은 채 사진을 바라보았다. 실비아가 웃고 있었다. 식당이나 결혼식 피로연장에 앉아 있는 것 같았다. 사진 속의 그녀는 아름다웠고 그녀의 남편도 그 사실을 알고 있는 듯 흐뭇한 눈으로 그녀를 바라보고 있었다.

"네가 개판 친 거야, 칼."

보슈는 혼잣말을 했다.

그는 화장대 앞으로 갔다. 아주 낡은데다 담뱃불로 지진 자국과 이름 첫 글자를 칼로 새긴 자국이 곳곳에 있어서 구세군도 받아주지 않을 것 같았다. 맨 위 서랍 안에는 빗 한 개와 뒤집어 놓은 벚나무 액자 한 개가 들어 있었다. 액자를 들고 보니 안이 비어 있었다. 보슈는 잠깐 동안 어찌된 일일까 생각했다. 액자에는 꽃장식이 새겨져 있었다. 비싼 것 같았고, 원래부터 이 아파트에 있었던 것은 아닌 게 분명했다. 무어가 가지고 온 것이었다. 그런데 왜 비어 있을까? 쉬헌에게 아파트를 수색하면서 사진을 가져갔냐고 물어보고 싶었지만, 그러면 이곳에 들어왔었다는 사실이 들통 나기 때문에 그럴 수가 없었다.

그다음 서랍에는 속옷과 양말, 개어놓은 티셔츠 몇 장이 들어 있었다. 세 번째 서랍에도 옷이 들어 있었는데, 모두 세탁소에서 말끔하게 개어서 가져온 것을 넣어둔 것 같았다. 포개진 셔츠 밑에 포르노 잡지가 한 권 들어 있었는데 할리우드 유명 여배우의 누드 사진을 공개한다는 표지 문구가 눈에 확 들어왔다. 보슈는 단서를 찾기 위해서라기보다는 호기심에서 잡지를 들춰보았다. 무어가 실종된 후 아파트를 수색하러 들어왔던 형사와 순경들 모두가 들춰보았을 것이 분명했다.

보슈는 여배우 사진들이 그녀가 맨 가슴이라는 것만 겨우 알아볼 수 있을 정도로 어둡고 흐릿하다는 걸 확인한 후 잡지를 덮었다. 오래전에, 그녀가 스스로 노출 수위를 조절할 수 있을 정도로 유명해지기 전에 찍은 영화의 스틸 사진인 것 같았다. 표지에 실린 외설적인 약속만 믿고 잡지를 산 남자들이 얼마나 실망했을까 상상이 갔다. 그 여배우는 또 얼마나 분노하고 당혹스러워했을까도 상상이 갔다. 칼 무어는 그 사진들을 보고 어떤 느낌이었을까 궁금했다. 갑자기 실비아 무어의 모습이 떠올랐다. 보슈는 잡지를 셔츠 밑에 넣어두고 서랍을 닫았다.

화장대 맨 밑의 서랍에는 빛바랜 청바지 한 장과 사진 한 뭉치가 든 구겨진 흰 종이가방 한 개가 들어 있었다. 그는 가방을 집어 들면서 자기가 찾고 있었던 게 바로 이거라는 걸 직감했다. 가방을 들고 침실을 나오면서 스위치를 눌러 침실 전등을 껐다.

램프 옆 소파에 앉은 그는 담배를 붙여 물고 사진 뭉치를 꺼냈다. 대부분이 색이 바랜 아주 옛날 사진이라는 걸 금방 알아볼 수 있었다. 그에게는 이 사진들이 포르노 잡지에 있던 사진들보다 더 은밀하고 말초신경을 자극하는 것 같았다. 칼 무어의 불행한 과거를 담고 있는 사진들이었다.

사진은 연대별로 정리가 되어 있는 것 같았다. 색이 바랜 흑백 사진에서 컬러 사진으로 옮겨가는 것을 보아도 알 수 있었고, 옷과 자동차 같은 것들을 보아도 그랬다.

첫 번째 사진은 간호사복 같은 것을 입고 있는 어린 라틴계 아가씨를 찍은 흑백사진이었다. 가무잡잡한 피부에 귀여운 얼굴이었고, 수줍은 미소에 약간 놀란 듯한 표정으로 뒷짐을 지고 수영장 옆에 서 있었다. 팔 뒤로 둥근 물체의 끄트머리가 보였다. 가만 보니 쟁반을 뒤로 숨기고 있는 것이었다. 쟁반을 든 채 사진을 찍히고 싶진 않았던 것 같았다. 간호사가 아니라 하녀였다. 노예.

그녀의 사진이 몇 장 더 있었는데, 오랜 세월에 걸쳐 찍은 것들이 분명했다. 세월은 그녀에게 친절을 베푼 것 같았지만, 그래도 나이를 먹는 건 어쩔 수가 없었다. 나이 든 사진에서도 이국적인 아름다움은 여전했지만 주름살이 생겼고 눈에선 온기가 많이 사라졌다. 어떤 사진에선 어린 아기를 안고 있었고, 그다음 사진에선 어린 사내아이와 함께 포즈를 취하고 있었다. 흑백 사진이었지만 자세히 들여다보니 사내아이의 눈은 흑갈색 머리와 피부에 비해 옅은 색으로 보였다. 초록색 눈이었을 거라고 보슈는 생각했다. 무어와 그의 어머니였다.

그 중 한 장에서는 여자와 사내아이가 스페인식 기와로 지붕을 덮은 흰색 대저택 앞에 서 있었다. 지중해 별장 같은 저택이었다. 엄마와 아들 뒤로, 초점이 흐려 희미하긴 했지만 기다란 탑이 서 있는 게 보였다. 탑 꼭대기엔 빈 눈구멍처럼 보이는 어두운 창문 두 개가 보였다. 보슈는 무어가 성에서 자랐다고 했다는 실비아의 말이 기억났다. 이게 바로 그 성이었다.

다른 사진에서는 소년이 금발 머리에 피부가 가무잡잡하게 그을린 유럽계 백인 남자 옆에 뻣뻣하게 서 있었다. 둘은 50년대 후반에 유행했던 멋진 선더버드 자동차 옆에 서 있었다. 남자는 한 손은 차의 엔진 뚜껑 위에 올려놓고 다른 손은 소년의 머리에 얹고 있었다. 둘 다 자기 거라고 말하고 있는 것 같았다. 남자는 눈을 가늘게 뜨고 카메라를 바라보고 있었다.

보슈는 그의 눈을 알아볼 수 있었다. 아들과 똑같은 초록색 눈이었다. 남자의 머리 꼭대기는 숱이 눈에 띄게 적었다. 비슷한 시기에 찍은 소년과 어머니의 사진들과 비교해볼 때, 무어의 아버지는 어머니보다 적어도 열다섯 살은 더 많아 보였다. 아버지와 아들 사진은 자꾸만 쥐고 만져서 그런지 가장자리가 닳아 있었다. 다른 사진들보다 훨씬 더 닳은 상태였다.

그다음에 나온 사진들은 장소가 바뀌어 있었다. 멕시칼리에서 찍은 것 같았다. 앞에서 본 사진들보다 더 긴 세월에 걸쳐 찍은 사진들인데도 앞의 것들보다 적었다. 소년은 몰라보게 쑥쑥 커가고 있었고, 배경으로 보이는 장소들은 제3세계 같은 느낌을 주었다. 멕시코의 빈민촌에서 찍은 것이었다. 사람들 무리가 배경으로 자주 등장했는데, 모두 멕시코인이었고, 보슈가 LA의 빈민가에서 보았던 것과 같은 절망과 희망이 섞여 있는 표정을 하고 있었다.

그리고 다른 소년이 있었다. 무어와 같은 나이거나 약간 더 나이가 많은 것 같았다. 무어보다 강하고 거칠어 보였다. 무어와 함께 찍은 사진이 많았다. 보슈는 무어의 형일 거라고 생각했다.

이 사진들 속에 등장하는 무어의 어머니는 갑자기 확 늙어버린 모습이었다. 쟁반을 들고 있던 소녀는 간 곳이 없었다. 고단한 삶에 지친 여인이 그 자리를 대신하고 있었다. 이 사진들 속에는 오래도록 잊을 수 없을 것 같은 절망과 고통, 고단함이 배어 있었다. 보슈는 이 사진들이 무어에게 어떤 의미였을지 이해할 수 있었기 때문에 사진들을 보고 있기가 미안했다.

마지막 흑백사진은 웃통을 벗은 두 소년이 피크닉 테이블에 등을 맞대고 앉아 웃고 있는 모습을 담고 있었다. 칼 무어는 순진하게 웃고 있는 10대 초반의 소년이었다. 그보다 한두 살 많아 보이는 다른 소년은 반항아처럼 보였다. 눈빛이 거칠고 뚱한 표정이었다. 칼은 사진사를 향해 오른팔을 들어 올려 근육 자랑을 하고 있었다. 그때 벌써 문신이 새겨져 있었다. 후광이 드리워진 악마. 성자들과 죄인들.

그다음부터는 다른 소년은 다시는 나타나지 않았다. LA에서 찍은 컬러사진들이었다. 시청 건물이 배경으로 등장하는 사진도 있었고 에코 파크의 분수가 보이는 사진도 있었다. 무어 모자는 미국으로 건너 온 것이었다. 다른 소년이 누구였는지는 모르겠지만, 뒤에 남겨진 게 분명했다.

사진 뭉치의 뒤쪽으로 가자, 무어의 어머니 모습도 사라졌다. 보슈는 그것이 돌아가셨다는 의미인지 궁금했다. 마지막 두 장은 성인이 된 무어의 모습을 담고 있었다. 첫 번째 것은 경찰대학 졸업식 사진이었다. 졸업과 동시에 신규 임용된 경찰관들이 이젠 대릴 F. 게이츠 강당으로 이름이 바뀐 강당 밖 잔디밭에 모여서 찍은 사진이었다. 졸업모를 하늘로 던지고 있었다. 보슈는 졸업생들 중에서 무어를 찾아냈다. 한 팔로 동료의 어깨를 감싸 안은 그는 더없이 기쁜 표정이었다.

그리고 마지막 사진에서는 경찰제복을 입은 무어가 젊은 실비아를 안고 빰을 맞대며 웃고 있었다. 그녀의 피부는 지금보다 더 부드러워보였고 눈은 더 초롱초롱했으며 머리카락은 더 길고 풍성해 보였다. 그러나 지금의 모습과 별반 다르지 않았고, 그때도 지금처럼 아름다웠다.

보슈는 사진들을 다시 가방에 넣고 소파 위 자기 옆자리에 올려놓았다. 왜 이 사진들을 앨범에 넣거나 액자에 끼워두지 않았을까 궁금했다. 한 사람의 일생을 담은 사진들을 종이가방에 넣어 아무렇게나 굴러다니게 하다니.

사실 그는 그 이유를 알고 있었다. 그의 집에도 절대로 앨범에 넣지 않는 사진들이 있었다. 볼 때마다 직접 쥐고 만지며 보고 싶은 사진들이었다. 그런 사진들은 단순히 과거 어느 때의 사진이라는 것 이상의 의미가 있었다. 살면서 자꾸만 돌아보게 되는 시절, 그때의 일을 이해하지 못하면 한 발짝도 더 내디딜 수가 없을 것 같은 생각이 드는 시절들을 담은 사진들이었다.

보슈는 팔을 뻗어 램프를 껐다. 그러고는 담배 한 개비를 더 피워 물었다. 담배 끄트머리의 불빛이 어둠 속에 가느다랗게 반짝이고 있었다. 그는 멕시코와 칼렉시코 무어를 생각했다.

"네가 개판 친 거야."

그가 다시 속삭였다.

그는 무어에 대해 감을 잡기 위해서 이곳에 와야 한다고 생각했었다. 그러나 어둠 속에 앉아 있자니 그것보다 더 큰 이유가 있었다는 생각이 들었다. 타인인 그가 설명할 수 없는 한 사람의 인생길을 이해하고 싶어서 왔던 것이다. 모든 의문에 대한 해답을 갖고 있는 사람은 칼 무어뿐이었다. 그런데 그는 죽고 없었다.

창문에 드리운 커튼이 흰 네온사인 불빛을 받아 유령처럼 보였다. 그 모습을 보고 있자니 무어의 아버지와 무어를 찍은 빛바랜 흑백 사진이 떠올랐다. 보슈는 자기 아버지를, 평생 동안 모르고 지내다가 임종 직전에야 만날 수 있었던 아버지를 생각했다. 아버지를 만났을 땐 보슈 자신의 인생길을 바꾸기엔 너무 늦어버린 후였다.

현관문 밖에서 데드볼트 자물쇠에 열쇠 꽂는 소리가 들렸다. 보슈는 소파에서 벌떡 일어서서 권총을 빼들고 재빨리 거실을 가로질러 침실로 이어지는 복도로 갔다. 침실로 들어갔다가 곧 다시 나와 거실이 더 잘 보이는 화장실로 들어갔다. 담배를 변기 속으로 던지자 불이 꺼지며 피시식 소리가 났다.

현관문이 열리는 소리가 들린 후 몇 초 동안은 아무 소리도 나지 않았다. 곧 거실 불이 켜지자 보슈는 화장실의 어둠 속으로 뒷걸음질을 쳤다. 수납장 거울로 보니 실비아 무어가 거실 가운데에 서서 주위를 둘러보고 있었다. 이곳에 온 건 이번이 처음인 것 같았다. 그녀의 눈이 소파 위에 놓인 흰 종이가방에 머물더니 가방을 집어 들었다. 보슈는 그녀가 사진을 넘겨보는 것을 지켜보고 있었다. 그녀의 눈은 마지막 장에서 오래 머물고 있었다. 자기가 나온 사진이었다. 그녀는 세월의 흐름을 확인하기라도 하듯 손을 들어 뺨을 어루만졌다.

실비아는 사진을 다 보고 난 후 다시 가방에 넣어 소파 위에 올려놓았다. 그러고는 복도를 향해 걸어오기 시작했다. 보슈는 더 뒤로 물러섰다가 소리를 내지 않고 욕조 안으로 들어갔다. 그때 침실 등이 켜지고 붙박이장 문이 열리는 소리가 들렸다. 옷걸이를 넘기는 소리도 들렸다. 보슈는 총을 다시 집어넣고 욕조에서 나와 복도로 나갔다.

"무어 부인? 실비아?"

그는 그녀가 소스라치게 놀랄 것을 걱정하면서 그녀를 불렀다.

"누구세요?"

그녀가 깜짝 놀란 목소리로 물었다.

"접니다, 보슈 형사. 놀라지 말아요."

그때서야 그녀가 놀라 휘둥그레진 눈으로 붙박이장에서 걸어 나왔다. 죽은 남편의 경찰제복이 걸린 옷걸이를 들고 있었다.

"오, 하느님, 깜짝 놀랐잖아요. 여기서 뭐하세요?"

"그건 내가 물어볼 말인데요."

그녀는 알몸으로 보슈와 맞닥뜨리기라도 한 듯 제복을 들어 올려 몸을 가렸다. 그러고는 침실 문을 향해 한 걸음 뒤로 물러섰다.

"날 미행했어요? 무슨 일이에요?"

"아뇨, 미행하지 않았어요. 내가 먼저 와 있었어요."

"불도 안 켜고 있었다고요?"

"네. 생각 좀 하고 있었어요. 문을 여는 소리가 들려서 화장실로 들어 갔죠. 당신인 걸 알고 나오려는데 놀라게 하지 않고 나올 방법이 없었어요. 미안해요. 당신이 날 놀라게 했고, 내가 당신을 놀라게 했군요."

실비아가 고개를 끄덕이는 것을 보니 보슈의 말을 그대로 믿는 것 같았다. 그녀는 하늘색 데님 셔츠에 표백하지 않은 청바지를 입고 있었다. 머리는 뒤로 하나로 묶었고 분홍빛이 감도는 크리스털 귀걸이를 하고 있었다. 왼쪽 귀에는 귀걸이가 한 개 더 있었다. 초승달 밑에 별이 한 개 달린 은 귀걸이였다. 그녀는 예의상 미소를 머금고 있었다. 보슈는 아침에 면도를 하지 않은 게 마음에 걸렸다.

"살인범인 줄 알았어요? 범죄현장에 다시 와 본다잖아요."

보슈가 아무 말이 없자 그녀가 물었다.

"뭐, 그 비슷한 생각을 했던 거… 아니, 아닙니다. 그때 무슨 생각을 했는지 모르겠어요. 여기는 범행현장도 아니고요."

그는 턱을 들어 그녀가 들고 있는 제복을 가리켰다.

"내일까지 이걸 매커보이 장의사에 갖다 줘야 해요."

그녀는 그의 찌푸린 표정을 읽은 것 같았다.

"시신 비공개로 장례식이 진행될 거예요. 당연히 그래야겠죠. 하지만 제복을 입고 가고 싶어 할 것 같아서. 매커보이 씨가 제복이 있는지 묻더라고요."

보슈는 고개를 끄덕였다. 둘은 여전히 복도에 서 있었다. 그가 거실을 향해 걸음을 옮기자 실비아가 뒤를 따랐다.

"서에선 뭐래요? 어떻게 한답니까? 장례식 말입니다."

보슈가 물었다.

"누가 알겠어요? 하지만 현재까지는 칼이 공무 수행 도중 사망했다고 말하고 있어요."

"그럼 경찰장(警察葬)으로 하겠군요."

"그럴 것 같아요."

영웅의 장례식. 경찰은 화를 자초하지 않을 작정인 것이다. 나쁜 경찰이 나쁜 일을 해가며 도와준 나쁜 놈들에게 죽임을 당했다는 사실을 세상에 알리고 싶지 않은 것이다. 알릴 수밖에 없는 상황이 생기지 않는다면 끝까지 입을 다물 것이다. 언론에 영웅의 장례식을 던져주고 그날 밤 느긋하게 앉아서 일곱 개 TV 채널에서 동정적인 뉴스 보도가 나오는 걸 볼 수 있을 땐 굳이 입을 열지 않을 것이다. 경찰은 최대한 동정여론을 불러일으킬 필요가 있었다.

보슈는 경찰관이 공무 수행 도중 사망한 경우 미망인이 연금 수급권자가 된다는 사실도 깨달았다. 실비아 무어가 검은 상복을 입고 가끔씩 휴지로 눈가를 누르며 입을 다물고 있으면, 평생 동안 남편의 연금을 대신 받을 수 있었다. 나쁘지 않은 거래였다. 경찰 조직에게도 그녀에게도. 감찰계에 무어의 비리를 고발한 사람이 정말로 실비아라면, 이제 그녀는 고발 내용이 진실이라고 계속 우기거나 모든 사실을 언론에 공개할 경우 연금을 잃을 수 있었다. 경찰은 칼이 그동안 저질러온 비리 때문에 살해당했다고 주장할 수 있었다. 그러면 연금은 날아가는 것이다. 보슈는 이 사실을 그녀에게 굳이 설명할 필요는 없겠다고 생각했다.

"그래, 장례식은 언제죠?"

그가 물었다.

"월요일 오후 1시예요. 장소는 샌퍼낸도 미션 성당이에요. 장지는 채스워스에 있는 오크우드 공동묘지고요."

보슈는 쇼를 하기에 딱 좋은 장소를 골랐다고 생각했다. 2백 대의 경찰 오토바이 행렬이 굽은 밸리 서클 대로를 달리는 모습은 항상 멋진 1면 사진이 되었다.

보슈가 손목시계를 보니 10시 45분이었다. 그가 물었다.

"무어 부인, 왜 이렇게 늦은 시각에 남편 제복을 가지러 왔습니까?"

"실비아라고 불러주세요."

"그러죠."

"솔직히 말하면, 지금은 나도 잘 모르겠어요. 잠을 못 잤어요…. 전혀…. 칼이… 칼이 발견되고 나서부터요. 이유는 나도 잘 모르겠어요. 드라이브라도 해야겠다고 생각했어요. 또 오늘 여기 열쇠도 받았고요."

"누구한테서요?"

"어빙 부국장이요. 집까지 찾아와서 이 아파트 수색은 끝났으니까 혹시 내가 원하는 게 있으면 가져가도 된다고 하더군요. 근데 사실, 원하는 건 아무것도 없어요. 이곳을 안 봐도 되기를 바랐어요. 그런데 장의사가 전화를 해서 경찰 제복이 필요하다잖아요. 그래서 왔어요."

보슈는 소파에서 사진이 든 가방을 들어 그녀 앞에 내밀었다.

"이건 어때요? 이건 갖고 싶지 않아요?"

"아뇨."

"전에도 본 적이 있어요?"

"일부는요. 적어도 그 중 일부는 눈에 익네요. 일부는 지금 처음 보는 거고요."

"이유가 뭘까요? 한 남자가 평생 동안 간직해온 사진들 중 일부는 아내에게도 보여주지 않는다고요?"

"모르겠어요."

"이상하군요."

그는 가방을 열어 사진을 꺼내 넘겨보며 말을 이었다.

"칼의 어머니는 어떻게 됐는지 알아요?"

"돌아가셨대요. 나를 만나기 전에요. 뇌종양이었대요. 칼이 스무 살 때쯤이었다고 했어요."

"아버지는요?"

"돌아가셨다고 했어요. 하지만 전에도 말했지만, 그 말이 진짜로 돌아가셨다는 뜻인지 어떤지는 모르겠어요. 언제 어떻게 돌아가셨다는 말은 한 번도 하지 않았으니까요. 물어보면, 그 이야긴 하고 싶지 않다고 했어요. 한 번도 안했어요."

보슈는 피크닉 테이블의 두 소년 사진을 들어보였다.

"이 사람은 누구죠?"

실비아가 그에게로 다가와 사진을 바라보았다. 그는 그녀의 얼굴을 관찰했다. 갈색 눈동자 속에 녹색 알갱이들이 보였다. 옅은 향수 냄새가 났다.

"누군지 모르겠네요. 친구겠죠."

"남자 형제가 없었어요?"

"있다는 얘긴 못 들었어요. 결혼할 때 칼이 이젠 내가 자기의 유일한 가족이라고 했어요. 나를 빼면… 자기 혼자라고 했어요."

이젠 보슈가 사진을 보았다.

"둘이 닮은 것 같은데요."

그녀는 아무 말도 하지 않았다.

"문신은요?"

"문신이 뭐요?"

"어디에서 했는지, 무슨 의미인지 말해주던가요?"

"어릴 때 살았던 동네에서 했다고 그랬어요. 어렸을 때요. 멕시코의 어떤 동네였죠. 그 동네 별칭이 '성자들과 죄인들'이었대요. 그 문신이 바로 그런 뜻이래요. 성자들과 죄인들. 거기 사는 사람들은 자기가 누군지, 어느 쪽이 될 것인지 알지 못했기 때문에 자기네 동네를 그런 이름으로 불렀다고 했어요."

칼 무어의 뒷주머니에서 발견된 메모가 떠올랐다. '난 내가 누군지 알게 되었다.' 그 말이 그의 고향 동네와 관련이 있다는 사실을 그녀가 깨달았는지 궁금했다. 어린 소년들 모두가 자기가 누구인지 알아내야 하는 곳. 성자인지 죄인인지.

실비아가 그의 생각을 방해했다.

"저기, 당신이 왜 여기 와 있었는지는 말 안 해줬어요. 캄캄한 데 앉아서 생각을 하고 있었다고 했죠. 생각을 하려고 꼭 여기까지 올 필요가 있었어요?"

"한번 둘러보려고 왔던 것 같아요. 뭔가를 얻어내려고, 당신 남편을 느껴보려고 노력하고 있는 중이었죠. 어리석게 들리나요?"

"아뇨."

"다행이군요."

"그래서 그 뭔가를 얻어냈어요?"

"아직은 잘 모르겠어요. 시간이 좀 걸릴 때가 종종 있어요."

"저기, 어빙 부국장한테 당신에 대해서 물어봤어요. 담당이 아니라고 하더군요. 요전 날 밤에 당신이 날 찾아왔던 건 다른 형사들이 기자들과 그리고… 그리고 시신 때문에 바빠서 그랬던 거라던데요."

보슈는 사춘기 소년처럼 가슴이 뛰는 것을 느꼈다. 그녀가 그에 대해서 물어봤다는 것이다. 그가 독자적으로 수사를 하고 있다는 사실을 그녀가 알게 되었어도 상관없었다. 그녀가 그에 대해 물어봤다는 사실이 중요했다.

그가 말했다.

"그 말이 맞아요. 내 담당이 아닌 건 분명해요. 하지만 당신 남편의 죽음이 내가 맡고 있는 사건들과 관련이 있는 것 같아서요."

그녀의 눈이 그의 눈을 떠나지 않았다. 무슨 사건이냐고 물어보고 싶은 것 같았지만, 역시 그녀는 경찰의 아내였다. 그러면 안 된다는 것을 알고 있었다. 그 순간 그는 그녀가 아무 잘못도 없이 너무 가혹한 일을 겪고 있다는 생각이 들었다.

"정말로 당신이 한 거 아니죠, 그렇죠? 감찰계에 제보한 거 말입니다. 제보 편지."

그가 물었다.

그녀가 고개를 저었다.

"그런데도 그들은 당신 말을 믿지 않을 거예요. 당신이 이 모든 일을 촉발했다고 생각하고 있거든요."

"난 아니에요."

"어빙이 뭐라던가요? 여기 열쇠를 줄 때 말이에요."

"내가 돈을, 연금을 바란다면 포기하라더군요. 꿈도 꾸지 말라고요. 마치 내가 돈을 바라기라도 한 것처럼, 연금에 눈독을 들이고 있기라도 한 것처럼 말했어요. 난 그런 건 관심 없어요. 칼이 비리를 저질렀다는 건 알고 있었어요. 구체적으로 무슨 짓을 했는지는 모르지만, 잘못을 저질렀다는 것만은 알고 있었어요. 아내는 남편 일은 누가 말해주지 않아도 알거든요. 그리고 우리 관계가 끝난 것도 다른 문제들도 있었지만 그 일 때문이기도 했어요. 하지만 난 편지를 보내지 않았어요. 난 끝까지 경찰의 아내였어요. 그래서 어빙과 그 사람보다 먼저 왔던 형사에게 당신들이 잘못 알았다고 말해줬어요. 내 말은 신경도 안 쓰더군요. 오직 칼의 뒤를 캐내는 데만 관심이 있었어요."

"어빙보다 먼저 왔었다는 형사가 채스틴이라고 했었죠?"

"네."

"구체적으로 뭘 찾고 있었죠? 그가 집 안을 둘러보고 싶어 했다고 했 잖아요."

"그 제보 편지라는 걸 들어 보이면서 그걸 내가 썼다는 걸 알고 있다 고 했어요. 그러니 모두 사실대로 털어놓는 게 좋을 거라고요. 그래서 난 그 편지를 쓰지 않았다고 했고 그만 가달라고 했죠. 처음에는 꼼짝 도 안 하더군요."

"뭘 원한다고 하던가요, 구체적으로?"

"전부 다는 기억이 안 나요. 은행계좌 거래내역이랑 부동산 소유 현 황을 알고 싶다고 했어요. 내가 남편을 넘겨주려고 자기가 오기만을 기 다리고 있었다고 생각하는 것 같았어요. 그리고 타자기도 가져가야겠 다고 해서, 우리 집엔 타자기가 아예 없다고 말해줬죠. 그러고 나서 그 를 밀어내고 문을 닫았어요."

보슈는 고개를 끄덕였다. 이 사실들을 이미 알고 있던 사실들과 끼워 맞춰 보려고 했지만 한꺼번에 너무 많은 사실이 입력이 되어 머릿속 컴 퓨터가 다운이 된 것 같았다.

"그 제보 편지 내용은 알고 있어요?"

"읽을 기회가 없었어요. 그는 내가 그 편지를 썼다고 생각했기 때문 에 읽으라고 건네주지도 않았어요. 아직까지도 내가 썼다고 생각하는 사람들이 많잖아요. 어쨌든 그가 그 편지를 다시 가방에 집어넣기 전에 앞부분을 조금 읽어볼 수 있었어요. 칼이 어떤 멕시코 인을 위해 일선 에서 일했다고 쓰여 있었어요. 그의 뒷배를 봐줬다고 했죠. 칼이 파우스 트의 거래를 했다고도 적혀 있었죠. 그게 무슨 뜻인진 알죠? 악마와 거래를 하는 거요."

보슈는 고개를 끄덕였다. 그녀가 선생이라는 사실이 생각났다. 그러고 보니 계속 거실에 서서 이야기를 하고 있었다. 적어도 10분은 그렇게 서 있었던 것 같았다. 그러나 보슈는 앉을 생각이 없었다. 갑자기 동작이 바뀌면 마법이 풀려 그녀가 현관문을 열고 나갈까 봐 두려웠다.

그녀가 말했다.

"글쎄요, 정말 내가 그 편지를 썼다면 그렇게 비유적인 표현을 썼을 것 같지 않아요. 어쨌든 기본적으로 그 편지 내용은 사실이었어요. 아까도 말했듯이, 칼이 무슨 짓을 했는지는 몰랐지만, 무슨 일인가 일어났다는 사실은 알고 있었어요. 그 일이 칼의 마음을 갉아먹고 있다는 걸 알 수 있었죠. 언젠가 그가 집을 나가기 전이었는데, 난 더 이상 잠자코 있을 수가 없어서 무슨 일이 있냐고 물었어요. 그랬더니 자기가 실수를 저질렀는데 자기 힘으로 바로 잡을 거라고 하더군요. 그러고는 더 이상 말해주지 않았어요. 마음의 문을 열어주지 않았죠."

실비아는 천을 씌운 의자 끝에 걸터앉아 제복을 무릎에 올려놓았다. 의자는 칙칙한 녹색이었고 오른쪽 팔걸이에 담뱃불 자국이 몇 개 있었다. 보슈는 소파 위 사진이 든 가방 옆에 앉았다.

실비아가 말했다.

"어빙과 채스틴은 내 말을 믿지 않았어요. 내가 말을 할 때 고개만 끄덕거렸죠. 편지에는 배우자나 아주 친한 사람만 알 수 있는 은밀한 내용이 아주 많았다고 했어요. 그러니까 내가 틀림없다는 거였죠. 진짜 그 편지를 쓴 사람은 지금 어딘가에서 아주 흡족해하고 있을 거예요. 그 한 통의 편지로 칼을 아예 저세상으로 보내버렸으니까요."

보슈의 머릿속에 지미 캅스가 떠올랐다. 그런 편지를 쓸 만큼 무어에 대해 속속들이 알고 있었을까? 캅스는 댄스를 잡기 위해 덫을 놓았었다. 어쩌면 그보다 앞서 무어를 잡기 위해 덫을 놓았던 건지도 몰랐다. 하지만 아무래도 그랬을 것 같지는 않았다. 만약 조직 내에서 높은 계급으로 올라가고 싶은데 무어가 가로막고 있으니까 댄스가 보낸 것일 수도 있었다.

보슈는 부엌 수납장에서 보았던 캔 커피가 생각나 그녀에게 마시겠냐고 물어볼까 생각했다. 그녀와 함께 있는 시간이 끝나는 걸 원치 않았다. 담배를 피우고 싶었지만 피우지 말라고 할까 봐 꺼내지도 못하고 있었다.

"커피 마실래요? 부엌에 캔 커피가 있던데."

실비아는 부엌의 위치나 청결 상태를 보고 대답을 결정하기라도 할 것처럼 부엌 쪽을 바라보았다. 그러고 나서 아니라고 말했다. 오래 머물 생각이 없는 것이었다.

"난 내일 멕시코로 가요."

보슈가 말했다.

"멕시칼리로요?"

"그래요."

"다른 사건들 때문에요?"

"네."

보슈는 블랙 아이스와 지미 캅스와 후안 도우 67번에 대해서 말해주었다. 그리고 그 사건들이 그녀의 남편과 멕시칼리와 연관이 있다는 점도 설명했다. 멕시칼리에서 이 모든 의혹을 풀 실마리를 찾을 수 있기를 바란다고도 말했다.

사건 설명을 끝내면서 그가 말했다.

"당신도 눈치챘겠지만, 어빙 같은 사람들은 이 일을 그냥 덮어두고 싶어 해요. 칼이 선을 넘었기 때문에 누가 칼을 죽였든 신경을 안 쓰는 거죠. 빌려주고 받지 못한 돈을 포기하듯 칼을 그냥 기억 속에서 지워 버리고 싶은 거예요. 이 사건을 끝까지 파헤치려 들면 자기들에게 불리한 엄청난 일이 뻥 터질지도 모르니까요. 내 말 무슨 뜻인지 알죠?"

"잊었어요? 난 경찰의 아내였어요."

"그래요, 그러니까 안다는 뜻이군요. 근데 문제는 나는 신경을 쓴다는 거예요. 당신 남편은 나를 위해서 파일을 만들고 있었어요. 블랙 아이스에 관한 정보 파일을요. 그걸 보면 그가 좋은 일을 하려고 노력했다는 생각이 들어요. 불가능한 일을 하려고 했을 수도 있을 것 같고요. 다시 선을 넘어오는 일 말이에요. 그 때문에 죽임을 당했을 수도 있을 것 같아요. 정말 그렇다면, 난 이 일을 그냥 덮어두지 않을 거예요."

그들은 오래도록 침묵을 지켰다. 실비아는 고통스러운 표정이었지만 눈은 말라 있었고 날카로웠다. 그녀가 무릎에서 제복을 들어올렸다. 멀리서 경찰 헬기 소리가 들렸다. 밤에 경찰 헬기가 날아다니지 않는다면 그곳은 LA가 아닐 것이다.

한참 후에 그녀가 작은 목소리로 중얼거렸다.

"블랙 아이스."

"그게 뭐요?"

"그냥요, 재미있어서요."

그러고 나서 그녀는 잠깐 동안 침묵하면서 집 안을 둘러보았다. 여기가 남편이 자기와 헤어지고 나서 살았던 곳이구나 하는 생각을 하는 것 같았다. 그녀가 말을 이었다.

"블랙 아이스요. 어릴 때 샌프란시스코 만(灣) 지역에 살았어요. 주로 샌프란시스코 시내에서요. 그리고 거기선 어른들이 블랙 아이스를 조심하라고 입버릇처럼 말했어요. 그건 다른 블랙 아이스였지만요."

그녀는 그의 표정을 보고 무슨 소린지 잘 모르고 있다는 걸 알아차린 것 같았다.

"그곳에선 겨울에 비가 내리고 나면 날씨가 상당히 추워졌어요. 그러면 빗물이 도로에서 얼어버렸죠. 그게 블랙 아이스예요. 도로에, 검은 아스팔트 위에 얼음이 끼어 있는데, 잘 보이지가 않아요. 아버지는 내게 운전을 가르쳐주실 때마다 말씀하셨어요. '실비아, 블랙 아이스를 조심해. 눈앞에 위험이 도사리고 있는데 잘 보이지가 않는다. 위험 속으로 들어가고 나서야 보이는 거야. 그땐 너무 늦었고. 차가 미끄러져서 어찌해볼 수 없게 되는 거야.'라고요."

그녀는 그때 기억이 떠오르는지 미소를 지으며 말을 이었다.

"어쨌든 내가 알고 있던 블랙 아이스는 그거였어요. 적어도 어릴 땐 그렇게만 알고 있었죠. 코크(콜라, 혹은 코카인 – 옮긴이)는 콜라라고만 알고 있었던 것처럼요. 세월이 흐르면서 그 속에 다른 의미도 있다는 걸 알게 됐죠."

그는 그녀를 바라보고만 있었다. 다시 그녀를 안고 싶었다. 그녀의 부드러운 뺨을 어루만지고 싶었다.

"당신 아버지는 블랙 아이스를 조심하라는 말씀 안 하셨어요?"

실비아가 물었다.

"아버지가 누군지 몰라요. 운전은 독학으로 터득했죠."

그녀는 아무 말 없이 고개를 끄덕이고 나서 고개를 돌리지 않고 계속 그를 바라보고 있었다.

"그러면서 차를 세 대나 망가뜨렸어요. 세 대째 망가뜨리니까 차를 빌려주겠다는 사람이 아무도 없더군요. 그리고 블랙 아이스에 대해서는 아무도 말해주지 않았어요."

"지금 내가 말해줬잖아요."

"고마워요."

"당신도 과거에 매여 있나요, 해리?"

그에게서 아무 대답이 없자 그녀가 말을 이었다.

"누구나 어느 정도는 과거에 매여 있을 거예요. 왜 그런 말도 있잖아요. 과거를 연구함으로써 미래를 배우게 된다. 당신은 아직도 연구하고 있는 사람 같아 보여요."

실비아의 눈이 보슈의 마음을 꿰뚫고 있는 것 같았다. 아주 예리한 눈이었다. 그는 요전 날 그녀를 안아주고 그녀의 고통을 치유해주고 싶다고 간절히 바랐었지만, 정작 그녀는 다른 사람에게 안기거나 다른 사람에게 고통을 치유받을 필요가 없었다는 사실을 깨달았다. 사실 그녀가 치유자였다. 어떻게 칼 무어는 이런 아내를 떠날 수가 있었을까?

보슈는 그녀의 관심을 딴 데로 돌려야 한다는 생각이 들어 화제를 바꿨다.

"침실에 액자가 하나 있어요. 꽃 장식이 새겨진 벚나무 액자요. 그런데 사진이 없어요. 그 액자 기억해요?"

"봐야 알겠는데요."

실비아는 일어서서 남편의 제복을 의자 위에 내려놓고 침실로 들어갔다. 화장대 맨 위 서랍 안에 든 액자를 한참동안 바라보더니 처음 보는 액자라고 말했다. 그녀는 그 말을 마칠 때까지 보슈를 보지 않았다.

그들은 침대 옆에 서서 침묵 속에 서로를 바라보고 있었다. 마침내 보슈가 한 손을 들었지만, 그대로 망설이고 있었다. 실비아가 그에게로 한 걸음 다가왔다. 그가 만져주기를 바란다는 신호였다. 그는 조금 전 그녀가 자기 혼자만 있는 줄 알고 사진을 보면서 자신의 뺨을 어루만졌던 것처럼 그녀의 뺨을 어루만졌다. 그러고는 손을 내려 목덜미를 쓰다듬었다.

둘은 서로를 강렬한 눈빛으로 바라보았다. 그러다가 그녀가 다가오더니 그의 입술에 자신의 입술을 포갰다. 그녀의 손이 그의 목을 잡아 당겼고 둘은 키스를 했다. 그녀는 열정적으로 그를 안고 몸을 밀착시켜 왔다. 그는 그녀가 눈을 감고 있는 것을 보았고, 그 순간 그녀가 바로 보슈 자신이라는 것을, 배고픔과 외로움이라는 거울 속에 비친 자신의 모습이라는 것을 깨달았다.

그들은 그녀의 남편의 흐트러진 침대에서 사랑을 나눴다. 둘 다 여기가 어딘지, 이 일이 내일이면, 아니 1주일, 1년 후에는 어떤 의미가 될 것인지는 생각하지 않았다. 보슈는 계속 눈을 감고 있었다. 다른 감각에, 그녀의 냄새와 맛과 촉감에 집중하고 싶었다.

정사가 끝난 후 그는 그녀의 주근깨가 있는 젖가슴 사이에 머리를 올려놓고 엎드려 있었다. 그녀는 그의 머리카락 속에 손을 넣어 그의 곱슬머리를 쓸어내렸다. 그는 그녀의 심장이 자신의 심장과 같은 리듬으로 뛰고 있는 것을 깨달았다.

19 황야의 이리

보슈가 우드로 윌슨 거리로 접어들어 집을 향해 길고 구불구불한 오르막길을 올라가기 시작한 것은 새벽 1시가 넘어서였다. 스포트라이트가 유니버설 시티 쪽에 낮게 드리운 구름 위를 환히 비추고 있었다. 주말 파티가 열리는 곳 바깥에는 차들이 이중주차가 되어 있어 힘들게 비집고 지나가야했고, 반짝이 장식줄 몇 가닥이 남아 있는 버려진 크리스마스트리가 강한 바람에 날려 그의 차 바로 앞에 떨어지기도 했다. 조수석에는 칼 무어의 냉장고에서 가져온 버드와이저와 루시어스 포터의 권총이 놓여 있었다.

그는 살다보면 언젠가는 자기에게도 좋은 일이 생길 거라고 믿었다. 아무리 힘든 일이라도 다 나름의 가치가 있다고 믿었다. 청소년 보호소에 있을 때에도, 위탁가정에 있을 때에도, 군대에서도, 베트남에서도, 그리고 경찰이 되어서도, 그는 항상 자신이 결단력과 지혜를 겸비한 사람이 되기 위해 애를 쓰고 있다고 생각했다. 자신에게 좋은 점이 있다고 믿었다. 문제는 기다림이었다. 그 좋은 날이 오기까지, 자신이 생각하는 좋은 사람이 되기까지의 기다림은 종종 공허감을 안겨다 주었다. 다른 사람들 눈에도 지금의 그는 빈껍데기라는 게 보일 것만 같았다. 그는 그 공허감을 숨기기 위해 의도적으로 사람들을 멀리했고 일에 전념했다. 때로는 술과 재즈 음악으로 허기를 달랬다. 그러나 사람은 아니었다. 그는 단 한 번도 영혼의 빈자리에 사람을 들인 적이 없었다.

그런데 조금 전 그는 실비아 무어의 눈을, 그녀의 진실한 눈을 보았다고 생각했다. 그녀가 자신의 공허감을 채워줄 수 있는 사람일까 궁금했다.

"또 만나고 싶어요."

무어의 아파트 건물 밖에서 그녀와 헤어지면서 그가 말했다.

"네."

이게 전부였다. 그녀는 그의 뺨을 만지더니 곧 자기 차에 탔다.

이제 보슈는 그 한 단어와 그녀의 손길이 무슨 뜻일까 생각해보았다. 행복했다. 이건 처음 느껴보는 감정이었다.

보슈는 상향등을 밝힌 자동차가 먼저 갈 수 있도록 속도를 줄이고 마지막 커브를 돌면서 실비아가 한참이나 액자를 바라보다가 처음 보는 액자라고 말했던 것을 생각해보았다. 거짓말이었을까? 칼 무어가 그런 누추한 아파트로 들어가고 나서 그렇게 비싼 액자를 샀을 가능성은 얼마나 될까? 별로 높지 않았다.

차고로 들어갔을 땐 갖가지 의문으로 머릿속이 뒤죽박죽이었다. 어떤 사진이 들어 있었을까? 그녀가 거짓말을 한 거라면 이유가 무엇일까? 그는 차에 앉아 맥주 캔을 따서 벌컥벌컥 들이켰다. 일부는 흘러서 목을 타고 흘러내렸다. 오늘 밤엔 잠을 좀 잘 수 있을 것 같았다.

집 안으로 들어간 그는 부엌으로 가서 포터의 권총을 수납장에 넣고 전화 자동응답기를 확인했다. 녹음된 메시지는 한 개도 없었다. 포터가 전화해서 도망간 이유를 설명하지 않았다. 파운즈가 전화를 걸어 상황이 어떻게 되어 가느냐고 묻지도 않았다. 어빙이 전화해서 네놈이 무슨 짓을 하려는지 다 알고 있다고 말하지도 않았다.

보슈는 이틀 밤을 꼬박 새우다시피 한 터라 어서 빨리 침대에 눕고 싶었다. 늘 이런 식이었다. 며칠 밤은 잠깐 동안 눈을 붙이고 말거나 악몽 때문에 잠을 설치다가 하룻밤은 피곤에 지쳐 곯아떨어지곤 했다.

이불과 베개를 끌어당기는데 아직도 테레사 코라존의 향수 냄새가 났다. 보슈는 눈을 감고 잠깐 동안 그녀를 떠올려보았다. 그러나 곧 그녀의 모습이 사라지고 실비아 무어의 얼굴이 나타났다. 가방 속에 있던 사진이나 침대 옆 탁자에 있던 사진 속의 얼굴이 아니라 실제의 얼굴이 떠올랐다. 지쳐 있지만 강인함이 느껴지는 눈으로 보슈의 눈을 물끄러미 바라보던 그녀의 얼굴.

오늘 밤에도 그는 예전에 꾸었던 꿈들과 비슷한 꿈을 꾸었다. 그는 어두운 곳에 있었다. 동굴 같은 어둠이 그를 감쌌고 자신의 숨소리가 어둠 속에서 메아리쳤다. 그는 이제까지 꾸었던 꿈의 배경이 되는 장소를 모두 알고 있었듯이 이번에도 그곳이 어디인지 알고 있었다. 그래서 그는 저 앞에 가면 어둠이 끝난다는 것을 알고 있었고 거기까지 가야한다고 생각했다. 그런데 이번에는 혼자가 아니었다. 그게 예전 꿈들과 다른 점이었다. 그는 실비아와 함께 있었다. 둘은 어둠 속에서 몸을 맞대고 두려움에 떨고 있었고 둘의 눈은 땀으로 따끔거렸다. 둘은 서로를 부둥켜안고 있었다. 그리고 둘은 아무 말도 하지 않았다.

이윽고 둘은 서로에게서 떨어져서 어둠 속을 걷기 시작했다. 저 앞에 희미한 불빛이 보였고 보슈는 그쪽으로 걸어갔다. 스미스 앤 웨슨 리볼버 권총을 쥔 왼손은 앞으로 뻗고 오른손은 뒤로 뻗어 실비아의 손을 잡아 이끌고 있었다. 마침내 다다른 빛 속에는 칼렉시코 무어가 산탄총을 들고 기다리고 있었다. 통로로 쏟아지는 빛 때문에 그의 모습이 희미한 윤곽으로 보였다. 그의 초록색 눈은 그늘에 가려져 있었다. 그리고 그는 미소를 지었다. 그러고는 산탄총을 들었다.

"누가 개판 쳤다고?"

무어가 말했다.

천둥 같은 총성이 어둠 속에 울려 퍼졌다. 보슈는 무어의 두 손이 묶여 있으면서도 날아보려고 애를 쓰는 새들처럼 산탄총에서 튀어 오르더니 그의 몸에서 떨어져 나와 날아가는 것을 보았다. 무어는 정신없이 어둠 속으로 뒷걸음질을 치더니 사라졌다. 쓰러진 것이 아니라 사라졌다. 빛은 여전히 그가 떠난 자리를 비추고 있었다. 보슈는 아직도 실비아의 손을 잡고 있었다. 다른 손에는 연기가 피어오르는 스미스 권총을 들고 있었다.

그 순간 보슈는 눈을 떴다.

그는 침대에서 일어나 앉았다. 동쪽으로 난 창문에 쳐진 커튼 사이로 옅은 새벽빛이 들어오고 있었다. 꿈은 아주 짧았던 것 같았는데, 이제 보니 새벽빛 때문에 금방 깬 것이었다. 그는 빛을 향해 손목을 들어 시계를 보았다. 알람시계를 갖고 있지 않았다. 갖고 있을 필요가 없었다. 6시였다. 그는 두 손으로 얼굴을 비비며 방금 전 꿈을 다시 떠올려보았다. 꿈을 다시 떠올리는 건 오랜만의 일이었다. 예전에 재향군인회 산하 수면장애 클리닉의 상담의사가 그에게 꿈에서 기억나는 것들을 전부 적어보라고 권고했었다. 무의식이 하는 말을 의식에 전달하는 연습이라고 했다. 보슈는 몇 달 동안 수첩과 펜을 머리맡에 두고 아침이 되면 꿈에서 기억나는 것들을 전부 기록했다. 하지만 별 효과가 없었다. 악몽의 근원을 아무리 잘 이해하고 있더라도 악몽에서 벗어날 수가 없었다.

몇 년 전에 수면장애 상담 치료를 그만두었다.

꿈이 잘 생각나지 않았다. 실비아의 얼굴이 안개 속에서 사라졌다. 침대 시트가 땀에 흠뻑 젖어 있었다. 일어나서 침대 시트를 걷어 붙박이장 속에 있는 빨래바구니 속으로 던졌다. 그러고는 부엌으로 가서 커피를 끓이기 시작했다. 커피를 끓이는 동안 샤워와 면도를 하고 청바지에 초록색 코르덴 셔츠와 검정색 재킷을 입었다. 장시간 운전을 하려면 편한 복장이 최고였다. 그는 부엌으로 돌아가서 보온병에 블랙커피를 가득 따랐다.

그가 제일 먼저 차로 가져간 것은 총이었다. 트렁크에 깔린 깔개를 걷어내고 스페어타이어와 그 밑에 놓여 있던 잭(자동차 타이어를 갈 때처럼 무거운 것을 들어올릴 때 쓰는 기구 - 옮긴이)을 들어냈다. 그러고는 방수천에 싼 스미스 앤 웨슨을 바퀴집에 넣고 그 위에 스페어타이어를 올려놓았다. 그러고 나서 다시 깔개를 깔고 잭은 트렁크 뒤쪽에 놓았다. 그러고는 서류가방과 며칠간 갈아입을 옷이 든 운동 가방을 내려놓았다. 검문소에서 트렁크를 열어볼 것 같진 않았지만, 열어보더라도 무사히 통과할 수 있을 것 같았다.

그는 다시 집 안으로 들어가 복도에 있는 벽장에서 다른 총을 꺼냈다. 손잡이와 안전장치가 오른손잡이용으로 만들어진 44구경 권총이었다. 실린더도 왼쪽에서 열렸다. 보슈는 왼손잡이였기 때문에 그 총을 사용할 수 없었다. 그런데도 6년이나 간직하고 있었던 것은 성폭행 당한 후 살해된 여자의 아버지에게서 받은 선물이기 때문이었다. 보슈는 밴나이스의 세풀베다 댐 근처에서 살인범을 검거하는 도중 짧은 총격전이 벌어졌을 때 놈의 어깨를 맞혔다. 놈은 살아남아 가석방 없는 무기징역형을 살고 있었다. 그러나 피해자의 아버지는 그 정도로는 분이 풀리지 않았던 것 같았다. 재판이 끝난 후 그 아버지는 보슈에게 그 총을 주었고, 보슈는 받지 않으면 그의 고통을 외면하는 것이 될 것 같아서 총을 받았다. 그가 보슈에게 전하고자 하는 메시지는 분명했다. 다음번엔 일을 제대로 하라는 것이었다. 쏴죽이라는 것이었다. 보슈는 총을 받았다. 그걸 총기 제작자에게 가져가서 왼손잡이용으로 고쳐달라고 할 수도 있었지만, 그렇게 하면 그 아버지의 생각이 옳다고 인정하는 것이 될 것 같았다. 보슈는 아직까지는 그 생각이 옳다는 확신이 없었다.

그 총은 6년 동안 벽장 선반 위에 놓여 있었다. 이제 그는 그 총을 꺼내 제대로 작동하는지 확인한 후 장전했다. 그러고 나서 총을 권총집에 넣고 나니 준비가 끝났다.

그는 부엌에서 보온병을 집어 들고 전화기 위로 몸을 굽혀 자동응답기에 새로운 메시지를 녹음했다.

"보슙니다. 주말에 멕시코에 있을 겁니다. 메시지를 남기시려면 삐 소리가 난 후 말씀하세요. 중요한 용무라 제게 직접 연락을 하고 싶으시면, 칼렉시코에 있는 데 안사 호텔로 연락 주십시오."

보슈는 아침 7시도 되기 전에 출발해 언덕을 내려온 후 할리우드 고속도로를 타고 외곽까지 갔다. 이른 아침의 안개와 스모그 때문에 시내 고층건물들이 흐릿하게 보였다. 외곽에서 샌 베르나르디노 고속도로로 갈아타고 동쪽으로 달려 LA시를 벗어났다. 4백 킬로미터를 달리면 멕시코와의 국경 도시인 칼렉시코가 나올 것이었다. 거기서 담장 하나만 통과하면 멕시코, 멕시칼리였다. 정오가 되기 전에 도착할 수 있었다. 그는 보온병에서 조심스럽게 커피 한 잔을 따라 마시며 드라이브를 즐기기 시작했다.

리버사이드 카운티에 있는 유카이파 분기점을 지나자 LA의 스모그가 사라졌다. 그때부터 하늘은 보슈가 조수석에 놓아둔 지도 속 바다처럼 새파랬다. 바람 한 점 없는 날이었다. 팜스프링스 근처 풍력발전소를 지나가면서 보니 수백 대의 발전기 날개가 사막의 엷은 아침 안개 속에서 꼼짝도 않고 서 있었다. 마치 공동묘지 같이 기괴한 느낌이 들어 보슈의 눈은 그곳에 오래 머물지 않았다.

보슈는 사막 도시 팜스프링스와 란초 미라지의 번화가를 멈추지 않고 달렸고, 골프를 즐겼던 대통령과 유명인사들의 이름을 따서 지은 거리들을 지나갔다. 밥 호프 드라이브를 지나갈 땐 베트남에서 그 코미디언을 직접 봤던 일이 생각났다. 13일간의 구찌 땅굴 베트콩 소탕작전을 끝내고 부대로 복귀한 지 얼마 안 된 날 저녁에 본 밥 호프의 공연은 아주 재미있었다. 몇 년이 지난 뒤 그 코미디언의 일생을 회고하는 TV프로그램에 바로 그 공연 장면이 잠깐 보였다. 그땐 왠지 슬픈 느낌이 들었다. 란초 미라지를 벗어난 그는 86번 도로를 타고 남쪽으로 달려가기 시작했다.

보슈는 탁 트인 도로를 달릴 때면 언제나 스릴을 느꼈다. 미지의 세계를 향해 달리고 있다는 생각에 흥분이 되었다. 탁 트인 도로를 달리는 동안엔 머리가 제일 잘 돌아가는 것 같았다. 이제 그는 무어의 아파트에서 본 것들을 떠올리며 숨은 뜻을 찾아보려고 노력했다. 초라한 가구, 비어 있던 서류가방, 옷 속에 숨겨져 있던 포르노 잡지, 사진 없는 액자. 무어는 수수께끼 같은 삶을 살다 간 것 같았다. 보슈는 종이가방 속에 들어 있던 사진들을 생각했다. 실비아는 마음을 바꿔 그 가방을 가져갔다. 보슈는 두 소년을 찍은 사진과, 아버지와 아들을 찍은 사진을 빌리지 않은 것이 후회가 되었다.

보슈에게는 아버지 사진이 한 장도 없었다. 실비아에게 자기는 아버지가 누군지 모른다고 말했지만 그건 사실이 아니었다. 성인이 될 때까지는 아버지가 누군지 몰랐고, 적어도 겉으로는 아버지에 대해선 전혀 관심이 없는 척하며 살았다. 그러나 베트남에서 돌아올 무렵부터는 자신의 뿌리를 찾고 싶다는 생각이 간절해졌다. 그래서 20년 동안 이름도 모르고 살아온 아버지를 찾기 시작했다.

보슈는 아동청소년국이 그의 어머니로부터 양육권을 박탈한 후로 청소년 보호소와 위탁가정을 전전하며 자랐다. 맥클라렌이나 샌퍼낸도 같은 보호소에 살 땐 어머니가 교도소에 있을 때만 빼고 꾸준히 찾아와주어서 마음의 위로를 받았다. 어머니는 그에게 자기 동의 없이는 그를 위탁가정으로 보낼 수 없을 거라고 말했다. 아들을 다시 찾으려고 능력 있는 변호사를 구했다고도 했다.

맥클라렌의 여사감이 그를 불러 이젠 어머니가 방문하는 일은 없을 거라고, 어머니가 돌아가셨다고 말해줬던 날, 그는 대부분의 열한 살 소년들과는 다른 반응을 보였다. 겉으로는 아무런 내색을 하지 않았다. 알았다는 뜻으로 고개를 끄덕인 후 사감실을 나왔다. 그러나 그날 수영시간에 그는 수영장 가장 깊은 곳의 밑바닥으로 다이빙해 들어가서 아주 크게 오래도록 소리를 질렀다. 그 처절한 고함소리가 수면을 뚫고 올라가 안전요원의 귀에도 들렸을 것이다. 가끔씩 물 위로 고개를 내밀고 숨을 쉰 후에는 다시 내려가기를 반복했다. 지칠대로 지쳐 수영장의 사다리를 붙잡고 있을 수밖에 없게 될 때까지 소리를 지르고 울었다. 사다리의 차가운 철 기둥과 난간이 그를 안고 위로해주는 팔 같았다. 어머니의 임종을 보지 못한 것이 슬펐다. 어떻게든 어머니를 보호해주고 싶었는데 그러지 못해서 가슴이 아팠다.

그 후로 그는 입양 가능 아동으로 분류되었다. 위탁가정을 전전하기 시작했고 어느 집엘 가든 상품 샘플이 된 것 같은 느낌을 받았다. 위탁부모의 기대를 충족시키지 못하면, 다른 상품 평가단이 있는 다른 가정으로 옮겨갔다. 한 번은 입을 벌리고 먹는 습관 때문에 맥클라렌으로 돌려 보내지기도 했다. 그리고 밸리에 있는 한 위탁가정에서 나온 '손님'들은—입양 가능 아동들끼리는 위탁 부모를 그렇게 불렀다—보슈를 포함해 열세 살짜리 아이들 몇 명을 운동장으로 데리고 나가 야구공을 던져보게 했다. 보슈가 선택되었다. 그는 자기가 활달하고 씩씩한 사내애라서 선택된 것이 아니라는 사실을 금방 깨달았다. 왼손잡이였기 때문에 선택된 것이었다. 위탁 부모는 아이를 데려다가 투수를 만들고 싶어 했고, 왼손잡이를 선호했다. 두 달 동안 매일 운동과 투구연습을 했고 투구기술에 대한 교육을 받았다. 보슈는 그 집에서 도망쳤다. 그로부터 6주 후 경찰이 할리우드 대로에서 그를 찾아냈다. 그는 맥클라렌으로 돌아가 다음 손님들을 기다리게 되었다. 손님들이 방 안으로 들어올 땐 똑바로 서서 미소를 지으며 그들을 맞아야 했다.

보슈는 카운티 기록실에서 아버지를 찾기 시작했다. 1950년 퀸 오브 에인절스 병원에서 출생한 히에로니머스 보슈의 출생증명서에는 어머니는 마저리 필립스 로우, 아버지는 보슈와 똑같이 히에로니머스 보슈로 나와 있었다. 그러나 보슈는 사실이 아니라는 것을 알았다. 언젠가 어머니는 자기가 좋아하는 화가의 이름을 따서 아들의 이름을 지었다고 말했었다. 5백 년 전 그 화가가 그린 약탈자들과 피해자들이 한데 엉켜 있는 끔찍한 풍경화들이 현재 LA의 모습을 그대로 담고 있는 것 같다고 했었다. 언젠가 때가 되면 아버지의 진짜 이름을 말해주겠다고 했었다. 그러나 어머니는 때가 되기도 전에 할리우드 대로의 어느 뒷골목에서 숨진 채 발견이 되었다.

보슈는 변호사를 고용해 가정법원 판사에게 양육권 소송 기록을 열람할 수 있게 해달라고 탄원서를 냈다. 요청은 받아들여졌고 보슈는 며칠 동안 카운티 기록보관소에 틀어박혀 소송기록을 훑어보았다. 보슈에게 건네진 두꺼운 서류들은 그동안 어머니가 양육권을 되찾기 위해 얼마나 열심히 노력했는지를 연대순으로 보여주고 있었다. 보슈는 어머니가 끝까지 자기를 포기하지 않았다는 생각에 가슴이 뭉클했다. 그러나 기록 어디에도 아버지의 이름은 나와 있지 않았다. 기록을 다 훑어보아도 아무 소득이 없자 그는 어머니의 요청에 따라 그동안 소송을 도맡아 해준 변호사의 이름을 베껴 적었다. J. 마이클 할러. 쓰다 보니까 아는 이름이었다. 미키 할러는 LA에서 최고로 잘나가는 형사소송 변호사들 중 한 명이었다. 맨슨 자매(1960년대 후반 유명 여배우를 포함해 35명을 잔혹하게 살인해 '세기의 살인마'로 불리는 찰스 맨슨의 여자 공범들을 이르는 말. 찰스 맨슨이 세운 '패밀리'라는 사이비 종교집단의 신도들로 맨슨의 연쇄살인을 적극적으로 도움 – 옮긴이) 중 한 명의 변호를 맡았었다. 50년대 후반에는 캘리포니아의 한적한 도로 곳곳에서 속도위반 딱지를 떼어주면서 만난 여자 일곱 명을 성폭행한 혐의로 기소된 고속도로 순찰대의 순경, 이른바 '하이웨이맨'의 무죄석방을 이끌어내 큰 화제가 되기도 했었다. 그런 J. 마이클 할러가 아동양육권 소송을 맡다니 어찌된 일일까?

보슈는 이상한 생각이 들어 형사 법원에 가서 어머니의 재판 기록을 전부 열람했다. 기록을 자세히 살펴보던 그는 할러가 양육권 소송 외에도 1948년에서 1961년까지 여섯 번이나 배회죄로 기소된 마저리 P. 로우를 변호했다는 사실을 알게 되었다. 그때는 할러가 소송 변호사로서 최고의 명성을 날리던 때였다.

그때 보슈는 할러가 자기 아버지라는 것을 직감했다.

퍼싱 광장의 고층건물 맨 꼭대기 층에 있는 변호사의 이름이 다섯 개나 나열된 법무법인의 접수 직원은 할러가 병환 때문에 얼마 전에 은퇴했다고 말했다. 전화번호부에는 할러의 집주소가 나와 있지 않았지만 등록유권자 명부에는 나와 있었다. 할러는 민주당원이었고 비벌리힐스

캐논 드라이브에 살았다. 보슈는 아버지의 대저택 진입로를 따라 피어 있던 장미꽃을 죽을 때까지 잊지 못할 것이다. 너무도 아름다운 완벽한 장미였다.

문을 열어준 가정부는 할러 씨가 방문객을 받지 않는다고 말했다. 보슈는 그녀에게 마저리 로우의 아들이 뵙기를 청한다고 전해달라고 했다. 10분 후 그는 변호사의 침실로 안내되었다. 변호사의 가족들은 어리둥절한 표정으로 복도에 나와 서 있었다. 할러가 모두 나가고 보슈만 들여보내라고 한 모양이었다. 침대에는 몸무게가 40킬로그램이나 될까 말까한 뼈만 앙상한 노인이 누워 있었다. 어디가 편찮으냐고 물을 필요도 없었다. 암이 그를 갉아먹고 있는 것이 눈에 보였다.

"네가 왜 왔는지 알 것 같다."

할러가 거친 숨을 몰아쉬며 말했다.

"전 그냥… 모르겠습니다."

보슈는 한동안 말없이 서서 노인이 눈을 뜨고 있는 것만으로도 얼마나 힘이 들어하는지를 지켜보고 있었다. 머리맡에 있는 상자에서 이불 밑으로 기다란 줄이 연결되어 있었다. 링거를 통해 노인의 혈액 속으로 모르핀이 들어갈 때마다 상자에서 삐삐 소리가 났다. 노인은 조용히 그를 바라보고 있었다.

보슈가 마침내 입을 열었다.

"바라는 건 아무것도 없습니다. 모르겠습니다. 전 그냥 제가 잘 살고 있다는 사실을 알려드리고 싶었습니다. 잘 살고 있습니다. 혹시 걱정하실까 봐."

"베트남에 갔다왔니?"

"네. 얼마 전에 돌아왔습니다."

"내 아들은, 내 다른 아들은… 난 걔가 베트남에 가지 않게 손을 썼다. 이제 뭐 할 거냐?"

"모르겠습니다."

한동안 침묵이 흐른 후 노인이 고개를 끄덕이는 것 같았다.

"이름이 해리라지? 네 엄마한테서 들었다. 네 얘기를 많이 했지. 하지만 난… 이해할 수 있겠니? 그땐 지금하고 시대가 달랐어. 그리고 오랜 세월이 흐르고 나니까, 나도 어쩔 수가 없었다. 돌이킬 수가 없었어."

보슈는 고개를 끄덕였다. 노인에게 고통을 더 얹어주려고 온 게 아니었다. 침묵이 흐르는 동안 노인의 거친 숨소리가 들렸다.

"해리 할러."

노인이 속삭였다. 화학치료로 바싹 타들어간 얇은 입술에 잠깐 미소가 떠올랐다.

"그게 네 이름일 수도 있었는데. 헤세를 읽어봤니?"

보슈는 무슨 말인가 어리둥절했지만 다시 고개를 끄덕였다. 상자에서 삐 소리가 났다. 1분 정도가 지나자 모르핀이 효과를 발휘하는 것 같았다. 노인은 눈을 감고 한숨을 쉬었다.

"가겠습니다. 안녕히 계십시오."

보슈가 말했다.

그는 노인의 푸르스름하고 앙상한 손을 만졌다. 노인의 손이 그의 손가락들을 필사적으로 꽉 잡더니 얼마 있다가 놓아주었다. 문을 향해 걸어가는데 노인이 숨을 헐떡이며 무슨 말인가 했다.

"네? 뭐라고 하셨습니까?"

"그랬다고. 널 걱정했다고 했다."

노인의 뺨 위로 눈물이 흘러내려 백발 속으로 들어가고 있었다. 보슈는 다시 고개를 끄덕였다. 그로부터 2주일 후 그는 포리스트 론 공원묘지 선한 양치기 묘역에 서서 한 번밖에 만나지 못했던 아버지가 땅에 묻히는 것을 보고 있었다. 매장식이 거행되는 동안 그는 유족들을 살펴보았다. 그에게는 이복형 한 명과 이복누나 세 명이 있는 것 같았다. 보슈보다 두세 살 많을 것 같은 이복형은 매장식 내내 보슈를 훔쳐보고 있었다. 매장식이 끝나자 보슈는 돌아서서 자리를 떴다.

10시쯤 보슈는 엘 오아시스 베르데라는 길가 식당 앞에 차를 세우고 우에보스 란체로스(멕시코식 달걀 프라이로, 토마토와 칠리소스, 또띠아와 곁들여 먹음 - 옮긴이)를 먹었다. 창가 쪽 테이블에 앉아 창밖을 보니 푸른 빛이 감도는 흰색의 솔튼 호수와 동쪽 저 멀리에 솟아 있는 초콜릿 산맥이 보였다. 보슈는 조용히 그 탁 트인 멋진 풍경을 감상했다. 식사를 마치고 여종업원이 그의 보온병에 커피를 따라주자, 그는 식당을 나와 먼지가 풀풀 날리는 주차장으로 가서 카프리스의 범퍼에 몸을 기대고 서서 상쾌한 공기를 들이마셨다.

이복형은 유명한 소송 변호사가 되었고 보슈는 경찰이 되었다. 둘의 인연이 끊어지지 않고 이어지고 있는 것 같은 느낌이 들었지만, 보슈는 그런 느낌이 싫지 않았다. 둘은 한 번도 이야기를 나눈 적이 없었고 아마 앞으로도 없을 것이다.

그는 솔튼 호수와 산타 로사 산맥 사이의 저지대를 따라 이어지는 86번 도로를 타고 계속 남쪽으로 달려갔다. 임페리얼 밸리라 불리는 그곳은 해수면보다 낮은 저지대로 거대한 농경지였다. 거대한 사각형으로 구획이 나눠진 농경지 사이에 관개수로가 보였고, 농약 냄새와 채소 냄새가 바람에 실려 왔다. 상추나 시금치, 실란트로가 든 커다란 궤짝을 잔뜩 실은 트럭이 가끔씩 농로에서 앞으로 튀어나와 속도를 줄이게 만들었다. 그러나 보슈는 개의치 않고 트럭이 지나갈 때까지 잠자코 기다렸다.

보슈는 발레시토라는 마을 근처에서 갓길에 차를 세우고 전투기 세 대가 엄청난 굉음을 내며 남서쪽에 솟아 있는 산 위를 저공비행하는 것을 올려다보았다. 전투기들은 86번 도로를 가로질러 솔튼 호수 위로 날아갔다. 보슈는 현대식 전투기에 대해서는 아는 바가 전혀 없었지만 베트남전에서 보았던 전투기들보다 더 빠르고 날렵해졌다는 건 알 수 있었다. 저공비행을 하는 전투기들 날개 밑에 무기적재칸이 달려 있었다. 삼각대형으로 날고 있는 이 제트기들이 동체를 비스듬히 기울이며 선회하더니 오던 길을 되돌아 산으로 날아갔다.

전투기가 머리 위를 지나간 후 보슈는 지도를 보았다. 남서부에 민간인 통제구역으로 표시된 부분이 있었다. 수퍼스티션 산에 있는 미 해군 포격장이었다. 지도에는 실탄 포격이 실시되는 곳이므로 접근을 엄금한다고 적혀 있었다.

둔탁한 진동에 차가 약간 흔들리더니 곧이어 우르르 쾅쾅 하는 소리가 들렸다. 지도에서 고개를 든 보슈는 수퍼스티션 산에서 연기 기둥이 솟아오르는 것을 보았다. 그러고 나서 또 다른 폭탄이 투하되는 진동을 느꼈고 굉음을 들었다. 그러고 나서 또.

제트기들이 은색 동체에 햇빛을 받아 다이아몬드처럼 반짝이며 다시 머리 위를 날아간 후, 보슈는 다시 출발해서 짐칸에 10대 소년 두 명을 태운 트럭 뒤를 따라 달려갔다. 아이들은 멕시코 인 밭일꾼들로 길고 고단한 삶이 자기들을 기다리고 있다는 것을 이미 알아버린 듯한 지친 눈을 하고 있었다. 흰 종이가방 속에 들어 있던 사진 속에서 피크닉 테이블에 앉아 있던 두 소년과 같은 또래로 보였다. 아이들이 보슈를 무심한 눈으로 바라보고 있었다.

얼마 후 보슈는 거북이처럼 기어가고 있는 그 트럭을 추월했다. 수퍼스티션 산 쪽에서 폭발음이 계속 들려오고 있었다. 그는 농장들과 간이 식당들을 지나쳐 계속 달려갔다. 거대한 저장고 맨 꼭대기에 페인트로 해수면을 가리키는 선이 그어져 있는 설탕 공장도 지나갔다.

아버지를 만난 후 그해 여름 보슈는 헤세의 책들을 읽어보았다. 헤세의 작품을 읽어봤냐던 노인네의 말이 무슨 뜻인지 궁금했다. 두 번째 책에서 해답을 찾았다. 해리 할러는 그 책(헤르만 헤세의 소설《황야의 이리》-옮긴이)의 주인공이었다. 환멸에 빠진 외톨이였고, 진정한 자아를 찾지 못한 남자였다. 해리 할러가 바로 황야의 이리였다.

그리고 다른 해리 할러, 히에로니머스 보슈는 경찰이 되었다.

구릉지가 시작되고 있었다. 평야가 사라지고 갈색 관목숲이 나타났고 넓게 펼쳐진 광야에서 모래 바람이 일고 있었다. 구릉지를 올라가는 동안 귀가 멍멍해졌다. 칼렉시코까지 30킬로미터 남았다는 초록색 표지판이 나오기 오래전부터 보슈는 국경이 가까워지고 있다는 것을 느낄 수 있었다.

20 칼렉시코

칼렉시코는 대부분의 국경 도시와 별반 다를 게 없었다. 저층 건물 사이로 모래 먼지가 풀풀 날리고 있었고, 중심가에는 현란한 네온사인과 플라스틱 간판이 즐비했다. 차를 탄 채 이용할 수 있는 멕시코 자동차 보험 영업점들과 기념품 가게들 사이에서 세계 어느 곳에 가도 볼 수 있는 황금 아치(미국의 패스트푸드 체인점 맥도널드의 상징 – 옮긴이)들이 어김없이 눈에 띄었다.

시내로 들어서자 86번 도로는 111번 도로로 연결되었고 그 도로를 계속 달려가니 국경 검문소가 나왔다. 멕시코 연방 경찰이 검문소를 지키고 서 있었다. 배기가스에 검게 그을린 그 콘크리트 건물 앞에서부터 차들이 다섯 블록이나 늘어서 있었다. 오후 5시에 브로드웨이의 101번 고속도로 진입로 앞에 늘어선 차들을 보는 것 같았다. 그는 그 줄에 어쩔 수 없이 끼게 되기 전에 동쪽으로 차를 돌려 5번가를 달렸다. 데 안사 호텔을 지나쳐 두 블록을 더 달리니 경찰서가 나왔다. 단층 콘크리트 건물의 외벽에는 변호사들이 사용하는 메모지 색깔 같은 노란색 페인트가 칠해져 있었다. 건물 앞에 서 있는 표지판을 보니 그 건물에는 경찰서뿐만 아니라 시청, 소방서, 역사학회도 들어와 있었다. 보슈는 건물 앞에 주차할 자리가 있어 차를 세웠다.

흙먼지로 더러워진 카프리스 문을 여는데 길 건너 공원에서 노래 소리가 들렸다. 피크닉 테이블에 멕시코 남자 다섯 명이 앉아 버드와이저를 마시고 있었다. 그 앞에는 흰색 자수가 있는 검정색 카우보이 셔츠를 입고 밀짚으로 만든 카우보이모자를 쓴 남자가 서서 기타를 치며 스페인어로 노래를 부르고 있었다. 느린 곡조여서 보슈도 가사를 알아들을 수 있었다.

그대를 어떻게 사랑할지 몰라요
그대를 어떻게 안아줄지도 몰라요
내게 이토록 상처를 주고
내 마음을 떠나지 않는 이 고통 때문에

남자의 구슬픈 목소리가 애절하게 들리는 아름다운 노래였다. 보슈는 차에 기대서서 담배를 피우며 노래를 끝까지 들었다.

내 사랑 그대가 내게 해준 키스가
이제 내겐 고통이에요
내 손엔 권총이 내 마음엔 아픔이
그래도 눈물은 마르고 있네요
앞으로도 이렇게 살겠죠
내 손엔 권총이 내 마음엔 아픔이

노래가 끝나자 테이블에 앉은 남자들이 환호성을 지르더니 남자를 향해 잔을 들었다.

'경찰'이라고 적힌 유리문을 열고 들어가자 픽업트럭 짐칸 정도 크기의 작은 방이 나왔다. 시큼한 냄새가 코를 찔렀다. 왼쪽에는 콜라 자판기가 있었고, 정면에는 전자 잠금장치가 있는 문이 있었으며, 오른쪽에는 슬라이드 쟁반 부분만 트여 있는 두꺼운 유리창이 있었다. 유리창 뒤에는 정복을 입은 경찰관 한 명이 앉아 있었고 그 뒤로는 여자 하나가 무전 계기판 앞에 앉아 있었다. 계기판 옆 벽에는 가로세로 10센티미터 크기의 라커가 수십 개 달린 라커 캐비닛이 있었다.

"금연 구역입니다, 선생님."

정복 경찰관이 말했다.

그는 거울 같은 선글라스를 끼고 있었고 비만이었다. 가슴 주머니에 달린 명찰에는 그루버라고 쓰여 있었다. 보슈는 다시 문 앞으로 걸어가 꽁초를 주차장으로 던졌다.

"칼렉시코에선 쓰레기를 함부로 버리면 벌금이 1백 달러입니다, 선생님."

그루버가 말했다.

보슈가 경찰배지와 신분증이 든 지갑을 들어 보이며 말했다.

"범칙금 청구하세요. 총을 신고하려고 왔습니다."

그루버가 예의상 미소를 짓자 내려앉고 있는 검붉은색 잇몸이 드러났다.

"난 씹는 담배를 애용하죠. 그러면 그런 문제가 없으니까요."

"그럴 것 같군요."

그루버가 얼굴을 찌푸리더니 잠깐 무슨 생각을 하다가 말했다.

"자, 그럼 시작하죠. 총을 신고하러 오신 분은 총을 이리로 내셔야 합니다."

그루버는 응원을 원하는 것처럼 계기판 앞에 앉은 여자를 돌아보았다. 그녀는 아무 반응도 보이지 않았다. 그루버의 불룩한 배 때문에 경찰복 셔츠 단추가 터지기 일보직전이었다. 보슈는 권총집에서 44구경 권총을 꺼내 슬라이드 쟁반에 놓았다.

"44. 총집에 넣어서 보관하시겠습니까?"

그루버가 총을 들어 살펴보며 물었다.

그 생각은 미처 못 했었다. 권총집은 필요했다. 권총집이 없으면 스미스를 허리에 꽂아야 할 텐데 혹시 뛰어야 할 일이라도 생기면 잃어버리기 십상이었다.

"아뇨. 총만요."

보슈가 대답했다.

그루버가 윙크를 하더니 총을 캐비닛으로 가져가 라커 한 개를 열고 총을 넣었다. 문을 닫고 잠근 뒤 열쇠를 빼서 들고 창구로 돌아왔다.

"신분증 좀 다시 보여주세요. 영수증을 써야 하거든요."

보슈는 배지 지갑을 슬라이드 쟁반에 내려놓은 후 그루버가 천천히 영수증 두 장을 쓰는 것을 지켜보았다. 그루버는 신분증을 보고 글자 두 개를 쓰고 또 보고 또 두 개를 쓰는 일을 반복했다.

"어떻게 이런 이름을 갖게 되셨죠?"

"그냥 해리라고만 써도 돼요."

"괜찮아요. 쓸 수 있으니까. 발음해보라고만 하지 마세요. '어내니머스'('익명의'라는 뜻의 단어 anonymous. 보슈의 이름 히에로니머스와 발음이 같다고 연상시킨 단어 -옮긴이)와 끝 발음이 같은 것 같군요."

작성을 끝낸 그루버는 영수증 두 장을 슬라이드 쟁반에 담아 밀어 보내고는 보슈에게 두 장 다 서명을 하라고 시켰다. 보슈는 자기 펜을 꺼내 시키는 대로 했다.

"저런. 오른손잡이용 총을 신고하면서 왼손으로 서명을 하시네요. 흔치 않은 일인데요."

그루버가 보슈를 향해 다시 윙크를 했다. 보슈는 그냥 그를 바라보기만 했다.

"그냥 그렇단 얘깁니다."

그루버가 말했다.

보슈는 영수증 한 장을 슬라이드 쟁반에 담아 밀었고 영수증을 받아든 그루버는 라커 열쇠를 담아 밀었다. 열쇠엔 번호가 붙어 있었다.

"잃어버리지 마세요."

그루버가 말했다.

카프리스 자동차로 돌아가면서 보니 피크닉 테이블에는 아직도 남자들이 있었지만 노래부르던 남자는 보이지 않았다. 보슈는 차에 탄 후 라커 열쇠를 재떨이에 넣었다. 그는 차에 달린 재떨이는 한 번도 사용하지 않았다. 역사학회 간판 밑에서 백발노인이 문의 자물쇠를 따고 있는 모습이 보였다. 보슈는 차를 뒤로 빼내 데 안사 호텔을 향해 달렸다.

데 안사 호텔은 스페인풍의 3층 건물로 지붕에는 위성 안테나 접시가 달려 있었다. 보슈는 현관 앞 벽돌을 깐 진입로에 주차를 했다. 들어가서 체크인을 하고 방에 짐을 내려놓은 후 세수를 하고 나서 국경을 넘어 멕시칼리로 갈 작정이었다. 프론트 데스크 뒤에 서 있는 남자는 흰 셔츠에 갈색 조끼를 입고 있었고, 갈색 나비넥타이를 매고 있었다. 기껏 해봐야 스무 살 정도로밖에 보이지 않았다. 조끼에 달린 명찰에는 부지배인 미구엘이라고 적혀 있었다.

보슈는 방을 빌리고 싶다고 말한 후, 숙박계를 작성해서 미구엘에게 건넸다.

"아, 네, 보슈 씨. 선생님을 찾는 전화가 몇 통 왔었습니다."

미구엘이 말했다.

그는 작은 바구니에서 분홍색 메시지 쪽지 세 장을 꺼내 주었다. 두 개는 파운즈에게서 온 거였고 하나는 어빙에게서 온 거였다. 시각을 보니 전부 지난 두 시간 동안 온 거였다. 처음에는 파운즈가 전화를 했고, 그다음엔 어빙, 그러고 나서 파운즈가 다시 전화를 했다.

"저기, 공중전화가 어딨지?"

보슈가 물었다.

"선생님의 오른쪽 모퉁이에 있습니다."

보슈는 전화기를 손에 들고 잠깐 망설였다. 무슨 일인가 생긴 것이었다. 아니면 그 두 사람이 동시에 그를 찾진 않았을 터였다. 무슨 일인가 생겨서 그 중 누구 한 명이 아니면 둘 다가 그의 집으로 전화를 걸었고, 자동 응답기의 녹음 내용을 들은 것이다. 무슨 일일까? 보슈는 팩벨 전화카드로 할리우드 경찰서 강력반에 전화를 걸었다. 누구라도 전화를 받아 무슨 일인지 알 수 있었으면 좋겠다 싶었다. 벨이 한 번 울리자마자 제리 에드거가 받았다.

"제리, 무슨 일이야? 위에서 날 찾는 전화가 몇 통이나 와 있는데?"

오랫동안 침묵이 흘렀다. 너무 길었다.

"제리?"

"해리, 어디야?"

"남쪽."

"남쪽 어디?"

"제리, 무슨 일이야?"

"어디 있든 빨리 돌아와야겠어. 파운즈가 누구라도 자네하고 연락이 되면 빨리 돌아오라고 전해달래. 그리고…."

"왜? 무슨 일인데?"

"포터 문제야, 해리. 오늘 아침에 선샤인 캐니언에서 발견됐어. 누군지 몰라도 포터의 목을 철사로 어찌나 꽉 졸라맸는지 목이 시곗줄처럼 가늘어져 있었어."

"빌어먹을."

보슈는 담배를 꺼냈다.

"그러게 말이야."

"거기서 뭘 하고 있었던 거야? 선샤인이면, 풋힐 관내에 있는 쓰레기 매립지 아냐?"

"이런, 해리. 시신이 거기 버려진 거지 뭐겠어?"

물론 그랬을 것이다. 보슈도 알아차렸어야 했다. 아무래도 충격으로 머리가 작동을 멈춘 것 같았다.

"그래, 그렇겠지. 어떻게 된 건지 자세히 좀 말해 봐."

"오늘 아침에 거기서 포터의 시신이 발견됐어. 넝마주이가 발견했어. 쓰레기더미 속에서. 강력계가 현장에서 중요한 단서를 몇 개 찾아냈어. 식당 몇 군데의 영수증이었어. 강력계는 그 식당들에서 나오는 쓰레기를 수거해가는 용역업체를 알아내서 특정 쓰레기차와 특정 경로를 찾아냈어. 시내를 돌며 수거해가는 차였어. 어제 아침에 수거해갔더라고. 우리랑 강력계랑 공조수사를 하고 있어. 난 그 쓰레기차가 다니는 경로를 따라 탐문수사를 시작해야 돼. 포터의 시체가 들어 있던 쓰레기통을 찾아내서 거기서부터 시작할 거야."

보슈는 포우즈 뒤에 있던 대형 쓰레기통을 떠올렸다. 포터는 도망을 친 게 아니었다. 보슈가 바텐더와 기 싸움을 벌이는 사이에 교살되어 쓰레기통에 담겨서 끌려간 것이었다. 눈물방울 문신을 한 남자가 떠올랐다. 어떻게 그걸 놓칠 수가 있었을까? 포터를 죽인, 아니 죽일 놈을 불과 3미터 거리에 두고도.

에드거가 말했다.

"난 아직 현장엔 안 가봤는데 가서 본 형사들 말로는 포터가 살해당하기 전에 이미 흠씬 두들겨 맞은 상태였대. 얼굴이 묵사발이 되어 있었다네? 코가 부러지고 피범벅이고. 어떻게 그렇게 처참하게 갈 수가 있지?"

이제 곧 형사들이 포터의 사진을 가지고 포우즈에 들이닥칠 것이다. 바텐더는 포터의 얼굴을 알아볼 것이고 보슈가 나중에 나타나서 경찰이라고 말하고는 포터를 두들겨 팼다고 기꺼이 진술할 것이다. 지금 에드거에게 털어놔서 발품을 덜 팔게 해줄까 하는 생각이 들었다. 그러나 보슈는 마음속에서 생존본능이 솟구쳐 포우즈 일에 대해서는 입을 다물고 있기로 결심했다.

"근데 왜 파운즈와 어빙이 날 찾고 있는 거야?"

"몰라. 내가 아는 건 처음엔 무어가 당하더니 이젠 포터가 당했다는 것뿐이야. 그러니까 직원들 단속을 하는 건지도 모르지. 모두를 안전한 곳에 데려다 놓고 싶은 거 아니겠어? 지금 여기선 이 두 사건이 사실은 하나의 사건이라는 말이 돌고 있어. 그 친구들이 무슨 거래를 하다가 당했다는 말도 돌고 있고. 어빙이 벌써 수사팀을 합쳤어. 두 사건을 연계해서 합동수사를 벌인대. 무어와 포터 사건을 말이야."

보슈는 아무 말도 하지 않았다. 생각을 해보려고 애를 썼다. 이제 상황은 완전히 새로운 국면으로 접어들었다.

"내 말 잘 들어, 제리. 자넨 나한테서 전화를 받지 않은 거야. 우리 둘이 이야기를 나눈 적이 없는 거라고. 알겠어?"

에드거가 잠깐 망설이다가 말했다.

"꼭 그렇게 해야겠어?"

"그래. 당분간만. 나중에 다 이야기해줄게."

"몸조심해."

블랙 아이스를 조심해. 보슈는 전화를 끊으며 생각했다. 끊고 나서도 1분 정도 벽에 기대 서 있었다. 포터. 어떻게 된 일일까? 그는 본능적으로 엉덩이에 손을 댔지만 위안을 얻지 못했다. 권총집은 비어 있었다.

이제 그는 처음 계획했던 대로 멕시칼리로 가거나 LA로 돌아가거나 둘 중 하나를 선택해야했다. LA로 돌아간다면, 수사에서 완전히 손을 떼야할 것이었다. 어빙은 바나나에서 검게 변한 부분을 잘라내듯 그를 쳐낼 것이었다.

그러므로 사실 보슈에겐 대안이 없었다. 예정대로 일을 밀고 나가야 했다. 그는 주머니에서 20달러짜리 지폐 한 장을 꺼내 프론트 데스크로 돌아갔다. 지폐를 미구엘 앞으로 밀었다.

"네, 선생님?"

"숙박을 취소하고 싶은데."

"그러세요? 알겠습니다. 요금은 없습니다. 방에 들어가지도 않으셨잖아요."

"아니, 이건 자네한테 주는 거야, 미구엘. 내게 작은 문제가 생겼어. 내가 여기 왔었다는 사실을 누구에게도 말하지 말아 줬으면 좋겠는데."

미구엘은 젊지만 현명했다. 보슈에게 아무 문제없다고 말했다. 그러고는 지폐를 집어 들어 조끼 속주머니에 넣었다. 보슈는 전화 메시지 쪽지도 그에게로 밀었다.

"이 사람들한테서 또 전화가 오면, 내가 나타나지 않아서 메시지를 전하지 못했다고 말해줘. 알겠지?"

"알겠습니다, 선생님."

몇 분 후 보슈의 카프리스는 국경을 넘기 위해 차례를 기다리는 자동차 줄에 서 있었다. 미국으로의 입국 수속을 관할하는 미국 세관과 국경순찰대 건물은 멕시코측 건물에 비하면 거인 같았다. 메시지는 분명했다. 이 나라를 떠나는 건 아무 문제도 안 되지만, 들어오는 건 완전히 다른 문제라는 것이었다. 보슈는 자기 차례가 되자 경찰배지 지갑을 펴서 창밖으로 건넸다. 멕시코 경찰이 지갑을 받아들자, 보슈는 칼렉시코 경찰서가 발행한 총기류 신고 영수증도 건네주었다.

"입국 목적은요?"

멕시코 경찰이 물었다. 한때는 국방색이었을 경찰 제복은 색이 바래 있었다. 모자 테두리에는 땀 얼룩이 진 상태였다.

"공무 수행이요. 경찰국에서 회의가 있어요."

"아, 네. 길은 아십니까?"

보슈는 조수석에 있던 지도를 들어 보이며 고개를 끄덕였다. 그러자 경찰은 분홍색 총기 신고 영수증으로 눈길을 돌렸다.

"비무장이십니까? 44구경을 맡겨놓고 오신 거 맞죠?"

그가 영수증을 보면서 물었다.

"거기 적힌 대로요."

경찰은 미소를 지었지만 그의 눈은 보슈의 말을 믿지 않는다고 말하고 있었다. 경찰이 고개를 끄덕이더니 통과하라고 손짓을 했다. 검문소를 통과하자마자 카프리스는 차선구획선이 그려져 있지 않은 대로를 달리는 수많은 차들의 대열에 끼어들게 되었다. 여섯 줄로 달릴 때도 있었고 네 줄이나 다섯 줄일 때도 있었다. 차선 바꾸기도 아주 자연스럽게 했다. 경적 소리 한 번 내지 않은 채 차들이 빠른 속도로 내달리고 있었다. 1.5킬로미터를 달리고 나서야 신호등 빨간불 앞에 차들이 멈춰 섰고 보슈는 그제야 지도를 살펴볼 수 있었다.

지금 그가 달리고 있는 도로는 깔사도 로뻬스 마떼오스 거리인 것 같왔고, 이 길로 쭉 달려가면 멕시칼리시 남쪽에 경찰국이 있었다. 신호등이 바뀌자 차들이 다시 움직이기 시작했다. 보슈는 운전을 하면서 어느 정도 긴장을 풀고 주위를 둘러보았다. 그러면서도 자꾸만 바뀌는 차선 수를 신경 쓰고 있었다. 대로변에는 오래된 가게들과 작은 공장들이 늘어서 있었다. 파스텔 색조로 페인트칠을 해놓은 건물 외벽은 끊임없이 오가는 자동차에서 나온 배기가스로 인해 우중충해져 있었다. 그 모습을 보고 있자니 기분도 우중충해졌다. 갖가지 원색으로 현란하게 치장을 한 샤보레 스쿨버스 몇 대가 지나갔지만, 그렇다고 우중충한 분위기가 밝아지지는 않았다. 갑자기 도로가 남쪽으로 급격하게 꺾이더니 원형 교차로가 나타났다. 교차로의 중앙에는 앞다리를 들어 올리고 있는 말 등에 올라탄 남자의 황금동상이 있었다. 남자들 몇 명이 교차로 안에 서 있거나 동상에 기대 서 있었다. 그 중 상당수는 밀짚으로 만든 카우보이모자를 쓰고 있었다. 그들은 교차로를 오가는 차들을 쳐다보고 있었다. 일거리를 찾고 있는 일용직 노동자들이었다. 지도를 보니 그곳은 베니토 후아레즈 원형 교차로라고 쓰여 있었다.

곧이어 대형 건물 세 개가 삼각형 모양으로 서 있는 건물단지가 나타났다. 건물마다 옥상에 안테나와 위성 안테나 접시들이 즐비했다. 도로 옆에 서 있는 표지판에는 '아슌따미엔또 데 멕시깔리(멕시칼리 시청)'라고 적혀 있었다.

보슈는 주차장으로 들어갔다. 주차권 판매기나 주차요원 부스가 없었다. 그는 빈자리를 찾아 주차를 했다. 차 안에 앉아 건물단지를 살펴보는 동안, 자신이 무언가로부터 아니면 누군가로부터 도망을 치고 있는 것 같은 느낌이 들었다. 포터의 죽음이 너무도 충격적이었다. 보슈 자신이 바로 그 현장에 있었다. 자기는 어떻게 죽음을 모면할 수 있었는지, 살인범이 왜 자기까지 죽이려고 들지 않았는지 궁금했다. 어쩌면 놈은 한 번에 두 개의 표적을 덮치는 위험한 일은 하고 싶지 않았던 건지도 몰랐다. 아니면 청부 살인업자라서 지시받은 대로 포터만 살해했을 수도 있었다. 그렇다면 그 명령은 바로 이곳 멕시칼리에서 나왔을 것 같았다.

세 건물은 삼각형 모양의 광장을 가운데 두고 각각 삼각형의 한 면을 이루고 있었다. 외벽이 갈색과 분홍색 사암으로 만들어진 현대식 건물이었다. 그 중 한 건물의 3층 창문은 전부 안에서 신문지로 가려 놓았다. 석양빛을 차단하기 위해서인 것 같았다. 그 때문에 건물 전체가 초라해 보였다. 그 건물 출입구 위에 '뽈리시아 후디씨알 델 에스따도 데 바하 칼리포르니아(바하 칼리포르니아 주 사법 경찰국)'라고 적힌 크롬 간판이 걸려 있었다. 보슈는 후안 도우 67번 사건기록을 가지고 차에서 내려 차문을 잠근 후 그곳으로 향했다.

광장을 가로질러 가면서 보니 노점상 수십 명이 음식과 수공예품을 팔고 있었다. 대부분이 음식 노점상이었다. 경찰국 건물 앞 계단에선 어린 여자애 몇 명이 껌이나 갖가지 색실로 만든 팔찌를 들고 보슈에게로 다가왔다. 그는 안 산다고 말했다. 출입문을 열다가 파이 여섯 개를 담은 쟁반을 어깨에 얹은 키 작은 여자와 부딪칠 뻔했다.

건물 안 대기실에는 정복 경찰관 한 명이 접수대 뒤에 앉아 있었고 플라스틱 의자가 네 줄로 놓여 있었다. 거의 모든 의자에 사람이 앉아 있었고 다들 정복 경찰관을 뚫어지게 쳐다보고 있었다. 경찰관은 거울 같은 선글라스를 끼고 신문을 읽는 중이었다.

보슈는 그에게로 다가가 카를로스 아길라 형사와 만나기로 되어 있다고 스페인어로 말했다. 그러고는 경찰배지 지갑을 펼쳐 접수대 위에 올려놓았다. 경찰관은 심드렁한 표정이었다. 접수대 밑으로 천천히 손을 뻗어 전화기를 꺼냈다. 다이얼을 돌리는 회전식 전화기로 이 건물보다 훨씬 더 나이가 많을 듯했다. 전화번호를 돌리는 데 한 시간은 걸리는 것 같았다.

한참이 흐른 후, 경찰관은 전화기에 대고 스페인어를 속사포로 쏟아내기 시작했다. 보슈가 알아들을 수 있는 단어는 몇 개 되지 않았다. 경감. 그링고. 네. LA 경찰. 형사. 그리고 찰리 챈이라는 말도 들은 것 같았다. 경찰관은 한동안 가만히 듣고 있더니 전화를 끊었다. 그러고는 보슈를 쳐다보지도 않고 엄지손가락으로 자기 뒤에 있는 문을 가리켜 보이고는 다시 신문을 읽기 시작했다. 보슈가 접수대를 돌아 들어가 문을 열고 나가니 복도가 나왔고 양옆으로 문이 수도 없이 늘어서 있었다. 그는 다시 대기실로 들어가 경찰관의 어깨를 톡톡 치며 어디로 가야 하느냐고 물었다.

"이쪽으로 맨 끝에 있는 문이요."

경찰관이 복도의 왼편을 가리키며 영어로 대답했다.

그가 가르쳐준 대로 걸어가 문을 여니 커다란 사무실이 나왔다. 안으로 들어가니 남자 몇 명은 서성이고 있고 다른 몇 명은 소파에 앉아 있었다. 사방 벽마다 자전거가 기대 세워져 있었다. 사무실 안엔 책상이 딱 한 개 있었고, 젊은 아가씨가 앉아 한 남자가 불러주는 대로 타자를 치고 있었다. 그 남자의 더블니트 바지 허리춤에는 바레타 9밀리미터 권총이 꽂혀 있었다. 그러고 보니 다른 남자 몇 명도 권총집이나 허리춤에 권총을 차고 있었다. 이곳은 형사과 사무실이었다. 보슈가 방 안으로 들어서자 말소리가 뚝 끊어졌다. 그는 가장 가까이 있는 남자에게 카를로스 아길라가 누구냐고 물었다. 이 말을 들은 다른 남자가 방 뒤쪽에 있는 문을 향해 소리를 질렀다. 이번에도 말이 너무 빨랐지만 챈이라는 말이 또 들렸다. 보슈는 그 스페인어 단어가 무슨 뜻인지 기억해내려고 애를 썼다. 이윽고 소리를 지른 남자가 엄지손가락으로 문을

가리켜 보였고 보슈는 그 쪽으로 걸어갔다. 등 뒤에서 숨죽인 웃음소리
가 터져 나왔지만 모른 척했다.

문을 열어보니 책상 한 개만 달랑 있는 작은 사무실이었다. 책상 뒤
엔 백발의 남자가 앉아서 피곤해 보이는 표정으로 담배를 피우고 있었
다. 책상 위에는 멕시코 신문 한 장과 유리 재떨이 한 개, 전화기 한 대
만 덩그러니 놓여 있었다. 문 반대쪽 벽에 기댄 의자엔 거울 같은 조종
사 선글라스—새로울 것도 없었다—를 쓴 다른 남자가 앉아서 보슈를
관찰하고 있었다. 자고 있는 것이 아니라면.

"부에노스 디아스(좋은 아침입니다)."

책상 뒤에 앉은 나이 든 남자가 말하더니 영어로 말을 이었다.

"구스따보 그레나 경감이오. 어제 통화했던 해리 보슈 형사죠?"

보슈는 책상 앞으로 다가가 그와 악수를 했다. 그레나는 선글라스를
낀 남자를 가리켰다.

"여기 아길라 형사를 만나러 왔다죠? 올 필요까진 없다고 했는데 뭐
하러 굳이 왔죠?"

LA 주재 멕시코 영사관으로 공조 요청 전문을 보냈던 아길라 형사는
검은 머리에 키가 작은 백인 남자였다. 이마와 코는 햇볕에 그을려 벌
겋게 타 있었지만 윗 단추를 몇 개 푼 셔츠 속에서 하얀 가슴이 드러나
보였다. 청바지를 입고 검정색 가죽 부츠를 신고 있었다. 그는 보슈에게
목례만 하고 손은 내밀지 않았다.

앉을 자리가 없어서 보슈는 책상 위에 파일을 내려놓고 서 있었다.
그는 파일을 열어 법의국에서 찍은 후안 도우 67번의 얼굴과 문신이 있
는 가슴을 찍은 폴라로이드 사진 몇 장을 꺼냈다. 사진을 그레나에게
건네자 그는 잠깐 동안 사진을 본 후 내려놓았다.

"이 남자의 신원확인만을 위해 온 건 아닐 테고, 살인범을 찾으려는

거겠죠?"

그레나가 물었다.

"이 남자가 여기서 살해된 후 시신이 로스앤젤레스로 옮겨졌을 가능성이 있습니다. 만일 그렇다면, 제가 아니라 여러분이 살인범을 찾아야 할 것 같은데요."

그레나의 얼굴에 당혹스러운 표정이 떠올랐다.

"이해가 안 가는군요. 왜죠? 왜 우리가 찾아야하죠? 뭔가 잘못 생각하고 있는 것 같은데요, 보슈 형사."

보슈는 어깨를 으쓱해 보였다. 너무 강하게 몰아붙이지는 않을 작정이었다. 아직은.

"우선 신원확인부터 하고 나서 일을 시작하고 싶습니다."

"좋아요. 여기 아길라 형사를 붙여 드리지. 그건 그렇고, 어제 전화로 말했던 인바이로브리드 건에 대해서는 내가 직접 그곳 대표에게 연락을 해봤는데 당신의 후안 도우는 거기서 일한 적이 없다고 하더군요. 당신 시간을 많이 절약해줬죠?"

말을 끝낸 그레나가 고개를 끄덕였다. 직접 알아봐 준 것이 전혀 수고스럽지 않은 일이었다고, 그리고 자기가 확인을 했으니 인바이로브리드 건은 이제 그만 잊으라고 말하고 싶은 것 같았다.

"아직 확실히 신원확인이 안 된 상탠데 그쪽에선 어떻게 그렇게 확신을 한답니까?"

그레나는 천천히 담배를 피우며 생각할 시간을 갖는 것 같았다. 잠시 후 그가 대답했다.

"페르날 구티에레스 료사라는 이름을 댔더니 이제까지 그런 이름을 가진 피고용인은 한 명도 없었다고 하더구만. 거긴 미국 정부의 계약업체요. 조심을 해야 하죠. 국제무역 업체를 잘못 건드려선 안 되거든."

안남콘크리트 블론드

294

그레나가 자리에서 일어서더니 담배를 재떨이에 던지고 나서 아길레에게 고개를 끄덕였다. 그러고는 사무실을 나갔다. 보슈는 아길라의 거울 달린 선글라스를 바라보았다. 그가 지금까지의 대화를 한 마디라도 알아들었을까 궁금했다.

그레나가 나가자 아길라가 말했다.

"스페인어 걱정은 하지 말아요. 영어를 할 줄 아니까."

21 길 잃은 영혼들의 도시

보슈는 자기 차로 가야한다고 주장했다. 빌린 차이기 때문에 카프리
스를 주차장에 놔두고 가고 싶진 않다고 설명했다. 실은 트렁크 속에
있는 총을 놔두고 가고 싶지 않았다. 그들은 광장을 가로질러 걸어가며
물건을 팔려고 달려드는 아이들을 손을 내저어 물리쳤다.

차에 타자 보슈가 말했다.

"지문이 없는데 어떻게 신원을 확인하죠?"

아길라가 좌석에서 후안 도우 사건기록을 집어 들었다.

"그의 부인과 친구들에게 이 사진들을 보여주면 되죠."

"지금 그의 집으로 가는 겁니까? 그러면 지문을 채취해서 LA로 보내
대조해볼 수 있을 것 같군요. 그러면 확실해지겠는데요?"

"집이 아니에요, 보슈 형사. 헛간이죠."

보슈는 고개를 끄덕이고 나서 시동을 걸었다. 아길라가 지시하는 대
로 남쪽으로 차를 몰아 라자로 카르데나스 대로로 가서 그 도로를 타고

잠깐 서쪽으로 달려가다가 깐또 로다도 길에서 다시 남쪽으로 방향을
틀었다.

"우린 지금 시우다드 데 로스 뻬르소나스 뻬르디도스라는 동네로 가
는 겁니다. 길 잃은 영혼들의 도시요."

"후안 도우의 문신이 그 동네 표식이죠? 유령이 길 잃은 영혼을 상징
하는 것 아닌가요?"

"맞아요."

보슈는 잠깐 생각한 후 다시 물었다.

"길 잃은 영혼들 동네에서 성자와 죄인들 동네까진 거리가 얼마나
되죠?"

"그 동네도 남서부 지역에 있어요. 길 잃은 영혼들 동네에서 그리 멀
지 않죠. 원한다면 보여줄게요."

"그래요, 보고 싶군요."

"특별한 이유라도 있어요?"

절대로 멕시코 주립 경찰을 믿지 말라던 코보의 충고가 떠올랐다.

"그냥 궁금해서요. 다른 사건과 관계된 곳이라서요."

아길라에게 솔직하게 대답하지 않은 것이 미안했다. 같은 경찰끼리
의심하면 안 되는데 싶었다. 그러나 코보의 말이 마음에 걸렸다. 둘은
한동안은 아무 말도 하지 않았다. 시내를 벗어나자 건물과 차량 통행이
뜸해졌다. 사무실 건물과 상점과 식당들이 사라지고 쓰러져 가는 판잣
집이 줄지어 나타났다. 도로 옆에 있는 냉장고 포장 상자가 누군가의
집인 것 같았다. 길거리에선 사람들이 녹슨 엔진 통이나 석유 드럼통
위에 앉아서 멍한 눈으로 그들의 차를 바라보았다. 보슈는 최대한 앞만
보고 달리려고 애를 썼다.

"동료들이 당신을 찰리 챈이라고 부르던데요. 왜죠?"

보슈는 여행길의 불안함과 불편함을 잊기 위해 화제를 딴 데로 돌려
보았다.

"그래요, 다들 그렇게 부르죠. 난 중국인 혼혈아거든요."

아길라가 대답했다.

보슈는 그를 돌아보았다. 선글라스의 가장 자리로 둥근 눈매가 약간
보였다. 그러고 보니 그런 것도 같았다.

"한쪽만이요. 할아버지 한 분이 중국인이셨죠. 멕시칼리에는 중국인
과 멕시코 인 혼혈아가 많이 있어요."

"그렇군요."

"멕시칼리는 1900년쯤에 콜로라도강 토지개발회사가 세운 도시예요.
그 회사는 국경 이쪽저쪽 편에 광대한 토지를 소유하고 있었고, 면화와
채소 농사를 지을 값싼 노동력이 필요했죠. 그래서 멕시칼리를 세운 거
예요. 칼렉시코 바로 건너편에 말이죠. 자매 도시를 건설할 계획이었던
거죠. 중국인 노동자를 1만 명이나 들여왔어요. 전부 남자로만요. 그러
고 나서 마을을 만든 거예요. 자기네 노동자들이 살 마을을요."

보슈는 고개를 끄덕였다. 처음 들어보는 흥미로운 이야기였다. 멕시
칼리 시내를 돌아다니면서 중국식당과 간판은 많이 봤지만 아시아인은
별로 보지 못했었다.

"다들 계속 여기서 살았어요? 중국인들이요?"

보슈가 물었다.

"대부분이 그랬어요. 하지만 아까도 말했듯이, 중국 남자들만 1만 명
이 들어온 거였어요. 여자는 한 명도 없었죠. 회사가 허락하지 않았어
요. 여자를 들여오면 일에 방해가 된다고 생각한 거죠. 나중에는 여자들
이 좀 들어오긴 했어요. 하지만 그 중국 남자들 대부분이 멕시코 여자
와 결혼을 했어요. 피가 섞이게 된 거죠. 돌아다니면서 봤겠지만, 그래

도 중국 문화는 많이 유지가 되고 있어요. 시에스타 때 중국음식 좀 먹어볼까요?"

"좋죠."

"경찰조직은 대체적으로 순수 멕시코 인들로 구성이 되어 있어요. 멕시코 주립 경찰국 내에 나 같은 혼혈아는 그리 많지 않죠. 그래서 난 찰리 챈으로 불리고 있어요. 그들 눈에 나는 외국인인 거죠."

"어떤 느낌일지 알 것 같군요."

"언젠가는 당신도 날 믿을 수 있게 될 거예요. 그때까지, 당신이 말한 다른 사건에 대해 이야기를 나눌 수 있게 될 때까지, 난 느긋하게 기다릴 거고요."

보슈는 당황해서 고개를 끄덕이고는 운전에만 집중하려고 애를 썼다. 잠시 후 아길라가 동네 한가운데를 가로지르는 좁은 비포장도로를 가리켰다. 길 양옆으로 평평한 지붕에 콘크리트블록으로 지은 집들이 늘어서 있었고 출입구에는 문 대신 담요가 걸려 있었다. 이런 집들 옆에는 합판과 알루미늄 판으로 만든 엉성한 헛간 같은 것들이 붙어 있었다. 갖가지 쓰레기가 사방에 널려 있었다. 서성이고 있던 여위고 초췌한 모습의 남자들이 캘리포니아 번호판을 단 카프리스 자동차를 노려보고 있었다.

"벽에 별 그림이 있는 건물 앞에 차를 세워요."

아길라가 말했다.

허름한 건물의 콘크리트블록 벽에 페인트로 그린 별 모양이 보였다. 별 위에 '빼르소나스 빼르디도스(길 잃은 영혼들)'라는 페인트 글씨가 보였다. 그 밑에는 '오노라블레 알깔데 이 쉐리프(존경하는 시장 겸 보안관)'라고 휘갈겨 쓴 글씨도 보였다.

보슈는 그 초라한 건물 앞에 차를 세우고 다음 지시를 기다렸다.

아길라가 말했다.

"저걸 보고 시장이나 보안관을 생각할 것 같은데, 아니에요. 아르놀포 무노즈 델 라 쿠르스는 당신들 표현대로 하자면 '평화유지자'의 역할을 하고 있어요. 무질서한 곳에 질서를 확립하는 거죠. 아니, 그러려고 애를 쓰고 있죠. 정식 직함은 길 잃은 영혼들의 도시의 보안관이에요. 실종신고를 한 것도 그 사람이었어요. 여기가 바로 페르날 구티에레스 료사가 살았던 동넵니다."

보슈는 후안 도우 파일을 가지고 차에서 내렸다. 차 앞을 돌아가면서 무심결에 권총집이 있는 재킷 뒤쪽 허리부분에 손을 댔다. 공무 수행을 위해 차에서 내릴 때마다 습관적으로 총을 확인하곤 했다. 이번에는 위안을 주는 총이 느껴지지 않자 자신이 낯선 땅에 들어선 비무장 이방인이라는 것을 절감했다. 아길라가 보는 앞에서 트렁크에서 스미스를 꺼낼 수는 없었다. 적어도 그를 좀 더 잘 알게 될 때까지는.

아길라가 건물 출입구 옆에 매달려 있는 점토로 만든 종을 흔들었다. 문은 없었고, 출입구 위에 붙은 나무 널에 담요가 걸려 있었다. 안에서 "아비에르또(열렸습니다)."라는 소리가 들리자 둘은 안으로 들어갔다.

무노즈는 짙은 갈색 피부의 키 작은 남자였고 희끗희끗한 백발을 뒤로 넘겨 하나로 묶고 있었다. 셔츠를 입고 있지 않아, 오른쪽 가슴에 있는 보안관의 별 문신과 왼쪽에 있는 유령 문신이 보였다. 그는 아길라를 보더니 곧 보슈에게로 눈을 돌려 호기심 어린 눈초리로 뚫어지게 쳐다보았다. 아길라는 보슈를 소개하고 나서 방문 목적을 설명했다. 보슈가 알아들을 수 있도록 천천히 말했다. 아길라는 노인에게 사진들을 한번 보라고 말했다. 무노즈는 어리둥절한 표정이었다. 보슈가 파일에서 꺼내 건넨 후안 도우의 사진을 보기 전까지는 도무지 무슨 영문인지 모르겠다는 표정이었다.

"페르날 구티에레스 료사가 맞습니까?"

무노즈가 사진들을 관찰할 시간을 충분히 준 다음 아길라가 물었다.

"맞아요."

무노즈가 사진에서 고개를 돌렸다. 보슈는 처음으로 집 안을 둘러보았다. 방이 한 개밖에 없는 헛간 같은 집은 커다란 감방 같았다. 생필품만 몇 개 있었다. 침대 하나, 옷상자 한 개, 낡은 의자 한 개와 그 위에 걸린 수건 한 장. 그리고 침대 옆 판지 상자 위에 놓여 있는 초 한 개와, 칫솔 한 개가 담긴 컵 한 개. 방 안에선 퀴퀴한 냄새가 났다. 보슈는 불쑥 찾아온 것이 미안해졌다.

"그의 집은 어디죠?"

보슈가 아길라에게 영어로 물었다.

아길라가 무노즈를 보며 말했다.

"친구를 잃으신 것 유감입니다, 무노즈 씨. 그의 아내에게 알려야 할 것 같은데요. 아직도 여기 삽니까?"

무노즈는 고개를 끄덕이더니 그녀는 집에 있을 거라고 말했다.

"같이 가셔서 도와주시겠습니까?"

무노즈는 다시 고개를 끄덕이더니 침대에서 흰 셔츠를 집어 들어 입었다. 그러고는 출입구로 가서 담요 커튼을 반쯤 젖히더니 둘이 나가도록 들고 있었다.

보슈는 차 트렁크로 가서 서류가방에서 지문채취도구함을 꺼냈다. 그러고 나서 먼지가 풀풀 날리는 거리를 한참이나 걸어 내려가 허름한 판잣집에 이르렀다. 출입구 앞에는 포대자루로 만든 천막이 있었다. 아길라가 보슈의 팔꿈치를 툭 쳤다.

"무노즈 씨와 내가 여자를 맡을게요. 이리로 데리고 나올 거예요. 그러면 당신은 안으로 들어가서 지문을 채취하고 할 일을 해요."

무노즈가 마리따라고 이름을 부르자 잠시 후 키가 작은 여자가 출입구에 걸린 흰색 비닐 샤워 커튼 앞에 나타나 밖을 살폈다. 무노즈와 아길라를 보자 밖으로 나왔다. 표정을 보니 남자들이 여기 온 이유를 알아차린 것 같았다. 여자들은 참 대단했다. 실비아 무어를 처음 만난 날 밤이 떠올랐다. 그녀도 알아차렸다. 여자들은 모두 알아차렸다. 보슈는 여자가 사진을 보자고 할 경우를 대비해 파일을 아길라에게 건네고는 후안 도우 부부가 살았던 집으로 슬며시 걸어 들어갔다.

남이 버린 세간을 주워 모아놓은 것 같은 방이었다. 놀랄 만한 것은 하나도 없었다. 커다란 나무판 위에 퀸 사이즈 매트리스가 놓여 있었다. 매트리스의 한쪽 옆에는 의자가 한 개 있었고 다른 쪽에는 나무와 판지로 만든 커다란 선적용 궤짝이 장롱처럼 놓여 있었다. 그 안에 옷이 몇 벌 걸려 있었다. 방 뒤쪽 벽은 테카테 맥주 상표가 인쇄된 거대한 알루미늄 판이었다. 그 앞에는 합판으로 만든 선반이 놓여 있었고 선반 위에 캔 커피 몇 개와 시가 상자 한 개와 다른 자질구레한 물건들이 놓여 있었다.

집 밖에서 여자가 조용히 흐느끼는 소리와 무노즈가 여자를 위로하는 소리가 들렸다. 보슈는 재빨리 방 안을 둘러보며 어디에서 지문을 채취하면 좋을까 생각했다. 굳이 지문을 뜰 필요도 없을 것 같았다. 여자의 울음소리가 신원을 확인해주고 있었다.

그는 선반 쪽으로 걸어가 손톱으로 조심스레 시가 상자를 열었다. 안에는 더러운 빗 한 개와 페소 동전 서너 개와 도미노 게임 한 세트가 들어 있었다.

"카를로스?"

보슈가 밖을 향해 소리쳤다.

아길라가 샤워 커튼 사이로 고개를 들이밀었다.

"최근에 이 상자를 만졌는지 물어봐요. 남편 것 같은데, 지문을 뜨려고요."

밖에서 아길라가 스페인어로 물어보는 소리가 들렸고 여자가 그 상자는 남편의 물건이기 때문에 자기는 한 번도 만진 적이 없다고 말했다. 보슈는 두 손의 손가락 끝으로 상자를 살짝 들어 임시변통으로 만든 장롱 위에 올려놓았다. 그러고는 지문채취도구함을 열어 작은 스프레이 병 한 개와 흑색 분말이 든 작은 유리병 한개, 흑담비 털로 만든 솔 한개, 대형 스카치테이프 한 통, 3×5 크기의 카드 한 묶음을 꺼냈다. 그것들을 침대 위에 늘어놓고 바로 작업에 착수했다.

그는 스프레이 병을 들고 상자 위에 닌히드린 용액을 네 번 분사했다. 닌히드린 용액이 스며들자, 담배를 한 대 꺼내 불을 붙이고는 타고 있는 성냥을 상자 위 5센티미터 높이에 들고 상자의 가장자리를 따라 움직였다. 열이 가해지자 닌히드린 용액이 묻은 표면에서 지문 몇 개의 융선이 나타났다. 보슈는 상자 위로 윗몸을 숙이고 완벽한 지문이 있는지 찾아보았다. 두 개가 있었다. 흑색 분말이 든 유리병 뚜껑을 열고 솔에 분말을 약간 묻혀 지문 위에 살살 문지르자 융선과 분기점들이 선명하게 나타났다. 그는 테이프를 약간 잘라서 완벽한 지문 한 개 위에 대고 지문을 떴다. 그러고는 그 테이프를 3×5 크기의 흰 카드에 붙였다. 다른 지문 한 개도 동일한 방법으로 채취했다. 가지고 돌아가서 대조해 볼 괜찮은 지문 두 개를 건진 것이었다.

그때 아길라가 방으로 들어왔다.

"지문 떴어요?"

"두 개나요. 부인 것이 아니라 남편 지문이기를 바라야죠. 아니래도 별 상관은 없을 것 같은데요. 부인이 신원을 확인해준 것 같은데. 사진을 보여줬어요?"

아길라가 고개를 끄덕이며 대답했다.

"보여 달래서요. 방 안은 살펴봤어요?"

"왜요?"

"그냥요."

"둘러보긴 했어요. 별것 없는 것 같은데."

"커피 캔에선 지문 찾아봤어요?"

보슈는 선반을 바라보았다. 맥스웰 하우스 커피 캔 세 개가 놓여 있었다. 그가 말했다.

"아뇨. 저 여자의 지문이 있을 것 같아서요. 대조하자고 지문까지 찍게 하고 싶진 않아요."

아길라가 고개를 끄덕이더니 곧 어리둥절한 표정이 되었다.

"그런데 말이죠, 이렇게 가난한 집에 캔 커피가 세 개씩이나 있을 이유가 뭘까요?"

좋은 지적이었다. 보슈는 선반으로 가서 캔 한 개를 집어 내렸다. 달그락 거리는 소리가 나서 열어보니 페소 동전이 한 움큼 들어 있었다. 두 번째 캔에는 커피가 3분의 1쯤 들어 있었다. 마지막 캔이 제일 가벼웠다. 안에서 종이뭉치가 나왔는데, 구티에레스 료사의 세례증명서와 결혼증명서였다. 부부는 32년 전에 결혼했다. 그 긴 세월을 생각하니 보슈는 마음이 무거워졌다. 구티에레스 료사의 폴라로이드 사진도 한 장 있었는데, 후안 도우 67번이 맞았다. 신원확인은 끝났다. 그리고 부인을 찍은 폴라로이드 사진도 한 장 들어 있었다. 보슈가 마지막으로 꺼낸 것은 고무줄로 묶어놓은 급여명세서 뭉치였다. 살펴보니까 모두 몇 개의 업체에서 소액의 급여를 받았다는 내용이었다. 일용직 노동자의 소득 내역이었다. 일용직 근로자에게 현금으로 일당을 지불하지 않고 수표로 지급하는 업체들도 있었다. 마지막 두 장은 인바이로브리드 사

(社)가 발행한 16달러짜리 수표 두 장에 대한 영수증이었다. 보슈는 급여명세서 뭉치를 주머니에 넣고 아길라에게 이제 그만 가자고 말했다.

아길라가 미망인에게 다시 한 번 조의를 표하는 동안, 보슈는 차 트렁크로 가서 지문채취도구함과 채취한 지문 카드들을 넣었다. 트렁크 뚜껑 너머로 보니 아길라는 아직도 무노즈와 여자와 함께 서 있었다. 보슈는 재빨리 트렁크의 오른쪽 부분 깔개를 들고 스페어타이어를 들어 올린 후 스미스 권총을 집어 들었다. 총을 권총집에 넣어 띠를 돌려서 총이 뒤쪽에 가도록 했다. 재킷에 덮여 있었지만 그런 것을 찾는 사람은 쉽게 알아볼 수 있을 것이었다. 그러나 보슈는 이제는 아길라에 대해선 걱정하지 않았다. 그는 차에 앉아서 아길라를 기다렸다. 잠시 후 아길라가 차에 탔다.

보슈는 차를 출발시키면서 백미러로 미망인과 보안관을 바라보았다.

"이제 저 여잔 어떻게 될까요?"

그가 아길라에게 물었다.

"알고 싶지 않을 텐데요, 보슈 형사. 저 여자의 삶은 이제까지도 고단했지만 앞으로는 더욱더 고단해질 거예요. 여자가 우는 건 죽은 남편 때문이기도 하겠지만 자신의 처지가 서러워서이기도 할 거예요. 울 만하죠."

보슈는 길 잃은 영혼들의 도시를 벗어날 때까지 아무 말도 하지 않았다.

한참 후에 그가 말했다.

"아까, 좋은 지적이었어요. 커피 캔 말이에요."

아길라는 아무 말도 하지 않았다. 말할 필요도 없었다. 보슈는 아길라가 이전에도 그곳에 가본 적이 있었고 인바이로브리드의 급여명세서를 본 적이 있을 거라고 확신했다. 그러나 경감이 인바이로브리드의 뒷배를 봐주고 돈을 챙기고 있었고, 아길라는 그런 그가 못마땅했거나 자기는 거래에 끼지 못해서 화가 난 것인지도 몰랐다. 이유야 어떻든 그는 보슈에게 길을 바로 가르쳐주고 있었다. 아길라는 보슈가 급여명세서를 찾아내길 바랐던 것이다. 그레나가 거짓말을 했다는 걸 알게 되기를 바랐던 것이다.

"인바이로브리드에 직접 가서 살펴봤어요?"

보슈가 물었다.

"아뇨. 그러면 그레나 과장한테 보고가 들어갈 텐데요. 과장이 직접 나서서 문의를 했는데 내가 가보는 건 이상하잖아요. 인바이로브리드는 국제무역 업체예요. 미국 정부 기관들과 계약을 맺고 있죠. 그러니까 좀⋯."

"민감한 상황이라고요?"

"그래요."

"그런 상황에 대해선 잘 알고 있어요. 당신 입장 이해해요. 당신은 그레나 과장과 맞설 수 없지만 난 할 수 있어요. 인바이로브리드는 어디 있죠?"

"여기서 그리 멀지 않아요. 남서부의 드넓은 벌판에 있어요. 그 벌판 끝엔 꾸까빠 산맥이 있고요. 그곳엔 공장과 대규모 목장이 많아요."

"그러면 인바이로브리드와 교황 소유의 목장과는 거리가 대략 얼마나 되죠?"

"교황이요?"

"소릴료요. 멕시칼리의 교황. 내가 맡고 있는 다른 사건에 대해 알고 싶어 하는 줄 알았는데요."

둘은 잠깐 동안 아무 말도 하지 않았다. 백미러로 보니 아길라의 얼굴이 어두워져 있었다. 보슈에게서 소릴료 이야기를 듣고, 그레나가 수사를 방해하려 한 것이 교황 때문이 아닌가 의심했던 자신의 추측이 맞다는 걸 알게 된 것 같았다. 보슈는 코보에게서 들어서 인바이로브리드가 고속도로를 사이에 두고 교황의 목장과 마주보고 있다는 사실을 이미 알고 있었다. 그런데도 물어본 건 아길라를 한 번 더 시험해보고 싶었기 때문이었다.

한참 후 마침내 아길라가 입을 열었다.

"유감스럽게도 목장과 인바이로브리드는 아주 가까운 곳에 있어요."

"좋아요. 갑시다."

22 탐문

"하나 물어봅시다. 왜 영사관에 전문을 보냈죠? 여기선 실종자라는 개념이 없는 걸로 알고 있는데요. 어느 날 갑자기 누가 사라지면 국경을 넘어갔나보다 생각하고 말지 공조요청 전문을 보내지는 않잖아요. 그런데 왜 이번 경우는 다르다고 생각했죠?"

보슈가 아길라에게 물었다.

그들은 멕시칼리 시내에서 날아온 옅은 갈색 스모그가 낀 하늘 위로 우뚝 솟아 있는 산맥을 향해 달려가고 있었다. 발 베르데 대로를 타고 남서쪽으로 달려가면서 보니까, 도로를 사이에 두고 서쪽에는 목장이 펼쳐져 있고 동쪽에는 공장들이 늘어서 있었다.

아길라가 대답했다.

"그 부인 이야기를 듣고요. 그녀가 보안관과 함께 경찰국으로 찾아와서 실종 신고를 했어요. 그러나 과장이 내게 사건을 배당했고 난 그녀의 말을 듣고 구티에레스 료사는 부인을 버려두고 혼자서 국경을 넘어가지는 않을 거라고 믿게 됐어요. 그래서 원형 교차로로 갔죠."

아길라는 구직자들이 깔사도 로뻬스 마떼오스에 있는 베니토 후아레 즈(19세기 중반 혁명을 일으켜 오스트리아 출신의 막시밀리안 황제를 처형하고 대통령직에 오른 멕시코의 혁명 영웅 – 옮긴이)의 황금 동상 앞으로 모여든다고 설명했다. 그곳에서 만나본 일용직 노동자들은 인바이로브리드의 밴이 일꾼들을 데려가기 위해 1주일에 두세 번은 왔다고 말했다. 그 파리 사육장에서 일을 해봤던 사람들은 일이 아주 힘들었다고 말했다. 사육에 필요한 사료를 만들고 인큐베이터가 든 무거운 상자들을 밴으로 옮기기도 했다. 파리들이 계속 그들의 입안과 눈 속으로 날아 들어왔다. 그곳에서 일한 경험이 있는 사람들 중 상당수가 그곳에는 절대로 다시 가지 않을 것이고, 다른 고용주들이 올 때까지 기다리고 있을 거라고 말했다.

그러나 구티에레스 료사는 달랐다. 원형 교차로에서 만난 노동자들은 그가 인바이로브리드 밴에 올라타는 걸 자주 봤다고 말했다. 그는 다른 일꾼들에 비해 나이가 많았다. 이것저것 따질 형편이 아니었던 것이다.

아길라는 인바이로브리드에서 사육된 파리가 국경을 넘어 미국으로 수출된다는 사실을 알게 되자, LA 주재 멕시코 영사관으로 실종사건 공조요청서를 보냈다고 말했다. 구티에레스 료사가 공장에서 사고로 사망하자 생산 중단을 가져올 수 있는 수사를 피하기 위해 시신을 숨겨 국경을 넘어갔을 수도 있었기 때문이었다. 아길라는 그런 일이 이 도시의 공장에서 심심찮게 일어나고 있을 거라고 믿었다.

"사망사건 수사는, 비록 사고사라고 할지라도 대가가 굉장히 클 수 있거든요."

아길라가 말했다.

"라 모르디다(뇌물) 말이군요."

"그래요, 뇌물."

아길라는 사건 내용을 그레나 과장에게 보고하는 순간부터 이미 수사가 중단되었다고 말했다. 과장은 자기가 직접 인바이로브리드를 수사하겠다고 나섰고 나중에는 별 소득이 없었다고 알려주었다. 그래서 보슈가 전화를 걸어 후안 도우 이야기를 할 때까지 수사는 중단된 상태였다고 했다.

"그레나가 뇌물을 받은 모양이죠?"

아길라는 아무 대꾸도 하지 않았다. 길 옆으로 목장의 철조망 울타리가 나타났다. 철조망 울타리 위에는 스프링처럼 둥글게 말려 있는 가시철조망이 설치되어 있었다. 보슈는 그 울타리 사이로 꾸까빠 산맥 쪽을 바라보았지만 산맥까지 펼쳐진 드넓은 목장에는 아무것도 보이지 않았다. 얼마 후 목장 출입구가 나타났다. 갓길에 픽업트럭 한 대가 서 있었다. 운전석과 조수석에 앉아 있던 남자들이 보슈를 바라보았고 보슈도 운전을 하면서 그들을 바라보았다.

"저기군요, 그렇죠? 저기가 소릴료의 목장이군요."

보슈가 말했다.

"그래요. 목장 출입구예요."

"나한테서 듣기 전에는 소릴료라는 이름이 한 번도 거론되지 않았었나요?"

"그래요."

아길라는 더 이상 말하지 않았다. 1분 후엔 도로 바로 옆 철조망 안에 건물 몇 채가 나타났다. 가운데 건물은 외양간처럼 생긴 콘크리트 건물이었고 닫혀 있는 차고 문이 보였다. 그 건물 양옆으로 소를 가두는 울타리가 있었고 우리마다 황소 대여섯 마리가 들어 있었다. 사람의 모습은 보이지 않았다.

"소릴료는 투우용 소를 사육하죠."

아길라가 말했다.

"들었어요. 저 안에 금덩어리들이 들어 있군요."

"저놈들 전부가 유명한 우승 소의 종자를 받은 거예요. 엘 뗌블라르라고 멕시칼리에선 아주 유명한 놈이죠. 메손이라는 유명한 투우사를 죽인 놈이에요. 놈은 여기 살면서 목장 안을 마음대로 휘젓고 다니다가 마음에 드는 암소가 있으면 덮치죠. 왕처럼 군림하고 있어요."

"엘 뗌블라르가요?"

"그래요. 놈이 돌진할 때면 땅이 흔들리고 인간들이 모두 무서워 떤다고들 하죠. 그래서 붙여진 이름이에요. 10년 전에 놈이 메손을 죽인 이야기는 전설이 됐어요. 일요일마다 투우장에 모인 사람들이 아직도 그 이야기를 주고받고 있죠."

"그리고 그놈이 저 안에서 마음대로 돌아다니고 있다고요? 경비견 같군요. 불독이요."

"맞아요. 그 위대한 소를 보려고 구경꾼들이 이 울타리 밖에 모여 서 있을 때도 종종 있어요. 그놈의 종자를 받은 소들은 바하 칼리포르니아를 통틀어서 가장 비싼 가격으로 거래되고 있어요. 여기쯤 섭시다."

보슈는 갓길에 차를 세웠다. 아길라는 도로 건너편에 늘어서 있는 창고와 공장 건물들을 바라보고 있었다. 간판이 있는 건물이 몇 개 있었는데, 대부분이 영어로 된 간판이었다. 값싼 멕시코 인 노동력과 낮은 관세를 이용해 미국에 내다팔 상품을 만들고 있는 공장들이었다. 가구 공장도 있었고, 타일 공장, 회로기판 공장도 보였다.

"멕시텍 퍼니처라는 건물 보여요? 그 아래쪽으로 두 번째 건물이요, 간판이 없는 거, 그게 인바이로브리드예요."

아길라가 말했다.

흰색 건물이었고 아길라의 말대로 간판이나 그곳이 뭐하는 건물인지 알려주는 표식이 하나도 없었다. 꼭대기에 가시철조망이 설치된 3미터 높이의 철조망 울타리에 둘러싸여 있었다. 울타리에는 가시철조망에 전류가 흐르고 있고 안에는 사나운 개들이 있으니 조심하라는 경고문이 2개 국어로 적혀 있었다. 개는 한 마리도 보이지 않았는데, 아마도 밤에만 풀어놓는 것 같았다. 건물 앞쪽 양 모퉁이에 폐쇄회로 카메라가 설치되어 있었고 건물 마당에 자동차 몇 대가 서 있었다. 인바이로브리드 밴은 보이지 않았다. 건물 앞쪽에 있는 차고 문 두 개는 닫혀 있었다.

보슈가 인터콤 단추를 누르고 용무를 설명한 뒤 CCTV 카메라를 향해 경찰배지를 들어보이자 출입문이 자동으로 열렸다. 그는 캘리포니아 번호판을 단 고동색 링컨 자동차 옆에 주차하고 사무실이라는 팻말이 붙은 문을 향해 먼지가 풀풀 날리는 마당을 걸어갔다. 엉덩이에 손을 갖다 대자 재킷 속에 숨어 있는 권총이 느껴졌다. 조금은 안심이 되었다. 문손잡이를 잡는 순간 문이 열리더니 여드름 흉터 범벅이고 햇볕에 거칠어진 얼굴을 가리기 위해 카우보이모자를 쓴 남자가 담배에 불을 붙이며 걸어 나왔다. 백인이었다. LA의 지중해 광대파리 박멸 프로젝트 센터에서 봤던 운전기사인 것 같았다.

"왼쪽 마지막 문이오. 기다리고 계십니다."

남자가 말했다.

"누가요?"

"그분이요."

카우보이모자를 쓴 남자가 싱긋 웃었고 보슈는 그의 얼굴이 갈라질 것 같다고 생각했다. 보슈와 아길라가 문 안으로 들어서자 바닥에 나무를 깐 복도가 나왔다. 문 바로 앞에 작은 접수대 책상이 있었고 왼쪽 벽을 따라 문이 세 개가 보였다. 홀 정면으로 끝에 문이 또 하나 있었다. 접수대 뒤에 앉아 있던 멕시코 아가씨가 조용히 그들을 쳐다보았다. 보슈는 목례를 하고 그 앞을 걸어갔다. 지나가면서 보니 첫 번째 문에는 '미국 농무성'이라는 팻말이 붙어 있었다. 그다음 문 두 개에는 팻말이 붙어 있지 않았다. 홀 끝에 정면으로 보이는 문에는 큼지막한 글씨의 경고문이 붙어 있었다.

방사선 노출 위험! 관계자 외 출입금지!

문 옆에 있는 고리에 보안경과 마스크가 몇 개 걸려 있었다. 보슈는 왼쪽 마지막 문을 열고 아길라와 함께 들어갔다. 비서 책상이 있는 작은 대기실이었는데 비서의 모습은 보이지 않았다.

"이리로 들어오세요."

그 안쪽에 있는 방에서 남자의 목소리가 들렸다.

보슈와 아길라는 중앙에 커다란 철제 책상이 놓여 있는 큰 사무실 안으로 들어갔다. 헐렁한 하늘색 구아이아베라(쿠바 남성이 즐겨 입는 헐렁한 셔츠 또는 재킷 - 옮긴이) 셔츠를 입은 남자가 책상 뒤에 앉아 있었다. 장부에 뭔가를 적고 있었고 그 옆에는 김이 모락모락 나는 커피가 담긴 플라스틱 컵 한 개가 놓여 있었다. 뒤에 있는 미늘살창문을 통해 햇빛이 들어와서 스탠드를 켤 필요가 없었다. 쉰 살쯤 되어 보이는 미국인이었고, 검정색으로 염색을 한 지 꽤 오래 됐는지 흰머리가 뿌리부터 자라 올라오고 있었다.

남자는 아무 말 없이 필기를 계속했다. 방 안을 둘러보던 보슈의 눈이 책상 옆 벽에 붙은 낮은 선반 위에 놓인 텔레비전에서 멈췄다. 폐쇄

회로 화면 네 개가 보였다. 그 중 세 개는 출입구와 건물 앞 양 모퉁이에 달린 CCTV의 흑백 화면이었다. 나머지 한 개는 아주 어두웠고 실내 화면인 것 같았다. 보슈는 선적실일 거라고 짐작했다. 뒷문이 열려 있는 흰색 밴 한 대가 보였고, 두세 명의 남자가 그 안으로 커다란 흰색 상자들을 싣고 있었다.

"네?"

남자가 고개를 들지도 않고 말했다.

"파리를 위한 보안이 아주 삼엄하군요."

그제야 남자가 고개를 들었다.

"네?"

"파리가 이렇게 귀빈 대접을 받을 줄은 몰랐습니다."

"무슨 일이시죠?"

남자가 책상 위로 펜을 던지듯 놓으며 물었다. 보슈 때문에 국제무역의 수레바퀴가 멈춰서고 있다고 말하고 싶은 듯했다.

"LA 경찰국 소속 해리 보슈…."

"그건 아까 출입구에서 말씀하셨고. 무슨 일이십니까?"

"여기 직원 한 명에 대해 물어볼 게 있어서 왔습니다."

"이름은요?"

남자가 다시 펜을 집어 들고 장부를 내려다보며 물었다.

"형사가 5백 킬로미터를 달려와 국경까지 넘어서 몇 가지 물으러 왔다고 하면, 나 같으면 무슨 일인지 궁금할 것 같은데요. 당신은 그렇지가 않군요. 좀 섭섭한데요?"

이번에는 펜이 더 세게 책상으로 떨어져 튕겨나가더니 옆에 있는 쓰레기통 속으로 들어갔다.

"당신이 섭섭하든 말든 난 관심 없어요. 난 썩기 쉬운 화물을 4시까지 선적을 완료하고 출발시켜야 하거든요. 당신에게 관심을 기울일 여유가 없어요. 그러니 직원의 이름을 알려주면, 최선을 다해 대답해주겠단 말이에요. 그가 직원이었다면 말이죠."

"'직원이었다면'이라니 무슨 뜻이죠?"

"네?"

"방금 전에 '직원이었다면'이라고 과거형으로 말씀하셨잖아요."

"그래서요?"

"그래서, 그게 무슨 뜻이냐고요."

"물어볼 게 있어서 온 사람은 당신이잖아요. 난⋯."

"당신 성함은?"

"뭐요?"

"이름이 뭐냐고요."

남자가 이건 또 무슨 소리냐는 표정으로 커피를 마셨다. 그러고 나서 말했다.

"당신은 이럴 권한이 없어요, 형사."

"방금 전에 '그가 직원이었다면'이라고 말씀하셨는데, 난 직원이었다고 과거형으로 말한 적이 없거든요. 따라서 난 당신이 우리가 말하는 직원에 대해서, 지금은 고인이 된 그 남자에 대해서 이미 알고 있다는 생각이 드는군요."

"짐작으로 말한 거요, 됐어요? 경찰이 LA에서 여기까지 왔을 땐 죽은 사람 문제로 왔을 거라고 짐작했죠. 그러니 말꼬리 잡고 늘어지지 말아요. 국경을 넘으면서부터는 원재료인 주석만큼도 가치가 없는 경찰배지를 들고 찾아와서는 그렇게 몰아붙이지 말란 말이오. 난⋯."

"권한을 말씀하셨나요? 여기 이 사람은 멕시코 주립 경찰국의 카를로스 아길라 형삽니다. 이 사람도 나와 같은 질문을 하고 있다고 생각하시면 됩니다."

아길라는 아무 말 없이 고개를 끄덕였다.

남자가 말했다.

"그런 뜻이 아니에요. 제국주의자처럼 거만하게 굴지 말라는 뜻이었죠. 대단히 불쾌하군요. 내 이름은 찰스 엘리요. 여기 대표죠. 당신이 여기서 일했다고 말했던 남자에 대해서는 아무것도 아는 바가 없어요."

"이름도 말하지 않았는데 어떻게 아시죠?"

"그런 건 중요하지 않아요. 알겠어요? 당신은 실수를 했어요. 날 잘못 건드렸단 말이오."

보슈는 주머니에서 법의국에서 찍은 구티에레스 료사의 사진을 꺼내 책상에 내려놓고 남자 앞으로 밀었다. 엘리는 사진을 건드리진 않았지만 보기는 했다. 별다른 반응을 보이지 않았다. 그러자 보슈는 인바이로브리드의 급여 명세서를 꺼내 내려놓았다. 아까와 마찬가지로 별 반응이 없었다.

보슈가 말했다.

"페르날 구티에레스 료사라는 일용직 노동잡니다. 여기서 마지막으로 일한 게 언제였는지, 무슨 일을 했는지 알고 싶은데요."

엘리는 쓰레기통에서 펜을 꺼내 펜으로 툭 쳐서 사진을 보슈 앞으로 던졌다.

"유감스럽게도 도울 게 없군요. 우린 일용직 근로자들에 대해선 기록을 남겨두지 않아요. 하루 일이 끝날 때마다 '소지인 지급' 수표를 주고 말죠. 일꾼들도 매번 다르고요. 이 남자는 전혀 모르겠군요. 그리고 이 문제에 대해서는 이미 조사에 응했던 것 같은데요. 멕시코 주립 경찰국 수사과장 그레나 경감이라는 분이 전화로 문의를 해요. 그것만으로는 충분하지 않은 이유가 뭔지 그 사람한테 전화라도 해서 알아봐야겠군요."

보슈는 그레나에게 준 뇌물이 충분치가 않았다는 것인지 그레나에게 제공한 정보가 충분치가 않았다는 것인지 물어보고 싶었다. 그러나 아길라에게 피해가 갈 것 같아서 참았다. 보슈가 말했다.

"그렇게 하시죠, 엘리 씨. 그런데 여기 직원들 중에 그를 기억하고 있는 사람이 있을지도 모르겠군요. 한번 둘러보겠습니다."

엘리가 발끈한 목소리로 말했다.

"아뇨, 형사, 당신이 이곳을 자유롭게 돌아다니게 허락할 수 없어요. 이 건물의 일부 공간에서는 상품의 방사선 처리가 이루어지고 있어서 위험해요. 관계자 외 출입금지죠. 다른 곳은 미국 농무성의 감독과 검역이 이루어지는 공간이라서 누구에게도 출입을 허락할 수 없고요. 다시 말하지만, 당신은 여기에서는 아무런 권한이 없어요."

"엘리 씨, 인바이로브리드의 실질 소유주가 누굽니까?"

보슈가 물었다.

엘리는 갑자기 화제가 바뀌어 당황한 것 같았다.

"뭐요?"

"실질 소유주가 누구냐고요."

"그 질문에 대답할 의무는 없는 것 같군요. 당신에겐 아무런⋯."

"길 건너에 사는 남잡니까? 교황이 실질 소유줍니까?"

엘리가 벌떡 일어서서 문을 가리켰다.

"지금 무슨 말을 하는 건진 모르겠지만, 나가요. 멕시코 주립 경찰국과 양국 당국에 연락할 겁니다. LA 경찰이 외국 영토 내에서 이런 식으로 행동을 해도 괜찮은지 물어봐야겠군요."

보슈와 아길라는 사무실을 나와 문을 닫았다. 보슈는 잠깐 문 앞에 서서 전화 거는 소리나 발자국 소리가 들리는지 귀를 기울여보았다. 아무 소리도 들리지 않자 그는 홀의 맨 끝에 있는 문을 향해 걸어갔다. 손잡이를 돌려보았지만 잠겨 있었다.

보슈는 미국 농무성이라는 팻말이 붙은 문 앞에 가서 문에 얼굴을 대고 귀를 기울여보았지만 아무 소리도 들리지 않았다. 그가 노크도 하지 않고 문을 열자, 작은 나무 책상 뒤에 앉아 있던 영락없는 관료 모습의 한 남자가 고개를 들었다. 방은 엘리의 사무실의 4분의 1정도밖에 되지 않았다. 남자는 흰 반팔 셔츠에 폭이 좁은 하늘색 넥타이를 매고 있었고 바싹 깎은 백발 머리에, 칫솔모 같은 콧수염을 기르고 있었다. 붉은 혈색에 얼굴 살이 투실투실했고, 관자놀이를 꽉 누르고 있는 작고 생기 없는 눈이 이중 초점 안경 뒤에서 보슈를 바라보고 있었다. 주머니 속에 있는 플라스틱 잉크 가드(만년필 잉크가 와이셔츠에 묻는 것을 방지하기 위해 주머니에 꽂고 다니는 보호대 - 옮긴이) 덮개에 이름이 적혀 있었다. 제리 딘스모어. 책상 위에는 기름얼룩이 묻은 종이 위에 반쯤 먹다 남은 콩 버리토가 놓여 있었다.

"무슨 일이시죠?"

남자가 입에 음식이 가득 든 채로 물었다.

보슈와 아길라는 방으로 들어갔다.

보슈는 신분증을 꺼내 남자가 잘 살펴볼 수 있도록 한참을 들고 있었다. 그러고 나서 후안 도우의 검시 사진을 책상 위 버리토 옆에 내려놓았다. 딘스모어는 사진을 보더니 반쯤 남은 버리토를 종이에 싸서 서랍에 넣었다.

보슈가 말했다.

"아는 사람입니까? 통상적인 확인 작업입니다. 전염병 경보예요. 전염병을 앓고 있던 사람이 LA로 와서 사망했습니다. 우린 지금 그와 접촉한 사람들의 감염여부를 확인하고 조처를 취하기 위해 그의 행적을 역추적하고 있죠. 너무 늦은 것이 아니기를 바랄 뿐입니다."

딘스모어는 아주 천천히 음식을 씹고 있었다. 그가 폴라로이드 사진을 내려다보더니 고개를 들어 안경 너머로 보슈를 바라보며 물었다.

"여기서 일했던 사람입니까?"

"그런 것 같아요. 지금 정규 직원 전부를 확인하고 있습니다. 당신이 이 사람을 알고 있을지 모른다는 생각에서 들러봤어요. 당신에 대한 격리조치 여부는 이 사람과 얼마나 가까운 거리에 있었느냐에 따라 달라질 겁니다."

"내가 현장 일꾼들 곁에 가는 일은 절대로 없어요. 난 괜찮을 겁니다. 그건 그렇고 말씀하시는 전염병이란 게 뭐죠? LA 경찰이 온 이유를 모르겠군요. 이 사람은 구타를 당한 것 같은데요."

"죄송합니다, 딘스모어 씨. 당신에게 감염 위험이 있는지 확인할 때까지는 말씀드릴 수가 없습니다. 위험이 있는 걸로 확인이 되면, 그땐 모든 걸 말씀드리죠. 그건 그렇고, 일꾼들 곁에 가는 일은 절대로 없다고 하셨는데 무슨 말씀이시죠? 이 시설의 감독관이 아닌가요?"

보슈는 지금이라도 당장 엘리가 불쑥 쳐들어올 것만 같았다.

"감독관인건 맞지만, 완제품에 대해서만 검사를 하죠. 수송 상자에서 직접 샘플을 뽑아내 검사합니다. 그러고 나서 상자를 봉인하죠. 이런 작업은 선적실에서 이루어집니다. 여긴 민간 업체기 때문에 난 사육실이나 방사선 처리실에 자유롭게 드나들 수가 없습니다. 그러니까 일꾼들하고는 접촉을 하지 않죠."

"방금 '샘플'이라고 하셨는데, 그러면 상자를 전부 다 열어보지는 않는다는 말씀입니까?"

"아뇨, 수송 상자에 들어 있는 유충을 넣은 실린더를 전부 들여다보는 건 아니지만, 상자는 전부 열어서 검사한 다음 봉인을 합니다. 그런데 이 일이 이 남자와 무슨 관련이 있는지 모르겠군요. 그는….”

“저도 잘 모르겠네요. 신경 쓰지 마세요. 당신은 안전합니다.”

딘스모어의 작은 눈이 약간 휘둥그레졌다. 보슈는 윙크를 해서 그를 더 혼란스럽게 만들었다. 딘스모어가 이곳에서 벌어지는 일에 동참을 하고 있는 것인지, 아니면 아무것도 모르고 있는 것인지 궁금했다. 보슈는 그에게 버리토를 마저 먹으라고 말한 후 아길라와 함께 복도로 나왔다. 바로 그 순간 복도 맨 끝에 있는 문이 열리더니 엘리가 걸어 나왔다. 그들을 본 엘리는 마스크와 보안경을 벗어던지고는 그들을 향해 성큼 성큼 걸어왔다. 들고 있던 플라스틱 컵에서 커피가 출렁이다 넘치고 있었다.

“법원 명령서를 갖고 있는 게 아니라면 둘 다 여길 나가줘요.”

엘리가 다가와 분노로 벌개진 얼굴을 보슈의 코앞에 들이 밀었다. 사람들을 위협할 때 써먹는 수법인 것 같았지만, 보슈에겐 별 효과가 없었다. 보슈는 자기보다 키가 작은 엘리가 들고 있는 커피 컵을 내려다보다가 미소를 지었다. 퍼즐의 작은 조각 한 개가 들어맞는 순간이었다. 후안 도우 67번의 위 내용물 중에 커피가 있었다. 이제 보니 후안 도우는 커피를 마시다가 지중해 광대파리를 삼킨 것이었다. 엘리는 보슈의 눈길을 따라 컵을 내려다보다가 뜨거운 액체의 표면에 떠 있는 지중해 광대파리 한 마리를 발견했다.

“빌어먹을 파리들 같으니라구.”

엘리가 투덜거렸다.

“말씀하신 법원 명령서를 받아올 수 있을 것 같군요.”

보슈가 말했다.

달리 할 말도 생각나지 않았고 엘리에게 보슈를 쫓아냈다는 만족감을 주고 싶진 않아서 던진 말이었다. 보슈와 아길라는 출구를 향해 걸어갔다.

　엘리가 말했다.

　"그런 건 꿈도 꾸지 말아요. 여긴 멕시코요. 당신은 여기선 아무것도
할 수 없을걸."

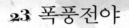

23 폭풍전야

보슈는 깔사도 후스또 시에라에 있는 콜로라도 호텔 3층 객실 창가
에 서서 멕시칼리 시내를 내다보았다. 왼쪽은 호텔의 다른 건물이 막고
있어 아무것도 보이지 않았다. 오른쪽으로 보이는 도로들은 자동차와
화려하게 치장을 한 버스들로 꽉 막혀 있었다. 어딘가에서 마리아치 악
단의 연주가 들렸다. 근처 식당에서 튀김 기름 냄새가 올라왔다. 그리고
금방이라도 무너져 내릴 것 같은 도시의 하늘에는 붉은 노을이 져 있었
다. 저 멀리 경찰국이 있는 건물단지가 보였고, 그 단지 근처 오른쪽에
는 원형 경기장이 있었다. 쁠라사 데 로스 또로스(투우장)였다.

두 시간 전에 로스앤젤레스에 있는 코보에게 전화를 걸어 호텔 이름
과 객실 전화번호를 남겼고, 지금 멕시칼리에 있는 라모스라는 그의 부
하직원에게서 연락이 오기를 기다리고 있는 중이었다. 보슈는 창가에
서 방 안으로 걸어오며 전화기를 바라보았다. 전화를 할 데가 있었고
하려면 지금 해야 했지만 자꾸만 망설여졌다. 화장대 위에 놓인 주석

얼음통에서 맥주를 한 병 집어 들어 뚜껑을 열었다. 4분의 1쯤 마시고는 전화기 바로 옆에 있는 침대 위에 걸터앉았다.

그의 집 자동 응답기에는 메시지 세 개가 녹음되어 있었다. 전부 파운즈의 목소리였고 매번 "전화해줘."라는 말만 하고 끊었다.

그러나 보슈는 그에게 전화하지 않았다. 먼저 강력반으로 전화를 걸었다. 토요일 밤이었지만 포터 사건 때문에 다들 자리에 있을 것 같았다. 제리 에드거가 전화를 받았다.

"지금 상황은 어때?"

"해리, 빨리 돌아와야겠어. 다들 자넬 찾고 있어. 강력계가 맡아서 하고 있어서 무슨 일인진 잘 몰라. 그냥 따까리나 하고 있거든. 그래도, 내 생각엔, 어… 나도 몰라, 해리."

에드거가 아주 낮은 목소리로 말했다.

"뭐야? 말해 봐."

"자네가 포터를 죽였다고 생각하거나 아니면 자네가 다음 표적이 될 거라고 생각하거나 둘 중 하난 것 같아. 그치들이 뭘 하는지 무슨 생각을 하는지 알 수가 있어야지."

"거기 누가 있어?"

"전부 다. 여기가 지휘본부야. 어빙은 지금 파운즈 사무실에 있고."

보슈는 이대로 그냥 있어서는 안 된다는 걸 알았다. 파운즈에게 전화를 해야 했다. 벌써 돌이킬 수 없을 정도로 사태가 악화된 것 같았다.

"알았어. 어빙과 파운즈에게 전화할게. 그 전에 딴 전화부터 한 통하고. 고마워."

보슈는 전화를 끊고 나서 다른 번호를 누르면서, 자신의 기억이 맞기를, 그리고 테레사 코라존이 집에 있기를 바랐다. 7시가 다 되어가고 있으니 저녁을 먹으러 나갔을 수도 있었다. 그러나 벨이 여섯 번 울리자 그녀가 전화를 받았다.

"나야, 보슈. 통화 괜찮아?"

"무슨 일이야? 지금 어디야? 다들 당신을 찾고 있어."

"들었어. 근데 지금 LA를 떠나 있어. 내 친구 루시어스 포터가 발견됐다는 소식을 듣고 전화했어."

"그래, 맞아. 안타까운 일이야. 부검을 끝내고 조금 전에 들어왔어."

"그래, 당신이 할 거라고 생각했어."

테레사는 잠시 아무 말이 없다가 입을 열었다.

"해리, 근데 왜 난 당신이 뭔가 원하는 게 있다는 느낌이 들까? 내게 전화를 한 건 단지 포터가 당신 친구였기 때문만은 아닌 것 같은데."

"그게….."

"아, 이런 빌어먹을. 또야?"

"아냐. 난 그냥 포터가 어쩌다가 그렇게 된 건지 알고 싶었을 뿐이야. 친구였고 같은 서에서 일했거든. 다른 뜻은 없어."

"난 왜 자꾸만 당신이 나한테 이런 짓을 하게 놔두는지 모르겠어. 빌어먹을. 멕시코 식 넥타이(밧줄을 넥타이처럼 목에 두르는 것. 흔히 교살의 의미로 쓰임 - 옮긴이)야. 됐어? 원하는 건 다 얻었지?"

"교살이라고?"

"그래, 철사로 된 베일링 와이어였어. 양 끝에 나무 은못이 달린 걸로 감았더라고. 전에도 본 적 있을 거야. 이것도 내일 아침 〈타임스〉에서 읽게 되는 건가?"

보슈는 테레사의 말이 끝났다고 확신이 들 때까지 잠자코 기다렸다. 고개를 들어 열린 창문을 보니 해가 완전히 사라지고 없었다. 하늘은 적포도주처럼 검붉었다. 포우즈에서 보았던 남자가 떠올랐다. 눈물 세 방울 문신이 있던 남자.

"대조해봤⋯."

"지미 캅스 건하고 대조해봤냐고? 당연하지. 당신이 말 안 해도 그 정도는 우리가 알아서 하거든? 결과는 며칠 있어야 나올 거야."

"며칠씩이나? 왜?"

"은못의 목질 섬유 검사와 베일링 와이어의 합금물 분석에 시간이 좀 걸리니까. 와이어의 절단면 검사는 벌써 끝났어. 결과가 아주 좋게 나왔지."

"무슨 뜻이야?"

"포터를 목 졸라 죽이는 데 사용된 와이어와 캅스를 죽이는 데 사용된 와이어가 같은 것 같아. 절단면이 동일하더라고. 하지만 비슷한 펜치를 사용하면 절단면이 비슷하게 나오기 때문에 백 퍼센트 확신을 할 수는 없어. 그래서 합금물 검사를 하는 거야. 2, 3일 안에 결과가 나올 거야."

테레사는 대단히 사무적인 어조로 말했다. 그녀가 아직도 그에게 화가 나 있다는 게 놀라웠다. 전날 밤 텔레비전 뉴스 보도는 그녀에게 유리한 쪽이었다. 보슈는 무슨 말을 해야 할지 난감했다. 침대에 편안하게 함께 누워 있던 관계가 통화하기도 불편한 관계로 변하고 말았다.

마침내 그가 말했다.

"고마워, 테레사. 또 보자고."

"해리?"

그가 전화를 끊으려는데 그녀가 불렀다.

"응?"

"거기서 돌아오면, 다시는 연락하지 말아줘. 직업상의 관계로만 지내잔 말이야. 경찰서나 법의국에서 마주치게 되는 건 어쩔 수 없지만, 따로 만나는 일은 없었으면 좋겠어."

그는 아무 말도 하지 않았다.

"알겠어?"

"알았어."

둘은 전화를 끊었다. 보슈는 몇 분간 가만히 앉아 있다가 다시 수화기를 들고 파운즈 과장실 직통 번호를 눌렀다. 파운즈가 즉시 전화를 받았다.

"보슙니다."

"어디야?"

"멕시칼리요. 메시지를 남겼어요?"

"자동응답기에서 들은 호텔로 전화했었어. 투숙하지 않았다던데?"

"멕시코 쪽에 머물기로 결정했어요."

"알았어, 그건 됐고. 포터가 죽었어."

"네? 어쩌다가요? 어제 만났는데요. 포터는….."

보슈는 깜짝 놀란 것처럼 말하려고 애를 썼다.

"그건 됐고. 보슈, 거기서 뭐하는 거야?"

"수사에 필요한 곳이면 어디든 가라면서요. 수사 때문에 왔는데요."

"멕시코에 가란 말은 안 했어."

파운즈가 소리쳤다. 그러고는 목소리를 낮춰 말을 이었다.

"잽싸게 돌아와. 상황이 좋질 않아. 바텐더 하나가 자넬 매장시키려고 하고 있어. 그 친구가… 잠깐만."

다른 목소리가 전화를 받았다.

"보슈. 어빙 부국장이야. 현재 위치는?"

"멕시칼립니다."

"내일 아침 8시 정각에 내 사무실로 와."

보슈는 망설이지 않았다. 지금 약한 모습을 보여주면 안 되었다.

"그럴 순 없습니다, 부국장님. 여기 일이 끝나지 않아서 적어도 내일까지는 여기 있어야 할 것 같습니다."

"동료 경찰관이 살해됐어, 형사. 감을 못 잡고 있는 것 같은데, 그러다가 자네가 위험해질 수도 있어."

"감은 아주 잘 잡고 있습니다. 절 여기로 내려오게 만든 것도 동료 경찰관의 살해 사건이었습니다. 혹시 무어 사건은 이제 중요성이 떨어진 겁니까?"

어빙은 보슈의 말을 무시했다.

"내가 직접 내리는 복귀 명령을 거부하는 건가?"

"부국장님, 바텐더가 무슨 말을 했든 전 관심 없습니다. 제가 범인이 아니라는 건 부국장님도 잘 아실 텐데요."

"언제 자네가 범인이라고 했나. 한데 자네 이야기를 들어보니 이 일에 대해 좀 알고 있는 것 같군. 전혀 상관이 없는 일이라면 알 수가 없는 일들을 말이야."

"지금 제가 말씀드릴 수 있는 건, 많은 의문에 대한 해답이, 무어와 포터와 그 밖의 다른 사건들에 대한 해답이 바로 여기에 있다는 겁니다. 일을 끝내고 가겠습니다."

"내가 자넬 잘못 봤군. 난 자네가 좀 변한 것 같아서 많이 풀어놔줬어. 그런데 이제 보니 내 생각이 틀렸군. 자넨 날 또 속였어. 자넨…."

"부국장님, 전 제 임…."

"말 끊지 마! 내 복귀 명령을 따르고 싶어 하지 않는다는 건 알겠지만, 감히 내 말을 끊진 말라고. 잘 들어, 보슈. 복귀하고 싶지 않다면, 좋아, 그렇게 해. 하지만 영원히 돌아오지 못하게 될 거야, 보슈. 잘 생각해 보라고. 돌아오면 자네 책상은 빠져 있을 거야."

어빙이 전화를 끊자 보슈는 얼음통에서 테카테 맥주를 또 한 병 꺼내 들고 창가로 걸어가 담배를 붙여 물었다. 어빙의 위협은 걱정되지 않았다. 적어도 심각하게 걱정되지는 않았다. 기껏해야 최대 5일 정도 정직 처분을 내릴 것이다. 그 정도는 견딜 수 있었다. 그러나 보슈를 다른 곳으로 보내진 못할 것이다. 어디로 보낼 수 있겠는가? 할리우드보다 더 열악한 곳은 그리 많지 않았다. 이제 보슈는 포터에 대해 생각했다. 이제까지는 포터 생각을 미룰 수 있었고 마음속으로 들어오지 못하게 막을 수 있었다. 그러나 이젠 생각해야 할 때가 되었다. 베일링 와이어로 교살되어 쓰레기통 속에 버려졌다. 한심한 새끼. 무엇 때문인지 포터에게는 동정심이 생기지 않았다. 동정심을 느낄 거라고 생각했는데, 느껴야 하는데, 웬일인지 아무런 느낌이 없었다. 불쌍하게 생을 마감했는데, 불쌍하게 느껴지지 않았다. 포터는 치명적인 실수를 저질렀다. 보슈는 자기는 그러지 말자고, 꿋꿋하게 잘 살자고 자신과 약속했다.

보슈는 소릴료에 대해 생각해 보았다. 그는 이 모든 일을 배후조종하고, 거치적거리는 놈들을 해결하기 위해 암살자를 보낸 사람이 바로 멕시칼리의 교황, 소릴료일 거라고 확신했다. 캅스와 포터가 동일범에게 살해된 거라면, 무어도 역시 그놈에게 희생되었을 가능성이 높았다. 어쩌면 페르날 구티에레스 료사까지도. 눈물방울 세 개를 문신한 남자. 그렇다면 댄스는 혐의가 없는 것일까? 그런 것 같지는 않았다. 무어를 하이드어웨이 모텔로 유인한 것은 댄스였을 것 같았다. 이런 생각을 하고 있자니 계속 머물기로 한 것이 올바른 선택이었다는 확신이 들었다. 해답은 LA가 아니라 여기에 있었다.

보슈는 화장대 앞으로 걸어가 서류가방에서 무어가 만든 파일 속에 있는 댄스의 머그샷을 꺼냈다. 앳된 얼굴에 탈색한 금발 머리를 한 청년이 히죽이고 있었다. 댄스는 조직에서의 신분 상승을 위해 여기 남쪽으로 내려왔다. 댄스가 멕시칼리에 있다면 다른 사람들과 쉽게 섞이지 못하고 눈에 잘 띌 것이다. 그러므로 분명히 누군가 도와주는 사람이 있을 것이다.

갑자기 노크 소리가 들려서 보슈는 소스라치게 놀랐다. 조용히 맥주 병을 내려놓고 침대 옆 탁자에서 총을 집어 들었다. 문구멍으로 들여다보니 검은 머리에 콧수염이 덥수룩하고 서른 살 정도로 보이는 남자가 서 있었다. 맥주를 가져다 준 룸서비스 웨이터가 아니었다.

"씨(네)?"

"보슈 형사. 라모습니다."

보슈는 문에 걸린 사슬을 벗겨 열고 신분증을 요구했다.

"농담하는 겁니까? 난 여기선 신분증 안 가지고 다닙니다. 들어가죠. 코보 지부장이 보내서 왔습니다."

"그걸 내가 어떻게 믿지?"

"두 시간 전에 형사님이 LA지부로 전화해서 여기 주소를 남겼잖습니까. 이렇게 복도에 서서 이런 걸 일일이 설명하고 있어야 한다니, 굉장히 신경이 쓰이는데요?"

보슈는 문을 닫고 사슬을 푼 후 다시 열었다. 총을 내리긴 했지만 계속 들고 있었다. 라모스는 그를 지나쳐 방 안으로 들어왔다. 창가로 걸어가 밖을 내다보더니 다시 방 가운데로 걸어와 침대 옆을 서성거리면서 말했다.

"밖에서 음식 냄새가 진동을 하는군요. 또띠아 냄새 같은데. 맥주 더 있어요? 그건 그렇고 총을 갖고 있는 걸 연방 경찰한테 들키면 돌아가기 어려울 수도 있어요. 왜 코보 말대로 칼렉시코에 묵지 않았습니까?"

라모스가 마약단속국 요원인 걸 몰랐다면 보슈는 그가 코카인에 흠뻑 취해 있다고 생각했을 것이다. 라모스를 흥분시키는 뭔가가, 보슈는 아직 모르고 있는 뭔가가 있는 것 같았다. 보슈는 전화기를 들고 룸서

비스로 맥주 여섯 개들이 한 팩을 주문하면서도 라모스에게서 눈을 떼지 않았다. 전화를 끊은 후에는 권총을 허리춤에 꽂고 창가에 있는 의자에 앉았다.

"왔다갔다 할 때마다 검문소에서 줄 서서 기다리는 게 싫어서."

보슈가 대답했다.

"코보 지부장을 믿을 수 없었던 거겠죠. 비난하는 게 아닙니다. 내가 코보를 믿지 않는다는 뜻도 아니고요. 형사님 방식대로 일을 밀고 나가고 싶었던 거겠죠. 어쨌든 이쪽 동네 음식이 더 나아요. 칼렉시코는 위험한 동넵니다. 길을 가다 무슨 일을 당할지 모르는 곳이죠. 돌아다니다가 재수가 없으면 죽어 나자빠질 수도 있고요. 실은 나도 여길 더 좋아하죠. 식사는 했어요?"

라모스가 말했다.

잠깐 동안 보슈는 실비아 무어가 말했던 블랙 아이스를 떠올렸다. 라모스는 아직도 방 안을 서성이고 있었고 허리띠에는 호출기를 두 개나 차고 있었다. 뭔가에 흥분해 있었다. 분명했다.

"먹었어."

보슈가 대답했다. 그러고는 라모스 요원의 몸에서 나는 시큼한 땀냄새 때문에 의자를 창가로 더 붙여 앉았다.

"미국, 멕시코를 통틀어 가장 맛있는 중식당을 알고 있는데, 언제 한번 가서…"

"이봐, 라모스! 좀 앉아. 계속 그렇게 서성거리고 있으니까 불안하잖아. 앉아서 무슨 일인지 말해 봐."

라모스는 방을 처음 보는 것처럼 주위를 둘러보았다. 문 옆 벽에 놓여 있던 의자를 방 한가운데로 끌어와 등받이 쪽을 향해 다리를 벌리고 걸터앉았다.

"무슨 일이냐고요? 형사님이 오늘 인바이로브리드에서 한 짓 때문에 우리가 곤란해졌습니다."

보슈는 이렇게나 빨리 마약단속국에 정보가 들어갔다는 데 놀랐지만 겉으로는 내색하지 않으려고 애를 썼다.

라모스가 말했다.

"대단히 경솔한 행동이었어요. 그래서 원맨쇼는 이제 그만하라고 말하려고 여기 온 겁니다. 코보한테서 형사님이 노리는 게 거기라고 듣긴 했는데, 이렇게 빨리 쳐들어갈 줄은 예상 못 했어요."

"뭐가 문제지? 그곳을 알아낸 건 나야. 코보 말을 들어보니까 당신네들은 그곳에 대해 쥐뿔도 모르고 있던데. 좀 흔들어보려고 갔던 거야. 그뿐이야."

"이 사람들은 흔들리지 않는 사람들이에요, 보슈 형사님. 내 말 명심하세요. 형사님 말은 알아들었으니까 이제 그만하죠. 난 이제 그만 들쑤시고 다니라고 말하고 형사님이 그 벌레 공장 말고 또 어디를 노리고 있는지 알아보고 싶어서 온 겁니다. 여기서 뭐하고 있는 거죠?"

보슈가 대답하기 전에 문을 쾅쾅 두드리는 소리가 들렸다. 라모스는 깜짝 놀라 의자에서 벌떡 일어서더니 바닥으로 몸을 웅크렸다.

"룸서비스야. 뭘 그렇게 놀라?"

보슈가 말했다.

"일을 벌이기 전엔 항상 조심해야 되니까요."

보슈는 자리에서 일어나 흥미로운 눈초리로 라모스를 바라보고는 문으로 걸어갔다. 문구멍으로 보니 아까 맥주를 가져왔던 남자가 서 있었다. 보슈는 문을 열고 맥주 값을 지불한 후 새로 가져온 얼음통에서 맥주 한 병을 꺼내 라모스에게 건넸다.

라모스는 단숨에 반을 비우고 나서 자리에 앉았다. 보슈도 맥주를 가지고 자기 자리로 돌아갔다. 그가 물었다.

"'일을 벌이기 전엔'이라니 무슨 말이야?"

라모스가 맥주를 한 모금 마시고 나서 대답했다.

"형사님이 코보에게 준 정보는 꽤 괜찮은 거였어요. 그런데 형사님이 오늘 거기 가서 카우보이 흉내를 내는 바람에 일을 그르칠 뻔했습니다. 완전히 망쳐버릴 뻔했다고요."

"그렇다 치고. 당신들은 뭘 알아냈지?"

"인바이로브리드요. 형사님이 준 정보를 조사해봤더니 대어가 낚였어요. 인바이로브리드의 실질 소유주가 누군지 추적해봤더니 길베르또 오르네라스라는 사람이더군요. 소릴료의 부관들 중 하나인 페르난도 이바라라는 남자의 가명이죠. 우린 지금 멕시코 연방 경찰의 도움을 받아 수색영장을 신청해놓은 상태입니다. 연방 경찰이 이번 건에 대해서는 아주 말랑말랑하게 굴고 있어요. 새로 임명된 법무장관이 청렴하고 능력이 있는 사람이거든요. 우리에게 대단히 협조적이에요. 수색영장이 발부되면 대규모 검거작전이 있을 겁니다."

"그게 언제지?"

"언제라도요. 마지막 한 조각만 맞아떨어지면요."

"그게 뭔데?"

"소릴료가 블랙 아이스를 인바이로브리드 선적물에 숨겨 미국으로 몰래 들여가고 있는 거라면, 목장에서 벌레 공장까지는 어떻게 옮기느냐 하는 겁니다. 우리가 목장을 줄곧 감시해왔기 때문에 육로로 옮겨졌다면 벌써 눈치챘을 거예요. 그리고 블랙 아이스가 인바이로브리드에서 제조되지 않는다는 게 거의 확실해요. 공간이 너무 협소하고, 사람들이 너무 많고, 도로와 너무 가깝고, 기타 등등의 문제가 있거든요. 우리 정보원들은 블랙 아이스가 목장에서 제조되고 있다고 입을 모으고 있

어요. 지하 벙커에서 말이죠. 그래서 환기구에서 나오는 열선을 감지해
내는 열적외선 탐지기가 장착된 헬기를 수시로 띄우고 있어요. 어쨌든
문제는, 소릴료가 블랙 아이스를 어떻게 길 건너에 있는 인바이로브리
드로 실어 나르고 있느냐 하는 거죠."

코드 세븐에서 코보가 했던 말이 떠올랐다. 그는 소릴료가 노갈레스
국경에서 발견된 땅굴을 파는데 재정지원을 했다는 의혹이 있다고 말
했었다.

"육상으로 옮기는 게 아니겠지. 지하로 옮기겠지."

보슈가 말했다.

"바로 그겁니다. 지금 그걸 확인하려고 정보원을 심어놨어요. 확인이
되고, 멕시코 법무장관한테서 승인이 떨어지면, 들어가는 거죠. 목장과
인바이로브리드를 동시에 칠 거예요. 합동작전이죠. 법무장관은 연방
민병대를 보내고, 우린 클렛(CLET)을 보낼 거고요."

보슈는 정부기관들이 뭐든지 줄여서 말하는 게 너무 싫었다. 어쨌든
클렛이 뭐냐고 물었다.

"비밀 실험실 단속팀(Clandestine Laboratory Enforcement Team[CLET] :
마약단속국 소속으로 일종의 특공대 역할 - 옮긴이)이요. 이 친구들은 완전 람
보예요."

보슈는 라모스의 말을 되새겨 보았다. 일이 왜 이렇게 급박하게 진행
되고 있는지 알 수 없었다. 라모스가 뭔가를 숨기고 있는 것이 분명했
다. 소릴료에 대한 새로운 정보를 입수한 것이 틀림없었다.

"소릴료를 목격했군, 그렇지? 아니면 다른 누군가가 봤거나."

"바로 맞혔어요. 그리고 형사님이 찾고 있는 흰 다람쥐 새끼도요. 댄
스 말이에요."

"어디서? 언제?"

"우리가 내부에 심어놓은 정보원이 오늘 아침에 그 두 사람이 목장 건물 밖에서 사격 연습을 하는 걸 봤답니다. 그리고…."

"얼마나 가까이 있었대? 그 정보원 말이야."

"충분히 가까이요. '안녕하세요, 교황님.' 하고 인사를 건넬 정도로 가까이는 아니지만, 신원을 확인할 수는 있을 정도로 가까이요."

라모스가 큰 소리로 키득거리며 웃더니 자리에서 일어서서 새 맥주 병을 집어 들었다. 또 한 병을 들어 보슈에게로 던졌다. 보슈는 아직 들고 있던 맥주도 다 마시지 않은 상태였다.

"소릴료는 그동안 어디 있었던 거야?"

보슈가 물었다.

"누가 알겠어요? 내가 관심 있는 건 소릴료가 돌아왔고 클렛이 들어갈 때 놈이 거기 있을 거라는 것뿐이에요. 그건 그렇고 그 총은 가지고 오지 않는 게 좋을 겁니다. 안 그러면 연방 경찰이 형사님도 잡아 쳐 넣을 걸요. 클렛 요원들에게는 특별히 무기 소지를 허용할 거지만 그 이상은 아니에요. 법무장관이 곧 결재를 할 겁니다. 이 친구가 매수당하거나 암살당하지 않아야 할 텐데. 어쨌든, 그들이 형사님도 무기가 있어야겠다고 판단을 하면 자기네 무기고에서 하나 꺼내 줄 겁니다."

"그러면 난 그 작전 시각을 어떻게 알 수 있지?"

라모스는 아직도 서 있었다. 고개를 젖히고 맥주를 반이나 들이켰다. 그의 몸에서 나는 악취가 코를 찔렀다. 보슈는 그 악취 대신 맥주 냄새를 맡기 위해 병을 입과 코 가까이에 들이댔다.

"연락할게요. 이걸 가지고 기다리세요."

라모스가 대답했다. 그러고는 허리에 차고 있던 호출기 두 개 중 한 개를 빼내 보슈에게 던지고 나서 말을 이었다.

"이걸 차고 있으면 작전 준비가 끝나는 대로 연락할게요. 오래 걸리

지 않을 겁니다. 적어도 새해가 되기 전에는 할 거예요. 신속하게 움직여야 하거든요. 표적이 이번에는 얼마나 그곳에 머무를지 알 수 없으니까 말이죠."

라모스는 맥주를 다 마시고 나서 빈 병을 탁자 위에 놓았다. 새 병을 집어 들지는 않았다. 용무가 끝난 것이다.

"내 파트너는?"

보슈가 물었다.

"누구요, 그 멕시코 인이요? 턱도 없죠. 주립 경찰이잖아요. 이 이야기를 그 친구한테 하면 안 됩니다, 보슈 형사님. 교황이 멕시코 주립 경찰과 다른 관공서에 자기 사람을 많이 심어놨어요. 그건 누구나 다 아는 사실이에요. 주립 경찰은 누구도 믿지 마세요. 누구한테도 말하지 마시고요. 호출기가 울릴 때까지 기다리세요. 투우 경기를 보러 가세요. 수영장에 가서 노시든가. 이런, 형사님 얼굴 좀 봐요. 지금처럼 벌거면 현지인하고 잘 구분이 안 가겠는데요?"

"난 자네보다 아길라를 더 많이 아는데?"

"그 친구가 일요일마다 소릴료의 손님으로 투우 경기에 초대되는 사람 밑에서 일하고 있다는 사실도 아세요?"

"아니."

보슈가 대답했다. 그러나 경감이 떠올랐다.

"멕시코 주립 경찰국의 형사가 되려면 2천 달러 정도는 뇌물로 바쳐야 한다는 사실은요? 수사 기술이 문제가 아니라."

"아니."

"그럴 줄 알았어요. 이 동네는 그런 식이에요. 그걸 아셔야 돼요. 아무도 믿지 마세요. 형사님 파트너가 멕시칼리에서 유일하게 정직한 경찰관인지는 모르겠지만, 뭘 믿고 형사님 목숨을 걸려고 그래요?"

보슈가 고개를 끄덕이고 나서 말했다.

"하나 더. 내일 마약단속국 지부에 들어가서 당신네들 용의자 머그샷 사진첩을 살펴보고 싶어. 소릴료의 부하들 사진이 있지?"

"대부분은요. 누굴 찾아요?"

"눈물방울 세 개를 그린 문신이 있는 남자. 소릴료의 청부 살인업자 야. 어제 LA에서 경찰관을 한 명 더 죽였어."

"빌어먹을! 좋아요, 내일 아침에 이 번호로 전화 주세요. 준비해 놓을 게요. 형사님이 놈의 신원을 확인하면 이 사실을 여기 법무장관에게 보고할 거예요. 수색영장을 받아내는 데 도움이 되겠네요."

라모스는 보슈에게 전화번호 하나만 달랑 적힌 카드를 건네고는 방을 나갔다. 보슈는 다시 문에 사슬을 걸었다.

24 잠입

보슈는 맥주를 들고 침대에 앉아 다시 모습을 드러낸 소릴료에 대해 생각했다. 소릴료가 어디 갔었을까, 안전한 목장을 떠나야 했던 이유는 무엇일까 궁금했다. 소릴료가 LA에 갔다 왔는지도 모른다는 생각이 들었다. 무어를 하이드어웨이 모텔 객실로 유인하기 위해 직접 나서야 했는지도 모른다. 어쩌면 소릴료는 무어를 그곳으로 끌어들일 수 있는 유일한 사람이었는지도 모른다.

끼익 하고 급브레이크를 밟는 소리와 금속이 부딪치는 소리가 창문으로 올라왔다. 보슈가 침대에서 일어서기도 전에 벌써 거리에서는 말다툼을 벌이는 소리가 들렸다. 말이 격해지더니 곧 고함으로 바뀌어 속사포처럼 쏟아지고 있어서 보슈는 무슨 말인지 알아들을 수가 없었다. 창가로 가서 내다보니 두 남자가 자동차 두 대 사이에 서 있었다. 뒤의 차가 앞의 차를 들이받은 것이었다.

보슈가 돌아서는 순간 왼쪽에서 푸른 불빛이 깜빡였다. 뭔지 살펴볼

새도 없이, 들고 있던 맥주병이 깨지면서 맥주와 유리 파편이 사방으로 튀었다. 그는 본능적으로 한 걸음 뒤로 물러섰다가 곧 침대 위로 몸을 던졌고 다시 바닥으로 내려와 엎드렸다. 총알이 더 날아올 거라고 생각했는데, 아니었다. 심장이 쿵쾅거렸고 정신이 명료해졌다. 그는 생사가 갈리는 순간에는 이렇게 정신이 명료해진다는 것을 경험으로 알고 있었다. 탁자로 기어가서 벽에서 램프 플러그를 뽑자 방이 캄캄해졌다. 총을 잡기 위해 탁자 위로 손을 뻗는데, 거리에서 차 두 대가 전속력으로 달려가는 소리가 들렸다. 작전은 멋졌는데 실패였다.

보슈는 창문 옆으로 기어가서 벽에 등을 기댄 채로 서서히 일어섰다. 그러면서 조금 전 창문 앞에 떡하니 버티고 서 있었던 자신이 얼마나 어리석었는지를 깨달았다. 그는 창문 앞으로 고개를 살짝 내밀고 어둠 속에서 총구화염을 보았던 쪽을 살펴보았다. 그곳에는 호텔의 다른 건물이 있을 뿐 아무도 보이지 않았다. 그 건물 객실 몇 개의 창문이 열려 있었고, 어디에서 총알이 날아왔는지 꼭 집어내기란 불가능했다. 보슈는 고개를 돌려 방 안을 살펴보았다. 총알이 박힌 침대 머리판이 쪼개져 있었다. 총알이 박힌 부분부터 그가 맥주병을 들고 서 있었던 자리까지 동선을 그려보고 창밖으로 그 선을 이어보니 다른 건물 5층에 있는 열려 있는 창문 하나가 유력해보였다. 어두운 창가에는 커튼만 산들바람에 살랑일 뿐 어떤 움직임도 보이지 않았다. 마침내 그는 총을 허리춤에 꽂고 방을 나섰다. 옷에서 맥주 냄새가 났고 셔츠에 작은 유리 파편들이 박혀 살갗이 따끔거렸다. 목에 한 군데, 맥주병을 들고 있던 오른손에 한 군데, 적어도 두 군데는 유리에 베인 것 같았다. 그는 베인 손을 목의 상처에 대고 걸어갔다.

보슈는 5층 네 번째 방의 열린 창문에서 총알이 날아왔다고 생각했다. 이제 그는 권총을 빼서 앞으로 내밀고 5층 복도를 천천히 걸어갔다.

문을 발로 차서 열고 들어갈까 고민을 하고 있었는데, 그런 고민은 할 필요도 없었다. 504호실의 문은 이미 열려 있었고 열린 창문을 통해 산들바람이 들어오고 있었다.

복도에 불이 켜져 있어 어두운 객실 안에 누가 있다면 보슈의 그림자를 볼 수 있을 것이었다. 그래서 보슈는 재빨리 방 안으로 들어서면서 현관등 스위치를 눌러 껐다. 스미스 권총으로 방 안 곳곳을 겨눠보았지만, 방 안은 비어 있었다. 공기 중에 화약 냄새가 남아 있었다. 보슈는 창밖을 보며 자신의 3층 방 창문까지 총알의 동선을 그려보았다. 쉽게 맞힐 수 있는 거리였다. 순간 끼익 하는 타이어 소리가 나더니 커다란 세단이 미등을 밝힌 채 호텔 주차장을 빠져 나가 전속력으로 달려갔다.

보슈는 총을 허리춤에 꽂고 바지 속에서 셔츠를 꺼내 덮었다. 재빨리 방 안을 둘러보며 총잡이가 남긴 흔적이 있는지 찾아보았다. 베개 밑 침대보의 접힌 부분에서 구리 같은 게 반짝이는 것이 눈에 띄었다. 베개들을 밀치고 침대보를 펼쳐보니 32구경 소총에서 나온 탄피였다. 그는 책상 서랍에서 봉투를 꺼내 봉투 입을 벌려 탄피를 집어 넣었다.

보슈가 504호를 나와 복도를 걸어가는 동안 문을 열고 나와 보는 사람은 한 명도 없었고, 뛰어오는 경비도 없었으며, 달려오는 경찰차의 사이렌 소리도 들리지 않았다. 다들 아무 소리도 듣지 못한 것이다. 보슈가 들고 있던 맥주병이 깨지는 소리는 들렸는지 모르겠지만. 보슈는 32구경 소총은 총신 끝에 소음기가 달려 있다는 사실을 알고 있었다. 총잡이는 그 한 발을 위해 차분하게 기회를 기다린 것이다. 그런데도 표적을 맞히지 못했다. 의도적이었을까? 보슈는 그건 아닐 거라고 생각했다. 그렇게 가까이서 빗맞힐 작정으로 총을 쏜다는 것은 상상하기 어려웠다. 그냥 운이 좋았던 것이다. 마지막 순간에 창가에서 돌아선 덕분에 목숨을 구한 것 같았다.

보슈는 자기 방으로 돌아가면서, 들어가서 벽에서 총알을 빼내고 상처에 밴드를 붙인 다음 체크아웃을 하기로 결심했다. 걸어가다가 갑자기 이 사실을 아길라에게 알려야 한다는 생각이 떠오르자 뛰어가기 시작했다.

방으로 돌아온 보슈는 재빨리 지갑에서 아길라가 주소와 전화번호를 적어준 종이쪽지를 찾았다. 아길라는 벨이 한 번 울리기가 무섭게 전화를 받았다.

"부에노(네)?"

"보습니다. 조금 전에 누가 나를 향해 총을 쐈어요."

"보슈. 어디서요? 다쳤어요?"

"괜찮아요. 내 방에서요. 창문으로 총알이 날아왔어요. 조심하라고 알려주려고 전화했어요."

"네?"

"오늘 우리가 같이 다녔잖아요, 카를로스. 나만 노리는 건지 우리 둘을 다 노리는 건지 모르겠어요. 당신은 아무 일 없어요?"

"그래요, 아무 일 없어요."

보슈는 아길라에게 가족이 있는지 혼자 사는지조차 모르고 있다는 사실을 깨달았다. 사실 그의 조상에 대해서만 조금 알고 있을 뿐 다른 건 아는 게 거의 없었다.

"이제 어쩔 거예요?"

아길라가 물었다.

"모르겠어요. 체크아웃 하려고요…."

"그럼 여기로 와요."

"좋아요, 그러죠…. 아니, 당신이 여기로 와줄래요? 난 여기에 없겠지만 와서 504호 투숙객에 대해 알아봐줘요. 총알이 거기서 날아왔어요.

당신이 나보다는 쉽게 정보를 얻을 수 있을 것 같은데."

"지금 갈게요."

"나중에 당신 집에서 봅시다. 난 먼저 해야 할 일이 있어요."

발 베르데 산업 단지의 흉한 실루엣 위로 웃는 입 모양 같은 달이 떠 있었다. 밤 10시였다. 보슈는 멕시텍 퍼니처 공장 앞에 차를 세워놓고 앉아 있었다. 인바이로브리드에서 2백 미터쯤 떨어진 곳이었다. 그는 마지막 자동차가 인바이로브리드를 떠나기를 기다리고 있었다. 그 벌레 공장에는 엘리의 것으로 보이는 고동색 링컨 자동차가 남아 있었다. 보슈의 차 조수석에는 조금 전에 산 것들을 담은 종이가방이 놓여 있었다. 구운 돼지고기 냄새가 차 안을 가득 채우자 그는 창문을 열었다.

인바이로브리드의 앞마당을 지켜보고 있는 보슈는 아직도 숨을 거칠게 몰아쉬고 있었고 몸속에서는 아드레날린이 동맥을 타고 돌아다니고 있었다. 각성제를 맞은 느낌이었다. 밤공기가 꽤 싸늘한데도 그는 땀을 흘리고 있었다. 그는 무어와 포터와 다른 희생자들을 생각했다. 난 아냐, 난 그렇게 죽지는 않을 거야. 그는 생각했다.

10시 15분, 인바이로브리드의 문이 열리더니 남자 한 명이 나왔고 흐릿한 검은 형체 두 개가 뒤따라 나왔다. 엘리와 개 두 마리였다. 검은 형체들은 번갈아가며 걸어가고 있는 엘리의 허리까지 뛰어오르고 있었다. 엘리가 공터 여기저기에 뭔가를 뿌렸지만, 개들은 그의 곁을 떠나지 않았다. 그러자 그가 자기 엉덩이를 툭 치며 "먹어!"라고 소리쳤고, 그제야 개들이 여기저기로 앞 다투어 뛰어가 엘리가 뿌린 것을 놓고 으르렁거리며 싸웠다.

엘리가 링컨 자동차에 올라탔다. 잠시 후 미등이 켜지더니 차가 후진을 했다. 차가 앞마당을 한 번 돌더니 출입구를 향해 갔다. 출입문이 천천히 열리자 차가 미끄러지듯 문을 통과했다. 그러고 나서 엘리는 길가에서 잠시 망설이고 있었다. 곧바로 도로로 들어가도 되는데도. 그는 출입문이 닫히고 개들이 철조망이 쳐진 영내에 안전하게 남아 있음을 확인하고 나서야 출발했다. 링컨 자동차는 보슈가 있는 곳과 반대 방향으로, 북쪽을 향해 달리기 시작했지만, 보슈는 좌석에서 한껏 몸을 낮추고 있었다.

보슈는 2, 3분 기다리면서 지켜보았다. 어디에서도 아무것도 움직이지 않았다. 자동차도 없었고 사람도 없었다. 마약단속국 요원이 감시하고 있을 것 같지도 않았다. 현장 급습을 계획할 땐 정보가 새나가지 않도록 하기 위해 현장 근처에서 철수하기 때문이었다. 보슈는 그들이 철수하고 없기를 바랐다. 그는 종이가방과 손전등, 열쇠 따는 도구들을 가지고 차에서 내렸다. 그러고는 차 안으로 다시 몸을 들이밀고 바닥에 깔려 있는 고무 매트를 두 개 다 꺼내 돌돌 말아서 옆구리에 꼈다.

보슈가 낮에 살펴본 바에 의하면, 인바이로브리드의 보안시스템은 출입을 저지하는 데 주력하고 있었고, 문제 발생 시 경보를 울리지는 않는 것 같았다. 개와 CCTV, 꼭대기에 전류가 흐르는 가시철조망이 있는 3미터 높이의 철조망 울타리, 이 모두가 외부인의 침입을 막기 위한 것이었다. 공장 내부 엘리의 사무실 창문에는 보안테이프가 보이지 않았고, 감시 카메라도 없었으며, 현관문에 경보 키패드도 없었다.

경보가 울리면 경찰을 불러들여야 하기 때문이었다. 공장 관리자들은 외부인의 출입은 막고 싶으면서도 경찰 당국의 관심은 끌고 싶지 않은 것이다. 경찰을 매수해서 문제가 생기지 않게 할 수는 있었지만, 애초에 경찰을 끌어들이지 않는 것이 좋다고 판단했을 것이다. 그래서 경보 장치는 없었다. 그렇다고 해도 침입이 발생했을 때 다른 곳에 이를테면 길 건너에 있는 목장에 경보가 전달될 가능성은 충분히 있었다.

그러나 보슈는 그런 위험은 각오했다.

보슈는 멕시텍 공장의 울타리를 따라 걸어가다가 뒷골목으로 접어들어 인바이로브리드 건물 뒤쪽으로 가서 개들을 기다렸다.

금방 개들이 나타났다. 짖지는 않았다. 검은색 털의 도베르만이었다. 개들이 철조망 바로 앞에까지 다가왔다. 한 놈이 낮은 소리로 으르렁거리자 다른 놈이 따라서 으르렁거렸다. 보슈는 철조망을 따라 걸으며 꼭대기에 있는 가시철조망을 올려다보았다. 개들은 축 늘어진 혀 밑으로 침을 줄줄 흘리며 그를 따라왔다. 건물 뒷마당에 보슈가 낮에 보았던 개집이 있었다. 개집 말고는 건물 뒷벽에 외바퀴 손수레 한 대가 기대서 있을 뿐 아무것도 없었다.

보슈는 길바닥에 웅크리고 앉아 종이가방을 열었다. 수면제 알약이 든 병을 꺼내 열었다. 그러고 나서 호텔 근처 테이크아웃 중식당에서 산 구운 돼지고기 덩어리를 꺼냈다. 고기는 차갑게 식어 있었다. 그는 포장지를 펴서 어린 아기의 주먹만 한 덩어리를 꺼내 초강력 수면제 세 알을 그 속에 쑤셔 넣었다. 그러고 나서 고기를 꾹 누른 후 철조망 너머로 집어 던졌다. 개들이 고기를 향해 달려갔고, 한 놈이 고기를 차지했지만 건드리지는 않았다.

보슈는 또 한 덩어리를 꺼내 수면제를 넣어 꾹 누른 후 다시 철조망 너머로 던졌다. 다른 놈이 고기를 차지했다.

개들은 코를 킁킁 거리며 고기 냄새를 맡다가 보슈를 바라보더니 다시 고기 냄새를 맡았다. 그러고는 결정을 도와줄 주인을 찾는 듯 주위를 두리번거렸다. 마침내 한 놈이 고기를 입에 물었다가 곧 놓아버렸다. 개들이 보슈를 바라보자 그가 외쳤다.

"먹어!"

개들은 가만히 있었다. 보슈가 몇 번이나 먹으라고 소리를 쳤지만 소

용이 없었다. 그때 그는 개들이 자기 오른손을 보고 있다는 것을 알아
차렸다. 이제야 알 것 같았다. 그는 오른손으로 자기 엉덩이를 툭 치면
서 또다시 먹으라고 소리쳤다. 그제야 개들이 고기를 먹기 시작했다.

보슈는 재빨리 고기 두 덩어리를 더 꺼내 수면제를 쑤셔 넣어 철조망
너머로 던졌다. 개들은 그것마저 게 눈 감추듯 먹어 치웠다. 보슈는 철
조망을 따라 걷기 시작했다. 개들이 따라왔다. 그는 운동이 개들의 소화
에 도움이 되기를 바라며 철조망을 따라 두 번 왔다 갔다 했다. 그는 잠
시 개들에게서 눈을 떼고 철조망 꼭대기에 있는 가시철조망을 올려다
보았다. 달빛을 받아 빛나는 가시철조망을 자세히 관찰했다. 가시철조
망을 따라 4미터 간격으로 전기 회로가 설치되어 있었고 전류가 흐르
는 소리도 작게 들려왔다. 건드리기만 하면 감전되어 죽을 것 같았다.
그래도 그는 한번 시도해볼 생각이었다.

갑자기 골목길 저편에서 불빛이 비치더니 자동차 한 대가 다가왔다.
보슈는 커다란 철제 쓰레기통 뒤로 급히 몸을 숨겼다. 가까이 오는 걸
보니 경찰차였다. 그는 자기가 지금 뭐하고 있었다고 설명해야 할지 난
감해져 오금이 얼어붙는 것 같았다. 철조망 옆에 돌돌 만 자동차 매트
를 그대로 놓아뒀다는 게 생각났다. 경찰차는 인바이로브리드의 철조
망 옆을 지나갈 때는 속도를 더 줄였다. 운전자가 철조망 안에 있는 개
들을 향해 뽀뽀하는 소리를 냈다. 차가 그대로 지나쳐 가자 보슈는 쓰
레기통 뒤에서 걸어 나왔다.

개들은 철조망 건너편에 서서 한 시간가량이나 보슈를 지켜보고 있
더니 한 놈이 풀썩 주저앉자 다른 놈도 재빨리 따라서 주저앉았다. 먼
저 앉은 놈이 앞발을 쭉 내밀어 엎드리자 다른 놈도 따라했다. 보슈는
놈들의 머리가 쭉 뻗은 앞발 위로 거의 동시에 떨어지는 모습을 지켜보
았다. 곧 한 놈이 오줌을 싸서 옆에 오줌 웅덩이가 생겼다. 두 놈 다 눈

344 블랙 아이스

은 뜨고 있었다. 보슈가 포장지에서 마지막 고기 덩어리를 꺼내 철조망 너머로 던지자, 한 놈이 겨우 고개를 들고 고기 덩어리가 날아오는 모습을 바라보았다. 그러나 곧 다시 고개를 떨어뜨렸다. 두 놈 다 고기를 쫓아가지 않았다. 보슈가 개들 앞에 있는 철조망을 잡고 흔들자 철조망이 흔들리는 소리가 났지만 개들은 꿈쩍도 하지 않았다.

이제 때가 되었다. 보슈는 기름으로 얼룩진 종이를 구겨서 쓰레기통 속으로 던졌다. 가방에서 면장갑을 꺼내 꼈다. 그러고는 자동차 앞쪽 바닥에 깔았던 매트를 펴서 왼손으로 끝을 잡았다. 오른손으로 철조망의 높은 곳을 잡고 오른발을 최대한 높이 들어 다이아몬드 모양의 빈 공간에 발을 끼웠다. 깊이 숨을 들이마신 후 몸을 들어 올리면서 왼손에 든 매트를 철조망 꼭대기로 던져 올렸다. 매트가 가시철조망 위에 말안장처럼 걸쳐졌다. 이번에는 자동차 뒷좌석 밑에 깔았던 매트를 가지고 똑같이 했다. 가시철조망 위에 나란히 걸쳐진 매트의 무게로 가시철조망이 눌려 있었다.

그가 철조망 꼭대기로 올라가 조심스럽게 한 발을 매트 위에 걸치고 다른 발을 끌어올리기까지 채 1분도 걸리지 않았다. 꼭대기에 있으니 전류가 흐르는 소리가 더 크게 들렸다. 그는 조심스럽게 철사 난간을 잡고 내려오다가 죽은 듯이 자고 있는 개들 옆으로 뛰어내렸다. 열쇠 따는 도구 주머니에서 만년필형 손전등을 꺼내 개들을 비춰보았다. 개들은 눈을 둥그렇게 뜨고 있었고 무겁게 숨을 내쉬고 있었다. 보슈는 잠깐 그대로 서서 호흡에 맞춰 개들의 몸이 오르락내리락하는 모습을 지켜보았다.

잠시 후 그는 손전등으로 주변을 비추며 개들이 먹지 않은 마지막 고기 덩어리를 찾았다. 그것을 집어 들고 철조망 너머 골목길로 던졌다. 그러고 나서 개들의 목덜미를 잡고 질질 끌고 가서 개집 안에 밀어 넣고 개집 문을 잠갔다. 이제 개들은 해결됐다.

보슈는 재빨리 건물 옆으로 뛰어가 모퉁이에서 고개를 내밀고 주차장이 아직도 비어 있다는 것을 확인했다. 그러고 나서 그는 다시 돌아와 엘리의 사무실 창가에 섰다.

그는 창문을 관찰하며 경보장치가 없다는 것을 다시 한 번 확인했다. 미늘살 창문의 틀을 손전등으로 쭉 훑어보았지만 전선이나 보안용 진동 테이프나 다른 어떤 경보장치도 보이지 않았다. 그는 주머니칼을 펴서 아래쪽 유리창을 받치고 있는 철 틀 하나를 뒤로 밀었다. 그러고는 유리를 조심스럽게 밀어 빼내 벽에 기대 세워놓았다. 열린 공간으로 손전등을 밀어 넣어 방 안을 두루 비춰보았다. 아무도 없었다. 엘리의 책상과 다른 가구들이 보였다. CCTV 화면은 네 개 모두 검은색이었다. 카메라가 꺼져 있는 것이었다.

창문에서 판유리 다섯 장을 빼내 바깥벽에 차곡차곡 세워두자, 그가 들어갈 공간이 생겼다.

책상 위는 서류 한 장 없이 말끔히 치워져 있었다. 유리 문진이 손전등 빛을 받아 분광기처럼 찬란한 빛을 발했다. 책상 서랍을 잡아당겨 보았지만 전부 잠겨 있었다. 작은 쇠갈고리로 서랍을 열긴 했는데 관심을 끌 만한 것은 하나도 없었다. 서랍 하나에 장부가 들어 있었는데 파리 사육에 필요한 기자재 납품 내역인 것 같았다.

책상 아래에 놓인 쓰레기통에 손전등을 비춰보니 구겨진 종이 몇 장이 들어 있었다. 그는 쓰레기통을 뒤집어 바닥에 쏟았다. 종이를 한 장씩 펴서 살펴본 후 쓸모없는 것은 다시 구겨서 쓰레기통으로 던졌다.

그러나 전부 다 쓰레기는 아니었다. 종이 한 장에는 단어 몇 개가 휘갈겨 쓰여 있었고, 그 중에는 이런 내용도 있었다.

보슈는 이걸 어떻게 할까 생각해보았다. 그 종이는 보슈를 살해하려
한 증거였다. 그러나 보슈는 불법 수색을 통해 증거물을 입수한 것이었
다. 합법적인 수색에서 발견되지 않은 것은 증거물로서 가치가 없었다.
문제는 그 합법적인 수색이 언제 이루어질 수 있느냐 하는 점이었다.
그 종이를 다시 쓰레기통에 넣어두면, 쓰레기통이 비워져 증거물이 사
라질 가능성이 높았다.

보슈는 종이를 다시 구긴 후 책상에 있는 테이프를 길게 한 조각 떼
어냈다. 테이프의 한쪽 끝을 종이 공에 붙인 후 쓰레기통에 넣고 다른
쪽 끝은 쓰레기통 바닥에 붙였다. 그는 쓰레기통이 비워지더라도 그 구
겨진 종이는 바닥에 붙어 있어서 그대로 남아 있기를 바랐다. 그리고
쓰레기통을 비운 사람이 그걸 눈치채지 못하고 넘어가기를 바랐다.

보슈는 사무실을 나와 홀로 갔다. 실험실 문 옆 고리에서 보안경과
마스크를 빼내 착용했다. 문에는 핀 세 개짜리 일반적인 자물쇠가 달려
있어서 쉽게 문을 열 수 있었다.

문을 열자 어두운 방이 나타났다. 보슈는 잠깐 망설이다가 방 안으로
들어갔다. 방 안에선 역겨울 정도로 달콤한 냄새가 코를 찔렀다. 그리고
습도가 높았다. 그는 손전등으로 선적실처럼 생긴 방 안 곳곳을 비춰보
았다.

귀에서 파리들이 윙윙거리는 소리가 들렸고 한 마리가 마스크를 낀
얼굴 앞을 알짱거리며 날고 있는 소리도 들렸다. 그는 손을 휘저어 파
리들을 쫓은 후 방 안으로 더 걸어 들어갔다.

문 반대편 벽에 다다른 그는 이중문을 통과해 엄청나게 습도가 높은
방으로 들어갔다. 섬유유리로 만든 벌레 사육 상자들이 몇 줄로 늘어서

있었고 그 위에 일정간격으로 매달린 붉은 전구들이 방 안을 밝히고 있었다. 방 안이 후덥지근했다. 일개 비행중대 규모의 파리들이 윙윙 소리를 내며 마스크와 이마 위를 날아다니다가 부딪치곤 했다. 그는 다시 손을 휘저어 파리들을 쫓았다. 사육 상자 한 개 앞으로 다가가 그 안으로 손전등을 비춰보았다. 갈색이 도는 분홍색의 애벌레들이 느리게 움직이는 물결처럼 흐느적거리며 움직이고 있었다.

보슈가 손전등으로 방 안을 두루 비춰보니 도구 몇 개와 작은 시멘트 혼합기가 놓여 있는 선반이 보였다. 시멘트 혼합기는 일용직 일꾼들이 파리를 위한 사료를 섞는 데 사용하는 것 같았다.

방 뒤쪽 벽에 일렬로 박혀 있는 못에는 삽과 갈퀴, 빗자루 등이 걸려 있었다. 화물 운반대도 몇 개 보였는데 그 위에는 밀가루와 설탕이 든 커다란 포대자루 몇 개와 이스트를 담은 그보다 작은 자루 몇 개가 실려 있었다. 자루에 적힌 글은 전부 스페인어였다. 그는 이곳이 파리를 위한 음식을 만드는 부엌인 모양이라고 생각했다.

도구들을 비춰보던 그의 눈이 새 손잡이가 달린 삽 한 자루에 머물렀다. 다른 도구들의 손잡이는 오랜 세월에 걸쳐 먼지와 땀이 묻어 나무색이 짙어져 있었는데 그 삽의 손잡이는 깨끗하고 옅은 나무색이었다.

삽의 새 손잡이를 바라보던 보슈는 페르날 구티에레스 료사가 살해된 곳이 바로 여기라고 확신했다. 손잡이가 부러지거나 피가 많이 묻어서 손잡이를 새로 갈아야했을 만큼 삽으로 심하게 얻어맞아 죽은 것이다. 무엇을 보았기에 그렇게 죽임을 당했을까? 일개 일용직 노동자가 무슨 짓을 했던 것일까? 보슈는 다시 한 번 손전등으로 방 안을 비춰보다가 그가 서 있던 곳 맞은편 벽에 이중문이 있는 것을 발견했다. 문에 경고문이 붙어 있었다.

위험! 방사선! 출입금지!
뻴리그로! 라디아시온!

보슈는 다시 열쇠 따는 도구를 이용해 문을 열었다. 손전등으로 방 안을 비춰보았지만 다른 문은 보이지 않았다. 이곳이 이 건물의 마지막 방이었다. 건물 내에 있는 세 개의 작업장 중에서 가장 컸고, 작은 창문이 있는 칸막이로 둘로 나뉘어 있었다. 칸막이에 붙은 경고문은 영어로만 쓰여 있었다.

보호 장비 착용 요망

칸막이를 돌아가 보니 거대한 상자 같은 기계가 공간의 대부분을 차지하고 있었다. 기계에는 컨베이어 벨트가 달려 있었고 쟁반들이 컨베이어 벨트를 타고 기계의 한쪽으로 들어갔다가 다른 쪽으로 나와서는 조금 전 보슈가 다른 방에서 보았던 것과 같은 사육 상자 속으로 떨어졌다. 기계에는 다른 경고문도 몇 개 붙어 있었다. 이곳은 파리 번데기들을 방사선에 쬐여 생식불능으로 만들고 있는 곳이었다.

다음 칸막이를 돌아가 다음 공간으로 가보니 커다란 철제 작업대가 여러 개 놓여 있었고 그 위에는 캐비닛이 달려 있었다. 캐비닛 문이 잠겨 있지 않아 열어보니 비닐장갑과 선적을 위해 번데기를 담는 소시지처럼 생긴 플라스틱 관, 건전지, 열 감지기 같은 자재들이 담긴 상자가 여러 개 놓여 있었다. 이곳은 번데기를 플라스틱 관에 담아 환경 상자에 싣는 곳이었다. 생산의 마지막 공정이 진행되고 있는 곳이었다. 이런 자재들 말고는 특이하게 눈에 띄는 것은 아무것도 없었다.

보슈는 다시 문 쪽으로 돌아갔다. 손전등을 ㄲ자 천장 구석에 장착된 감시용 카메라에서 나오는 붉은 불빛만 깜빡거렸다. 내가 놓친 것은 무엇일까? 무엇이 남아 있지? 그는 자신에게 물어보았다.

그는 다시 손전등을 켜고 칸막이를 돌아 방사선 기계 앞으로 갔다. 이 건물 안에 있는 모든 안내문이 이곳에 접근하지 말라고 경고하고 있었다. 그렇다면 이곳에 비밀이 숨어 있을 것이었다. 그는 번데기를 옮기기 위해 사용하는 넓은 철제 쟁반들이 바닥부터 천장까지 쌓여 있는 것에 주목했다. 그는 그 쟁반 더미 하나에 어깨를 대고 밀기 시작했다. 밑에는 콘크리트뿐이었다. 다음 쟁반 더미를 밀자 바닥에 난 작은 문의 가장자리가 눈에 들어왔다.

땅굴.

그 순간 퍼뜩 떠오르는 것이 있었다. 감시 카메라의 빨간 불빛. 엘리의 사무실에 있는 CCTV 화면은 모두 꺼져 있었다. 그리고 보슈가 처음 이곳에 왔을 때, 엘리의 사무실에 있는 CCTV 화면에 나타났던 유일한 내부 화면은 선적실이었다.

그 말은 다른 누군가가 이 방을 지켜보고 있다는 뜻이었다. 보슈는 손목시계를 보며 이 방에 들어온 지 얼마나 됐는지 가늠해보았다. 2분? 3분? 목장에서 사람들이 온다면, 시간이 별로 없었다. 그는 바닥에 난 문을 내려다보다가 고개를 들어 어둠 속에 깜빡이는 카메라의 붉은 불빛을 바라보았다.

화면을 보고 있는 사람이 아무도 없을 거라고 기대할 수는 없었다. 보슈는 재빨리 쟁반 더미를 다시 밀어 바닥에 있는 문을 가리고 방을 나갔다. 왔던 길을 되돌아가며 엘리의 사무실 옆에 있는 못에 마스크와 보안경을 걸었다. 그러고는 사무실로 들어가 창문을 넘어 밖으로 나갔다. 판유리들을 재빨리 제자리에 붙여 놓고, 손으로 철틀도 잡아당겨 제자리로 옮겨 놓았다.

개들은 아직도 개집에서 웅크리고 자고 있었고, 호흡에 맞춰 몸이 오르락내리락하고 있었다. 보슈는 잠시 망설이다가 개들을 개집에서 끌어내기로 결심했다. 감시 카메라의 화면을 보고 있는 사람이 없어서 그가 침입한 것을 목격한 사람이 아무도 없을지도 모를 일이기 때문이었다. 그는 개들의 목덜미에 걸린 개줄을 잡고 개집에서 끌고 나왔다. 한 놈이 으르렁거리는 소리를 내려고 했지만 아주 작게 낑낑 거리는 소리만 잠깐 나다가 말았다. 다른 놈도 마찬가지였다.

보슈는 철조망으로 뛰어가 재빨리 철조망을 타고 올라갔지만 자동차 바닥 매트가 덮여 있는 꼭대기 가시철조망에 다다랐을 땐 속도를 늦췄다. 매트 위에 올라앉았을 때 전류 소리 외에 자동차 시동 거는 소리를 들은 것 같았다. 그는 매트 두 개를 가시철조망에서 휙 벗겨내 들고 골목길로 뛰어내렸다.

그는 주머니를 뒤져 혹시 열쇠 따는 도구나 손전등이나 열쇠 같은 것들을 빠뜨리고 오지는 않았는지 확인했다. 권총도 권총집에 그대로 있었다. 놔두고 온 것은 아무것도 없었다. 그때 자동차가 달려오는 소리가 들렸는데, 한 대 이상인 것 같았다. 발각된 게 틀림없었다. 멕시텍을 향해 골목길을 뛰어가는데 누군가가 외치는 소리가 들렸다.

"뻬드로 이 빠블로(페드로, 파블로)! 뻬드로 이 빠블로!"

개들을 부르는 소리였다. 개 이름이 피터와 폴이었다.

보슈는 차 안으로 기어들어가 운전석에 몸을 웅크리고 앉아 인바이로브리드 쪽을 지켜보았다. 앞마당에 차 두 대와 남자 세 명이 보였다. 그들은 총을 들고 건물 출입구 앞 밝은 전등불 밑에 서 있었다. 잠시 후 네 번째 남자가 모퉁이를 돌아오더니 스페인어로 말했다. 개들을 찾았다는 것 같았다. 그 남자가 어딘지 낯익어 보였지만, 너무 어둡고 너무 멀리 떨어져 있어 눈물방울 문신이 있는지는 확인할 수 없었다. 그들이 문을 열더니 경찰처럼 총을 앞으로 들어 올리고 건물 안으로 들어갔다. 그와 동시에 보슈는 카프리스 자동차에 시동을 걸고 달리기 시작했다. 전속력으로 내빼는 동안, 그는 자신이 극도의 긴장감과 공포로 떨고 있다는 사실을 깨달았다. 땀이 머리에서 목으로 흘러내리며 싸늘한 밤공기 속에 말라가고 있었다.

그는 담배에 불을 붙이고 성냥을 창밖으로 던졌다. 그러고는 발작하듯 웃기 시작했다.

25 영웅의 신화

일요일 아침 보슈는 멕시칼리 시내에 있는 카사 데 만다린이라는 중식당에서 공중전화로 라모스에게 받은 번호로 전화를 걸었다. 자기 이름과 전화번호를 남긴 후 전화를 끊고 담배를 붙여 물었다. 2분 후 전화벨이 울려서 받으니 라모스였다.

"께 빠사, 아미고(무슨 일 있어요, 친구)?"

"별일 없어. 머그샷 좀 보여 달랬는데, 기억해?"

"맞다, 그랬죠. 출근길에 태우러 갈게요. 30분쯤 걸릴 겁니다."

"체크아웃 했어."

"돌아가시는 겁니까?"

"아니, 그냥 체크아웃만 했어. 난 누군가가 날 죽이려고 하면 보통 체크아웃을 하거든."

"뭐라고요?"

"누군가가 소총으로 날 죽이려고 했어, 라모스. 나중에 자세하게 얘기해줄게. 그건 그렇고 난 지금 시내에 있는 만다린 식당에 있어. 태우러 오려면 이리로 와."

"30분이요. 그 얘기 듣고 싶은데요."

보슈는 전화를 끊고 테이블로 돌아갔다. 아길라는 아직도 아침을 먹고 있었다. 둘 다 살사 소스와 다진 실란트로를 곁들인 스크램블드에그와 춘권을 주문했다. 음식이 아주 맛있어서 보슈는 재빨리 먹어 치웠다. 잠을 제대로 못 잔 날 아침에는 늘 이렇게 배가 고팠다.

전날 밤 미친 듯이 웃으면서 인바이로브리드에서 도망쳐 나온 보슈는 공항 근처에 있는 아길라의 집으로 찾아갔다. 아길라는 호텔에서 알아낸 사실을 들려주었다. 프론트 데스크 직원은 504호실에 투숙한 남자에 대해서 왼쪽 눈 아래 뺨에 눈물방울 세 개를 그린 문신이 있었다는 것 말고는 기억하고 있는 것이 별로 없었다.

아길라는 보슈에게 어디 갔다 왔느냐고 묻지 않았다. 물어봤자 대답을 들을 수 없을 거라는 걸 아는 것 같았다. 그는 보슈에게 휑뎅그렁한 거실에 덩그러니 놓여 있는 소파에 누워 자라고 했다. 보슈는 아길라의 말대로 소파에 누웠지만 잠이 오지 않았다. 그는 먼동이 터 올 때까지 창문을 바라보며 이런저런 생각을 하면서 밤을 지새웠다.

루시어스 포터가 누워 있는 보슈의 머릿속을 떠나지 않았다. 보슈는 그 형사의 밀랍 같은 알몸 시체가 차가운 철제 검시대 위에 누워 있고 테레사 코라존이 메스로 그의 몸을 가르는 모습을 상상했다. 그녀가 그의 각막에서 아주 작은 출혈의 흔적들을, 교살의 확실한 증거를 찾아내는 것을 상상했다. 그리고 예전에 포터와 함께 검시실에 들어가 부검의가 시신을 가르고 장기를 꺼내 검시대 위에 놓는 것을 참관했던 일들을 생각했다. 포터와 함께 참관했던 적이 몇 번 있었다. 이젠 포터가 톱이 잘 들어갈 수 있게 목 밑에 목침을 댄 상태로 검시대 위에 누워 있는 모습이 다시 떠올랐다. 동이 트기 직전엔 피곤이 몰려와 정신이 흐려지더니 검시대 위에는 보슈 자신이 누워 있고 테레사가 그 옆에서 칼을 갈고 있는 모습이 보였다.

그 순간 보슈는 벌떡 일어나 앉아 담배를 찾았다. 그러고는 자신은 결코 그 검시대 위에 눕지 않겠다고, 그런 식으로 죽지는 않겠다고 자신에게 맹세했다.

"마약단속국이에요?"

아길라가 자기 접시를 옆으로 치우며 물었다.

"네?"

아길라가 고갯짓으로 보슈의 허리띠에 달린 호출기를 가리켰다. 방금 그것을 발견한 모양이었다.

"그래요. 차고 있으라더군요."

보슈는 이 남자를 믿어야 한다고 생각했고, 충분히 믿을 만한 사람이라고 판단했다. 라모스가 한 말은 개의치 않았다. 코보의 경고도 신경쓰지 않았다. 보슈는 사회의 여러 조직 속에서 평생을 살았고 일했다. 그러나 자신은 조직적인 사고방식에서 탈피해 자신이 직접 결정을 내리기를 바랐다. 언젠가 때가 되면 아길라에게 모든 걸 털어놓을 생각이었다.

"좀 있다가 거기 가서 머그샷 좀 보고 올 거예요. 그 후에 다시 만납시다."

아길라는 동의했고 그동안 경찰국에 들어가서 페르날 구티에레스 료사의 사망확인 보고서를 마무리해야겠다고 말했다. 보슈는 인바이로브리드에서 보았던 새 손잡이가 달린 삽에 대해 말해주고 싶었지만 참았다. 그곳에 무단 침입한 건 딱 한 사람에게만 알릴 작정이었다.

한동안 둘은 말이 없었다. 보슈는 커피를, 아길라는 차를 마셨다. 마침내 보슈가 말했다.

"소릴료를 본 적이 있어요? 직접?"

"멀리서요."

"어디서요? 투우장이요?"

"그래요, 투우장에서요. 교황은 자기 소의 경기를 보려고 자주 왔어요. 일요일마다 그늘에 있는 박스석에서 관람했죠. 난 햇볕이 내리쬐는 일반 관람석에서 봤고요. 그래서 그를 멀리서 보게 된 거예요."

"소를 응원하러 간다고요?"

"네?"

"자기 소가 이기는 걸 보러 간다고요? 투우사가 아니라?"

"아뇨. 자기 소가 명예롭게 죽는 걸 보러 가는 거죠."

보슈는 이해가 잘 안 됐지만 그냥 넘어가기로 했다.

"오늘 거기 가고 싶은데요. 들어갈 수 있겠죠? 교황의 박스석 옆에 있는 박스석에 들어가고 싶은데."

"글쎄요. 비싼데요. 엄청 비싸서 박스석이 하나도 팔리지 않을 때도 많아요. 팔린다고 해도 박스마다 문을 잠가놓기 때문에…."

"얼만데요?"

"적어도 2백 달러는 할 걸요. 아주 비싸죠."

보슈는 지갑에서 210달러를 꺼냈다. 10달러짜리 지폐 한 장은 아침 식사 값으로 테이블 위에 놓고 나머지를 아길라 앞으로 밀었다. 그 순간 이 돈이 아길라가 엿새를 뼈 빠지게 일해서 받는 주급보다 많을 거라는 생각이 들었다. 아길라는 몇 시간 동안 이리 재고 저리 잰 다음 내릴 결정을 자기는 너무 성급하게 내린 것으로 보일 것 같아 미안한 생각이 들었다.

"교황 근처에 있는 박스석을 사줘요."

"아직 잘 모르나본데, 교황 곁에는 부하들이 많이 있어요. 그는….”

"그냥 얼굴이라도 한 번 보고 싶어서 그래요. 박스석으로 사요.”

둘은 식당을 나왔고 아길라는 두 블록 떨어진 경찰국까지 걸어가겠다고 했다. 아길라가 떠나자 보슈는 식당 앞에 서서 라모스를 기다렸다. 손목시계를 보니 8시였다. 파커 센터 어빙 부국장의 사무실에 있어야 할 시각이었다. 부국장이 벌써 그에 대한 징계조치를 취했는지 궁금했다. LA로 돌아가면 내근직으로 묶일 것이 거의 확실했다.

하지만 모든 사건을 해결하고 간다면 이야기는 달라질 것이다. 그러면 어빙도 그를 어쩌지 못할 것이다. 보슈는 이곳 멕시코에서 모든 수사를 종결짓고 가야한다고 생각했다.

그때 식당 앞 인도에 서 있는 자신이 참으로 어리석다는 생각이 퍼뜩 들었다. 아주 쉬운 표적이 될 수 있었다. 그는 식당 안으로 들어가 출입문 앞에 서서 밖을 내다보며 라모스를 기다렸다. 여종업원이 몇 번이나 그에게 다가와 깍듯이 절을 하고 갔다. 팁으로 3달러를 줬기 때문인 것 같았다.

한 시간 가까이 지나서야 라모스가 나타났다. 반드시 자기 차를 가져가겠다고 결심한 보슈는 라모스에게 뒤따라가겠다고 말했다. 그들은 북쪽을 향해 로뻬스 마떼오스 거리를 달렸다. 후아레즈 동상이 있는 원형 교차로에 다다른 그들은 동쪽으로 방향을 틀어 간판 없는 창고 건물이 늘어선 동네로 들어갔다. 좁은 도로를 달려가다가 사방 벽이 낙서와 벽화로 뒤덮인 한 창고 건물 뒤에 차를 세웠다. 멕시코 번호판을 단 낡은 셰비 카마로 자동차에서 내린 라모스는 긴장한 눈빛으로 주변을 살폈다.

"우리의 누추한 사무실에 오신 것을 환영합니다.”

라모스가 말했다.

일요일 아침이라 건물 안은 적막하기 그지없었다. 사람이 한 명도 보이지 않았다. 라모스가 천장 등을 켜자 몇 줄로 늘어선 책상과 파일 캐비닛이 보였다. 뒤쪽에는 무기를 넣어두는 라커 두 개와 2톤짜리 증거품 보관용 금고가 있었다.

"자, 이제 어젯밤 일에 대해 말씀해보세요. 누군가가 형사님을 죽이려 했다고 했는데, 확실합니까?"

"그래, 내가 그 총에 맞았다면 더 확실해졌겠지만."

보슈의 목에 붙은 밴드는 셔츠 깃에 가려 보이지 않았다. 오른손 손바닥에도 밴드가 붙어 있었지만, 그것도 눈 여겨 보지 않으면 모를 것이었다.

보슈는 라모스에게 호텔에서 있은 총격에 대해 자세히 설명했다. 504호 객실에서 탄피를 수거했다는 사실까지 하나도 빼놓지 않았다.

"총알은요? 그것도 수거했어요?"

"아직도 침대 머리판에 박혀 있을 거야. 오래 머무를 수가 없어서 그것까지는 확인해보지 못했어."

"그랬겠죠. 멕시코 인 친구에게 경고하러 달려가느라고 시간이 없었겠죠. 보슈 형사님, 제발 정신 차리세요. 그 친구가 좋은 사람인진 모르겠지만, 그에 대해 아무것도 아는 게 없잖아요. 그 일을 계획한 사람이 바로 그 친구일 수도 있어요."

"그래, 라모스, 그에게 경고한 건 사실이야. 하지만 그러고 나서 곧장 호텔을 나와 자네가 바라던 일을 했어."

"무슨 말이죠?"

"인바이로브리드. 어젯밤에 거기 들어가 봤어."

"뭐라고요? 미쳤어요? 내가 언제 형사님한테…."

"이봐, 라모스, 허튼 소리 하지 마. 자네는 어젯밤에 내게 모든 걸 이야기해줬어. 수색영장이 떨어지게 하기 위해선 어떤 증거가 필요한지 내가 알 수 있도록 말이야. 우리 솔직해지자고. 여긴 우리 둘뿐이잖아. 자네는 내가 거기 들어가 보기를 원했고, 난 그렇게 했어. 나를 비밀정보원으로 생각해줘."

라모스는 파일 캐비닛 앞을 서성이고 있었다. 쇼를 아주 잘하는 중이었다.

"보슈 형사님, 비밀정보원을 쓰려면 상부에 결재부터 받아야 해요. 그러니까 형사님 얘긴 들어도 알릴 수가 없어요. 난⋯."

"알려."

"보슈 형사님, 난⋯."

"내가 거기서 뭘 발견했는지 알아? 그냥 다 덮어둘까?"

마약단속국 요원은 한동안 말이 없었다.

"이곳에 람보들이 있다고 했지? 뭐라 그랬더라, 클리츠였나?"

"클렛이요. 그래요, 어젯밤에 그 친구들이 도착했어요."

"잘됐군. 계획했던 대로 밀고 나가. 어젯밤에 들어갔다가 들켰어."

라모스의 얼굴이 금세 어두워졌다. 그가 고개를 가로젓더니 의자에 풀썩 주저앉았다.

"빌어먹을! 들켰는지 안 들켰는지 어떻게 아십니까?"

"감시 카메라가 있었어. 너무 늦게야 그걸 발견했어. 곧바로 거기를 빠져나왔지만, 남자들 몇 명이 달려왔어. 내 신원은 확인할 수 없었을 거야. 마스크를 쓰고 있었거든. 그렇더라도 누군가 침입했다는 사실은 알고 있는 거야."

"좋아요, 보슈 형사님, 선택의 폭을 확실히 좁혀주고 있군요. 그래, 거기서 뭘 봤습니까?"

다행이었다. 라모스는 보슈의 불법 수색을 눈감아줄 작정이었다. 인정하고 있는 것이었다. 이제 이 일로 문제가 생기지는 않을 것이다. 보슈는 라모스에게 방사선 처리실에 있는 쟁반 더미 아래 바닥에 땅굴로 통하는 문이 있었다고 말했다.

"열어봤어요?"

"그럴 시간이 없었어. 시간이 있었더라도 열어보지는 않았을 거야. 난 베트남에서 땅굴 작전에 여러 번 참가해본 사람이야. 땅굴로 통하는 문은 일종의 함정이지. 내가 인바이로브리드를 빠져 나온 뒤에 날 쫓아왔던 사람들도 차로 왔어. 땅굴을 통해서가 아니라. 그건 바로 그 땅굴 속에 폭탄 같은 게 설치되어 있을지도 모른다는 뜻이지."

그러고 나서 보슈는 수색영장을 신청할 때 건물 내에 있는 모든 도구와 쓰레기통 속에 있는 쓰레기까지 압수한다는 내용이 들어가야 한다고 말했다.

"왜죠?"

"왜냐면 날 이곳까지 내려오게 만든 살인사건들 중 하나를 해결할 중요한 증거물이 거기 있기 때문이지. 그리고 경찰관을, 다시 말해 나를 살해하려 한 증거물도 있고."

라모스는 고개를 끄덕였지만 더 이상 물어보지는 않았다. 별로 관심이 없는 듯했다. 그가 일어서서 파일 캐비닛으로 가더니 커다란 검정색 파일을 두 개 꺼냈다.

보슈가 빈 책상 뒤로 가서 앉자 라모스는 보슈 앞에 서류철을 내려놓았다.

"신상이 파악된 움베르또 소릴료의 조직원들입니다. 그중 몇 명에 대해선 간략한 신상 소개가 달려 있어요. 나머지는 몰래 찍은 사진들이고, 이름조차 파악이 안 된 사람도 있고요."

보슈는 첫 번째 서류철을 펼쳐 맨 위에 있는 사진을 보았다. 몰래 찍은 사진을 8×10 크기로 확대한 것이어서 화질이 좋지 않았다. 라모스가 소릴료라고 말했다. 검은색 머리에 턱수염이 있고 검은색 눈으로 날카롭게 쏘아보는 눈빛을 보고 보슈도 소릴료일 거라고 생각했었다. 전에도 이 얼굴을 본 적이 있었다. 훨씬 더 젊었을 때의 모습으로 턱수염이 없었고 날카로운 눈으로 쏘아보는 대신 미소를 짓고 있었지만. 칼렉시코 무어의 사진 속에 무어와 함께 있던 소년이 성장한 후의 얼굴이었다.

보슈가 라모스에게 물었다.

"이 사람에 대해서는 뭘 알고 있지? 가족에 대해 아는 게 있어?"

"아무것도 없어요. 솔직히 열심히 찾아보지도 않았어요. 우린 소릴료의 성장 배경에 대해서는 관심이 없습니다. 그가 지금 하는 일과 앞으로 할 일들에 대해서만 관심이 있죠."

보슈는 비닐 페이지를 넘겨 머그샷과 몰래 찍은 사진들을 살펴보기 시작했다. 라모스는 자기 책상으로 돌아가 타자기에 종이를 한 장 끼워넣더니 타이핑을 하기 시작했다.

"난 여기서 비밀정보원 진술서를 작성하고 있을 게요. 사후 허가라도 받아내야겠어요."

첫 번째 서류철을 3분의 2쯤 보았을 때, 눈물방울 문신을 한 남자의 사진이 나타났다. 그를 찍은 사진이 여러 장 있었는데, 머그샷도 있었고 다른 사진도 있었다. 오랜 세월에 걸쳐 다각도에서 찍은 사진들이었다. 언제부턴가 눈물방울 문신이 나타나면서 건방지게 히죽거리는 청년에서 험상궂은 전과자로 바뀌어 있었다. 사진 밑에 붙어 있는 간략한 신상 소개에 따르면 이름은 오스발도 아리삐스 라파에리료였고 1952년생이었다. 미성년자였을 때 살인죄로 한 번, 성년이 되어 살인죄로 한 번, 마약 소지죄로 한 번, 이렇게 세 번을 복역했다. 생애의 절반을 교도소에서 지낸 듯했다. 평생 동안 소릴료의 충성스러운 심복으로 일해온 것이다.

"여기 있네, 찾았어."

보슈가 말했다.

라모스가 다가왔다. 그도 라파에리료를 금방 알아보았다.

"이 친구가 LA까지 가서 경찰들을 죽였다고요?"

"그래, 적어도 한 명은 확실해. 어쩌면 제일 먼저 희생된 경찰관도 이 놈이 살해했을지 몰라. 그리고 마약 시장 경쟁자의 운반책을 죽인 것도 놈의 짓인 것 같고. 지미 캅스라고 하와이 마약조직의 운반책이었지. 캅스와 경찰관들 중 한 명이 똑같은 방법으로 목이 졸려 살해됐어."

"멕시코 식 넥타이요?"

"맞아."

"그럼 그 일꾼은요? 그 벌레 공장에서 살해당했을 거라던 일꾼은?"

"그 남자까지 전부 다 이놈이 죽였을 수도 있겠지. 잘 모르겠어."

"아리삐스가 범죄세계에 등장한 지는 꽤 오래됐어요. 놈은 1년 전쯤 출소했어요. 아주 잔혹한 살인마예요. 교황의 오른팔이죠. 교황의 칙령 집행관이라고 할 수 있겠네요. 여기 사람들은 놈을 '알빈 카피스'라고 불러요. 1930년대에 미국에서 기관총을 난사하고 다녔던 살인마의 이름을 따서요. 마 바커 갱단의 조직원이었죠, 아마? 어쨌든 아리삐스는 살인죄로 두 번이나 교도소에 들어갔다 나왔지만, 교화가 되어서 나오진 않았어요. 파악은 안 됐지만 무수히 많은 사람들을 죽였을 거예요."

보슈는 라파에리료의 사진들을 노려보다가 물었다.

"여기 있는 정보가 전부야? 다른 건 더 없어?"

"어디 좀 더 있긴 있을 텐데, 중요한 건 여기 있는 게 전부예요. 다른 건 정보원들이 모아온 소문 정도거든요. 아리삐스에 관한 정보의 요점은 소릴료가 조직을 장악하고 나서, 오른팔인 아리삐스에게 험한 일을 도맡아 시켰다는 거예요. 소릴료는 궂은일이 생길 때마다 고향 친구인 아리뻬스를 내세웠어요. 아리뻬스는 그런 일을 확실히 처리했고요. 그리고 아까도 말했지만, 아리뻬스를 잡아넣은 건 두세 번뿐이에요. 나머지는 뇌물로 해결했을 게 확실하고요."

보슈는 수첩에 신상 소개에 있는 몇 가지 정보를 적기 시작했다. 라모스가 말을 이었다.

"소릴료와 아리뻬스는 여기 있는 같은 동네 출신이에요. 성…."

"성자들과 죄인들이겠지."

"맞아요, 성자들과 죄인들. 여기 현지 경찰들 중에서 그나마 믿을 수 있는 몇 명의 말로는 아리뻬스가 살인을 즐긴답니다. 그 동네 사람들이 즐겨하는 유명한 질문이 있다는군요. 끼엔 에레스? '넌 누구냐?'라는 뜻이죠. 의심이 가는 사람에게 던지는 시험 같은 거래요. 넌 누구냐? 넌 우리 편이냐, 아니면 우리의 적이냐? 넌 성자냐, 죄인이냐? 이렇게 묻는 거죠. 그리고 소릴료가 권력을 잡은 후에는 아리뻬스를 시켜서 자기 반대편 사람들을 제거하기 시작했어요. 그 동네 사람들 말로는 그들이 누군가를 죽인 후에는 온 동네에 '엘 데스꾸브리오 끼엔 에라.'라는 말을 퍼뜨렸답니다. 그 말은…."

"그는 자신이 누군지 알게 되었다."

"맞아요. 그곳 토박이들을 소릴료의 품으로 들어가게 만든 아주 효과적인 조직홍보 문구였죠. 그곳 사람들은 그 말을 유행처럼 따라 하기 시작했어요. 시체에다 메시지를 남기는 게 유행이 되었죠. 누군가를 죽이고는 '그는 자신이 누군지 알게 되었다'라거나 뭐 그 비슷한 말을 써서 피해자의 셔츠에 꽂아놓곤 하죠."

보슈는 아무 말도 하지 않고 아무것도 쓰지 않았다. 퍼즐에서 또 하나의 조각이 맞아 떨어졌다.

"아직도 그 동네에 가면 담벼락 낙서에서 그 문구를 많이 찾아볼 수 있어요. 일종의 소릴료 영웅 신화의 한 부분이라고 할 수 있죠. 그를 교황으로 만들어준 영웅 신화의 한 부분이요."

라모스가 말했다.

마침내 보슈는 수첩을 덮고 일어섰다.

"필요한 건 다 얻은 것 같군."

"알았어요. 조심하세요, 보슈 형사님. 그런 일이 다시 일어나지 않는다는 보장이 없어요. 특히 아리삐스가 나섰다면 말이죠. 오늘 여기서 지내는 게 어때요? 그게 안전할 거예요."

"아니, 난 괜찮을 거야."

보슈가 고개를 끄덕이고는 문을 향해 한 걸음을 내디뎠다. 그러고는 허리에 찬 호출기를 만지며 물었다.

"연락해줄 거지?"

"그래요, 연락할게요. 작전을 위해 코보가 내려올 거니까 형사님도 끼워줘야겠죠. 이제 어디로 가실 겁니까?"

"글쎄. 시내 관광이나 하려고. 역사학회에도 가보고 투우장도 가고."

"몸조심하세요. 연락할게요."

"그러지."

보슈는 건물을 나와 카프리스를 향해 걸어가는 동안 칼 무어의 뒷주머니에서 발견된 유서를 생각했다.

난 내가 누군지 알게 되었다.

26 성(城)

국경을 넘는 데 30분이 걸렸다. 국경 순찰대 입국 신고소의 칙칙한 벽돌 건물까지 무려 8백 미터 가까이 차들이 늘어서 있었다. 차가 한두 대씩 빠지며 차례가 되기를 기다리는 동안, 보슈는 가지고 있던 동전과 1달러짜리 지폐를 다 써버렸다. 허름한 차림의 멕시코 인들이 창가로 다가와 손을 내밀거나 싸구려 장식품이나 음식을 팔았기 때문이었다. 해달라는 말도 안했는데 더러운 헝겊 조각으로 차 앞 유리를 닦은 후 손을 내미는 사람들도 많았다. 그런 사람들이 늘어나자 유리는 얼룩으로 점점 더 더러워졌고 결국에는 보슈가 와이퍼를 작동시켜 물을 뿌려 닦아야 했다. 마침내 그가 검문소에 다다르자, 유리 검문소 안에 앉은 국경순찰대원은 그의 경찰배지를 보고는 손으로 통과 신호를 하면서 말했다.

"유리를 닦고 싶으면 오른쪽에 있는 호스를 사용하세요."

몇 분 후 보슈는 칼렉시코 시청 건물 앞 주차장에 차를 세웠다. 그는 차에 앉아 담배를 피우며 길 건너에 있는 공원을 바라보았다. 오늘은 공원에 떠돌이 연주자들의 모습이 보이지 않았다. 사람이 거의 없었다. 그는 차에서 내려 칼렉시코 역사학회라는 간판이 붙은 문을 향해 걸어가면서도 자기가 뭐 하러 가는지도 잘 모르고 있었다. 오후엔 특별히 할 일이 없었고, 칼 무어가 남긴 유서에서부터 아주 오래전 소릴료와 함께 찍은 사진에 이르기까지 칼 무어의 죽음과 관련하여 풀어야 할 의문점이 많이 있었다. 보슈는 칼이 성이라고 불렀던 그 집은 어떻게 되었는지, 칼과 함께 사진을 찍었던 백발의 남자는 어떻게 되었는지 알아내고 싶었다.

역사학회의 유리문은 잠겨 있었고 일요일에는 오후 1시에 문을 연다는 안내문이 붙어 있었다. 손목시계를 보니 아직도 15분은 더 기다려야 했다. 보슈는 두 손을 모아 유리문에 대고 안을 들여다보았다. 작은 사무실 안에는 책상 두 개와 한 벽을 가득 채운 책들과 유리 전시장 두 개만 있을 뿐 사람은 보이지 않았다.

그는 문에서 떨어져 나와 막간을 이용해 먹을 것을 사러 갈까 생각해보았다. 하지만 점심을 먹기에는 너무 일렀다. 그는 경찰서로 걸어가 작은 로비에 있는 자판기에서 콜라 한 캔을 샀다. 그러고는 유리 창구 뒤에 앉아 있는 경찰관에게 목례를 했다. 오늘은 그루버가 아니었다.

보슈가 경찰서 앞 벽에 기대서서 콜라를 마시며 공원을 보고 있는데, 머리 가운데는 대머리이고 머리 둘레로만 얇은 백발이 좀 남아 있는 노인이 역사학회의 문을 여는 것이 보였다. 1시가 되려면 아직 몇 분 남았지만, 보슈는 인도를 걸어가 노인을 따라 들어갔다.

"문을 여신 겁니까?"

보슈가 물었다.

"보시다시피. 내가 도울 일이라도 있소?"

노인이 말했다.

보슈는 방 가운데로 걸어 들어가 서서 자기가 뭘 찾고 있는지 잘 모르겠다고 말했다.

"제 친구의 가족을 찾고 있습니다. 제 생각엔 그 친구 아버지가 꽤 유명한 인물이었던 것 같습니다. 칼렉시코에서 말이죠. 제 친구가 살았던 집이 아직 그대로 있는지 찾고 싶습니다. 그리고 그 아버지에 대해서도 알고 싶고요."

"그 친구 아버지 이름이 뭐요?"

"정확히는 모르고 성이 무어라는 것만 압니다."

"이런, 그것만 가지고는 찾기가 쉽지 않은데. 이곳에는 무어라는 성을 가진 사람들이 아주 많아요. 아주 큰 가문 중에 하나거든. 형제들도 많고 사촌들도 많고. 그러니까 우선….

"사진이 있을까요? 무어가(家) 사람들 사진이 나온 책이 있습니까? 그 아버지의 사진을 본 적이 있습니다. 제가 보면 찾아낼….

"그래요, 내가 말하려던 게 그거였소. 몇 권 찾아드리지. 당신의 무어를 찾아봅시다. 나도 호기심이 생기는구만. 그나저나 왜 이런 일을 하는 거요?"

"족보를 만들어주려는 겁니다. 친구를 위해 소식이 끊긴 가족을 찾아봐주려고요."

노인은 보슈를 여분의 책상 앞에 앉게 하고 몇 분 후엔 책 세 권을 찾아 보슈 앞에 놓았다. 모두 가죽 장정이 된 책이었고 퀴퀴한 먼지 냄새가 났다. 연감만큼 큰 책이었고 페이지마다 사진과 설명이 나와 있었다. 보슈가 책 한 권을 아무데나 펼쳐보니 건설 공사가 진행 중인 데 안사 호텔을 찍은 흑백 사진이 나왔다.

이제 보슈는 순서대로 책을 보기 시작했다. 첫 번째 책은 《칼렉시코와 멕시칼리, 쌍둥이 국경도시의 75년 역사〉라는 책이었다. 그는 거기에 나온 사진과 글을 대강 훑어보면서 두 도시의 간략한 역사와 도시를 건설한 사람들에 대해 어느 정도 알게 되었다. 이야기의 골격은 아길라에게서 들은 것과 같았지만, 백인의 시각에서 서술되어 있었다. 그 책에는 지독한 가난에 시달리던 중국 타파이 사람들이 더 나은 삶을 찾아 기꺼이 바하 칼리포르니아로 왔다고 적혀 있었다. 값싼 노동력에 대한 언급은 전혀 없었다.

1920년대와 30년대에 칼렉시코는 신흥 공업도시였고, 콜로라도강 토지개발회사의 관리자들이 일꾼들 위에 군주처럼 군림했다. 그 책에는 그 관리자들 중 상당수가 도시 외곽에 있는 절벽 위에 호화저택을 짓고 사유지를 조성했다고 적혀 있었다. 읽다보니 앤더슨과 세실과 모간이라는 무어 삼형제의 이름이 자주 언급되었다. 다른 무어들도 있었지만, 이 형제들은 항상 중요한 인물로 부각되고 있었고 회사에서도 고위직에 있었다고 적혀 있었다.

보슈는 〈흙길 도시, 도로를 금으로 포장하다〉라는 장(章)을 뒤적이다가 찾고 있던 남자를 발견했다. 세실 무어였다. 면화 재배가 칼렉시코에 막대한 부를 가져다주었다는 글 밑에 나이보다 일찍 머리가 허옇게 센 남자가 학교만 한 크기의 지중해식 대저택 앞에 서 있는 사진이 있었다. 칼렉시코 무어가 구겨진 흰 종이가방 안에 넣어둔 사진 속에 나온 그 남자였다. 그 저택의 왼쪽 편에 기다란 탑이 교회의 첨탑처럼 솟아 있었고 탑 꼭대기에 아치형의 창문 두 개가 나란히 나 있었다. 그 탑 때문에 저택은 스페인풍의 성처럼 보였다. 칼 무어가 어린 시절을 보낸 집이었다.

"여기 제 친구 아버지와 그의 집이 있군요."

보슈가 책을 노인에게 건네며 말했다.

"세실 무어로군."

노인이 말했다.

"아직 살아 있습니까?"

"아니, 삼형제 중 살아 있는 사람은 아무도 없소. 세실이 마지막으로 죽었지. 작년 이맘때쯤 자다가 떠났어요. 그런데 당신이 뭔가 잘못 알고 있는 것 같소만."

"네?"

"세실에겐 자식이 없었소."

보슈가 고개를 끄덕였다.

"선생님 말씀이 맞을지도 모르겠습니다. 이 집은 어떻게 됐습니까? 이 집도 없어졌습니까?"

"친구의 가족을 찾고 있는 게 아닌 것 같은데, 안 그렇소?"

"네, 맞습니다. 전 경찰입니다. LA에서 왔습니다. 누군가에게서 이 남자에 대해 들은 이야기가 있어서 사실을 확인 중입니다. 도와주시겠습니까?"

노인이 그를 바라보자 그는 처음부터 솔직하게 털어놓지 않은 것을 후회했다.

"이 집이 로스앤젤레스와 무슨 관련이 있는지는 모르겠지만, 어쨌든 말해 봐요. 뭘 알고 싶은 거요?"

"탑이 있는 이 저택이 아직 그대로 있습니까?"

"그래요, 까스띨료 데 로스 오호스는 아직 그대로 있소. '눈의 성'이라는 뜻이지. 탑 꼭대기에 있는 두 개의 창문 때문에 그런 이름을 얻게 됐죠. 밤에 불이 켜져 있으면 인간의 두 눈이 칼렉시코 전경을 내려다보고 있는 것 같다고 해서 말이오."

"어디에 있습니까?"

"시내 서쪽에 코요테길이라는 도로변에 있어요. 98번 도로를 타고 핀 토 워시를 지나 크루서픽션 손이라는 곳까지 가요. 거기서 여기 있는 호텔과 이름이 같은 안사 도로를 타고 달려가다 보면 코요테길이 나오 지. 성은 코요테길이 끝나는 곳에 있어요. 쉽게 찾을 수 있을 거요."

"지금 그곳엔 누가 살고 있습니까?"

"아무도 살고 있지 않은 것으로 알고 있소. 세실 무어는 그 집을 시에 헌납했소. 하지만 시 정부는 그렇게 큰 저택을 관리할 수가 없어서 민 간인에게 팔았지. 로스앤젤레스에서 온 사람한테 팔렸다고 들었소. 하 지만 내가 알기로는 집을 산 사람이 이사를 들어가지는 않았어요. 유감 스러운 일이야. 시 정부가 그 건물에 박물관이라도 만들었으면 좋았을 텐데."

보슈는 노인에게 감사를 표하고 밖으로 나와 크루서픽션 손으로 향 했다. 까스띨료 데 로스 오호스가 죽은 갑부의 유산에 불과할지, 그가 맡은 사건과 관련이 있을지는 알 수 없었다. 그러나 달리 할 일도 없었 고, 마음속에서 한번 가보자는 충동이 일었다.

98번 주립 도로는 칼렉시코 시내에서 서쪽으로 국경선을 따라 뻗어 있는 2차선 아스팔트 도로였다. 용수로들로 인해 거대한 바둑판처럼 나 뉜 농업지대까지 이어지고 있었다. 피망과 실란트로 냄새가 바람에 실 려 들어왔다. 보슈는 목화밭 옆을 지나가면서 이 거대한 농지가 예전에 는 한 토지개발회사의 거대한 소유지였다는 사실을 상기했다.

한참 가다보니 오르막이 시작되었고, 칼렉시코 무어가 어릴 때 살았 던 집이 멀리서도 한눈에 들어왔다. 까스띨료 데 로스 오호스. 절벽 위 에 솟아 있는 탑 꼭대기에 난 두 개의 아치형 창문은 마치 복숭아색 돌 로 만든 얼굴에 있는 검은 눈처럼 보였다.

보슈는 말라버린 강바닥 위에 놓인 다리를 건너면서 표지판은 없지만 이곳이 핀토 워시일 거라고 추측했다. 다리를 지나가며 먼지가 풀풀 날리는 강바닥을 내려다보니 노란빛이 도는 녹색의 셰비 블레이저 한 대가 서 있었다. 운전석에 앉은 남자가 쌍안경을 눈에 대고 있는 것이 보였다. 국경 순찰대였다. 강바닥의 낮은 지형을 이용해 잠복하면서 불법으로 국경을 넘는 사람들이 있는지 감시하고 있는 것이었다.

핀토 워시에서 농업지대는 끝이 났다. 갈색 덤불이 우거진 언덕들이 갑자기 나타났다. 도로에서 뭔가가 눈에 들어왔다. 바람 한 점 없는 아침, 고요하게 서 있는 유칼립투스 나무와 참나무들 옆에 안내 표지판이 서 있었다.

크루서픽션 손 자연지역
지뢰 매설 위험

보슈는 역사학회에서 읽었던 책에서 20세기 초에 금광 개발 붐이 일어나 국경 지대 곳곳에 마마 자국이 생겼다는 내용을 읽은 기억이 났다. 투기꾼들은 일확천금을 하기도 했고 한순간에 돈을 다 날리기도 했다. 이곳 산에는 강도가 들끓었다. 그때 콜로라도강 토지개발회사가 나타나 질서를 잡은 것이었다.

보슈는 담배를 붙여 물고 탑을 바라보았다. 지금은 훨씬 더 가까이 있었고, 저택을 둘러싼 담장 뒤에 우뚝 서 있었다. 주변의 적막한 분위기와 영혼이 빠져나간 눈처럼 보이는 탑의 창문들 때문에 어쩐지 음산한 느낌이 들었다. 사실 언덕 위에 그 탑만 있는 건 아니었다. 다른 집들의 원통형 타일로 만든 지붕들도 보였다. 그러나 공허한 유리 눈을 달고 그 지붕들 위로 우뚝 솟아 있는 탑의 모습이 외로워 보였다. 죽은 사람의 얼굴 같았다.

8백 미터쯤 더 가자 안사 도로가 나타났다. 그는 북쪽으로 방향을 잡았고 1차선 도로는 언덕을 따라 구불구불 울퉁불퉁 이어지며 올라가고 있었다. 오른편으로는 거대한 들판이 내려다보였다. 이윽고 그는 좌회전을 해서 코요테길이라는 표지판이 있는 도로로 들어섰고, 곧 거대한 부지에 지어진 대저택들이 나타났다. 저택마다 담으로 둘러싸여 있어서 2층들만 볼 수 있었다.

코요테길은 오래된 참나무 한 그루가 중심에 서 있는 원형 교차로에서 끝이 났다. 울창한 참나무 가지들이 여름이면 교차로에 시원한 그늘을 드리울 것 같았다. 까스띨료 데 로스 오호스는 코요테길이 끝나는 곳에 있었다.

2.5미터 높이의 담이 저택의 대부분을 가리고 있어서 도로에서는 탑만 보였다. 검은색 연철 대문을 통해서만 저택의 모습을 좀 더 볼 수 있었다. 보슈는 진입로를 올라가 대문 앞에 가서 차를 세웠다. 대문은 육중한 쇠사슬과 자물쇠로 잠겨 있었다. 그가 차에서 내려 철창살 사이로 들여다보니 저택 앞에 있는 원형의 주차장은 비어 있었다. 저택 전면에 있는 창문마다 커튼이 드리워져 있었다.

대문 옆 벽에는 우편함과 인터콤이 있었다. 벨을 눌렀지만 아무 응답이 없었다. 사실 누가 응답을 하면 뭐라고 말할지 난감했다. 우편함을 열어보았으나 비어 있었다.

보슈는 차를 그대로 두고 코요테길을 다시 걸어 내려와 가장 가까이에 있는 집 앞에 섰다. 이 집은 담이 없는 몇 안 되는 집들 중에 하나였다. 그러나 흰색 말뚝 울타리로 둘러싸여 있었고 대문에는 인터콤이 달려 있었다. 이번에는 벨을 누르자 응답이 있었다.

"네?"

여자의 목소리가 물었다.

"예, 부인, 경찰입니다. 이웃집에 관해 부인께 몇 가지 물어볼 수 있을까 해서요."

"어떤 이웃 말이우?"

할머니의 목소리였다.

"성이요."

"거긴 아무도 안 산다우. 무어 씨가 얼마 전에 돌아가셨거든."

"알고 있습니다, 할머니. 제가 잠깐만 들어가서 말씀을 나눠도 되겠습니까? 신분증을 가지고 있습니다."

할머니는 잠깐 망설이다가 퉁명스럽게 대답했다.

"그렇게 해요."

이윽고 대문이 열렸다.

할머니는 보슈에게 현관문에 난 작은 창문 앞에 신분증을 들고 있으라고 말했다. 안에서는 휠체어에 앉은 백발의 노쇠한 할머니가 신분증을 보려고 애를 쓰고 있었다. 마침내 할머니가 문을 열었다.

"로스앤젤레스 경찰이 여기는 어쩐 일이신가?"

"로스앤젤레스에서 발생한 사건을 수사 중입니다. 저 성에서 살았던 남자가 관련이 된 사건이죠. 오래전에 어렸을 때 저기 살았다더군요."

할머니는 실눈을 뜨고 보슈를 올려다보았다. 마치 과거의 기억을 되살리려는 듯 했다.

"칼렉시코 무어 말이우?"

"네. 아십니까?"

"다쳤수?"

보슈는 잠깐 망설이다가 대답했다.

"유감스럽게도, 죽었습니다."

"거기 로스앤젤레스에서?"

"네. 칼은 경찰이었습니다. 그의 죽음이 이곳에서의 삶과 관련이 있는 것 같아서 여기까지 오게 된 겁니다. 솔직히 말해서 뭘 여쭤봐야 할지도 모르겠습니다. 여기 그리 오래 살진 않았다던데요. 그런데도 그를 기억하시는군요."

"여기 오래 살진 않았지만, 그렇다고 다시 보지 못했던 건 아니라우. 오히려 그 반대였지. 지난 몇 년 동안 가끔씩 걔를 볼 수 있었거든. 자전거를 타고 오기도 하고 차를 타고 오기도 했다우. 와서는 저기 길에 앉아서 저 집을 바라보고만 있더만. 한번은 마르따를 시켜서 개한테 샌드위치와 레모네이드를 가져다주기도 했고."

마르따는 하녀인 것 같았다. 이런 집에는 하녀가 있기 마련이었다.

할머니가 말했다.

"그냥 집을 쳐다보면서 옛날 생각을 하는 것 같더만. 세실이 개한테 아주 끔찍한 짓을 했지. 지금쯤 그 죗값을 치르고 있을 거야, 세실이."

"끔찍한 짓이라니 무슨 말씀이시죠?"

"칼과 개 엄마를 그렇게 쫓아낸 것 말이우. 세실은 그 후로는 칼이나 개 엄마를 다시는 보지 못했을 거유. 하지만 난 걔를 봤지. 어른이 된 칼이 이곳에 와서 저 집을 바라보는 걸 자주 봤다우. 여기 사람들은 세실이 저 담을 세운 것이 그 때문이라고들 해요. 20년 전에 담을 세웠지. 사람들은 세실이 거리에 서 있는 칼을 보기가 싫어서 담을 세웠다고들 해요. 세실이 하는 일은 늘 그런 식이거든. 창밖에 보이는 것이 마음에 안 들면 담을 세워버리는 거지. 하지만 난 그 후로도 칼을 가끔씩 볼 수 있었다우. 한번은 내가 직접 차가운 음료를 그 애한테 가져다 줬지. 그땐 이 의자에 앉아 있지 않았거든. 차에 앉아 있는 걔한테 내가 물었수. '왜 자꾸만 여길 오는 거니?' 그랬더니 그 애가 대답했지. '큰엄마, 그냥 저 집을 기억하고 싶어서요.' 그러더구만."

"큰엄마요?"

"그래요. 그 때문에 형사 양반이 찾아온 줄 알았는데? 내 남편 앤더슨 과 세실은 형제였다우. 하느님, 저들의 영혼을 편히 쉬게 해주소서."

보슈는 고개를 끄덕이고는 할머니의 기도를 존중하는 의미로 5초쯤 기다렸다가 말했다.

"시내 박물관에 있는 분 말로는 세실 무어 씨한텐 자식이 없었다고 하던데요."

"당연히 그렇게 말했겠지. 세실은 자식이 있다는 걸 남들한테 알리지 않았다우. 아주 큰 비밀이었지. 회사의 이름에 흠집을 내는 걸 원치 않 았다우."

"칼렉시코의 어머니는 하녀였습니까?"

"그래요, 걔 엄마는…. 그런데 형사 양반은 이 모든 일을 이미 다 알 고 있었던 것 같구만."

"일부만이요. 어떻게 된 겁니까? 왜 세실 무어 씨가 자기 아들과 애 엄마를 쫓아냈죠?"

할머니는 30년이 훨씬 지난 이야기를 어떻게 시작할까 생각하는 듯 잠시 망설이다가 입을 열었다.

"걔 엄마는 걔를 임신하고 나서부터 거기 살았다우. 세실이 임신을 시킨 거지. 저기서 애를 낳았어요. 그로부터 4, 5년쯤 후인가? 세실은 그 여자가 거짓말을 했다는 사실을 알게 됐다우. 그 여자가 멕시칼리에 있는 자기 어머니를 만나러 간다고 집을 나서니까 세실이 아랫사람 몇 명한테 미행을 시켰다우. 어머니는 없었다더만. 남편과 다른 아들이 있 었대요. 칼렉시코보다 한두 살 많은 아들이 말유. 세실이 둘을 쫓아낸 게 그때였수. 자기 핏줄을 길바닥으로 내몬 거지."

보슈는 방금 들은 이야기를 한참동안 곱씹어 보았다. 할머니는 먼 과거를 바라보는 듯한 눈으로 앉아 있었다.

"칼렉시코를 마지막으로 보신 게 언제였습니까?"

"그게, 가만 있자, 몇 년쯤 전인 것 같수. 차츰 발길이 뜸해지더니 발길을 끊었지."

"칼이 자기 아버지가 돌아가신 걸 알고 있었다고 생각하십니까?"

"장례식에 나타나지 않았다우. 그렇다고 욕을 할 수는 없지."

"세실 무어 씨가 저 저택을 시에 헌납했다고 들었는데요."

"그래요, 세실은 홀로 죽었고, 죽기 전에 전 재산을 시에 바쳤다우. 칼이나 그 많던 전 부인이나 첩한테는 한 푼도 남기지 않았어요. 세실 무어는 죽을 때도 그렇게 야비한 사람이었다우. 물론 시 정부는 저렇게 큰 저택을 감당할 수가 없었다우. 너무 크고 유지비가 너무 많이 드니까. 여기 칼렉시코는 예전처럼 잘나가는 도시가 아니기 때문에 그런 저택을 관리할 수가 없었겠지. 항간에는 그 저택을 역사박물관으로 쓸 거라는 말이 돌았다우. 하지만 이 도시의 역사 유물 가지고는 벽장 한 개도 다 채우지 못할 거야. 박물관은 고사하고 말이지. 시 정부가 그 저택을 팔았다우. 1백만 달러 이상을 받았다더만. 그 덕분에 앞으로 몇 년간은 돈이 남아 돌 거유."

"누가 그 집을 샀습니까?"

"모르지. 아무도 이사를 들어오지 않았다우. 관리인이 와서 집을 돌보긴 했지만. 지난주엔 그 집에 불이 켜져 있었지. 하지만 내가 알기로는 이사를 들어온 사람은 없어요. 투자 목적으로 산 거겠지. 뭣 때문에 인적도 끊긴 이런 초라한 동네에 투자를 했는진 모르겠지만 말유."

"마지막으로 하나만 더 여쭙겠습니다. 칼렉시코 무어가 저택을 보러 왔을 때 다른 사람과 함께 온 적이 있었습니까?"

"항상 혼자였수. 그 불쌍한 아이는 항상 혼자서 저기 서 있었다우."

시내로 돌아오는 동안 보슈는 무어가 아버지의 집 밖에 홀로 서 있는 모습을 상상했다. 그가 갖고 싶어 했던 것이 그 집과 그 집에서의 추억이었는지, 아니면 자신을 쫓아낸 아버지였는지, 아니면 둘 다였는지 궁금했다.

보슈의 머릿속에 자기 아버지와의 짧았던 만남이 잠깐 떠올랐다. 임종 직전에 있던 병든 노인. 보슈는 아버지를 만난 후 아버지를 용서했다. 그러지 않으면 평생을 후회하며 살아야 한다는 걸 알고 있었다.

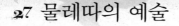

27 물레따의 예술

　멕시코로 들어가는 차량 행렬은 전날보다 더 길고 더 느렸다. 보슈는 투우 경기 때문이라고 생각했다. 주변 지역 사람들이 투우 경기를 보러 멕시칼리로 모여들고 있었다. 일요일 저녁이면 LA 시민들이 레이더스의 미식축구 경기를 보러 가듯 이곳에서는 투우 경기가 구름 관중을 불러 모으고 있었다.

　앞에 차 두 대만 남았을 때 보슈는 아직도 허리 뒤쪽으로 돌려 맨 권총집에 스미스 권총이 꽂혀 있다는 사실을 깨달았다. 어찌 해보기에는 너무 늦었다. 자기 차례가 되자 보슈는 "투우."라고 말했고, 멕시코 검문소 관리는 아무 말 없이 손짓으로 통과시켰다.

　멕시칼리는 맑은 하늘에 선선한 바람이 불고 있었다. 완벽한 날씨 같았다. 보슈는 기대감과 흥분을 느꼈다. 투우 경기를 본다는 것과 소릴료를 보게 될지도 모른다는 이유에서였다. 지난 사흘 동안 줄곧 소릴료라는 이름과 그에 관한 신화에 가까운 이야기를 듣다보니 보슈 자신도 자꾸만 그 이야기 속으로 빠져들고 있었다. 그는 교황이 자기 소들과 자기 사람들과 있는 모습을 보고 싶었다.

경찰국 주차장에 차를 세운 보슈는 자동차 사물함에서 감시용 쌍안경을 꺼냈다. 투우경기장은 여기서 세 블록밖에 떨어져 있지 않아서 아길라와 함께 걸어갈 작정이었다. 보슈는 당직 경찰에게 신분증을 보이고 출입 허가를 받았다. 아길라는 수사과 사무실의 하나뿐인 책상 뒤에 앉아 있었다. 앞에는 자필 보고서 몇 개가 놓여 있었다.

"표 구했어요?"

"구했어요. 햇빛 드는 쪽의 박스석이에요. 그래도 박스석에는 해가 거의 들지 않으니까 큰 문제는 안 될 거예요."

"교황과 가까운 자린가요?"

"바로 건너편이죠. 오늘 올진 모르겠지만."

"올지 안 올지는 두고 봅시다. 다 끝났어요?"

"네. 페르날 구티에레스 료사 사건에 관한 보고서 몇 개를 끝냈어요. 피의자가 기소되면 또 써야겠지만."

"기소되더라도 여기서는 아닐 거예요."

"맞는 말이에요…. 이제 가야겠는데요."

"난 준비됐어요."

보슈가 쌍안경을 가슴 위로 들어 올리며 말했다.

"아주 가까운 데서 볼 거니까 그런 건 필요 없을 거예요."

"이건 소들을 보려고 가져가는 게 아니에요."

경기장으로 걸어가는 동안 그들은 같은 곳을 향해 걷고 있는 사람들의 잔잔한 물결 속으로 끼어들었다. 많은 사람들이 경기장에서 깔고 앉을 작은 정사각형 방석을 가지고 갔다. 보슈와 아길라는 방석을 한 아름 안고 한 개당 1달러에 팔고 있는 어린 아이들 옆을 그냥 지나갔다.

출입구로 들어간 후 보슈와 아길라는 콘크리트 계단을 이용해 지하로 내려갔고, 거기서 아길라가 좌석 안내원에게 박스석 표를 보여주었다. 그러자 안내원은 원형경기장의 둘레를 빙 둘러 나 있는 지하묘지 같은 복도를 따라 그들을 안내했다. 복도에는 작은 나무문들이 있었고 문 왼쪽에 숫자가 적혀 있었다.

안내원이 7이라는 숫자가 적힌 문을 열자 그들은 감방 정도 크기의 방으로 들어갔다. 바닥과 벽과 천장은 전부 콘크리트로 되어 있었고 페인트칠은 되어 있지 않았다. 경기장 쪽 벽에는 경기장을 내다볼 수 있도록 2미터 넓이의 창구가 뚫려 있었고 그 창구 위의 벽은 둥근 천장까지 곡선으로 연결되어 있었다. 그들의 박스석은 마타도르를 비롯한 여러 투우사들이 대기하는 곳 바로 옆에 있었다. 보슈는 경기장의 흙냄새와 말똥, 소똥 냄새, 피 냄새를 맡을 수 있었다. 철제 간이 의자 여섯 개가 접힌 상태로 뒤쪽 벽에 기대 세워져 있었다. 아길라가 안내원에게 감사를 표하고 문을 닫고 잠근 후에 둘은 의자 두 개를 펴서 앉았다.

"이거 꼭 토치카(콘크리트, 흙주머니 따위로 단단하게 쌓은 사격 진지 – 옮긴이) 같군요."

보슈가 창구 앞에 서서 다른 박스석들을 둘러보며 말했다. 소릴료의 모습은 보이지 않았다.

"토치카가 뭐죠?"

"아무것도 아니에요."

보슈가 말했다. 그러고 보니 자신도 토치카 안에는 한 번도 들어가 본 적이 없었다. 그가 말을 덧붙였다.

"꼭 감방 같군요."

"그런 것도 같네요."

아길라가 말했다.

보슈는 아길라에게 실례의 말을 했다는 사실을 깨달았다. 여기는 경기장에서 최고의 좌석이었다.

"카를로스, 여기 정말 굉장한 곳이군요. 여기선 전부 다 볼 수 있겠는데요?"

콘크리트로 만든 박스석 방 안은 소리가 울려 시끄러웠고 경기장에서 풍겨오는 악취 외에도 그동안 박스석 바닥에 쏟아진 맥주 냄새가 남아 코를 찔렀다. 박스석 위의 관람석에 관중이 들어차기 시작하면서 수천 개의 발자국 소리 때문에 방이 흔들리는 것 같았다. 저 위 어딘가에서 악단이 음악을 연주하고 있었다. 보슈가 경기장을 내다보니 투우사들이 소개되고 있었다. 마타도르들이 절을 할 때마다 쏟아지는 환호성으로 경기장이 떠나갈 것 같았고 관중들의 흥분이 한껏 고조되고 있는 것을 느낄 수 있었다.

"담배 피워도 되죠?"

보슈가 물었다.

"그럼요."

곧 아길라가 자리에서 일어서며 물었다.

"쎄르베싸(맥주)?"

"테카테가 있으면 그걸로 하고 싶은데요."

"물론 있죠. 문을 잠가요. 와서 두드릴게요."

아길라가 말하더니 고개를 끄덕여보이고는 방을 나갔다. 보슈는 문을 잠갔다. 자신을 보호하기 위해서 잠그는 것인지 아니면 다른 관중이 무심코 잘못 들어오는 것을 막기 위해서 잠그는 것인지 알 수 없었다. 혼자 남게 되자 요새 같은 곳에 있는데도 안전하다는 생각이 들지 않았다. 어찌 됐든 이곳은 토치카가 아니었다.

보슈는 쌍안경을 들고 경기장을 둘러싸고 있는 다른 박스석의 창구들을 살펴보았다. 대부분이 아직 비어 있었고 이미 사람이 들어와 있는 곳에서도 소릴료처럼 보이는 사람은 찾을 수 없었다. 박스석 상당수가 회원 전용석인 것 같았다. 뒷벽에 술병이 늘어선 선반이나 장식용 융단이 걸려 있었고 푹신한 의자들도 보였다. 정기적으로 투우장을 찾는 VIP들이 애용하는 그늘진 박스석들이었다. 아길라가 맥주를 사가지고 와서 문을 두드렸고 보슈가 열어주었다. 드디어 경기가 시작되었다.

처음 두 경기는 볼거리도 별로 없고 시시했다. 아길라는 형편없는 경기라고 말했다. 마타도르들이 수소들의 목에 칼을 찔러 넣었지만 소를 죽이지는 못했고, 피만 낭자한 채 경기가 지지부진하게 계속되었다. 마타도르들이 멋진 기교나 용맹성을 보여주지 못하자 관중들이 거칠게 야유를 보냈다.

세 번째 경기에서 등에 찍힌 흰색 Z자 낙인만 빼고는 칠흑같이 검은 수소 한 마리가 피카도르(말을 타고 창으로 소를 찌르는 투우사 ─ 옮긴이)가 타고 있는 말의 옆구리를 향해 사납게 돌진하자 경기장 안은 열광의 도가니가 되었고 관중의 함성이 보슈와 아길라가 앉아 있는 박스석을 뒤흔들었다. 소는 엄청난 괴력으로 말 등에 걸쳐 있는 치마 같은 안장을 피카도르의 허벅지까지 밀어 올렸다. 피카도르는 철촉이 달린 기다란 창을 소의 등에 꽂고 몸무게를 실어 눌렀다. 그러나 이 행동이 소를 더 화나게 한 것 같았다. 소가 돌아서더니 말을 향해 다시 무섭게 돌진하기 시작했다. 보슈에게서 불과 10미터 떨어진 곳에서 이런 장관이 펼쳐지고 있었지만, 그는 더 자세히 보기 위해 여전히 쌍안경으로 보고 있었다. 갑자기 말이 주인의 통제를 무시하고 앞다리를 들어 올렸고 피카도르는 경기장의 흙바닥으로 굴러 떨어졌다. 스릴 넘치는 이 장면이 쌍안경의 둥근 화면 속에서 슬로우 비디오처럼 펼쳐지고 있는 것 같았다. 소는 계속 말을 향해 돌진했고, 소의 뿔이 치마 같은 안장을 찌르자 말은 피카도르 위로 넘어졌다.

반데릴레로(투우에서 피카도르 다음에 등장하여 여섯 개의 작살을 차례로 소의 목과 등에 꽂는 투우사. 작살이 꽂힐 때마다 소는 더욱 미쳐 날뛰며 장내는 흥분이 고조되는 형식. 이때 마타도르가 등장함―옮긴이)들이 경기장 안으로 들어와 소의 관심을 끌기 위해 빨간 천을 흔들자 관중의 함성이 더 커졌다. 그러는 사이 경기 진행요원들이 들어와 피카도르를 일으켜 세우자 그는 다리를 절뚝거리며 경기장 출입구를 향해 걸어갔다. 출입구 앞에 다다르자 피카도르는 부축하는 사람들의 손을 뿌리쳤다. 그의 얼굴은 땀으로 번들거렸고 수치심에 벌겋게 달아올라 있었다. 관중들이 그에게 야유를 보냈다. 쌍안경으로 보고 있는 보슈의 눈에는 그가 바로 코앞에 서 있는 것 같았다. 관중석에서 방석 한 개가 날아와 피카도르의 어깨를 스치고 떨어졌다. 피카도르는 고개를 들지 않았다. 고개를 들면 더 많은 방석이 날아올 것을 알고 있는 게 분명했다.

경기장을 환호의 도가니로 만든 수소는 몇 분 후 영예로운 죽음을 맞았다. 마타도르의 검이 소의 목에 깊숙이 꽂히자, 앞발에 힘이 풀리면서 육중한 몸이 그대로 주저앉았다. 동료들보다 나이가 많은 투우사 한 명이 단검을 빼들고 재빨리 다가와 소의 뒷목덜미를 푹 찔렀다. 소는 오랜 고문 끝에 즉사했다. 투우사는 죽은 맹수의 검은 털에 칼날을 닦은 후 걸어 나가면서 조끼에 매단 칼집에 단검을 꽂았다.

경기 진행요원들이 노새 세 마리를 경기장 안으로 끌고 와 죽은 소의 뿔에 밧줄을 걸어 노새들과 연결한 후 소를 질질 끌고 경기장 안을 한 바퀴 돈 다음 경기장을 나갔다. 보슈는 붉은 장미 한 송이가 관중석 어딘가에서 날아와 흙바닥을 질질 끌려가는 죽은 맹수의 머리에 떨어지는 것을 보았다.

보슈는 단검으로 소를 찌른 투우사를 유심히 살펴보았다. 경기 때마다 최후의 일격을 가하는 것이 그의 유일한 역할인 것 같았다. 보슈는 그의 일격이 온정을 베푸는 것인지 잔혹함을 더 하는 것인지 판단할 수가 없었다. 그 투우사는 다른 사람들보다 나이가 많았다. 검은 머리에는 백발이 희끗희끗했고 지치고 무표정한 얼굴이었다. 풍파에 닳고 닳은 갈색 조약돌 같은 얼굴에 영혼이 빠져나간 눈을 하고 있었다. 얼굴에 눈물방울 세 개를 문신한 남자가 떠올랐다. 아리삐스. 포터를 목 졸라 살해할 때, 그리고 무어의 얼굴에 산탄총을 겨누고 방아쇠를 당길 때, 그는 어떤 표정이었을까?

"소가 아주 용감하고 아름다웠어요."

아길라가 말했다. 그는 처음 세 경기가 진행되는 동안에는 마타도르의 기술이 훌륭하다거나 형편없다는 말만 몇 번 했을 뿐 별 말을 하지 않았다.

"소릴료가 봤으면 아주 자랑스러워했을 것 같은데요."

보슈가 말했다.

소릴료는 나타나지 않았다. 경기가 진행되는 동안에도 보슈는 가끔씩 아길라가 가리켜 보인 박스석을 확인했는데 계속 비어 있었다. 이제 한 경기밖에 남지 않았는데 소릴료가 나타날 것 같지는 않았다.

"해리, 나갈까요?"

"아뇨. 끝까지 보죠."

"그래요. 이번 경기가 가장 멋진 경기가 될 거예요. 실베스뜨리라는 멕시칼리 최고의 마타도르가 나오거든요. 쎄르베싸 하나 더 할래요?"

"그럽시다. 이번엔 내가 사올게요. 당신은 뭘⋯."

"아뇨. 내가 사올게요. 비싼 좌석에서 구경을 하는데 이거라도 내가 사야죠."

"그럼 그러시든가."

"문을 잠가요."

보슈는 문을 잠갔다. 그러고 나서 표를 꺼내 오늘 경기에 등장하는 투우사들의 이름을 읽어 내려갔다. *끄리스또발 실베스뜨리.* 아길라는 자기가 이제까지 본 투우사 중에서 실베스뜨리가 가장 기교가 뛰어나고 가장 용감한 투우사라고 했다. 또 다른 거대한 검은 수소 한 마리가 경기장 안으로 돌진해 들어가자 위의 관중석에서 함성이 일었다. 투우사들이 초록색과 푸른색 천을 꽃처럼 펼쳐들고 소의 주위를 돌기 시작했다. 투우의 화려한 의식이 대단히 인상적이었다. 아무리 형편없는 경기라 해도 의식은 흥미진진했다. 보슈는 투우는 스포츠가 아니라고 생각했다. 이건 시험이었다. 기술과 용기와 결단력의 시험이었다. 기회만 있으면 이곳으로 달려와 그 시험을 구경하고 싶었다.

문을 두드리는 소리가 나자 보슈는 아길라를 위해 문을 열었다. 그러나 문 밖에는 다른 남자 두 명이 서 있었다. 한 명은 모르는 사람이었고, 다른 한 명은 아는 사람 같은데 이름이 생각나지 않았다. 몇 초쯤 지나고 나서야 생각났다. 멕시코 주립 경찰국 수사과장 그레나 경감이었다. 두 남자 뒤로 아길라의 모습은 보이지 않았다.

"쎄뇨르 보슈(보슈 씨), 들어가도 되겠소?"

보슈가 뒤로 물러서자 그레나만 들어왔다. 다른 남자는 보초를 서듯 돌아섰다. 그레나가 문을 닫은 후 잠갔다.

"둘이서 조용히 이야기 좀 합시다. 괜찮죠?"

그레나가 방 안을 둘러보며 말했다. 그는 박스석 안이 농구 코트만큼 넓어서 다른 사람이 있는지 확인하자면 한참이나 세심하게 둘러봐야 한다는 듯이 아주 천천히 방 안을 둘러보았다.

"난 보통 마지막 경기만 보러 오죠. 특히 실베스뜨리가 나올 때는 반드시 말이죠. 그는 위대한 챔피언이에요. 당신도 보면 재밌을 거요."

보슈는 고개를 끄덕이고는 느긋한 표정으로 경기장을 바라보았다. 소는 아직도 팔팔한 모습으로 경기장 안을 종횡무진 돌아다니고 있었고, 투우사들은 소를 살짝살짝 비켜 피하며 소가 힘이 빠져 느려지기를 기다리고 있었다.

"카를로스 아길라 형사는? 벌써 갔소?"

"쎄르베싸 사러요. 이미 알고 계신 것 같은데요, 경감님. 자 무슨 용무인지 말씀해주시죠."

"'용무'요? 그게 뭐죠?"

"무슨 일이냐고요. 여긴 왜 오셨습니까?"

"아, 그러니까 당신은 경기를 보고 싶으니까 할 말 있으면 빨리 하고 가라, 이 말이군요."

"네, 그렇습니다."

함성이 들리자 둘은 경기장을 내다보았다. 어느새 실베스뜨리가 입장해 소를 쫓아다니며 괴롭히고 있었다. 금과 은으로 장식한 화려한 복장을 한 그는 중세의 기사처럼 당당하게 걸었고, 허리를 꼿꼿하게 펴고 고개는 비스듬히 아래로 숙인 채 엄격한 눈으로 소를 노려보고 있었다. 소는 목 주위로 푸른색과 노란색 작살을 꽂은 채 흥분해서 경기장 안을 뛰어다니고 있었다.

보슈는 다시 그레나를 바라보았다. 경감은 부드러운 검은색 가죽 재킷을 입고 있었다. 오른쪽 소매 밑으로 롤렉스 시계가 살짝 드러나 보였다.

"당신이 여기서 뭐하고 있는지 알고 싶군요, 보슈 씨. 투우나 보려고 내려온 건 아닐 테고. 그런데 왜 여기 있는 거죠? 구티에레스 료사의 신원확인이 끝났다는 보고를 받았소. 그런데도 아직 여기 머물고 있는 이유가 뭐요? 왜 카를로스 아길라를 귀찮게 하고 있는 거요?"

보슈는 이 남자에게는 아무것도 알려주지 않을 작정이었지만, 아길라에게 불이익이 돌아가게 하고 싶진 않았다. 자신은 곧 이곳을 떠날 테지만 아길라는 아니었다.

"내일 아침에 떠날 겁니다. 일은 다 끝났습니다."

"그러면 오늘 밤에 떠나는 게 어때요? 좀 일찍 출발하는 게 낫지 않겠소?"

"그럴 수도 있겠군요."

그레나가 고개를 끄덕였다.

"실은 LA 경찰국의 파운즈 경위라는 사람한테서 연락을 받았소. 당신이 돌아오기를 간절히 바라고 있더군. 당신한테 이 말을 직접 전해 달랬소. 이유가 뭐죠?"

보슈는 그를 바라보다가 고개를 저었다.

"모르겠습니다. 직접 물어보시죠."

그레나의 관심이 다시 경기장으로 향하는 바람에 꽤 오래 침묵이 흘렀다. 보슈도 경기장을 바라보니 마침 실베스뜨리가 물레따(마타도르가 사용하는 막대에 매단 붉은 천 – 옮긴이)를 향해 돌진해오는 소를 살짝 비켜 피하고 있었다.

그레나는 한참이나 실베스뜨리를 바라보다가 미소를 지었다. 테드 번디(1970년대 중반 미국에서 20대와 30대의 여성을 30명 이상 끔찍하게 살해한 연쇄살인마 – 옮긴이)가 여대생들을 보며 지었을 법한 미소였다.

"저 붉은 천의 예술을 아시나?"

보슈는 아무 대답도 하지 않고 그레나를 노려보았다. 경감의 거무스름한 얼굴에는 엷은 미소가 남아 있었다.

마침내 경감이 입을 열었다.

"엘 아르떼 데 라 물레따(물레따의 예술). 그건 속임수요. 생존의 기술이지. 마타도르는 저 붉은 천을 이용해 죽음을 속이죠. 죽음이 자기가 아니라 소에게로 가게 하는 거요. 속임수만 잘 쓰면 되는 게 아니라 용감하기도 해야죠. 소의 뿔에 받혀 죽을 수도 있는 위험을 무릅써야 해요. 죽음이 다가올수록 마타도르는 더 용감해지죠. 그리고 단 한순간도 두려워하는 모습을 보여서는 안 돼요. 절대로. 두려움을 드러내면 지는 거니까. 죽는 거죠. 이게 바로 물레따의 예술이라는 거요."

말을 마친 그레나가 고개를 끄덕였지만 보슈는 계속 그를 노려보고만 있었다.

이제 그레나는 함박웃음을 짓더니 돌아서서 문을 향해 걸어갔다. 그가 문을 열자 밖에는 아직도 다른 남자가 서 있었다. 밖으로 나간 경감은 문을 닫기 위해 돌아서서 보슈를 바라보며 말했다.

"조심해서 올라가요, 해리 보슈 형사. 오늘 밤, 맞죠?"

보슈는 아무 말도 하지 않았고, 곧 문이 닫혔다. 잠깐 멍하니 서 있는데 경기장에서 환호성이 쏟아져 그의 관심을 끌었다. 실베스뜨리가 경기장 중앙에 한 무릎을 꿇고 앉아서 소를 유혹하고 있었다. 맹수가 바로 앞까지 달려올 때까지 그는 용감하게 꿈쩍도 않고 있었다. 그러다가 일어서는 것과 동시에 물레따를 획 펼치며 옆으로 비켜섰다. 소는 물레따를 치고 달려 나갔을 뿐 실베스뜨리는 털끝도 건드리지 못했다. 환상적인 기술에 관중석이 떠나갈 듯 환호성이 쏟아졌다. 잠그지 않은 문이 열리더니 아길라가 들어왔다.

"그레나가 왜 왔죠?"

보슈는 대답하지 않았다. 쌍안경을 들어 소릴료의 박스석을 보았다. 교황은 그곳에 없었지만, 그레나가 엷은 미소를 띤 채 보슈를 노려보고 있었다.

실베스뜨리는 단칼에 소를 쓰러뜨렸다. 칼날이 어깨 사이를 뚫고 깊숙이 들어가 심장까지 쩔렀다. 즉사였다. 보슈가 단검을 든 투우사를 찾아보니 그의 얼굴에 실망한 기색이 역력했다. 그가 할 일이 없어진 것이었다.

실베스뜨리의 멋진 솜씨에 쏟아지는 환호성 때문에 귀가 먹먹해질 지경이었다. 마타도르가 환호에 답하기 위해 두 팔을 번쩍 들고 경기장 안을 도는 동안 환호성은 좀체로 수그러들지 않았다. 장미꽃과 방석, 여자의 하이힐이 경기장 안으로 비오듯 쏟아졌다. 실베스뜨리의 얼굴은 기쁨으로 빛나고 있었다. 환호성이 너무 커서 보슈는 한참이 지나서야 허리띠에 찬 호출기가 울리고 있다는 것을 깨달았다.

28 작전

밤 9시, 보슈와 아길라는 끄리스또발 끌론 길에서 벗어나 로돌포 산체스 따보아다 국제공항을 둘러싸고 있는 공항도로로 들어섰다. 오래된 격납고 같은 조립식 건물 몇 채를 지나자 비교적 새로 지은 건물들이 나오기 시작했다. 그 새 건물들 중 하나에는 아에레오 까르가(항공 화물)라는 간판이 걸려 있었다. 거대한 창고 문 몇 개가 1미터 정도 간격을 두고 늘어서 있었고, 열린 틈으로 빛이 새어나오고 있었다. 보슈와 아길라가 찾아온 이곳은 마약단속국의 위장 업체였다. 보슈는 건물 앞에 있는 주차장으로 들어가 나란히 서 있는 차 몇 대 옆에 주차했다. 대부분이 캘리포니아 번호판을 달고 있었다.

보슈가 카프리스에서 내려서는데 푸른색 비닐 점퍼를 입은 남자 네 명이 다가왔다. 마약단속국 요원들 같았다. 보슈가 신분증을 제시하자 그들 중 한 명이 클립보드에서 이름을 확인했다.

"그리고 당신은?"

클립보드를 든 남자가 아길라에게 물었다.

"나랑 같이 온 사람이오."

보슈가 말했다.

"여기엔 당신 이름만 나와 있는데요, 보슈 형사? 이 사람은 좀 곤란합니다."

"애인을 데려온다고 알리는 걸 깜빡했구만."

"별로 재미없는데요."

"그래요? 어쨌든 이 사람은 내 파트너요. 함께 들어갈 겁니다."

남자는 난감한 표정을 지었다. 유럽계 백인으로 혈색이 불그레하고 머리 색깔은 태양 때문에 거의 흰색으로 탈색이 되어 있었다. 오랜 세월을 국경을 감시하며 보낸 것 같았다. 그는 이 문제를 어떻게 처리하면 좋을지 지시를 바라는 것처럼 돌아서서 격납고를 바라보았다. 그의 점퍼 등판에 DEA라는 커다란 노란색 글자들이 보였다.

"라모스에게 물어봐요. 내 파트너가 그냥 가면, 나도 그냥 갑니다. 그러면 이번 작전의 보안이 걱정되지 않겠어요?"

보슈가 말했다. 돌아보니, 아길라는 나이트클럽 기도들처럼 떡 버티고 서 있는 다른 요원 세 명에게 둘러싸여 얼어붙은 듯이 서 있었다. 보슈가 말을 이었다.

"잘 생각해봐요. 여기까지 온 사람은 누구라도 끝까지 가야해요. 안 그러면 불안해서 되겠어요? 이 일에 대해 알고 있는 누군가가 어디 가서 무슨 짓을 할지 어떻게 알겠어요? 가서 라모스에게 물어봐요."

클립보드를 든 남자는 다시 망설이다가 모두에게 잠깐 기다리라고 말한 뒤 점퍼 주머니에서 무전기를 꺼냈다. 그러고는 무전기에 대고 팀장이라는 사람에게 주차장에 문제가 생겼다고 보고했다. 한동안 다들 아무 말 없이 서 있었다. 아길라를 돌아보던 보슈는 그와 눈이 마주치자 윙크를 했다. 이윽고 라모스와 LA에서 날아온 코보가 부리나케 걸어오는 것이 보였다.

"이게 무슨 짓입니까, 보슈 형사님. 무슨 짓을 한 건지 아세요? 형사님이 작전을 완전히 망쳐버렸어요. 내가 분명히….'

라모스는 차 앞에 다다르기도 전에 벌써 분통을 터뜨리기 시작했다.

"저 친구는 이 일에 관해선 내 파트너야, 라모스. 내가 아는 건 저 친구도 다 알고 있어. 우린 한 팀이야. 저 친구가 빠지면 나도 빠져. 그리고 여길 떠나면, 난 국경을 넘어 LA로 돌아갈 거야. 저 친구가 어디로 가는진 난 모르지. 그러면 자네는 불안하지 않겠어?"

격납고에서 나오는 불빛 속에서 라모스의 목 힘줄이 불끈 솟는 것이 보였다.

보슈가 말을 이었다.

"라모스, 자네가 저 친구를 돌려보내면, 그건 그를 믿는다는 뜻이 되는 거야. 그러니까 어차피 그를 믿는다면, 그냥 머물게 하는 게 낫지 않느냐는 거지."

"개소리 집어쳐요, 보슈."

라모스가 말했다.

코보가 라모스의 팔을 잡아 제지하더니 앞으로 걸어 나왔다.

"보슈, 저 친구가 일을 망치거나 어떤 식으로든 이 작전에 해를 끼친다면, 이 사실을 알릴 거야. 무슨 뜻인지 알지? 당신이 저 친구를 끌어들였다는 걸 LA 경찰국에 알리겠단 말이야."

코보가 보슈의 자동차 너머로 다른 요원들에게 신호를 보내자 그들이 아길라에게서 떨어졌다. 달빛에 드러난 코보의 오른뺨 턱수염 옆에 난 긴 흉터가 유난히 선명하게 보였다. 오늘 밤엔 이 마약단속국 요원이 그 칼싸움 무용담을 몇 명한테나 늘어놓을지 궁금했다.

그때 라모스가 끼어들었다.

"그리고 한 가지 더. 저 사람은 맨몸으로 들어갑니다. 여분의 방탄조끼는 딱 한 개뿐이에요. 보슈 형사님 당신 거죠. 그러니까 저 친구가 총에 맞으면, 그건 형사님 책임입니다."

"알았어. 알아들었어. 일이 어떻게 잘못돼든 다 내 책임이란 말이지. 잘 이해했어. 그런데 내 차 트렁크에 방탄조끼가 한 개거든. 저 친구가 당신들 것을 입게 하지. 난 내 것을 입고 싶으니까."

"작전설명은 22시 정각에 있습니다."

말을 마친 라모스는 돌아서서 격납고를 향해 걸어갔다.

코보가 그 뒤를 따라갔고 보슈와 아길라는 코보의 뒤를 따라갔다. 다른 요원들이 그들 뒤를 따라갔다. 커다란 동굴 같은 격납고 안에는 검은색 헬리콥터 세 대가 나란히 서 있었다. 남자 몇 명이—대부분이 검은색 낙하복을 입고 있었다—서성거리면서 커피를 마시고 있었다. 헬리콥터 두 대는 동체의 폭이 넓은 병력수송용 헬기였다. 보슈는 UH-1N 휴이 헬기라는 것을 금방 알아보았다. 그 회전날개 소리는 그에게는 언제나 베트남의 소리였다. 세 번째 헬기는 더 작고 더 날렵한 모양이었다. 언론사나 경찰용 헬리콥터같이 민수용으로 제작된 것을 무장 헬기로 개조한 것이었다. 헬기 동체의 오른쪽에 포탑이 장착되어 있는 것이 보였다. 조종석 밑에는 스포트라이트와 야간투시장치를 포함하여 각종 장치들이 장착되어 있었다. 검은색 낙하복을 입은 남자들이 그 헬기의 꼬리부분에 있는 흰색 숫자들과 문자들을 긁어내고 있었다. 완전한 암흑비행을 준비하고 있었다. 야간공습.

코보가 보슈에게 다가오더니 세 대 중 가장 작은 헬기를 향해 고갯짓을 해보이며 말했다.

"링스 헬기야. 주로 중남미 작전에서 쓰는데 특별히 한 대 끌어왔어.

야간 작전을 위해서. 저 안에 적외선 탐지기, 열상 탐지기 같은 야간투
시장치가 완벽하게 갖춰져 있지. 오늘 밤 공중 지휘본부가 될 거야."

　보슈는 고개를 끄덕이기만 했다. 코보만큼 하드웨어에 감명을 받지
는 않았다. 마약단속국 간부는 코드 세븐에서 만났을 때보다 더 생기가
있어 보였다. 검은색 눈이 재빨리 격납고 안을 훑어보며 모든 것을 눈
에 담고 있었다. 보슈는 그가 현장을 그리워하고 있었다는 사실을 깨달
았다. 라모스 같은 친구들이 현장에서 전쟁놀이를 하고 있는 동안 그는
LA 사무실에 매여 있었던 것이다.

　"그리고 당신과 당신 파트너가 타야할 헬기이기도 하지. 나와 함께.
쾌적하고 안전해. 우린 저 안에서 지켜보고 있을 거야."

　코보가 링스 헬기를 향해 고갯짓을 해보이며 말했다.

　"이 작전의 책임자가 누구지? 당신? 아니면 라모스?"

　"나."

　"다행이군."

　보슈는 링스 무장 헬기를 바라보며 말을 이었다.

　"물어보고 싶은 게 있어, 코보. 소릴료를 생포하려는 거 맞지?"

　"그래."

　"그렇군. 그럼, 소릴료를 생포하면 어쩔 작정이야? 멕시코 국민이니
까 미국으로 데려갈 순 없잖아. 멕시코 경찰 당국에 넘길 건가? 그러면
한 달 안에 자기가 들어간 교도소를 아예 사버릴걸? 잡아넣는다면 말이
지만."

　그건 캘리포니아 남부 지역의 모든 미국 경찰이 당면한 문제였다. 멕
시코 정부는 미국에서 범죄를 저지른 혐의를 받는 자국민을 미국 정부
에 인도하기를 거부했다. 국내에서 사법처리하겠다는 것이었다. 문제는
잘 알려진 바와 같이 멕시코 최대의 마약조직 두목들은 교도소에서도

호텔에서처럼 호사를 누리며 산다는 거였다. 돈만 있으면, 여자, 마약, 술, 각종 편의시설까지 못 누릴 게 없었다. 일례로 유죄판결을 받은 한 거대 마약조직 두목은 후아레즈 교도소에 수감된 후 교도소장의 사무실과 관저를 사용했다. 그 대가로 교도소장에게 10만 달러를 뇌물로 바쳤다. 교도소장 1년 연봉의 네 배에 달하는 금액이었다. 이젠 처지가 바뀌어 그 교도소장이 감옥에 수감되어 있었다.

"무슨 말인지 알아. 하지만 그런 걱정은 하지 마. 다 계획이 있으니까. 당신과 당신 파트너의 안전이나 신경 쓰시지. 그를 잘 감시하는 게 좋을 거야. 그리고 커피를 좀 마셔둬야 할 거고. 아주 긴 밤이 될 테니까 말이야."

코보가 말했다.

보슈는 커피가 마련되어 있는 작업대 앞에 서 있는 아길라에게 다가갔다. 둘은 작업대 앞을 서성이고 있는 요원 몇 명에게 목례를 했지만 답례를 하는 사람은 거의 없었다. 그들은 달갑지 않은 손님이었다. 헬리콥터 너머로 사무실이 보였다. 그곳에서는 국방색 군복을 입은 멕시코인 몇 명이 책상과 테이블 앞에 앉아 커피를 마시고 있었다.

"멕시코시티에서 온 연방 민병대예요. 멕시칼리에는 믿을 만한 사람이 하나도 없나보죠?"

아길라가 말했다.

"오늘 밤이 지나면 당신을 믿게 될 거예요."

보슈는 담배를 붙여 물고 격납고 안을 둘러보았다.

"무슨 생각해요?"

보슈가 아길라에게 물었다.

"오늘 밤 멕시칼리의 교황이 모닝콜을 받게 될 거라는 생각이요."

"그럴 것 같군요."

그들은 다른 이들에게 자리를 내주기 위해 커피가 놓인 작업대에서 벗어나 근처에 있는 카운터에 기대서서 공습 준비 상황을 지켜보았다. 보슈가 격납고 뒤편을 바라보니 라모스가 검은색 낙하복을 입은 남자들과 함께 서 있었다. 보슈는 그곳으로 다가가면서 남자들이 낙하복 속에 노멕스 방연복을 입고 있을 거라고 생각했다. 그들 중 몇 명은 눈 주위에 검댕을 칠하고 있었고 검은색 스키 마스크를 쓰고 있었다. 클렛이었다. 작전이 시작되기를 학수고대하고 있는 것 같았다. 보슈는 그들의 흥분을 느낄 수 있었다.

세어보니 열두 명이었다. 그들은 검은색 트렁크 위로 몸을 숙이고 이번 야간 작전에 필요한 장비들을 정리하고 있었다. 케블라 방탄 헬멧과 방탄조끼, 소음기를 단 수류탄 등이 보였다. 한 요원은 벌써 길게 늘인 탄창이 달린 9밀리미터 P-226 권총을 허리에 차고 있었다. 보슈는 예비용일 거라고 추측했다. 트렁크 한 개에서는 긴 총의 총신이 삐죽이 드러나 보였다. 라모스가 보슈를 보더니 트렁크에서 그 긴 총을 꺼내 가져왔다. 기분 나쁘게 히죽이고 있었다.

라모스가 말했다.

"이것 좀 보세요. 콜트(미국의 무기 제조회사-옮긴이)가 마약단속국 전용으로 제작한 RO636 기관단총이에요. 일반 기관단총을 업그레이드한 거죠. 95밀리그램 아음속 할로우 포인트 탄(구리 탄두의 중앙이 비어 있어 피탄 시 터져 퍼지게끔 만든 탄환. 피탄 시 총탄이 찌그러져 상처부위를 확대시킴으로써 인체에 치명적인 상처를 냄과 동시에 심각한 불구로 만듦-옮긴이)을 사용하죠. 얼마나 대단한지 아세요? 단숨에 세 명 정도는 거뜬히 관통하죠. 소염기도 달려 있어요. 총구화염이 없다는 뜻이죠. 일반 기관단총은 에테르 가스가 분출되면서 엄청나게 밝은 총구화염과 함께 가스 폭발이 일어나거든요. 빵 터져버리는 거죠. 옆에 있는 사람은 두 블록은 날아가 떨어지고 말죠. 하지만 이건 그렇지 않아요. 총구화염이 생기지 않는단 말이에요. 멋지죠? 나도 이걸 가지고 들어가면 좋을 텐데."

라모스는 총을 들고 첫 아기를 안고 있는 엄마처럼 흐뭇한 눈으로 바라보았다.

"베트남전에 참전하셨죠, 보슈 형사님?"

라모스가 물었다.

보슈는 고개만 끄덕였다.

"그럴 줄 알았다니까. 척 보니까 알겠더라고요."

라모스는 총을 주인에게 돌려주었다. 아직도 그의 얼굴엔 기분 나쁜 미소가 머물고 있었다. 그가 말을 이었다.

"난 베트남전엔 나이가 너무 어려서 못 갔고 이라크전 땐 나이가 너무 많아서 못 갔죠. 정말 지지리도 운이 없지 않아요?"

작전 설명은 10시 30분이 다 되어서야 시작되었다. 라모스와 코보는 마약단속국 요원 전부와 멕시코 연방 민병대 지휘관들과 보슈와 아길라를 소릴료의 목장을 찍은 항공사진의 확대 사진이 붙어 있는 커다란 게시판 앞으로 집합시켰다. 사진을 보니 목장 영내에는 거대한 미개간지까지 들어 있었다. 교황은 보안책으로 규모를 중요시한 게 틀림없었다. 목장 서쪽으로는 꾸까빠 산맥이라는 자연 경계물이 자리하고 있었고, 다른 세 방향으로는 수백만 평에 달하는 초원을 완충지대로 삼고 있었다.

라모스와 코보는 게시판의 양옆에 서 있었고 라모스가 브리핑을 했다. 그는 자를 지시봉 삼아 들고 목장의 경계를 가리키며 설명했고, 벽으로 둘러싸인 대목장과 목장주의 저택과 근처에 있는 벙커 건물을 가리키며 소릴료와 조직원들의 근거지, 다시 말해 '인구밀집지역'이라고 소개했다. 그러고는 발 베르데 고속도로 쪽으로 1천5백 미터에 걸쳐 늘어선 소들을 가둬놓는 울타리와 외양간을 빙 둘러 원을 그려보였다. 그리고 고속도로 건너편의 인바이로브리드 공장도 가리키며 설명했다.

다음으로 라모스는 다른 확대 사진을 붙였다. 이 사진에는 소릴료의 목장 인구밀집지역에서 인바이로브리드 건물에 이르는 목장의 4분의 1 정도가 자세하게 나와 있었다. 벙커 건물 옥상에 있는 작은 물체들이 보일 정도로 클로즈업해서 찍은 사진이었다. 건물들 뒤 초원에는 황토색과 초록색의 땅 위에 검은 형체들이 곳곳에 흩어져 있는 것이 보였다. 소들이었다. 보슈는 그 중 어떤 것이 엘 템블라르인지 궁금했다. 멕시코 민병대 지휘관 한 명이 주위에 있는 동료들을 위해 라모스의 설명을 통역해주고 있었다.

라모스가 말했다.

"이 사진들은 약 30시간 전에 찍은 것들입니다. NASA에 요청해서 찍은 위성사진이죠. 열 공명 영상이라 이렇게 자세하게 나온 거고요. 빨간 부분이 문제의 지점들입니다."

그는 그 사진 옆에 다른 확대사진 한 장을 붙였다. 푸른색과 초록색의 바다 속에 빨간색 정사각형들—건물들—이 곳곳에 있는 컴퓨터 그래픽 사진이었다. 정사각형 밖에도 빨간색의 작은 점들이 있었는데 보슈는 그것은 소들일 거라고 추측했다.

"이 두 장의 사진은 어제 같은 시각에 찍은 겁니다. 이 그래픽 사진과 실물사진을 비교해보면 몇 가지 다른 점이 보일 겁니다. 이 정사각형들은 건물이고 그보다 작은 이 점들은 소들이죠."

라모스는 자를 들어 두 사진을 오가며 가리키면서 설명했다. 보슈의 눈에도 실물 사진에 있는 소들보다 그래픽 사진에 있는 빨간 점이 더 많아 보였다.

"여기 이것들은 실물 사진에는 없는 것들이죠. 사료 상자들인 것 같습니다."

라모스가 말했다.

라모스는 코보의 도움을 받아 확대 사진 두 장을 더 붙였다. 지금까지 본 것 중 가장 가까이서 찍은 사진들이었다. 작은 외양간의 주석 지붕까지 선명하게 보였다. 외양간 옆에 검은 수소 한 마리가 서 있었다. 그 실물 사진과 같은 그래픽 사진에는 수소와 외양간이 선홍색으로 나타나 있었다.

"건초와 사료가 비에 젖는 것을 막기 위해 판지나 나무 상자 같은 걸로 덮어둔 거죠. NASA는 이곳에서 열이 발생해서 열 공명 사진에 찍힌 거라고 했습니다. 하지만 NASA는 이것들이 여기 눈에 보이는 것과는 다른 것일 수도 있다고도 했죠. 그래서 우리는 이 사료 상자들이 눈가림용이라고 판단하고 있습니다. 실제로는 그 밑에 있는 지하시설의 환기구일 거라고 생각하고 있죠. 인구밀집지역 안에 있는 건물 어딘가에 여기 지하 실험실로 이어지는 출입구가 있을 거라고 믿고 있습니다."

라모스는 사람들에게 이 정보에 대해 생각할 시간을 주기 위해 잠시 말을 멈췄다. 아무도 질문을 하지 않았다. 잠시 후 그가 말을 이었다.

"그리고, 어, 비밀정보원에게서 이 안에 땅굴이 있다는 정보를 입수했습니다. 그래서 우리는 여기 목장에서부터 이곳 인바이로브리드까지 땅굴로 연결되어 있다고 믿고 있습니다. 그 땅굴 덕분에 소릴료는 감시를 피할 수 있었고, 또 그 땅굴이 블랙 아이스를 목장에서부터 국경까지 수송하는 여러 경로 중 하나일 가능성이 있다고 판단하고 있습니다."

이제 라모스는 급습 작전에 대해 자세하게 설명했다. 자정을 기해 급습을 감행할 계획이었다. 멕시코 연방 민병대가 두 가지 임무를 맡았다. 대원 세 명이 탄 아무런 표식이 없는 자동차 한 대가 술 취한 사람이 운전하는 것처럼 지그재그로 운전해 목장 출입구로 갈 것이다. 출입구에 도착하면 대원 세 명이 재빨리 내려 보초 두 명을 제압할 것이다. 그 후, 나머지 민병대원의 절반은 목장 길을 달려 인구밀집지역으로 들어가는 한편, 나머지 절반은 인바이로브리드 공장으로 가서 건물을 포위하고 목장에서 신호가 오기를 기다릴 것이다.

코보가 처음으로 입을 열었다.

"이번 작전의 성공은 보초들이 인구밀집지역에 경고를 보내기 전에 그들을 확실히 제압하느냐에 달려있습니다. 사전 제압에 실패하면, 불시 급습이라는 효과가 사라지게 됩니다."

여기까지 지상 작전이 수행되고 나면, 헬리콥터 세 대가 들어갈 것이다. 수송용 헬기 두 대는 인구밀집지역의 북쪽과 동쪽에 클렛 요원들을 내려놓을 것이다. 모든 건물의 초기 진입은 클렛이 맡기로 했다. 링스 헬기는 공중에서 지휘본부의 역할을 맡기로 되어 있었다.

마지막으로 라모스는 목장에는 2인용 지프차 두 대가 있다고 설명했다. 일정 간격으로 순찰을 돌지는 않고 있는 것 같아서, 공격이 시작되기 전에는 상황을 감지하기 어려울 거라고 말했다.

"이 지프차들이 문제입니다. 링스 헬기가 공중을 돌고 있는 것도 이 차들 때문이고요. 지프차가 접근하는 것을 링스가 발견하면 지상 요원들에게 무전으로 경고를 할 것이고, 상황이 여의치 않으면 링스가 그 차들을 맡아서 처리할 겁니다."

라모스가 말했다. 그는 자를 흔들며 게시판 앞을 서성이고 있었다. 보슈는 그가 지금 이 순간을, 무슨 일의 책임을 맡고 있다는 느낌을 즐기고 있다는 것을 알 수 있었다. 베트남이나 이라크에 가지 못한 것을 보상받는 순간일지도 몰랐다.

라모스가 다른 사진을 게시판에 붙이며 말했다.

"자, 여러분, 몇 가지만 더 말씀드리겠습니다. 우리의 표적은 목장입니다. 그곳에 대한 수색영장을 가지고 있죠. 그곳에서 마약제조 장비를 찾아내면 작전은 성공한 겁니다. 마약을 찾아내도 작전 성공입니다. 그러나 제일 중요한 표적은 바로 이 남자입니다."

사진은 보슈가 아침에 봤던 머그샷을 확대한 것이었다.

라모스가 말했다.

"이 사람이 우리의 최대 표적입니다. 이름은 움베르토 소릴료, 멕시칼리의 교황이라고 불리고 있죠. 그를 잡지 못하면, 이번 작전은 반쪽의 성공으로 끝나고 마는 겁니다. 이 사람이 이 마약조직의 두목입니다. 우리가 원하는 사람이죠. 소릴료는 마약 제조 및 밀매 혐의 외에도 LA 경찰관 두 명의 살인을 배후조종한 혐의를 받고 있습니다. 지난 한 달 여 동안 LA에서 발생한 다른 두 건의 살인사건에 개입한 혐의도 있고요. 그는 다시 한 번 생각해보지도 않고 살인을 저지르는 사람이죠. 직접 나서서 살인을 하지 않는다고 해도, 그를 위해 살인을 저질러줄 부하들이 많이 있고요. 소릴료는 매우 위험한 인물입니다. 우리가 목장에서 마주치는 사람은 전부 다 무장을 하고 있고 위험하다는 사실을 잊지 말아야 합니다. 질문 있습니까?"

민병대원 한 명이 스페인어로 질문을 했다.

라모스가 대답했다.

"좋은 질문입니다. 처음부터 인바이로브리드에도 동시에 진입하지 않는 이유는 두 가지죠. 첫째, 우리의 주요 표적은 목장입니다. 목장과 인바이로브리드에 동시 진입을 시도하려면 처음부터 인바이로브리드에 더 많은 병력을 투입해야 합니다. 둘째, 우리의 비밀정보원은 인바이로브리드에 있는 땅굴 입구에 부비트랩이 설치되어 있을지 모른다고 했습니다. 그걸 건드릴 위험을 무릅쓸 수는 없는 일이죠. 그래서 일단 목장을 확보하고 나면, 그때 인바이로브리드를 치거나 목장에서 땅굴로 진입해서 따라가 볼 생각입니다."

라모스는 질문이 더 나오기를 기다렸지만 더 이상의 질문은 없었다. 그의 앞에 모여 선 사람들은 발을 뒤척이거나 손톱을 물어뜯거나 손가락 끝으로 허벅지를 톡톡 치고 있었다. 팽팽한 긴장감이 느껴졌다. 보슈는 베트남에서 그리고 그 이후로도 이런 긴장감을 여러 번 맛보았었다. 이제 그의 마음속에도 두려움과 함께 긴장감이 커지고 있었다.

"자, 이제 시작입니다! 모두 한 시간 내로 준비를 끝내고 제 위치로 가 주세요. 출동 시각은 자정 정각입니다!"

라모스가 소리쳤다.

젊은 요원들 몇 명이 사춘기 소년들처럼 함성을 질렀고 사람들이 흩어졌다. 보슈는 게시판에서 사진들을 떼어내고 있는 라모스에게 다가갔다.

"멋진 계획인데."

"그래요. 계획대로 되기만 바랄 뿐이죠. 실제로는 정확하게 계획대로 되기가 어렵거든요."

"그렇지. 코보는 다른 계획도 있다던데. 소릴료를 데리고 국경을 넘을 계획 말이야."

"그래요, 그 계획도 세워놨죠."

"말해줄 건가?"

라모스는 사진들을 가지런히 정리해 들고 게시판에서 돌아섰다.

"그래요, 말씀드리죠. 형사님도 마음에 드실 겁니다. 소릴료를 LA로 끌고 가 재판을 받게 할 수 있을 테니까요. 소릴료가 생포되면 저항하면서 자해를 할 거예요. 안면 부상을 입게 될 거고, 실제보다 더 심각하게 보일 겁니다. 그러면 우리는 놈을 즉시 병원으로 후송할 거고요. 마약단속국이 기꺼이 헬리콥터 한 대를 내어줄 겁니다. 민병대 사령관은 고마워하며 제의를 받아들일 거고요. 그런데 조종사가 국경 저쪽에 있는 임페리얼 카운티 미모리얼 병원과 국경 이쪽에 있는 멕시칼리 종합병원의 불빛을 착각하게 되죠. 헬기가 미국 쪽 병원에 안착하고 소릴료가 내리게 되면, 놈은 곧바로 체포되어 미국의 사법절차를 따를 수밖에 없게 되는 겁니다. 지지리도 운이 없는 거죠. 우린 조종사의 인사기록에 징계 통지를 올려야 할 거고요."

라모스의 얼굴에 음흉한 미소가 다시 떠올랐다. 그는 보슈에게 윙크를 하더니 자리를 떴다.

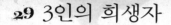

29 3인의 희생자

링스 헬리콥터는 화사한 카펫처럼 불빛이 반짝이는 멕시칼리 시가지 위를 날아 어둠에 잠긴 꾸까빠 산맥을 향해 남쪽으로 향하고 있었다. 보슈가 베트남에서 탔던 그리고 그 후 꿈속에서 탔던 어떤 헬기보다도 편안했고 조용했다.

보슈는 뒷좌석 왼쪽 창가에 앉아 있었다. 아길라는 옆 좌석에 앉아 있었다. 어딘가에 있는 환기구를 통해 차가운 밤공기가 스며들고 있었다. 앞좌석에는 코보와 조종사가 타고 있었다. 코보는 공중 지휘본부장으로 목장 급습작전에 관한 모든 통신을 관장하고 지시를 내리고 있었다. 라모스는 지상 1조에 속해 있었고, 지상 작전을 총지휘하고 있었다. 보슈가 앞좌석을 보니 조종석의 초록색 단추 불빛이 코보가 쓰고 있는 헬멧의 얼굴가리개에 반사되어 비치고 있었다.

헬리콥터에 탄 네 명이 쓰고 있는 헬멧은 전부 탯줄 같은 전자 장치를 통해 중앙의 계기반에 연결되어 있었다. 지상병력과는 물론 탑승자

끼리도 무전 교신을 할 수 있었고 야간투시장치도 장착되어 있었다.

이륙한 지 15분이 지나자 창문을 통해 들어오는 불빛이 줄어들었다. 시가지의 불빛이 사라지니 왼쪽으로 2백 미터쯤 떨어져 날고 있는 다른 헬기 한 대가 보였다. 오른쪽에도 헬기가 있었다. 세 대가 편대를 이루어 날고 있는 것이었다.

"ETA(도착예정시각 - 옮긴이) 2분 후."

보슈의 헬멧 속에서 조종사의 목소리가 들렸다.

보슈는 무릎에 올려둔 케블라 방탄조끼를 들어 좌석 위에 깔고 앉았다. 지상으로부터의 총격에 대비하는 것이었다. 아길라도 마약단속국이 제공한 조끼를 깔고 앉았다.

링스가 급강하를 시작했고 헬멧 속에서 다시 조종사의 목소리가 들렸다.

"자, 갑니다."

보슈는 헬멧에 달린 야간투시경을 내려 렌즈를 통해 밖을 내다보았다. 아래에 있는 땅이 재빨리 지나갔고 황갈색 관목 숲을 제외하고는 거의 아무것도 보이지 않았다.

헬기는 도로와 작은 갈래 길을 지나갔다. 회전을 하려는 듯 비스듬히 날고 있었다. 비포장 도로 위에 자동차 한 대와 픽업트럭 한 대, 지프 한 대가 서 있는 것이 보였고, 다른 자동차 몇 대가 꽁무니에 갈색 먼지 구름을 일으키며 그 도로를 달리고 있었다. 민병대가 목장 출입구를 통과해 인구밀집지역을 향해 전속력으로 달리고 있는 것이었다. 벌써 전투가 시작된 것이다.

"우리 친구들이 벌써 순찰용 지프 한 대를 제압한 것 같다."

보슈의 이어폰에서 코보의 목소리가 들렸다.

"텐-포(10-4. '알았다'라는 뜻의 무전용어 - 옮긴이)."

다른 목소리가 응답했다. 다른 헬기에 타고 있는 사람 같았다.

링스 헬기가 민병대 차량들을 앞서 나갔다. 보슈는 야간투시경을 통해 텅 빈 도로를 노려보고 있었다. 강하를 계속하던 헬기가 270미터 정도의 고도에서 수평을 유지하며 날기 시작했다. 투시경 때문에 노랗게 보이는 들판에 목장 저택과 벙커 건물의 전면이 나타났다. 검은색 잠자리처럼 보이는 다른 두 대의 헬리콥터가 계획했던 지점에 내려앉는 모습이 보였다. 그리고 나서 링스가 에어 포켓(비행기의 급강하를 초래하는 저기압 지역 – 옮긴이) 위를 맴돌고 있는지 잠시 멈춰서는 것 같은 느낌이 들었다.

"1호기 착륙!"

헤드세트 속에서 누군가가 소리쳤다.

"2호기 착륙!"

다른 누군가도 소리쳤다.

검은색 낙하복을 입은 클렛 요원들이 착륙한 헬기들의 옆문에서 쏟아져 나오기 시작했다. 여섯 명으로 구성된 1개조가 즉시 목장 저택의 전면을 향해 움직이기 시작했다. 다른 헬기에서 내린 여섯 명은 벙커 건물을 향해 움직였다. 민병대 차들이 시야 안으로 들어오기 시작했다. 헬리콥터에서 또 사람들이 뛰어내리고 있었다. 라모스와 지원 병력일 것이었다.

이 모든 것이 보슈에게는 초현실적으로 느껴졌다. 노란 색조. 작은 형체들. 촬영과 편집이 형편없는 영화를 보는 것 같았다.

"지상 교신으로 주파수 전환."

코보가 말했다.

보슈는 주파수를 바꾸는 딸깍 소리를 들었다. 갑자기 지상 무전 교신 소리와 함께 달리는 남자들의 거친 숨소리가 쏟아져 들어왔다. 그 순간

쾅 하는 굉음이 들렸고, 보슈는 그것이 총성이 아니라는 걸 알았다. 문을 열기 위해 굵은 나무 기둥으로 문을 들이받는 소리였다. 이제 "뽈리시아(경찰)! DEA(마약단속국)!"라는 공포에 찬 외침이 연이어 들렸다. 잠시 조용한 틈을 타서 코보의 목소리가 끼어들었다.

"지상 1조, 응답하라. 어떤 상황인가? 지휘본부에 보고하라."

잠시 잡음이 들리더니 라모스의 목소리가 들렸다.

"A지점 출입구를 열었다. 우린… 난…."

라모스의 교신이 끊어졌다. A지점은 목장 저택이었다. 원래 계획은 목장 저택과 B지점인 벙커를 동시에 치는 것이었다.

"지상 2조, B지점의 출입구를 확보했나?"

코보가 물었다.

응답이 없었다. 오랫동안 침묵이 흐른 후 라모스의 목소리가 다시 들려왔다.

"공중 지휘본부, 현재로선 지상 2조의 상황을 알 수가 없다. 2조 병력이 출입구에 도착했지만…."

교신이 끊기기 전 자동기관총의 총성이 들렸다. 보슈는 몸속에서 아드레날린이 솟구치는 것을 느꼈다. 그러나 지금으로서는 가만히 앉아서 교신이 끊긴 무전기의 잡음이나 들으며 흐릿한 노란색의 야간투시경을 통해 아래의 상황을 살피는 것 말고는 아무것도 할 수가 없었다. 그는 벙커의 전면에서 섬광을 보았다. 총구화염이었다. 곧 라모스의 목소리가 다시 들렸다.

"교전 중이다! 교전 중!"

갑자기 헬리콥터가 휘청거리면서 고도를 높였다. 고도가 높아지자 시야가 더 넓어졌다. 이젠 인구밀집지역 내의 건물 전체가 눈에 들어왔다. 보슈는 벙커 옥상에서 작은 형체들이 건물 앞쪽으로 움직이는 것을 보았다. 그는 헬멧 옆에 붙은 스위치를 누르고 송화구에 대고 말했다.

"코보, 벙커 옥상에 사람들이 있어. 경고해."

"끼어들지 마!"

코보가 소리쳤다. 그러고 나선 지상조에게 말했다.

"지상 2조, 지상 2조, 벙커 옥상에 적들이 있다. 두 지점에서 적들이 지상 2조를 노리고 있다, 카피(알았나)?"

헬기 회전 날개의 소음에 묻혀 총성은 들을 수 없었지만 보슈는 벙커 지붕 앞쪽 두 지점에서 자동기관총에서 뿜어져 나오는 총구화염을 볼 수 있었다. 민병대 차량에서도 간헐적으로 섬광이 비쳤지만, 민병대가 저지당한 것이 분명해 보였다. 무전 교신이 이어지면서 총격전 소리가 들렸지만 말을 하는 사람은 아무도 없었고 이윽고 교신이 끊겼다.

"지상 2조, 카피?"

다시 코보의 목소리가 들렸다. 두려움이 묻어 있는 목소리였다. 아무 응답이 없었다.

"지상 2조, 카피?"

"여기는 지상 2조. 알았다. B지점 출입구에서 저지당하고 있다. 양옆에서 총알이 날아오고 있다. 지원을 요청한다."

숨소리가 거친 목소리가 응답했다.

"지상 1조, 보고하라."

코보가 소리쳤다.

한동안 침묵이 흘렀다. 이윽고 라모스가 응답했다. 총성 때문에 말이 들리지 않을 때도 있었다.

"여기다. 우린… 집을… 용의자 세 명을 사살했다. 그 외에는 아무도 없다. 놈들이… 빌어먹을 벙커로….'

"벙커로 가라. 지상 2조가 지원을 요청한다."

"… 것 같다."

보슈는 목소리들이 높아지고 다급해진 것을 알아차렸다. 암호와 전문용어 따위는 사라지고 없었다. 공포 때문이었다. 보슈는 전쟁터에서 그런 공포를 목격했다. 베트남의 거리에서 그런 공포를 보았다. 공포는, 항상 말로 표현되는 건 아니지만, 사람들이 예의와 격식과 체면 따위를 집어던지게 만들었다.

공포를 느끼면 몸속에서는 아드레날린이 솟구치고 목에서는 막힌 배수구에서 물이 빠지듯 침이 꼴딱꼴딱 넘어가는 소리가 난다. 생존 본능이 모든 것을 압도한다. 생존 본능이 정신을 예민하게 만들고, 다른 하찮은 것들은 안중에도 없게 만든다. 그런 상황에서 B지점을 지원하라는 말은 욕설로밖에 들리지 않을 것이다.

보슈는 360미터 상공에서 어두운 지상을 내려다보면서 계획의 허점을 알아차렸다. 마약단속국 요원들은 헬기로 수송한 클렛을 지상 병력인 민병대보다 먼저 투입해 인구밀집지역을 공격해서 민병대가 도착하기 전에 상황을 일단락 짓고자 했었다. 그러나 상황은 계획대로 되지 않았다. 민병대가 먼저 도착해 벙커에 있던 소릴료의 조직원들과 교전 중이었고 클렛은 그 사이에 끼게 된 것이었다.

갑자기 벙커에서의 총격이 늘어났다. 총구화염이 연달아 보였다. 그때 보슈는 벙커 뒤쪽에서 지프 한 대가 갑자기 속력을 내 달리기 시작하는 것을 보았다. 구내를 둘러싸고 있는 벽에 난 문을 그대로 들이박고 통과해 초원을 가로질러 남동쪽으로 달려가고 있었다. 보슈는 다시 교신 단추를 눌렀다.

"코보, 도망자가 있어. 지프가 남동쪽을 향해 가고 있어."

"지금으로선 그냥 놔둘 수밖에 없어. 상황이 저렇게 급박한데 어떻게 병력을 움직여? 제발 끼어들지 좀 마."

지프는 이제 보슈의 시야에서 완전히 사라졌다. 그는 야간투시경을 이마로 밀어올리고 창밖을 내다보았다. 칠흑 같이 어두웠고 아무것도 보이지 않았다. 지프는 라이트를 켜지 않고 달리고 있는 것이다. 고속도로 근처에 늘어서 있는 외양간과 마구간이 떠올랐다. 도망자는 그곳으로 가고 있는 듯했다.

"라모스, 라이트를 원하나?"

코보가 무전기에 대고 말했다.

응답이 없었다.

"지상 1조? …지상 2조, 라이트가 필요한가?"

"라이트… 좋은데… 거기 상황… 상황 종료 때까… 켜주면 좋겠다."

지상 2조의 누군가가 대답했다.

"카피. 라모스, 듣고 있나?"

응답이 없었다.

그 후 얼마 지나지 않아 총격전이 끝났다. 교황의 근위병들은 총격전이 지속될 경우 자기들의 생존 가능성이 별로 높지 않다고 판단을 했는지 무기를 내려놓았다.

"공중 지휘본부, 지금 라이트 켜주기 바란다."

라모스의 목소리가 무전기를 통해 들려왔다. 침착하고 자신감이 넘치는 목소리로 돌아와 있었다.

링스 헬기의 몸체 아랫부분에서 나온 강력한 빛기둥 세 개가 바로 밑 지상을 비추었다. 양손을 머리 위로 들어 올려 깍지를 낀 남자들이 벙커에서 걸어 나와 민병대원들에게로 천천히 걸어가고 있었다. 적어도 열 명은 되어 보였다. 클렛 요원 한 명이 벙커에서 시체 한 구를 끌어내는 것이 보였다.

"상황이 종료됐다."

라모스가 말했다.

코보가 조종사에게 엄지손가락을 내려 보이자 헬기가 하강하기 시작했다. 보슈는 서서히 긴장이 풀리는 것을 느꼈다. 30초 후 그들은 다른 헬기 한 대 옆에 착륙했다.

벙커 앞마당에선 포로들이 무릎을 꿇고 앉아 있었고 민병대원 몇 명이 그들에게 일회용 플라스틱 수갑을 채우고 있었다. 다른 대원들은 압수한 무기들을 모아놓고 있었다. 우지 기관단총 두 정과 AK47 소총 두 정이 보였지만 산탄총과 M16 소총이 대부분이었다. 라모스는 민병대장과 함께 서 있었고, 민병대장은 귀에 무전기를 대고 있었다.

포로들 중에는 보슈가 아는 얼굴이 하나도 없었다. 그는 아길라 곁을 떠나 라모스에게로 걸어갔다.

"소릴료는 어딨지?"

라모스는 방해하지 말라고 손을 들어 보일 뿐 아무 대답도 하지 않았다. 그는 민병대장을 보고 있었다. 그때 코보도 다가왔다. 무전기로 보고를 들은 민병대장이 라모스를 바라보며 말했다.

"나다(아무 일도 없어요)."

"알았어요."

라모스가 말하더니 코보와 보슈를 보며 말을 이었다.

"인바이로브리드에서는 아무 일도 일어나지 않았습니다. 여기서 총격전이 일어난 후에도 건물 안이나 밖에 아무도 보이지 않았답니다. 민병대가 감시를 하고 있고요."

그러더니 라모스가 코보를 바라보며 목소리를 낮춰 말했다.

"문제가 생겼습니다. 한 명을 잃었어요."

"그래, 나도 봤어. 지프를 타고 남동쪽으로 달아…."

보슈가 끼어들었다. 그러나 라모스의 말이 그런 뜻이 아니라는 걸 깨닫고는 말을 멈췄다.

"누구야?"

코보가 물었다.

"커스라는 클렛 요원이요. 문제는 그뿐만이 아닙니다."

보슈는 둘이서 얘기하게 자리를 피해주었다. 자기가 있을 자리가 아니었다.

"씨발, 그건 또 무슨 말이야?"

코보가 물었다.

"이리 와서 직접 보세요."

두 마약단속국 요원은 목장 저택을 돌아 저택 뒤편으로 갔다. 보슈는 어느 정도 간격을 두고 그 뒤를 따라갔다. 건물 뒤편으로는 지붕을 얹은 현관이 건물의 폭과 똑같이 길게 나 있었다. 라모스가 현관을 가로질러 열린 문 안으로 들어갔다.

문에서 1미터 떨어진 안쪽 바닥에 클렛 요원 한 명이 쓰러져 있었다. 마스크가 벗겨져 땀과 피로 얼룩진 얼굴이 드러났다. 방탄조끼 바로 위의 가슴에 두 발, 목에 두 발, 모두 네 발을 맞은 것 같았다. 과녁을 정확히 조준해 두 발씩 쏜 듯 총알구멍이 바로 옆에 붙어 있었고, 모두 관통상이었다. 아직도 등 밑으로 피가 흘러나와 웅덩이를 만들고 있었다. 죽은 요원은 눈을 뜬 채 입을 벌리고 있었다.

즉사였다.

보슈는 문제는 그뿐만이 아니라던 라모스의 말이 무슨 뜻인지 금방 알아챘다. 아군의 총격이었다. 커스는 아군이 쏜 RO636 기관단총에 맞아 사망했다. 포로들 옆에 쌓아놓은 무기였다고 보기에는 상처가 너무 크고 손상이 심각했고 상처가 너무 가까이 붙어 있었다.

라모스가 말했다.

"총소리를 듣고 이 뒷문으로 달려나온 것 같습니다. 그때 이미 지상 2조는 십자포화 속에 있었잖아요. 2조의 누군가가 뒤로 돌아와서 문을 열다가 커스와 마주치자 아군인 걸 모르고 쏜 것 같습니다."

"빌어먹을!"

코보가 소리를 질렀다. 그러고는 목소리를 낮춰 말했다.

"알았어, 라모스, 이쪽으로 와 봐."

둘은 따로 떨어져 서서 이야기를 주고받았고, 보슈가 있는 곳에서는 대화 내용이 들리지 않았지만 들을 필요도 없었다. 이 일을 어떻게 처리할지 알고 있었다. 잘못하면 두 사람의 목이 날아갈 판이었다.

"알겠습니다."

라모스가 침착한 목소리로 대답하고 나서 코보 곁을 떠났다.

"그렇게 하고 나서 안전한 전화로 LA지부에 전화를 걸어 알려. 최대한 빨리 홍보 담당관들이 이곳과 LA에서 동시에 이 문제를 해결해야 돼. 언론이 사방에서 기어들어올 거야. 사방에서."

코보가 말했다.

"알겠습니다."

코보가 집 안으로 들어가다가 다시 돌아왔다.

"또 한 가지, 멕시코 인들은 모르게 해."

민병대를 가리키는 것이었다. 라모스가 고개를 끄덕이자 코보는 집 안으로 들어갔다. 라모스가 현관의 그늘 속에 서 있는 보슈를 발견했다. 둘은 잠시 아무 말도 하지 않았다. 언론에는 커스가 소릴료의 부하들의 총에 맞아 사망했다고 보도자료가 나갈 것이다. 아군 총격에 관해서는 어느 누구도 한 마디도 하지 않을 것이다.

"무슨 문제 있어요?"

라모스가 물었다.

"아니, 아무 문제 없는데."

"좋아요. 그러면 형사님 걱정은 안 해도 되겠군요. 그렇죠,?"

"라모스, 소릴료는 어딨어?"

보슈가 문으로 걸어가면서 물었다.

"아직 찾고 있는 중입니다. 이 건물들 안에는 숨을 곳이 아주 많던데요. 지금으로선 이 저택을 샅샅이 수색해봤지만 여기에는 없다는 말밖에 해줄 게 없군요. 이 안에는 남자 세 명이 있었는데 모두 죽었고, 소릴료는 그 속에 없었어요. 그래서 우리에게 친절하게 알려줄 사람이 하나도 없네요. 하지만 형사님이 찾던 경찰관 살인범은 저 안에 있어요. 눈물방울 문신을 한 남자요."

보슈는 아무 말 없이 라모스와 시신 옆을 돌아 저택 안으로 들어갔다. 피를 밟지 않으려고 조심했다. 시신 옆을 지나가면서 죽은 남자의 눈을 내려다보았다. 벌써 얇은 막이 생기고 있었고 더러운 얼음 조각 같았다.

보슈는 복도를 걸어 건물 앞쪽으로 갔다. 2층으로 올라가는 계단 옆에 있는 문에서 사람들 목소리가 들렸다. 다가가면서 보니 그 문 안은 사무실이었다. 윤이 나는 커다란 나무 책상이 보였고 그 가운데 서랍이 열려 있었다. 책상 뒤에는 커다란 책장이 벽을 완전히 가리고 있었다.

방 안에는 코보와 클렛 요원 한 명이 있었다. 그리고 시신도 두 구 있었다. 한 구는 뒤집어진 소파 옆 바닥에 누워 있었다. 다른 한 구는 책상의 오른쪽으로, 이 방의 유일한 창문 옆에 있는 의자에 앉아 있었다.

"어서 와, 보슈. 전문가의 말 좀 들어보자고."

코보가 말했다.

의자에 앉아 있는 시체가 보슈의 관심을 끌었다. 고급스러운 검정색 가죽 재킷의 단추가 풀어져 있어 허리에 차고 있는 권총이 보였다. 그레나 경감이었다. 그러나 처음에는 그를 알아보기가 쉽지 않았다. 경감의 오른쪽 관자놀이를 관통해 왼쪽 눈 밑으로 빠져나간 총알 때문에 얼굴의 상당부분이 뭉그러져버렸기 때문이었다. 양어깨로 피가 철철 흘러내려 재킷을 엉망으로 만들어버렸다.

보슈는 눈을 돌려 바닥에 누워 있는 시체를 보았다. 한 다리가 뒤집혀 있는 소파 등받이 위에 걸쳐져 있었다. 보슈는 흥건한 피 속에서도 가슴에서 적어도 다섯 개의 총알구멍을 발견할 수 있었다. 뺨에 있는 눈물방울 세 개의 문신도 분명히 알아볼 수 있었다. 아리삐스. 보슈가 포우즈에서 보았던 남자였다. 오른 다리 옆 바닥에는 크롬 도금을 한 45구경 권총이 놓여 있었다.

"당신이 찾던 놈이야?"

코보가 물었다.

"그래. 그 중 한 명."

"좋아. 그럼 이놈 걱정은 끝났군."

"의자에 앉아 있는 사람은 경찰이야. 멕시코 주립 경찰국 수사과장 그레나 경감이지."

"알아. 방금 전에 주머니에서 신분증을 꺼내 확인했어. 지갑에는 6천 달러가 들어있더군. 꽤 많은 돈이지. 멕시코 주립 경찰국 경감이면 주급이 겨우 3백 달러 정도밖에 안 되는데. 여길 봐."

코보가 책상의 왼쪽으로 걸어갔다. 보슈가 따라가 보니 양탄자가 돌돌 말려 걷혀진 자리에 호텔 냉장고 정도 크기의 바닥 금고가 있었다. 철로 된 육중한 금고문이 강제로 열려 있었고 안은 비어 있었다.

"클렛이 들어왔을 때 이 상태였어. 당신 생각은 어때? 이 친구들은 죽은 지 그리 오래되지 않은 것 같은데. 내 생각엔 한바탕 난리가 난 직후에 우리가 들어온 것 같거든. 당신이 보기엔 어때?"

보슈는 잠깐 동안 현장을 관찰했다.

"어떻다고 말하기가 쉽지 않군. 거래의 끝을 보여주는 장면 같아. 어쩌면 그레나가 욕심을 냈는지도 모르지. 돈을 너무 많이 요구했는지 몰라. 아니면 소릴료를 상대로 사기를 치다가 발각이 된 건지도 모르겠고. 몇 시간 전에 투우장에서 이 사람을 봤거든."

"그래? 뭐라든가? 총에 맞으러 교황 집에 간다고 하던가?"

코보는 웃지 않았고 보슈도 마찬가지였다.

"아니. 내게 이곳을 떠나라고만 했어."

"그럼, 누가 그레나를 쐈을 것 같아?"

"45구경에 맞은 것 같아. 그냥 추측일 뿐이지만. 그렇다면 여기 있는 아리삐스가 유력한 용의자일 것 같은데."

"그렇다면 아리삐스는 누가 쐈지?"

"글쎄. 그냥 추측인데, 소릴료나 다른 누군가가 책상 뒤에 앉아 있다가 서랍에서 권총을 꺼내 들고 쏜 것 같아. 아리삐스가 뒤로 넘어지면서 소파가 뒤집히고 다리가 등받이에 걸쳐 있는 것 같거든."

"왜 쐈을까?"

"모르지. 어쩌면 아리삐스가 그레나를 쏴 죽인 일이 소릴료를 화나게 한 건지도 모르지. 아니면 소릴료가 아리삐스를 두려워하기 시작했거나. 어쩌면 아리삐스가 그레나와 똑같은 수작을 부렸을지도 모르고. 여러 가지로 생각해볼 수 있겠지. 정확한 이유는 절대로 알 수 없을 거야. 라모스는 시체가 세 구 있다고 한 것 같은데."

"한 구는 홀 건너편 거실에 있어."

보슈는 홀을 가로질러 길고 넓은 거실로 들어갔다. 그곳에는 올이 긴 흰색 카펫이 깔려 있었고 흰색 피아노가 한 대 놓여 있었다. 흰 가죽 소파 뒤로 보이는 벽에는 엘비스 프레슬리의 초상화가 걸려 있었다. 카펫은 소파 앞에 누워 있는 세 번째 시체에서 나온 피로 붉게 물들어 있었다. 댄스였다. 이마에 총상이 있고 금발을 검은색으로 염색을 했지만 머그샷에서 본 얼굴과 똑같았다. 얼굴에는 희죽거리는 미소 대신 놀라는 표정이 떠올라 있었다. 눈을 뜨고 있었고 마치 이마에 난 총알구멍을 올려다보고 있는 것 같았다.

코보가 보슈를 따라 들어왔다.

"어때?"

"교황이 급히 이곳을 떠야 했던 것 같아. 그리고 이 세 사람이 뒤에 남아 자기 이야기를 남들한테 하는 걸 원치 않았던 것 같고…. 빌어먹을, 나도 모르겠어, 코보."

코보가 들고 있던 무전기를 입에 갖다 댔다.

"수색 팀, 상황을 보고하라."

그가 말했다.

"여기는 수색 팀. 지하 실험실을 점거했다. 벙커 안에 출입구가 있다. 대박이다. 물건이 건조기 안에 들어있다. 엄청난 양이다. 작전 성공."

"제일 용의자는?"

"지금으로선 보이지 않는다. 실험실 안엔 아무도 없다."

"빌어먹을."

코보가 무전기를 끄고 나서 중얼거렸다. 모토롤라 무전기의 가장자리로 뺨에 난 흉터를 문지르면서 다음번 할 일을 생각하고 있는 것 같았다.

"지프. 지프를 쫓아야 해."

보슈가 말했다.

"지프가 인바이로브리드로 가고 있다면, 민병대가 거기서 기다리고 있어. 현재로선 사람을 풀어 목장을 뒤지게 할 수는 없어. 7백만 평이나 되는데 말이야."

"내가 갈게."

"안 돼, 보슈. 당신이 나설 일이 아니야."

"신경 꺼, 코보. 내가 갈 거야."

3o 땅굴

목장 저택에서 나온 보슈는 희미한 조명 아래서 아길라를 찾아 두리번거렸다. 아길라는 포로들과 민병대원들 옆에 서 있었다. 그 속에서 아길라는 보슈보다 더 아웃사이더가 된 것 같은 기분을 느낄 것 같았다.

"아까 봤던 지프차를 쫓아갈 거요. 소릴료 같아요."

"같이 갑시다."

아길라가 말했다.

그들이 출발하기 전에 코보가 뛰어왔다. 그러나 그들을 막기 위해서가 아니었다.

"보슈, 헬기에 라모스가 있어. 같이 가. 여기까지가 내가 할 수 있는 최선이야."

목장 저택 옆에서 헬리콥터의 회전 날개가 돌아가는 소리가 들리기 시작했다.

코보가 소리쳤다.

"어서 가! 안 그러면 당신들 빼놓고 라모스 혼자 갈 거야."

보슈와 아길라는 건물 옆을 돌아 달려가 링스 헬기의 아까 탔던 자리에 올라탔다. 라모스는 조종사와 함께 조종석에 앉아 있었다. 헬기가 갑자기 이륙했고 보슈는 좌석벨트 매는 것도 잊어버렸다. 헬멧과 야간투시경을 찾아 쓰느라고 정신이 없었다.

아직까지는 아무것도 보이지 않았다. 지프도 없었고 도망자도 없었다. 그들은 목장의 인구밀집지역에서부터 남서쪽으로 날아갔다. 야간투시경 렌즈를 통해 획획 지나가는 황갈색 땅을 바라보던 보슈는 아길라에게 상관의 죽음을 알리지 못했다는 사실을 깨달았다. 이 일이 끝나면 알려주자고 생각했다.

2분 후 그들은 지프를 발견했다. 유칼립투스 나무와 키 큰 덤불이 우거진 잡목림 속에 서 있었다. 바람이 그랬는지 급하게 차를 숨기기 위해 차 주인이 그랬는지 트럭만큼 커다란 회전초(가을이 되면 줄기 밑동에서 떨어져 공 모양으로 바람에 날리는 잡초 – 옮긴이) 하나가 지프 차 위에 걸쳐져 있었다. 차는 외양간에서 50미터쯤 떨어진 곳에 있었다. 링스 헬기가 그 위를 선회하기 시작했다. 운전자, 도망자, 소릴료의 모습은 보이지 않았다. 보슈가 앞좌석을 보니 라모스가 조종사에게 두 엄지손가락을 내려보였고 헬기가 곧 하강을 시작했다. 라이트가 전부 꺼졌고, 보슈의 눈이 어둠에 익숙해지기 전에는 마치 블랙홀로 빠져드는 것 같은 느낌이 들었다.

마침내 헬기가 땅에 착륙하는 충격이 느껴지자 보슈는 근육이 조금 이완되는 느낌이 들었다. 엔진이 꺼지는 소리가 들렸고 점차 속도를 줄이는 회전 날개 소리만 들려왔다. 창밖을 보니 헬기는 외양간의 서쪽에 서 있었다. 이쪽으로는 문이나 창문이 없었다. 은밀하게 접근할 수 있겠다고 생각하고 있는데, 갑자기 라모스의 외침이 들렸다.

"이게 무… 잠깐만!"

이때 뭔가가 헬기에 쿵 하고 부딪혔고 헬기가 기우뚱하더니 미끄러지듯 움직이기 시작했다. 보슈가 창밖을 보니 헬기가 옆으로 밀리고 있었다. 지프였다. 누군가가 지프 안에 숨어 있었던 것이다. 마침내 헬기의 바퀴가 땅에 있는 뭔가에 걸리면서 헬기가 뒤집혔다. 보슈는 아직도 돌고 있는 회전 날개가 땅을 파고 들어가다 부서지기 시작하자 두 손으로 얼굴을 가리고 몸을 한껏 웅크렸다. 갑자기 아길라의 몸이 그에게 쿵 부딪혔고 조종석에선 알아들을 수 없는 고함 소리가 들렸다.

헬기는 이 상태로 몇 초간 흔들렸고 잠시 후 또다시 쿵 하고 뭔가와 부딪혔다. 이번에는 앞쪽이었다. 곧이어 금속이 쪼개지고 유리가 박살이 나는 소리와 함께 총성이 들렸다.

그러고 나선 끝이었다. 지프가 전속력으로 도망을 치자 땅의 진동이 서서히 가라앉았다.

"놈을 맞힌 것 같아요! 봤어요?"

라모스가 소리쳤다.

보슈의 머릿속에는 자기들이 위험에 그대로 노출되어 있다는 생각밖에 없었다. 다음번에는 보이지 않는 어딘가에서 총알이 날아올 것 같았다. 보슈는 스미스 권총을 잡으려 했지만 두 팔이 아길라의 몸에 깔려 있었다. 마침내 아길라가 그에게서 떨어졌고 둘은 이젠 옆으로 기울어진 좌석에 웅크리고 앉아 있는 꼴이 되었다. 보슈가 팔을 뻗어 이젠 머리 위에 있는 문을 열려고 했다. 반쯤 열리더니 찢겨진 금속 파편에 걸려 더 이상 열리지 않았다. 둘은 헬멧을 벗었고 보슈가 먼저 밖으로 나왔다. 그러자 아길라가 그에게 방탄조끼 두 개를 건넸다. 보슈는 영문을 알 수 없었지만 일단 받아들었다. 뒤이어 아길라가 밖으로 나왔다.

연료 냄새가 진동을 했다. 둘은 헬기의 앞쪽으로 걸어가 보았다. 앞쪽은 완전히 찌그러져 있었고 라모스가 한 손에 총을 들고 앞 창문이 있었던 자리에 난 구멍을 통해 기어 나오려고 애를 쓰고 있었다.

"나오게 도와줘요. 난 망을 볼 테니까."

보슈가 아길라에게 말했다.

보슈는 총을 빼들고 헬기 주위를 한 바퀴 돌아보았지만 아무도 보이지 않았다. 그때 지프가 눈에 들어왔다. 하늘에서 보았던 바로 그 자리에 서 있었고, 아직도 회전초가 지프를 가리고 있었다. 이건 말도 안 되는 일이었다. 혹시….

"조종사가 끼어 있어요."

아길라가 말했다.

보슈는 조종석을 들여다보았다. 라모스가 밖에서 조종사에게 손전등을 비추고 있었다. 조종사의 금발 콧수염이 피로 물들어 있었다. 콧날에 깊게 베인 상처가 있었고 눈이 휘둥그레져 있었다. 비행관제 계기반이 무너져 내려 조종사의 두 다리를 누르고 있었다.

"무전기 어딨어? 빨리 도움을 요청해야 돼."

보슈가 말했다.

라모스가 조종석 창문 속으로 윗몸을 들이밀더니 휴대용 무전기를 꺼내 나왔다.

"코보, 코보, 응답하라. 여기 긴급 상황이 발생했다."

응답을 기다리는 동안 라모스가 보슈에게 말했다.

"이게 말이나 되요? 그 빌어먹을 괴물이 갑자기 나타나다니. 난 도대체 뭐가 뭔…."

"무슨 일인가?"

무전기에서 코보의 목소리가 들렸다.

"긴급 상황이 발생했다. 수송기가 필요하다. 장비도. 링스가 파손됐다. 코코란이 안에 갇혀 있다. 부상을 입었다."

"추락 현장이 어딘가?"

"추락이 아니다. 빌어먹을 수소가 공격했다. 헬기는 파손됐고 코코란을 빼낼 수가 없다. 위치는 외양간에서 북동쪽으로 90미터쯤 떨어진 곳이다."

"거기 잠자코 있어. 지원 병력을 보낼 테니까."

라모스는 무전기를 허리띠에 꽂고 손전등을 옆구리에 낀 후 권총을 재장전했다.

"헬기를 가운데 놓고 삼면에 한 사람씩 서서 놈을 기다리죠. 분명히 놈을 맞혔는데 꿈쩍도 하지 않더라고요."

라모스가 말했다.

"아니. 라모스, 자네는 아길라와 함께 헬기 양옆에 서서 지원 병력이 오기를 기다려. 난 외양간을 살펴봐야겠어. 소릴료가…."

보슈가 말했다.

"아니, 아니, 아니, 그건 곤란해요, 보슈 형사님. 지휘관도 아니면서 주제넘게 나서지 마세요. 여기서 기다리다가 지원 병력이…."

라모스가 말을 하다 말고 멈추고 돌아섰다. 그 순간 보슈도 그 소리를 들었다. 아니 느꼈다고 해야 맞을 것이다. 땅의 울림이 점점 더 강해지고 있었다. 방향을 가늠할 수가 없었다. 라모스가 손전등으로 원을 그리며 사방을 비춰보았다.

"엘 템블라르군요."

아길라가 말했다.

"뭐요? 뭐라고요?"

라모스가 외쳤다.

그때 수소가 시야에 들어왔다. 거대한 검은 수소는 수적인 열세에도 굴하지 않고 그들을 향해 돌진해왔다. 이곳은 자기가 지켜야 할 자기의 영토라고 생각하는 것 같았다. 고개를 숙이고 삐쭉삐쭉한 뿔을 앞으로 내밀고 달려오는 수소는 어둠 속에서 나타난 죽음의 사자처럼 보였다. 그들에게서 10미터쯤 떨어진 곳에 다다랐을 때 소는 구체적인 표적을 정해 달려왔다. 보슈였다.

보슈는 한 손에는 스미스 권총을, 다른 손에는 형광노란색으로 POLICE라고 적혀 있는 방탄조끼를 들고 있었다. 그는 노란색 글자가 맹수의 관심을 끌어서 자기가 선택된 거라는 사실을 깨달았다. 지금은 권총이 쓸모가 없다는 생각이 들었다. 총알로 소를 쓰러뜨리지는 못할 것이다. 소는 너무 크고 힘이 셌다. 움직이는 표적을 쓰러뜨리려면 급소를 찾아 한 치의 오차도 없이 쏘아 맞혀야 했다. 라모스가 그랬듯 부상만 입혀서는 막을 수 없을 것이다.

보슈는 총을 던지고 조끼를 들어올렸다.

보슈의 오른편에서 고함 소리와 총 소리가 났다. 라모스였다. 그러나 소는 꿈쩍도 하지 않고 계속 보슈를 향해 달려왔다. 소가 다가오자 보슈는 방탄조끼를 오른쪽으로 펼쳐들었고, 노란색 글자들이 달빛을 받아 반짝였다. 그는 소가 바로 앞에 올 때까지 조끼를 그대로 들고 있었다. 어둠 속에서 흐릿한 검은 윤곽으로 보이는 소가 뿔로 조끼를 들이받자 조끼가 날아갔다. 보슈는 뒤로 뛰어서 비키려고 했지만 맹수의 거대한 어깨가 그를 스치고 지나가는 바람에 튕겨 나가 굴러 떨어졌다.

보슈가 땅에서 고개를 들어보니 맹수는 뛰어난 운동선수처럼 유연하게 왼쪽으로 돌아서더니 라모스를 향해 달려가기 시작했다. 라모스는 아직도 총을 쏘고 있었고 보슈는 총에서 튀어나온 탄피들이 달빛을 받아 반짝이는 것을 보았다. 그러나 총알은 맹수의 돌진을 막지 못했다. 막기는커녕 속도를 줄여주지도 못했다. 곧 총알이 다 떨어졌는데도 라모스는 계속 방아쇠를 당기고 있었다. 그의 마지막 외침은 알아들을 수가 없었다. 소는 그의 다리를 뿔로 들이받았고, 이윽고 피범벅이 된 그 잔혹한 고개를 들어 그를 하늘로 던져 버렸다. 라모스가 하늘로 날아가는 모습은 슬로우 비디오 화면을 보는 것 같았다. 이윽고 그는 머리부터 땅으로 떨어졌고 움직이지 않았다.

수소는 돌진을 멈추려고 했지만 그동안 뛰어온 여세와 총상 때문에 육중한 몸을 자기 마음대로 움직일 수 없는 것 같았다. 고개를 떨어뜨리더니 반 바퀴 굴러 벌러덩 넘어졌다. 그러나 곧 몸을 일으켜 세우고 다시 돌진할 준비를 했다. 보슈는 자기 권총 앞으로 기어가 총을 집어 들고 소를 조준했다. 그러나 그때 소의 앞발이 휘청거리더니 소가 푹 쓰러졌다. 그리고 나서 천천히 옆으로 돌아눕더니 움직이지 않았고 가끔씩 가슴이 오르락내리락하기만 했다. 얼마 후엔 그것도 멈췄다.

아길라와 보슈가 동시에 라모스에게로 다가갔다. 둘은 그의 옆에 쭈그리고 앉았지만 그를 건드리지는 않았다. 반듯이 누운 라모스는 아직도 눈을 뜨고 있었고 눈에는 흙이 들러붙어 있었다. 고개는 비정상적인 각도로 꺾여 있었다. 땅에 떨어지면서 목뼈가 완전히 부러진 것 같았다. 멀리서 휴이 헬기 한 대가 날아오는 소리가 들렸다. 보슈가 일어서서 보니 헬기의 스포트라이트가 초원을 훑고 있었다. 그들을 찾고 있는 것이었다.

"난 땅굴로 갈게요. 저들이 착륙하면 지원 병력과 함께 들어와요."

보슈가 말했다.

"아뇨. 나도 같이 가요."

아길라가 말했다. 두말하지 말라는 듯 아주 단호한 목소리였다. 그는 팔을 뻗어 라모스의 허리띠에서 무전기를 떼어내고 손전등을 집어 들었다. 무전기는 보슈에게 주었다.

"우리 둘이 같이 간다고 전해요."

보슈는 무전기로 코보를 불렀다.

"라모스는 어딨어?"

"방금 전 라모스를 잃었어. 아길라와 나는 땅굴로 갈 거야. 인바이로 브리드에 있는 민병대한테 우리가 간다고 알려줘. 총을 맞고 싶진 않으니까."

보슈는 코보가 대답을 하기 전에 무전기를 끄고 라모스 옆으로 던졌다. 헬기가 바로 머리 위까지 다가와 있었다. 보슈와 아길라는 총을 꺼내 들고 외양간으로 뛰어갔고, 천천히 건물 옆을 돌아 앞쪽으로 갔다. 외양간 문이 남자 한 명이 지나갈 수 있을 정도로 열려 있었다.

둘은 안으로 들어가 어둠 속에 몸을 웅크렸다. 아길라가 손전등으로 주위를 비춰보기 시작했다. 좌우로 소들을 가두는 울타리가 끝까지 늘어서 있는 커다란 동굴 같은 외양간이었다. 뒷벽에는 탑같이 쌓아올린 건초더미 옆에 소들을 투우장으로 옮길 때 사용하는 대형 나무 상자들이 쌓여 있었다. 천장 가운데에는 전등이 일렬로 늘어서 있었다. 주위를 둘러보던 보슈는 문 옆에서 스위치를 찾아냈다.

불이 들어오자 그들은 가운데 복도를 따라 걸으며 양옆의 울타리를 살펴보았다. 보슈가 오른쪽을 맡았고 아길라가 왼쪽을 맡았다. 울타리는 전부 비어 있었다. 목장 안을 자유로이 돌아다니도록 소들을 풀어놓은 것이다. 뒷벽에 도착했을 때 그들은 땅굴 출입구를 발견했다.

구석에 지게차가 한 대 서 있었는데, 건초더미를 실은 화물운반대를 1미터 높이에 들고 있었다. 화물운반대가 있었던 콘크리트 바닥에는 1미터 정도 넓이의 구멍이 뚫려 있었다. 도망자가 소릴료든 다른 누구든지 간에 지게차를 사용해서 화물운반대를 들어올리긴 했지만, 다시 제자리에 내려놓아 가려줄 사람이 없었던 것이다.

보슈는 몸을 웅크리고 구멍의 가장자리로 가서 아래를 내려다보았다. 3.5미터 아래에 불을 밝힌 통로가 보였고 사다리가 걸려 있었다. 그는 고개를 들어 아길라를 바라보았다.

"준비됐죠?"

아길라가 고개를 끄덕였다.

보슈가 먼저 내려갔다. 사다리를 몇 계단 내려오다가 단번에 아래로 뛰어내렸다. 착지하자마자 총을 들고 쏠 자세를 취했다. 그러나 땅굴 안에는 아무도 보이지 않았다. 땅굴처럼 보이지도 않았다. 땅굴이라기보다는 복도 같았다. 허리를 꼿꼿이 펴고 설 수 있을 정도로 높았고 불이 환하게 들어와 있었다. 천장에 전선관이 연결되어 있었고 철로 만든 갓을 뒤집어쓴 전등이 6미터마다 한 개씩 천장에 매달려 있었다. 길은 왼쪽으로 약간 굽어 있어서 땅굴이 끝나는 곳이 보이지 않았다. 보슈는 통로를 따라 걸어가기 시작했고 곧이어 아길라가 뛰어내렸다.

보슈가 속삭였다.

"자, 그럼, 오른쪽으로 붙어서 갑시다. 총격전이 있으면, 난 아래를 당신은 위를 맡도록 하고요."

아길라는 고개를 끄덕였고, 둘은 잰걸음으로 움직이기 시작했다. 방향을 가늠해보던 보슈는 자기들이 약간 동북쪽으로 가고 있다고 판단했다. 둘은 왼쪽으로 꺾이는 지점까지 재빨리 걸어가서 벽에 몸을 착붙인 채 다음 통로로 들어섰다.

보슈는 땅굴이 인바이로브리드로 연결되어 있다고 믿기에는 통로의 방향이 너무 많이 꺾여 있다는 것을 깨달았다. 멀리 보이는 땅굴 끝에는 아무도 보이지 않았다. 15미터 전방에 사다리가 보였다. 그제야 보슈는 땅굴이 인바이로브리드가 아니라 다른 곳으로 나 있다는 것을 깨달았다. 라모스의 시신 옆에 무전기를 던져놓고 온 것이 후회가 되었다.

"빌어먹을."

보슈가 작은 목소리로 투덜거렸다.

"왜요?"

아길라 역시 속삭이는 목소리로 물었다.

"아무것도 아니에요. 갑시다."

둘은 다시 움직이기 시작했다. 8미터 정도는 재빨리 걸어간 후 사다리가 가까워지자 속도를 줄이고 조심스럽게 움직였다. 아길라가 오른쪽 벽에 붙어서 걸었고 둘은 동시에 사다리 앞에 도착했다. 둘 다 앞으로 팔을 뻗어 총을 든 상태였고, 땀이 비 오듯 흘러 눈으로 들어가고 있었다.

그들의 머리 위로 보이는 구멍에서는 빛이 전혀 새어나오지 않았다. 보슈는 아길라에게서 손전등을 받아들고 구멍 위로 비춰보았다. 위에 있는 방의 낮은 천장에 그대로 드러나 있는 나무 서까래가 보였다. 내려다보는 사람은 없었다. 총을 쏘는 사람도 없었다. 보슈가 귀를 기울여보았지만 아무 소리도 들리지 않았다. 그는 아길라에게 고개를 끄덕여보이고 권총을 총집에 꽂았다. 그러고는 한 손에 손전등을 들고 사다리를 오르기 시작했다.

두려웠다. 베트남에서는 땅굴에서 나오는 것이 항상 공포로부터의 탈출을 의미했다. 다시 태어나는 것 같았다. 어둠에서 벗어나 안전한 곳에, 동료들의 품에 안기는 것이었다. 어둠에서 빛의 세계로 들어가는 거였다. 그러나 이번에는 아니었다. 이번에는 정반대였다.

보슈는 꼭대기에 다다르자 구멍 위로 올라가기 전에 먼저 손전등으로 주위를 비춰보았지만 아무것도 보이지 않았다. 그러자 그는 거북이처럼 천천히 머리를 구멍 위로 내밀었다. 손전등 불빛 속에 제일 먼저 눈에 들어온 것은 바닥에 널려 있는 톱밥이었다. 그는 좀 더 올라가 주변을 둘러보았다. 비품실 같았다. 톱날과 공업용 사포 상자들이 쌓여 있는 철로 만든 선반들이 보였다. 수공구와 목수용 톱도 여러 개 있었다. 한쪽 선반에는 나무 은못이 크기별로 정리되어 있었다. 그것을 보자 캅스와 포터를 목 졸라 살해하는 데 쓰인 베일링와이어에 붙어 있던 은못이 퍼뜩 떠올랐다.

보슈는 완전히 구멍을 빠져나와 아길라에게 올라와도 된다고 신호를 보냈다. 그러고는 창고 문을 향해 걸어갔다.

문이 잠겨 있지 않아 열고 들어가니 거대한 창고였다. 한쪽에는 각종 기계와 작업대가 있었고, 다른 쪽에는 테이블과 의자, 서랍장 같은 완성된 가구들이 쌓여 있었다. 마감칠은 되어 있지 않았다. 중앙에 서 있는 들보에 매달린 전구 한 개가 방 안을 어슴푸레 비추고 있었다. 밤새도록 켜놓는 불이었다. 그때 아길라가 뒤따라 들어왔다. 보슈는 이곳이 멕시텍 퍼니쳐 공장임을 깨달았다.

창고의 맨 뒤에 이중문이 몇 개 있었다. 그 중 한 개가 열려 있어 그들은 재빨리 그곳으로 걸어갔다. 문 밖에는 선적공간이 있었고 보슈가 전날 밤 걸었던 뒷골목과 연결되어 있었다. 바닥에 물웅덩이가 한 개 있었고 보슈는 거기에서 골목길로 나 있는 젖은 타이어 자국을 발견했다. 사람은 아무도 보이지 않았다. 소릴료는 벌써 사라지고 없었다.

"땅굴이 두 개군."

보슈가 낙담한 목소리로 중얼거렸다.

"땅굴이 두 개라. 라모스의 비밀정보원이 우릴 엿 먹인 것 같군."

코보가 말했다.

보슈와 아길라는 마감칠을 하지 않은 소나무 의자에 앉아 코보가 서성이는 것을 지켜보고 있었다. 코보는 요원 두 명과 헬기 한 대, 그리고 최대의 목표물을 잃은 작전의 지휘관답게 비통한 표정이었다. 보슈와 아길라가 땅굴을 통해 창고로 올라온 후 거의 두 시간이 지났다.

"무슨 뜻이야?"

보슈가 물었다.

"그 정보원은 분명히 두 번째 땅굴에 대해서도 알았을 거란 뜻이야. 하나는 알고 다른 한 개는 모른다는 게 말이 돼? 우리에게 함정을 놓은 거야. 소릴료를 위해 탈출구를 남겨둔 거잖아. 누군지 알면 연방요원 살인방조죄로 잡아넣을 텐데."

"누군지 몰라?"

"라모스가 말 안 해줬어. 누군지 힌트도 주지 않았어."

보슈는 한숨 돌렸다.

코보가 말했다.

"제기랄, 이런 일이 벌어지다니 믿을 수가 없어. 미국으로 돌아가지 않는 게 낫겠군. 난 끝장 났어. 끝이라고. 당신이 쫓고 있는 경찰관 살인범을 잡으면 또 몰라도. 보슈, 난 완전 좆 된 거야."

"텔렉스는 보냈어?"

보슈가 화제를 바꾸기 위해 물었다.

"벌써 보냈어. 멕시코 전국의 경찰서와 법집행 당국에 다 보냈지. 그래도 별 효과는 없을 거야. 놈은 완전히 종적을 감췄을 테니까. 어딘가에 꼭꼭 숨어 지내다가 한 1년쯤 후에 다시 시작하겠지. 숨어 있던 바로 그곳에서 말이야. 미초아칸(멕시코 중서부의 주―옮긴이)이나 더 아래쪽에서 말이지."

"북쪽으로 올라갔을지도 모르잖아."

보슈가 말했다.

"감히 국경을 넘을 생각은 못 할 거야. 미국에서 잡히면, 다시는 햇빛을 보지 못할 거라는 걸 놈도 잘 알고 있을 테니까. 남쪽으로 간 게 확실해, 안전한 곳으로."

멕시텍 공장 안에선 다른 요원 몇 명이 클립보드를 들고 다니며 현장을 메모하고 수색을 하고 있었다. 좀 전에 그들은 테이블 다리의 속을 뚫는 기계를 발견했다. 놈들은 그렇게 뚫은 다리 속에 밀수품을 채운 후 다시 뚜껑을 닫아 국경을 넘은 것이다. 그보다 앞서 요원들은 외양간에서 또 다른 땅굴 출입구를 발견했고 그 땅굴 속을 걸어 인바이로브리드로 갔다. 인바이로브리드의 바닥문에는 폭탄이 장치되어 있지 않았고 그들은 무사히 건물 안으로 들어갈 수 있었다. 인바이로브리드 건물 밖에는 개 두 마리만 있을 뿐 아무도 없었다. 요원들이 개들을 사살했다.

이번 작전으로 거대 마약밀수 조직이 무너졌다. 인바이로브리드의 대표인 엘리를 체포하기 위해 요원들이 칼렉시코로 떠났다. 소릴료의 목장에서 열네 명이 검거되었다. 앞으로도 검거될 용의자들이 더 있을 것이다. 그러나 이런 것은 코보나 요원 누구에게도 만족스럽지 못했다. 요원들이 사망하고 소릴료가 종적을 감춘 상황에서는 만족할 수가 없었다. 코보가 보슈는 아리삐스가 죽은 것만으로 만족할 거라고 생각했다면 그건 코보의 생각이 틀렸다. 보슈는 소릴료도 원했다. 소릴료가 이 모든 일을 야기한 원흉이었다.

보슈는 비통해하는 코보의 모습을 더 이상 보고 있을 수가 없어 자리에서 일어섰다. 보슈 자신의 문제만으로도 머리가 터질 것만 같았다. 아길라도 같은 느낌인 것 같았다. 그도 자리에서 일어나 기계와 가구 주위를 하릴없이 걷기 시작했다. 그들은 보슈가 차를 세워둔 공항까지 태워다 줄 민병대 차량을 기다리고 있었다. 마약단속국은 해가 뜨고 나서 한참 후까지 여기 있을 것이었다. 그러나 보슈와 아길라의 용무는 끝이

났다.

보슈는 아길라가 비품실로 돌아가 땅굴 입구 쪽으로 걸어가는 것을 보았다. 보슈가 그레나 경감의 사망 소식을 전했을 때 아길라는 고개를 끄덕이기만 했다. 표정은 전혀 변화가 없었다. 이제 아길라는 몸을 쭈그리고 앉아 바닥을 살피고 있었다. 마치 바닥에 널린 톱밥이 점을 치는 찻잎이라도 되는 것처럼, 그 모양을 보면 소릴료가 있는 곳을 알아낼 수 있기라도 한 것처럼, 유심히 들여다보고 있었다.

잠시 후, 아길라가 말했다.

"교황이 새 부츠를 신었군요."

보슈가 다가가자 아길라는 톱밥에 새겨진 발자국들을 가리켰다. 아길라나 보슈의 것이 아닌 발자국이 한 개 있었다. 톱밥 속에 아주 선명하게 나 있었고, 불도그 부츠의 길쭉한 뒤축이 남긴 것이었다. 그 안에는 또아리를 튼 뱀이 그리는 'S'자가 새겨져 있었다. 톱밥 속에서 발자국의 가장자리가 아주 선명했고, 뱀의 머리가 선명하게 찍혀 있었다.

아길라의 말이 맞았다. 교황은 새 부츠를 신었다.

3ɪ 타인의 인생

국경 검문소까지 가는 동안 보슈는 작전 시작부터 끝까지 모든 순간을 떠올려보았고, 모든 퍼즐 조각들이 어떻게 맞아떨어지는지 생각했으며, 아길라가 발자국을 발견하지 못했다면 모르고 지나갔을 일을 생각했다. 로스 펠리즈에 있는 무어의 아파트 붙박이장에 들어 있던 뱀가죽 부츠 상자를 생각했다. 너무나 확실한 단서였는데, 그동안 보지 못하고 있었던 것이다. 보고 싶은 것만을 보았던 것이다.

동쪽 수평선에서 희미하게 먼동이 트기 시작한 시각, 아직 너무 이른 시각이어서, 검문을 기다리는 차량은 별로 없었다. 창문을 닦는 사람도 없었다. 싸구려 물건을 파는 사람도 없었다. 주변에는 아무도 없었다. 보슈가 피곤해 보이는 국경 순찰대원에게 경찰배지를 보여주자 순찰대원은 통과하라고 손짓을 했다.

전화기와 카페인이 필요했다. 보슈는 2분 정도 차를 몰아 칼렉시코 시청으로 가서 경찰서의 비좁은 로비에 있는 자판기에서 콜라 한 캔을 뽑아 가지고 나와 건물 앞 벽에 있는 공중전화로 갔다. 시계를 보니 아직 집에 있을 시각이었다. 출근 준비를 하고 있을 것이었다.

그는 담배를 붙여 물고 공중전화기에 팩텔 카드를 집어넣은 후 전화번호를 눌렀다. 신호가 가기를 기다리면서 안개가 자욱한 거리를 바라보았다. 공원 곳곳에 담요를 덮고 누워 있는 노숙자들의 모습이 보였다. 낮게 깔린 안개 때문에 그들의 모습이 외로운 시신들처럼 보였다.

벨이 두 번 울린 후 테레사 코라존이 전화를 받았다. 일어난 지 꽤 된 듯 또렷한 음성이었다.

"안녕."

"해리? 무슨 일이야?"

"깨워서 미안."

"벌써 일어나 있었어. 무슨 일이야?"

"오늘 무어의 장례식에 가려고 준비하고 있어?"

"응. 뭐야? 새벽 5시 50분에 전화해서 물어본다는 게…."

"오늘 땅에 묻힐 사람은 무어가 아냐."

수화기에서 긴 침묵이 흐르는 동안 보슈가 공원을 바라보니 어깨에 담요를 두른 한 남자가 안개 속에서 그를 노려보고 있었다. 보슈는 딴 데로 고개를 돌렸다.

"지금 무슨 말을 하는 거야? 해리, 어디 아픈 거 아냐?"

"피곤하긴 하지만 정신은 이보다 더 말짱할 순 없을 것 같아. 무어는 지금도 살아 있어. 오늘 아침에 간발의 차이로 무어를 놓쳤어."

"당신 아직도 멕시코에 있는 거야?"

"국경에."

"말도 안 되는 소리야. 방금 전에 당신이 한 말 말이야. 현장에서 채취한 지문이 무어의 지문과 일치했고, 치아도 무어의 치아기록하고 일

434 블랙 아이스

치했고, 무어의 아내가 시체에 있는 문신을 보고 무어가 맞다고 했어. 무어라고 확인이 됐다구."

"다 거짓이야. 무어가 파놓은 함정이었어."

"해리, 왜 이제 와서 이런 얘길 하는 거야?"

"테레사, 당신의 도움을 받고 싶어서. 어빙에게 도와달라고 할 수는 없잖아. 날 도와줄 사람은 당신밖에 없어. 날 돕는 게 당신 자신을 돕는 일이야. 내 판단이 맞다면 말이지."

"무어가 살아 있다니, 너무 허황된 생각이야, 해리."

보슈가 다시 공원을 바라보니 담요를 두른 남자는 가고 없었다.

"어떻게 그런 일이 가능한지 얘기해 봐. 나를 납득시켜보라고."

테레사가 말했다.

보슈는 반대 심문에 앞서 생각을 가다듬는 변호사처럼 잠시 침묵했다. 지금 그가 하는 모든 말은 그녀의 예리한 잣대를 통과해야 했고, 만일 그렇지 못하면 그녀를 움직일 수 없을 거라는 걸 알고 있었다. 그가 말했다.

"쉬헌은 지문과 치아기록 외에도 '난 내가 누군지 알게 되었다'라는 유서와 무어의 필적도 대조해 봤다고 했어. 두세 달 전, 무어가 아내와 별거하고 나서 제출한 주소변경 신고서의 필적과도 대조해봤다고 했고."

보슈가 담배를 길게 한 모금 빠느라고 말을 멈췄는데 그의 말이 끝났다고 생각했는지 테레사가 다그쳐 물었다.

"그래서? 그게 뭐 어쨌다는 거야?"

"몇 년 전에 경찰 노조는 노사 협상 중에 모든 경찰이 자신의 인사기록을 열람할 수 있는 권리를 얻어냈어. 그 덕분에 경찰이면 누구나 자신의 인사기록에 있는 상벌 내용이나 불만 신고 같은 것들을 확인할 수 있게 됐지. 그래서 무어도 자신의 기록에 접근할 수 있었어. 몇 달 전에 경무계를 찾아가서 이사를 가서 주소를 변경해야 한다면서 기록 열람을 요구했지."

보슈는 여기서 잠시 말을 멈추고 앞으로 해야 할 이야기를 정리했다.

"그래, 그래서?"

"인사기록에는 지문 카드도 들어 있지. 무어를 부검한 날 어빙이 당신에게 가져다 준 지문 카드 기억 나? 지문감식 요원은 그 카드에 있는 지문하고 사체의 지문을 대조해 본 거야, 맞지? 그런데 문제는 무어가 인사기록을 열람하면서 원래 자신의 지문 카드하고 다른 사람의 것을 바꿔치기했다는 거야. 그래서 당신은 그 가짜 지문하고 사체의 지문을 대조해 본 거지. 사체는 무어가 아니었어. 그 다른 사람의 사체였지."

"누구?"

"여기 멕시칼리에 살았던 움베르또 소릴료라는 남자인 것 같아."

"너무 무리한 추측이야. 다른 증거들도 있었어. 부검 날 일이 기억나. 쉬헌이 과학수사대로부터 대조 결과 모텔 방에 있던 지문들이 무어의 것과 일치했다는 전화를 받았어. 과학수사대는 우리와는 다른 지문을 사용했었고, 우리가 사용한 사체의 지문도, 과학수사대가 사용한 현장에서 채취한 지문도 모두 무어의 것으로 확인된 거야. 그리고 문신도 있고. 치아기록도 있고. 그런 건 어떻게 설명할 건데?"

"이봐, 테레사, 내 말 들어봐. 다 설명할 수 있어. 다 말이 되고. 치아기록? 당신 입으로 그랬지? 치아가 거의 다 날아가 버려서 검사에 사용할 수 있는 건 앞니의 일부뿐이었다고. 치근관의 일부. 그 말은 이의 뿌리가 남아 있지 않았단 말이잖아. 죽은 이라는 얘기지. 그러면 이가 언제 빠졌는지는 알 수 없는 거잖아. 단지 그게 무어의 치과 진료 기록 내용하고 맞아 떨어졌을 뿐이고. 무어의 팀원의 말로는 무어가 할리우드 대로에서 격투를 벌이던 중 한 방 얻어맞고 이가 한 개 부러졌대. 그게 그 치아일 수 있지 않을까?"

"좋아, 그렇다고 치고. 현장에서 발견된 지문은 어떻게 된 거지? 그것도 설명할 수 있어?"

"쉽게 설명할 수 있지. 그건 진짜 무어의 지문이었어. 도노반이, 과학수사대의 지문감식 전문가 말이야, 그랬거든. 법무부 컴퓨터 데이터베이스에 있는 지문하고 대조해봤다고 말이야. 현장에서 채취한 지문은 진짜 무어의 지문이었을 거야. 그 말은 무어가 현장에 있었다는 말이 되지. 그렇다고 그 시신이 반드시 무어의 것이라고 단정 지을 수는 없어. 보통은 법무부 데이터베이스에 들어 있는 지문 표본을 가지고 모든 대조작업을 벌이지. 그런데 어빙이 인사기록을 가지고 나타나서 일을 망친 거야. 무어의 계획이 빛을 발하는 순간이지. 무어는 어빙이나 다른 누구라도 그런 식으로 일을 처리할 거라는 걸 알고 있었어. 동료 경찰관의 죽음이기 때문에 경찰국이 부검과 신원확인 작업 같은 것을 신속하게 처리할 거라는 걸 알았던 거지. 전에도 그런 일이 있어서 이번에도 그렇게 할 거라고 판단했던 거야."

"도노반이 우리가 가진 지문하고 자기가 사용한 지문을 대조하지 않았단 말이야?"

"그렇지. 통상적인 절차가 아니었으니까. 나중에 생각이 났을 때 대조해봤을 수도 있겠지. 하지만 이번 사건의 경우에는 일 처리가 너무 급박하게 이루어지고 있었어."

"빌어먹을."

테레사가 투덜거렸다. 보슈는 그녀가 설득당하고 있다는 사실을 알았다. 그녀가 말을 이었다.

"문신은 어떻게 된 거야?"

"그건 멕시코의 한 동네를 상징하는 거야. 그 동네 사람들 대부분이 그런 문신을 하고 있어. 소릴료도 무어와 똑같은 문신을 하고 있었을 거고."

"그 소릴료라는 남자는 도대체 누군데?"

"여기 멕시코에서 무어와 함께 자란 사람이야. 둘이 형제일지도 몰라. 확실히는 모르겠어. 어쨌든 소릴료는 이곳에서 거대 마약조직의 두목이 됐고, 무어는 LA로 가서 경찰이 됐지. 그런데 무어가 LA에서 소릴료의 뒷배를 봐주고 있었던 거야. 이야기는 거기서부터 시작돼. 어젯밤 마약단속국이 소릴료의 목장을 급습했어. 소릴료는 도망쳤고. 하지만 난 그가 소릴료였다고 생각하지 않아. 무어였다고 생각해."

"그를 봤어?"

"볼 필요도 없었어."

"그를 찾고 있는 사람이 있어?"

"마약단속국이 찾고 있어. 멕시코 내륙에 초점을 맞추고 있지. 하지만 그들이 찾고 있는 건 소릴료야. 무어는 다시는 나타나지 않을 수도 있어."

"정말…. 그러니까 무어가 소릴료를 죽이고 서로의 신분을 바꿔치기 했단 말이지?"

"그래. 무어는 소릴료를 LA로 불러 올렸어. 둘은 하이드어웨이 모텔에서 만났고, 무어가 그를 때려죽이지. 당신이 발견한 뒤통수의 외상이 그 증거야. 무어는 시신에 자신의 옷을 입히고 신발을 신겨놓지. 그러고 나선 산탄총으로 시신의 얼굴을 날려버리는 거야. 나중에 도노반이 발견할 수 있도록 곳곳에 자신의 지문을 남기고 뒷주머니에 유서를 넣어두기도 하지. 그 유서는 여러 각도로 해석이 가능하다고 생각해. 처음에는 자살자가 남긴 유서로 여겨졌지. 필적 대조가 무어라고 신원을 확인하는 데 도움이 되었고. 다른 각도에서 보면, 유서는 무어와 소릴료 둘만의 사적인 의미를 갖고 있다고 생각해. 둘이 자란 동네에선 '넌 누구냐?'라고 묻거나 '난 내가 누군지 알게 되었다'라는 말이 소속을 확인하는 암호처럼 쓰였어. 이야기를 하자면 좀 길어."

둘은 한동안 아무 말 없이 조금 전 보슈가 한 말을 곱씹어보고 있었다. 보슈는 아직도 설명이 미진한 부분이 많이 있다는 걸 알았다. 아직까지는 설명할 수 없는 것도 많았다.

테레사가 물었다.

"딴 사람들은 왜 죽인 거야? 포터와 후안 도우 말이야. 그 사람들이 무슨 상관이 있어서?"

보슈가 대답이 궁한 부분이 바로 이것이었다.

"잘 모르겠어. 방해가 됐기 때문이겠지. 소릴료는 자기 조직원을 경찰에 밀고한 지미 캅스를 살해하라고 지시했어. 캅스의 밀고 사실을 소릴료에게 전한 사람이 무어였던 것 같아. 그 후엔 후안 도우 67번이 살해당하지. 그건 그렇고 후안 도우의 진짜 이름은 구티에레스 료사라고 밝혀졌어. 그는 여기 멕시칼리에서 구타당해 살해된 뒤 그 시신이 LA로 옮겨진 거였어. 이유는 모르겠어. 그러고 나서 무어가 소릴료를 죽이고 그의 자리를 차지하지. 포터를 죽인 이유는 나도 모르겠어. 포터가 이 모든 사실을 밝혀낼지 모른다고 생각했을 수도 있겠지."

"너무 냉혹하군."

"그래."

"어떻게 그런 일이 있을 수 있지?"

테레사는 보슈에게가 아니라 자신에게 묻고 있는 것 같았다. 그녀가 말을 이었다.

"이제 곧 그를, 그 마약조직 두목을 땅에 묻을 건데…. 시장이랑 경찰국장까지 참석해서 영예롭게 묻어줄 건데. 기자들은 물론이고."

"그래도 당신은 진실을 알게 됐잖아."

그녀는 보슈의 대답에 대해 생각하는지 한동안 말이 없다가 질문을 던졌다.

"왜 그랬을까?"

"모르지. 우린 지금 완전히 다른 삶을 산 사람들 이야기를 하고 있는 거야. 경찰과 마약조직 두목. 하지만 그들 사이에 뭔가가, 같은 동네 사람들의 유대감 같은 게 있었던 게 틀림없어. 경위야 모르겠지만, 언제부턴가 그 경찰은 선을 넘었고, LA의 거리에서 그 마약조직 두목을 위해 일을 하기 시작하지. 무엇 때문에 그런 일을 하게 됐는지는 모르겠어. 돈 때문일 수도 있겠고, 아주 오래전에 어렸을 때 잃어버린 뭔가를 되찾기 위해서일 수도 있겠고."

"무슨 말이야?"

"잘 모르겠어. 아직 생각 중이야."

"둘이 그렇게 가까운 사이였다면, 왜 그를 죽였을까?"

"무어에게 직접 물어봐야겠지. 무어를 찾아낸다면 말이야. 어쩌면 우리 추측대로 소릴료의 자리를 차지하기 위해서였는지도 모르지. 소릴료가 가진 엄청난 재산 때문에. 아니면 죄책감 때문이었는지도 몰라. 너무 깊이 발을 담갔는데 빠져 나올 길이 없어서 말이야. 무어는 과거에 매여 살았어. 아니 아직도 살고 있지. 그의 아내가 그렇게 말했어. 어쩌면 뭔가를 다시 찾으려고 했는지도 몰라. 과거에 잃었던 것을 말이야. 아직은 잘 모르겠어."

테레사는 다시 침묵했다. 보슈는 담배의 마지막 한 모금을 빨았다.

"계획은 거의 완벽했던 것 같아. 경찰국이 깊이 들여다보고 싶지 않은 상황을 만들어 놓고 시체를 남기잖아."

보슈가 말했다.

"하지만 당신은 깊이 들여다봤잖아, 해리."

"그건 그래."

그래서 내가 여기까지 오게 된 거 아니겠어? 그는 생각했다. 이제 무엇을 해야 할지 깨달았다. 일을 끝내야 했다. 이제 공원에선 유령같이 어슬렁거리는 사람들이 보였다. 그들은 또 다른 절망의 날을 향해 걸어가고 있었다.

"해리, 왜 전화했어? 내가 어떡하길 바라는 거야?"

"믿을 사람이 필요해서. 당신밖에 생각나는 사람이 없었어, 테레사."

"내가 어떻게 하면 좋겠어?"

"사무실에 가면 법무부 지문 데이터베이스에 들어갈 수 있지?"

"대부분의 사건에서 신원확인을 그걸 이용해서 했어. 이제부턴 전부 다 그걸로 할 거야. 어빙은 이제 나한테 약점이 잡혔어."

"어빙이 부검 때 가져온 지문 카드 아직도 갖고 있어?"

"음, 잘 모르겠어. 직원들이 보관용으로 복사를 해놨을 거야. 그걸 법무부 것하고 대조해보라고?"

"그래. 대조해보면 일치하지 않을 거야."

"아주 확신을 하네?"

"그래, 확신은 하는데, 당신이 그걸 확인해줬으면 좋겠어."

"그러고 나선 어떡하려고?"

"그러고 나선, 장례식에서 보자고. 한 군데만 더 들러 보고 바로 올라갈 거야."

"어딜?"

"성에 가서 확인해보고 싶어. 그 이야길 하자면 길어. 나중에 얘기해줄게."

"장례식을 취소시키고 싶지는 않아?"

보슈는 잠시 생각해 보았다. 실비아 무어와 그녀의 불가사의한 매력에 대해 생각했다. 마약조직 두목이 경찰관의 장례식을 누리는 것에 대해서도 생각해보았다.

"응. 취소시키고 싶지 않아. 당신은?"

"나도."

보슈는 그녀의 이유는 그의 이유와는 확연히 다르다는 걸 알았다. 하지만 그런 건 아무래도 상관없었다. 테레사가 정식 법의국장이 될 가능성이 한층 더 높아졌다. 어빙이 그녀의 길을 가로막고 나선다면, 검시대에 오르는 시신과 같은 운명이 될 것이다. 그럴 경우에는 그녀가 더 많은 권력을 쥘 수 있게 될 것이다.

"좀 있다가 보자고."

그가 말했다.

"몸조심해, 해리."

보슈는 전화를 끊고 담배에 불을 붙였다. 해가 완전히 떠올라 땅에 깔린 안개를 몰아내고 있었다. 공원 주변으로 오가는 사람들이 많아졌다. 어디선가 여자의 웃음소리가 들렸다. 그러나 그 순간 그는 세상에 자기 혼자만 있는 것처럼 외로움이 사무쳤다.

32 파국

보슈는 코요테길이 끝나는 곳에 있는 성의 대문 앞에 차를 세웠다. 까스띨료 데 로스 오호스 앞에 있는 원형 진입로는 여전히 비어 있었다. 그러나 철 대문 두 짝을 묶어 놓았던 두꺼운 쇠사슬은 풀려 있었고 문이 조금 열려 있었다. 무어가 여기 있는 게 틀림없었다.

보슈는 대문 앞에 차를 그대로 세워놓고 걸어서 문 안으로 들어갔다. 몸을 웅크리고 빠른 걸음으로 갈색 잔디밭을 가로질렀다. 탑에 난 창문 두 개가 거인의 매서운 눈처럼 그를 내려다보고 있는 것 같았다. 그는 현관문 옆 치장벽토를 바른 벽에 등을 기대고 섰다. 아침 공기가 아직도 선선했지만 땀을 흘리고 있었고 숨을 거칠게 몰아쉬고 있었다.

현관문은 잠겨 있었다. 보슈는 한동안 꼼짝 않고 서서 무슨 소리가 들리지 않나 귀를 기울였지만 아무 소리도 들리지 않았다. 마침내 그는 몸을 웅크리고 1층에 있는 창문 아래를 걸어가 건물을 돌아 뒤쪽에 있는 차고로 갔다. 차고에도 문이 하나 있었는데 역시 잠겨 있었다.

저택의 뒤쪽은 무어의 가방 속에 있었던 사진 속에서 본 것과 똑같았다. 1층에는 전면유리로 된 미닫이문들이 있었고 앞에는 수영장이 있었다. 미닫이 문 하나가 열려 있었고 흰 커튼이 바람에 살랑거렸다. 마치 어서 들어오라고 손짓해 부르는 것 같았다.

열린 문을 통해 안으로 들어가니 커다란 거실이 나왔다. 가구가 퀴퀴한 냄새가 나는 흰 천에 덮여 있는 것이 마치 유령들이 우글거리는 듯했다. 보슈는 왼쪽으로 방향을 잡아 조용히 주방을 가로질러 가서 차고로 통하는 문을 열었다. 차 한 대가 여러 장의 흰 천에 덮여 있었고 연초록색 밴이 한 대 있었다. 옆면에 '멕시텍'이라는 글자가 보였다. 밴의 엔진 뚜껑을 만져보니 아직도 따뜻했다. 앞 유리로 들여다보니 조수석에 총신을 짧게 자른 이연식 산탄총 한 자루가 놓여 있었다. 그는 잠겨 있지 않은 조수석 문을 열고 총을 꺼냈다. 최대한 소리를 내지 않으려고 애를 쓰며 두 개의 약실을 열어보니 실탄이 가득 들어 있었다. 약실을 닫고 들고 있던 자기 권총은 권총집에 꽂고 산탄총을 들었다.

다른 자동차의 앞면을 덮고 있는 천을 벗겨보니 무어의 가방 속에 있었던 아버지와 아들 사진에서 보았던 선더버드 자동차였다. 차를 바라보던 보슈는 한 사람의 인생을 결정지은 계기를 알아보기 위해서는 얼마나 오랜 세월을 거슬러 올라가야 하나 궁금해졌다. 무어의 계기가 무엇이었는지 알지 못했다. 솔직히 보슈 자신의 계기가 무엇이었는지도 알지 못했다.

보슈는 거실로 돌아가 서서 조용히 귀를 기울였다. 아무 소리도 들리지 않았다. 집은 고요했고, 퀴퀴한 냄새가 났다. 오지 않은 누군가를, 혹은 무언가를 고통스럽게 기다리며 천천히 흘려보낸 세월이 느껴졌다. 방마다 유령이 가득했다. 흰 천에 덮인 의자를 바라보고 있는데 무슨 소리가 들렸다. 나무 바닥을 밟는 발자국 소리 같은 것이 위층에서 들려왔다.

저택 앞쪽으로 걸어가니 현관문 가까운 곳에 넓은 돌계단이 있었다. 보슈는 천천히 계단을 올라갔다. 위층에서는 더 이상 아무 소리도 들리지 않았다.

2층에 다다른 그는 카펫이 깔려 있는 복도를 걸어가며 침실 네 개와 욕실 두 개를 들여다보았다. 전부 비어 있었다.

그는 계단으로 돌아가 탑을 향해 올라갔다. 계단이 끝나는 꼭대기에 있는 문이 열려 있었고 아무 소리도 들리지 않았다. 그는 몸을 웅크리고 산탄총을 수맥을 찾는 막대기처럼 앞으로 내밀어 들고 천천히 문 앞에 가서 섰다.

무어가 있었다. 문에 등을 보이고 서서 거울을 들여다보고 있었다. 거울은 벽장문 뒤에 달려 있었고 벽장문이 약간 열려 있어 유리의 각도 때문에 보슈의 모습은 거울에 비치지 않았다. 보슈는 잠시 동안 들키지 않은 채 무어를 바라보다가 고개를 돌려 방 안을 둘러보았다. 방 중앙에 침대가 한 개 있었고 그 위에 서류가방이 열린 채 놓여 있었다. 그 옆에는 지퍼를 채운 운동 가방이 한 개 있었다. 이미 짐을 다 싸놓은 것 같았다. 무어는 아직도 움직이지 않았다. 거울에 비친 자기 얼굴을 홀린 듯이 바라보고 있었다. 턱수염이 많이 자라 덥수룩했고 눈은 갈색이었다. 색이 바랜 청바지에 새 뱀가죽 부츠를 신고 검은색 티셔츠에 검은색 가죽 재킷을 입고 검은색 가죽 장갑을 끼고 있었다. 멜로즈 거리(명품 상점들과 박물관, 미술관 등이 모여 있는 LA의 번화가 – 옮긴이)의 멋쟁이 같았다. 멀리서 보면 누구라도 멕시칼리의 교황으로 착각할 것 같았다.

무어의 허리띠에는 손이 닿는 부분은 나무로 되어 있고 가장자리는 크롬 도금 손잡이가 달린 자동 권총이 꽂혀 있었다.

"무슨 말이라도 좀 하지 그래, 해리? 그냥 그렇게 보고만 있을 건가?"

무어가 손이나 고개는 움직이지 않은 채 몸을 왼쪽으로 돌리자 거울 속에서 둘의 눈이 마주쳤다.

"소릴료를 죽이기 전에 새 부츠를 사 신었군, 안 그래?"

이제 무어는 보슈를 향해 완전히 돌아섰다. 그러나 아무 말도 하지 않았다.

"두 손은 계속 그렇게 앞으로 내밀고 있어."

보슈가 말했다.

"그럼 그럼, 시키는 대로 할게, 해리. 누군가 온다면 당신일 거라고 생각했어."

"누가 오기를 바랐나보지?"

"바랐던 날도 있었고, 바라지 않았던 날도 있었지."

보슈는 방 안으로 들어가 옆으로 한 발짝 가서 무어와 직선이 되게 섰다.

"턱수염을 길렀군. 멀리서 보면 꼭 교황 같은데? 근데 그의 부관들은 어땠어? 그냥 뒤로 물러서서 당신이 교황의 자리를 뺏는 걸 그냥 보고만 있던가?"

"돈에 넘어갔지. 돈만 주면 당신도 교황으로 모실걸. 지갑만 두둑하면 못할 것이 없어. 나도 그랬고."

무어가 고갯짓으로 침대 위에 있는 운동 가방을 가리켰다.

"당신은 어때? 내게 돈이 있어. 많지는 않아. 11만 달러 정도."

"난 당신이 한몫 크게 챙겨서 튈 거라고 생각했는데."

"아, 물론, 물론 그럴 거야. 현재 수중에 있는 돈만 그 정도라는 얘기야. 당신이 좀 일찍 찾아와서 말이야. 하지만 더 갖다 줄 수 있어. 은행에 있거든."

"소릴료의 모양새뿐만 아니라 서명까지도 연습했나보지?"

무어는 대답하지 않았다.

"누구였어?"

"누가?"

"알잖아."

"이복형. 아버지가 달랐지."

"그럼 이곳은? 이곳이 바로 그곳이지? 당신이 쫓겨나기 전까지 살았던 성."

"그래. 노친네가 세상을 뜨고 나서 사들였지. 근데 사고 나니까 귀찮아지더라고. 요즘에는 좋아하는 것도 관리하기가 정말 어려워. 모든 게 시들하고 따분해."

보슈는 무어의 얼굴을 바라보았다. 정말 따분해 죽겠다는 표정을 짓고 있었다.

"목장에서는 무슨 일이 있었던 거야?"

보슈가 물었다.

"아, 그 세 명? 글쎄, 최후의 심판이 있었다고 해야 할까? 그레나는 몇 년 동안 형의 피를 빨아온 거머리였어. 아리삐스가 그 거머리를 떼어냈지."

"그러면 아리삐스와 댄스는 누가 떼어냈지?"

"내가."

무어가 망설임 없이 대답하자 보슈는 말문이 막혔다. 무어는 경찰이었다. 절대로 자백을 해서는 안 된다는 걸 알고 있었다. 변호사가 옆에 있고 유죄답변 거래가 이루어지고 서명을 하기 전까지는 어떤 말도 해서는 안 된다는 사실을 알고 있었다.

보슈는 산탄총을 쥐고 있는 두 손에 땀이 나서 손을 움직여 총을 바로 잡았다. 앞으로 한 발짝 걸어가 집 안에서 다른 소리가 들리는지 귀를 기울여보았다. 무어가 다시 말을 시작할 때까지 아무 소리도 들리지 않았다.

"난 돌아가지 않아, 해리. 당신도 알고 있을 거라 생각하는데."

사무적인 어조로 말하는 것을 보면 아주 오래전에 그렇게 결심을 한 것 같았다.

"어떻게 소릴료를 LA까지 불러 올려서 모텔 방으로 끌어들였지? 인사기록의 지문은 어떻게 바꿔치기 한 거야?"

"말해 달라고? 그리고 나선 어떻게 되는 거지?"

말을 마친 무어가 잠깐 운동 가방을 내려다보았다.

"그리고 나선 아무 일도 없을 거야. 우린 LA로 돌아갈 거야. 당신이 지금 하는 말은 미란다 원칙을 고지 받지 않은 상태에서 하는 거라서 어떤 것도 당신한테 불리한 증거로 쓰일 수가 없어. 그냥 우리 둘만 알고 넘어가는 거지."

보슈가 말했다.

"지문 바꿔치기는 별것 아니었어. 난 그동안 형에게 가짜 신분증을 만들어주고 있었거든. 형은 원하면 언제나 국경을 넘을 수 있게 보통 가짜 신분증 서너 개는 가지고 다녔지. 한번은 또 여권이랑 지갑에 넣을 기타 신분증을 만들어달라더군. 그래서 지문이 필요하다고 했지. 그리고 그 지문들은 내가 가지고 있었어."

"그러면 모텔로 유인한 건?"

"아까도 말했지만, 형은 아무 때나 국경을 넘나들었어. 땅굴을 통해 미국으로 넘어와도 마약단속국은 목장이나 지키고 있으면서 형이 목장 안에 있다고 믿었지. 형은 레이커스 경기를 보러 다녔어. TV에 얼굴을 들이밀기를 좋아하는 그 금발 여배우 근처에 앉아서 경기를 보곤 했어. 어쨌든, 또 경기를 보러 왔다기에 만나자고 했어. 왔더군."

"그래서 형을 죽여 버리고 그 자리를 차지했군. 그러면 그 늙은이는, 그 일용직 노동자는 어떻게 된 거야? 그 사람은 누가 왜 죽인 거야?"

"있으면 안 될 곳에 있었기 때문이야. 형이 마지막으로 미국에 갔다가 돌아와 땅굴을 통해 방으로 올라왔을 때 마침 그가 거기 있었대. 그 방은 일용직 노동자가 들어가면 안 되는 방이었지. 아마 글을 몰라서 표지판을 읽지 못했던 것 같아. 땅굴이 있다고 퍼뜨리고 다닐지 모르니까 살려둘 수가 없었다더군."

"근데 골목길에 갖다 버린 건 왜 그랬어? 조슈아 트리(미국 캘리포니아 주 모하비 사막 내에 있는 국립공원으로 멸종 위기를 맞는 유카 식물, 일명 조슈아 트리를 보전하기 위해 세워진 곳 – 옮긴이) 같은 곳에 묻어버리지 그랬어? 절대로 발견되지 않을 곳에 말이야."

"사막도 좋았겠지. 한데 내가 그를 유기한 게 아니었어, 보슈. 모르겠어? 형이 날 통제하기 위한 수단으로 그랬던 거야. 형의 부하들이 그 시체를 LA까지 끌고 와서 거기다가 버렸어. 아리삐스가 그랬지. 그날 밤 난 형에게서 전화를 받았어. 에그 앤 아이에서 만나자더군. 골목길에 차를 세워두고 오랬지. 그래서 갔다가 시체를 발견했지. 내가 그 시체를 유기한 게 아니었어. 보자마자 신고를 했어. 이제 알겠어? 형이 나를 자기 마음대로 조종하기 위해 벌인 일들 중에 하나였어. 어쨌든 그렇게 된 거고. 포터가 사건을 맡았더군. 난 수사를 좀 쉬엄쉬엄 하라는 조건으로 그와 거래를 했고."

보슈는 아무 말도 하지 않았다. 방금 무어가 얘기한 사실들을 종합해 보고 있었다.

"좀 따분해지는군, 해리. 그래 어떡할 건가? 날 수갑 채워 끌고 가서 영웅이 될 생각이야?"

"왜 그냥 잊어버리지 못했어?"

보슈가 물었다.

"뭘?"

"이곳. 당신 아버지. 그 모든 걸 말이야. 과거는 그냥 과거로 흘려보내지 그랬어."

"난 내 삶을 빼앗겼어, 친구. 노친네는 우리를 쫓아냈어. 내 어머닌…. 당신 같으면 그런 과거를 잊을 수 있겠어? 개소리 집어치워, 보슈. 당신은 아무것도 몰라."

보슈는 아무 말도 하지 않았다. 그러나 자신이 너무 뜸을 들이고 있다는 걸 알고 있었다. 무어가 상황을 주도하고 있었다.

"노친네가 죽었다는 소식을 들었을 때, 그때부터 일이 시작된 거야. 이곳을 내 것으로 만들어야겠다는 생각이 들었어. 그래서 형을 찾아갔지. 그게 실수였어. 처음에는 자잘한 일들이었는데 점점 더 커지더니 멈추질 않았어. 얼마 안 가 난 LA에서 형을 위해 광대 짓을 하고 있더라고. 그 덫에서 빠져나와야 했어. 길은 하나뿐이었지."

"그건 잘못된 길이었어."

"하지 마, 해리. 나도 그 노래 알아."

보슈는 무어가 자기 입장에서 이야기했다는 사실을 알고 있었다. 어찌 됐든 무어가 악마를 품에 안은 것만은 분명했다. 그는 자신이 누군지 알게 되었던 것이다.

"왜 나야?"

보슈가 물었다.

"뭐가?"

"왜 나를 위해 파일을 남겼어? 그러지 않았다면, 난 여기에 있지 않을 텐데 말이야. 당신은 아무런 혐의도 받지 않고 맘 편하게 움직일 수 있었을 텐데."

"해리, 당신은 예비책이었어. 모르겠어? 자살극이 먹히지 않았을 때를 대비해 다른 계획이 필요했어. 난 당신이 그 파일을 받으면 파고들어 수사를 계속할 거라고 생각했어. 뭔가 이상한 점을 발견하고 경종을 울릴 거라는 걸 알았지. 자살이 아니라 피살이라고 말이야. 하지만 당신이 여기까지 쫓아올 줄은 몰랐어. 어빙을 비롯한 고위 간부들이 당신을 주저앉힐 거라고 생각했어. 사건의 진짜 전모를 알고 싶어 하지 않았기 때문에 말이야. 그들은 이 모든 진실이 나와 함께 묻히기를 바라거든."

"그리고 포터와 함께."

"그래, 포터도 함께. 포터는 너무 약했어. 죽은 게 차라리 잘된 일인지도 몰라."

"그리고 나도? 호텔에서 아리삐스가 나를 맞혀서 죽었다면 내게도 더 잘된 일이었을까?"

"해리, 당신은 너무 가까이 다가오고 있었어. 겁을 줄 필요가 있었지."

보슈에겐 더 이상 할 말도 물어볼 말도 남아있지 않았다. 무어도 이야기가 끝나가고 있다는 걸 느낀 것 같았다. 그가 다시 한 번 시도를 했다.

"해리, 저 가방 안에 통장이 여러 개 들어 있어. 당신 거야."

"관심 없어, 무어. 돌아가자고."

그 말에 무어가 웃음을 터뜨렸다.

"LA에서 누구라도 이 일에 신경이나 쓸 것 같아?"

보슈는 아무 말도 하지 않았다.

"경찰국에 있는 사람들이 말이야. 누구도 쥐뿔도 신경 안 쓸걸. 이런 일에 대해서는 알고 싶어 하지 않아, 그 사람들. 악재니까. 하지만 당신은, 당신은 경찰국 사람이 아니지. 경찰국에 몸을 담고 있지만 다른 경찰들하고는 전혀 다르니까. 무슨 말인지 알지? 그게 문제야. 당신이 날 끌고 가면, 그들은 당신을 나만큼이나 나쁜 놈으로 볼 거야. 똥을 가득

실은 마차를 끌고 나타났으니까 말이야. 진실을 알고 싶어 하는 사람은 당신뿐일 거야, 해리. 정말이야. 이제 진실을 알았으니까 돈을 챙겨서 떠나."

"당신 부인은? 부인도 아무 관심 없을 것 같아?"

그 말에 무어가 잠시 말을 멈췄다.

"실비아. 모르겠어. 우린 벌써 오래전에 끝났어. 실비아가 이 일에 대해 신경을 쓸지 안 쓸지 모르겠어. 이젠 실비아를 완전히 잊었어."

보슈는 무어를 노려보며 그의 진심을 알아내려고 애를 썼다.

"다 지나간 일이야. 그러니까 돈이나 챙겨서 떠나. 원하면 나중에 더 줄 수도 있어."

무어가 말했다.

"돈은 관심 없어. 당신도 잘 알 텐데."

"그래, 그럴 거라고 생각했어. 하지만 내가 당신과 함께 돌아가지 않으리라는 것도 당신도 잘 알 텐데. 그렇다면 우리에겐 뭐가 남았지?"

보슈가 왼쪽 다리에 체중을 싣자, 엉덩이에서 산탄총의 개머리판이 느껴졌다. 둘 사이에 침묵이 흐르는 동안 보슈는 생각했다. 내가 왜 여기까지 왔을까? 왜 무어에게 권총을 꺼내 바닥으로 던지라고 하지 않았을까?

무어가 재빠르고 유연한 동작으로 오른손을 들어 허리띠에서 권총을 뽑아 들었다. 그가 보슈를 향해 총을 겨누는 순간 보슈의 손가락이 산탄총의 방아쇠를 잡아당겼다. 귀가 먹먹해지는 총성이 방 안을 가득 채웠다. 무어는 얼굴에 집중 포화를 받았다. 연기 속에서 보슈는 그의 몸이 뒤로 젖혀지며 공중으로 날아가는 것을 보았다. 그의 두 손이 천장을 향해 날아오르는가 싶더니 곧바로 그의 몸이 침대 위로 떨어졌다. 그의 권총도 발사가 되었지만 총알은 엉뚱한 곳으로 날아가 아치형 창문의 유리 한 장을 박살냈다. 총이 바닥으로 떨어졌다.

탄피에서 터져 나온 검게 탄 충전재 조각들이 얼굴 없는 남자가 흘린 피 속으로 천천히 떨어져 내렸다. 화약 냄새가 진동을 했고, 보슈는 얼굴에서 물기를 느꼈다. 냄새로 볼 때 피라는 걸 알 수 있었다.

보슈는 1분 이상 넋을 놓고 서 있다가 주변을 돌아보았다. 거울 속에 자신의 모습이 보였다. 그는 재빨리 고개를 돌렸다.

그는 침대로 걸어가 운동 가방의 지퍼를 열었다. 그 속에는 돈 다발이 차곡차곡 쌓여 있었고 대부분이 1백 달러짜리 지폐였다. 지갑과 여권도 있었다. 열어보니 무어의 사진이 있는 가짜 여권과 신분증이 들어 있었다. 거기서 무어는 패서디나(미국 캘리포니아 주 로스앤젤레스 군에 있는 도시 - 옮긴이)에 사는 40세의 헨리 메이즈였다. 여권 속에는 사진이 두 장 들어 있었다.

첫 번째 사진은 무어가 흰 종이가방에 든 사진들 속에서 골라낸 것 같은 폴라로이드 사진이었다. 무어와 아내가 20대 초반이었을 때 찍은 사진인 것 같았다. 둘은 소파에 나란히 앉아 있었다. 연회장인 듯했다. 실비아는 카메라를 보고 있지 않았다. 무어를 바라보고 있었다. 보슈는 무어가 그 사진을 고른 이유를 알 것 같았다. 그녀의 애정 어린 표정이 아름다웠다. 두 번째 사진은 흑백사진으로 가장자리가 변색이 된 것을 보면 액자에서 꺼내 온 것 같았다. 사진 속에는 어린 칼 무어와 움베르또 소릴료가 있었다. 둘은 장난스럽게 레슬링을 하고 있었다. 둘 다 셔츠를 입지 않았고 즐겁게 웃고 있었다. 둘 다 구릿빛 피부에 문신이 있는 곳만 약간 연한 갈색이었다. 둘 다 팔에 성자들과 죄인들 문신을 하고 있었다.

보슈는 사진 두 장은 자신의 재킷 주머니에 넣고 지갑과 여권은 다시 운동 가방에 집어넣었다. 유리가 깨진 창문으로 걸어가 코요테길과 국경으로 이어지는 저지대를 내려다보았다. 경찰차는 보이지 않았다. 국경순찰대도 없었다. 구급차를 부른 사람도 없었다. 성의 두꺼운 벽들이 그 안에서 사람이 죽는 소리를 삼켜버린 것이다.

해가 중천에 떠 있었고 따뜻한 햇살이 깨진 창문을 통해 들어오고 있었다.

33 거래

보슈는 스모그가 자욱한 LA 외곽에 도착할 즈음에야 비로소 완전히
정신을 차릴 수 있었다. 시궁창 같은 곳으로 다시 돌아왔지만 자신의
상처가 치유될 곳은 바로 여기라는 걸 알고 있었다. 그는 고속도로를
타고 시내를 에둘러 카후엥가 고갯길로 올라갔다. 한낮이라 도로는 한
산했다. 산을 올려다보니 크리스마스날 밤에 있었던 화재로 검게 타버
린 길이 보였다. 그런데 그 모습마저도 반갑고 정겨웠다. 화재의 열기로
인해 야생화의 씨앗들이 껍질을 뚫고 싹을 틔웠을 터였다. 봄이 되면
온 산에 화려한 꽃들이 만발할 것이다. 뒤이어 수풀도 우거질 것이고,
그러면 땅에 난 흉터는 완전히 종적을 감출 것이다.

벌써 오후 1시가 넘어 있었다. 샌퍼낸도 미션 성당에서 열리는 무어
의 장례 미사에 참석하기에는 너무 늦어버렸다. 그래서 보슈는 밸리를
통과해 오크우드 공동묘지로 가고 있었다. 공무 수행 중 살해당한 칼렉
시코 무어 경사의 매장식은 채스워스 에테르날 밸리에 있는 공동묘지

에서 경찰국장과 시장과 기자들이 참석한 가운데 거행될 예정이었다. 보슈는 운전을 하면서 미소를 지었다. 마약조직 두목을 영예롭게 묻기 위해 다들 모인다는 생각에 웃음이 저절로 나왔다.

　보슈는 운구행렬이 들어오기 전에 묘지에 도착했다. 진입로 근처 절벽 위에 벌써 기자들이 와서 포진하고 있었다. 흰 와이셔츠에 검은색 넥타이를 매고 검은색 정장을 입고 왼팔에 완장을 두른 남자들이 묘지 진입로에 서서 보슈에게 주차장을 가리켜 보였다. 보슈는 차에 앉아 가운데 천장에 달린 백미러를 보며 넥타이를 맸다. 면도를 하지 않아 추레해 보였지만 개의치 않았다.

　매장식장은 참나무 숲 옆에 마련되어 있었다. 완장을 두른 남자 한명이 길을 안내하고 있었다. 보슈는 줄지어 늘어선 비석들을 둘러서 잔디밭을 가로질러 갔다. 바람 때문에 머리가 사방으로 흩날렸다. 그는 초록색 장례식 천막이 쳐져 있고 화환들이 늘어서 있는 곳에서 멀찌감치 떨어진 곳에 자리를 잡고 나무에 등을 기대고 섰다. 담배를 피우며 차들이 속속 도착하는 모습을 지켜보았다. 운구행렬보다 먼저 도착해 있는 차도 몇 대 있었다. 그때 헬리콥터 소리가 들려오기 시작했다. 경찰 헬기들이 운구차 위를 날고 있었고 언론사 헬기들이 파리들처럼 묘지 위를 선회하기 시작했다. 오토바이 행렬이 묘지 입구를 통과해 들어오기 시작하자 절벽 위에 있는 TV 카메라들이 일제히 그 긴 행렬을 따라 움직였다. 오토바이가 족히 2백 대는 될 것 같았다. 빨간 신호등과 속도제한을 무시할 수 있고 불법 유턴을 해도 상관없는 날이 바로 경찰관의 장례식 날이었다. 도로에 남아 순찰을 도는 교통경찰관은 단 한 명도 없었다.

　오토바이 행렬의 뒤를 이어 운구차와 유족이 탄 리무진이 나타났다. 그 뒤로 다른 조문객들의 차들도 따라 들어왔고 곧 사람들이 곳곳에 주차를 하고 사방에서 매장식장을 향해 묘지를 가로질러 걸어갔다. 완장을 찬 남자 한 명이 실비아가 리무진에서 내리는 걸 돕고 있었다. 그녀 혼자 리무진을 타고 온 모양이었다. 50미터쯤 떨어진 곳에 있는데도 그녀의 아름다운 모습이 눈에 들어왔다. 단순한 검은색 드레스를 입고 있었는데, 바람에 옷이 착 달라붙어 매력적인 몸매가 그대로 드러났다. 쓰고 있는 검은 모자가 바람에 날아가지 않게 하려고 손으로 잡고 있었다. 검은색 장갑에 검은색 선글라스를 끼고 있었고 빨간색 립스틱을 발랐다. 보슈는 그녀에게서 눈을 뗄 수가 없었다.

완장을 찬 남자가 실비아를 천막 밑에 놓인 접의자들 쪽으로 안내했다. 의자들 앞에는 말끔하게 파놓은, 관이 들어갈 구덩이가 보였다. 걸어가면서 그녀가 약간 고개를 돌렸고 보슈는 그녀가 자기를 보고 있다고 생각했지만 선글라스를 쓰고 있고 표정에 아무런 변화가 없었기 때문에 확신할 수는 없었다. 그녀가 자리에 앉은 후, 리카드를 비롯한 대마팀원들과 보슈가 모르는 남자들 몇 명이 회색빛이 도는 푸른색의 철로 만든 관을 운구해왔다.

"결국 나타나셨군."

뒤에서 누군가가 말했다.

돌아보니 테레사 코라존이 다가오고 있었다.

"응. 방금 전에 도착했어."

"면도 좀 해야겠는데?"

"그 밖에도 할 일이 많아. 기분은 어때, 테레사?"

"최고야."

"다행이네. 그래, 어떻게 됐어?"

"당신이 예상했던 대로였어. 법무부 컴퓨터에 들어 있는 무어의 지문과 어빙이 우리에게 넘긴 지문을 대조해봤어. 일치하지 않았어. 다른 사람이야. 저 관 속에 누운 건 무어가 아니야."

보슈는 고개를 끄덕였다. 물론 그랬을 것이다. 이젠 그녀의 확인이 필요 없었다. 자신이 직접 무어를 보고 왔으니까. 침대 위에 누워 있는 무어의 얼굴 없는 시체가 떠올랐다.

"이제 어쩔 작정이야?"

보슈가 물었다.

"벌써 해결했어."

"뭐?"

"장례 미사 전에 어빙 부국장한테 말했어. 당신도 어빙의 얼굴을 봤으면 좋았을 텐데."

"그런데도 어빙은 장례식을 중단하지 않았군."

"저울질을 했겠지. 무어가 무엇이 신상에 이로운지를 알고 있으면 다시는 나타나지 않을 가능성이 높다고 판단한 것 같아. 법의국장 서리를 정식 법의국장으로 추천하기만 하면 모든 게 이대로 묻힐 수 있다고 판단한 것 같고. 자기가 먼저 그러더라고, 추천하겠다고 말이야. 그의 앞에 놓인 선택안을 굳이 설명해줄 필요도 없었어."

"당신은 이제 호랑이굴에 들어간 거야. 즐거운 여행이 되길 바래, 테레사."

"고마워, 해리. 그리고 오늘 아침에 전화를 해준 것도 고맙고."

"당신이 이 모든 걸 어떻게 알게 됐는지 어빙도 알아? 내가 전화를 했다는 걸 알아?"

"아니. 하지만 굳이 말할 필요도 없었던 것 같은데."

테레사의 말이 옳았다. 어빙은 어떤 식으로든 보슈가 개입되어 있다는 걸 알고 있을 것이다. 보슈는 테레사 너머로 실비아를 바라보았다. 그녀는 조용히 앉아 있었다. 양 옆자리는 비어 있었다. 누구도 그녀 옆에 앉으려고 하지 않을 것 같았다.

"저 앞으로 가봐야겠어. 딕 에바트하고 여기서 만나기로 했거든. 인사위원회의 인선 날짜를 잡고 싶어 하더라고."

테레사가 말했다.

보슈는 고개를 끄덕였다. 에바트는 일흔 살이 다 된 노인으로 25년째 LA 카운티 인사위원으로 일하고 있었다. 비공식적이었지만 벌써부터 정식 법의국장 후보로 테레사를 지지하고 있었다.

"해리, 우린 계속 일과 관련해서만 만났으면 좋겠어. 물론 오늘 일은 고마워. 하지만 한동안은 거리를 두고 지냈으면 해. 적어도 당분간은 말이야."

보슈는 고개를 끄덕였고 테레사가 천막 앞에 모여 있는 사람들을 향해 걸어가는 것을 바라보았다. 하이힐을 신은 그녀의 발이 잔디 위를 걸어가면서 뒤뚱거리고 있었다. 잠깐 동안 보슈는 그녀가 주름종이처럼 쭈글쭈글하고 축 늘어진 목살 때문에 신문 사진에서 보면 늘 두드러져 보이는 그 늙은 인사위원과 섹스를 하는 모습을 상상했다. 머릿속에 떠오르는 이미지가 역겨웠고 그런 상상을 하는 자신이 혐오스러웠다. 그는 그 이미지를 몰아내고 테레사가 사람들 속으로 걸어 들어가 정치인처럼 악수를 하는 모습을 지켜보았다. 이제 그녀는 정치인이 되어야 했다. 그런 그녀의 모습을 보고 있자니 서글픈 느낌이 들었다.

매장식 시작 시각이 몇 분 남지 않았는데도 사람들이 속속 도착하고 있었다. 그 사람들 속에서 어빈 어빙 부국장의 빛나는 대머리가 보였다. 경찰 제복을 입고 경찰모를 옆구리에 끼고 있었다. 경찰국장과 시장의 오른팔 한 명과 함께 서 있었다. 시장은 또 늦을 모양이었다. 어빙이 보슈를 보더니 무리에서 빠져나와 그를 향해 걸어오기 시작했다. 주변 경관을 감상하듯 둘러보면서 걸어왔다. 참나무 아래 보슈 옆에 설 때까지

한 번도 보슈를 보지 않았다.

"보슈 형사."

"부국장님."

"언제 왔나?"

"조금 전에요."

"면도를 해야겠군."

"네, 압니다."

"그래, 이제 우린 어쩌지? 어떡할까?"

벌어진 일을 안타까워하는 듯한 목소리여서 보슈는 어빙이 대답을
듣고 싶은 것인지 그냥 혼잣말을 하는 것인지 알 수가 없었다.

"보슈 형사, 자네가 어제 내 명령대로 내 사무실에 나타나지 않았을
때, 난 자넬 징계하기로 결정했네."

"그러실 거라고 생각했습니다. 정직입니까?"

"아직은 지시를 내리지 않았어. 난 공정한 사람이야. 먼저 자네하고
이야기를 해보고 싶었어. 오늘 아침에 법의국장 서리하고 이야기를 나
눴나?"

보슈는 거짓말을 하지 않을 작정이었다. 이번에는 자기가 높은 패를
쥐고 있다는 걸 알고 있었다.

"네. 지문 대조를 부탁했습니다."

"멕시코에서 무슨 일이 있었기에 그런 걸 부탁했지?"

"그 문제에 대해서는 드리고 싶은 말씀이 없습니다, 부국장님. 전부
뉴스에서 보시게 될 겁니다."

"불행하게 끝난 마약단속국의 단속 이야기를 하자는 게 아니야. 무어
이야기를 하자는 거야, 보슈 형사. 전말을 알아야 매장식을 중단시키든
지 말든지 할 거 아냐."

어빙의 대머리에서 푸른 정맥 하나가 불끈 솟아올랐다가 사라졌다.

"도와드릴 수가 없을 것 같습니다, 부국장님. 저하고는 상관없는 일이니까요. 저기 파운즈 과장님이 오네요."

어빙이 고개를 돌려 천막 쪽을 바라보았다. 경찰제복을 차려입은 하비 파운즈 경위가 그들을 향해 걸어오고 있었다. 보슈의 수사로 사건을 몇 건이나 종결시킬 수 있을 것인지 알고 싶어서 오는 것 같았다. 그러나 어빙이 교통경찰처럼 손을 들자 파운즈는 갑자기 걸음을 멈추더니 다시 돌아서서 가버렸다.

"내가 하고 싶은 말은, 보슈 형사, 우리가 지금 멕시코 마약조직 두목을 성대하게 묻어주려고 하고 있다는 거야. 부패한 경찰관은 거리를 활보하고 다니는데 말이지. 이게 얼마나 치욕…. 빌어먹을! 이런 말을 내뱉다니! 이런 말을 자네한테 하고 있다니 내가 미쳤나 보군."

"절 별로 믿지 못하시네요, 부국장님."

"이런 문제와 관련해선 난 아무도 믿지 않아."

"걱정 마십시오."

"내가 누굴 믿을 수 있고 누군 믿을 수 없는가 하는 문제 따위는 걱정도 하지 않아."

"부패한 경찰관은 거리를 활보하고 다니는데 마약조직 두목을 성대하게 묻어주는 일 말입니다. 그건 걱정 마시라고요."

어빙은 눈을 가늘게 뜨고 보슈를 관찰했다. 그렇게 하면 보슈의 생각을 꿰뚫어볼 수 있기라도 하는 것처럼.

"지금 농담하는 건가? 걱정하지 말라고? 이건 시와 경찰국 전체에 엄청난 파장을 가져올 수 있는 일이야. 얼마나 치욕스…."

"부국장님, 그냥 잊어버리십시오. 아시겠습니까? 전 부국장님을 돕기 위해서 여기 있는 겁니다."

어빙은 다시 한참 동안 보슈를 관찰했다. 어빙은 체중을 다른 발에 실었다. 머리 위의 푸른 정맥이 다시 한 번 불끈 솟았다. 부국장은 해리 보슈 같은 사람이 이런 어마어마한 비밀을 묻어둘 거라고는 믿을 수가 없을 것이다. 테레사 코라존 같은 사람은 어렵지 않게 자기편으로 끌어들일 수 있었다. 어빙 자신이나 테레사나 비슷한 류의 사람들이니까. 그러나 보슈는 달랐다. 보슈는 오랜 침묵이 좀 지루해지기 시작했지만, 이 순간을 즐기고 있었다.

"멕시칼리에서 일어난 재앙에 대해서는 마약단속국에 다 알아봤어. 소릴료로 보이는 남자가 도주했다더군. 행방이 묘연하다던데?"

보슈의 입을 열려는 어설픈 수작이었다. 그러나 효과는 별로 없었다.

"앞으로도 계속 묘연할 겁니다."

어빙은 이 말에 아무 대꾸도 하지 않았고, 보슈는 그의 침묵을 깨지 않는 것이 낫다고 생각했다. 어빙은 지금 생각을 정리하고 있었다. 보슈는 부국장의 턱 근육이 굳어지는 걸 바라보며 잠자코 있었다.

"보슈, 이 일에 문제가 있는지, 앞으로 문제가 될 가능성이 있는지 지금 당장 알아야겠어. 그래야 저리로 걸어가서 국장과 시장과 수많은 카메라 앞에서 매장식을 중단시킬 것인지 말 것인지 결정할 수 있으니까 말이야."

"지금 마약단속국이 뭐하고 있는지 아시고 싶다는 겁니까?"

"그리고 앞으로는 어쩔 작정인지도. 지금 그들은 공항을 감시하고, 모든 지역 경찰당국에 연락을 취해 놨어. 소릴료의 사진이 실린 수배전단도 뿌려 놨지. 그 밖에는 할 수 있는 일이 별로 많지 않을 것 같은데. 잠수를 탔다니까 말이야. 적어도 그들 말로는 그렇거든. 난 그가 앞으로도 쭉 모습을 드러내지 않을 건지 어떤지 알고 싶어."

보슈가 고개를 끄덕이고 나서 말했다.

"그들은 수배자를 절대로 찾지 못할 겁니다, 부국장님."

"이유를 말해보게, 보슈 형사."

"말씀 드릴 수 없습니다."

"왜?"

"부국장님이 절 믿지 못하시는 것처럼, 저도 부국장님을 믿을 수가 없으니까요."

어빙은 이 말을 곱씹어보는 듯했고 이윽고 보일 듯 말듯 고개를 끄덕였다.

보슈가 말했다.

"그들이 찾고 있는 사람은, 그들이 소릴료라고 믿고 있는 사람은, 지금 잠수를 타고 있고, 돌아오지 않을 겁니다. 이 정도면 충분하지 않습니까?"

보슈는 까스띨료 데 로스 오호스의 침대 위에 누워있는 무어의 시신을 생각했다. 벌써 얼굴은 사라지고 없었다. 2주쯤 지나면 살도 썩기 시작할 것이다. 지갑 속에 든 가짜 신분증 외에는 지문도, 신원을 확인할 수 있는 다른 어떤 증거도 남지 않을 것이다. 한동안 문신은 남아 있을 것이다. 그러나 그 문신을 한 사람들은 그 말고도 많이 있었다. 도망자 소릴료까지도.

보슈는 돈도 그대로 놔두고 왔다. 또 하나의 예비책이었다. 처음으로 시체를 발견한 사람이 경찰에 신고할 생각을 못하게 하기에, 그냥 돈을 챙겨 떠나게 하기에 충분한 액수였다.

보슈는 손수건으로 산탄총에 묻은 자신의 지문을 닦고 총을 놔두었다. 현관문을 잠그고, 철 대문을 쇠사슬로 감아놓고 자물쇠의 걸쇠를 걸고는 손이 닿은 곳을 세심하게 닦아 지문을 없앴다. 그리고 나서 LA로 돌아왔다.

"마약단속국이 사건 처리를 시작했습니까?"

보슈가 어빙에게 물었다.

"진행 중이야. 그 마약밀매 조직이 일망타진됐다고 들었어. 마약단속 국은 블랙 아이스라고 불리는 마약이 그 목장에서 제조되어 땅굴을 통해 인근에 있는 두 개의 공장으로 옮겨진 후 국경을 넘어 밀반입되었다는 사실을 확인했어. 다른 상품 속에 몰래 숨겨 들어온 마약은 칼렉시코에서 따로 빼내 전국으로 유통됐다더군. 그 두 개의 공장은 폐쇄됐어. 그 중 하나는 우리나라에 불임 광대파리를 수출하던 정부 계약업체였지. 그 때문에 정부 입장이 아주 난감해질 것 같아."

"인바이로브리드 말입니까?"

"그래. 수송차량 운전기사가 국경 검문소에 제시한 선하증권하고 여기 LA에 있는 박멸센터에서 받은 화물인수증하고의 대조 작업이 내일이면 끝날 거야. 그 서류들이 변조됐거나 위조됐다고 들었어. 센터에서 받은 화물 상자보다 국경을 통과한 상자가 더 많았다는 얘기지."

"내부자의 도움이 있었겠군요."

"그럴 가능성이 아주 높지. 식품의약국에서 파견된 현장 감독관이 멍청이였거나 뇌물을 받았거나 둘 중 하나일 거야. 어느 쪽이 더 나쁜 건지는 모르겠지만."

어빙은 입고 있는 제복의 어깨를 툭툭 털었다. 머리카락이나 비듬이 하나도 없는데도 깔끔을 떨고 있었다. 그러고는 보슈에게서 돌아서서 관 주위에 모여 있는 많은 경찰관들을 바라보았다. 매장식이 곧 시작될 모양이었다. 어빙이 허리를 꼿꼿하게 펴더니 보슈를 돌아보지도 않고 말했다.

"보슈, 자넬 믿어야 할지 말아야 할지 모르겠어. 도대체 판단이 서질 않는군."

보슈는 대꾸하지 않았다. 어빙이 걱정을 하게 내버려둘 생각이었다.

어빙이 말을 이었다.

"자넨 경찰국만큼이나 잃을 게 많다는 사실을 잊지 마. 아니 더 많을 거야. 경찰국은 언제나 다시 일어설 수 있어. 시간이 꽤 오래 걸릴지 모르지만 언제나 명예를 다시 회복할 수 있다고. 하지만 스캔들로 오명을 뒤집어 쓴 개인은 다르지."

보슈는 서글픈 미소를 지었다. 어빙은 하나도 그냥 넘어가는 법이 없었다. 그의 마지막 말은 협박이었다. 보슈가 경찰국에 불리한 말을 떠벌리고 다니면, 가만 두지 않겠다는 협박이었다. 어빙이 직접 나서서 보슈를 쓰러뜨리겠다는 다짐이었다.

"두려우십니까?"

보슈가 물었다.

"뭐가 말인가, 형사?"

"모든 것이 말입니다. 제가요. 부국장님 자신도요. 일이 부국장님 바람대로 풀리지 않은 게요. 제가 밝혀낸 사실이 진실이 아닐지도 모른다는 사실이요. 모든 것이 말입니다, 부국장님. 모든 것이 두려우십니까?"

"내가 두려워하는 건 지각이 없는 사람들뿐이야, 형사. 자신의 행동이 미칠 파장을 충분히 생각지도 않고 행동하는 사람들 말이야. 난 자네가 그런 사람이라고는 생각하지 않네."

보슈는 고개를 저었다. 어빙이 말을 이었다.

"자, 여기서 매듭을 짓자고, 형사. 이제 국장 옆으로 가봐야겠어. 시장이 도착했군. 자네가 원하는 게 뭔가? 자네가 원하는 걸 들어줄 수 있다면 들어주지."

"부국장님께 바라는 건 아무것도 없습니다. 아직 저를 잘 모르시는 것 같군요."

보슈가 아주 조용히 말했다.

마침내 어빙이 돌아서서 보슈를 바라보았다.

"자네 말이 맞아, 보슈. 솔직히 말해서 자넬 잘 모르겠어. 그 모든 위험을 무릅쓰고도 아무것도 원하지 않는다고? 그 말을 들으니 자네에 대한 걱정이 다시 고개를 드는군. 자넨 팀을 위해 일을 하지 않아. 자신을 위해 일하지."

보슈는 어빙을 물끄러미 바라보았다. 웃어주고 싶은 데도 웃음이 나오지 않았다. 어빙 자신은 모르겠지만 방금 전 어빙이 한 말은 보슈에게는 칭찬이었다.

보슈가 말했다.

"멕시코에서 있었던 일은 경찰국하고는 아무 관련이 없습니다. 제가 무슨 일을 했다면, 그건 다른 누군가를 위해, 다른 무언가를 위해 한 겁니다."

어빙이 보슈를 멍하니 바라보더니 비뚤어진 미소를 지었다. 그 모습이 무어와 소릴료의 팔에 새겨진 문신에 있는 그 악마의 웃는 얼굴과 비슷하다는 생각이 들었다. 어빙이 눈을 반짝이더니 이제 알겠다는 듯이 고개를 끄덕였다. 그러고는 뒤를 돌아 실비아를 바라보더니 다시 고개를 돌려 보슈를 바라보았다.

"모범 경찰관이 되고 싶은 건가? 동료를 아끼는 경찰관이 되고 싶은 거야? 동료의 미망인이 연금을 탈 수 있게 하기 위해 이 모든 일을 했다는 뜻인가?"

보슈는 대답하지 않았다. 어빙이 그냥 넘겨짚어 본 것인지 뭔가를 알고 있는 것인지 궁금했다.

"저 여자가 개입되지 않았다는 건 어떻게 알지?"

어빙이 물었다.

"그냥 압니다."

"하지만 어떻게 그렇게 확신을 할 수 있지? 무슨 근거라도 있나?"

"부국장님과 같은 근거에서죠. 제보 편지 말입니다."

"그게 뭐?"

보슈는 LA로 돌아오는 동안 줄곧 무어에 대해 생각했다. 탁 트인 도로를 달리는 네 시간 동안 모든 상황을 종합해 볼 수 있었다. 그리고 모든 것을 파악했다고 생각했다.

"그 제보 편지를 쓴 건 무어 자신이었습니다. 자신의 비행을 밀고한 거죠. 그에겐 계획이 있었습니다. 편지는 그 시작이었죠. 무어가 편지를 썼습니다."

보슈는 잠시 말을 멈추고 담배에 불을 붙였다. 어빙은 한 마디도 하지 않고 그가 말을 계속하기를 기다리고 있었다.

"무어의 어린 시절까지 거슬러 올라가는 어떤 이유들로 인해 무어는 엄청난 실수를 저지르고 말았습니다. 경찰로서 해서는 안 될 일을 저질렀죠. 범죄자를 돕기 시작했습니다. 그러고 나서 얼마 후엔 다시는 돌아갈 수 없다는 사실을 깨달았죠. 하지만 범죄자를 돕는 일을 계속할 수는 없었습니다. 빠져 나와야 했죠. 어떻게든 말입니다. 무어의 계획은 제보 편지를 보내 감찰계가 자신에 대한 조사를 시작하게 만드는 거였습니다. 편지에 자신의 비행 사실을 충분히 적어서 채스틴이 뭔가 있다고 생각하게 만들었죠. 하지만 채스틴이 구체적인 증거를 찾아낼 수 있을 정도로 몽땅 불어버린 건 아니었습니다. 그 편지는 그냥 자신이 의심을 받게 할 용도였죠. 무어는 경찰에 오래 몸담았기 때문에 일이 어떻게 진행이 될지 알고 있었습니다. 감찰계와 채스틴 같은 형사들이 어떤 식으로 조사를 할지 알았던 거죠. 그 편지가 무대를 마련했고 물을 아주 탁하게 흐려 놓아서 무어 자신이 모텔 방에서 시신으로 발견될 때 경찰국이, 다시 말해 부국장님이 자세히 들여다보고 싶지 않게 만들었던 겁니다. 무어는 부국장님 마음속을 훤히 들여다보고 있었습니다. 부국장님이 진실 파악은 뒤로 미루고 경찰국의 이미지를 보호하는 데에만 급급할 거라는 걸 알았던 거죠. 그래서 편지를 보냈던 겁니다. 무어는 부국장님을 이용했습니다. 저를 이용하기도 했고요."

어빙이 무덤 쪽을 돌아보았다. 식이 시작되려 하고 있었다. 그는 다시 고개를 돌려 보슈를 바라보며 말했다.

"계속하게, 형사. 빨리 끝내줘."

"무어는 계획을 세워 차근차근 실행에 옮겼습니다. 무어가 그 모텔 방을 한 달간 빌렸다고 제게 말씀하셨던 것 기억하시죠? 그게 첫 번째 계획이었습니다. 한 달 동안 시신이 발견되지 않으면 부패해서 지문을 뜰 피부가 남아 있지 않게 되죠. 그러면 무어가 객실에 남겨둔 잠재 지문들만 남게 될 거고, 그러면 사람들은 무어가 죽었다고 생각할 거고 무어 자신은 완벽하게 종적을 감출 수 있게 될 거고요."

"하지만 몇 주 일찍 발견됐잖아."

어빙이 끼어들었다.

"네. 그래서 무어는 두 번째 계획도 마련해놓았죠. 부국장님을 이용한 계획이요. 무어는 오랫동안 경찰에 몸담아왔습니다. 그래서 부국장님이 이 일을 어떻게 처리할지 알고 있었죠. 부국장님이 자신의 인사기록을 비롯한 모든 기록을 입수할 거라는 걸 알고 있었죠."

"그건 위험부담이 큰 도박이야, 보슈."

"밑져야 본전인 도박이죠. 크리스마스날 밤 현장에서 파일을 들고 있는 부국장님을 보았을 때, 저는 부국장님이 말씀하시기도 전에 그게 뭔지 알았습니다. 무어도 부국장님이 그럴 거라고 생각하고 지문을 바꿔치기 한 거겠죠. 말씀드렸지만 밑져야 본전 아닙니까? 부국장님이 두 번째 계획이었습니다."

"그럼 자네는? 자넨 세 번째 계획이었나?"

"네, 그런 것 같습니다. 무어는 저를 마지막 수단으로 남겨놓았습니다. 자살극이 뜻대로 풀리지 않을 경우, 누군가가 수사를 하면서 무어가 살해당했을 이유를 찾아내기를 바랐던 거죠. 그 누군가가 바로 저였습니다. 제가 그 이유를 발견했죠. 무어는 제게 정보 파일을 남겼고, 전 그 내용을 수사하면서 무어가 그 파일 때문에 피살됐다고 판단했습니다. 사실 그건 전부 수사 방향을 흐리기 위한 유인책이었죠. 무어는 누구라도 모텔 객실에 쓰러져 있는 시체를 너무 자세히 들여다보기를 원치 않았습니다. 그냥 시간을 좀 벌고 싶었던 거죠."

"하지만 자넨 너무 깊숙이 들어갔지, 보슈. 무어도 그건 예상 못 했을 것 같은데?"

"그럴 겁니다."

보슈는 무어와의 마지막 만남을 떠올렸다. 아직도 무어가 그가 오리라고 예상하고 있었는지, 더 나아가 그를 기다리고 있었는지 아닌지 가늠할 수가 없었다. 앞으로도 영원히 모를 것이다. 그것이 칼렉시코 무어가 남긴 마지막 미스터리였다.

"무슨 시간?"

어빙이 물었다.

"네?"

"방금 전에 무어가 시간을 벌고 싶어 했다고 했잖아."

"멕시코로 내려가 소릴료의 자리를 빼앗고 소릴료의 돈을 가지고 도망칠 시간을 벌려고 했던 것 같습니다. 그가 교황 행세를 계속하고 싶었던 것 같지는 않습니다. 그냥 다시 성에서 살고 싶어 했을 뿐이죠."

"뭐?"

"아무것도 아닙니다."

둘은 한동안 말이 없었다. 마침내 보슈가 입을 열었다.

"제가 말씀드린 것 대부분은 이미 알고 계셨다고 생각하는데요, 부국장님."

"내가?"

"네. 무어 자신이 제보 편지를 써서 보낸 거라는 채스틴의 보고를 받은 후에는 다 알게 되셨을 거라고 생각하는데요."

"그러면 채스틴 형사는 어떻게 그 사실을 알아낸 건가?"

어빙은 보슈에게 전혀 틈을 보이지 않고 있었다. 그래도 상관없었다. 보슈는 이렇게 이야기를 하고 있으니 모든 것이 더 분명해진다고 느꼈다. 담요를 높이 들고 구멍이 있나 없나 살펴보는 것과 같았다.

"제보 편지를 받은 채스틴은 보낸 사람이 무어의 아내라고 생각했죠. 그래서 무어의 아내를 찾아갔지만 그녀는 부인했고요. 채스틴이 확인을 위해 타자기를 가져가겠다고 하니까, 그녀는 집에 타자기가 없다고 말한 후 문을 닫았죠. 그러고 나서 무어가 시체로 발견되었고, 여러 가지 가능성을 생각하기 시작한 채스틴은 무어의 사무실에서 타자기를 압수해가죠. 그리고 편지의 글자들이 타자기 자판의 모양과 일치한다는 걸 확인했겠죠. 그러고 나선 무어나 대마팀의 다른 누군가가 편지를 쓴 거라고 생각했을 거고요. 아마도 채스틴은 이번 주에 대마팀 형사들을 신문했을 거고 그들이 편지를 쓰지 않았다는 결론을 내렸을 겁니다. 그렇다면 무어가 쓴 거라는 결론이 나왔을 테죠."

어빙은 그 어떤 사실도 확인해주지 않았지만, 확인을 받을 필요도 없었다. 보슈는 자신의 추측이 맞다는 걸 알고 있었다.

"무어의 계획은 훌륭했습니다, 부국장님. 그는 전문 도박꾼처럼 우리를 가지고 놀았죠. 판에 있는 카드를 뒤집기도 전에 패를 전부 읽고 있었어요."

"한 가지만 빼고. 자네 말이야. 무어는 자네가 여기까지 쫓아올 거라는 건 몰랐을 거야."

보슈는 대꾸하지 않았다. 그는 다시 실비아를 바라보았다. 그녀는 결백했다. 그리고 안전할 것이다. 보슈는 어빙도 눈길을 돌려 그녀를 바라보고 있는 걸 깨달았다.

보슈가 말했다.

"저 여자는 결백합니다. 그건 부국장님도 아시고 저도 알고 있는 사실이죠. 부국장님이 저 여자를 힘들게 하면 전 부국장님을 힘들게 할 겁니다."

협박이 아니었다. 제안이었다. 거래를 하자는 의미였다. 어빙은 잠깐 생각해보더니 한 번 고개를 끄덕였다. 제안을 받아들이겠다는 것이었다.

"멕시코에서 그를 만났나, 보슈?"

보슈는 부국장이 말한 '그'는 무어를 뜻한다는 걸 알았고, 그 질문엔 대답을 할 수 없다는 사실도 알고 있었다.

"거기서 무슨 일을 했나?"

잠시 침묵이 흐른 후 어빙은 돌아서서 등을 꼿꼿하게 펴고 VIP들과 경찰국내 고위 간부들이 앉아 있는 곳을 향해 걸어가기 시작했다. 그는 실비아 무어의 뒷줄에 부관이 잡아놓은 자리에 앉았다. 그 후로 그는 한 번도 보슈를 돌아보지 않았다.

34 향기

매장식이 거행되는 동안 보슈는 멀찌감치 떨어진 참나무 옆에 그대로 서서 실비아 무어를 지켜보았다. 그녀는 거의 고개를 들지 않았고, 경찰관 후보생들이 일렬로 서서 하늘로 조포를 쏘아 올릴 때나 경찰 헬기들이 실종자 대형으로 하늘을 날 때에도 쳐다보지 않았다. 딱 한 번 그녀가 그를, 적어도 그가 있는 쪽을 바라보는 것 같았지만 확실하지는 않았다. 그는 그녀가 슬픔을 잘 참고 있다고 생각했다. 그리고 그녀가 아름답다고 생각했다.

식이 끝나고 하관도 끝나고 조문객들이 자리를 뜨는 데도 실비아는 그대로 자리에 앉아 있었고 어빙이 리무진까지 데려다 주겠다는 제안을 하자 손을 저어 거절했다. 어빙은 옷깃을 매만지며 천천히 걸어갔다. 마침내 모두 떠나자 실비아가 일어서서 관이 들어간 구덩이를 한 번 내려다보더니 보슈를 향해 걸어오기 시작했다. 마치 묘지 곳곳에서 차 문이 쾅 하고 닫히는 소리에 맞춰 걸음을 내딛는 것처럼 보였다. 그녀는 다가오면서 선글라스를 벗었다.

"내 충고대로 했군요."

실비아가 말했다.

보슈는 무슨 말인지 어리둥절했다. 그는 고개를 숙여 옷매무새를 점검한 뒤 다시 고개를 들어 그녀를 바라보았다. 그의 표정을 읽었는지 그녀가 덧붙였다.

"블랙 아이스 말이에요. 기억해요? 조심하라고 그랬잖아요. 당신이 여기 있는 걸 보니 내 충고대로 했다는 생각이 드는군요."

"그래요, 조심했죠."

실비아의 눈은 아주 맑았고 마지막으로 보았을 때보다 더 강해 보였다. 친절을 잊지 않는 눈이었다. 그리고 모욕을 잊지 않는 눈이었다.

"그들이 해준 이야기보다 더 많은 이야기가 있다는 걸 알아요. 언젠가는 내게 해줄 거죠?"

보슈가 고개를 끄덕였고 실비아도 고개를 끄덕였다. 둘이 서로를 바라보는 동안 짧지도 길지도 않은 침묵의 시간이 흘렀다. 보슈에게는 완벽한 순간처럼 느껴졌다. 갑자기 바람이 불어 마법이 풀렸다. 실비아의 모자에서 머리카락이 빠져 나와 흩날리자 그녀는 머리카락을 다시 모자 속으로 집어넣었다.

"얘기해줬으면 좋겠어요."

그녀가 말했다.

"언제든지요. 당신도 내게 해줄 이야기가 있을 거예요."

그가 말했다.

"예를 들면?"

"액자에서 사라진 사진이요. 어떤 사진인지 알았으면서도 내게 말해주지 않았잖아요."

실비아는 보슈가 쓸데 없는 것에 관심을 둔다고 말하고 싶은 듯 미소를 지었다.

"칼이 자란 동네에서 친구와 함께 찍은 사진이었을 뿐인데요. 가방 속에는 그 친구와 찍은 사진들이 몇 장 더 있었고요."

"그래도 그 사진이 중요했는데 당신은 아무 말 안 해줬어요."

그녀는 잔디를 내려다보았다.

"그 얘길 하고 싶지 않았어요, 아니 생각하고 싶지도 않았어요."

"하지만 잊을 수도 없었잖아요, 안 그래요?"

"물론이죠. 늘 그렇잖아요. 알고 싶지 않고 기억하고 싶지 않고 생각하고 싶지 않은 일들이 자꾸만 되살아나 괴롭히죠."

둘은 한동안 침묵했다.

"알고 있죠?"

마침내 보슈가 물었다.

"저기 묻힌 사람이 내 남편이 아니라는 사실이요? 그래요, 알고 있어요. 사람들이 내게 해준 이야기보다 더 많은 이야기가 있다는 걸 알고 있었죠."

보슈는 고개를 끄덕였다. 침묵이 길어졌지만 불편하진 않았다. 실비아는 약간 고개를 돌려 리무진 옆에 서서 기다리고 있는 운전기사를 바라보았다. 이제 묘지 안에는 아무도 남아 있지 않았다. 그녀가 말했다.

"당신한테 듣고 싶은 이야기가 있어요. 지금도 괜찮고 나중에도 괜찮아요. 그러니까… 음… 칼이… 그가 돌아올 가능성이 있나요?"

보슈는 그녀를 바라보며 천천히 고개를 저었다. 그러고는 반응을 살피기 위해 그녀의 눈을 바라보았다. 슬픔이나 두려움, 체념, 어떤 거라도 담겨 있을 줄 알았는데, 아무것도 없었다. 그녀는 깍지 껴 맞잡고 있는 장갑 낀 손을 내려다보고 있었다.

"운전기사가…."

그녀가 말끝을 흐렸다.

실비아가 애써 미소를 짓는 것을 보며 보슈는 수백 번도 더 스스로에게 던졌던 질문을, 도대체 칼렉시코 무어는 왜 이런 여자를 이렇게 힘들게 만들었을까 하는 생각을 했다. 그녀가 그에게로 한 걸음 다가오더니 그의 뺨을 어루만졌다. 실크 장갑을 끼고 있었지만 따뜻했고, 팔목에서 향수 냄새가 났다. 아주 약한 냄새였다. 냄새가 아니라 향기였다.

"가야겠어요."

그녀가 말했다.

그는 고개를 끄덕였고 그녀는 뒷걸음질을 쳤다.

"고마워요."

그녀가 말했다.

그는 고개를 끄덕였다. 무엇 때문에 고맙다는 건지 알 수 없었지만, 할 수 있는 일이라곤 고개를 끄덕이는 것밖에 없었다.

"전화 줄래요? 우리 같이… 모르겠어요. 난…."

"전화할게요."

이제 그녀가 고개를 끄덕이더니 돌아서서 검은색 리무진을 향해 걷기 시작했다. 그는 잠시 망설이다가 입을 열었다.

"재즈 좋아해요? 색소폰이요?"

그녀가 걸음을 멈추더니 그를 돌아보았다. 그녀의 눈빛이 강렬했다. 그가 다가와서 안아주기를 바라는 마음이 들여다보였다. 너무도 분명했다. 어쩌면 자신의 눈빛이 그녀의 눈에 반사된 건지 모른다는 생각이 들었다.

"특히 독주곡을요. 쓸쓸하고 슬픈 곡들을 좋아하죠."

그녀가 말했다.

"저기… 내일 밤이면 너무 빠른가요?"

"올해의 마지막 날이네요."

"그래요. 난… 시기가 적절치 않은 것도 같군요. 그날 밤에 난… 모르겠어요."

실비아가 다시 보슈에게로 걸어와 한 손을 그의 목에 올려놓더니 그의 얼굴을 끌어당겼다. 그는 순순히 끌려갔다. 둘은 오랫동안 키스를 했고, 그동안 그는 눈을 감고 있었다. 그녀가 그를 놔주었을 때도 그는 주위를 둘러보지 않았다. 본 사람이 있든 말든 개의치 않았다.

"언제가 적절한 시기죠?"

그녀가 물었다.

그는 대답하지 못했다.

"기다릴게요."

그녀가 말했다.

그가 미소를 짓자 그녀도 따라서 미소를 지었다.

그녀가 돌아서서 리무진을 향해 걸어갔다. 잔디밭을 벗어나자 그녀의 하이힐이 아스팔트 위에서 또각거리는 소리가 들렸다. 보슈는 다시 나무에 등을 기대고 서서 운전기사가 그녀를 위해 문을 열어주는 걸 지켜보았다. 그러고 나서 담배에 불을 붙여 물고 멋진 검은색 리무진이 그녀를 싣고 출입구를 빠져나가는 모습을 바라보았다. 이제 그는 죽은 자들 속에 혼자 남았다.

〈끝〉

라스트 코요테

476

번역본을 넘기고 최종 교정을 보고 후기를 쓸 때마다, 정말 시원섭섭한 게 뭔지 온몸으로 체감한다. 호흡이 긴 작업을 무사히 끝냈다는 뿌듯함, 원문을 충실하게 그러면서도 자연스럽게 번역해냈을까 하는 걱정, 내가 번역하면서 즐거웠던 것처럼 독자들도 내가 번역한 책을 읽으면서 즐길 수 있으면 좋겠다는 바람 등으로, 마음은 뒤숭숭, 우왕좌왕, 갈피를 못 잡고 있다. 돌이켜 생각해보면, 이제까지 번역한 다른 작품들이 그러했듯, 《블랙 아이스》도 번역의 기쁨과 고단함을 십분 느끼게 해준 작품이었다.

《블랙 아이스》는 마이클 코넬리의 해리 보슈 시리즈 중 두 번째 작품이고, 내 개인적으로는 《유골의 도시》 다음으로 맡은 작품이다. 번역을 맡기로 하고 먼저 작품을 한번 읽어볼 때의 흥분과 설렘이 아직도 생생하다. 정말 흥미진진하고 재미있어서 잠을 자기가 싫었다. 《유골의 도시》에서 지켜본 직업정신이 투철하고 인간미가 넘치는 해리 보슈 형사는 《블랙 아이스》에서도 그 예리한 직관력과 지구력과 고집으로 세 건의 살인사건을 파헤치고 해결해나간다. 더불어 동료 경찰관의 아름다운 미망인과 애틋하고도 설레는 로맨스를 펼친다. 보슈가 사건을 해결하는 과정을 따라가면서, 텅 빈 퍼즐 판을 앞에 놓고 헝클어뜨려 놓은 퍼즐조각들 중에서 한 개를 골라 한 번 맞춰보고 틀리면 빼내고 다른 조각을 맞춰보는 일을 반복하며 그림을 완성해 나가는 느낌, 그리고 완성한 후의 성취감을 느낄 수 있었다. 그런 작품을 번역하게 되어서 기뻤고, 실제로 번역을 하면서 많이 즐거웠다. 소위 글발이 올랐을 때 자판 위를 날아다니던 손가락들과 따다닥거리던 자판 치는 소리가 즐거운 기억으로 남아 있다.《블랙 아이스》는 그런 기억들을 많이 갖게 해준 책이다.

그러나 한편으로는《블랙 아이스》가 너무 재미있어서 역자인 나는 많이 고단했다는 것을 고백해야 할 것 같다. 우선 작품 속에 펼쳐지는 낯선 나라와 낯선 세계에 대한 이해와 묘사가 쉽지 않았고, 낯선 언어가 부담스러웠다. 해리 보슈는 자신이 맡은 마약상 살인사건과 동료 경찰관의 살인사건, 동료 대신 맡은 살인사건이 서로 관련이 있다는 것을 직감하고, 사건 해결의 열쇠가 있는 멕시코로 내려간다. 마약 상품과 마약 조직에 대한 치밀하고도 명쾌한 서술, 지중해 광대 파리 박멸 프로젝트에 대한 묘사, 멕시코와의 국경도시들에 대한 인상적인 풍경 묘사, 눈앞에 펼쳐지는 것처럼 생생한 투우경기 장면 묘사, 마약 조직을 일망타진하기 위한 마약단속국과 멕시코 민병대의 연합작전 장면 묘사, 멕시코의 공용어인 스페인어의 적절한 배치 등은, 마이클 코넬리에게 아낌없는 찬사를 보내야 할 이유겠지만, 역자인 내게는 고민 및 검색 시간의 증가와 카페인의 과다 섭취, 게다가 부분 탈모의 원인까지 되었다.

그러나 그보다도 더 고민되고 수고스러웠던 것은 연작 소설이라는 특징에서 오는 문제, 즉 세월에 따른 등장인물의 변화 파악, 서로간의 관계 설정, 말투 설정 등의 문제였다. 소설 작품에서 등장인물에 대한 자세한 신상 설명을 기대할 수는 없는 터라, 그때 그때 나오는 내용을 토대로 등장인물간의 관계를 파악하고, 나이와 직위, 서로간의 호감도, 반말이냐 존댓말이냐 등을 고려하면서 번역을 해야 했다. 번역할 때도 까다로웠지만, 교정을 볼 때 더 괴로웠던 문제가 바로 이 말투 문제였다. '-요'투를 쓰면 사내놈이 너무 계집애같이 말하는 것 같고, '－니다' 말투를 쓰면 군대에서 갓 제대한 것 같고, '자네 －하게'라는 식의 말투를 쓰면 이게 조선시대냐 싶기도 하고, 누가 요즘에 그런 말투를 쓰나 싶기도 하고…. 하여튼 말투 때문에 대화문을 고치고 또 고치고 했던 기억이 새롭다. 그래서 나온 대화체 말투가 이거냐고 반문한다면, 할 말이 없다….

  더불어 독자의 이해를 구하고 싶은 것은, 조직 명칭과 직위 등의 일관성 문제이다. 예를 들어 나는 '감찰계', '경찰국 부국장', '강력반' 등의 표현을 썼지만, 다른 역자가 번역한 책에서는 '내사과', '경찰국 차장', '살인전담반' 등의 표현으로 나와 있다. 최대한 일관성을 유지하고 싶었지만, 나는 또 내가 먼저 번역한 책과의 일관성도 고려해야 하는 입장이라 내 표현을 그대로 밀고 나갈 수밖에 없었다. 어느 것이 옳고 그르다는 문제가 아니고 표현상의 차이이므로, 그리고 그로 인해 내용 이해에 무리가 가지 않으므로, 독자 여러분이 너그럽게 이해해주시기를 머리 숙여 부탁드린다.

  해리 보슈와의 즐거운 만남을 주선해주신 랜덤하우스코리아 출판사에 감사드린다. 스페인어 발음과 뜻 때문에 고민하고 있을 때 선뜻 도움의 손길을 내밀어준 내 후배 이수진 씨에게도 정말 고맙다는 말을 전하고 싶다. 그리고 주말이면 자기도 피곤해서 쉬고 싶을 텐데도 엄마는 번역하게 우리끼리만 놀러가자며 애들을 데리고 놀러 나가준 남편과, 동물원에 놀러가서 코끼리가 똥 많이 싸는 거 보고 왔다고 자랑을 늘어놓다가 잠이 든 우리 꼬맹이들 정우와 연주에게 사랑과 고마움을 전한다.

옮긴이 한정아

479

블랙 아이스_해리 보슈 시리즈 Vol.2

1판 1쇄 발행 2010년 10월 29일
1판 4쇄 발행 2014년 9월 15일
2판 1쇄 인쇄 2015년 1월 22일
2판 1쇄 발행 2015년 1월 30일

지은이 마이클 코넬리
옮긴이 한정아

발행인 양원석
본부장 송명주
편집장 김지연
해외저작권 황지현, 지소연
제작 문태일, 김수진
영업마케팅 김경만, 정재만, 곽희은, 임충진, 이영인, 장현기, 김민수,
          임우열, 윤기봉, 송기현, 우지연, 정미진, 이선미, 최경민

펴낸 곳 ㈜알에이치코리아
주소 서울시 금천구 가산디지털2로 53, 20층 (가산동, 한라시그마밸리)
편집문의 02-6443-8846   **구입문의** 02-6443-8838
홈페이지 http://rhk.co.kr
등록 2004년 1월 15일 제2-3726호

ISBN 978-89-255-5520-1 (04840)
      978-89-255-5518-8 (set)

RHK는 랜덤하우스코리아의 새 이름입니다.